ELAINE COFFMAN

Wie Fieber im Blut

W0408909

Buch

Charlotte Butterworth, bezaubernd schön und rothaarig, glaubt ihren Augen nicht zu trauen: Mitten im Hof ihrer Ranch versuchen ein paar Desperados gerade einen Mann zu hängen! Nur Charlottes energisches und furchtloses Eingreifen mit ihrer Winchester rettet Walker Reed das Leben. Und dieser will seine Dankbarkeit dadurch erweisen, daß er Charlottes Ranch, auf der ein starker Mann fehlt, wieder auf Vordermann bringt.

Doch schon bald kocht Charlotte vor Wut – hatte sie sich doch stets geschworen, daß Männer in ihrem Leben keine Rolle spielen sollen. Und noch dazu scheint dieser Reed es sich in den Kopf gesetzt zu haben, ihren Widerstand in jeder Hinsicht zu brechen! Als Walker dann plötzlich seine Abreise beschließt, ist Charlotte anfangs sehr erleichtert. Doch als der Tag naht, übermannt eine bislang unbekannte Sehnsucht die unabhängige Charlotte ...

Autorin

Elaine Coffman konnte mit ihren bisher erschienenen historischen Liebesromanen die Herzen unzähliger Fans erobern. Als gebürtige Texanerin liegen ihr natürlich besonders ihr Heimatstaat und dessen liebenswert-rauhbeinige Einwohner am Herzen. Ihr außergewöhnliches Talent liegt darin, ihre feurig-romantischen Bücher mit einer gehörigen Portion Humor zu würzen.

Von Elaine Coffman außerdem bei Goldmann lieferbar:

An den Ufern der Leidenschaft. Roman (41583)
Dornen der Erinnerung. Roman (43467)

Elaine Coffman

Wie Fieber im Blut

Roman

Aus dem Amerikanischen
von Uschi Gnade

Portobello

Die Originalausgabe erschien unter dem Titel
»If My Love Could Hold You«
bei Dell Publishing, New York

Für meinen Sohn Chuck, der ein Buch vor
seiner Promotion haben wollte, und für die
Phi Delta Theta Verbindung der Universität Oklahoma.

Umwelthinweis:
Alle bedruckten Materialien dieses Taschenbuches
sind chlorfrei und umweltschonend.

Portobello Taschenbücher erscheinen im Goldmann Verlag,
einem Unternehmen der Verlagsgruppe Bertelsmann GmbH

Einmalige Sonderausgabe August 2000
Copyright © der Originalausgabe 1989 by Elaine Gunter Coffman
Copyright © der deutschsprachigen Ausgabe 1991
by Wilhelm Goldmann Verlag, München,
in der Verlagsgruppe Bertelsmann GmbH
Umschlaggestaltung: Design Team München
Illustration: Agentur Schlück/Ennis
Satz: Uhl + Massopust, Aalen
Druck: Elsnerdruck, Berlin
Verlagsnummer: 55174
RM · Herstellung: Schröder
Made in Germany
ISBN 3-442-55174-9
www.portobello-verlag.de

1 3 5 7 9 10 8 6 4 2

Im Westen von Texas, 1880

1.

In Two Trees, Texas, gab es nur zwei Bäume, und beide wuchsen in Miss Charlotte Butterworths Vorgarten.

Wahrscheinlich galoppierte deshalb eine Horde wilder Cowboys in einer Staubwolke in ihren Garten und wählte die größere der beiden Ulmen aus, um Walker Reed aufzuknüpfen. Als sich der Staub legte, waren insgesamt sechs Männer zu sehen – fünf, um das Urteil zu vollstrecken, einer, der hängen sollte.

Und dabei war es ein so hübscher Garten – so ordentlich gepflegt, wie auch das Haus mit den weißen Fensterläden, das er umgab. Das Haus, ein ansehnliches einstöckiges Gebäude, war an diesem Spätnachmittag, an dem die Sonne gerade hinter den Ulmen versank und die Sträucher und Blumen mit Lichtflecken sprenkelte, von einer schläfrigen Aura umgeben.

Hinter dem Haus lag ein kärglicher kleiner Gemüsegarten, der der enormen Hitze trotzte. Auch dort war alles ordentlich und gepflegt: zwei Reihen Eibisch, zwei Reihen Erbsen, eine Reihe gelbe Kürbisse, und weiter hinten, am Zaun entlang, zogen sich Tomatenstöcke.

Charlotte Butterworth, die jeder in Two Trees liebevoll Miss Lottie nannte, war in dem schmucken, mit Schindeln gedeckten Haus in der Küche zugange und sah gerade nach einer Essigpastete, die sie in ihrem brandneuen Champion Monitor mit den sechs Herdplatten buk. Das plötzliche Trappeln von Hufen und das Dröhnen tiefer

Stimmen, das von der Straße vor ihrem Haus her zu hören war, erschreckte sie, und sie schlug die Ofentür des neuen Monitor fester als beabsichtigt zu. Schon im selben Moment war sie dankbar, daß sie sich für eine Essigpastete entschieden hatte und nicht für den Robert-E.-Lee-Kuchen, der zweifellos platter als ein Pfannkuchen zusammengefallen wäre, wenn sie die Ofentür zugeknallt hätte.

Das Stimmengewirr wurde lauter. Wahrscheinlich waren es schon wieder diese rüpelhaften jungen Masons, die einen weiteren ausgemergelten Kojoten jagten und versuchten, das zu Tode erschrockene Tier in ihrem Garten in die Enge zu treiben, wie sie es schon letzte Woche getan hatten. In der Woche davor war es ein halbverhungertes Kaninchen gewesen. Eine alleinstehende Frau mußte ständig auf der Hut sein, wenn sie nicht ausgenutzt werden wollte. Sowohl das als auch die Sorge um ihre Blumen, die sie dringend davor bewahren wollte, mal wieder zertrampelt zu werden, veranlaßten Charlotte, die beiden Topflappen, die sie in den Händen hielt, in die richtige Schublade zu werfen und diese mit der Hüfte zuzustoßen. Dann klopfte sie das Mehl aus ihrer weißen Schürze, übersah die Mehlspuren auf ihrer Nase und eilte ins Wohnzimmer. Sie setzte ihre Brille ab, denn sie hatte sich noch nie mit Brille blicken lassen, marschierte erhobenen Hauptes zu den Vorderfenstern und lugte verstohlen – denn man hatte ihr beigebracht, daß eine Dame stets nur verstohlen lugt – durch die einzigen Spitzengardinen, die es im ganzen Umkreis gab, weil sie sehen wollte, was es mit dem Krawall auf sich hatte.

Ihr Blick glitt über die Dielen der breiten Veranda vor dem Haus, über die verschlungenen Jasminranken, die sich durch das Geländer zogen und um Spaliere wanden, und auf die fünf Cowboys von der Triple-K-Ranch. Und ganz so, wie sie es befürchtet hatte, zertrampelten sie ihr Löwenmaulbeet. Ein entrüsteter Wortschwall wollte schon über ihre Lippen kommen, doch ehe ihre ärgerlichen Worte herauskamen, sah sie, daß das bei weitem noch nicht alles war, was die Kerle taten. Sie befestigten ein Lasso an dem stämmigsten Ast ihrer kostbaren Ulme. Das allein wäre schon schlimm genug gewesen, doch zu ihrem Entsetzen mußte Charlotte Butterworth entdecken –

ihr Blick war starr auf das Lasso gerichtet, das um den Ast geschlungen war, und von dort aus folgte er dem Lasso bis ans andere Ende –, daß dieses Lasso um den Hals eines äußerst unerfreuten, wenn nicht regelrecht unglücklichen Fremden geschlungen war.

»Gütiger Himmel«, flüsterte sie, »sie werden diesen armen Mann hängen.« Charlotte beschloß, eine Hinrichtung sei ganz und gar nicht ihre Angelegenheit, und sie wollte sich gerade abwenden, als ihr plötzlich deutlich aufging, wo genau sie diesen Mann aufhängen wollten. »An meinem Baum!« sagte sie, als könne sie es selbst nicht glauben.

Alle möglichen Gedanken zu dem, was sich gerade in ihrem Vorgarten abspielen sollte, schossen Charlotte gleichzeitig durch den Kopf, und sie starrte mit aschfahlem Gesicht das dunkle Haar des Mannes an. Sogar von ihrem Fenster aus konnte sie sehen, daß es verklebt war – offensichtlich Blut. Seine Kleidung oder besser gesagt das, was noch davon übriggeblieben war, war zerfetzt, und das Blut sickerte durch ein Dutzend Risse. Es machte ganz den Eindruck, als hätte man ihn an ein Pferd gebunden und über eine längere Entfernung über den Boden geschleift. Deutlich zu sehen war auch, daß er nicht freiwillig mitgekommen war, aber was konnte ein Mann schon gegen fünf andere ausrichten?

Sie sah, daß seine Hände bluteten und hinter seinem Rücken zusammengebunden waren. Ihr Herz schlug vor Sorge schneller, als sie beobachtete, wie seine Finger sich spannten und wieder lösten, während die Muskeln in seinen Armen sich derart verkrampften, daß die Adern deutlich zu sehen waren.

Doch das, was ihre Aufmerksamkeit fesselte, war das Gesicht des Fremden, und sie sah ihn lange an und betrachtete die männliche Schönheit dieses braungebrannten Gesichts, auf dessen hohen Wangenknochen Schweiß schimmerte. Im Profil hatte er eine gerade Nase und ein kräftiges, markantes Kinn. Als sein Pferd nervös um das Seil tänzelte, das an seiner Flanke baumelte, drehte sich der Fremde um, und Charlotte sah, daß seine Augen von einem tiefen Dunkelblau waren, von einer Intensität, die ihr einen Schauer über den Rücken jagte, und voller Entschlossenheit. Trotz seines unbewegten und reservierten Ausdrucks hatte sie das Gefühl, daß sein Stolz verletzt war. Ihr ging augenblicklich auf, daß der Mann leichtsinnig, trotzig und durchaus zu Gewalttaten in der Lage zu sein schien. Und doch umgab ihn eine Aura von Integrität. Dieser Mann mochte alles mögliche sein, aber ein Verbrecher war er bestimmt nicht. Seine stolze Kopfhaltung, die gerade Linie seines ungebeugten Rückens, seine zusammengebissenen Zähne, der Umstand, daß er nicht wimmerte und flehte – oder auch nur ein Wort sagte, um sich zu retten –, all das verkündete deutlich seine Unschuld.

Charlotte fühlte sich an eine andere Zeit und an einen anderen Ort erinnert, denn damals hatte sie voller Entsetzen mit angesehen, wie ein Unschuldiger ermordet worden war. Aber damals war sie ein Kind gewesen und hatte nichts dagegen tun können.

Charlotte Augusta Butterworth stand hinter ihren Spitzengardinen und hatte ihre blauen Augen fest auf den Fremden gerichtet. Ein pochender Schmerz machte sich in ihrem Kopf breit.

Sie hatte nie einen Mann hängen sehen.

Und sie dachte auch gar nicht daran, sich das heute mit anzusehen – nicht, wenn sie ein Wort mitzureden hatte. Schließlich war es ihr Baum, den die Cowboys dafür verwenden wollten, und sie hatte ein Recht zu entscheiden, ob dieser Baum weiterhin ein schattenspendender Baum bleiben sollte oder ob er zum Galgen würde.

Charlotte hatte in den Männern sofort Cowboys von der Triple-K-Ranch erkannt, angeführt von Spooner, dem jüngsten Sohn des alten Clyde Kennedy. Ebenso mühelos erkannte sie, daß die Burschen es nicht gewohnt waren, einen Mann zu lynchen. Einer der Männer, den sie nur unter dem Namen Bridger kannte, kaute nervös auf einem kleinen Stück Holz herum, das aus seinem Mund herausschaute. Bridger war ein stiller, schüchterner Cowboy, alles andere als ein Rabauke und Störenfried. Zwei der Cowboys hatte sie gelegentlich gesehen, konnte sich aber nicht an ihre Namen erinnern. Den Mexikaner kannte sie nur als Chavez. Chavez war es, an den Spooner sich jetzt wandte.

»Chavez, du gibst seinem Pferd einen Peitschenhieb, wenn ich dir das Zeichen gebe.«

Chavez nickte und drückte sich den Sombrero wieder auf den Kopf. Das Band blieb in einer Form an seinem Kehlkopf hängen, die Charlotte wieder ins Gedächtnis rief, was dem Fremden jeden Moment zustoßen würde, wenn sie nicht irgend etwas unternahm. Chavez schwang sich vom Pferd und band seinen braunen Vollblüter an einem von Charlottes Zaunpfählen fest. Dann stellte er sich mit einer geflochtenen Reitpeitsche in der rechten Hand seitlich neben das Pferd des Fremden.

Spooner wandte sich an den Fremden. »Hast du noch etwas zu sagen, ehe wir das hier erledigen?«

Der Fremde, der sein gesamtes Gewicht auf die Steigbügel gestemmt hatte und so angespannt wie eine überdehnte Feder auf dem Pferd saß, sagte kein Wort. Charlotte sah, daß seine Augen hellwach waren und von einem Mann zum anderen glitten.

Mit wutrotem Gesicht trieb Spooner sein Pferd dichter zu dem Fremden und streckte die Hände aus, um die Schlinge fester um den Hals des Mannes zuzuziehen. Keiner der Männer sagte ein Wort, doch die Augen des Fremden waren klar und forschend, als er Spooner eindringlich ansah, der sich daraufhin eilig abwandte.

Das brachte Charlottes Blut vor rechtschaffener Entrüstung zum Sieden, und wenn es je vorkam, daß Charlotte Butterworths Blut vor rechtschaffener Entrüstung siedete – tja, dann setzte sie im allgemeinen ganz genau das durch, was sie wollte.

Sekunden später stand Charlotte Butterworth auf der Veranda vor ihrem Haus, zielte mit einer Winchester M-1873 vom Kaliber 44 und schoß ein Loch mitten durch den Stern an Spooner Kennedys Hut, der ihm vom Kopf segelte.

Das Lynchen wurde verschoben.

Die stahlblauen Augen des Fremden waren die ersten, die Charlottes zierliche Gestalt erfaßten und sie mit einem Blick musterten, bei dem sie ein Schauer durchzuckte, doch er sagte kein Wort.

Spooner Kennedy dagegen war weniger höflich.

»Heiliger Strohsack, Miss Lottie, was tun Sie denn hier draußen?« sagte er. »Hier hat eine Dame überhaupt nichts zu suchen. Und jetzt gehen Sie wieder ins Haus.« Spooner rutschte vom Sattel, hob seinen geliebten Hut auf, steckte einen Finger durch das exakt plazierte Loch und rief aus: »Verflixt noch mal! Sehen Sie sich nur an, was Sie mit meinem Hut angerichtet haben.«

»Sie sollten lieber froh sein, daß es nicht Ihr dämlicher Kopf war, Spooner«, antwortete Charlotte, während sie ihre Winchester auf ihr nächstes Ziel richtete. Die Worte kamen mit einer hohen Stimme heraus, die in den Ohren des Fremden so süß wie ein Chor himmlischer Heerscharen klang. Ihre Stimme, beschloß der Fremde, war himmlisch genug, und näher gedachte er dem Himmel nicht zu kommen – zumindest in den nächsten Jahren noch nicht. Er stieß den Atem aus, den er lange angehalten hatte, und dabei überlegte er sich, wie nah er schon davorgestanden hatte, seinem Schöpfer gegenüberzutreten. Als er spürte, wie eng die Schlinge um seinen Hals saß, wurde ihm klar, daß er noch nicht aus dem Schlimmsten heraus war.

»Miss Lottie, das ist nicht Ihre Sache«, fuhr Spooner fort. »Wir haben mit diesem Killer noch eine Rechnung zu begleichen.«

Charlottes leuchtendblaue Augen wurden bei dem Wort *Killer* größer, doch sie kam nicht von ihrem Vorhaben ab. »Wenn das so ist, sollten Sie besser mit dem Sheriff Ihre Angelegenheiten regeln«, sagte sie. »Das da ist zufällig mein Baum, und wenn ihr einen Mann an meinem Baum aufhängen wollt, dann ist das *meine* Angelegenheit.«

»So hören Sie doch, Miss Lottie«, sagte Spooner, »Sie wissen doch selbst verdammt gut, daß es im Umkreis von zwanzig Meilen keinen anderen Baum gibt, der höher als eineinhalb Meter ist.«

Charlotte ließ sich nicht ins Wanken bringen. »Jam!« rief sie. Dann noch einmal lauter: *»Jam!«*

Wenige Minuten später kam ein alter Schwarzer mit gelblichweißem Haar ohne ersichtliche Eile um die Hausecke geschlurft.

»Jam«, sagte Charlotte mit fester Stimme, »nimm mein Pferd, und reite schnell zu Sheriff Bradley. Sag ihm, daß er gleich herkommen soll. Beeil dich. Trödel mir bloß nicht rum, hast du gehört?«

»Ja, Ma'am.«

Jams Eilschritt unterschied sich in keiner Weise von seinem trödelnden Gang, und so schlurfte er davon, verrollte die Augen und hielt sich dem Grüppchen von Männern sorgsam fern, bis er um die Hausecke gebogen war. Ein paar Minuten später ritt Jam auf Charlotte Butterworths gescheckter alter Stute Butterbean die Straße hinunter.

Der Fremde veränderte seine Haltung und behielt dabei genau die Hände des Cowboys im Auge, der die Zügel seines Wallachs hielt. Diese zitternden Hände waren alles, was zwischen ihm und seinem Tod am Strick stand. Er wußte, daß der Wallach sich aufbäumen und durchgehen würde, wenn der Cowboy eine falsche Bewegung machte oder die Zügel fallen ließ, und dann würde er, Walker Reed, mit dem Hals in der Schlinge baumeln.

Walkers Nase fing an zu jucken. Eine teuflisch unangenehme Situation, wenn man die Hände auf dem Rücken zusammengebunden hat. Er spielte mit dem Gedanken, die Schulter hochzuziehen und sich damit die Nase zu reiben, aber jede Verlagerung seines Gewichts konnte sein Pferd noch nervöser machen, und das Pferd war so schon nervös genug. Seine starr zusammengepreßten Lippen verzogen sich bei dem Gedanken, daß er mit einer Schlinge um den Hals dasaß und sich um etwas so Bedeutungsloses wie eine juckende Nase sorgte.

»Sie haben einen eigenwilligen Sinn für Humor, wenn Sie einer Hängung etwas Komisches abgewinnen können«, sagte Charlotte. »Vor allem, wenn Sie derjenige sind, der hängen soll.«

Langsam und zielstrebig ließ Walker seinen Blick über das Grüppchen von Männern gleiten, die sich um ihn drängten, ehe er die zierlich gebaute Frau, die seine Rettung war, in Augenschein nahm. »Es war ein Lächeln der Erleichterung, Ma'am.«

Walker betrachtete das Gesicht der Frau, als sie seine Antwort mit einem knappen Nicken abtat. Im Schatten der Veranda wirkte ihr Gesicht streng – kantig und spitz. Doch dann trat sie ein paar Schritte vor und kam aus dem Schatten der Veranda heraus, und als sie in den bernsteinfarbenen Schimmer der späten Nachmittagssonne getaucht wurde, sah er die Farbe ihres prachtvollen Haars und ihrer Augen. Ihr Gesicht war alles andere als kantig und scharf geschnitten, und was den Rest anging, so war ihre Hagerkeit täuschend. Eine Frau wie sie hätte man in diesem flachen, trostlosen Teil von Texas ebensowenig erwartet wie ihren makellos gepflegten Garten, den weißgestrichenen Zaun und die ordentlichen Beete farbenprächtiger Blumen. Sie schien sehr viel Ähnlichkeit mit ihrem Haus zu haben – still, respektabel und von einem Zaun umgeben. Plötzlich nahm er wahr, daß er eine Regung spürte, die über Dankbarkeit hinausging. Sie war ein sehr hübsches Ding – oder sie wäre es jedenfalls gewesen, wenn sie diese Masse prachtvollen roten Haars gelöst hätte, statt es auf ihrem Kopf zu diesem lächerlichen Knoten aufzustecken.

Als sie in ihrem blauen Kattunkleid dastand, wirkte sie so schlank und steif, daß sie einem zart und zerbrechlich hätte vorkommen können, doch Walker wußte, daß ihre Aufmachung täuschend war. Eine Frau, die so wie sie mit einer Winchester umgehen konnte, war alles andere als zart und zerbrechlich. Und doch faszinierte ihn diese Frau, und er fragte sich, wie er zu einem Zeitpunkt, zu dem sich jeder einzelne seiner Gedanken nur um sein Überleben hätte drehen sollen, glühende Begierde empfinden konnte. Das Verlangen, dachte er, kann seinen häßlichen Kopf zu den blödsinnigsten Zeiten in die Höhe recken.

Charlotte nahm das aufflackernde Interesse in den Augen des Fremden wahr und spürte eine Woge von Unbehagen über sich fluten, die eine verräterische Färbung auf ihren Wangen zurückließ. Die pure Männlichkeit, die dieser Mann ausstrahlte, war verwirrend. Sie wollte sich aber nicht verwirren lassen. Das fehlte ihr gerade noch. Nicht jetzt. Nicht, wenn sie all ihren Grips zusammennehmen mußte, um auf Draht zu sein.

Charlotte seufzte und fragte sich, ob Jam es überhaupt bis zum Büro des Sheriffs geschafft hatte. Oder trabte er vielleicht ziellos zwischen den Zäunen umher und spazierte gemächlich von einer Straßenseite zur anderen, weil er überall etwas Neues fand, was ihn ablenkte, und weil er glücklich damit war, die einzig träge Biene im ganzen Schwarm zu sein? Wie gut sie wußte, daß Jam fasziniert einer Raupe zusehen konnte, die an seinem Ärmel hinaufkroch.

Urplötzlich kam die abendliche Kutsche über die trockene staubige Straße gerumpelt, die von Abilene nach Two Trees führte. Hezekiah Freestone, der Kutscher, drückte mit dem Fuß auf die Bremse und hielt das schwere Leder der Zügel von sechs Pferden in der linken Hand, die lange geflochtene Peitsche in der rechten. Als er gerade auf der Höhe von Charlotte Butterworths Veranda angekommen war, legte er die Peitsche wieder hin und winkte, wie er es immer tat, als fiele ihm in ihrem Vorgarten überhaupt nichts Ungewöhnliches auf.

»Sie könnten wenigstens anhalten!« rief sie ihm nach und fragte sich, wie jemand so blöd sein konnte, mit nichts weiter als einem Lächeln und einem Winken darauf zu reagieren, daß jemand gehängt werden sollte.

Die Kutsche fuhr vorbei und ließ eine Staubwolke zurück, die sich bald auf die sechs Männer herabsenkte, und diesmal bekam Charlotte auch etwas davon ab – und dann setzte die Kutsche auf der Straße ihren Weg fort, und gelegentlich rumpelten die Räder durch ein Schlagloch oder über einen Stein und sprangen in die Luft.

Kaum war die Kutsche außer Sicht, ritt Sheriff Archer Bradley in den Vorgarten, während Jam, der sich Zeit ließ, noch ein ganzes Stück entfernt war. Noch nie hatte Charlotte derartige Erleichterung verspürt. Jetzt war Archer hier, und alles würde seinen Lauf nehmen, und dieses ganze Durcheinander würde sich von ihrem Vorgarten auf einen anderen Schauplatz verlagern.

Archer hielt sein Pferd an und blieb eine Zeitlang sitzen, um sich ein Bild von der Lage zu machen. Den abgetragenen alten Filzhut hatte er sich tief über die Augen gezogen, und ab und zu konnte man einen Brocken Kautabak sehen, der sich in seiner linken Backe bewegte. Archer zielte genau, spuckte und landete einen Volltreffer auf einer von Miss Lotties Schwertlilien. Er war ein Mann, der sich nicht gern drängen ließ, und bloß weil vor ihm ein Fremder saß, der den Hals in einer Schlinge stecken hatte, fühlte er sich noch nicht zur Eile getrieben. Man zog doch nur vorschnell falsche Schlüsse, wenn man alles überstürzte, und Archer kam niemals vorschnell zu falschen Schlüssen.

»So, und was geht hier eigentlich vor?« brachte er gedehnt heraus, ohne dabei den Blick zu übersehen, mit dem Charlotte ihn bedachte – einen Blick, der klar ausdrückte, daß jeder Dummkopf, wenn er auch nur halbwegs bei klarem Verstand war, deutlich erkennen konnte, was hier vorging.

Da sie beschloß, dieser Blick hätte noch nicht ausgereicht, sagte Charlotte mit scharfer Stimme: »Hier findet eine Hinrichtung statt, Archer... oder so war es zumindest, bis ich es verhindert habe.«

»Mit dieser Winchester?«

»Natürlich«, sagte Charlotte. »Haben Sie je gehört, daß sich ein Lynchen mit ein paar gütigen Worten unterbinden läßt... es sei denn, die Worte werden mit Blei bekräftigt?«

Archers unverhohlene Heiterkeit wurde von seinem finsteren Gesicht nicht im geringsten beeinträchtigt. Er wandte seinen Blick jetzt von Charlotte ab, sah den Fremden an, dann Spooner und dann wieder den Fremden, der inzwischen gewaltig erwartungsvoll und gewaltig erleichtert wirkte.

Wieder einmal zielte Archer sorgsam und spuckte einen Strahl Tabaksaft durch die Luft. Alle Beteiligten schienen nur darauf zu warten, daß ein anderer das Wort ergriff. Doch niemand sagte etwas.

Während sie stumm abwarteten, kam ein Windstoß aus dem Nichts, ließ die Blätter in Miss Charlottes beiden Ulmen rascheln und die Köpfe ihrer schlaffen Löwenmäulchen nicken, ehe er ein paar Strähnen leuchtendroten Haares aus ihrem sorgfältig gewundenen Knoten zerrte und sie ihr ins Gesicht peitschte und eine zarte Locke in ihren Mundwinkel fallen ließ. Charlotte beließ es dabei und richtete den Lauf ihrer Winchester weiterhin auf Spooners Tabaksbeutel, der von seiner Hemdtasche baumelte. Dabei dachte sie sich, Männer könnten nur allzu gut kostbare Zeit vergeuden, indem sie dastanden, spuckten und sich kratzten.

»Miss Lottie«, sagte Archer, »Sie können Ihre Winchester ruhig aus der Hand legen. Jetzt nehme ich mich der Lage an.«

»Sie haben sich mit dieser Entscheidung reichlich Zeit gelassen, Archer«, sagte Charlotte, als sie sich ihm mit einem Blick zuwandte, den man nur als vorwurfsvoll bezeichnen konnte. »Vorher binden Sie diesen Mann los.«

Archer gab Spooner ein Zeichen, der es an den Mann weitergab, der neben ihm auf einem Pferd saß. »Okay, Jake«, sagte Spooner unwillig. »Bind ihn los.«

Jake ließ sich auf den Boden gleiten und näherte sich dem Fremden voller Nervosität. »Einen Moment!« Charlotte richtete ihre Waffe auf ihn. »Gehen Sie andersrum«, sagte sie, »damit sein Pferd Sie kommen sieht. Es wäre mir nämlich gar nicht lieb, wenn Sie sein Pferd ohne jede Absicht erschrecken und ihn somit versehentlich hängen.«

Jake blieb stehen. »Und wieso nicht?« sagte er mit einem verschmitzten Grinsen.

Charlotte ließ sich von seinem Grinsen nicht erweichen. »Weil ich Sie dann erschießen müßte.«

Jake achtete sorgsam darauf, einen weiten Bogen zu machen und von vorn an das Pferd heranzukommen, ehe er auf den Fremden zuging und ihm die Hände losband. In dem Moment zischte ein Schuß direkt an seinem Ohr vorbei, und er warf sich vornüber auf den Boden, während gleichzeitig das Lasso, das um den Hals des Fremden geschlungen war, in zwei Teile riß.

Sein Pferd schnaubte und tänzelte nervös. Als Walker den Wallach wieder unter Kontrolle hatte, wandte er sich Charlotte zu. Er kam sich vor wie ein Fisch auf dem Trockenen, den man gerade gnädig wieder in sein natürliches Element geworfen hatte. »Ich bin Ihnen zu tiefster Dankbarkeit für Ihr Einschreiten verpflichtet, Ma'am«, sagte er mit einem Akzent, der weder nach den Südstaaten noch nach Texas klang.

Als sie den Klang seiner Stimme hörte, die seltsam samtig und heiser war, sah Charlotte ihn an und blickte einen Moment lang in seine klaren Augen, ehe sie tief Atem holte und ihre Stirn runzelte. Etwas an ihm ließ sie ängstlich werden. Vielleicht war es die Intensität seines Blicks, die unerhörte Vertrautheit, die darin lag, wenn man bedachte, daß sie ihn gerade vor dem Tod gerettet hatte. Ein Schauer der Sorge durchzuckte sie, und ihr war peinlich bewußt, daß sämtliche Blicke starr auf sie gerichtet waren. Sie zog eine Augenbraue hoch und sah ihn mit einem Blick an, aus dem eine derart giftige Abneigung sprach, daß sich ihm die Brust zuschnürte. Der Blick war ein Tadel, der ebenso schnell wieder zurückgenommen wurde, wie er erteilt worden war, doch dieser Aspekt wiederum galt ihm und war nur ihm allein vorbehalten. Er neigte kaum wahrnehmbar den Kopf, um ihr zu bedeuten, daß er verstanden hatte.

Charlottes Herz regte sich nervös in ihrer Brust. »Bedanken Sie sich nicht bei mir«, sagte sie. »Ich habe Ihnen lediglich einen Aufschub erwirkt, keine Begnadigung. Vielleicht hängt man Sie trotzdem. Aber das ist dann nicht mehr meine Angelegenheit – solange man Sie nicht an meinem Baum aufhängt.«

Walker neigte noch einmal den Kopf, diesmal mit einer barschen Geste, und sein Blick war hart und durchdringend, als er den gehässigen Groll aus ihrer Stimme heraushörte. Die Frau hatte ihm gerade das Leben gerettet. Warum ärgerte sie sich bloß so sehr über seine Dankbarkeit? Er war kein eitler Mann, doch er hatte von schönen Frauen schon so viele schmachtende Blicke und honigsüße Küsse bekommen, daß er wußte, wie sehr sich Frauen zu ihm hingezogen fühlten. Daß diese Frau ihren Hals für ihn riskierte und ihn dann beleidigte, wenn er ihr seine Dankbarkeit bekundete, erstaunte und ärgerte ihn zugleich.

Er musterte ihr Gesicht und sah einen Mund, der so zart war, daß es ihm schwerfiel zu glauben, daß dieser Mund solche harten Worte mit so scharfer Stimme an ihn gerichtet hatte. Ihr Auftreten und ihre Ausdrucksweise zeigten kühle Selbstbeherrschung, doch in ihren klaren blauen Augen sah er eine Spur von Unsicherheit und Verletzbarkeit. Irgend etwas führte dazu, daß sich sein Herz zusammenzog und das Blut in einem dicken Schwall von Berauschtheit durch seine Adern strömte. Ob es ihr nun paßte oder nicht, aber die Frau hatte ihm einen gewaltigen Dienst erwiesen. Dafür war er ihr wahrhaftig dankbar, und zudem war er Gentleman genug, um sie nicht noch mehr zu provozieren.

»Nichtsdestoweniger«, sagte er langsam, »stehe ich in Ihrer Schuld.« Er musterte sie weiterhin und war zwischen Verärgerung und Neugier hin- und hergerissen, als er ihr trotzig hochgerecktes Kinn und ihre steifen Schultern sah. Der leise Anflug von Panik, den er in ihren Augen entdeckt hatte, sagte ihm irgendwie, daß sie sich nicht von ihm abgestoßen fühlte.

Charlotte konnte nicht umhin zu bemerken, daß der Fremde gut aussah – auf eine rauhe, wenn nicht gar brutale Art. Das Haar des Mannes war ihr auf den ersten Blick dunkel erschienen, doch als seine Hände losgebunden worden waren und er aus dem Schatten der Ulme gekommen war, schien die untergehende Sonne ihm einen goldenen Schimmer zu verleihen. Sein Haar war länger, als es die Männer hier in der Gegend trugen, und doch war sein Gesicht – im Gegensatz zu den diversen Formen von Bärten und Schnurrbärten der anderen – glatt rasiert.

Er war anders. Tatsächlich unterschied er sich in jeder Hinsicht von den anderen Männern, die sie kannte. Seine Haut war etwas dunkler, seine Augen waren etwas blauer, seine Haltung war ein wenig ungebeugter und majestätischer als die jedes anderen Mannes, der Charlotte bisher begegnet war. Als der Fremde sie mit einem Blick musterte, der ihre weiße Musselinschürze und ihr Kattunkleid zu durchdringen schien und dann direkt durch ihr Unterkleid und ihre Leinenwäsche vordrang, wandte sie den Blick ab und sah Archer Bradley an, der seine Frage an Spooner gerade wiederholt hatte.

»Ich sagte, was geht hier eigentlich vor?«

Spooner berichtete, daß er sich um die Herde gekümmert hatte, als er einen Schuß gehört hatte. Er hatte etliche Cowboys vom Triple K mitgenommen, und sie waren in die Richtung geritten, aus der der Schuß gekommen war, und dann hatten sie den Fremden vorgefunden, der über die Leiche eines Mannes gebeugt war und seinen Colt noch in der Hand hielt. Ein Umschlag in der Tasche des Toten enthielt mehrere tausend Dollar und eine Quittung über den Kauf von drei Zuchtstuten, die von Old King abstammten, einem berühmten Rennpferd. Der Name des Toten lautete Walker Reed. Er stammte aus Kalifornien.

»Ich bin Walker Reed«, sagte der Fremde. »Ich bin aus Kalifornien. Ich bin hergekommen, um Pferde zu kaufen. Der Mann, den ich erschossen habe, hat mich letzte Nacht ausgeraubt und mir die drei Stuten gestohlen. Seit dem Morgengrauen bin ich ihm gefolgt. Als ich ihn endlich gefunden hatte und in sein Lager geritten bin, hat er die Waffe gezogen, und mir blieb nichts anderes übrig, als ihn in Notwehr zu erschießen. Ich wollte gerade meine Pferde und mein Geld wieder an mich bringen, als diese Männer kamen und voreilige Schlüsse gezogen haben.«

»Können Sie das, was Sie sagen, irgendwie belegen?« fragte Archer, der nur zu gut verstand, was der Fremde mit vorschnellen Schlußfolgerungen meinte. Dieser Teil von Texas erschien ihm in der Hinsicht als der schlimmste Ort auf Erden.

»Der einzige Beweis, den ich hatte, waren diese Papiere, von denen Sie bereits gehört haben, aber Sie könnten dem Sheriff in Santa Barbara telegrafieren. Er kennt meine Familie schon seit Jahren. Er könnte mich mühelos identifizieren.«

Und natürlich konnte er das. Walkers Großvater, Richard Warrington Reed, war während des Goldrauschs nach Kalifornien gekommen. Eine ergiebige Goldader hatte das notwendige Kapital für den Erwerb einer großen Hacienda und Ranch von einer aussterbenden und verarmten Familie spanischer Abstammung abgeworfen. Dort lebten die Reeds jetzt schon seit drei Generationen. Der Sheriff in Santa Barbara hatte zwei dieser Generationen persönlich gekannt. Die jüngsten Mitglieder der Familie, Riley und Walker, hatten ihm als Jugendliche mehr Kopfschmerzen bereitet, als er je für möglich gehalten hätte. Riley hatte letztes Jahr mit sechsunddreißig endlich geheiratet. Walker, der ein Jahr jünger als sein Bruder war, schien damit keine Eile zu haben.

Archer musterte Walker einen Moment lang. »Ihnen ist klar, daß ich Sie in Untersuchungshaft festhalten muß, bis der Sheriff in Santa Barbara Ihre Aussagen bestätigen und Sie eindeutig identifizieren kann?«

Walker lachte. »Glauben Sie mir, im Gefängnis in Untersuchungshaft zu sitzen, ist unendlich viel besser als das letzte Angebot, das ich in Ihrer gastfreundlichen Stadt bekommen habe.«

Von dem Lächeln des Mannes ging etwas Atemberaubendes aus,

und als sich Charlotte gerade verzweifelt darum bemühte, herauszufinden, wo ihr Atem geblieben war, stieg der Fremde mit einer trägen Lässigkeit aus dem Sattel und kam auf sie zu. »Ich habe Ihnen mein Leben zu verdanken«, sagte er. »Ihnen mag das vielleicht nichts bedeuten, aber mir bedeutet es eine ganze Menge. Ich werde eine Möglichkeit finden, mich bei Ihnen dafür zu revanchieren. Ich werde es bestimmt nicht vergessen.«

Die Liebkosung warmer blauer Augen ließ Charlottes Puls schneller schlagen. Ehe sie eine erboste Antwort herausbringen konnte, wandte sich der Mann ab, und sie sah ihm nach, als er durch den Garten lief und auf sein Pferd stieg. Ihr wurde ganz flau im Magen. Walker sah von Charlotte zu Archer und lächelte ein vielsagendes schwaches Lächeln, bei dem sich seine Mundwinkel nur wenig hochzogen. Dann fiel sein Blick wieder auf Charlotte, und er wirkte wie ein Kojote, der einen Skunk in die Enge getrieben hat und sich davonschleicht. Das Haar in Charlottes Nacken stellte sich auf. Was für ein arroganter Mann! Und dann noch dieser schicke Sattel. Und die mexikanischen Sporen. Das Fünfzigdollarhemd. Wahrscheinlich hatte er all das dem letzten Mann gestohlen, den er umgelegt hatte. Sie hätte zulassen sollen, daß die Kerle vom Triple K ihm den unverschämten Hals in die Länge zogen. Sie starrte ihm immer noch nach, als die Männer sich abwandten und stumm hintereinander aus ihrem Vorgarten ritten – ihr Abgang ging weitaus ordentlicher vonstatten als ihr Eintreffen.

Charlotte riß ihren Blick los und betrachtete mit einem gequälten Seufzer ihr armes Löwenmaulbeet und dann ihren zertrampelten Rasen, aus dem die Pferdehufe ganze Grasnarben herausgerissen hatten. Dann fiel ihr erst das Lasso auf, das wie eine tote Schlange an ihrem Baum schwang, und mit einem Schauer der Abneigung wandte sie sich ab und ging wieder ins Haus.

Die trübsinnige Stille wurde von der Standuhr im Flur zerrissen, die acht Uhr schlug und Charlotte ins Gedächtnis rief, daß das Abenteuer den gewohnten Gang ihres Lebens in Unordnung gebracht hatte. Die Eier waren noch nicht eingesammelt. Die Kuh war noch nicht gemolken. Die Gemüse für das Abendessen hingen noch unbeirrt an ihren Sträuchern, statt in einem Topf auf ihrem Herd zu schmoren und ihr Haus mit einem würzigen Duft zu erfüllen wie sonst immer, wenn die Standuhr acht schlug.

Irgendein Geruch kam jedoch aus ihrer Küche geweht. Ein seltsamer Geruch. Ein Geruch, den man in den Wänden von Charlottes Haus bisher noch nicht geschnuppert hatte. Es dauerte ein Weilchen, bis sie dahintergekommen war, worum genau es sich dabei handelte. Plötzlich warf sie die Hände in die Luft und rannte mit einem hilflosen Aufschrei durch den Korridor.

Wenige Momente später stand sie in ihrer Küche. Und dort fand sie nach einem Tag, der glühend heiß gewesen war, zu viele Hausarbeiten umfaßt hatte, entsetzlich staubig gewesen war und der sogar fast damit geendet hätte, daß jemand in ihrem Garten gelyncht worden wäre – noch dazu ein Fremder, der sie so angesehen hatte, daß sie sich mindestens nackt vorgekommen war –, eine verbrannte Essigpastete vor, die sie aus ihrem neuen Herd holte und wegwarf.

2.

Die nächste Woche zog vorüber wie ein Steppenbrand, heiß und sengend. Der Himmel war von einem strahlenden Dunkelblau und erhob sich unglaublich hoch über dem ausgedörrten Land. Kein Lufthauch regte sich. Kein Regen war in Sicht. Auf nichts konnte man sich verlassen – auf nichts als auf noch mehr Hitze und noch mehr Arbeit.

Und genau das fand Charlotte vor, als sie an ihre Aufgaben heranging. Den Montag verbrachte sie in ihrem Hühnerstall und wirbelte eine Woge von Federn und Hühnermist auf, kehrte alles zu ein paar ordentlichen Haufen zusammen, trug den Dreck ins Freie und warf ihn hinten auf den Wagen, damit Jam den nächsten Nachmittag damit zubringen konnte, den zusammengerechten Mist als Dünger auf dem neuen Feld zu verstreuen, das er gerade umpflügte.

Am Dienstag waren die Fliegen schlimmer, als Charlotte sie je erlebt hatte, und daher verbrachte sie den Tag im Haus, pulte die Maiskörner von den Kolben. Als sie das Rascheln der trockenen Maisblätter hörte, dachte sie, wie sehr der Klang sie doch an das erinnerte, was sie innerlich empfand. Trockenheit. Ihr Leben war angefüllt, wenn schon nicht erfüllt, gerammelt voll mit den Aufgaben, die es mit sich brachte, einem Land seinen Lebensunterhalt abzuringen, das feindseliger und unversöhnlicher ist als der wildeste Indianer. Doch während ihr Leben glatt und geordnet ablief und ganz von der Aufmerksamkeit ausgefüllt war, die sie den sachlichen Einzelheiten des Überlebens widmete, wogegen sie viel zu wenig Aufmerksamkeit auf die Sehnsüchte verwandte, die sie vor langer Zeit erstickt hatte, versuchte sie, eine süße neue Regung zu unterdrükken.

Am Mittwoch strömten die Damen von der Kirche in ihr Haus, und ihre Absätze klapperten genauso schnell über den schimmernd gewachsten Fußboden, wie ihre eifrigen Zungen gegen ihren Gaumen schlugen. Als die Damen endlich wieder aus dem Haus spazierten, war der blitzblanke Boden reichlich mit Krümeln übersät, und eine kostbare Teetasse war in Stücke gebrochen. Charlotte hörte das Wimmern der Kinder, die sie nie haben würde. Sie versuchte, mit der zeitraubenden Aufgabe, das Porzellan ihrer Mutter zu spülen, den Schmerz auszulöschen, den eine gedankenlose Gruppe von Frauen bei ihr ausgelöst hatte, die kein anderes Gesprächsthema finden konnten als ihre Ehemänner und ihre Kinder.

Der Donnerstag. An dem Tag bestand ihre Arbeit lediglich daraus, ihr Bett abzuziehen, die Wäsche der letzten Woche zusammenzusuchen und sie auf die Veranda hinter dem Haus zu schleppen, auf der die Waschzuber schon warteten, einer mit heißer Seifenlauge und Borax gefüllt, der andere mit kaltem Wasser zum Nachspülen. Am späten Nachmittag waren die Obstflecken mit einer Labaraque-Lösung entfernt, die Rostflecken mit Zitronenlauge, und alles war sauber, roch frisch und war über die Wäscheleinen gezogen, und da auch hier vollkommene Ordnung herrschte, hingen Miss Charlottes Unterröcke und ihre Unterwäsche auf der mittleren Leine und waren somit nicht zu sehen.

Am Freitag nähte Charlotte ein paar gelbe Ginganvorhänge für ihre Küche, weckte zwölf Gläser grüne Tomaten ein und buk einen lockeren Butterkuchen für die Familie Stevenson, deren jüngster Sohn in der vergangenen Nacht zu später Stunde an Tollwut gestorben war.

Als der Samstag kam, las Charlotte im Kalender den Sinnspruch des Tages, der vor Vergeudung warnte, und sie beschloß, es sei doch nicht nötig, ihr Geld, das sie für Eier und Butter eingenommen hatte, für etwas so Frivoles wie ein Stück grüne Seide zu verschwenden. Daher gab sie es statt dessen für ein Paar derbe, praktische schwarze Schuhe aus, die so häßlich wie schwer waren.

Am folgenden Montag war sie in der Stadt zu finden, und ihr Einspänner war gegenüber vom Gefängnis angebunden. Als sie ihre Stute gerade wieder einspannen wollte, fiel ihr Blick aus dem Augenwinkel auf das Gefängnisgebäude. Ehe sie den Blick wieder abwenden konnte, ging die Tür auf, und hinter Sheriff Bradley trat kein anderer heraus als der Mann, der kurz davorgestanden hatte, an ihrer Ulme aufgeknüpft zu werden. Der Mann, der behauptete, Walker Reed zu sein.

Walker Reed. Wie oft hatte sich dieser Name im Lauf der vergangenen Woche heimlich in ihren Kopf geschlichen, und wie oft hatte sie ihn sofort wieder von dort verjagt? *Und was hatte ihr das genutzt?* sagte eine kleine Stimme in ihrem Schädel, und ohne wirklich eine Antwort darauf zu geben, wußte Charlotte, daß es ihr nicht das geringste genutzt hatte. Unerwünschte Gedanken verfolgten einen so hartnäckig wie abgegriffenes Kleingeld, das man loswerden wollte.

Als sie sich umsah, bemerkte Charlotte, daß sie nicht die einzige war, die Walker Reed bemerkt hatte. Das stetige Klappern von Absätzen auf den hölzernen Gehwegen hatte plötzlich nachgelassen. Charlotte schaute erst in die eine Richtung, dann in die andere. Die Frauen, die in kleinen Grüppchen auf der Straße auf und ab gelaufen waren, hatten sich plötzlich um sie herum geschart, richteten ihre Aufmerksamkeit jedoch auf die andere Straßenseite und konnten sich gar nicht satt sehen.

Die Frauen aus Two Trees waren nicht gerade dafür berühmt, daß sie sich nicht ausdrücken konnten oder gar außerstande waren, sich freimütig zu äußern, und anscheinend hatte man nicht einer einzigen von ihnen beigebracht, daß es sich nicht gehörte, jemanden unverhohlen anzustarren. Natürlich konnte Charlotte ihnen nicht wirklich vorwerfen, daß sie das taten, denn sie machte sich derselben Ungehörigkeit schuldig. Als sie in die Gesichter der Frauen blickte, die um sie herumstanden, kam Charlotte zu dem Schluß, daß das Gaffen selbst gar nicht so schlimm war wie die Art, auf die man gaffte. Man brauchte sich nur beispielsweise Prissy Ledbetter anzusehen. Ihr traten die Augen derart aus dem Kopf, daß Charlotte an eine große Ohreule denken mußte. Und wie Mary Alice Tiplett den Mund aufsperrte – das hatte so viel von einem Katzenfisch, der nach Luft japste, daß Charlotte sich die Hand, die in einem Handschuh steckte, vor den Mund schlagen mußte, um ein Lachen zu ersticken.

Charlotte lauschte dem Japsen und Kichern um sich herum, als sich der Name des Fremden, mit dem Archer redete, herumsprach. Nach Angaben von Mary Alice erwartete der Mann seine Identifizierung, damit er ein Vermögen, das ihm gestohlen worden war, wieder zurückfordern konnte.

»Wie man leicht sehen kann«, erklärte Mary Alice, »ist er eigentlich nicht in Haft, denn Archer geht zweimal täglich mit ihm ins Gasthaus essen, wogegen die anderen Häftlinge Gefängniskost bekommen.«

Mary Alice redete weiter und informierte ihr verzücktes Publikum darüber, daß ihr Papa bereits mit Archer gesprochen hätte, ob er Mr. Reed nicht am Sonntagabend zum Essen zu sich einladen könne.

»Zum Abendessen? Wie göttlich«, sagte Prissy, die wünschte, ihr eigener Papa hätte die Voraussicht besessen, so weise zu handeln, während sie gleichzeitig an den übernächsten Sonntag und ein Abendessen bei ihrer Familie dachte.

»Ich habe mir außerdem die Freiheit herausgenommen, mit dem Pfarrer über ein geselliges Beisammensein zu reden, ein Picknick und möglicherweise sogar eine Tombola, bei der verpackte Lunchpakete verlost werden, damit der Erlös an die Pfarrei geht. Natürlich würden dazu auch Archer und sein Gast eingeladen, und wenn sie da sind, würde Mr. Reed sich sicher gezwungen sehen, eines dieser Päckchen zu erwerben«, sagte Mary Alice.

»Ich frage mich, wessen Päckchen er sich wohl aussuchen würde«, seufzte Prissy und sah mit einem Lächeln ihre engste Verbündete May Cartwright an.

May, die Prissys Stichwort sofort aufgriff, sagte: »Also, ich bin ganz sicher, daß er sich dein Päckchen aussuchen würde, Prissy.« Dann sah sie sich um und sagte: »Habt ihr schon von der prachtvollen Hutschachtel mit Verzierungen aus Spitze und Perlenschnüren gehört, die Prissys Mutter aus Paris mitgebracht hat?«

Daraus, daß sich um sie herum augenblicklich sämtliche Gesichter in die Länge zogen, schloß Charlotte, daß sie noch nichts davon gehört hatten.

»Ich will mich damit natürlich nicht brüsten«, sagte Mary Alice mit mehr Leidenschaft, als Charlotte ihr zugetraut hätte, »aber ihr wißt ja, daß meine Lunchpakete jetzt schon zwei Jahre hintereinander den Höchstpreis erzielt haben.«

Während Mary Alice weiter vor sich hin schnatterte, lachte und vor Freude über die ganze neiderfüllte Aufmerksamkeit strahlte, die ihr zugewandt war, erspähte sie Charlotte Butterworth, die steif neben ihrem Einspänner stand und den Blick auf den Fremden auf der anderen Straßenseite gerichtet hatte.

»Es ist wirklich zu schade, daß du nie eine Schachtel für die Tombola bastelst, Charlotte«, sagte sie ganz liebreizend. »Falls du es dir diesmal doch anders überlegst, suche ich dir gern jemanden, der etwas dafür bietet, damit du auch sichergehen kannst, daß sie verkauft wird.«

»Ja, mach das ruhig«, sagte Charlotte ebenso liebenswürdig, »und dafür koche ich das Essen, das in deiner Schachtel verpackt wird, weil jeder in Two Trees weiß, daß du nicht mal Wasser heiß machen kannst.«

Mary Alice sperrte den Mund weit auf. Prissy traten die Augen aus dem Kopf. Die anderen Frauen schnappten nach Luft.

Charlotte drehte sich um und ließ sich reichlich Zeit, Butterbean einzuspannen. Dann stieg sie in ihren Wagen und ließ sich noch mehr Zeit, ihre Pakete sorgsam zu verteilen und sich den grauen Baumwollrock glattzustreichen, ehe sie sich den soeben frischerworbenen weichen Kreppschal um den alten Strohhut band. Sie nahm die Zügel in die Hand, versetzte Butterbean einen leichten Klaps und kehrte um.

Auf der anderen Straßenseite unterbrach sich Walker Reed mitten im Satz, drehte sich um und starrte sie an, als sie vorbeifuhr, und dann hob er die Hand zu einer Geste, bei der er die Finger an die Hutkrempe gelegt hätte, wenn er einen Hut getragen hätte. Er bedachte sie mit einem strahlenden Lächeln. Ein köstlicher Schauer der Erregung zuckte durch Charlottes Körper, von den neuen praktischen schwarzen Schuhen bis zum toskanischen Strohhut, und wie ein Frösteln setzte sich dieser Schauer unter dem dicken Knoten fest, zu dem sie ihr Haar im Nacken geschlungen hatte. Mit tadelloser Höflichkeit senkte sie den Kopf ein wenig, ehe sie majestätisch das Kinn in die Luft reckte und einen Schnalzlaut von sich gab, um Butterbean anzuspornen. Die wohlerzogene alte Stute trabte brav vor sich hin, als Charlotte die Stadt verließ.

Charlotte, die hoch oben auf ihrem Sitz thronte, versuchte, mit dem köstlichen Gefühl umzugehen, das in ihr aufstieg. Die seltsame Bedeutung, die sie dieser flüchtigen Begrüßung und dem reizenden Lächeln beimaß, sickerte in sie ein wie Regen in eine ausgedörrte Steppe. Tatsächlich konnte Charlotte Walker Reed auf dem ganzen Heimweg nicht abschütteln, denn immer wieder sprangen ihr kleine Einzelheiten seiner Person vor Augen; der Schimmer seines goldbraunen Haars, die Art, auf die er mit Archer dagestanden hatte, eine Hand gegen das Gebäude gelehnt und die andere in die Hüfte gestemmt, den Kopf gesenkt und in ein Gespräch vertieft. Würde er sich auch mit der Frau, deren Lunchpaket er bei der Tombola ersteigerte, derart in ein Gespräch vertiefen? Wäre sein schimmernder Haarschopf zu ihr vorgebeugt, während er mit einer sanften, ruhigen Stimme mit ihr sprach und sie ganz atemlos und benommen zurückblieb? Oder würde er sie sachte an der Hand nehmen und sie von der Menge fortführen, und wenn sie erst einmal allein miteinander waren, würde er dann diese starken Arme um sie schlingen und sie mit derselben gnadenlosen Arroganz küssen, die sie am Tag der geplanten Hinrichtung an ihm beobachtet hatte? Urplötzlich erschien es ihr unerträglich, ihren kleinen Anteil an ihm einer anderen Frau zu überlassen. Mit einem Seufzen fragte sie sich, wie es wohl sein mußte, Walker Reeds Auserkorene zu sein.

Doch da sie mehr als alles andere eine äußerst verständige Frau war, wußte sie, daß diese Vorstellungen niemals Wahrheit für sie werden konnten, und daher klatschte Charlotte Butterbean auf den Rücken und trieb das Pferd zu einer schnelleren Gangart an, als könnte sie die Gedanken an Walker Reed, die durch ihren Kopf purzelten, auf diese Art im aufwirbelnden Staub hinter ihrem Gefährt zurücklassen. Doch es dauerte nicht lange, bis sie feststellte, daß die Gedanken an ihn immer noch in der Staubwolke hinter ihr herzogen, noch beharrlicher als bisher. Ihr ging auf, daß die Richtung, die ihre Überlegungen eingeschlagen hatten, vollkommen absurd war. Warum sollte ausgerechnet sie, eine Frau, die mehr als zwanzig Jahre ihres Lebens ohne einen Mann in Ruhe und Frieden zugebracht hatte – abgesehen von ihrem Bruder –, plötzlich wegen eines Mannes in Aufruhr geraten, der nichts Besseres zu tun hatte, als durch das Land zu ziehen wie ein ausgestoßener Gesetzloser – der im einen Moment raubte und mordete und im nächsten Moment wie ein Idiot grinste und höchstwahrscheinlich jedes junge Mädchen, das ihm über den Weg lief, ruinierte?

Sowie sie zu Hause angekommen war, begab sich Charlotte sofort in die Küche und entschloß sich, ihre Unzufriedenheit an einem hilflosen Teigklumpen auszulassen. Bald steckten ihre Arme bis zu den Ellbogen im Mehl, und sie schnitt die letzte Scheibe Sauerteig ab und tauchte sie in das ausgelassene Fett einer Speckschwarte, ehe sie sie in ihre gußeiserne Bratpfanne legte. Doch wenn sie auch noch so beschäftigt war, wurde sie immer noch von Erinnerungen an diesen Schurken geplagt. Daß sie kostbare Zeit damit vergeuden sollte, an einen Mann zu denken – ganz gleich, an welchen –, paßte Charlotte überhaupt nicht in den Kram.

Plangerecht am kommenden Mittwoch trippelten die Damen von der Kirche im Gänsemarsch in ihr Haus, und ihre Absätze klapperten wie immer auf den blitzblanken Fußböden. Doch als sie wieder aus dem Haus gegangen waren, stellte Charlotte fest, daß sie überhaupt nicht an den Fußboden dachte, der regelrecht mit einer Schicht von Krümeln überzogen war. Ihre gesamte Konzentration richtete sich auf ein kleines Stückchen Papier, das Mrs. Farnsworth ihr mit den Worten überreicht hatte: »Ach, Charlotte, meine Liebe, fast hätte ich es ganz vergessen. Sheriff Bradley hat mich gebeten, dir das hier zu geben. Meine Güte! Fast wäre es mir entfallen.«

Nachdem sie die Haustür mit der Hüfte zugestoßen hatte, faltete Charlotte den Zettel auseinander. Es war ein Rundschreiben, eine öffentliche Bekanntmachung von der Sorte, die Archer in der ganzen Stadt an Wände klebte. Er sorgte immer dafür, daß jemand ihr einen dieser Zettel überbrachte. Sie überflog den Text. Am Sonntag in einer Woche würde eine Tombola veranstaltet. Sämtliche Damen aus der Gegend wurden aufgefordert, ein Lunchpaket in einer geschmückten Schachtel zuzubereiten, die dann von Reverend Thaddeus Tate versteigert werden sollte. Die Einnahmen sollten der Pfarrei zugute kommen, damit das Pfarrhaus, das im letzten Winter abgebrannt war, wiederaufgebaut werden konnte.

Charlotte steckte das Blatt in ihre Tasche und machte sich an den formlosen, zerquetschten Kissen auf ihrem Roßhaarsofa zu schaffen, bis ein sachter Windhauch ihre Spitzengardinen blähte und eine der kostbaren Teetassen ihrer Mutter klapperte. Charlotte streckte gerade die Hand aus, um das offenstehende Fenster zu schließen, als sie Stimmen in der Nähe ihres Geißblattstrauches hörte.

»Fragst du dich nicht auch, warum Archer sich die Mühe macht, Martha einen Zettel für Charlotte mitzugeben, damit sie von der Tombola erfährt?« sagte eine Stimme, die Charlotte augenblicklich als die von May Cartwright erkannte.

»Ja, und ich wünschte fast, Charlotte würde wirklich eine Schachtel spenden. Ich würde zu gern ihr Gesicht sehen, wenn der Reverend *ihre* Schachtel hochhebt und niemand etwas dafür bietet«, erwiderte Mary Alice.

»Ihr wißt doch selbst, daß Nemi etwas für die Schachtel bieten würde«, sagte eine dritte Stimme, die nur Prissy gehören konnte. »Er würde nie zulassen, daß seine Schwester in eine derartige Verlegenheit gerät.«

»Schon, aber du vergißt, daß Nemi so schnell nicht vom Viehtrieb zurückkommt«, sagte Mary Alice. »Und das würde ihm auch ganz recht geschehen, diesem hochnäsigen Kerl. Meine Mama sagt, die sind nichts anderes als Konföderierten-Gesindel... das erst nach dem Krieg hier in die Gegend gekommen ist. Keine Texaner der dritten Generation, so wie wir.«

»Und was ist mit Archer?« fragte Prissy. »Ich glaube, er würde etwas auf Charlottes Schachtel setzen. Hier weiß doch jeder, daß er es schon lange auf sie abgesehen hat.«

»Ja«, sagte May, »und schau dir nur an, wohin ihn das gebracht hat. Nicht das geringste hat es ihm genutzt. Und außerdem kann Archer überhaupt nicht mitbieten, egal auf wessen Schachtel. Er hat noch immer Dienst gehabt, wenn wir eine Tombola veranstaltet haben, damit seine Deputys den Nachmittag freinehmen können. Archer kann nicht mitbieten, wenn er im Dienst ist.«

»Und darum können wir alle nur froh sein«, warf Prissy ein. »Jede Frau in Two Trees weiß, daß Archer keine gute Partie ist. Er ist so arm wie eine Kirchenmaus. Deshalb muß er sich ja auch mit Charlotte begnügen. Also, ich glaube wirklich, daß ich sie noch nie in einem seidenen Kleid gesehen habe. Sie trägt nie etwas anderes als Kattun und Gingan... oder diesen häßlichen blauen Serge im Winter.«

»Habt ihr diese Schuhe gesehen, die sie sich letzte Woche gekauft hat?« fügte May hinzu, und alle lachten.

»Diese klobigen Kähne meinst du wohl«, korrigierte Prissy.

»Das ändert ohnehin nichts«, sagte Mary Alice. »Charlotte würde in einer Million Jahren keine Schachtel zur Tombola bringen. Ja, ich wage zu behaupten, daß sie es gern täte, aber sie würde diese Demütigung nicht riskieren. Was könnte sie sich schon einfallen lassen, um eine Schachtel zu verzieren... sie etwa weiß anmalen und Blumen darauf pflanzen?«

»Ich habe eine ganz wunderbare Idee«, sagte Prissy. »Warum laden wir Charlotte nicht ein, dieses Jahr zu kommen? Sie kann das Essen kochen, und *wir* basteln ihre Schachtel.«

»Sie käme ja doch nicht«, sagte Mary Alice hämisch. »Noch nicht einmal dann, wenn sie von uns dafür bezahlt würde. Sie versteckt sich lieber da draußen – fernab von allem, hinter ihrem weißen Lattenzaun und ihren Blumen – und tut vornehm.«

Charlotte hatte die Hände auf den Bauch gepreßt, und Tränen liefen über ihr Gesicht, als sie sich abwandte und leise auftrat, bis sie ihr Schlafzimmer erreicht hatte, und dort warf sie sich auf das Bett und ließ ihrem Kummer und ihrem Zorn freien Lauf.

Sie fühlte sich elend, aber weniger um ihrer selbst willen, als wegen der gehässigen Dinge, die sie über Nemi und Archer geäußert hatten. Wie konnten sie nur derart gehässig über zwei gutherzige Menschen reden? Nemi und Archer beschränkten ihre Freundlichkeit nicht nur auf sie; sie erstreckten sie auf die ganze Gemeinde. Nie schlugen sie jemandem eine Bitte ab.

Tränen hatten nie einen allzu großen Raum in Charlottes Leben eingenommen. Gewöhnlich versiegten sie so schnell, wie sie hervorgesprudelt waren, und auch heute verhielt es sich nicht anders. Sie ging in die Küche, betätigte heftig die Pumpe, um einen Eimer mit Wasser zu füllen, tauchte einen Lappen hinein und legte ihn auf ihr Gesicht. Als das Tuch warm geworden war, tauchte sie es noch einmal ein, damit es die Hitze aus ihrer Haut sog. Dann ging sie in den Stall und hob einen Packen Heu auf.

Jam hatte den Esel eingesperrt, und als er sie sah, machte er sich lauthals bemerkbar. Sie legte das Heu in den Futtertrog und kraulte das weiche Haar zwischen den langen Schlappohren, während sie dem Esel beim Fressen zusah. »Warum beschimpfen die Menschen sich gegenseitig als Esel?« fragte sie und strich ihm über das eine Ohr, dann über das andere. »Ich finde, Esel sind viel netter als Menschen. Meinst du nicht auch?« In dem Moment streckte der Esel den Hals, um den nächsten Bissen zu schnappen, und dann bewegte er den Kopf heftig auf und ab, um das Heu aus dem Ballen herauszuziehen. Es sah ganz danach aus, als nickte er zustimmend, und Charlotte mußte unwillkürlich lachen. Sie schlang dem Esel die Arme um den Hals und drückte ihn liebevoll an sich, ehe sie wieder fortging.

Als sie sich auf den Rückweg machte, stellte Charlotte fest, daß Jam die Pfauen fütterte. Das Männchen stolzierte umher und fächerte die prächtigen Schwanzfedern auf. Es lief so langsam und majestätisch herum, als wüßte es nur zu genau, wie schön es war. Charlotte sah nach dem kleineren, weitaus farbloseren Weibchen und fand es endlich hinter dem leuchtenden Gefieder des Männchens. Ein Lächeln zog ihre Mundwinkel nach oben. Die graubraune kleine Henne war vollauf damit beschäftigt, Körner aus dem Trog zu picken, und sowohl ihre eigene Schlichtheit als auch die arrogante Zurschaustellung des Männchens schienen sie ungerührt zu lassen. Als der stolze Pfau seine Federn wieder zusammengefaltet hatte und zum Futtertrog stolzierte, waren alle Körner aufgefressen. Es schien, als könnten die Menschen noch viel von den Tieren lernen. Und daher ließ sich Charlotte von der mausgrauen kleinen Pfauenhenne eine Lektion erteilen.

Am Samstag vor der Tombola entschloß sich Charlotte, etwas zu tun, was sie noch nie getan hatte. Sie würde eine Schachtel für die Tombola stiften. Sie war sich selbst nicht ganz sicher, was sie dazu veranlaßte, derart mit der Vergangenheit zu brechen und sich an etwas ganz Neuem zu versuchen. Sie hegte jedoch den Verdacht, daß sie es einfach satt hatte und daß darin der wahre Grund zu suchen war. Ja, sie hatte es satt voraussehbar zu sein, sich anständig zu verhalten und ehrbar zu sein. Ein einziges Mal in ihrem Leben wollte sie den Eingebungen ihrer eigenen Natur folgen und die Vorsicht in den Wind schreiben. Sie wollte etwas tun, was ein wenig verwegen war. Vielleicht hatten ihr Mary Alice und ihre seichten Freundinnen einen wirklichen Dienst erwiesen, denn Charlotte zweifelte nicht einen Moment daran, daß das Gespräch, das sie vor ihrem Fenster mit angehört hatte, für ihre Ohren bestimmt gewesen war. Ebenso wenig Zweifel bestand allerdings daran, daß ihre gehässigen Freundinnen sie provozieren wollten, sich auf ihrer Ebene mit ihnen zu messen. Sie mochte zwar einfach sein, aber sie war nicht einfältig. Sie würde sich auf diesen Wettbewerb einlassen. Aber nicht auf der

Ebene, die die anderen ihr vorschreiben wollten. Nur ein Dummkopf stellte sich hinter einen Esel.

Kein Koch am Königshof, kein berühmter Küchenchef hatte sich je hingebungsvoller und genüßlicher ans Werk gemacht als Charlotte, als sie sich am Samstag vor der Tombola auf die Essensvorbereitungen stürzte.

Erst kamen die verschiedenen Fleischpasteten, deren Krusten so hauchdünn waren, daß sie bei der geringsten Berührung rissen. Gebratene Süßkartoffeln kamen als nächstes, saftig und süß unter ihrem zarten Zuckerguß. Dann bereitete sie Maisbeignets und Tomatensalat zu. Sie richtete ein Glas von ihren eingelegten Pfirsichen, ein Glas Pflaumenmus und einen Krug von ihrem besten Kirschgeist her. Zum Nachtisch buk sie eine Biskuittorte mit einem kleinen Spritzer Whisky und einen frischen Pfirsichkuchen. Als alles fertig war, bedeckten die Speisen ihren ganzen Küchentisch. Wie sollte sie je eine Schachtel finden, die klein genug war, damit man sie tragen konnte, und doch groß genug, damit alles hineinpaßte? Sie entschloß sich, darüber eine Nacht zu schlafen. Irgend etwas würde ihr morgen früh schon noch einfallen. Da war sie sich ganz sicher.

Am nächsten Nachmittag spannte Charlotte Butterbean an und kutschierte den Wagen selbst zur Kirche, nachdem sie ihre Schachtel schon um zehn Uhr am selben Morgen abgegeben hatte. Die Lunchpakete sollten rechtzeitig bereitstehen, denn niemand durfte wissen, welche Schachtel von welcher Dame gebastelt worden war.

Wenn sie jetzt für etwas dankbar war, dann dafür, daß sie den Veranstaltungen der Kirche immer beigewohnt hatte, selbst wenn sie bisher nie eine Schachtel für die Tombola gestiftet hatte. Zumindest würde niemand aufgrund ihrer bloßen Anwesenheit Verdacht schöpfen. Als sie Mabel Stratton und Pearlene Carter entdeckte, schlug Charlotte die Richtung ein, um sich zu den beiden älteren Frauen zu setzen, die mit ihren Kindern erschienen waren. Vielleicht durfte sie Pearlenes Baby auf dem Arm halten – ihr war alles recht, solange es sie nur von der Tombola ablenkte. Inzwischen empfand sie es als eine ausgesprochene Dummheit, daß sie je auch nur in Betracht gezogen hatte, eine Schachtel für die Tombola zu spenden.

Eine Stunde später war die Versteigerung im Gange, und sieben der fünfzehn Pakete waren bereits verkauft. Prissys Schachtel wurde als vierte verkauft und ging für fünf Dollar an Spooner Kennedy. Damit hatte sie zwei Dollar mehr erzielt als May Cartwright, doch May machte sich nichts daraus, denn ihr Paket hatte Virgil Thompson gekauft, der Sohn des Bankiers. Als sie mit Virgil im Schlepptau an Charlotte vorbeikam, bemerkte May: »Mir macht es gar nichts aus, daß Prissys Paket mehr eingebracht hat. Schließlich weiß ohnehin jeder, daß Spooner nicht so viel Geld wie Virgil hat.«

Nachdem sie sich Custer, Pearlenes Baby, auf die andere Schulter gelegt hatte, sagte Charlotte: »Ich dachte, die Kennedys seien so ziemlich die reichsten Leute hier in der Gegend.«

»Tja, Virgil ist aber noch reicher.«

»Ach ja?« fragte Charlotte.

»Ja, gewiß. Also wirklich, Charlotte, manchmal bist du schon ziemlich schwer von Begriff. Virgil hat eine ganze Bank voller Geld.«

»Diesen speziellen Zusammenhang hätte ich wirklich niemals erkannt«, sagte Charlotte. »Jedenfalls würde ich dir nicht raten, von diesem Geld etwas auszugeben. Sonst könntest du noch im Gefängnis enden.«

May sah Charlotte empört an und sagte: »Komm schon, Virgil, wir wollen uns einen netteren Platz suchen.«

Die Schachtel von Mary Alice wurde als zehnte verkauft und brachte einen Dollar mehr als Prissys Paket ein, und doch merkten alle, daß Mary Alice fuchsteufelswild war.

»Warum schaut sie bloß so böse? An Chavez ist doch nicht direkt etwas auszusetzen. Sein Geld ist genauso gut wie das aller anderen. Er ist ein ehrlicher Cowboy, der hart arbeitet, wie unsere meisten Männer hier. Diese Kiste muß ihn drei Monatslöhne gekostet haben«, bemerkte Mabel. »Mary Alice müßte sich doch wirklich sagen, daß das Geld einem guten Zweck dient.«

»Bei Mary Alice dreht sich doch immer alles nur um Männer. Ich glaube, sie ist ärgerlich, weil sie es auf diesen großen Mann abgesehen hatte, der bei Archer steht«, sagte Pearlene.

Als Charlotte den Kopf zu den beiden Männern umdrehte, war sie in Gedanken ganz bei ihrer eigenen Schachtel, und auf den Anblick, der sich ihr bot, war sie restlos unvorbereitet.

Sie erstarrte regungslos vor Erstaunen; lange Zeit atmete sie nicht einmal. Er hatte sich zu Archer vorgebeugt, um ihm zuzuhören, und er war derart in das Gespräch vertieft, daß er gar nicht merkte, wie viele weibliche Augen auf ihn gerichtet waren. Er strahlte so viel Ruhe und Frieden aus, daß Charlotte das Gefühl hatte, wenn sie die Hand ausgestreckt hätte, hätte sie die Stille des Augenblicks berühren können. Eine Wolke zog vor die Sonne, und er blieb im Schatten zurück, und dann zog die Wolke über die flache Steppe und nahm den Schatten mit sich, und er war wieder in den Sonnenschein getaucht. Und plötzlich begann alles um Charlotte herum, eine neue Bedeutung zu bekommen, als sei die ganze Welt frisch gewaschen.

Sie starrte ihn an, und ihre Blicke glitten über lange Beine, die in einer engen Hose steckten, über kräftige Schultern, die sich unter einem verwaschenen blauen Hemd spannten. Eine brutale Kraft ging von ihm aus, doch sie wurde von einem unglaublichen Gefühl von Sanftmut und Frieden gemildert. Was hatte Walker Reed bloß an sich, das dieses Wohlbehagen bei ihr auslöste und ihr den Moment versüßte? Wie er so neben Archer stand, wirkte er eher, als sei er Archers bester Freund und bestimmt nicht sein Gefangener; es fiel ihr schwer, sich immer wieder zu sagen, daß dieser Mann durchaus ein Killer sein konnte. Warum saß er nicht im Gefängnis? Warum war Archer in seiner Gegenwart so unbeschwert und leichtsinnig? Warum war er zu diesem Picknick erschienen? Und was noch wichtiger war: Warum kam sie sich so blöd wie ein Kalb im Klee vor? So respektabel und so unerfahren sie mit Männern war, wußte Charlotte nichts von dem berauschenden Gefühl, von einem Mann in den Armen gehalten und geküßt zu werden, und doch vermittelte ihr die ungewohnte Empfindung, die sie durchströmte, den Eindruck, als geschähe ihr gerade genau das. Aber das war ja einfach lachhaft. Sie wußte nichts über das Küssen und dergleichen; allmählich fing sie an zu glauben, daß sie noch weniger als über das Küssen über Charlotte Butterworth wußte.

»Bist du nicht meiner Meinung, Charlotte?«

Pearlene hatte sie dabei ertappt, daß sie ihr nicht zuhörte. »Was soll ich nicht auch meinen?« fragte Charlotte.

»Meinst du nicht auch, daß Mary Alice nur deshalb so fuchsteufelswild ist, weil der Mann, der mit Archer gekommen ist, ihre Kiste nicht gekauft hat?«

»Wie kommst du denn darauf?«

»Ganz einfach, weil sie ihm pausenlos schöne Augen macht«, erwiderte Pearlene.

»Er ihr aber offensichtlich nicht«, sagte Mabel, und alle drei lachten.

»Mary Alice hat *immer* irgendeinen Mann ins Auge gefaßt«, keuchte Pearlene und schnappte nach Luft.

Darauf sagte Mabel: »Und sie würde ihn bestimmt nicht nur ins *Auge* fassen, wenn sie bloß einen fände, der sie nah genug rankommen ließe.«

Charlotte wandte ihren Blick wieder Reverend Tate zu, der das Lunchpaket von Becky Lacy gerade Carl, dem jüngeren Bruder von Spooner Kennedy, überreichte. Sie hielt die Luft an, als sie erkannte, daß nur noch zwei Schachteln übrig waren und daß eine davon ihre war. Mit ihrem ruckhaften Atem mußte sie Custer beunruhigt haben, denn er fing jetzt an zu zetern, und Pearlene nahm ihn wieder zu sich. Charlotte konnte plötzlich nicht mehr verstehen, daß sie dumm genug gewesen war, sich derart zum Gespött zu machen. Früher oder später würde ganz Two Trees erfahren, daß sie ein Lunchpaket abgeliefert hatte. Was alles noch schlimmer machte, war, daß man genau wissen würde, welche Schachtel von ihr stammte. Vierzehn der Kisten waren geschmückt und verziert, angemalt und mit Stoff beklebt, raffiniert geformt und gefaltet, und sie glitzerten und schillerten und waren mit jeglichem Krimskrams dekoriert, der der Menschheit bekannt war. Es gab nur eine Kiste, die vollkommen schmucklos war. Aber auch vollkommen. Nun ja, es sei denn, man sah die schwarzen Buchstaben als eine Verzierung an, die seitlich und oben aufgestempelt waren. Aber die waren schon auf der Kiste gewesen, als sie sie erworben hatte, und sie stammten nicht von ihr, und daher konnte man sie wohl kaum als Dekoration ansehen. Nicht wirklich.

Charlotte beobachtete, wie Reverend Tate nach einer der beiden letzten Kisten griff, und sie betete zu Gott, er möge ihr noch einen kleinen Aufschub gewähren. Doch ehe sie diese schlichte Bitte formuliert hatte, suchte Reverend Tate schon die nächste Schachtel aus und stellte sie auf den Auktionstisch. Es war ein derart komischer Anblick, ihn eine hölzerne Lattenkiste tragen zu sehen, auf die in großen, fetten schwarzen Buchstaben auf allen Seiten und obendrauf WHISKY stand, daß die Menge augenblicklich in schallendes Gelächter ausbrach. Reverend Tate spielte den Spaß mit und sagte: »Wenn ich eine Frau wäre und die Aufmerksamkeit eines Mannes auf mich ziehen wollte, dann würde ich es wohl ganz genauso machen.« Alle lachten.

»Vielleicht wollte sie ihn nur etwas schneller auftauen«, rief jemand aus dem Hintergrund.

»Vielleicht kocht sie so schlecht, daß man sich betrinken muß, um ihr Essen runterzubringen«, rief eine andere Stimme.

»Aber vielleicht haben die Hände, die dieses Lunchpaket verpackt haben, sich auch nur keinen Pfifferling um den äußeren Schein gekümmert und all ihre Mühe darauf verwandt, den Inhalt dieses Päckchens vorzubereiten«, sagte Reverend Tate. In dem Moment wußten alle Bescheid.

Stille brach über die ganze Gemeinde herein. Nur das Geräusch von Menschen, die auf ihren Stühlen herumrutschten, war noch zu hören, als alle Köpfe sich umwandten und Charlotte anstarrten.

In dem Moment, in dem sie den Blick abwandte, glühte ihr Gesicht nur noch mehr, denn sie bemerkte das belustigte Lächeln, das sich auf Walker Reeds Zügen breitmachte, während er kaum wahrnehmbar nickte. Am liebsten hätte sie sein arrogantes Lächeln genommen und es ihm über den Schädel geschlagen, aber ihr blieb nichts anderes übrig, als ihn mit einem hochmütigen Blick zu bedenken, ehe Reverend Tates Stimme dröhnend erklang: »Welches Angebot darf ich für dieses... dieses verpackte Essen vormerken?«

»Fünf Cent, falls eine Flasche Whisky drin ist.«

Charlotte erkannte die Stimme nicht und wahr froh, daß das Gelächter jede weitere Bemerkung übertönte.

»Na macht schon, Leute. Ihr erwartet doch nicht von mir, daß ich den nächsten Winter ohne ein Dach über dem Kopf verbringe.«

»Fünfundzwanzig Cent… aber nur, wenn Sie die Kiste behalten.«

Wieder brüllendes Gelächter.

So ging es immer weiter. Eine Menge Gelächter, aber nicht viel Geld. Charlotte wollte vor Scham sterben, weil sie sich vor der ganzen Gemeinde zum Gespött gemacht hatte, um jetzt mitzuerleben, wie ihre Kiste für weniger als fünfundsiebzig Cent wegging, das niedrigste Gebot des ganzen Tages – um einige Dollar niedriger als das bisher schlechteste. Dann kam Doc zu ihrer Rettung und bot fünf Dollar. Charlotte hätte den guten Kerl dafür küssen können.

»Zum ersten… zum zweiten…«

»Fünfzig Dollar, wenn die Frau, die das Picknick zubereitet hat, mich den Ort aussuchen läßt, an dem wir es zu uns nehmen.«

Walker Reed.

Diese belegte Stimme hätte Charlotte im Schlaf wiedererkannt. Im ersten Moment war sie vollkommen sprachlos. Niemand hatte je ein Lunchpaket auch nur für annähernd diesen Preis erworben. Fünfzig Dollar. Das war ein Vermögen. Mehr, als sie mit ihren Eiern und ihrer Butter im ganzen Jahr einnahm. Und dann hörte sie das Flüstern und spürte die Blicke, die neugierig auf sie gerichtet waren. Verblüfft nahm sie eine steife Haltung an und bemühte sich, ihr Unbehagen zu verbergen. Es war schon schlimm genug, wenn alle in Two Trees wußten, daß sie ein Lunchpaket gestiftet hatte; sie wollte nicht, daß jetzt auch noch die ganze Bevölkerung an ihren Gründen dafür herumrätselte, insbesondere, da sie ihr selbst nicht wirklich klar waren. Was sie wirklich grämte, war, daß sie, die noch nie im Mittelpunkt gestanden hatte, beim ersten Anlauf gleich zweimal die Aufmerksamkeit aller auf sich gezogen hatte – erst durch die Spende dieser blöden Kiste und jetzt auch noch, weil *er* sie kaufte… und das zu einem absolut lachhaften Preis.

Aber was sollte sie jetzt tun? Was hätte sie sagen können? Daß sie sich nur von den Äußerungen einiger gehässiger Frauen hatte anstacheln lassen? *Niemals, in einer Million Jahren nicht.* Wäre es aufrichtig gewesen, wenn sie zugegeben hätte, daß sie einmal in ihrem Leben etwas Unerwartetes hatte tun wollen? *Ja, wahrscheinlich schon.* Aber etwas Derartiges hätte sie vor dieser gaffenden Meute niemals eingestanden. Walker Reed wirkte so zufrieden wie ein Waschbärbaby, und plötzlich schlug ihre Verlegenheit in blanke Entrüstung um. In dieser Stadt war sie zu Hause, und Walker Reed hatte kein Recht dazu, tollkühn hier aufzutauchen, sich vor Gott und der Schöpfung zu brüsten und sie zum Gespött zu machen. Wenn er ihr auf die Art seine Dankbarkeit erweisen wollte, dann wollte sie gar nicht erst wissen, was er jemandem antat, den er nicht leiden konnte. Es war schon schlimm genug, daß sich alle in Two Trees fragen würden, *warum* Walker Reed fünfzig Dollar für ihr Lunchpaket bezahlte, aber jetzt würden sie noch dazu alle möglichen Spekulationen anstellen, wo Walker das Picknick zu sich nehmen wollte.

In dem Moment, in dem ihr Unbehagen seinen Höhepunkt erreicht hatte, hörte sie hinter sich jemanden flüstern: »Was glaubst du wohl, warum er den Platz für das Picknick aussuchen will?«

Und die Antwort: »Du glaubst doch nicht etwa, *Miss Lottie* würde sich zu dem Zweck eine Matratze aussuchen?«

Charlotte hätte sich tief gekränkt gefühlt, wenn diese Äußerung sie nicht in die Realität zurückgeholt hätte. Sie würde mit Walker Reed essen. Allein. An einem Ort seiner Wahl.

Wie oft hatte sie schon nachts im Bett gelegen und sich gefragt, wie es wohl sein mochte, wenn ein Mann um sie warb, sie zur Kirche begleitete und mit ihr spazierenfuhr. Und jetzt war sie plötzlich mit einem Mann konfrontiert, der so gut aussah, daß die Herzen aller Frauen höher schlugen, und sie verspürte nur Panik. Wohin er sie wohl bringen würde? Wie lange sie wohl für die Mahlzeit brauchen würden? Ob es vielleicht schneller vorbeiging, wenn sie überhaupt nichts aß? Wollte er wirklich nur mit ihr essen?

Charlotte spürte, wie sich die Blicke von ihr abwandten, als Walker vortrat, um die Kiste von Reverend Tate entgegenzunehmen.

»Wenn Ihnen Ihr ganzes Geld gestohlen worden ist, woher nehmen Sie dann die fünfzig Dollar für dieses Paket?« fragte Mrs. Carstairs.

»Ich gebe ihm ein Darlehen«, sagte Archer und trat vor.

»Pah!« sagte Mrs. Carstairs. »Und woher nimmst du das Geld, Archer? Hier weiß doch jeder, was für ein armer Schlucker du bist.«

Archer lachte. »Na und, ich werde es mir eben von Virgils Bank besorgen.«

Noch mehr Gelächter. Reverend Tate schlug mit seinem Hammer auf den Tisch. »So, Leute, jetzt laßt uns aber weitermachen.« Er sah Charlotte an. »Miss Lottie, wenn ich aus Ihrer Gesichtsfarbe schließen darf, würde ich wetten, daß diese Kiste Proben Ihrer Kochkunst enthält. Ist das richtig? Ist das Ihre Kiste?«

Charlotte konnte in ihrem Entsetzen nur noch nicken.

»Nun, was ist, erklären Sie sich mit Mr. Reeds Bedingungen einverstanden?« Als Charlotte zögerte, sagte Reverend Tate: »Charlotte, ist es Ihnen recht, wenn Mr. Reed den Ort für Ihr Picknick bestimmt?«

Wieder waren alle Blicke auf sie gerichtet... mindestens zweihundert Augen... nein, zweihundertundeins, wenn man den alten Heck Pipkin mitzählte, der nur ein Auge hatte. Und das waren einfach zu viele Augen, die sie anstarrten. Charlotte hätte eingewilligt, mit dem Teufel zusammen in einem siedenden Kessel zu essen, wenn sich nur diese forschenden Blicke von ihr abgewandt hätten. Ihr einziger Gedanke war der, so schnell wie möglich von hier fortzukommen und so viele Meilen wie möglich zwischen sich und diese Ortschaft zu legen. Sie nickte zustimmend und spürte, daß ihr flau im Magen wurde, als Reverend Tate Walker Reed die Whiskykiste überreichte.

Mabel umklammerte ihren Arm. »Ach du meine Güte! Charlotte, ist dir eigentlich klar, *wer* deine Kiste gekauft hat? Du bist die glücklichste Frau auf Erden.«

Aber Charlotte fühlte sich alles andere als glücklich, und wieweit sie auf Erden war und mit beiden Füßen fest auf dem Boden stand, hätte sie nicht so ohne weiteres sagen können. Als sie aufstand, spürte sie, daß ihre Knie weich wurden – als hätte ein ganzer Gerichtssaal voller Menschen mit besorgten Mienen gerade mitangehört, wie ein Richter mit versteinertem Gesicht sie verurteilt und ihre Hinrichtung anberaumt hatte.

Sie bemerkte nicht, daß Walker Archer ein Zeichen gab, und sie nahm ebensowenig wahr, daß Archer auf Reverend Tate zuging und ihm etwas überreichte. Sie hatte auch überhaupt nicht zur Kenntnis genommen, daß Walker ihr Lunchpaket abgeholt hatte. Sie sah es erst, als er mit ihrer Whiskykiste unter dem einen Arm vor ihr stand und ihr die andere Hand entgegenstreckte. »Sind Sie soweit, Miss Butterworth?« fragte er, und ein spitzbübischer Glanz ließ seine blauen Augen strahlen.

3.

Charlotte legte eine unsichere Hand in seine, die Walker warm und kräftig umschloß, als sie ihn mit bestürztem Blick anstarrte. In seinen Augen stand so viel, daß sie sich in duftendes Parfum getaucht fühlte. Im Nachhinein würde sie sich daran erinnern, in diesem Moment gedacht zu haben, daß nichts an einem Mann so schön wie Sanftmut war und nichts so sanft an ihm wie seine Kraft war. Seine sachte Ermunterung, nicht etwa Gewalt, ermöglichte es ihr, mit ihm auf ihren Wagen zuzugehen.

Seine beruhigende Gegenwart und die Art, wie er ihren Arm nahm, trugen dazu bei, ihre Gelenke aus der Erstarrung zu lösen. Als er die gehässigen Blicke einiger der vornehmsten jungen Damen aus Two Trees sah und sie richtig deutete, drückte er ermutigend Charlottes Hand und flüsterte ihr ins Ohr: »Steine werfen die Leute nur auf Bäume, an denen Früchte hängen.«

Auf diese Worte hin erhaschte Charlotte einen flüchtigen Blick auf Mary Alice, die so bleich wie ein ausgenommener Fisch dastand, und zum ersten Mal an diesem Nachmittag verspürte sie den Drang zu lachen. Sofort wurden ihre Schritte etwas federnder.

Doch sowie sie in ihrem Wagen saß und Walker neben ihr Platz genommen, die Zügel ergriffen und Butterbean einen leichten Klaps auf den Rücken gegeben hatte, stellten sich die alten Ängste und das Grauen wieder ein. »Wohin fahren wir, Mr. Reed?«

»Ein Stückchen die Straße entlang.«

»Sie wissen, daß man im gesamten Umkreis nirgends Schatten findet, oder nicht?«

Walker drehte sich zu ihr um, um sie mit einem vielsagenden Blick und einem spöttischen Grinsen anzusehen. »Ich habe mir von Archer alles über Ihre Ulmen erzählen lassen... und auch ein paar Kleinigkeiten über Sie.«

Ihre Wangen glühten, als sie sich fragte, was diese *Kleinigkeiten* wohl gewesen sein mochten, die Archer ihm über sie berichtet hatte.

Charlotte hielt den Blick starr auf die Landschaft gerichtet, als sie an ihrem Haus vorbeikamen. Gelegentlich stellte ihr Walker Fragen nach ihrem Leben, und Charlotte brach in einen Ausruf des Entzükkens über die Gegend oder das Wetter aus und hütete sich sorgsam, über sich selbst zu reden. Seine Beine waren so lang, daß er sie spreizen mußte, und sein Knie berührte ständig ihren Rock, obwohl sie schon am äußersten Rand des Sitzes saß. Bei jedem Stein und jedem Schlagloch spürte sie sein Bein an ihrem, und wenn es dazu kam, sah er sie immer mit diesem trägen, selbstsicheren Lächeln an, das ihr die Schamröte in die Wangen trieb, bis sie sterben wollte. Sie rückte ihren Hut zurecht und faltete die Hände im Schoß, und immer wieder sagte sie sich, daß sie ihr Kreuz steif durchdrücken und das Gespräch auf einer zurückhaltenden, distanzierten Ebene halten mußte.

Ein paar Meilen weiter bog Walker von der Hauptstraße auf einen schmalen, holprigen Seitenweg ab, der mit Gras und Unkraut überwuchert war. »Wohin wollen wir? Dieser Weg führt nirgends hin, nur zu dem früheren Haus der Spencers.«

»Genau das habe ich mir auch sagen lassen«, antwortete er und warf einen verstohlenen Blick auf sie. Sie saß wie ein kleiner wachsamer Zaunkönig da, der bereit war, beim geringsten Anzeichen von Gefahr davonzuflattern.

»Was könnten Sie dort wollen? Es ist alles baufällig und überwuchert. Der Brunnen ist ausgetrocknet. Das wäre kein geeigneter Ort für ein Picknick.«

Doch ihre Worte schienen bei Walker wenig auszurichten. Er schnalzte lediglich mit der Zunge, damit Butterbean schneller lief. »Da wir fast da sind, können wir uns auch selbst ein Bild davon machen.«

Als er den Wagen vor einem alten Schuppen anhielt, der schon bessere Zeiten erlebt hatte, sah Charlotte Walker an. »Wollen Sie hier etwa essen? Hier? In diesem runtergekommenen alten Schuppen?«

»Natürlich. Haben Sie etwas dagegen einzuwenden?«

Sie warf einen Seitenblick auf ihn, fand aber nicht den Mut, ihren Blick höher als bis zu seinem Kinn gleiten zu lassen. *Wenn schon das Kinn eines Mannes beängstigend wirkt, dann stimmt etwas nicht. Charlotte Augusta Butterworth, reiß dich zusammen. Er ist doch nur ein Mann.*

Ich weiß, ertönte ein kleines Stimmchen in ihrem Hinterkopf, *aber gerade das ist ja das Problem.*

»Also, was ist? Erheben Sie Einwände?«

»Ja, Mr. Reed, allerdings.«

»Das hätte ich mir ja denken können.«

»Was soll das heißen?«

»Genau das, was ich gesagt habe. Ich hätte es mir denken können. Ich wage zu behaupten, Miss Lottie, daß *jeder* Ort, den ich hätte aussuchen können, Ihnen ebensowenig gepaßt hätte. Allmählich bekomme ich das Gefühl, wir beide, Sie und ich, haben schon wieder mal einen schlechten Start.«

»Das ist es nicht.«

»Was denn?«

»Ich würde es lediglich vorziehen, an einem anderen Ort zu essen.«

»Und wo? Möchten Sie lieber umkehren, und wir essen in Ihrem Haus?«

»Nein!«

Ihre Antwort kam so schnell und schrill heraus, daß Walker seinen Humor wiederfand. »Und warum nicht? Was ist gegen Ihr Haus einzuwenden?« Er grinste. »Also wirklich, Miss Lottie, jetzt erzählen Sie mir bloß nicht, Sie hätten Ihr Bett heute morgen nicht gemacht.«

»Natürlich habe ich mein Bett gemacht.«

»Oder die Kleidungsstücke, die man nicht beim Namen nennt, rumliegen lassen?«

»Ganz gewiß nicht.«

»Warum wollen Sie dann nicht in Ihrem Haus mit mir essen?«

»Weil ich Sie nicht gut genug kenne, und weil sich das nicht gehört.«

Walker drehte sich zu ihr um, sah sie an und ertappte sie dabei, daß sie ihn betrachtete. Es machte ganz den Eindruck, als koste er die Situation genüßlich aus. »Entschuldigen Sie bitte. Ich dachte, wir reden vom Essen.«

Sie sah ihn verwirrt an. »Das dachte ich auch.«

»Na ja, so, wie Sie sich angestellt haben... da dachte ich einen Moment lang, Sie hätten mich vielleicht mißverstanden... Sie könnten vielleicht vermuten, ich hätte vor, anstelle einer Mahlzeit ein Bett mit Ihnen zu teilen.«

Sie schluckte qualvoll, sah auf ihre Hände und atmete dann tief durch. »Das habe ich nicht einen Moment lang gedacht, und ich möchte auch bezweifeln, daß Sie daran gedacht haben. Sie haben doch nur nach einem Vorwand gesucht, um mich in Verlegenheit zu bringen. Ihre Sorte kenne ich nur zu gut, mit diesem strahlenden Lächeln, dem guten Aussehen und den unsteten Augen. Und diesen ewigen anzüglichen Bemerkungen. Jemandem wie Ihnen kann man nicht trauen.«

Er wollte schon etwas sagen, doch sie ging jetzt erst richtig auf ihn los. »Ich bin es nicht gewohnt, daß jemand so mit mir redet. Wenn Sie deshalb mein Lunchpaket gekauft haben, nur damit Sie mich lächerlich machen und in Verlegenheit bringen können, dann finde ich, ich sollte Ihnen das Geld lieber wieder zurückzahlen.«

»Deshalb habe ich Ihre Kiste nicht gekauft. Ich versuche nur dahinterzukommen, wo hier das Problem liegt. *Wie* gut müssen Sie jemanden kennen, ehe Sie mit ihm essen können?« Doch bevor sie etwas darauf antworten konnte, seufzte er. »Schon gut. Das ändert auch nichts. Wir werden also nicht bei Ihnen zu Hause essen. Wir werden genau hier, in diesem hübschen schattigen Schuppen, essen. Sie kennen mich doch gut genug, um mit mir in einem Schuppen zu essen, oder nicht?«

»Ich kenne Sie überhaupt nicht!« fauchte sie.

»Dann werden Sie mich eben kennenlernen.«

Das war natürlich genau das, was Charlotte befürchtete. Sie wollte nicht mehr über Walker Reed erfahren. Sie wußte ohnehin schon viel zuviel.

Im nächsten Moment kam Walker um den Wagen herum. Er hatte die Whisky-Kiste unter den Arm geklemmt und half ihr beim Absteigen. Charlotte legte den Kopf schräg und musterte den Schuppen oder besser gesagt das, was noch davon übrig war. Nur die Stützbalken standen noch, aber die Seitenwände und die Türen fehlten, und auch vom Dach waren große Stücke herausgerissen. Walker suchte eine schattige, grasbewachsene Stelle aus, breitete Charlottes Decke aus und stellte die Kiste daneben ab.

Sein Blick fiel auf Charlotte, als sie sich hinsetzte und anfing, die Kiste auszupacken. In dem Schuppen war es erstaunlich kühl und schattig. Das Gras raschelte in der Brise, und ganze Büschel von Butterblumen reckten ihre Gesichter der Sonne entgegen. Walker lehnte sich an einen Stützbalken und beobachtete schweigend ihre Bewegungen und die verstohlenen Blicke, die sie auf ihn warf. Er bemerkte die zarte Röte ihrer Wangen und wußte, daß er ihr nicht gleichgültig war.

Walker hatte recht. Charlotte war alles andere als gleichgültig. Es kostete sie Kraft, den Blick von ihm loszureißen, und während sie mit sich rang, stießen ihrem Herzschlag und ihrem Atem seltsame Dinge zu, und auch in ihrem Magen spürte sie ein merkwürdiges Flattern. Dann fingen Dinge an, ihr aus der Hand zu fallen. Erst ein Messer, dann der Verschluß des Pflaumenmusglases und schließlich der Deckel ihrer Butterdose, der leider auch noch auf ihrem Schoß landete, dann über die Decke rollte und erst liegenblieb, als er an Walkers Stiefel prallte. Charlotte beugte sich vor und versuchte auf allen vieren, den Butterdeckel aufzuheben, doch als sie die Hand danach ausstreckte und ihr Kopf dicht vor seinem Knie war, stellte er seinen Fuß auf den Deckel. Charlotte, die immer noch auf den Knien vor ihm lag, sah zu ihm auf und mußte feststellen, daß Walker sich vorgebeugt hatte und sein Gesicht wenige Zentimeter vor ihrem war. Ihre Blicke trafen sich, und Charlotte erfuhr das spontane, unerträgliche Sehnen einer Frau, die sich zu einem Mann hingezogen fühlt. Doch dann holten die Geschehnisse ihrer Vergangenheit sie wieder ein, und mit ihnen kamen die alten Ängste. Sie wandte den Blick ab, als schämte sie sich, wie eine Frau zu empfinden, und ihr graute davor, er könne sie wie eine Frau behandeln.

»Charlotte«, begann er so zögernd, als sei er selbst nicht sicher, was er eigentlich sagen wollte. Doch sie sprang eilig auf die Füße, ließ den Deckel liegen, wo er war, und verließ schnurstracks den Schuppen.

Sie lief auf einem schmalen Weg zu einem seichten Bach und blieb dort stehen, starrte ins Wasser, als stellte es ein unüberwindliches Hindernis dar. Hinter sich hörte sie das leise Rascheln des Grases, Schritte, ein sachtes Auftreten, und sie erstarrte. Ein Mann wie er ... er würde bestimmt Dinge erwarten ... ganz bestimmte Dinge von einer Frau erwarten ... Dinge, die sie nicht geben konnte, ihm nicht und auch keinem anderen Mann. Dann hörte sie, wie er ihren Namen sagte, und sie schlang sich die Arme um die Taille und senkte den Kopf, als hätte sie ein plötzlicher Schmerz gepackt.

Walker trat hinter sie und legte seine Hände auf ihre Schultern. Er spürte die Spannung und war erstaunt darüber, wie schmal sie war, und seine Lippen senkten sich auf die porzellanweiße Haut ihres Nackens. Er hörte, wie sie nach Luft schnappte, als seine Lippen sie berührten. Dann stellte sie das Atmen ganz ein, und ihr Körper wurde starr und unnachgiebig. »Laß uns einen Waffenstillstand schließen, Charlotte. Können wir nicht wenigstens Freunde sein?«

Sie riß sich von ihm los, und Tränen standen in ihren Augen. »O ja, Freunde können wir von mir aus sein, solange Sie Ihre Finger bei sich behalten. Ich warne Sie.« Panik drückte sich in ihrem Blick aus. »Wenn Sie mich je anrühren... wenn Sie je wieder so etwas mit mir machen... dann bringe ich Sie um. Haben Sie verstanden?«

Walker sah sie seltsam an. »Voll und ganz«, sagte er und wandte sich ab. Er machte kehrt und lief auf den Wagen und auf Butterbean zu.

Charlotte beobachtete ihn, als könnte sie nichts begreifen. Als er auf Butterbean zuging, sagte sie: »Wollen Sie denn nichts essen? Wollen Sie gleich wieder fortfahren?«

Er drehte sich langsam um, sah sie an und bemerkte, daß sie ihre Arme immer noch um ihre Mitte geschlungen hatte, als würde ihr von seinem Anblick übel. »Die Dramatik kannst du dir sparen, meine süße Charlotte. Aus kaltem Fisch habe ich mir noch nie besonders viel gemacht.«

Das traf sie bis ins Mark, und Walker wußte es, aber hielt sich zurück, weil er sehen wollte, wie weit sie gehen würde, um die Dinge wieder ins Lot zu bringen. Eins hatte er nämlich über Charlotte in Erfahrung bringen können. Sie wollte Ordnung in ihrem Leben haben. Außerdem glaubte er nicht, daß er sich in ihrer Nähe noch lange zusammenreißen konnte. So, wie die Dinge standen, war er zwischen zwei Wünschen hin- und hergerissen: sie übers Knie zu legen und ihr den süßen kleinen Hintern zu versohlen, bis sie nicht mehr sitzen konnte, oder sie auf ein Bett zu werfen und sie so lange zu lieben, bis sie freiwillig zugab, daß es das war, was sie wollte, seit sie sich begegnet waren.

Als Walker Butterbean, die noch angeschirrt war, fortführte, folgte sie ihm neugierig. »Wollen Sie etwa den Wagen nehmen und mich hier lassen?«

Er machte sich nicht die Mühe, sie anzusehen, als er Butterbean und den Einspänner um den Schuppen herum auf die Schattenseite brachte. »Nein, keineswegs. Du behältst den Wagen. Ich laufe zu Fuß zurück zur Stadt. Ich habe lediglich vor, die Stute im Schatten anzubinden.«

Charlotte sah zu, wie er Butterbean festband und sich dann zu ihr umdrehte und nickte. »Guten Tag, Charlotte.« Walker wandte sich ab und ging auf eine Wand zu, um seinen Hut von einem rostigen Nagel zu nehmen, an den er ihn gehängt hatte.

»Wollen Sie denn nicht die Kiste mitnehmen? Sie haben schließlich dafür bezahlt.«

»Nein, Miss Butterworth, ich will sie nicht. Die können Sie behalten.«

»Aber was soll ich denn mit all dem Essen anfangen?«

»Nehmen Sie es mit ins Bett.«

»Was soll denn das schon wieder heißen?«

»Das können Sie sich selbst überlegen, Miss Butterworth. Sie werden schon noch dahinterkommen«, sagte er und verschwand.

Wenige Minuten später hörte er sie hinterherkommen. Sie stapfte durch das Gras und kam schneller voran als ein Steppenbrand.

»Hören Sie mal, Mr. Reed«, sagte sie, als sie ihn eingeholt hatte, und ihre Worte kamen keuchend heraus. »Das ist doch einfach lächerlich. Das Essen, das Sie stehengelassen haben, ist wirklich in Ordnung, und Sie haben *teuer* dafür bezahlt, könnte ich noch hinzufügen, und wenn Sie es nicht anrühren, wird es verderben. Und außerdem ist es weit bis zur Stadt, und bei dieser Hitze...« Ihre Worte verhallten, als Walker stehenblieb und sich dann zu ihr umdrehte und sie ansah.

Er sah jetzt gar nicht mehr so erschreckend aus. Sein Hemd war naßgeschwitzt, und Kletten und Samenhülsen vom Vorjahr hingen an seinen Hosenbeinen. Seine Stiefel waren von einer Staubschicht überzogen. Sie drückte den Rücken durch, strich ihre Röcke glatt und sagte: »Und zu allem Überfluß weiß ich auch noch, daß Sie absolut ausgehungert sind.«

Walker sah sie an und merkte, daß sich die Röte über ihren Hals in ihre Wangen schlich. Als er sie so dastehen sah, gewann er den Eindruck, daß sie mit sich selbst nicht im reinen und ein Musterbeispiel von Widersprüchen und innerer Zerrissenheit war. Es war ihr offenbar ein echtes Anliegen, daß er etwas aß, aber er konnte ihr auch ansehen, daß es ihr schwerfiel, ihn dazu aufzufordern. Warum? Plötzlich kannte er die Antwort.

»Charlotte, Sie brauchen sich nicht vor mir zu fürchten.«

Seine Stimme war rauh und verführerisch und hüllte sie in den zarten Duft von wildwachsenden Blumen. Und weiter unten reagierten andere Körperteile auf diese Stimme. »Ich fürchte mich nicht vor Ihnen, Mr. Reed«, sagte sie kühl. »Ich ziehe es lediglich vor, die Dinge ins richtige Verhältnis zueinander zu rücken.«

»Sie meinen, möglichst weit auf Distanz, nicht wahr?«

»Wie Sie es auch nennen mögen, aber es besteht wirklich kein Grund, weshalb Sie den Lunch, für den Sie eine beträchtliche Summe ausgegeben haben, nicht auch mit Genuß zu sich nehmen sollten.«

»Nein«, sagte er leichthin, »wohl nicht.«

Sie drehte sich um und ging zum Schuppen zurück. Sie war ihm dankbar, als er möglichst weit von ihr auf der anderen Seite der Decke Platz nahm.

Sie goß ihm ein Glas Kirschwasser ein, hielt es ihm hin und bemerkte, wie sich seine kräftigen Finger um den Stiel schlossen, so ganz anders als ihre eigenen unsicheren Hände. Sie räusperte sich. »Was hätten Sie gern?« fragte sie ihn und reichte ihm einen Teller.

»Machen Sie mir einen Teller zurecht. Ich verlasse mich voll und ganz auf Ihr Urteil.«

Sie stellte den Teller vor sich hin, streckte die Hand aus und legte zwei Scheiben Pastete auf seinen Teller. Ihr Blick glitt über die langen männlichen Beine, die ausgestreckt dalagen und an den Knöcheln lässig übereinander geschlagen waren, und ohne sich etwas dabei zu denken, griff sie nach einer dritten Scheibe und legte sie zu den beiden anderen.

Walkers Lachen war heiser und barsch.

Sie spürte, daß Walker Reed sie ansah, in ihrem Gesicht las und ihre Reaktionen abschätzte wie ein Architekt, der sich ein Urteil darüber bildet, welche Last eine Brücke tragen kann.

Nachdem sie von allem etwas um die Fleischpastete herumgehäuft hatte, reichte Charlotte ihm den Teller und kämpfte gegen das Verlangen an, die Hand auszustrecken und sie auf die festen Muskeln seines Unterarms zu legen, der unter dem hochgekrempelten Ärmel zu sehen war. Er würde sich bestimmt warm und kräftig anfühlen. Aber natürlich tat sie es nicht. Sie starrte ihn ganz einfach an, während ihr verräterischer Kopf ihr Phantasien vorgaukelte, auf die ihr Körper reagierte: Da spannte sich etwas an, und dort zog sich etwas zusammen, und überall spürte sie ein seltsames Zittern, das sie bisher nicht gekannt hatte.

Eilig lud sie sich etwas auf den Teller, füllte zwischen zwei Bissen Walkers Glas nach und fragte sich, warum alles, was sie aß, gleich schmeckte. Anschließend servierte sie ihm den Nachtisch.

Als sie an dem einzigen Glas Kirschwasser nippte, das sie sich gestattete, nahm sie verlegen wahr, daß er sie nicht aus den Augen ließ und ihre Kehle betrachtete. Gehemmt stellte sie das Glas schneller ab, als sie es hätte tun dürfen, und dabei verschüttete sie ein paar Tropfen auf ihrem Schoß. Eilig tupfte sie die Stelle mit einer Serviette ab, und der Atem stockte in ihrer Kehle, als Walkers Hand ihre Hand zur Seite stieß und dabei einen Rockzipfel erwischte.

Charlotte schlug seine Hand von sich und zog ihren Rock eilig über den Petticoat, doch es war schon zu spät. Er zog die Augenbrauen hoch, und ein breites Grinsen trat auf sein Gesicht. »Also, da soll mich doch der Teufel holen«, sagte er, »wenn der nicht rot ist.«

Charlottes Gesicht hatte dieselbe Farbe angenommen.

»Wissen Sie, das überrascht mich wirklich, Miss Lottie... eine Frau, die von ihren Mitbürgern derart geachtet wird... ein Stützpfeiler der Kirche... und dann ein *roter* Petticoat.«

»Was ich anhabe, Mr. Reed, geht Sie nicht das geringste an. Es mag ja sein, daß Sie sich in Kalifornien die Freizügigkeit herausnehmen können, mit Frauen über solche Dinge zu reden... falls Sie wirklich dort herkommen... aber hier, in unserer Gegend, kommt ein Mann im Beisein einer Dame nicht auf derart persönliche Dinge zu sprechen.«

Er lachte. »Das ist genau die Form von Schicklichkeit, die zu erwarten war. Eine Frau, die einen roten Unterrock trägt – einen roten *Rüschenpetticoat,* das wollen wir mal deutlich festhalten –, tadelt einen Mann dafür, daß er es bemerkt?«

»Sie haben ihn nicht einfach so bemerkt, Sie lasterhafter Taugenichts. Sie haben mir die Röcke *hochgehoben*!«

»Und das hat mir größtes Vergnügen bereitet.«

»Falls Sie jetzt fertig sind...«

»Nein, bin ich nicht. Nach einer solchen Mahlzeit machen Männer gern ein kleines Nickerchen.«

Ehe Charlotte etwas darauf erwidern konnte, lehnte sich Walker zurück und streckte sich wie ein Leichnam vor ihr aus und preßte sich den Hut aufs Gesicht – und dabei fand sie, er hätte statt dessen lieber einen anderen Teil seiner Anatomie bedecken sollen.

»Mr. Reed...«

»Nur ein kleines Nickerchen, Miss Lottie. Nichts weiter als ein kleines Nickerchen.«

Charlotte saß da und sah ihn ein paar Minuten lang an, bis sie dachte, daß er eingeschlafen war und bestimmt nicht aufstehen würde. Seufzend lockerte sie ihren steifen Rücken und fing an, das übrige Essen und das schmutzige Geschirr einzupacken.

Dann machte sie einen kleinen Spaziergang, doch er schlief immer noch, als sie zurückkam, und daher setzte sie sich auf die Decke, trommelte mit den Fingern auf ihren Rock, stützte das Kinn auf die andere Hand und fragte sich, wie sie ihn wecken konnte, ohne ihn zu berühren. *Eine ganz schöne Suppe hast du dir hier eingebrockt, Charlotte.* Sie probierte es mit Husten, dann mit Niesen, putzte sich die Nase, doch er schlief weiter. Schließlich gab sie auf und fing an darüber nachzudenken, was Walker über das Essen gesagt hatte. Nachdem sie lange darüber nachgedacht hatte, konnte sie sich immer noch keinen Reim darauf machen. *Nehmen Sie es mit ins Bett.* Warum auf Erden sagte er einen solchen Blödsinn? *So blöde war es wahrscheinlich gar nicht, du Schwachkopf. Wahrscheinlich steckt ein ganz klarer Sinn dahinter, eine logisch einleuchtende Bedeutung. Du bist einfach zu dumm, um dahinterzukommen. Also wirklich, Charlotte, du mußt dich anstrengen und noch viel dazulernen, um mit Schwachköpfen mitzuhalten.*

Plötzlich schlugen Charlottes Gedanken eine ganz andere Richtung ein. Und dann geschah etwas. Der Nebel begann sich zu lichten. *Nehmen Sie es mit ins Bett... Nehmen Sie es mit ins Bett...* Ein neuer Sinn dieser Worte begann sich so deutlich in ihrem Kopf herauszubilden, als sei sie eine häßliche Frau, die sich nach einer Tanzveranstaltung einen Reim darauf machen muß, daß niemand sie aufgefordert hat. Wie gemein von ihm, ihr damit zu sagen, etwas anderes als einen jämmerlichen Picknickkorb würde sie niemals in ihrem Bett haben. Und plötzlich machte sich ihre Empörung Luft. »Also, so mies, so tief gesunken, so gehässig, so gemein…«

Dieses Keifen weckte Walker. Er hatte sich gerade den Hut aus dem Gesicht gezogen und sich auf die Ellbogen gestützt, als Charlotte aufsprang und die Kiste ergriff. Ehe er sich erkundigen konnte, was sie eigentlich vorhatte, trat sie vor ihn hin, und Walker, der glaubte, sie wolle mit ihm reden, lehnte den Kopf zurück und sah sie in dem Moment an, in dem sie die Kiste umkippte und den Inhalt über ihn schüttete.

Walker sah gerade noch, wie die Biskuittorte über sein Hemd glitt, die Pfirsiche und die Konfitüre von seinem Beckenknochen auf seine Knie schlitterten und alles andere dazwischen landete. »Was, in Teufels Namen, soll das heißen?« fragte er in dem Moment, in dem der Inhalt der zerbrochenen Kirschwasserflasche durch seinen Hosenboden sickerte.

»Das können Sie sich selbst überlegen, *Mister* Reed«, sagte sie und stampfte zu ihrem Einspänner. »Sie werden schon noch dahinterkommen.« Walker, der von Kopf bis Fuß verschmiert war, starrte sie an, als sie den Wagen wendete und ihm im Vorbeifahren noch zurief: »*Nehmen Sie es mit ins Bett*, und Sie werden selbst dahinterkommen.«

Dann trieb Charlotte Butterbean zu einem Tempo an, das ein Vollblutpferd dazu gebracht hätte, vor Neid zu erblassen. Und dieses Tempo hielt sie durch, bis sie ihr Haus erreicht hatte. Und sowie sie ihr Haus betreten hatte, befand sie, wenn sie Walker Reed in hundert Jahren wiedersehen müßte, sei das noch zu bald.

Als sie später in der Küche stand, erfüllte es Charlotte immer noch mit einer gewissen Befriedigung, daß sie Walker Reed auf die Palme gebracht hatte. Als sie die Ofentür schloß, nahm sie plötzlich das ferne Trappeln von Hufen und ein leises Stimmengewirr wahr. Die Hufe wurden lauter. Eine mürrische Stimme hallte dröhnend durch ihr Haus und schien von den Wänden abzuprallen und sich als Echo immer wieder zu wiederholen. Direkt darauf ertönten etliche Rufe, von denen jeder lauter als der vorherige klang, bis sie sicher war, daß der ganze Trubel inzwischen in ihrem Garten stattfand. Die Rufe, die jetzt näher gekommen waren, klangen eindringlich und bestürzt.

Sie blieb stehen, um zu lauschen. Plötzlich schien Stille über ihre Küche hereingebrochen zu sein. Der Tumult hatte sich anscheinend gelegt, und das war ihr nur recht so. Sie wollte nicht, daß ihre Biskuits verbrannten.

Charlotte wandte sich der Spülschüssel zu und hatte ihre Hände gerade in das Spülwasser eingetaucht, als sie hörte, wie das Gartentor zugeschlagen wurde. Als nächstes vernahm sie laute Rufe und den Klang von Schritten, die eilig über ihre Veranda kamen. Ehe sie sich auch nur die Hände abtrocknen und zur Tür gehen konnte, hatte die Person auf der anderen Seite der Tür die ovale Glasscheibe fast eingeschlagen.

»Jetzt mal halblang!« sagte sie. Sie wischte sich die Hände an der Schürze ab und ließ ihre Brille in der tiefen Tasche verschwinden. »Ich komme ja schon.«

»Lottie, ich bin's, Nemi. Mach auf. Aber schnell!«

Charlotte war ganz aufgeregt. Es war etliche Monate her, seit sie ihren Bruder das letzte Mal gesehen hatte, obwohl Nehemiah, den so ziemlich jeder nur unter dem Namen Nemi kannte, auf einer Ranch nur wenige Meilen südlich von Two Trees lebte. Ihr Bruder war im letzten April aufgebrochen, um eine Rinderherde nach Kansas City zu treiben. Nemi war ein gutaussehender Mann, vier Jahre älter als Charlotte, und obwohl er eine Frau und vier Kinder hatte, kümmerte er sich um seine Schwester und kam ein- oder zweimal in der Woche vorbei, wenn er nicht gerade mit einem Viehtrieb unterwegs war. Nemi war derjenige gewesen, der das Geld, das sie beim Verkauf der Farm ihrer Familie in Kansas erzielt hatten, benutzt hatte, um diese kleine Ranch für Charlotte zu kaufen, und er hatte ihr das Haus mit den Dachschindeln mit Hilfe von ein paar Cowboys selbst gebaut. Nur Nemi kannte den wahren Grund dafür, daß

Charlotte es vorzog, allein zu leben, nur gelegentlich in die Stadt zu fahren, die Kirche zu besuchen und sich ansonsten in ihre Hausarbeit zu vergraben und die Aufmerksamkeiten der Männer oder gar einen Ehemann an ihrer Seite abzulehnen. Aber noch nicht einmal Nemi wußte genau, welche Greueltaten Charlotte auf der Farm ihrer Familie mit angesehen hatte. An dem Nachmittag des Überfalls. An dem Nachmittag, an dem ihre Mutter ermordet worden war.

Hinterher war Charlotte nicht mehr dieselbe gewesen. Tag für Tag hatte sie auf einem Schaukelstuhl gesessen, zum Fenster hinausgeschaut, Nahrung nur noch zu sich genommen, wenn man sie ihr hinstellte, und zugelassen, daß Nemi sie abends an der Hand nahm und sie zu ihrem Bett führte. Über die Greuel, die sie in ihrer Erinnerung bewahrte, redete sie niemals – mit niemandem. Daran hatte sich wenig geändert, bis ihr Vater aus dem Krieg zurückgekehrt war. Als er das Grab seiner Frau gesehen hatte, hatte er den Verstand verloren und ein Sakrileg begangen. Nachdem er in seinem Schmerz frevelhaft gerast und getobt hatte, war seine Tochter noch mehr in sich gekehrt und hatte einen noch größeren Schaden davongetragen.

Nach dem Tod ihres Vaters hatte Nemi Charlotte nach Texas gebracht. Sie hatte in seinem Haus gelebt, solange ihres noch nicht fertig gewesen war, und er hatte zugesehen, wie sich zwischen seiner Schwester und Hannah, seiner Frau, eine Freundschaft entwickelte. Die kräftige, liebevolle Hannah, deren Herz so groß wie ihr Busen war, nahm Charlotte unter ihre Fittiche, und als das Haus endlich stand, hatte Hannah seiner Schwester das Lächeln wieder beigebracht.

Als sie hörte, daß Nemi schon wieder an die Tür pochte, lächelte Charlotte über seine Ungeduld und beschleunigte ihre Schritte.

»Das ist ja nicht zu fassen«, sagte Charlotte, als sie die Tür aufmachte, und dann noch einmal: »Also, das ist ja wirklich nicht zu fassen.« Ehe sie ihn umarmte, begrüßte sie ihn gewohnheitsgemäß und wie immer mit dem Zusatz: »Nehemiah, was ist bloß los mit dir, daß du versuchst, meine Haustür einzuschlagen?« Sie nannte Nemi immer nur dann bei seinem vollen Namen, wenn sie ihn ausschalt. Normalerweise hätte Nemi, wenn er merkte, daß Lottie unwirsch war, alles getan, um sie zu beschwichtigen, doch heute hatte er dringlichere Anliegen.

»Wir haben einen Mann dabei, der ziemlich übel angeschossen worden ist, Lottie. Ich habe Snuffy schon in die Stadt geschickt, damit er den Doc sucht, aber wir müssen ihn schleunigst hinlegen. Er hat runde fünf Stunden unbequem auf einem Pferd liegen müssen, und er blutet wie ein angestochenes Schwein.«

Charlotte trat zurück und nickte den Männern, die sie kannte, zu, als sie den blutenden Mann in ein freies Schlafzimmer trugen. Als sie ihnen mit ihren Blicken folgte, sah Charlotte, wie auf ihren blitzblanken Böden leuchtend rote Blutspritzer mit den Abdrücken schmutziger Stiefel abwechselten. Sie gehörte wirklich nicht zu den Frauen, die einem Verletzten etwas übelnahmen, aber mußte sein Blut ausgerechnet auf ihren Boden spritzen?

»Jetzt gehört er ganz dir«, sagte Nemi und trat zur Seite. Er schickte die anderen Männer fort und sagte ihnen, sie sollten den Arzt sofort ins Zimmer schicken, wenn er kam.

So kam Charlotte zum zweiten Mal innerhalb von wenigen Wochen einem Fremden zu Hilfe, und sie betete ernstlich, das möge nicht zum Dauerzustand werden. Alles in allem, beschloß sie, wäre es ihr lieber gewesen, im Beet mit den Löwenmäulchen das Unkraut zu jäten.

Der Mann lag auf dem Rücken auf dem Bett, und Charlotte knöpfte sein blutgetränktes Hemd auf. Sie hatte geglaubt, sie sei auf die Wunde vorbereitet, die einen derartigen Blutverlust hervorrufen konnte, doch sie hatte sich getäuscht. Als sie die Mengen an zerfetztem Fleisch und die Größe des Lochs sah, das noch offen war, mußte sie einen Moment lang den Atem anhalten, um gegen die Übelkeit anzukämpfen, die in bedrohlichen Wogen in ihr aufstieg.

Charlotte tat, was sie konnte. Sie wusch das getrocknete Blut um die Ränder der Wunde herum ab und legte ein sauberes Tuch auf das Einschußloch, um damit das heraussickernde Blut aufzufangen. Sowie das getan war, wusch sie dem Mann das Gesicht und stellte fest, daß sich fast sofort wieder Schweißperlen bildeten. Seine Haut war bleich und klamm, doch im Zimmer war es unerträglich heiß und stickig. Die Kühle der Nacht war verschwunden, und im Schlafzimmer war es nur wenige Grad kühler als in der sengenden Augustsonne.

»Mach doch bitte ein Fenster auf, ja?« bat sie Nemi. »Hier erstickt man ja fast.«

»Du glaubst nicht, daß der Staub eine Entzündung bewirken könnte, oder?« erwiderte Nemi, doch er ging bei diesen Worten schon auf das Fenster zu.

»Aus dem Schmutz in der Wunde zu schließen, hat sie sich wahrscheinlich schon entzündet«, antwortete Charlotte.

Als sie alles getan hatte, was sie tun konnte, setzte sie sich auf den Stuhl mit der Lederlehne, den Nemi ans Bett gerückt hatte, und erwartete das Eintreffen des Arztes.

Eine halbe Stunde später erschien Dr. J. M. R. Tyree atemlos und wischte sich den Schweiß von seiner Glatze. Charlotte, die in der gewaltigen Hitze fast eingedöst war, sprang auf, und der Doc ließ seine schwarze Tasche auf den Stuhl plumpsen, den sie gerade freigemacht hatte.

»Tag, Miss Lottie«, sagte er und kramte in seiner Tasche herum, ohne auch nur aufzublicken.

»Guten Tag«, erwiderte Charlotte und sah zu, wie der Arzt ein Antiseptikum in die Wunde schüttete. Sie beobachtete ihn bei jedem seiner Handgriffe ganz genau, doch als er anfing, nach der Kugel zu tasten, wandte sie den Kopf ab.

Der Mann war riesig – viel größer als Walker Reed. Walker Reed war mittelgroß und schlank, und dieser Mann hier war nicht nur wesentlich größer, sondern auch stämmig gebaut, so kräftig wie ein Bullterrier. Er füllte das Bett buchstäblich aus, und seine Füße und seine ausgestreckten Arme hingen über die Bettkanten. Und behaart war er. Gräßlich behaart. Überall. Nun ja, jedenfalls fast überall – das heißt, alles, was sie bislang von ihm gesehen hatte, war behaart.

»Der arme Kerl kann sich glücklich schätzen, daß er überhaupt noch am Leben ist«, sagte Doc Tyree, nachdem er die Wunde genäht und die Brust des Mannes bandagiert hatte. »Ich glaube nicht, daß er noch genug Blut im Leib hat, um einen einzigen Moskito am Leben zu erhalten, aber er atmet trotzdem unbeirrt weiter.« Er ließ seine Instrumente wieder in seine Tasche fallen, nachdem er ein paar kleine Fläschchen und Verbände auf den Nachttisch gelegt hatte.

»Sie werden in den allernächsten Tagen ziemlich oft nach ihm sehen müssen, Miss Lottie. Sein Zustand wird in den ersten Tagen besonders kritisch sein«, sagte Doc. »Aller Wahrscheinlichkeit nach wird er Fieber bekommen, und zwar ein gewaltiges Fieber, wenn ich mich nicht sehr täusche.« Doc schüttelte den Kopf. »Viel schmutziger hätte diese Wunde nicht sein können, wenn er sich in Schweinemist herumgewälzt hätte. Was hat Nehemiah bloß angestellt? Hat er den armen Kerl an den Knöcheln geschleift?«

Der Arzt nahm seine Tasche. »Ich habe getan, was ich tun kann. Jetzt können Sie genausoviel für ihn tun wie ich. Geben Sie ihm das Pulver, wenn das Fieber steigt. Das bringt ihn schön zum Schwitzen, und hier ist Opium gegen die Schmerzen. Falls er Schmerzen, aber kein Fieber kriegen sollte, dann flößen Sie ihm nur die Opiumtinktur ein.« Er zwinkerte ihr zu. »Die können Sie ihm auch geben, wenn er zu unruhig wird und ein kleines Persönchen wie Sie ihn nicht mehr bändigen kann.« Er sah auf seine Taschenuhr. »Es sieht so aus, als sei ich mit der Zeit und dem Geld immer zu knapp dran. Jetzt ist es schon fünf Uhr, und ich bin bei den McCrackens schon lange überfällig. Der alte Joseph hat einen Furunkel auf dem Hintern, der aufgestochen werden muß.« Er unterbrach sich, als er den besorgten Ausdruck in Charlottes Augen sah. »Machen Sie sich bloß keine Sorgen, Miss Lottie. So gut wie bei Ihnen wäre der Mann sonst nirgendwo aufgehoben. Ich werde so oft wie möglich nach ihm sehen, und wenn sich sein Zustand verschlechtert, können Sie Jam natürlich zu mir schicken.«

Miss Charlotte nahm zweimal Anlauf, um etwas zu sagen, und dann sprudelte sie schließlich heraus: »Aber Sie wollen ihn doch nicht etwa *hier* liegen lassen, oder doch?«

»Natürlich lasse ich ihn hier«, sagte Doc, und sein Tonfall war überrascht und drückte zugleich eine Warnung für den Fall aus, daß sie weitere Einwände erheben sollte, aber es war noch nie Miss Lotties Stärke gewesen, den Mund zu halten.

»Können Sie ihn nicht irgendwo anders hinbringen?« fragte sie und sah nicht den Doc, sondern den Verletzten an.

Der Arzt blieb in der Tür stehen und schielte über den oberen Rand seiner Brille. »Und wo, zum Teufel, soll ich ihn Ihrer Meinung nach hinbringen? Sie sind der einzige Mensch in der ganzen Gegend, der leerstehende Schlafzimmer hat. Manchmal, Lottie, benehmen Sie sich wirklich wie eine Frau«, sagte er, und Charlotte fragte sich ärgerlich, wie sie sich sonst hätte benehmen können.

»Der Mann würde einen Transport durch Ihren Flur nicht überleben. Wenn er überhaupt eine Chance hat, durchzukommen, dann eben hier in diesem Bett. So, Miss Lottie, und wenn Sie mir jetzt reinen Gewissens sagen können, daß ich ihn fortschaffen soll, dann werde ich mit Karl Himmler reden und sehen, ob wir in dem kleinen Schuppen hinter seiner Schmiede eine Pritsche aufstellen können.«

Charlotte errötete unter den verbalen Hieben des Arztes. Sie warf einen Seitenblick auf Nemi, der standhaft gegen das Gelächter ankämpfte, das jeden Moment auszubrechen drohte, und diesen Kampf verlor. Als der Doc den Raum verlassen hatte, warf Nemi den Kopf in den Nacken und lachte. Charlottes Augen blitzten ihn an. »Nehemiah Butterworth, wenn du jetzt auch nur ein Wort sagst oder auch nur einen Laut von dir gibst, dann klebe ich dir deine überdimensionalen Ohren mit meinem Nudelholz aus massiver Eiche an den Kopf.«

Nemis blaue Augen funkelten so nachsichtig und liebevoll, als ob er einen ausgelassenen Welpen angesehen hätte. »Jetzt kann ich ja beruhigt schlafen, Lottie. Ich hatte schon Sorgen, ob ich dich wirklich mit einem verwundeten Mann allein lassen kann, aber da du so geschickt mit dem Nudelholz umgehen kannst, bin ich sicher, daß du allein zurechtkommst.«

Charlotte sah ihn finster an.

»Na, na, Schwesterchen, jetzt schau nicht so finster. Das steht dir nicht. Wer hübsch sein will, darf nicht so finster schauen.«

»Ach, kau doch deinen eigenen Tabak.«

Er zog die Augenbrauen hoch. »Du willst nicht, daß ich bei dir bleibe?«

»Pah! Das fehlt mir gerade noch. Ein Mann mehr, den ich versorgen muß.«

Jetzt lächelte er. »Möchtest du vielleicht, daß ich Hannah rüberschicke, damit sie dir hilft?«

Sie bedachte ihn mit einem äußerst gereizten Blick. »Und wer, wenn ich fragen darf, würde *dir* dann mit den Kindern helfen?«

Nemi wollte schon etwas erwidern, doch Charlotte schnitt ihm mit einer Handbewegung das Wort ab. »Und jetzt hör auf, deine honigsüßen Worte an mich zu verschwenden. Spar sie dir für später auf, wenn du zu Hause bist. Hannah hat dich letzte Woche schon erwartet, und sie ist so wütend, daß sie auf den Fingernägeln kauen könnte.«

Nemi war jetzt ernst. »Lottie, du weißt doch, daß ich ihn nicht hergebracht hätte, wenn wir ihn irgendwo anders hätten unterbringen können.«

»Ja, das weiß ich, Nemi. Ich lasse wohl nur ein bißchen Dampf ab. Geh du jetzt nach Hause und hilf Hannah mit eurem Nachwuchs. Dort wirst du gebraucht.«

Nemi grinste. »Willst du damit sagen, ich sei hier nicht willkommen?«

»Du bist mir immer willkommen, Nemi, aber du wirst hier nicht gebraucht. Im Moment jedenfalls nicht. Und jetzt verschwinde, damit ich mich an die Arbeit machen kann.«

»Du gibst doch Bescheid, wenn du irgend etwas brauchst?«

»Ja, sicher.«

»Ich komme bald wieder und sehe nach dir. Pump diesen Kerl einfach mit Opium voll. Wenn er die ganze Zeit schläft, ist das für euch beide das Beste.«

»Ich komme schon allein klar. Ich glaube nicht, daß der in der nächsten Zeit jemandem Schwierigkeiten machen könnte, nach seinem Aussehen zu urteilen.« Sie folgte Nemi hinaus und schloß die Tür leise hinter sich. Als sie im Wohnzimmer standen, nahm Nemi seinen Hut von dem Roßhaarsofa. Charlotte brachte ihren Bruder zur Tür.

»Tja, ich schätze, dann mache ich mich mal auf den Heimweg...

wenn du ganz sicher bist, daß ich mich hier nicht mehr nützlich machen kann.«

»Das einzige, was du für mich tun kannst, ist, mir zu versprechen, daß du mir keine Strolche mehr ins Haus bringst.«

Nemi lachte und sprang eilig die Stufen vor dem Haus hinunter. Sowie er auf sein Pferd gestiegen war, winkte er und galoppierte auf die Straße.

Und dann machte Charlotte kehrt. Im selben Moment schnupperte sie etwas Verbranntes und lief eilig in die Küche. In ihrer Hast, den Ofen aufzumachen, verbrannte sie sich die Hand, äußerte etwas ausgesprochen Unfeines, wich zurück und zog einen Topflappen aus der Schublade, ehe sie den nächsten Anlauf nahm. Zum zweiten Mal in diesem Monat entfernte Miss Lottie die verkohlten Überreste eines vielversprechenden Backversuchs aus ihrem neuen Herd. Mit einem Ausruf der Verzweiflung sah sie auf die schwarze und poröse Masse hinunter, die in ihrer Backform klebte.

Zur Abrundung eines ansonsten allzu gelungenen Tages schleuderte sie die Kuchenform mitsamt dem Inhalt zur Hintertür hinaus, und dann ging sie zu ihrem Schreibtisch, setzte sich hin, griff nach einem Stift und Papier und machte sich daran, die Gründe aufzulisten, aus denen sie niemals einen Mann in ihrem Leben haben wollte.

4.

Eine fröhliche kleine Spottdrossel sang in dem Oleanderstrauch vor ihrem Fenster und weckte Charlotte am nächsten Morgen. Sie drehte sich um und war nicht bereit, auch nur ein Auge aufzuschlagen, doch dann krähte der alte Gockel. Charlotte stöhnte und fragte sich, ob es wohl möglich war, über Nacht alt zu werden. Sie war restlos erschöpft, weil sie im Lauf der Nacht mindestens zweihundertmal den Weg in das Schlafzimmer des Fremden zurückgelegt hatte, um nach ihm zu sehen und ihm gewaltsam mit Wasser verdünnte Opiumtinktur einzuflößen.

Seufzend verschränkte sie die Arme hinter dem Kopf und streckte sich, ehe sie sich in ihrem Zimmer umsah. Alles war ordentlich, sauber und aufgeräumt, und hier bewahrte Charlotte Butterworth all ihre kleinen Schätze auf – vom goldenen Medaillon ihrer Mutter bis zur Knopfkiste ihrer Großmutter. Es war wirklich alles noch genauso wie gestern, dachte sie, als sie die gestärkten Deckchen auf den Tischen und die blühenden Geraniensträucher betrachtete. Ja, alles in ihrem Leben schien völlig unverändert zu sein, und doch war alles anders.

Charlotte fing schon an, sich zu fragen, ob ihr Leben je wieder seinen normalen Lauf nehmen würde. Die letzten Tage waren eine Aneinanderreihung von Dingen gewesen, die schiefgegangen waren, von den Eiern, die sie vergessen hatte, in den Kuchenteig zu rühren, bis zu den Schuhen, die sie an den falschen Fuß gezogen hatte. Wann, hätte sie gern gewußt, würde ihr Leben wieder so einfach und ruhig werden, wie es bis vor wenigen Wochen gewesen war?

Angefangen hatte es damit, daß fast jemand in ihrem Vorgarten aufgeknüpft worden wäre, und jetzt lag ein halbtoter Mann fragwürdiger Herkunft in ihrem freien Gästezimmer. Aber da ja bekanntlich immer drei Dinge zusammenkommen, fragte sie sich plötzlich gespannt, wie lange sie wohl noch auf die letzte Folge warten mußte.

Nicht lange.

Wenig später hatte Charlotte im Hühnerhof eine Konfrontation mit einer Henne, die sie dazu auserkoren hatte, in einer nahrhaften Brühe für ihren Patienten zu brodeln. Das dumme Huhn ließ sich einfach nicht einfangen. Anscheinend hatte es konkrete Pläne, die nicht vorsahen, in Charlotte Butterworths Kochtopf zu landen.

Charlotte beschloß, ihre Technik zu ändern. Sie krempelte sich die Ärmel hoch und stopfte ihre Röcke in den Schürzenbund, um beweglicher zu sein. Dann faßte sie das Huhn ins Auge, das sie ansah, und beide standen da, als fragten sie sich, was sich der andere wohl betrachten mochte. Dann machte Charlotte einen Satz.

Erst beim dritten Anlauf gelang es ihr, und mit der Henne in den Händen verließ sie eilig den Hühnerhof. Sowie sie das Tor hinter sich zugemacht hatte, nahm sie das Huhn am Kopf und drehte es mit dem Arm im Kreis. Dann hielt sie den Arm abrupt still, schnippte einmal kräftig mit dem Handgelenk und hielt nur noch den abgetrennten Kopf in der Hand, während der Körper durch die Luft flog.

Charlotte warf den Kopf weg und wich der kopflosen Henne aus, die davonrannte, als sei ihr noch gar nicht aufgefallen, daß sie keinen Kopf mehr hatte. Charlotte konnte das gut verstehen. So ähnlich kam sie sich selbst auch vor. Sie beobachtete das Huhn, bis es endlich stillhielt.

Dann packte sie es an den Füßen, nahm es aus und ging auf den Wasserkessel zu, der auf einem kleinen Feuer kochte. Sie hatte den Kessel fast erreicht, als sie zwei Reiter um die Westseite des Hauses kommen und dicht vor ihr anhalten sah. Sie hob die Hand über die Augen, um in die Sonne sehen zu können, und dann erkannte Charlotte die beiden Reiter augenblicklich. Einer von ihnen war Sheriff Archer Bradley. Der andere Mann hatte sein Gesicht unter der Krempe seines tiefsitzenden Huts verborgen, doch dieses Gesicht hätte sie mit verbundenen Augen erkannt.

Walker Reed.

Walker beugte sich vor, legte beide Arme über das Sattelhorn und lächelte. Als sie dieses Lächeln sah, vermutete Charlotte, daß Walker ihr wohl wegen der Picknickkiste, die sie über ihm ausgeleert hatte, nicht allzu sehr grollte. Als sie sah, worauf sich sein interessierter und belustigter Blick richtete, sah sie an sich herunter und stellte zu ihrem großen Kummer fest, daß beide Männer einen ungehinderten Ausblick auf ihre Schlüpfer und ihren Petticoat hatten. Sie schnappte nach Luft und zog eilig an ihren Röcken, ehe sie Jam das Huhn in die Hand drückte.

»Jam, fang schon an, das Huhn zu rupfen, während ich in Erfahrung bringe, was Sheriff Bradley von uns will«, sagte Charlotte, ohne die beiden Reiter aus den Augen zu lassen. Jam schlurfte zu dem Kochtopf, tauchte das kopflose, ausgenommene Tier ins brühend heiße Wasser und setzte sich dann auf einen Baumstumpf, um es zu rupfen.

Archer schwang sich vom Sattel. »Guten Tag, Miss Lottie. Es sieht ganz so aus, als gäbe es bei Ihnen Huhn zum Abendessen.«

»Ich bin sicher, daß Sie den weiten Weg hierher nicht nur zurückgelegt haben, um mir das zu sagen, Archer«, sagte Charlotte und fragte sich, was Walker Reed, oder wie er in Wirklichkeit auch heißen mochte, so amüsant fand, denn er saß nur da und grinste.

Archer lachte. »Nein, das ist richtig. Genaugenommen bin ich hier, um Ihnen ein Geschenk zu machen. Richter Saunders hat angeordnet, daß Walker in Gewahrsam genommen wird, bis sein Bruder aus Santa Barbara eingetroffen ist, um ihn zu identifizieren.«

»Das ist ein ziemlich weiter Weg. War es denn nicht möglich, telegrafisch eine Beschreibung durchzugeben?« fragte Charlotte, der auffiel, daß Archer ihn schon Walker nannte.

»Doch, das ist auch geschehen, aber die Beschreibung hätte ebensogut auf den Toten wie auf Walker passen können.«

»Nun«, sagte Charlotte und sah Walker Reed an, »dann hoffe ich, daß Sie noch einen angenehmen Aufenthalt in Two Trees haben.«

Mit einer Stimme, aus der ein Lachen herauszuhören war, sagte Walker: »O ja, ich bin ganz sicher, vor allem, wenn es bei Ihnen jeden Abend Huhn gibt, Miss Lottie.«

Charlotte warf Archer einen Blick zu, der nichts Gutes verhieß. Archer wirkte reichlich dämlich. »Tja... äh... verstehen Sie, Miss Lottie... äh...«

»Nein, Archer«, sagte sie, und ihr Tonfall drückte aus, wie böse sie in Wirklichkeit auf ihn war. »Ich verstehe gar nichts.«

Archer stammelte und stotterte noch ein Weilchen, bis er schließlich herausbrachte: »Richter Saunders hat gesagt, wir müßten Walker in Gewahrsam nehmen...«

»Das haben Sie schon einmal gesagt, Archer«, unterbrach ihn Charlotte gereizt. Sie war verschwitzt, müde und schmutzig und wünschte sich ein wohltuendes Bad, statt hier in der Hitze zu stehen, sich einen Sonnenbrand zu holen und sich mit einem erwachsenen Mann zu unterhalten, der kein vernünftiges Wort herauszubringen schien.

»Tja, also, ich wollte gerade darauf zu sprechen kommen, Miss

Lottie«, sagte Archer. »Ich habe eigentlich keinen Platz für Walker im Gefängnis, weil ich die jungen Stoners bis zur Verhandlung festhalten muß, und daher hat Sheriff Saunders beschlossen, da Sie diejenige waren, die Unannehmlichkeiten hatte, weil er fast in Ihrem Vorgarten aufgeknüpft worden wäre, sollten Sie auch diejenige sein, die von einer kostenlosen Arbeitskraft profitiert. Er hat mir befohlen, Walker zu Ihnen zu bringen, damit er sich seinen Unterhalt verdienen kann, bis sein Bruder kommt.«

»Das kommt absolut überhaupt nicht in Frage«, entschied Charlotte finster.

»Was?« sagte Archer.

»Nein, nein und noch mal nein«, sagte Charlotte. »Ich spiele bereits für einen Verwundeten von fragwürdiger Herkunft die Krankenschwester, Archer. Ich weigere mich nachdrücklich, einem weiteren Fremden meine Türen zu öffnen. Ich führe doch hier keine Pension. Sieht das hier«, sagte sie und wies mit einer Armbewegung auf ihr Haus, »etwa aus wie das Wayfarers' Inn?«

»Aber, Miss Lottie...«

»Nein!« rief sie laut. »Selbst wenn es sich um eine Verfügung des Gouverneurs handeln würde, die mit Blut unterzeichnet ist, dann käme das nicht in Frage. Ich will mit meinen Hühnern und meinem Garten und meinen Löwenmäulchen in Ruhe gelassen werden. Verstehen Sie das, Archer?«

»Ja, Miss Lottie, das kann ich schon verstehen, aber ich glaube nicht, daß Richter Saunders Verständnis dafür hätte. Es handelt sich zwar nicht um einen Befehl des Gouverneurs, und mit Blut ist er auch nicht unterzeichnet, aber es ist doch ein gerichtlicher Entscheid, den Saunders mit amtlicher Tinte unterschrieben hat – und das Amtssiegel trägt er auch. Sehen Sie?« Archer zog ein Blatt Papier heraus und reichte es ihr.

Charlotte riß es ihm aus der Hand, las es und reichte es ihm wieder. Jetzt wurde sie wirklich unangenehm. »Dann machen Sie den Befehl eben rückgängig«, fauchte sie.

Sie zeigte ihre Wut und ihre Abwehr deutlich, obwohl sie das dumpfe Gefühl hatte, selbst wenn sie sich die Pulsadern aufgeschlitzt und blutend vor Archer Bradley gekniet hätte, hätte das wenig an der Katastrophe geändert, die dieses Blatt Papier über sie hereinbrechen ließ.

»Sie müssen vor Richter Saunders erscheinen, bevor wir daran etwas ändern können«, sagte Archer.

»Meinetwegen«, sagte Charlotte gereizt und wirbelte herum. »Dann komme ich gleich mit Ihnen. Lassen Sie mir nur einen Moment Zeit, um Butterbean einzuspannen.«

»Wer, zum Teufel, ist Butterbean?« Walker konnte sich dieser Frage nicht enthalten.

Charlotte blieb erstarrt stehen und drehte sich langsam um. »Finden Sie an dem Namen meines Pferdes etwa irgend etwas komisch, Mr. Reed?« Sie stemmte die Hände in die Hüften und drehte sich ganz zu ihm um, um ihm ins Gesicht zu sehen. »Ich vermute, Sie haben Ihrem Pferd einen angemesseneren Namen gegeben – vielleicht Fan Dancer? Nakes Nubian? Heavenly Delight?«

»Ja, man kann wohl sagen, daß ich finde, mein Pferd trägt einen angemessenen Namen.«

»So? Und welchen? War ich dicht dran?«

Er grinste. »Sie haben weit daneben gelegen.«

Er war wieder einmal zum Grinsen und zum Scherzen aufgelegt, aber sie war nicht in der Gemütsverfassung, sich auf solchen Blödsinn einzulassen. »Wie heißt Ihr Pferd denn nun, Mr. Reed?« Inzwischen war Charlotte entschlossen, den Namen seines Pferdes mit aller Gewalt aus ihm herauszuholen, mochten die Hölle oder die Sintflut nahen – und wenn sie den Namen aus seiner Kehle herauspressen mußte.

»Hired Hand, Ma'am, und er stammt von einem Hengst ab, der Travelling Man heißt.«

»Pah!« sagte sie. »Ich hätte eher mit etwas wie Assault, stammt von Bandit ab, erwartet.«

Archer besaß die Dreistigkeit zu lachen, doch Walkers Grinsen war mindestens so erstaunt wie belustigt.

Charlotte ignorierte sie alle beide: »Wie ich schon sagte, lassen Sie mir einen Moment Zeit, damit ich Butterbean holen kann.«

Walker mußte einen Hustenanfall vortäuschen, um sein Gelächter zu vertuschen. Butterbean? War das ihr Ernst? War es wirklich möglich, daß jemand sein Pferd Butterbohne nannte? Er kam zu dem Ergebnis, eine Frau, die mit ihrem Garten, ihren Hühnern und ihren Löwenmäulchen in Ruhe gelassen werden wollte, sei wohl auch verrückt genug, um ein Pferd Butterbean zu nennen. Seine Aufmerksamkeit wandte sich wieder dem Gespräch zwischen Miss Lottie und Archer zu, versprach es doch wirklich unterhaltsam zu werden.

Als er Charlotte auf die Scheune zugehen sah, rief Archer ihr nach: »Richter Saunders ist im Moment nicht in der Stadt, Miss Lottie. Er ist zu Verhandlungen nach Abilene gefahren. Und er kommt frühestens in zwei oder drei Wochen zurück. Wenn Sie ihn sehen wollen, müssen Sie schon nach Abilene fahren.«

»Ach, was soll der ganze Blödsinn«, brüllte Charlotte in ihrem verstimmtesten Tonfall, während sie eine scharfe Wendung nach rechts machte und auf ihre Hintertür zuging. »Bringen Sie Mr. Reed eben in den Schuppen, Archer. Ich habe Besseres zu tun, als hier rumzustehen, mir das Gehirn verbrutzeln zu lassen und mit Leuten wie euch zu quasseln. Manche Menschen haben eben zu tun und arbeiten für ihren Lebensunterhalt, statt durch die Gegend zu ziehen und andere zu belästigen.« Sie riß die Tür auf. »Wenn Sie sich in dem Schuppen eingerichtet haben, Mr. Reed, wird Jam Sie herumführen.« Sie ließ die beiden Männer, die hinter ihr herstarrten, stehen, zog die Schultern hoch und trat ins Haus.

Als sie in ihrem Schlafzimmer vor der Waschschüssel stehenblieb, schlug sich Charlotte entsetzt die Hände auf die Brust. Ihr Kleid war nicht nur mit Hühnerblut vollgespritzt, sondern es war auch noch schmutzig und durchgeschwitzt. Um ihr Gesicht stand es auch nicht besser. Ihr Haar war vollkommen zerzaust.

Charlotte starrte in den Spiegel, als sie sich das Gesicht wusch, und dabei ertappte sie sich, wie sie die beiden Männer miteinander verglich, die so gewaltsam in ihr Leben eingedrungen waren. Der Verwundete mußte ein Gentleman sein. Er war zwar riesig, stämmig und behaart, und doch stellte sie sich vor, daß er so sanft und gefügig wie ein kleines Kätzchen war. Bei Walker war sie sich nicht so sicher. Wenngleich auch alles an ihm, sein Auftreten, seine Art, sich zu kleiden, seine Ausdrucksweise, auf Reichtum und Bildung schließen ließ, hatte er doch ein paar Dinge gesagt und getan, die sich ein Gentleman niemals zuschulden hätte kommen lassen. Sie hoffte, das sei lediglich eine Reaktion auf die Ungewißheit, da er sich ja doch noch als Dieb und Mörder erweisen konnte. Aber sie war sich über die Wahrheit im Klaren. Und sie konnte nichts anderes mehr denken als: *Warum er? Warum ausgerechnet dieser Mann?* Warum konnte es überhaupt dazu kommen, wenn sie doch keinen Mann in ihrem Leben wollte oder brauchte? Als Kind hatte sie die bittere Wahrheit darüber erfahren, was Männer Frauen körperlich antaten. Jeder Wunsch, von einem Mann als Frau anerkannt zu werden, war ihr schon vor langer Zeit vergangen. Sie betete, er möge der Dieb und Mörder sein, als den man ihn verdächtigte. Damit hätte sie umgehen können. Aber wenn es nicht so war, wenn er wirklich Walker Reed war... dann konnte sie nur hoffen, daß er sich nicht dazu entschloß, sich ihr gewaltsam aufzudrängen, wie es diese Männer vor so langer Zeit bei ihrer Mutter getan hatten.

Als sie sich gewaschen hatte und in die Küche kam, fand Charlotte das gerupfte Huhn dort vor. Sie stopfte es in einen Topf mit Wasser und verschloß ihn mit einem Deckel. Während das Huhn kochte, trank sie Wasser und fragte sich, wie sie damit zurechtkommen sollte, Walker Reed um sich zu haben. Es stimmte schon, daß eine weitere Hilfe um diese Jahreszeit ein Segen Gottes war, aber ein Mann wie Walker war nicht einfach ein Feldarbeiter, der ihr aushalf. Ob es ihr paßte oder nicht, aber sie brachte ihm Gefühle entgegen, die sie noch nie für einen anderen Mann empfunden hatte.

Sie stellte den Wasserkrug zurück und sah Walker, der mit Jam durch den Garten lief. Er bewegte sich mit der lautlosen Geschmeidigkeit einer Katze, die sich an einen Vogel anschleicht. Jetzt war es schon wieder soweit. Die Gänsehaut war wieder da. Es schien ganz so, als bekäme sie schon bei seinem Anblick jedesmal eine Gänsehaut. *Charlotte Augusta, was auf Erden ist bloß los mit dir?* Der Mann schien Gift für sie zu sein.

Gleichzeitig faszinierte er sie. Mit seinem Verstand und seiner Geistesgegenwart. Mit den geschmeidigen Bewegungen seines Körpers. Mit seinem Lächeln und seinen Augen. Sie hätte nie geglaubt, daß sie einen so liederlichen Verrat an sich selbst begehen könnte, und doch war es so. Vielleicht war es ein Segen, daß sie sich über die Dinge, die geschahen, im klaren war. Die Erkenntnis des Problems würde ihr zu einer Lösung verhelfen.

Sie mußte vor allem sehr, sehr vorsichtig sein, wenn Walker Reed in der Nähe war. Sie würde sich so sachlich und nüchtern benehmen wie bei einem vollkommen Fremden, und sie wollte dafür sorgen, daß sie nie länger als nötig mit ihm allein war. Sie konnte ihn nicht aus ihrem Haus entfernen, aber sie konnte ihn meiden.

Charlotte zog sich um und eilte dann zu dem großen Kleiderschrank in dem leerstehenden Schlafzimmer. Weniger aus Sorge um Walker, sondern eher, um sich abzulenken, suchte sie das Notwendigste heraus, was er brauchen würde: sauberes Bettzeug und Handtücher, ein Stück Seife und eine ihrer alten, aber warmen Dekken. All das steckte sie in einen Korb und ging damit in den Schuppen.

Als sie den kleinen Nebenraum betrat, den sie schon manchmal benutzt hatte, um einen zusätzlichen Arbeiter unterzubringen, sah Charlotte, daß Walker schon dortgewesen war und seine Satteltaschen und seinen Schlafsack auf das schmale Bett geworfen hatte. Als sie sich im Raum umsah, stand auf den ersten Blick fest, daß man niemandem hätte zumuten können, dort zu schlafen, solange nicht wenigstens aufgeräumt und geputzt worden war. Daher lief sie noch einmal ins Haus zurück, um einen Besen, einen Putzlumpen und einen Eimer mit warmer Seifenlauge zu holen.

Der Raum war winzig und unglaublich finster, denn nur durch ein schmutziges kleines Fenster fiel das Licht herein. Eingerichtet war er nur mit einer schlechten Matratze, einem Stuhl und einem kleinen Tisch. Dennoch machte sich Charlotte ans Werk, und bald darauf hatte sie den Raum gekehrt und geschrubbt und das Bett mit sauberem Bettzeug und einer leuchtend bunten Patchworkdecke bezogen. Auf den Tisch stellte sie eine Kerosinlampe. Dann trat sie einen

Schritt zurück, fragte sich, ob sie die Lampe anzünden sollte, und entschied sich, es zu tun.

»Noch nicht ganz mit dem St. Charles in New Orleans vergleichbar, aber doch eine deutliche Verbesserung«, sagte eine tiefe Stimme.

Als Charlotte sich umdrehte, sah sie Walker in der Tür stehen. Es rührte ihn tief, daß sie es auf sich genommen hatte, diese Abstellkammer für ihn zu putzen und schöner herzurichten, obwohl ihr widerstrebte, ihn bei sich aufnehmen zu müssen. Sein Blick glitt von dem ordentlich gemachten Bett mit dem bestickten Kissenbezug zu dem Packen frischer Handtücher, die gefaltet über der Stuhllehne hingen. Zweifellos stammten diese Dinge aus ihrem Haus. Die Frage war nur, warum sie das für ihn tat. Und warum ergriff es ihn derart, daß sie ihm diese kleinen Aufmerksamkeiten erwies?

Charlotte zitterte, und ihr Herz pochte heftig. Ihre Augen waren groß vor Angst, als sie Walker Reed anstarrte. Sie fühlte sich in die Falle getrieben und ihm auf Gedeih und Verderb ausgeliefert. Nach allem, was sie wußte, konnte er ebensogut nicht Walker Reed sein, sondern der kaltblütige Killer, für den Spooner Kennedy ihn hielt. Doch dann fiel ihr wieder ein, daß sie ihm nicht das erste Mal gegenüberstand und daß er ihr bis jetzt nichts Schlimmeres zugefügt hatte als eine Gänsehaut.

Sie drehte den Kopf leicht zur Seite, und in ihren leuchtendblauen Augen stand eine Frage. Er sah sie an, und seine Augen waren klar und offen. Es war dunkel im Raum, doch die Kerosinlampe warf einen mattgoldenen Schein auf ihn, in dem er wie poliertes Teakholz schimmerte. Seine Züge waren so vollkommen – die Augen, in denen sich das Licht brach wie in kostbaren Edelsteinen, die arrogante Pracht seines schlanken Körpers – er erschien übermenschlich, ein Wesen irgendwo zwischen Mensch und Gott, ein Halbgott, ein Erzengel, der auf die Erde gekommen war.

Immer noch stand er in der Tür, stemmte die Arme gegen den Türrahmen und hatte ein Bein leicht angewinkelt. Er sah sie mit einem Lächeln an, das sie wie einen Schmerz in ihrem Innern wahrnahm. Dann wandten sich seine Blicke erneut den Veränderungen des Raumes zu. Mit einer klaren, ruhigen Stimme sagte er: »Danke, Charlotte. Sie haben sich meinetwegen viel Mühe gemacht. Die Frage ist nur, warum?«

Charlotte begegnete seinem festen Blick mit einem kalten Ausdruck. »Das hat keine besonderen Gründe, Mr. Reed. Dasselbe hätte ich für jeden anderen auch getan. Sogar meine Tiere werden gut versorgt.«

Die Wärme schwand aus Walker Reeds Augen. Diese Frau war ausgesprochen verwirrend. Im einen Moment rettete sie ihm das Leben und strengte sich an, es ihm gemütlich zu machen, und im nächsten Moment war sie verletzend und provozierend. Er war überrascht und ärgerlich zugleich, und das machte es ihm praktisch unmöglich, seine Freundlichkeit beizubehalten.

»Da Sie mich mit den Tieren, die Sie versorgen, auf eine Ebene stellen, werde ich versuchen, Sie nicht zu enttäuschen, indem ich mich von meinen menschlicheren Instinkten leiten lasse. Wenn Sie ein Tier wollen, dann sollen Sie auch ein Tier bekommen, Miss Lottie.« Seine Stimme war fest und hatte den Tonfall nicht geändert, und doch fühlte sie sich, als hätte er ihre Versuche, entgegenkommend zu sein, mit Füßen getreten.

Charlottes Gedanken trieben wie trockenes Laub vor ihr her und wurden vom Wind durcheinandergewirbelt. Sie hatte ihn beleidigt, obwohl es nicht ihre Absicht gewesen war. Aber wenn er ihr die Worte absichtlich im Mund verdrehte, dann war er selbst daran schuld.

Ihre Gereiztheit ließ ihre Worte spröde und knisternd klingen, als sie sagte: »Ich *will* überhaupt nichts von Ihnen, Mr. Reed, am allerwenigsten Ihre Gegenwart. Aber nun sind Sie hier, und ich tue mein Bestes, um Ihren Aufenthalt hier möglichst angenehm zu gestalten, und dazu gehört auch, daß Sie es so bequem wie möglich haben. Brauchen Sie sonst noch etwas, oder wollen Sie lieber dastehen, mir Beleidigungen ins Gesicht schleudern und alles, was ich sage, mißverstehen?«

Er antwortete nicht gleich, und als er endlich etwas sagte, sah sie ihn nicht an, sondern hielt ihren Blick fest auf den Haken an der Wand gerichtet, an dem sein Hut hing. »Ihr Mitgefühl wirft mich um.«

»Ihre Arroganz mich auch.«

Er kicherte. »Dann sind wir ja quitt... Bei Ihnen kommt niemand ungeschoren davon, oder, Miss Lottie?«

Da sie die Bewunderung aus seiner Stimme heraushörte, lächelte sie vor sich hin. »Es ist schon vorgekommen, daß ich kleine Schnitzer durchgehen lasse.«

»Ah, aber worin liegt da die Befriedigung?« fragte er mit sanfter, kehliger Stimme.

Seine Worte sandten einen Schauer durch ihre Nerven. Sie trat neben den Stuhl und strich die Falten der zusammengelegten Handtücher glatt. »Ich habe es nicht darauf abgesehen, in allem Befriedigung zu suchen, was ich tue. Ganz im Gegenteil. Da die meisten meiner Beschäftigungen dazu dienen, die einfachsten und grundlegendsten Bedingungen für ein Überleben zu erfüllen, verwechselt man sie nicht allzu leicht mit den Dingen, die einem Vergnügen bereiten. Man könnte daher wohl sagen, daß mich das meiste, was ich tue, äußerst wenig befriedigt.«

»Und was ist mit dem Vergnügen?«

»Dafür habe ich herzlich wenig Zeit.«

Ah, das ist ein Jammer, Schätzchen, denn wenn du für etwas geschaffen bist, dann für die Lust.

»Sagen Sie, welche Dinge bereiten Ihnen Vergnügen, Charlotte?«

»Nun ja...«, sagte sie zögernd und machte sich keine Vorstellung von den Verheerungen, die sie bei ihm anrichtete. »Ich liebe es...« Sie ließ die Worte verhallen und wirkte betroffen, weil sie sich beinah verraten hätte.

»Was, Charlotte? Was wollten Sie sagen? Sie lieben...«

»Den Frühling. Babys... eigentlich alles Kleine... ob Mensch oder Tier... zart, frisch und unschuldig und mit diesem wunderbaren Geruch, den nur Babys haben.«

»Und?«

»Alte Menschen.«

»Das Alter?«

»Nein! Nicht das Alter. Diese Worte kann ich nicht leiden. Aber ich liebe alte Menschen.«

»Das ist eine interessante Vorliebe. Sagen Sie, was mögen Sie an alten Menschen, Charlotte?«

Sie sah zu dem dunklen Fenster und seufzte. »Wenn man alt ist, hat man das Beste von beiden Welten... weil man Erwachsener und Kind zugleich ist. Wenn man alt ist, kann man alles tun, was einem paßt, und man kommt damit durch... es ist wie ein Zauber... nichts, was ein alter Mensch tut, überrascht die anderen. Alte Menschen können in der Kirche schnarchen und Kleider tragen, die außergewöhnlich und lachhaft unmodisch sind... und die Leute geben einem immer den besten Platz, wenn man einen Raum betritt, oder das beste Stück von einem Huhn. Es ist, als würden die Blumen im Winter blühen. Man kann der Welt zeigen, wieviel vom Kind noch in einem ist. Und wenn man alt ist, kann man niemandem mehr ein schlechtes Beispiel sein, sondern nur noch gute Ratschläge geben. Die Jugend ist wie der Sonnenschein, aber das Alter ist die Nacht, in der die Sterne herauskommen, um ungestört zu spielen.«

Hinter sich hörte sie das Klicken, mit dem sich die Tür schloß. Sie war jetzt allein im Raum mit Walker Reed... und die Tür war geschlossen. Ihr Herz sackte ihr bis in die Füße. Sie drehte sich zu ihm um und sah, daß er auf sie zugekommen war und dicht vor ihr stand.

Sie wagte es nicht, auch nur Atem zu holen. »Ich muß jetzt gehen...«

»Nein, das glaube ich nicht.« Ein Lächeln zog Walkers Mundwinkel nach oben, als er sich überlegte, wie dicht er davorstand, sie in seine Arme zu ziehen und zu küssen, bis jedes Unbehagen aus ihr gewichen war. Mein Gott, war er je so unschuldig gewesen? War irgendwer je so unschuldig gewesen? Sie war wie eine Blume im Winter, und er verzweifelte, weil sein Gewissen nicht einschritt und ihm verbot, ein Verlangen in ihr zu wecken, das lieber weiterhin hätte schlummern sollen. Jetzt konnte er nicht mehr zurück, soviel wußte er. Dazu war es jetzt schon zu weit gegangen. Alles weitere war unvermeidlich. *Sieh mich mit deinen großen blauen Augen an, Schätz-*

chen. Ich möchte, daß du verstehst, was geschieht. Was sich zwischen uns abspielt. Ich will mit dir schlafen, Charlotte. Ich will viel ruchlosere Dinge mit dir tun, als nur deinen roten Rüschenpetticoat anzuschauen, Liebling. Tu nicht so, als könntest du nicht lesen, was in meinen Augen steht. Erröte jetzt nicht, und wende dich nicht ab. Das nennt man Verlangen, Liebling. So einfach ist das.

Sie starrte ihn mit leicht geöffneten Lippen an, auf denen ein feuchter Schimmer stand. Aber sie wirkte so furchtsam, als könnte sie jeden Moment einen Satz machen und fliehen. Mit einer Willenskraft, von der er gar nicht wußte, daß er sie besaß, hielt er sich zurück und mußte dabei feststellen, daß er seinen Körper weit weniger unter Kontrolle hatte, als er immer geglaubt hatte. Er sah in ihr hübsches Gesicht und fragte sich, ob er ihr einfach offen sagen sollte, in aller Plumpheit, woran er dachte, denn dann wäre sie schleunigst aus seinem Zimmer gestürmt. Doch das konnte er nicht. Er wollte sie noch ein Weilchen bei sich haben.

Und er ertrug es nicht, sich die Dinge, die sie sagte, anzuhören, ohne sie auf das nächstbeste Bett zu werfen. Die einzige andere Möglichkeit, die er hatte, bestand darin, gemeinsam mit ihr zu den Vorwürfen zurückzukehren, zu dem Sarkasmus, der sich anscheinend so oft zwischen ihnen breitmachte, daß er ihm schon wie eine ganz natürliche Verhaltensweise erschien. »Sagen Sie, Miss Lottie, was tun Sie eigentlich hier, abgesehen von Ihrem fadenscheinigen Vorwand, mein Zimmer herzurichten?«

»Ich habe Ihnen doch schon gesagt, daß...«

»Ja, allerdings, Miss Lottie. Aber Ihre Antwort ist wie ein Kreis, dessen Enden sich nicht treffen. Ein schiefer Bogen, in den nichts paßt. Genauso wie Ihre Ausrede. Wenn Sie mich so ekelhaft finden, wie Sie behaupten, warum sollten Sie sich dann für mich diese Mühe machen? Oder sind Sie wie die Horde von unaufrichtigen Frauen, die es schon vor Ihnen gab? Sind Sie Salome, die gekommen ist, um um meinen Kopf zu tanzen, oder sind Sie Delila, die geschickt worden ist, um mich zu schwächen?«

»Keins von beidem«, fauchte sie. »Ich bin Lots Frau, die in eine Salzsäule verwandelt worden ist. Warum also reißen Sie Ihre listigen

Augen und Ihre fleischlichen Gedanken nicht von mir los und beglücken jemanden damit, der bereit ist, diesen Unsinn mitzuspielen? Ich bin für Sie Stein, Mr. Reed. Kalter, harter Stein, und so wird es auch bleiben.«

Sie sprudelte noch mehr solches Zeug heraus, doch er war inzwischen so amüsiert und so entzückt über sie, daß er ganz den Grund vergaß, aus dem er dem Gespräch überhaupt diese Wendung gegeben hatte. Er verschränkte die Arme vor der Brust und kostete es aus, ihr zuzuhören und sie zu beobachten. Ein paar Sekunden später bemerkte er, daß sie verstummt war.

Er grinste. »Wie könnte ich eine Runde gewinnen, wenn Sie ständig das Spiel wechseln? Sie peitschen mich mit Worten aus, die selbst einen Häftling reumütig machen könnten, und ehe ich auch nur die leiseste Ahnung habe, wie ich damit umgehen soll, halten Sie einfach den Mund.«

»Ich kann Ihnen die Mühe sparen, auch nur irgendwie mit mir umzugehen, Mr. Reed. Seien Sie so freundlich, mir aus dem Weg zu gehen, damit ich verschwinden kann. Ich habe Besseres zu tun, als hier rumzustehen und mich mit Ihnen abzugeben.«

Er hörte ihr nicht wirklich zu, da ihm etwas ganz anderes durch den Kopf ging. »Machen Sie sich auch nur die entfernteste Vorstellung davon, wie bezaubernd Sie im Moment aussehen... wie ein kleines Mädchen?« Und sie sah wirklich ganz bezaubernd aus. Er fand kein passenderes Wort, um die roten Locken zu beschreiben, die sich gelöst hatten und ein Gesicht umrahmten, um das ein Engel sie beneidet hätte. Für ihn war jede Kleinigkeit, die er an ihr neu entdeckte, eine helle Freude und ein Ansturm auf seine Sinne zugleich. Und im Moment konnten seine Sinne wahrhaftig keinen weiteren Ansturm mehr verkraften. Ehe sie ahnte, was er vorhatte, hatte Walker sie mit seinen lautlosen Bewegungen in seine Arme gezogen und trug sie durch die Tür.

»Was soll das heißen? Was tun Sie da? Lassen Sie mich runter! Sind Sie verrückt geworden?«

Er antwortete ihr mit einem Lachen. »Nicht weinen, kleines Mädchen. Das steht Ihnen nicht. Ich tue das nur, um Ihre Tugend und meine zerrütteten Nerven zu schonen. Und außerdem regnet es, falls Ihnen das entgangen sein sollte. Ich fände es schrecklich, wenn Sie sich Ihre zierlichen kleinen Schuhe naßmachen würden.«

Als ihr ihre praktischen schwarzen Schuhe wieder einfielen, die schwerer als ein Amboß waren, fing sie an, mit den Beinen zu strampeln, denn sie hoffte, ihn damit ins Wanken zu bringen.

Aber Walker lachte nur. »Ich glaube, Sie haben das unbändige Temperament einer Zigeunerin«, sagte er leise und grinste so breit, daß ihre Knochen zu Eischaum wurden. »Und ich muß sagen, daß mir diese Entdeckung gut gefällt.«

»Mich interessiert keinen Pfifferling, was Ihnen gefällt, aber mir würde es nur zu gut gefallen, wenn Sie Ihren vorlauten, angeberischen Mund halten und mich wieder hinstellen würden.«

»Ist Ihnen eigentlich klar, daß Sie Ihre Ehrbarkeit wie einen hauchdünnen Schleier tragen? Wenn das Licht im richtigen Winkel einfällt, kann ich ungehindert durch diesen Schleier schauen und einen Blick auf die Frau werfen, die wirklich dahintersteckt. Sie sind nicht zimperlich, meine Süße, wenn Sie es den Leuten auch noch so gern vormachen. Wenn ein Mann den richtigen Schlüssel fände, könnte er eine Tür aufschließen und dahinter eine Frau entdecken, die zügelloser als die vollendetste Dirne ist.«

»Darauf müssen Sie aber auch immer wieder zurückkommen, stimmt's? Es bereitet Ihnen anscheinend außerordentliches Vergnügen, mich zu beleidigen.«

Er ließ sie sinken, bis ihre Füße die Stufen berührten, ließ sie aber nicht los. »Ich beleidige Sie nicht, meine Süße. So unmöglich es auch erscheinen mag, aber ich tue alles, was in meiner Macht steht, um mich gut mit Ihnen zu stellen.« Dann küßte er sie zart auf den Mund und sah den Zorn in ihren Augen aufflackern. »Das hatte ich ursprünglich nicht vor«, sagte er, »aber Leute, die immer das tun, was man von ihnen erwartet, führen ein freudloses Leben.«

Er sah sie einen Moment lang an und hielt sie immer noch fest. Es wunderte ihn, daß sie ihm noch nicht ans Schienbein getreten hatte. »Charlotte, sehen Sie mich an.« Sie weigerte sich, aber Walker wartete, denn er wußte, daß sie der Versuchung nicht lange würde widerstehen können. Als sie zu ihm aufsah, stand etwas in seinen Augen, was sie in seinen Bann zog. »Ich kann mich nicht unbegrenzt auf solche Geplänkel mit Ihnen einlassen. Ich bin ein Mann, Charlotte. Wenn ich eine Frau begehre, dann will ich mit ihr schlafen. Da das im Moment anscheinend nicht in Frage kommt, werden wir uns eine andere Beschäftigung aussuchen müssen.« Er ließ ihre Arme los. »Um wieviel Uhr gibt es Abendessen? Oder haben Sie vor, mich genauso verhungern zu lassen wie den armen Kerl, der in Ihrem Gästezimmer liegt?«

Charlotte schlug sich entsetzt die Hände vors Gesicht. »Ach du meine Güte!« Und mit diesen Worten wandte sie sich eilig ab und hastete die Stufen zum Haus hinauf.

Walker machte kehrt und lief langsam durch den Nieselregen zum Schuppen. Als er in seinem Zimmer angekommen war, setzte er sich auf sein Bett. Eigentlich hatte er vor, sich die Stiefel auszuziehen und seine Kleider zu wechseln, doch dann fiel ihm etwas, was sie gesagt hatte, wieder ein. *Listige Blicke und fleischliche Gedanken?* Mit einem herzhaften Lachen legte sich Walker Reed zurück und verschränkte die Arme hinter dem Kopf. Es würde eine gewaltige Aufgabe darstellen, Miss Butterworth zu seiner Denkweise zu bekehren. Insofern hatte er genug zu tun, soviel stand fest.

Charlotte machte sich augenblicklich an die Arbeit. Eilig bereitete sie Teig für Klöße zu, die sie in die dampfende Brühe warf, während das Huhn so weit abkühlte, daß sie das Fleisch von den Knochen lösen konnte. Als die Klöße gar waren, stellte sie sie zur Seite und eilte zu dem Verletzten, um nach ihm zu sehen. Sie hoffte, daß er inzwischen aufgewacht war.

Als sie in seiner Schlafzimmertür stand, zögerte Charlotte. Die Augen des Mannes waren geschlossen, doch sein Körper bewegte sich unruhig, und das Laken war feucht und klebte an seinen Beinen. Zum Glück verbarg es, was bedeckt sein sollte.

Eigentlich schickte es sich überhaupt nicht, sich in Gegenwart eines Mannes aufzuhalten, der im Bett lag. Und noch weniger schickte es sich, sich in Gegenwart eines halbnackten Mannes aufzuhalten. Aber, so fragte ihre praktische Seite die Seite ihrer Person, die sich um den Anstand sorgte, wie konnte man jemandem vorwerfen, daß er einen Verletzten pflegte, ganz gleich, wie weit der Betreffende entkleidet war?

Während sie noch mit Anstand und Sitte rang, stöhnte der Mann und entblößte ein langes muskulöses Bein. Seine Haut war dunkel und wirkte durch die schwarze Behaarung noch dunkler. Charlotte trat auf Zehenspitzen an das Bett und streckte eine zitternde Hand aus, um sie auf seine Stirn zu legen. Der Mann hatte hohes Fieber.

Sie eilte in die Küche und kam mit einer Schüssel kaltem Wasser wieder, mit dem sie versuchte, ihm Kühlung zu verschaffen. Als sie die Sinnlosigkeit ihres Tuns erkannte, öffnete sie die Türen der Kommode, holte etliche große Handtücher heraus, weichte sie in Natriumlauge ein und legte sie ihm auf die Brust und auf die Arme.

Sobald sie ihn mit den Handtüchern bedeckt hatte, fing sie schon wieder an, die ersten zu entfernen, da sie warm geworden waren. Wieder und immer wieder tauchte sie sie ins Wasser. Die ganze Nacht lang sorgte sie so für den Verletzten und kehrte immer wieder zwischendurch zur Pumpe in der Küche zurück, um die Schüssel mit kaltem Wasser aus dem Brunnen zu füllen.

Kurz vor Tagesanbruch, als die Morgendämmerung schon in das düstere Schlafzimmer drang, bemerkte Charlotte eine geringfügige Abkühlung seiner Haut. Auch der Rhythmus seines Atems war gleichmäßiger geworden, und er wälzte sich nicht mehr umher und schlug nicht mehr um sich, sondern lag im Tiefschlaf still da. Sie entfernte die Handtücher, die, so schien es ihr, unglaublich schwer geworden waren, legte sie in die Schüssel und hoffte dabei, daß es das letzte Mal war. Ihr Körper schmerzte an zahllosen Stellen, und sie hatte nicht mehr die Kraft, sich hochzuziehen oder gar zu ihrem Zimmer zu gehen. Charlotte kniete noch neben dem Bett, als sie das letzte Handtuch in die Schüssel fallen ließ und das Laken über den schlafenden Mann zog. Ohne zu wissen, was sie tat, ließ sie die Hand, die das Bettuch noch hielt, auf seiner Brust liegen und den Kopf auf die Matratze neben der Hüfte des Mannes sinken. Ehe ihr Kopf das feuchte Laken auch nur berührt hatte, war sie schon eingeschlafen.

Walker war früh auf, weil ihn ein solcher Hunger quälte, daß jeder Schlaf unmöglich war. Er nahm sich ein frisches Hemd und ein Stück Seife und ging zum Brunnen. Sowie er sauber war, ging er auf das Haus zu. Es war seltsam, daß nirgends Anzeichen von Aktivitäten zu erkennen waren. Noch nicht einmal in der Küche brannte Licht. Kurz vor der Hintertür blieb er stehen. Vielleicht hatte Miss Lottie die Absicht, nach dem Abendessen jetzt auch noch das Frühstück ausfallen zu lassen.

Jam kam gerade auf seinem Maultier Rebekah angeritten wie jeden Morgen. Walker winkte ihm zu, deutete auf das Haus und sah ihn fragend an. Jam nickte, winkte und strahlte. Walker klopfte an die Tür, doch niemand antwortete. Walker war vollkommen ausgehungert, und als nach dem dritten Klopfen niemand öffnete, machte er die Tür auf und trat ein, um Miss Lottie Butterworth zu suchen und sein Frühstück zu verlangen.

Er fand sie, aber wie! Ihr Gesicht lag bedenklich nah neben der entblößten Hüfte eines Mannes, ihre Hand, die auf seinem schwarzen Brusthaar lag, paßte gar nicht zu dem keuschen Bild, das er sich von ihr gemacht hatte, und auch die zimperliche Haltung einer alten Jungfer konnte er mit diesem Anblick nicht vereinbaren. Er wollte sie gerade ihren seltsamen Vergnügungen überlassen, sich an einem verwundeten Mann zu vergehen, der hilflos und nackt war, als er die Schüssel bemerkte, die randvoll mit nassen Handtüchern war.

Walker trat näher und bemerkte die tiefen Falten der Erschöpfung auf ihrer Stirn und die grauen Schatten der Müdigkeit unter ihren Augen. Er sah sich ihr zerzaustes Haar an, die feuchten Schweißflecken auf ihrem Kleid. Jetzt wußte er, daß er hier nicht den lustvollen Schlaf sexueller Erschöpfung vor sich hatte, sondern eine restlos ermattete Frau, die offensichtlich die ganze Nacht gegen ein wahrscheinlich rasendes Fieber angekämpft und dann, als das Schlimmste überstanden war, einfach nicht mehr die Kraft gefunden hatte, sich von der Stelle zu rühren.

Er legte dem Mann eine Hand auf die Stirn, die sich kühl anfühlte. Dann hob Walker Charlotte auf seine Arme und merkte wieder einmal, wie federleicht sie war. Sie erinnerte ihn an einen Hund, den er einmal gehabt hatte – einen Hund mit einem dichten, zotteligen Fell, das ihn groß und kräftig scheinen ließ, doch wenn Walker Sheba in einen Zuber getaucht hatte, um sie zu baden, hatte er ein spindeldürres Vieh herausgezogen, das einem Wiesel ähnelte. Miss Charlotte war ein ähnlicher Fall – in zahllose Stoffschichten eingehüllt vermittelte sie, in Verbindung mit ihrem starken Willen, den Eindruck, wesentlich größer und kräftiger zu sein, als sie war.

Eine Woge von Zärtlichkeit durchflutete ihn, als er auf das Lämmchen herunterschaute, das in seinen Armen schlief. Sein Gesicht schmiegte sich an ihre zarte Wange, und dann wandte er sich um, um sie aus dem Zimmer zu tragen.

Es ließ sich leicht erkennen, welches der beiden anderen Schlafzimmer das von Charlotte war. Alles war schmuck und ordentlich und strömte einen süßen Duft von Sauberkeit, Stärke und Rosenwasser aus, wie Charlotte selbst. Er trug sie zu ihrem Bett und zog ihr die oberste Schicht ihrer Kleider aus, ohne ihre Unterkleider anzurühren, doch ihm fiel auf, daß sie kein Korsett trug. Durch den dünnen Stoff ihres Hemdchens konnte er ihre Brüste deutlich erkennen. Walker hatte im Lauf der Zeit schon viele Brüste zu sehen bekommen, und er hatte sie weiß Gott nicht nur angesehen, und doch mußte er sagen, daß das hier die schönsten waren, die er je in Augenschein genommen hatte. Er stand da und ließ seine Blicke von ihren Brüsten über den Rest ihres Körpers bis zu ihren Füßen gleiten. Ihm erschien merkwürdig, daß ihn kein heftiges Verlangen packte, sondern unbeschreibliche Zärtlichkeit in ihm aufstieg.

Dann bemerkte er, daß sie die Schuhe noch anhatte, und er zog sie ihr aus. Er hielt einen ihrer winzigen, zarten Füße in den Händen und streichelte den blassen gewölbten Spann, ehe er seine Handfläche gegen ihre Fußsohle preßte. Seine Hand war größer. Noch einmal glitten seine Blicke über sie, als er ihren Fuß auf die Matratze sinken ließ. So viele Gegensätze steckten in diesem einen zierlichen Körper, und dabei hatte er das Gefühl, nur die Oberfläche zu kennen. Einen Moment lang versetzte es ihm direkt einen Stich, daß sein Bruder Riley in wenigen Monaten kommen und sein Aufenthalt bei Charlotte damit ein Ende finden würde.

Walkers Magen knurrte laut, und er ging auf die Tür zu, doch dann fiel ihm noch etwas ein, und er wandte sich wieder zu Charlotte um. Als er neben ihr stand, tasteten seine großen Hände die dichten Locken ab, die eher chaotisch auf ihren Kopf gesteckt waren, bis er ein paar Haarnadeln fand und sie herauszog. Ihr Haar löste sich und fiel wie Ranken über ihre Schultern. Walker hielt eine seidige Locke in seiner Hand, rieb sie ein paar Minuten lang zwischen seinen rauhen Fingern, und ihm fiel wieder ein, wie sich Haar und Haut einer Frau anfühlen. Er murmelte einen leisen Fluch vor sich hin, lenkte seine Gedanken auf ein sichereres Territorium, ließ ihre seidigen Haarsträhnen durch seine Finger gleiten und wandte sich ab, um das Zimmer zu verlassen.

Erst am späten Nachmittag rührte sich Charlotte allmählich und roch augenblicklich würzige Essensdüfte. Sie schlug die Augen auf, sah sich im Zimmer um und versuchte dahinterzukommen, wo sie war. In ihrem eigenen Zimmer. Aber wie war sie bloß hierhergekommen? Das letzte, woran sie sich erinnern konnte, war die bleierne Schwere, die sich auf sie gesenkt hatte, als das Fieber des Verletzten zurückgegangen war. Ihre Erschöpfung mußte so groß gewesen sein, daß sie sich nicht erinnern konnte, wie sie in ihr Zimmer gekommen war. Sie sah an sich herunter.

Sie konte sich ebenfalls nicht daran erinnern, sich ausgezogen zu haben. Und im Hemd hatte sie in ihrem ganzen Leben noch nicht geschlafen. Gedankenverloren griff sie nach einer Locke, die auf ihrer Brust lag, und schlang sie sich um den Finger. Sie erinnerte sich genauso wenig wie an alles andere daran, ihr Haar gelöst oder die Haarnadeln auf dem Nachttisch abgelegt zu haben. Dann bemerkte sie das Tablett neben dem Bett, auf dem eine Mahlzeit stand – im Schein der Kerosinlampe.

Jemand hatte ihr ein Abendessen zubereitet und die Lampe angezündet. Aber wer? Dann fiel ihr auf, daß ihre Kleider ordentlich zusammengefaltet auf dem Stuhl lagen. Und warum? Nicht nur, daß sie sich nicht erinnern konnte, sie zusammengefaltet zu haben, sondern sie waren nicht so gefaltet wie sonst. Sie waren eher ungeschickt zusammengelegt. Wie das ein Mann getan hätte.

Ein Mann?

Nicht irgendein Mann. Charlotte sah das Tablett mit dem Essen wieder an. Gebratenes Huhn. Jam hätte den Weg in die Küche selbst unter Zuhilfenahme einer Landkarte nicht gefunden – soviel wußte sie –, und wenn sich an dem Verwundeten keine wundersame Wandlung vollzogen hatte, konnte er nicht aus seinem Bett aufgestanden sein, ganz zu schweigen davon, daß er ein Huhn hätte töten und zubereiten können. Die Neugier brachte sie dazu, ein Hühnerbein in die Hand zu nehmen und vorsichtig einen Bissen zu kosten. Es schmeckte köstlich. Wer dieses Huhn zubereitet hatte, verstand sich ganz ausgezeichnet auf das Kochen. Doch die einzige Person außer ihr selbst, Jam und dem Verletzten, die das getan haben konnte, war Walker Reed, und er sah nicht so aus, als könnte er Wasser warm machen – vielleicht konnte er Blut zum Sieden bringen, aber doch ganz bestimmt kein Wasser. Nein, seine Meisterschaft, darauf hätte sie jederzeit gewettet, ging wohl mehr in Richtung Schlafzimmer als Küche.

Die Vorstellung, Walker Reed könnte in ihrem Schlafzimmer gewesen sein, machte Charlotte ganz schwach. Es versetzte sie in Wut, daß er ihr Haus ohne ihre Erlaubnis betreten haben könnte. Aber dann sah sie das Tablett neben ihrem Bett wieder an und kam zu dem Schluß, derselbe arrogante Mann, der widerrechtlich in ihr Haus und in ihr Schlafzimmer eingedrungen war, müsse mit der Person identisch sein, die diesen Berg von Brathuhn zubereitet hatte.

Eine sachte Röte stieg in ihr Gesicht. Walker, beschloß sie, hatte viel vom Wind an sich. Sie wußte einfach nie, aus welcher Richtung er im nächsten Moment kommen würde. Er konnte sie mit seinen Worten in Wut versetzen und sie mit einem schlichten Blick berauschen. Das Ganze war schon äußerst beunruhigend, denn er brachte sie mit fast allem, was er tat, um ihre Fassung. Wie geht man vor, wenn man Ordnung schaffen und Chaos ausräumen will? Oder aber, wenn das Chaos nicht von der Sorte ist, die man gänzlich abschaffen will, wie zügelt man es dann wenigstens ein bißchen? Aber sie wußte selbst, daß die Aufgabe, einen Mann wie Walker Reed ins Gebet zu nehmen, etwa so einfach war, wie den Blitz zu bändigen.

Sie aß noch ein wenig Huhn, schlug die Beine übereinander und dachte über Walker Reed nach. Als sie das dritte Stück Huhn aufgegessen hatte, war sie zwar satt, hatte aber keine einzige Einsicht dazugewonnen. Doch ganz umsonst war es nicht gewesen, sich in Gedanken mit ihm auseinanderzusetzen, denn sie war zu zwei Schlußfolgerungen gelangt: Walker Reed war nicht durch und durch schlecht. Und er konnte Hühner braten. Doch diese Schlußfolgerungen beantworteten ihr noch lange nicht die Frage, was sie mit ihm anstellen sollte.

Sie fragte sich jetzt, ob er dem Verwundeten im anderen Zimmer wohl auch etwas Eßbares eingeflößt hatte. Charlotte sprang auf, zog ihren Morgenmantel über und sah nach. Sie fand das Zimmer vor, wie sie es verlassen hatte, abgesehen davon, daß die Lampe brannte und die Schüssel mit den nassen Handtüchern entfernt worden war.

Was für ein umsichtiger Mann Walker Reed doch war, dachte sie immer wieder, als sie die Hand auf die Stirn des Verwundeten legte und feststellte, daß sie kühl war. Sie deckte ihn ordentlich zu, strich ihm das Haar aus der Stirn und öffnete das Fenster, um etwas frische Luft hereinzulassen. Doch während sie mit den zarten Fingern eines Engels für diesen einen Mann sorgte, weilten Charlotte Butterworths Gedanken bei einem anderen.

5.

Walker stand am Fenster seines Zimmers und sah, wie sich der Umriß von Charlottes Haus dunkel gegen die frühe Morgenröte absetzte. Er knöpfte sich das Hemd zu, und sein Ausdruck war zwischen verärgert und nachdenklich anzusiedeln. Er konnte den Anblick einfach nicht vergessen, den sie ihm vor wenigen Tagen geboten hatte, und wie jeden Morgen seither an erinnerte er sich wieder daran, was unter Charlotte Butterworths steifem Äußeren lag. Die vollkommen geformten Brüste, die schmale Taille, die wohlgeformten Beine – nichts von alledem ließ sich mit der Frau vereinbaren, die er täglich vor Augen hatte. Warum war eine solche Frau unverheiratet? Und warum verbarg sie ihren phantastischen Körper absichtlich? Er war sich über die Gründe nicht im klaren. Aber er hatte die Absicht, sie zu durchschauen.

Der Hahn flog jetzt gerade auf den Zaun, schlug mit den Flügeln und krähte dann dreimal hintereinander. Walkers Blick fiel auf Charlottes Schlafzimmerfenster. Im nächsten Moment ging dort das Licht an, und er lächelte. So pünktlich wie der Hahnenschrei. Dann sah er, wie sich ihr Schatten vor dem Fenster bewegte, und das Lächeln schwand von seinem Gesicht, denn er wußte, daß sie sich jetzt gerade anzog. Es war nicht seine Sache, sie sich dabei vorzustellen, ganz und gar nicht seine Sache.

Ein Pfeifen drang an seine Ohren, und er trat gerade noch rechtzeitig aus dem Schuppen, um Jam auf Rebekahs Rücken um das Haus kommen zu sehen.

»Morgen, Walker«, sagte Jam und ließ sich von Rebekahs Rücken gleiten.

Während Walker und Jam besprachen, was es heute zu tun gab, trat Charlotte steif an ihr Bett und ließ sich hinfallen. Ein paar Minuten später lag sie immer noch da, starrte ihre nackten Füße an, die seitlich vom Bett baumelten, und fragte sich, ob sie die Kraft aufbringen konnte, die es sie kosten würde, ein zweites Mal aufzustehen.

Sie brachte sie auf. Zum zweiten Mal an diesem Morgen trat Charlotte vor ihren Spiegel und sah sich ihr Gesicht an. Es sah auch nicht besser aus als beim ersten Mal, als sie in den Spiegel geschaut hatte. Sie streckte die Zunge raus, prüfte die Spannkraft der Haut an ihrem Hals und suchte ihren Haaransatz nach grauen Haaren ab. Obwohl sie kein einziges fand, war sie doch der Überzeugung, daß das, was sie fühlte, nur das rasche Nahen des Alters sein konnte.

Sie erinnerte sich, gestern mit dem Doktor darüber geredet zu haben, als er vorbeigeschaut hatte, um nach dem Verwundeten zu sehen. Er hatte gesagt, ihr Patient mache einen besseren Eindruck als sie selbst. Vielleicht hätte sie sein Angebot, ihr ein leberstärkendes Mittel dazulassen, doch annehmen sollen. Sie fühlte sich wirklich nicht besonders gut. Sie hatte Kopfschmerzen, und ihre Augen kamen ihr vor, als hätte jemand damit Murmeln gespielt. Sie hatte wieder einmal fast die ganze Nacht am Bett des Verwundeten zugebracht. Sie streckte die Hand nach der Haarbürste aus und spürte sofort, wie steif ihr rechter Arm war. Das ist also das Alter. Sie wußte, daß es das und nichts anderes sein mußte, denn das Wetter hatte sich seit Tagen nicht geändert. Sie zog die Möglichkeit in Betracht, ihr Arm könnte steif sein, weil sie fünfzehn Eimer Wasser aus dem Brunnen hochgezogen hatte, denn die Dichtung der Küchenpumpe hatte sich ausgerechnet diesen Tag und nicht einen von dreihundertvierundsechzig anderen ausgesucht, um kaputtzugehen.

Eine Weile später hatte sie Brötchen im Ofen, und eine Pfanne mit Bratensaft und Wurst war schon vorbereitet und mußte nur noch warmgehalten werden, solange sie den Haferbrei für den Verletzten kochte. Sie hörte Schritte auf der Veranda hinter dem Haus und sah, wie Walker mit einer Kanne Milch eintrat.

Jedesmal, wenn sie ihn sah, fiel ihr unwillkürlich wieder ein, daß dieser Mann sich ihren halbnackten Körper nach Lust und Laune hatte betrachten können, als er sie kürzlich morgens entkleidet hatte. Erst war sie so verlegen gewesen, daß sie ihn gar nicht anschauen konnte. Dann hatte sie beschlossen, daß dieser Vorfall so oder so keinen großen Eindruck auf ihn gemacht hatte, oder wenn doch, dann ließ er sich zumindest nichts davon anmerken. Was für eine seltsame Vorstellung, daß ein Mann allein mit ihr in ihrem Schlafzimmer gewesen war und sie entkleidet, sie aber nicht mißbraucht hatte. Es brachte sie ganz durcheinander – einerseits war sie froh, daß er es nicht getan hatte, und andererseits konnte sie einfach nicht verstehen, warum er es unterlassen hatte. Sie wußte nicht, wie sie sich in Gegenwart eines Mannes benehmen sollte, der sie fast so nackt wie ein geschorenes Schaf gesehen hatte. Wie ging man damit am besten um? Sollte sie ihrem Mißvergnügen Ausdruck verleihen? Ihre offensichtliche Verlegenheit zum Ausdruck bringen? So tun, als sei es nie dazu gekommen?

Sie entschloß sich für den letzten Vorschlag. Als sie aufblickte, sah sie ihn immer noch mit der Milchkanne in der Hand dastehen.

Er tat nichts. Er beobachtete sie nur. Vielleicht sah er ihr wirklich nur bei dem zu, was sie gerade tat. Aber irgendwie zehrte es an ihren Nerven und brachte sie aus der Fassung, wenn sie das prickelnde Gefühl hatte, daß jemand sie ansah, und wenn sie dann den Kopf hob, um nachzusehen, ertappte sie ihn oft dabei, daß er sie versonnen anstarrte.

»Stellen Sie die Kanne einfach auf den Tisch.«

»Ja, Ma'am«, sagte er so spöttisch, daß sie ihn hochmütig betrachtete.

»Ich komme auch ohne Ihre hämischen Bemerkungen aus.«

»Wenn ich aus Ihrer kratzbürstigen Laune schließen darf, dann sind Sie auch lange Zeit ohne so einiges andere ausgekommen, Mädchen.«

»Und ganz oben steht auf dieser Liste der Schlaf.«

»Daran dachte ich eigentlich nicht.«

»Ich bin sicher, Sie erwarten jetzt, daß ich frage, woran Sie dachten, aber Ihre Tricks kenne ich schon. Mich interessiert nicht im geringsten, woran Sie dachten. Und ich bin auch nicht kratzbürstig. Ich bin nie kratzbürstig.«

»Ach? Und ich dachte schon, Sie sind ein Mensch.«

Das ignorierte sie. »Ich wollte gerade sagen, daß ich manchmal ein wenig verwirrt bin.«

»Verwirrt? Haben Sie deshalb die Picknickkiste über mich ausgeschüttet? Aus Verwirrung?«

»Wenn Sie Streit suchen, dann verschwinden Sie lieber gleich.« Charlotte öffnete den Küchenschrank und griff nach dem Zucker, der ihr aus den Fingern glitt, und als sie ihn fangen wollte, warf sie den Korb mit den Eiern um, die sie gerade gesammelt hatte. Sie sah auf die kaputten Eier und den Zucker hinunter und wäre am liebsten in Tränen ausgebrochen. »Da sehen Sie, was Sie bei mir anrichten.«

Walker kam auf sie zu und legte ihr eine Hand auf die Schulter, doch Charlotte riß sich sofort los.

»Was ist los, Charlotte?«

»So verschwinden Sie doch! Lassen Sie mich in Ruhe«, sagte sie zornig.

»Ich kann doch nicht einfach gehen und Sie so allein lassen.«

»Nichts klappt mehr, und ich weiß nicht, wie ich etwas daran ändern soll. Ich weiß noch nicht einmal, worin das Problem besteht. Ich weiß auch nicht, was mir fehlt.«

»Ich schon.«

Sie drehte sich zu ihm um. »Sie wissen es?«

»Sie sind konfus.«

Sie wirkte schon wieder niedergeschlagen. »Um mir das zu sagen, braucht man kein Diplom als Mediziner. Natürlich bin ich konfus. Ich bin konfus, weil ich einfach nicht begreifen kann, wieso in meinem Leben plötzlich alles auf dem Kopf steht.«

»Ihre eigenen Gefühle machen Sie konfus.«

»O nein, ganz bestimmt nicht. Das ist wenigstens ein Punkt, in dem ich überhaupt nicht konfus bin. Ich weiß, was ich fühle. Ganz genau sogar. Alles, was ich im Moment empfinde, läßt sich in einem einzigen kleinen Wort zusammenfassen. Wut. Ich bin wütend über alles mögliche... mehr Dinge, als ich aufzählen könnte, weil mir dazu die Zeit und die Geduld fehlen. Aber auf Sie bin ich noch wütender als auf alles andere.«

»Ich weiß, und deshalb sind Sie ja auch so durcheinander, weil Sie nämlich eigentlich gar keinen Grund haben, wütend auf mich zu sein, und Sie sind es trotzdem.«

»Ha!«

»Sie sind wütend auf mich, weil ich Ihre Erwartungen nicht erfüllt habe.«

»Die einzige Erwartung, die ich an Sie habe, ist die, daß Sie aus meiner Küche, aus meinem Haus und aus meinem Leben verschwinden.«

»Sie wollen nichts dergleichen. Was Sie wirklich wollen – und wenn Sie ehrlich zu sich wären, wüßten Sie das selbst –, ist, daß ich Sie in Ihr Schlafzimmer trage und liebe, bis Sie vollkommen erschöpft sind. Sie sind nicht wegen irgendwelcher Dinge, die ich getan habe, wütend auf mich. Sie sind wütend auf mich wegen der Dinge, die ich nicht getan habe.«

»Sie sind ja wahnsinnig«, zischte Charlotte derart zornig, daß sie fast die Selbstbeherrschung verloren hätte. Sie ballte die Hände zu Fäusten und konzentrierte sich darauf, lange und tief durchzuatmen. Als sie wieder eine gewisse Ordnung in ihren Gefühlen hergestellt hatte, sagte sie mit ruhiger Stimme: »Verschwinden Sie aus meiner Küche, und zwar jetzt sofort.«

»Ich gehe ja schon. Ich muß mich waschen, aber ich komme rechtzeitig zum Frühstück wieder.«

Seinem Rücken rief sie noch nach: »Ihnen würde ich noch nicht mal soviel Heu vorwerfen, wie Sie fressen können.«

Sein Gelächter versetzte sie noch mehr in Wut. Während sie das Frühstück fertig zubereitete, kreisten ihre Gedanken nur noch darum, daß sie wünschte, sie hätte ein oder zwei Giftpilze gehabt, die sie ihm ins Essen mischen konnte.

Als sie die kaputten Eier aufwischte, fand sie einen Teil ihrer Selbstbeherrschung wieder. Dann füllte sie eine Schüssel mit Hafergrütze und fing an, die Milch durch ein Tuch zu schöpfen. Sowie sich die Sahne abgesetzt hatte, goß sie ein wenig davon in die Hafergrütze, fügte eine Prise Zucker hinzu und stellte sie auf ein Tablett.

Als sie das Gästezimmer betrat, sah sie, daß der Mann noch fast in derselben Haltung dalag wie in der vergangenen Nacht, doch ihr fiel auf, daß seine Augen diesmal offen und ziemlich glasig waren. Er war tot. Dieser Gedanke erschreckte sie derart, daß sie das Tablett fast fallen gelassen hätte, aber dann blinzelte er, als käme er aus einem Trancezustand wieder zu sich.

»Wo bin ich?« fragte er mit heiserer Stimme.

Charlotte ging auf ihn zu, stellte die Hafergrütze auf den Tisch neben dem Bett und zog sich den Stuhl mit der ledernen Lehne näher heran. »Sie sind in Two Trees.« Als er darauf nicht reagierte, fügte sie hinzu: »Texas.«

»Wer sind Sie?«

»Charlotte Butterworth. Mein Bruder Nehemiah hat Sie vor ein paar Tagen gefunden und Sie hergebracht. Der Arzt hat es für das Beste gehalten, Sie hier unterzubringen. Sie sind sehr, sehr krank gewesen, Mr....«

»Granger«, krächzte er. »Jamie Granger.« Er sah sich im Zimmer um und fand offensichtlich nicht, wonach er suchte. »Wo sind meine Kleider?«

Ihr fiel wieder ein, daß sie diejenige gewesen war, die sie ihm ausgezogen hatte, und daher errötete sie ein wenig. Charlotte wandte sich schnell ab, um ihre Verlegenheit nicht zu zeigen. Sie trat zur Kommode und goß einen Krug Wasser in die Schüssel. Dann hängte sie sich ein sauberes Tuch und ein Handtuch über den Unterarm, löste ein Stück Seife in dem Wasser auf und trug die Waschschüssel zum Bett zurück, um sie auf die geflochtene Matte vor dem Bett zu stellen.

»Ihre Kleider?« wiederholte sie. »Tja, die mußte ich fortwerfen, Mr. Granger. Sie waren blutverkrustet und absolut irreparabel.«

Sie nahm seinen Arm in die Hand und fing an, ihn einzuseifen. Als sie fertig war, spülte sie die Seifenlauge mit Wasser ab und trocknete seinen Arm ab, und dann trat sie auf die andere Seite des Bettes und wiederholte denselben Vorgang mit seinem anderen Arm.

»Ich nehme nicht an, daß jemand eine Satteltasche voller Geld gefunden hat?« fragte er.

»Nein, ich fürchte nicht. Noch nicht einmal ein Pferd war in der Nähe. Mein Bruder hat vermutet, daß Sie wohl ausgeraubt und liegengelassen worden sind, weil man Sie für tot gehalten hat. Ein paar persönliche Dinge hatten Sie noch bei sich. Ich habe sie dort drüben in den Schrank gelegt.«

Ehe Jamie Granger klar wurde, was sie tat, hatte Charlotte ihm schon den Oberkörper gewaschen, und eine schwache Spur von verlegener Röte ließ ihre makellose Haut erglühen. Dann kam sein Gesicht an die Reihe. Als sie damit fertig war, verließ sie einen Moment lang das Zimmer. Bei ihrer Rückkehr brachte sie ein Nachthemd, eine Zahnbürste und ein kleines Glas mit.

»Das Nachthemd gehört meinem Bruder. Ich bin sicher, daß er nichts dagegen hat, wenn sie es benutzen, Mr. Granger.« Sie legte es auf das Fußende des Bettes, während sie ihm beim Zähneputzen behilflich war, indem sie eine kleine Untertasse unter seinen Mund hielt. Als sie ihm das weiche Nachthemd über den Kopf zog und sorgsam darauf achtete, seine bandagierte Brust nicht mit den Händen zu berühren, sagte sie: »Wenn Sie sich munter genug fühlen, werde ich sie morgen rasieren, Mr. Granger.«

»Das wäre mir sehr lieb...« Er unterbrach sich, und auf sein Gesicht trat ein Ausdruck, den Charlotte nur als Verlegenheit auslegen konnte. »Verzeihen Sie, Ma'am, aber was ist angemessen – Miss Charlotte Butterworth oder Mrs.?«

»Miss Butterworth, Mr. Granger. Ich bin nicht verheiratet. Sie können mich aber auch Miss Lottie nennen – so nennt mich hier jeder in dieser Gegend.«

»Ich danke Ihnen, Miss Lottie.«

»Und jetzt ist es an der Zeit, daß Sie feste Nahrung zu sich nehmen, Mr. Granger. Wir finden später sicher noch Zeit für eine Unterhaltung.«

Jamie Granger machte den Mund auf, um etwas zu sagen, aber Miss Lottie schaufelte ihm einen Löffel Hafergrütze in den Mund, und daher blieb ihm gar nichts anderes übrig, als sie zu essen. Charlotte lächelte, als er geschluckt hatte und sein Mund wieder leer war, und augenblicklich bekam er den nächsten Löffel. Jamie öffnete den Mund und dachte sich, wie großartig diese Frau doch aussah. Ehe sie ihm mit dem nächsten Löffel den Mund stopfte, war er der Meinung, es sei doch wirklich ausgezeichnet, daß ihr Bruder ihn gefunden und hierhergebracht hatte. Es war schon lange her, daß eine weiße Frau sich liebevoll um ihn gekümmert hatte – nicht mehr seit dem Tod seiner Mutter, und das war fünfzehn oder zwanzig Jahre her.

Als er sich im Zimmer umsah, fiel ihm allmählich alles wieder ein – wie es war, in einem Haus wie diesem zu leben, sich zu Hause zu fühlen. Er hatte auf einer großen Ranch im Tal des Rio Grande gelebt und so lange nur Mexikanerinnen um sich gehabt, die ihm den Haushalt führten, daß er ganz vergessen hatte, wie es war, die Gesellschaft einer Weißen zu genießen. Man merkte es an jeder Kleinigkeit.

Als er Anzeichen dafür zeigte, keinen Haferbrei mehr zu wollen, sagte Charlotte: »Ich weiß, daß Sie das Gefühl haben, satt zu sein, Mr. Granger, aber jetzt ist es wichtig, daß Sie wieder zu Kräften kommen, und das läßt sich nur durch genug Nahrung erreichen. Sie dürfen nicht aufgeben, bis Sie den ganzen Teller aufgegessen haben.«

»Nennen Sie mich Jamie«, sagte er. Als er sie ansah, senkte sie eilig die Lider.

Nachdem sie längere Zeit geschwiegen hatten, fand Charlotte, es sei an der Zeit, mehr über Jamie Granger herauszufinden. »Woher kommen Sie, Mr.... Jamie?«

»Aus dem Tal, Ma'am. Ich habe eine Rinderfarm bei Laredo.« Er beobachtete, wie ihre Hand zart und geschmeidig den Löffel mit genau der richtigen Menge Hafergrütze füllte und am Tellerrand abstreifte, ehe sie ihn an seinen Mund führte. »Züchten Sie hier auch Rinder, Miss Lottie?«

Charlotte erklärte ihm, daß Nemi der Rinderzüchter der Familie war und daß er Jamie auf dem Rückweg nach Two Trees gefunden hatte, nachdem er in Kansas seine Herde verkauft hatte.

»Wenn er mit seinem Geld heil zurückgekommen ist, ist es ihm besser ergangen als mir.«

Sie sah ihm in die Augen. »Das mit Ihrem Geld tut mir leid für Sie.«

Er lehnte sich nachdenklich zurück. »Ich war, verflucht noch mal, selbst daran schuld. Ich hätte das Geld zur Bank bringen sollen, statt es mit mir rumzutragen.«

»Ja, das hätten Sie«, stimmte Charlotte ihm zu. »Hier draußen laufen viele Leute rum, die lieber einen anderen um seine Brieftasche erleichtern, als auch nur einen Tag ehrliche Arbeit zu leisten. Es ist ein großes Pech für Sie, daß Sie einem solchen Kerl über den Weg gelaufen sind.« Sobald sie es gesagt hatte, fragte sich Charlotte unwillkürlich, ob nicht eine Verbindung zwischen dem Mann, den Walker Reed getötet hatte, nachdem er ihn ausgeraubt hatte, und den Männern bestehen konnte, die Jamie ausgeraubt hatten. Wenn Walker Reed nicht Walker Reed war, sondern tatsächlich ein Dieb, der keinerlei Bedenken hatte, für Geld zu töten, dann konnte es nur zu gut sein, daß er genau der Mann war, der auf Jamie geschossen hatte. Aber Walker war noch im Gefängnis gewesen, als auf Jamie geschossen worden war, und ihr fiel wieder ein, wie Walker für Jamie an dem Morgen nach seinem Fieber gesorgt hatte, während sie geschlafen hatte. Sie schämte sich wegen ihrer dummen Gedanken. Und dennoch ließen sie sich nicht aus ihrem Hinterkopf verbannen.

Als er die Hafergrütze endlich aufgegessen hatte, hatte Jamie so einiges über Miss Charlotte in Erfahrung gebracht, was ihm gut gefiel – ihre musikalische Stimme, der ernste Ausdruck, der auf ihrem Gesicht stand, wenn sie den nächsten Löffel füllte, die Art, wie sie errötete, wenn sie ihn dabei ertappte, daß er sie anstarrte. Ja, Miss Charlotte war eine Dame, aber sie war nicht prüde. Er hätte jederzeit gewettet, daß unter diesem steifen Mieder ein warmes, liebevolles Herz schlug, um Blut von der leidenschaftlichsten Sorte durch ihren Körper zu pumpen.

Als Charlotte anfing, das Geschirr wieder auf das Tablett zu räumen, fragte Jamie, ob sie irgendwelche Bücher im Haus hätte.

»Bücher?« wiederholte sie reichlich erstaunt. »Sie meinen, zum Lesen?«

Er lächelte. »Natürlich zum Lesen. Sie haben doch nicht geglaubt, daß ich sie nach Ihnen werfen will, oder? Glauben Sie mir, Sie sind viel zu hübsch, als daß man Bücher nach Ihnen werfen könnte.«

Ihre Stimme klang auf dieses Kompliment hin verlegen, doch ihre Selbstachtung schwang sich auf wie ein Adler im Aufwind. »Ja, natürlich habe ich Bücher, Mr. Granger. Möchten Sie jetzt gleich etwas lesen?«

Er nickte.

»Machen Sie sich etwas aus Byron, oder wären Ihnen Cooper oder Dickens lieber?«

»Die Wahl überlasse ich Ihnen, Miss Lottie«, sagte er und sah sich im Zimmer um. »Ihr Geschmack scheint sich ganz und gar mit meinem zu decken. Mein erster Eindruck ist, daß wir perfekt zusammenpassen.«

Natürlich meinte er es nicht so, wie es klang, aber als sie ihn ansah, stand ein solcher Schalk in seinen Augen, daß sie nicht mehr ganz sicher war. Er schäkerte gern, dieser Jamie Granger, so viel stand fest. Ein riesiger, stämmiger alter Schotte mit einem Blick für die Damen, einem Herzen so groß wie Texas und dem Wesen eines sanftmütigen alten Hundes. Sie räusperte sich. »Dann werde ich Ihnen Bücher holen. Ich werde Ihnen ein paar meiner Lieblingsbücher raussuchen, und darunter finden Sie sicher etwas, was Ihnen gefällt.« Sie blieb nachdenklich stehen. »Ich nehme nicht an, daß Sie Eliots *Middlemarch* gelesen haben, oder?«

»Nein, natürlich nicht, aber ich kann Ihnen gleich sagen, daß Eliot zu meinen Lieblingen zählt.«

Charlotte schwebte federleicht ins Wohnzimmer und zog ihre heißgeliebte Ausgabe von *Middlemarch* aus dem Regal.

»Ich glaube kaum, daß ich Sie überreden könnte, mir vorzulesen«, sagte Jamie, als sie wieder in sein Zimmer kam. »Meine Augen sind nicht allzu gut, und nachdem ich seit Tagen Ihre bezaubernde Stimme unbewußt gehört habe, weiß ich, daß es der ganzen Geschichte eine neue, zusätzliche Dimension verleihen muß, wenn man Sie Eliots Worte lesen hört. Setzen Sie sich, und lesen Sie mir vor, wie ein kleines Vögelchen, das auf meiner Fensterbank thront.«

Wenn Miss Charlotte Butterworth nach England eingeladen worden wäre, um dort die Königin zu besuchen, hätte sie niemals eine solche Wortgewandtheit erwartet. Was hatte ein Gentleman wie er in der Wildnis des westlichen Texas zu suchen – und dann auch noch in ihrem Bett? Ein Schauer der Vorfreude überlief sie, als sie sich vorstellte, wie es klingen mußte, wenn er mit seiner tiefen, klangvollen Stimme *Sonnets from the Portuguese* las. Ein so sanftmütiger Riese, dachte sie, ein Brocken von einem Mann und doch von so sanftem und zartem Wesen. Nicht so wie der schlanke, kleinere Walker, der sie immer wieder atemlos und außer sich zurückließ. Plötzlich fiel ihr wieder ein, daß Walker in der Küche auf sein Frühstück wartete. Sie hätte sich wirklich beeilen sollen. Doch dann wandte Jamie ihr diese sanftmütigen Augen zu, sah sie so vertrauensselig an wie Bessie, ihre alte Kuh, und Charlotte brachte es nicht übers Herz, ihm die erste Bitte, die er je ihr gegenüber geäußert hatte, abzuschlagen. So nah wie er dem Tod gewesen war, war es ein Segen, daß er überhaupt noch um etwas bitten konnte.

Charlotte setzte sich auf den Stuhl und fing an vorzulesen, und sie hörte nicht auf, ehe sie das Ende des ersten Kapitels erreicht hatte. Sie hätte noch länger weitergelesen, aber sie hörte Geräusche aus der Küche, die ganz so klangen, als hätte dort jemand eine Herde von einjährigen Kälbern losgelassen.

»Versuchen Sie jetzt wirklich, sich noch ein wenig auszuruhen, Mr. Granger«, sagte sie, doch sie wußte, daß das ausgeschlossen war, solange sie dem lauten Klappern, das aus der Küche kam, kein Ende bereitete. Sie hob das Tablett auf und sagte: »Vielleicht kann ich Ihnen später noch etwas vorlesen.«

»Sie haben das Wesen eines Engels, Miss Charlotte«, sagte Jamie Granger. »Ich werde Ihre Rückkehr ungeduldig erwarten.«

Miss Charlottes Herz fing an, so viel Blut in ihre Adern zu pumpen, daß sie sich erdrückt und nahezu bewegungsunfähig fühlte. Als ihre Füße endlich ihrem Befehl nachkamen, sich in Bewegung zu setzen und zu laufen, fürchtete sie, sie könnte gegen die Wand prallen, weil sie sich so beschwingt fühlte. Kleine italienische Arien zogen trällernd durch ihren Kopf, und ihre Knie kamen ihr wie Pappdeckel vor, doch trotzdem schaffte sie es bis zur Tür, und nachdem sie Jamie Granger noch einmal schüchtern angelächelt hatte, schlüpfte sie hinaus.

Die kleinen italienischen Arien verstummten in dem Augenblick, in dem sie die Küche betrat – und ebenso fiel das Wesen eines Engels von ihr ab. Dieser Rohling mit den teuflisch blauen Augen schlug mit dem Deckel ihrer gußeisernen Bratpfanne gegen den Rauchabzug ihres neuen Monitor-Herds, und bei jedem Schlag zwinkerte Charlotte. Ihr fiel auf, daß seine Augen weit offen blieben und auf ihre Person gerichtet waren, als wolle er ihr etwas antun.

»Sie sind mir wirklich ein schöner Gentleman«, murrte sie mißmutig, »wenn Sie im Haus der Dame, die Ihnen die gegerbte Haut gerettet hat, einen derartigen Krawall veranstalten. Ich hätte zulassen sollen, daß man Sie aufknüpft, dann hätte ich jetzt meine Ruhe.«

»Wenn sie mich aufgehängt hätten, wäre das ein weitaus gnädigerer Tod gewesen als der, Hungers zu sterben«, schrie er. »Würden Sie mir etwas vorlesen, Miss Lottie? Wie ein kleines Vögelchen, das auf meiner Fensterbank thront?« äffte er nach.

»Halten Sie den Mund!«

»Mögen Sie Byron, Mr. Granger?«

»Ich habe gesagt, Sie sollen den Mund halten.«

»Sie haben das Wesen eines Engels, Miss Lottie«, fuhr er fort.

»Sie verkommener Wurm, ich warne Sie«, kreischte Charlotte, während sie sich nach etwas umsah, was sie ihm über den Schädel ziehen konnte.

»Ich werde Ihre Rückkehr ungeduldig erwarten«, sagte er, ohne die Gefahr zu beachten, die in den Tiefen ihrer blauen Augen wie ein Leuchtfeuer erstrahlte und den Sturm ankündigte, der schnell nahte. Miss Charlotte hatte nicht umsonst rotes Haar.

»Ich würde wetten, daß er ungeduldig wird, wenn er genauso lange auf die nächste Mahlzeit warten muß wie ich.«

»Ich habe gesagt, Sie sollen den Mund halten!« schrie sie und packte den Griff des Topfs mit der Hafergrütze, der noch auf ihrem Herd stand, um den Inhalt über ihn zu schütten. Große graubraune Klumpen der schleimigen Masse flogen aus dem Topf und senkten sich auf Walker herab – in sein Haar, auf sein Hemd, auf seine Brustbehaarung direkt unter dem Hals. Manche Klumpen blieben kleben, wo sie waren, doch andere gerieten in Bewegung und gingen wie eine Lawine herunter, hinterließen eine Schleimspur, als sie ihm über die Stirn rannen und in den dichten Augenbrauen hängenblieben, über seine Ohren rutschten und in seinen Kragen fielen.

Die Frau mit dem Wesen eines Engels keuchte voller Entsetzen.

Walker wischte sich die Hafergrütze aus den Augen. Er war so wütend, daß er seinem Zorn nicht einmal mehr Ausdruck verleihen konnte. Er konnte wirklich nicht verstehen, was ihn dazu angestachelt hatte, sie derart zu provozieren. Was sollte es ihn schon kümmern, wenn Miss Charlotte Butterworth diesen Trottel im Nebenzimmer umsorgte wie ein Kalb mit Liebesleid? Sobald Riley auftauchte, würde er aus dieser gottverdammten Stadt verschwinden, und zwar mit fliegenden Fahnen.

»Sie haben mich dazu getrieben«, sagte sie. »Sie haben einfach nicht lockergelassen und unerbittlich weitergemacht.«

»Sie haben vollkommen recht«, sagte er und wischte sich mit einem Handtuch die Hafergrütze aus dem Gesicht. »Aber die Frage ist jetzt, was noch folgen könnte. Ich habe Sie provoziert, und Sie haben mir Hafergrütze ins Gesicht geschüttet. Können wir nicht auf der Stelle mit diesem Blödsinn aufhören? Sonst müßte ich Ihnen die Hafergrütze heimzahlen, und dann wären Sie wieder dran. Lassen Sie mich lieber in Ruhe frühstücken, ehe ich vor Hunger umfalle. Wenn Sie sich mir und meiner Nahrungsaufnahme weiterhin auch nur in irgendeiner Form in den Weg stellen, bin ich für die Konsequenzen nicht mehr verantwortlich.«

Charlotte war vor Verblüffung einen Moment sprachlos. »Das Schicksal hat uns gewaltsam zusammengebracht, und so, wie ich das sehe, bleiben uns nur zwei Möglichkeiten«, sagte er. »Wir können entweder diese Spannungen, die zwischen uns zu bestehen scheinen, auf die Spitze treiben, oder wir können unser Bestes tun, um uns aus dem Weg zu gehen und uns gesittet und wie erwachsene Menschen zu benehmen, wenn wir gezwungen sind, uns gleichzeitig in einem Raum aufzuhalten.«

Walker sah zu, wie sie auf den Tisch zuging und einen Teller dahin knallte, wo er sitzen sollte.

Sie war atemlos, und offensichtlich war es ihr peinlich, daß sie die Selbstbeherrschung derart verloren hatte, aber sie war nicht zurückhaltend oder gehemmt wegen ihrer äußeren Erscheinung, und ihre Worte waren nicht so angespannt und kamen nicht so verkrampft heraus, wie er es inzwischen von ihr gewohnt war. Sie schwitzte, und ihr Haar löste sich aus dem Knoten, aber sie machte den Eindruck, als fühle sie sich wohl, und Walker spürte, daß sich sein Herz schmerzhaft zusammenzog. Er wünschte, sie hätte ihn noch etwas mehr um den Verstand gebracht. Jetzt kostete es ihn schon alle Mühe, sie nicht auf den Küchentisch zu stoßen und sie dort neben dem gesprungenen Teller zu lieben. Es schien, als sei sie nicht die einzige, die ihre Selbstbeherrschung verloren hatte, aber für ihn war es jetzt unmöglich, sich noch einmal schlecht zu benehmen. Er sah sie merkwürdig an. »Mir scheint, Miss Lottie, daß Sie des öfteren mit Dingen nach mir werfen. Ich frage mich, woher das wohl kommen mag.«

»Keine Ahnung. Vielleicht hat es etwas damit zu tun, daß Sie das Rot in meinem Haar immer wieder ans Tageslicht bringen.«

Er lächelte unwillkürlich. »Es gibt noch ein paar andere Dinge an Ihnen, die ich ans Tageslicht bringen könnte, Miss Lottie«, sagte er sanft, »wenn Sie es nur zuließen.«

Sie beobachtete ihn und versuchte zu entscheiden, ob er es so ernst meinte, wie er es sagte, oder ob er sie nur einschüchtern wollte. Da sie den Blick nicht von ihm losreißen konnte, reichte sie ihm das feuchte Handtuch, das sie gerade aufgehoben hatte.

Walker säuberte sich und sah sie mit einem Ausdruck in seinen blauen Augen an, den sie nicht zu deuten vermochte, doch er musterte sie ganz entschieden eindringlich, und ihr war unbehaglich zumute. Sie spürte, wie ihre Nerven summten und die Muskeln in ihren Schultern und ihrem Nacken sich zu kleinen Knoten zusammenzogen. Seine Augen verrieten nichts, und sie hatte keine Ahnung, was sie zu erwarten hatte.

Charlotte machte den Fehler, ihn anzusehen. Seine Augen ließen ihren Blick nicht mehr los. »Wissen Sie, was ich glaube? Ich glaube, das Ganze ist nichts weiter als ein simpler Fall von elementarster Biologie. Ich bin ein Mann, und Sie sind eine Frau, und jedesmal, wenn wir einander nahekommen, springt ein magnetischer Funke zwischen uns hin und her, aber Sie weigern sich, sich einzugestehen, was Sie wirklich empfinden. Sie verbergen sich hinter Ihrem steifen weißen Kragen und versuchen, das Weibliche in Ihnen zu leugnen, das nämlich nichts anderes will, als von mir in die Arme genommen und bewußtlos geküßt zu werden. Stimmt das etwa nicht?« Er konnte erkennen, daß er sie diesmal wirklich getroffen hatte, und es tat ihm ein wenig leid für sie. Er fragte sich, ob er etwas sagen sollte, doch sie preßte sich eine geballte Faust gegen die Brust, als hätte sie Schwierigkeiten, Luft zu kriegen, und dann wandte sie den Blick ab.

Er stieß sich von dem Tisch ab, an dem er lehnte, und ging auf sie zu, bis er nur noch wenige Zentimeter von ihr entfernt war. Immer noch hatte sie ihr Gesicht abgewandt. Er hob die Hand und streichelte mit seinen Knöcheln ihre Wange. »Sagen Sie mir, was Sie wollen«, sagte er, und seine Stimme war zart und seltsam leise.

Sie riß den Kopf zurück und wandte sich ganz von ihm ab. Ihre Hände umklammerten die Kante der Anrichte, und ihr Rücken war ihm zugekehrt. »Ich weiß nicht, was ich will«, sagte sie. Ihre Stimme klang gedämpft und unsicher. »Ich weiß nicht, was ich von Ihnen halten soll. Ich verstehe nicht, was Sie tun. Und warum Sie mich so wütend machen – sowohl auf mich selbst als auch auf Sie. In Ihrer Nähe fühle ich mich so unwohl und gehemmt, als stünde ich am Sonntagmorgen ohne einen Faden auf dem Leib in der Kirche und wüßte nicht, an welcher Stelle ich mich zuerst bedecken soll. Ich fühle mich so... entblößt... so... so...«

»Verletzbar«, fügte er sachte hinzu. »Sie sind wie eine Blume«, sagte er, »ganz samtig zart und hell und frisch geöffnet, und Sie wissen nicht, ob Sie aus der Ferne bewundert werden oder ob eine geschäftige kleine Biene daherkommen und Ihnen Ihren Nektar rauben und dann glücklich weiterfliegen wird. Sie könnten dann mit weniger zurückbleiben, als Sie vorher hatten. Oder ob vielleicht ein gefühlloser Rohling daherkommt und Sie von Ihrem Stengel pflückt, ein Weilchen seinen Spaß an Ihnen hat, aber wenn Sie dann anfangen zu welken und den Kopf hängen zu lassen, wird er Sie achtlos fortwerfen.«

»Sie irren sich«, fauchte sie. Doch er hatte sie tiefer aufgewühlt, als sie sich eingestehen wollte. Die Richtung, die die Dinge einschlugen, gefiel ihr gar nicht, aber sie fühlte sich außerstande, etwas daran zu ändern.

»Ach, wirklich?« Seine Blicke gruben sich in sie. »Ich frage mich, ob ich mich wirklich irre. Es gibt eine Möglichkeit, das herauszufinden.«

Er war schnell. So schnell, daß er sie in seine Arme gezogen hatte, ehe sie auch nur begriff, daß er sich bewegt hatte. Sie wollte sich losreißen, aber er hatte mehr Kraft in den Händen als sie im ganzen Körper. »Lassen Sie mich los.«

»Warum sollte ich Sie loslassen, Miss Lottie, wenn es doch so lange gedauert hat, bis ich Sie endlich in meinen Armen hatte?«

Walker bemerkte die Wut, die ihre blauen Augen zu ihm aussandten, ehe er seine Blicke tiefer gleiten ließ, über ihre flammenden

Wangen zur zarten Haut ihres Halses und dann noch tiefer, zum Ansatz der vollen Rundungen ihrer Brüste, die sich bei jedem Atemzug hoben und senkten.

»Ist das die einzige Art, auf die Sie sich eine Frau nehmen können?« sagte sie. »Mit Gewalt?«

Sein Gesicht war hart wie Stein. Er brachte ihr nicht mehr Rücksicht entgegen als einem Käfer unter seinem Fuß, als er sie an den Oberarmen packte und sie an sich riß. Sein Atem war heiß und schwer und neckte die Locken, die ihr lose über den Nacken hingen, als er seinen Mund auf ihre heiße Haut preßte. Dann spürte sie, daß er sie ein wenig umdrehte und sie noch fester an sich zog, und seine Hände taten auf der zarten Haut ihres Halses Dinge, bei denen ihr der Atem stockte.

»Tu das nicht«, sagte sie mit bebender Stimme, als seine Küsse sich von ihrem zarten Hals zu ihren pochenden Schläfen bewegten und sie jeweils kurz berührten, bevor sie über ihren Mund glitten.

»Warum nicht?« flüsterte er in ihren Mund. »Sei ganz locker. Ich werde dich nur küssen.« Die Worte schienen sich auf seiner Zungenspitze aufzulösen, die sich über ihren Mund bewegte und Einlaß suchte. Er preßte sich fester an sie und hielt dann inne, als wolle er ihr Zeit lassen, sich an das unvertraute Gefühl seines Körpers zu gewöhnen, der sie an so vielen Stellen gleichzeitig berührte. Sogar durch ihr Kleid und ihren Petticoat konnte sie den intimsten Teil seines Körpers spüren, der sich sehr lang und sehr hart an sie drückte.

»Bitte«, sagte sie. Es war ein kaum hörbares Flüstern.

»Mit dem größten Vergnügen«, sagte er, und sein Mund bewegte sich wieder auf ihrem.

»Nein«, keuchte sie und stieß ihn von sich. »Nein. Laß mich los.« Ihre Stimme verhallte, als sein Gesicht über ihrem aufragte und seine Lippen weich und nachgiebig auf ihren spielten.

Sie stieß ihn von sich. »Laß mich in Ruhe!«

»Ich glaube nicht, daß ich das kann, Miss Lottie. Da, wo du bist, kommst du mir genau richtig vor.«

Falls das überhaupt möglich war, schien *dieser* Teil von ihm noch größer zu werden, als er sich an ihren Unterleib preßte. Sie zitterte vor Angst.

Walker spürte den Schauer, der sie gepackt hatte, und es schien, als würde er dem Zorn entgegenwirken, den er vorhin empfunden hatte, doch er trug wenig dazu bei, das weißglühende Verlangen zu löschen, das ihn verschlang. Warum fühlte er sich überhaupt zu ihr hingezogen? Sie war viel zu prüde, zu anständig, zu böse auf die Welt aus irgendwelchen Gründen – höchstwahrscheinlich wegen des Mangels an Männern in ihrem Bett. Sie hatte zu lange das Leben einer alten Jungfer geführt. Doch während er sich all das sagte, pochte das Blut mit solcher Macht in seinem Gehirn, daß er bezweifelte, ob er sie noch loslassen konnte. Warum sie? Warum ausgerechnet diese Frau? Was hatte sie nur an sich, was sich wie ein Holzwurm in ihn grub?

Er sah in ihr Gesicht und spürte Gewissensbisse. Diese Frau hatte ihm das Leben gerettet, und es sah ganz so aus, als bereute sie das jetzt. Irgendwie kam ihm das komisch vor. Erst versuchte er, den Humor zu unterdrücken, der plötzlich in ihm aufschäumte, doch dann glaubte er, ihn einsetzen zu können, um sie beide aus einer hoffnungslosen Lage zu befreien, und er ließ ihm seinen Lauf.

»Miss Lottie«, sagte er sanft, »ich weiß, daß es Männer gibt, die von der Liebe leben können, aber dazu gehöre ich nicht. Glaubst du, du könntest mir etwas Eßbares vorsetzen?«

6.

Eine Frau ist nie stärker als dann, wenn sie ihre Schwächen als Waffe einsetzt…

Walker kniff die Augen zusammen, und ein dünnes Lächeln zog seine Mundwinkel nach oben, als er Charlotte zusah, die sich in der Küche zu schaffen machte. Immer wenn sie versuchte, ihn zu ignorieren, hatte sie das, was Walker ihre »isolierte Ausstrahlung« nannte.

Sie war ein zurückgezogener Mensch. Sie harkte in ihrem Garten, sie schleppte Futter durch die Gegend, sie drehte Hühnern den Hals um und trug diese schlichten Kleider, während sie versuchte, einen kleinen Freiraum zu schaffen, in dem ihre Weiblichkeit existieren konnte, eingezwängt in ein Leben aus Mühsal, Opfern und harter Arbeit. Er hatte Mitgefühl mit ihr, weil sie zu einer Zeit lebte, in der es soviel anstrengender war, eine Frau zu sein als ein Mann. Auf eine gewisse Weise konnte er sich vorstellen, was es sie kostete, ihre unbezähmbare Art zu unterdrücken, um hart für ein Überleben zu schuften. Und auch Bewunderung empfand er für sie, weil diese Frau sich nicht kleinkriegen ließ, sondern stoisch die Verantwortung für etwas übernahm, was nichts weiter als ein Leben in Einsamkeit und Abgeschiedenheit sein konnte. Und immer wieder diese Zärtlichkeit, die dazu führte, daß er sie gern in seine Arme gezogen und ihr gesagt hätte, daß die Entbehrungen des Lebens leichter zu verkraften sind, wenn das Herz bessere Behandlung erfährt als der Bauch. Doch das hätte sie nicht verstanden. Noch nicht.

Alle mögliche Gefühle zogen über Walkers Gesicht, und er schaute eilig wieder in die weite Welt hinaus, doch dort sah er nichts als eine trostlose Leere. Für Charlotte war das eine Welt und eine Lebensform, die ihr vertraut war: jeder Zaunpfahl, jeder Heuhaufen, die Windmühle, der Hühnerstall, das Blumenbeet. Kein Baum und kein Hügel durchbrachen die Weite der dürren Steppe, die einen durstigen Mund zum Himmel aufzusperren schien. Die Sonne dörrte alles aus, ließ die fruchtbare braune Erde Sprünge kriegen, sog das Grün aus dem Gras und ließ es an den Spitzen braun werden. Wohin er auch blickte, er sah überall Braun. Ein kräftiges stilles Braun. Eine gesunde Farbe. Die Farbe der Erde, wenn sie der sengenden Beharrlichkeit der Sonne und dem heftigen Temperament des Windes ausgesetzt war. Charlotte hatte etwas an sich, was stark und still und robust war, wie die Farbe Braun. Hier, in ihrer Küche, machte sie den Eindruck einer ausgefüllten Frau, die in ihrer vertrauten Umgebung hantiert, jeden einzelnen Gegenstand liebevoll berührt und an jede Aufgabe wie an einen Liebesdienst herangeht. Eine kleine braune Drossel, schlicht und schmucklos und mit der

Hartnäckigkeit der Sonne ausgerüstet, das, was sie tat, auch gründlich zu tun und zu Ende zu bringen. Aber im Bett... *Ah, im Bett... süße Charlotte, würdest du ganz und gar entflammen!*

Charlotte kam an ihm vorbei, und das zarte Aroma von Vanille drang ihm in die Nase. Ihm ging auf, daß sie immer nach Vanille duftete – nicht nach der betonten Verlockung eines kostspieligen französischen Parfums oder subtil nach Rosen oder Lavendelwasser. Nein, das war nichts für eine Frau wie Charlotte, die zwar nicht mittellos war und immer reichlich zu essen hatte, aber doch nie genügend Geld für die kleinen Annehmlichkeiten des Lebens zu haben schien – Dinge, die sie nicht selbst anbauen oder anfertigen konnte. Wenn man gelernt hatte, mit dem Notwendigsten auszukommen, setzte das voraus, daß man nach gewissen Maßstäben lebte, die man selbst aufstellte, und Charlotte hatte schon vor langer Zeit gelernt, wie man mit dem Nötigsten zurechtkam. Es war zwar nicht gerade eine unwiderstehliche Verlockung, nach diesen selbst aufgestellten Maßstäben zu leben, doch es schuf gewaltigen Raum für Phantasie und Kreativität. Vor Jahren hatte sie sich einmal ein wenig Vanille aufs Handgelenk gestäubt. Eine Äußerung Archers am selben Tag hatte diese blitzartige Eingebung zur Gewohnheit werden lassen.

»Ich könnte es schwören, Charlotte, Sie riechen so gut wie Apfelkuchen.«

Daher nahm Charlotte jetzt jeden Morgen, wenn sie in der Küche hantierte, das kleine braune Fläschchen aus dem Gewürzregal und tupfte sich ein wenig Vanille auf die Handgelenke und hinter beide Ohren. Ab und zu, wenn sie sich ausgelassener als sonst fühlte, tupfte sie sich auch ein wenig zwischen die Brüste, wie sie es heute morgen getan hatte.

Und Walker konnte es durch den ganzen Raum schnuppern – Vanille und warme, feuchte Haut. Das beeindruckte ihn sehr. Eine Frau, die so gut roch... würde sie auch so gut schmecken? Er war kein Mann, der sich lange mit seinen eigenen Phantasien zufriedengab.

Walkers Ausdruck veränderte sich, als er sich aus seiner Versonnenheit herausriß. Charlotte stand noch am Fenster und räumte etwas weg. Sie blickte auf, lächelte ihn an und wäre beinah über den Küchenhocker gestolpert.

Er lachte. »Ist Ihnen schon viel Erfolg dabei beschert worden, durch Gegenstände hindurchzulaufen?«

»Ich war gerade dabei, den Schemel aus dem Weg zu rücken«, erwiderte sie ziemlich barsch und sah dann eilig fort, als habe etwas draußen vor dem Fenster plötzlich ihr Interesse geweckt. Doch er wußte, daß sie in Wirklichkeit gar nichts sah. Das gehörte zu den Dingen, die ihn an ihr erbosten – daß sie ihre eigene Menschlichkeit nie wahrhaben wollte, ihre Unzulänglichkeiten, und daß sie es sich nicht gestattete, etwas falsch zu machen. Es war, als hätte man ihr nie erlaubt, ein Kind zu sein, sondern sie ganz einfach hier ausgesetzt und ihr einen kleinen Lebensraum zur Verfügung gestellt. Und Charlotte konnte allzu gut mit diesem Mangel an Zuwendung umgehen. Im Lauf der Jahre hatte sie eine Art entwickelt, sich abzusondern und ihre Gedanken für sich zu behalten, zurückgezogen zu sein und ihre Heimlichkeiten zu haben. Dieses bewußte Vorenthalten ihrer selbst war es, was Walker bis zum Wahnsinn reizte und folterte.

»Erzählen Sie mir etwas... von Ihrer Familie.«

»Mein Bruder Nehemiah ist meine Familie.«

»Was ist mit Ihren Eltern?«

»Sie sind tot.«

»Entschuldigen Sie bitte. Ich hätte nicht fragen sollen.«

»Es ist schon lange her. Es macht heute nichts mehr.« Sie strich sich mit dem Handrücken ein paar Locken aus der Stirn.

Walker beobachtete Charlotte, und er nahm genau den Moment wahr, in dem sie sich ihm verschloß und sich in ihre ganz eigene Welt zurückzog. Diese Hand, die die Locken aus der Stirn gestrichen hatte, lag jetzt auf ihrem Hals und spielte mit dem Kragenknopf.

Walker nahm die kleine Hand schnell in seine beiden Hände und sah ihr ins Gesicht.

»Oh, bitte, tun Sie das nicht«, sagte sie und versuchte, ihre Hand zurückzuziehen. Sie wirkte furchtsam.

»Ich wollte Sie nicht erschrecken.« Er ließ ihre Hand los und war erstaunt, als sie nicht gleich aus der Küche lief. »Woran denken Sie, Charlotte?«

Ihre Stimme war belegt, und die Worte kamen so leise heraus, daß Walker sich vorbeugen mußte, damit er sie überhaupt verstehen konnte. »Wann? Eben gerade?«

Er nickte und lächelte sie an. »Eben gerade.«

Sie lächelte ebenfalls. »Ehrlich gesagt, dachte ich grade, daß ich im Moment lieber den Schweinestall ausmisten als hier stehen würde.«

Sein Lächeln wurde breiter, als gefiele ihm ihre Antwort. »Und davor? Ehe Sie dahintergekommen sind, daß Sie lieber mit den Füßen im Dreck als mit der Hand in meiner dastehen würden?«

Sie dachte nach, überblickte im nachhinein ihr Leben, die lange Zeit ohne die Liebe eines Mannes. Sie hatte vorgehabt, bis in alle Zukunft so zu leben. Dieser Mann war ein Störenfried in ihrem Leben. Er war keine Notwendigkeit wie ihr Garten oder ihr Viehbestand. Dieser Mann war ein Luxus, den sie sich nicht leisten konnte. Sie war flüchtig mit der Welt anderer Frauen in Berührung gekommen, Frauen, die die Zeit für Koketterien hatten. Aber sie hatte nicht die Zeit dafür. »Ich habe mich gefragt, warum es nicht regnet. Die ganze Erde scheint verdorrt und ausgelaugt zu sein. Allmählich wird eine Belastungsprobe daraus, ein Kampf zwischen mir und den Elementen. Ich stelle fest, daß ich anfange, den Sinn all dessen zu hinterfragen. Warum wehre ich mich derart gegen etwas so Unerbittliches wie das Wetter? Die Sonne wird auch dann noch ewig weiterscheinen, wenn sie meine armen alten Knochen längst ausgebleicht hat.« Sie wandte sich vom Fenster ab. »Ich weiß auch nicht, warum ich meine Zeit damit vergeude, darüber nachzudenken. Wir werden noch wochenlang Sonne haben, ehe die Regenfälle einsetzen, falls sie überhaupt je einsetzen.«

»Sie werden Ihren Regen bekommen«, sagte er fröhlich, »und reichlich für Ihre Geduld belohnt werden.«

»Das einzige, was man für seine Geduld bekommt, sind Mißstände und Widrigkeiten«, sagte sie verdrossen.

Er sah sie eindringlich an, und ihn verblüffte, wie ihr Haar das

Licht aufsog. Wie geheimnisvoll die Farbe Braun doch war, unauffällig und doch so energiegeladen, wenn die Sonne ihre eigentliche Natur zum Vorschein brachte. Glühendes Rot und zartes Gold ließen ihr Haar plötzlich lebhaft wirken. *Laß mich dich berühren wie die Sonne, Liebling. Laß mich derjenige sein, der dich wärmt, der deine verborgene Leidenschaft entfacht.*

Eine Woge von Zärtlichkeit ließ ihn wieder einmal bereuen, daß er sie so in die Enge getrieben hatte. *Eine Frau sollte uns immer Respekt entlocken und niemals unser Mitgefühl wecken,* hatte Emerson geschrieben... aber was, zum Teufel, wußte dieser Emerson schon? Hatte er nicht auch gesagt: *Die Kraft einer Frau liegt in der unwiderstehlichen Macht der Schwäche?* Walker lächelte vor sich hin. Selbst Emerson mußte kritische Momente mit einer Frau durchgemacht haben.

Die Kraft einer Frau liegt in der unwiderstehlichen Macht der Schwäche... Walker konnte sich nicht so recht mit der Vorstellung anfreunden, daß er eine Frau an einen Punkt gebracht hatte, an dem sie sich in seiner Gegenwart unbehaglich fühlte, oder daß er ihr zartes Herz mit harten Worten verletzt hatte. Mit solchen Taktiken konnte man eine Frau kleinkriegen und gefügig machen. Aber er wollte mehr von Charlotte. Mehr als nur Unterwürfigkeit. Aber mit Gewalt konnte er nie mehr erreichen, sie nur einschüchtern. Durch seine Provokationen hatte er sich als der Stärkere gezeigt. Aber wie der König, der einen Thron aus Dornen gezimmert hatte, mußte auch er jetzt darauf sitzen.

Es war zwecklos, es noch länger zu leugnen. Er wollte sie. So, wie sie war, mit all ihrer Steifheit und ihrem gezügelten Temperament. Das Herz pochte heftig in seiner Brust. Die Wirkung, die sie auf ihn ausübte, war nicht leicht zu verstehen und noch schwieriger zu beschreiben. Wie lange war es her, seit jede Begeisterung aus seinem Leben verschwunden war? Nicht nur die Freude, sondern auch die Erwartung, die Hoffnung, sogar die Befriedigung. Wann hatte er all das zum letzten Mal empfunden?

Er versuchte, zurückzudenken und sich daran zu erinnern, wie ihm zumute gewesen war, wenn er und Riley als kleine Jungen all ihre Kleider ausgezogen hatten und atemlos und nackt über den Strand gerast waren; er versuchte, das Gefühl der Ehrfurcht, der Bestürzung und der tiefen Scheu noch einmal einzufangen, das ihn bei seiner ersten Kommunion überkommen hatte; er erinnerte sich an das wohltuende Gefühl vollkommenen Friedens, nachdem er seine erste Frau gehabt hatte, an den schwindelerregenden Schock bei der Entdeckung, daß einmal niemals genügen würde – all das und noch mehr ließ er sich wieder durch den Kopf gehen und versuchte dabei, die Essenz dessen einzufangen, was er für tot und niemals wiederbelebbar gehalten hatte, um jetzt zu entdecken, daß sich all das beim leisesten Atemzug einer Frau wieder regte, die sich nicht die geringste Vorstellung davon machte, wieviel sie ihm gegeben hatte und wieviel mehr er von ihr wollte.

Aber Charlotte machte nicht den Eindruck, als sei in absehbare Nähe gerückt, daß sie ihm geben würde, was er wollte – nein, ganz im Gegenteil, das einzige, was er von ihr zu erwarten hatte, waren schwere Zeiten. Es kostete ihn Mühe, nicht in lautes Gelächter über die Absurdität seiner Lage auszubrechen.

Sie setzten sich hin, um zu essen.

Doch selbst beim Essen konnte er weder seine Gedanken noch seine Blicke von ihr losreißen. Sie war eine kluge Frau. Sie wußte, daß sie verschont worden war, daß ihr eine Gnadenfrist gewährt worden war, und er konnte seine Belustigung nicht verbergen, als er beobachtete, wie sie sich auf das schmutzige Geschirr stürzte, als hinge ihre Jungfräulichkeit davon ab. Binnen kürzester Zeit hatte sie das Geschirr gespült. Der fertige Brotteig ging auf dem Fensterbrett auf, und sie schnitt jetzt den eßbaren Eibisch, hackte ihn klein, als hegte sie einen ganz besonderen Groll auf dieses spezielle Gemüse. Doch er wußte, daß sie ihm und nicht dem Eibisch grollte. Er legte seine Gabel hin. »Hören Sie, wenn ich Sie verletzt habe, dann tut es mir leid.«

Sie sah ihn mißtrauisch an. Anscheinend konnte er der länger werdenden Liste seiner Sünden jetzt auch noch hinzufügen, daß er ihr Mißtrauen weckte. »Ich bin nicht sicher, ob ich Ihnen das glaube, Mr. Reed.«

»Mir ist aufgefallen, daß Sie den anderen Mann, der für Sie arbeitet, beim Vornamen nennen. Warum können Sie mir nicht zuerkennen, was Sie Jam zuerkennen?«

Ihre blauen Augen wurden so groß, daß das Licht hineinfiel, während es durchs Fenster strömte, und er sah erstmals, daß ihre Augen nicht nur einfach blau, sondern graugesprenkelt waren.

Sie starrte ihn stirnrunzelnd an, ehe sie ihren Blick auf das Ofenrohr heftete und bleich und regungslos stehenblieb. Sie hatte eine lange, anstrengende Nacht hinter sich, und jetzt waren ihre Lider schwer, und sie war reizbar. Das war nicht gerade die Idealform, um gegen jemanden wie Walker anzutreten. Sie war verschwitzt, müde und niedergeschlagen, als sie zusah, wie er den Deckel von der Zukkerdose nahm und zwei Löffel in seinen Kaffee rührte. »Ich habe Sie nie auf eine Stufe mit Jam gestellt, aber...«

Charlotte unterbrach sich, als sie Walkers Gesichtsausdruck bemerkte, der mehr als finster war. Er stellte seine Kaffeetasse hin, griff schnell nach einem Glas Milch und trank es hastig leer.

»Was ist los?«

»Probieren Sie das erst mal, und dann sagen Sie es mir.«

Sie nahm die Tasse, die er ihr hinhielt, achtete sorgsam darauf, sie nicht an der Stelle mit den Lippen zu berühren, an der er daraus getrunken hatte, nahm einen großen Schluck, würgte und reichte ihm die Tasse eilig wieder. »Salz«, ächzte sie.

»In der Zuckerdose?« fragte er. »Wieso wundert mich das eigentlich? Mich sollte weiß Gott nichts mehr erstaunen.«

»Es war wirklich keine Absicht!«

»Ach nein?« Walker beobachtete, wie die Röte in ihre Wangen stieg, und er fragte sich, was sie wohl dachte. »Ich störe Sie, stimmt's?«

»Ja, allerdings.«

»Ich frage mich, wie das kommt. Ich kann hart arbeiten. Ich bin nicht allzu häßlich, und ich achte immer auf meine Manieren.«

Sie kam sich dämlich vor, daß sie sich das anhörte, doch sie sagte nichts. Sie musterte ihn lediglich und hoffte, daß sie ihm viel Leine ließ, daß er sich daran aufhängen konnte.

»Tatsächlich«, sagte er jetzt, »ist es wirklich praktisch, einen Kerl wie mich an seiner Seite zu haben. Sehen Sie?« Er nahm ihr die Zuckerdose aus der Hand und kippte den Inhalt in den Abfalleimer. »Es gibt nichts, was ich nicht für Sie täte, Miss Lottie.«

»Ich hatte vor, das Salz umzufüllen«, erklärte sie gereizt. »So was wächst hier nicht einfach.«

Er sah sie entgeistert an. »Was? Keine Salzsträucher? Und dabei dachte ich, in Texas gäbe es alles.«

Sie murmelte tonlos etwas vor sich hin – es drehte sich eindeutig um Dummköpfe, die glauben, daß Salz an Sträuchern wächst.

»So, und jetzt lassen Sie mich die Zuckerdose mit Zucker füllen. Nein! Ich bestehe darauf! Lassen Sie mich das für Sie tun.« Er riß ihr den Behälter aus der Hand, und der Zucker verteilte sich auf dem Fußboden.

Charlotte war gereizt. Wütend wurde sie erst, als er bei seinem Versuch, den Zucker aufzukehren, den Stiel des Besens abbrach. Dann versuchte er ihr zu zeigen, daß man die Borsten immer noch als Fliegenklatsche benutzen konnte, und die Fliege, die er damit erschlug, fiel in die Milchkanne. Als er die Milchkanne nahm und auf die Tür zuging und ihr währenddessen erklärte, wie sehr Katzen Milch liebten, fauchte sie: »Falls Sie es vergessen haben sollten – ich habe nur eine einzige Katze!« Dann riß sie ihm die Kanne mit einem solchen Ruck aus der Hand, daß die Milch auf den Boden spritzte.

»Verschwinden Sie aus meiner Küche!« schrie sie ihn durch zusammengebissene Zähne an.

»Sehen Sie jetzt, was ich meine? Und ich dachte immer, daß ich eigentlich ein ganz passabler Kerl bin.« Er setzte sich auf seinen Platz am Tisch und sah sie mit diesem Grinsen an, das sie auf die Palme brachte. »Sogar meine Mama liebt mich. Aber Sie... immer wenn ich in Ihrer Nähe bin, Charlotte, dann habe ich das Gefühl, daß mit mir etwas nicht stimmt, daß es mir an irgend etwas mangelt. Und ich weiß wirklich nicht, was das sein könnte.«

»Sie sind nicht mittelmäßig genug, Mr. Reed. Genau das ist es, was bei Ihnen nicht stimmt.«

»Mittelmäßig? Sie wollen Mittelmaß? Sie stellen bestimmt keine hohen Ansprüche, wenn Sie sich mit dem Mittelmaß zufriedengeben.«

»Was Sie angeht, stelle ich überhaupt keine Ansprüche, und ich habe auch nicht die Absicht, mich mit irgend etwas zufriedenzugeben. Warum können Sie es einfach nicht lassen, mir zuzusetzen? Warum können Sie nicht einfach normal sein?«

»Mittelmäßig? Normal? Das sind interessante Worte. Geradezu anregend. Sagen Sie, was hat der normale mittelmäßige Durchschnittsmann, was ich nicht habe?«

»Takt und Respekt zum Beispiel. Sehen wir der Wahrheit doch ins Auge. Wir beide sind Menschen von verschiedener Art.«

Er grinste. »Dafür danke ich Gott. Die Vorstellung, ich könnte mich zu anderen Männern hingezogen fühlen, ist mir abscheulich.«

»Sehen Sie? Genau davon rede ich. Ein *taktvoller* Mann hätte zuviel *Respekt* vor meinem Geschlecht, um eine derart geschmacklose Äußerung von sich zu geben.«

»Ich respektiere Sie. Wenn ich das nicht täte, könnten Sie Ihren letzten Notgroschen darauf wetten, daß ich von Ihnen mehr als salzigen Kaffee bekommen hätte.« Sie sah ihn mit einem dieser aufgebrachten Blicke an, die sie so gut beherrschte. Er schüttelte den Kopf. »Und was täte ein *taktvoller* Mann? Würde er hier sitzen und dumm schauen?«

»Nein. Aber er würde auch nicht hier sitzen und mich mit demselben gierigen Blick anstarren, mit dem er ein Brathähnchen anstarrt.«

Oder dasitzen und sich überlegen, wie gern er dich in seine Arme nehmen und das schlummernde Verlangen in dir wecken würde – zu dem einzigen Zweck, es anschließend zu stillen.

»Ich weiß auch nicht, warum ich versuche, mit einem Mann wie Ihnen vernünftig zu reden. Es ist ja doch zwecklos.«

»Vielleicht haben Sie nur noch nicht den richtigen Anknüpfungspunkt gefunden. Es gibt Zeiten, in denen ich regelrecht normal bin.« Er grinste. »Gelegentlich sogar durchschnittlich.«

Sie sah ihn mit hochgezogenen Augenbrauen an. »Das bezweifle ich.«

»Es ist aber wahr. Wenn Sie Ihre Karten richtig ausspielen würden, Miss Lottie, könnten Sie mich dazu bringen, zu schnurren wie ein zufriedener alter Kater und Ihnen aus der Hand zu fressen.« Er warf einen Blick auf sie, weil er wissen wollte, ob sie ihm zuhörte.

»Kater sind *nie* zufrieden«, sagte sie. »Sie sind immer auf Beute aus.«

Er dachte gar nicht daran, sich jetzt durch Kleinigkeiten wie ihren Intellekt behindern zu lassen. »Wissen Sie, es gibt noch viel, was Sie nicht über mich wissen... eine Menge, die Sie lernen könnten.«

»Ich habe schon öfter gehört, daß man nie zu alt ist, um noch etwas Dummes dazuzulernen.«

Das überging er. »Wenn Sie es versuchen würden, könnten Sie vielleicht doch noch etwas an mir finden, was Ihnen gefällt. Was wäre, wenn ich Ihnen sagte, daß ich noch eine ganz andere Seite habe, von der Sie noch nicht das geringste gesehen haben? Was würden Sie dazu sagen?«

»Ich würde sagen, daß ich schon mehr Seiten an Ihnen entdeckt habe, als ich will, und daß mir keine dieser Seiten paßt.«

Er lachte. »Sie halten mich nicht für subtil genug, ist es das?«

»Sie sind etwa so subtil wie Knoblauch, Mr. Reed.«

Fast hätte sie es durch die Tür geschafft, doch im letzten Moment streckten sich zwei Arme aus und hielten sie fest. Ehe sie reagieren konnte, wirbelte Walker sie herum und drückte ihr einen dicken Kuß auf den erstaunten Mund. Seine Augen waren spöttisch, und sein Mund verzog sich zu einem reizvollen Lächeln. »Heute morgen bin ich ein glücklicher Mensch, Miss Lottie, und all das nur Ihretwegen. Das werden Sie mir doch gewiß nicht übelnehmen.«

Ehe sie etwas darauf antworten konnte, hob er sie hoch und wirbelte sie fünf- oder sechsmal in seinen Armen im Kreis durch die Küche, und dabei lachte er mit einer kindlichen Freude, die einfach zu ansteckend war. Er hörte erst auf, als sie Tränen lachte. Dann stellte er sie ab. Der Raum drehte sich immer noch – so schnell, daß sie keine Luft holen konnte. Sie fühlte sich so heiter und vergnügt wie damals, als ihre Feigenkaktusmarmelade am 1. Juli den ersten Preis bekommen hatte. Sie klammerte sich an einer Stuhllehne fest und war immer noch atemlos und lachte, als sie sein Flüstern hörte, das doch sein Lachen nicht ersticken konnte: »Verdammt noch mal, ich fühle mich schon fast *normal*!« Dann sagte er zarter: »Du solltest dich lieber in acht nehmen, Mädchen. Wir normalen Männer haben so was an uns.«

Als sich der Raum nicht mehr um sie drehte, wandte sie sich um und fand eine leere Küche vor. *O Walker. Wie gut du das kannst. Niemand sonst hat deinen Charme und deine Ausstrahlung. Genügt es denn nicht, zu erobern? Mußt du auch gleich noch zerstören?*

Am späten Nachmittag beschloß Charlotte, mit dem vierrädrigen Wagen in die Stadt zu fahren und Archer Bradley aufzusuchen. Sie sagte Walker, daß sie ihren Bruder sehen wollte. Es paßte ihr gar nicht, ihm etwas vorzumachen, aber sie konnte ihm ja auch nicht sagen, daß sie den Sheriff aufsuchen würde. Dann hätte er wissen wollen, weshalb. Wie hätte sie ihm sagen können, daß sie seinetwegen hinfuhr?

»Lassen Sie mich die Stute für Sie anspannen«, sagte er.

Charlotte lächelte ihn an, ohne sich wirklich etwas dabei zu denken. »Danke, aber ich schaffe das auch allein.«

»Das bezweifle ich nicht, aber ich möchte es gern für Sie tun.«

»Ich weiß, und das weiß ich auch zu würdigen«, sagte sie, und als sie den zweifelnden Ausdruck in seinen Augen entdeckte, lächelte sie noch strahlender und brach dann in lautes Lachen aus. »Ganz ehrlich!« Sie hob eine Hand und bekreuzigte sich, und dann lachte sie noch lauter. »Hand aufs Herz!« sagte sie und sah mit Augen zu ihm auf, in denen kindlicher Schalk stand.

Sie lachte, sie war erschöpft, ihr Haar löste sich wieder aus dem Knoten, und sie hatte ganz vergessen, daß sie ihre Brille trug, aber er hatte sie noch nie so fröhlich und lebhaft gesehen und so... ja, so schön. Er wollte sie jetzt sofort haben. Sie nehmen. Gleich hier. Im Stall. Er mußte unbedingt auf andere Gedanken kommen, aber ihm fiel nichts ein.

Charlotte bemerkte den versonnenen Blick auf seinem Gesicht, und da sie glaubte, er hätte sie falsch verstanden, streckte sie den Arm aus und legte eine Hand auf seinen Arm. »Ich habe das Pferd immer selbst vor den Wagen gespannt. Wenn ich anfange, mich auf Sie zu verlassen, dann werde ich anfangen, den Luxus auszukosten, in Ihnen eine Hilfe zu haben. Und Ihre Hilfe wird mir nicht ewig bleiben.«

»Nein, das wird sie nicht«, sagte er, und seine Stimme klang seltsam erstickt. Er wollte die Worte schon in dem Moment zurücknehmen, in dem er sah, wie die überschwengliche Fröhlichkeit aus ihren Augen wich. »Sie haben natürlich recht«, sagte er und wandte sich ab, um in den dunklen Schatten unterzutauchen. Er fragte sich, ob sie sich auch nur die geringste Vorstellung davon machte, wieviel Mühe ihn das kostete.

Sie fand Archer auf den Stufen vor dem Gefängnis. Er hatte seine Sporen über das Geländer gehängt, seinen Stuhl auf zwei Beine zurückgekippt und den Hut tief über die Augen gezogen. Eine Fliege kreiste um seine Hand, und als Archer sich nicht rührte, um sie zu verscheuchen, wußte Charlotte, daß er schlief. Sie lächelte kopfschüttelnd und machte sich auf den Weg zum Textilwarenladen, um dort ein schlichtes Hemd und eine einfache Hose für Jamie Granger und Stoff für eine neue Schürze für sich selbst zu kaufen.

Als sie das Büro das Sheriffs wieder erreichte, war Archer wach. Genaugenommen redete er mit Nehemiah. Charlotte blieb einen Moment stehen und behielt ihren Bruder im Auge, weil ihr nicht klar war, wieso er Archer so finster anfunkelte. Anscheinend besprachen sie etwas miteinander und konnten sich nicht einigen. Wenn die beiden aufeinander losgingen, war es ratsam, sich fernzuhalten. Sie stieß einen Seufzer aus und ging kopfschüttelnd weiter. Als er Charlotte kommen sah, hellte sich Nemis Gesicht merklich auf, und er winkte ihr zu, ehe er sein Gespräch mit Archer wiederaufnahm. Charlotte winkte zurück und lächelte dem einzigen Familienangehörigen zu, der ihr noch geblieben war.

Nehemiah. An jenem Augusttag in Kansas, an dem er zum Mann geworden war, war er erst ein Junge von vierzehn Jahren gewesen. Nemi war derjenige gewesen, der Quantrills Raiders über das Weizenfeld hatte kommen sehen. Nemi war derjenige gewesen, der ihrer Mutter Dinah geholfen hatte, die zehnjährige Charlotte in dem Holzhaufen zu verstecken, ehe er nach Lawrence geritten war, um Hilfe zu holen. Als er zurückgekommen war, um zu verkünden, daß keine Hilfe kommen würde, da Quantrill und seine Männer Lawrence fast dem Erdboden gleichgemacht hätten, hatte Nemi stundenlang mit Charlotte gearbeitet, um ihre Mutter zu begraben. Nemi, der selbst noch ein Kind war, war für die Dauer des ganzen Krieges bei ihr geblieben, um wie ein Mann in den Feldern zu arbeiten, und er hatte nicht verstehen können, was seiner Schwester zugestoßen war, da er nicht ahnen konnte, welche Greuel Charlotte mit angesehen hatte.

Doch dann war der Krieg zu Ende gegangen, und ihr Vater war verkrüppelt und in einem jämmerlichen Gesundheitszustand zurückgekehrt. Nemi hatte beobachtet, was sein Vater am Tag seiner Rückkehr Furchtbares angerichtet hatte, und er hatte mit angesehen, wie seine Schwester sich mehr und mehr aus der Welt zurückzog. Als er siebzehn war, ging Nemi aus Kansas fort und zog nach Texas. Bei seiner Rückkehr fand er seinen Vater tot vor, und Charlotte lebte allein.

»Du kommst mit mir nach Texas«, hatte Nemi gesagt. »Ich sorge dafür, daß wir dort ein neues Leben führen können, Lottie. Ich habe ein hübsches Stück Land, eine gute Frau und eine vielversprechende Zukunft. Es gibt viele Leute, die es so machen wie wir. Sie lassen die Narben der Vergangenheit zurück und bauen sich woanders etwas aus der Asche auf. Es ist ein guter Ort für einen echten Neuanfang.«

Er hatte Charlotte genau beobachtet und ihrem verwirrten Gesichtsausdruck entnommen, daß sie nicht wahrnahm, was man zu ihr sagte. »Hab keine Angst, Charlotte. Du kannst bei mir und Hannah leben. Du wirst sie mögen. Sie ist eine gute Frau.«

Im Lauf der Jahre hatte Nemi beobachtet, wie seine wunderschöne Schwester vor jedem Mann zurückwich, der in ihre Nähe kam und die Absicht hatte, ihr noch näher zu kommen. Sie kam gut mit älteren und verheirateten Männern aus, aber den jüngeren unverheirateten Männern ging sie aus dem Weg. Mehr als einmal hatten Nemi und Hannah versucht, Lottie zu verkuppeln, und sie hatten bemerkt, welches Unbehagen es ihr selbst dann bereitete, die Aufmerksamkeit eines Mannes auf sich zu lenken, wenn sie beide dabei waren und den Raum nicht verließen.

Jetzt packte sich Charlotte das Päckchen, das sie trug, auf die andere Hüfte und stieg die Stufen zum Büro des Sheriffs hinauf.

»Guten Tag, Miss Lottie«, sagte Archer und legte die Finger an den Hut.

»Guten Tag, Archer«, sagte Charlotte.

Nemi nickte zur Begrüßung. »Der Doktor sagt, du hättest deine Berufung verfehlt und solltest dir überlegen, ob du nicht Krankenschwester werden willst.«

Charlotte lachte. »Wenn das heißen soll, daß es dir und dem Doc freisteht, jeden Verwundeten, über den ihr stolpert, in mein Haus zu schleifen, dann wird nichts daraus.«

»Ich werde versuchen, es mir zu merken.«

»Wann hast du mit dem Arzt gesprochen?«

»Gestern. Er hat mich über die Fortschritte auf dem laufenden gehalten, die dein Patient gemacht hat.«

»Das wird er nun nicht mehr tun, weil er gesagt hat, Jamie ginge es so gut, daß er nicht mehr käme, es sei denn, ich ließe ihn rufen.«

»Genau das habe ich auch gehört. Deshalb habe ich auch noch nicht nach dir geschaut. Es sammelt sich doch immer ein ganzer Haufen Arbeit an, wenn ich vom Viehtrieb zurückkomme.«

»Ich wollte dich schon fragen, was du um diese Tageszeit in der Stadt zu suchen hast. Hannah zieht dir das Fell über die Ohren, wenn du das Abendessen verpaßt.«

Nemis Gesicht wurde ernst. »Ich habe gerade Wind von etwas bekommen, was mir überhaupt nicht paßt«, sagte er, als er zusah, wie sich Charlotte auf den Stuhl setzte, den Archer ihr herausgebracht hatte.

»Was denn, Nemi?« fragte Charlotte.

»Einer der Kennedys hat gesagt, Archer hätte einen Mann bei dir im Haus untergebracht.«

Charlotte nickte. »Du hast auch einen Mann bei mir im Haus untergebracht, oder hast du das vergessen, Nemi?«

»Einen Verwundeten... nicht einen, der wegen Mordes vor Gericht gestellt wird«, erwiderte er mit einem finsteren Gesicht, das große Ähnlichkeit mit Charlottes finsterem Gesicht hatte.

»Wir wissen noch nicht, ob er schuldig ist«, sagte Archer. »Wir sind zu neunundneunzig Prozent sicher, daß er Walker Reed ist, wie er selbst behauptet, denn sonst hätte Richter Saunders nicht vorgeschlagen, daß Miss Lottie ihn bei sich aufnimmt.«

»Was ich nicht verstehe, ist, wie ein anständiger Mann wie Richter Saunders einen Mordverdächtigen zu einer alleinstehenden Frau schicken kann. Das ist nicht nur gefährlich, sondern noch dazu blanke Dummheit. Was soll ihn denn davon abhalten, einfach zu verschwinden?«

Auf diese Frage war Archer schon vorbereitet, bevor Nemi sie gestellt hatte. »Zum Beispiel, daß Richter Saunders fünfzigtausend Dollar zur Bank gebracht und dort deponiert hat, die Walker Reed gehören. Ein Mann müßte schon schön dumm sein, wenn er einfach wegreitet und einen solchen Haufen Geld zurückläßt, und Richter Saunders dachte sich, gerade Miss Lottie sei sicherer vor Walker als jede andere. Schließlich war sie diejenige, die ihm das Leben gerettet hat.«

»Trotzdem«, sagte Nemi und kniff die Augen zusammen. »Mir gefällt das nicht.«

»Auch wenn es dir nicht gefällt, Nemi«, sagte Archer, »dann kannst du doch nicht das geringste dagegen unternehmen.«

Lotti wußte, daß diese Äußerung Nemi erst recht aufbringen würde, und um den Frieden zu wahren, versuchte sie, die Wogen zu glätten. »Wenn dich das besser schlafen läßt, Nemi, Mr. Reed ist nicht im Haus untergebracht. Er wohnt im Schuppen, und im übrigen ist er mir eine große Hilfe.«

Nemi schaute jetzt noch finsterer. Es war leicht zu erkennen, daß er mit Charlotte verwandt war. Sein Haar hatte einen dunkleren Ton, nicht das schimmernde Rot seiner Schwester, sondern ein mattes Mahagoni, doch die Augen der beiden waren nahezu identisch. »Bisher hast du nie geklagt, du könntest die Arbeit nicht allein schaffen«, sagte er.

»Nein, aber du hast mir auch bisher nie einen Todkranken aufgehalst, den ich pflegen muß.« Ehe Nemi etwas darauf antworten konnte, sah Lottie Archer an. »Was haben Sie über Walker Reed in Erfahrung gebracht?«

»Nicht viel. Er ist ein Rancher aus Santa Barbara. Er hat einen Bruder, der etwa ein Jahr älter ist als er und verheiratet.«

»Warum sollte er eine so große Summe mit sich rumtragen? Glaubst du, daß das sein Geld ist?« fragte Nemi.

»Ja, sicher ist es seins«, sagte Archer. »Offensichtlich sind die Reeds in Kalifornien gut bekannt. Es sieht so aus, als hätte Großvater Reed während des Goldrauschs ein Vermögen gemacht – genug Geld, um der jüngeren Generation Schwierigkeiten zu machen, weil sie gar nicht weiß, wie sie es ausgeben soll.«

Charlotte dachte an die Armut, in der sie den Krieg verbracht hatten, und an die mageren Jahre danach. Selbst jetzt noch, fünfzehn Jahre später, war Geld für die meisten Leute noch etwas ganz Rares. Das Leben, vermutete sie, mußte es Walker Reed leicht gemacht haben. Höchstwahrscheinlich hatte er im Krieg nicht gekämpft, wenn man bedachte, wie weit entfernt Kalifornien war.

Als Charlotte gehen wollte, versuchte Archer, ihr die Pakete zu tragen.

»Ich schaffe das schon, Archer«, sagte sie. »Nemi macht mir ganz den Eindruck, als hätte er Ihnen noch einiges zu sagen, und von mir aus könnt ihr dastehen, bis einer von euch beiden vor Müdigkeit umfällt.« Sie sah von einem zum anderen und merkte, daß ihre Worte nichts nutzten. »Ich muß jetzt jedenfalls gehen«, sagte sie. »Der arme Mr. Granger wird sich schon fragen, warum er kein Abendessen bekommt.«

Als Charlotte nach ihren Paketen griff, wurde Archer lebendig. »Warum lassen Sie sich nicht von mir nach Hause fahren? Ganz gleich, wo Nemi der Schuh drücken mag, er drückt bestimmt auch dann noch, wenn ich zurückkomme«, sagte er.

Charlotte sah ihn überrascht an. »Wie kämen Sie dazu, mich nach Hause zu bringen, Archer?«

»Vielleicht, weil ich Sie bitten möchte, mich zum Tanz bei den

Fletchers zu begleiten«, sagte er, und ein Grinsen breitete sich auf seinem Gesicht aus.

Jede Farbe wich aus Charlottes Gesicht, und sie riß Archer ihre Pakete aus der Hand. »Ich gehe nicht hin«, sagte sie. »Gerade Sie sollten das besser als jeder andere wissen.« Sie wandte sich ab und überquerte die Straße, ohne sich noch einmal umzusehen.

Archer stand da und kratzte sich verwirrt den Kopf, als er hinter ihr hersah. »Wieso sagt sie denn so was Dummes?« fragte er Nemi. »Woher soll ich denn wissen, daß sie nicht hingeht?«

»Weil du weißt, daß Charlotte zu keiner solchen Veranstaltung erscheint und daß sie keinen Kavalier haben will, du dummer Esel.«

»Und woher, zum Teufel, soll ich das wissen?«

»Weil du dich schon lange genug um sie bemühst«, sagte Nemi. »Und sie hat dich schon so oft abgewiesen, daß du wirklich besser daran tätest, sie in Ruhe zu lassen.« Er warf Archer einen fragenden Blick zu. »Allmächtiger Gott, Bradley, manchmal glaube ich fast, du tickst zu langsam.«

Archer wirkte immer noch verwirrt. »Ich dachte, es könnte inzwischen ein bißchen besser aussehen. Sie ist doch recht freundlich zu mir... inzwischen. Ich dachte, sie mag mich.«

»Sie mag dich wirklich, Archer. Und du bist ihr Freund. Versuch nur nicht, mehr als das für sie zu sein. Ich verstehe nicht, warum sie so auf Männer reagiert, aber sie will es eben so und nicht anders haben, und ich respektiere das.« Nemi stand auf und schlug Archer auf den Rücken. »Du bist eben nicht der Mann, der Lottie bekehren kann, oder du hättest es inzwischen längst geschafft.«

»Glaubst du, daß es auf dieser Welt einen Mann gibt, der sie bekehren könnte, Nemi? Glaubst du das wirklich?«

»Doch, das glaube ich schon. Lottie macht sich äußerst seltsame Vorstellungen von Männern, aber wenn du der Sache auf den Grund gehst, ist und bleibt sie eine Frau.«

»Ich weiß nicht, Nemi. Ich weiß einfach nicht, ob ich deiner Meinung bin. Lottie ist eine harte Nuß. Ich bin nicht sicher, ob es überhaupt irgendeinen Mann gibt, der sie knacken kann – der etwas gegen den Eisblock ausrichten kann, auf dem sie sitzt«, sagte er.

»O doch, den gibt es schon. Bisher ist er uns noch nicht über den Weg gelaufen, aber irgendwo treibt er sich rum.« Nemi band sein Pferd los. »Wir sehen uns noch, Archer«, sagte er und schwang sich auf den Sattel.

»Ja«, sagte Archer, der anscheinend immer noch an den jüngsten Geschehnissen herumrätselte.

Nemi lachte. »Weißt du, Bradley, vielleicht hättest du ja Chancen bei Charlotte gehabt... wenn du nicht so häßlich wärst, daß deine Familie dir ein Schweinskotelett um den Hals binden mußte, damit die Hunde wenigstens mit dir spielen.« Nemi trieb den Wallach zum Trott an. Als er aus der Stadt ritt, hörte er Archers dröhnendes Lachen.

»Du magst zwar recht haben, Nehemiah Butterworth, aber ich kann mich ja trotzdem hartnäckig bemühen.«

7.

Eine ausdruckslose Miene wurde allmählich zu Charlottes Spezialität, vor allem, wenn sie über die Komplikationen ihres Lebens nachsann. Alles, was sie sagte oder tat, wurde von allen Seiten falsch verstanden, und von Diplomatie konnte keine Rede mehr sein. Tolldreist ritten die Cowboys vom Triple K in ihren Garten, um Walker Reed aufzuknüpfen. Rotzfrech schickte Richter Saunders Walker Reed mit einem gerichtlichen Entscheid zu ihr. Naseweis schleppte Archer Walker Reed bei ihr an. Und sogar Nemi ... der ihr eiskalt diesen Verwundeten aufgehalst hatte. Dann hatte ihr auch noch ihr Freund, der Doktor, die Hölle heiß gemacht, und so hatte sie sich nicht weigern können, Jamie Granger aufzunehmen. Ihr war unbegreiflich, warum ihr diese Dinge zustießen. Aber eins war klar wie Kloßbrühe: Sie hatte die Nase voll. Jemand hatte die Feder überspannt. Die kleinste Kleinigkeit reichte aus, um sie die Wände hochgehen zu lassen.

Das Leben war etwas, was Charlotte Butterworth gern organisierte. Im Lauf der Jahre hatte sie die Angewohnheit angenommen, bestimmte Phasen ihres Lebens unter einer Überschrift zusammenzufassen, wie ein Autor sie den Kapiteln seines Buchs gegeben hätte. Die letzte Woche hatte den Titel »Eine Rose zwischen zwei Dornen« getragen, die Woche davor war unter »Ein Bett ohne Kissen« abgeheftet worden. Die Überschrift, unter der sie die jetzige Woche zusammenfassen könnte, bereitete ihr jedoch noch gewisse Schwierigkeiten. Eine gespenstische Vision der vergangenen Woche zog vor Charlottes Augen auf; die erfreulichen Fortschritte, die Jamie Granger bei seiner Genesung zu verzeichnen hatte, die langen schlaflosen Nächte, die ungeheure Hitze, das abscheuliche Benehmen von Männern im allgemeinen. Irgendwo zwischen den langen schlaflosen Nächten und dem abscheulichen Benehmen lugte die unangenehme Erinnerung an die seltsamen Gefühle heraus, die sie Walker Reed gegenüber hegte. Charlotte entschloß sich zu dem treffenden Titel »Meilensteine und Mühlsteine«.

Charlotte hatte es eilig, durch die Hitze des späten Nachmittags nach Hause zu kommen, und Butterbeans Tempo hätte ein junges Pferd beschämt. Charlotte entschloß sich, Walker Reed von nun an zu ignorieren. Als sie den Wagen zur Scheune lenkte, war nirgends etwas von ihm zu sehen. Sie redete sich ein, ihre Enttäuschung sei nur darauf zurückzuführen, daß sie keine Chance bekam, ihn zu ignorieren, denn es wurmte sie schon sehr, wenn sie einen Entschluß faßte und ihn dann nicht in die Tat umsetzen konnte. Jeder Dummkopf wußte, daß man niemanden ignorieren konnte, der nirgends zu sehen war. Ihr Blick fiel auf einen ordentlich gestapelten Holzstoß neben der Hintertür, so gleichmäßig gehackt, daß es nicht Jams Werk sein konnte. Walker war, was er jetzt auch tun mochte, offensichtlich in ihrer Abwesenheit nicht untätig gewesen.

Charlotte spannte die Stute aus, führte sie in den Korral und ging in den Schuppen, um Hafer zu holen. Als der Eimer gefüllt war und sie sich umdrehte, keuchte sie vor Erstaunen und ließ den Eimer fallen.

»Warum sind Sie denn so nervös, Miss Lottie?« fragte Walker.

»Ich bin nicht nervös. Sie haben mir einen Schrecken eingejagt.«

Er lachte. »Sie sind so nervös wie ein Heimchen auf einem heißen Herd.«

Diese Äußerung brachte Charlotte, die ohnehin schon reichlich zornig war, nur noch mehr auf. Sie bedachte ihn mit ihrem üblichen Blick – dem Blick einer Frau, die einem zu verstehen geben will, jede andere Gesellschaft als die derzeitige sei ihr lieber.

Als er merkte, daß sie schmollte, versuchte Walker es noch einmal. »Wenn ein Maultier verstockt ist, muß man es reinlegen, damit es sich von der Stelle rührt.«

Charlotte fand, es fehlte gerade noch, daß Walker sie mit einem störrischen Maultier verglich. Das brauchte sie sich weiß Gott nicht bieten zu lassen. Sie sagte kein Wort, zog eine Augenbraue etwas höher und schnaubte verächtlich.

Doch Walker ließ sich nicht beirren. »Ich weiß ja nicht, wie man hier mit störrischen Maultieren umspringt, aber bei uns zu Hause packt man ihm trockenes Laub unter den Schwanz, hält die Zügel fest und steckt das Laub an.«

Charlottes Entschluß, Walker zu ignorieren, festigte sich zusehends, und gleichzeitig war sie stinkwütend, weil er ihr das unmöglich machte. Sie schaute jetzt brummig wie ein Bär, den man vorzeitig aus dem Winterschlaf geweckt hat.

Sie griff nach dem Eimer, doch Walker kam ihr zuvor. »Ich füttere die Stute«, sagte er und erwartete, sie würde mit ihm kommen, doch zu seinem großen Erstaunen wandte sie sich wortlos ab und stampfte ins Freie. Er stand da und schaute ihr hinterher. Eine seltsame Frau, dachte er.

Charlotte lud ihre Päckchen ab, trug sie ins Haus, sah nach dem schlafenden Jamie und eilte in die Küche, um das Abendessen zu machen. Als ein Topf mit Gemüsesuppe auf dem Herd kochte, ging sie in den Garten, um frische Tomaten zu pflücken. Sie beugte sich über die Tomatensträucher und merkte zu spät, daß an einem der Stöcke ein Wespennest war. Sie sah es erst, als sie es mit der Hand berührte und einen Schmerz in ihrem Arm spürte, der wie tausend Nadeln stach. Sie riß die Hand zurück, doch die Wespen krochen schon in Scharen über ihren Arm. Ehe sie sie abschütteln konnte, wurde sie noch mehrmals in den linken Arm und beide Hände gestochen. Während der Schmerz dieser Stiche sie noch durchzuckte, spürte sie erst einen brennenden Stich am Hals und dann noch einen etwas tiefer, im V-Ausschnitt ihres Kleides. Bald war sie von Wespen übersät. Sie ließ den Korb mit den Tomaten stehen, wo er stand, und schlug heftig um sich, und als sie erkannte, daß das auch nichts nutzte, rannte sie zum Wassertrog, tauchte beide Hände ins Wasser und spritzte es sich aufs Gesicht und auf den Hals. Das Wasser konnte wenig gegen die Schmerzen anrichten, aber zumindest verscheuchte es die Wespen. Sie eilte auf das Haus zu und begegnete Walker, der mit ihrem Tomatenkorb auf sie zukam.

Walker blieb vor ihr stehen. »Sie haben den Korb mit den Tomaten stehen lassen, Miss Lottie«, sagte er.

»Ich hätte ihn schon noch geholt«, erwiderte Charlotte und bemühte sich, trotz ihrer entsetzlichen Schmerzen ihren normalen Tonfall beizubehalten.

Walker rührte sich nicht von der Stelle und sagte auch kein Wort. Er schaute sie an, diese zierliche stumme Person, die vor ihm stand. Ihr Gesicht war von der Hitze gerötet und schimmerte feucht. Ihre Augen glühten und sahen ihn so benommen an, wie er es noch nie bei ihr erlebt hatte, und er spürte, wie sich das Verlangen in seinen Lenden regte. Er wollte sie zu gern berühren, seine Hände auf ihre pfirsichzarten Wangen legen, auf die Locken, die ihr feucht in den Nacken fielen.

Charlotte fuhr sich gequält mit der Zunge über die Lippen und senkte den Blick auf den Korb Tomaten in seiner Hand. Es versetzte ihm einen Stich, daß sie den Blickkontakt abreißen ließ. Er wollte, daß sie ihn wieder ansah, wollte in die Tiefen dieser Augen schauen und dort ergründen, was sie veranlaßte, ihn zu meiden. Als er mit ihr sprach, war ihm selbst nicht bewußt, daß er den Mund aufgemacht hatte.

»Als die Spanier die Tomaten von Südamerika nach Europa gebracht haben, haben sie sie Liebesäpfel genannt. Sie glaubten, sie besäßen aphrodisische Eigenschaften.« Er nahm eine Tomate aus dem Korb und hielt sie vor sich hin, als musterte er sie gebannt. »Haben

Sie das schon gewußt, Miss Lottie? Haben Sie deshalb Tomaten gepflückt?« Ihre Augen drückten Argwohn aus und glänzten doch ganz ungewöhnlich. Er sah, daß ihr Atem schneller ging. Wieder kam die Zungenspitze heraus, um die Lippen anzufeuchten.

Er legte die Tomate in den Korb und trat vor sie hin. »Mich brauchen Sie nicht mit einem Liebestrank anzufeuern, Miss Lottie«, sagte er mit zarter Stimme. Walker sah auf sie herunter, auf die weißschimmernde Haut ihres Ausschnitts. Dann fiel sein Blick auf die rote Schwellung, die wirklich übel aussah. Und noch eine. Und noch eine.

»Sind Sie in Brennesseln geraten?« fragte er. »Da ist eine rote...«

Als er die Hand ausstreckte, um auf die geschwollenen Pusteln zu deuten, schluckte Charlotte mühsam einen Aufschrei hinunter. »Rühren Sie mich nicht an«, sagte sie und hob die Hände, um ihm auf die Finger zu schlagen.

Eilig packte er sie an den Handgelenken. Er tat es nur, um ihr die Panik zu nehmen, doch dann entdeckte er die Rötungen auf ihren Händen. »Mein Gott«, sagte er. »Was ist Ihnen denn zugestoßen?«

»Nichts«, sagte sie, als sie sich von ihm losriß und zum Haus rannte. Einen Moment lang war er versucht, sie laufenzulassen, doch die Anzahl der Pusteln, die er gesehen hatte, in Verbindung mit ihren glänzenden Augen und ihrer feuchten Haut, bereitete ihm Sorgen. Womit sie auch in Kontakt gekommen sein mochte – es wirkte sich ungünstig auf sie aus.

Er fand sie in ihrem Schlafzimmer vor der Frisierkommode. Sie stand dort und schnappte keuchend nach Luft. Ihr Kleid war bis zur Taille aufgeknöpft, der Kragen weit geöffnet. Winzige schimmernde Schweißperlen glänzten auf ihrem geröteten Gesicht. Er erkannte, daß sie sich stirnrunzelnd mit etwas abmühte, was sie in den Händen hielt. Es war ein kleines Fläschchen mit Kampfer, dessen Deckel sie abzuschrauben versuchte, doch ihre Hände zitterten so sehr, daß sie es nicht schaffte. Er trat näher und nahm ihr die Flasche aus den Händen. »Kommen Sie, lassen Sie mich das machen.«

Sie sah eilig auf, und ihre Augen waren vor Panik weit aufgerissen, aber sie ließ sich das Fläschchen von ihm öffnen.

»Woher kommen diese roten Male?« fragte er, während er mit den Händen die lindernde Flüssigkeit in ihr Gesicht rieb.

Seine Stimme war sanft und gesenkt, und doch hörte sie einen gewissen Unmut heraus. Betäubt starrte sie ihn an, und die Unschlüssigkeit rauschte in ihren Ohren. *Laß ihn das machen*, sagte ein Teil von ihr, der Qualen litt, doch ihre weibliche Seite entgegnete immer wieder: *Laß dich bloß nicht von ihm anrühren.* Eine Woge der Benommenheit und der Übelkeit überflutete sie und nahm ihr die Entscheidung aus der Hand.

»Wespen«, sagte sie und wankte so sehr, daß sie sich an die Frisierkommode klammern mußte, um sich festzuhalten.

Warme Arme schlangen sich um sie und zogen sie von den Füßen. Er legte sie aufs Bett und zündete dann die Lampe an und rückte sie näher. »Wenn der Stachel noch in einem der Einstiche steckt, muß er unbedingt rausgezogen werden. Wo bewahren Sie Ihre Medizin auf?«

»In der Küche«, sagte sie und hatte solche Schmerzen, daß sie gar nicht bemerkte, als er fortging, und sie kümmerte sich auch nicht darum, was er wohl vorhaben mochte. Alles verschwamm vor ihren Augen, und ihr Kopf schwirrte. Sie hörte ihn gehen, nahm aber nicht bewußt wahr, daß er nach ein paar Minuten wieder zurückkam.

Er nahm ihre rechte Hand, untersuchte die Stiche einzeln und krampelte dann ihren Ärmel hoch. Sie hatte neun Stiche auf dem rechten Arm, und in dreien steckte noch der Stachel. Er zog die Stacheln heraus und spülte ihren Arm in kalter Natronlauge, ehe er Kampfer auf die Stiche träufelte. Dann nahm er sich den anderen Arm vor und verfuhr genauso. Dort waren es nur sechs Stiche, und nur in einem steckte noch der Stachel.

Dann sah er sie einen Moment lang an. Sie hatte die Augen geschlossen, doch der Schmerz war ihr trotzdem anzusehen. Sein Blick senkte sich auf ihren zarten Hals, doch dort war kein Stachel steckengeblieben. Während er die Lotion auftrug, ließ er den Blick auf ihre Brüste sinken, die sich bei jedem gequälten Atemzug hoben und senkten. Ihm fiel ein weiterer Stich auf, der gerade noch unter dem hellroten Band ihrer Unterkleider herausschaute. Als seine Hände nach dem Band griffen, riß sie abrupt die Augen auf, und ihre Hände umklammerten seine Handgelenke.

»Es ist schon gut«, sagte er und behielt seinen bisherigen sanften, aber entschiedenen Tonfall bei. »Wenn Sie es ertragen, dort von einer Wespe gestochen zu werden, dann werden Sie es gewiß auch überleben, sich von mir dort verarzten zu lassen.«

Einen Moment lang starrten sie sich an. Ihre Hände, die seine Handgelenke weiterhin umklammert hielten, stießen ihn nicht weg, aber sie ließen ihn auch nicht los. Nachdem sie noch einen Moment lang gezögert hatte, lösten sich ihre Hände von seinen Handgelenken, und sie wandte den Kopf ab und preßte die Augen fest zu.

Charlotte lag da, und ihr Atem ging schnell und flach, und das Blut strömte ihr wie schäumender Sekt in den Kopf. Sie wußte, warum sie sich so berauscht fühlte.

Insektenstiche hatten bei ihr immer schlimmer gewirkt als bei den meisten anderen Menschen – und so oft auf einmal war sie in ihrem ganzen Leben noch nicht gestochen worden. Aber trotz ihrer Schmerzen hatte sie unwillkürlich den Verdacht, ihr schneller Atem und ihre Benommenheit würden nicht zuletzt auch durch die Nähe dieses Mannes ausgelöst – durch seine rauhen Finger, die sie auf ihrer Haut spürte, als sie mit den Bändern des Unterkleids hantierten, die zwischen ihren Brüsten lagen.

Walker zog das Oberteil ihres Kleides weiter auseinander. Das dünne Unterhemd darunter trug wenig dazu bei, den Schwung ihrer wunderschönen Brüste zu verbergen. Doch seine Aufmerksamkeit galt ganz dem bösartigen Stich. Dennoch fiel es ihm schwer, eine ruhige Hand zu behalten, als er den Stachel herauszog und sich seine Handkante an ihren zarten, geschmeidigen Busen preßte. Mehr als einmal kämpfte er gegen die Versuchung an, seine Handfläche ganz auf ihre Brust zu legen. Als er den Schmerz sah, der in ihre Züge gemeißelt war, war er nicht restlos davon überzeugt, daß er nur von den Wespenstichen herrührte.

Als Walker das Mieder ihres Kleides etwas gröber, als er es beabsichtigt hatte, wieder zusammenzog, tat er das weniger, um ihr weitere Peinlichkeiten zu ersparen, sondern vielmehr, um der Versuchung vorzubeugen, sie zu streicheln. Als er den letzten Knopf zugeknöpft hatte, wußte er, daß ihr Blick auf ihn gerichtet war und daß ihre Augen so groß und glänzend wie die eines verängstigten Tieres sein würden, das aus einer Falle befreit worden ist und einer vorübergehenden Lähmung erliegt, weil es noch nicht wirklich erfaßt hat, daß es frei ist und fortlaufen kann.

»Sie mögen es nicht, von einem Mann berührt zu werden, oder?«

»Es gehört sich nicht. Keine Frau würde...«

»Ich rede nicht von Anstand, Charlotte. Ich rede von der Reaktion einer Frau auf einen Mann. Anfangs dachte ich, Ihre Zurückhaltung mir gegenüber entspränge einer Abneigung. Später bin ich dann zu dem Schluß gekommen, daß es sich um die natürliche weibliche Scheu handelt, die auftritt, wenn eine Frau feststellt, daß sie sich zu einem Mann hingezogen fühlt. Aber ich sehe ein, daß ich mich entschuldigen muß – ich habe Sie falsch eingeschätzt. Es ist mehr als nur das, stimmt's? Was Sie empfinden, ist eine totale Abneigung gegen Männer. Alle Männer. Diese Abneigung gilt nicht nur mir, oder?«

Charlotte versuchte sich aufzusetzen, doch er beugte sich über sie, und seine Hände stemmten sich beidseits von ihr auf das Bett, so daß sie unbeweglich liegenbleiben mußte. In seinen leuchtendblauen Augen stand keine Spur von Spott, aber auch nicht die Glut der Leidenschaft, sondern nur ein Ausdruck echter Sorge und Anteilnahme. Sie wollte weder seine Anteilnahme noch seine Fragen.

Er sah, wie Tränen in ihre Augen stiegen, und er fragte sich, ob er sie in Frieden lassen sollte, doch irgend etwas trieb ihn an, etwas, was über bloße Neugier hinausging. Er kam keinen Moment auf den Gedanken, es könne daran liegen, daß er sich sehr viel aus ihr machte.

»Sagen Sie's mir«, flüsterte er leise. »Erzählen Sie mir, was Ihnen zugestoßen ist, das solche Empfindungen hervorgerufen hat.« Als sie nicht darauf antwortete, fragte er mit eindringlicherer Stimme weiter. »Wer hat Ihnen das angetan, Charlotte? Wer hat Sie dazu gebracht, sich vor der Berührung eines Mannes zu fürchten?«

Tausende von Worten, die sie ihm sagen wollte, steckten in ihrer Kehle fest, und sie brachte nichts anderes heraus als: »Mir ist nichts zugestoßen. Ich kann es einfach nicht leiden, wenn ein Mann mich anfaßt.«

»Aber das ist keine normale Reaktion auf die Zärtlichkeiten eines Mannes, Charlotte. Ihr Ekel muß auf Angst zurückgehen, und ich will wissen, warum Sie solche Angst haben. Sind Sie... hat ein Mann Ihnen seine Zärtlichkeiten aufgezwungen?«

»Sie meinen, so wie Sie es eben gerade tun?«

Wut flackerte in seinen Augen auf. Beherrschte Wut. »Nein, genau das meine ich nicht. Ich habe von einer Vergewaltigung gesprochen. Sind Sie vergewaltigt worden?«

»Noch nicht.«

Mit einem gemurmelten Fluch ließ er ihre Arme los. Er musterte sie einen Moment lang, und sie konnte sehen, wie der Zorn vor ihren Augen schmolz. Lange Zeit sagte er kein Wort. Er saß nur da und starrte sie an. Dachte nach. Stellte sich Fragen. Formulierte Fragen an sie und beantwortete sie sich dann selbst. Schließlich sagte er: »Wir werden jetzt ein kleines Experiment durchführen.«

Ihre Augen kniffen sich argwöhnisch zusammen. »Wenn Sie glauben, daß ich still hier liegenbleibe, während Sie mich antatschen...«

Finger, die warm und merkwürdig sanft waren, streckten sich aus und legten sich auf ihre Lippen, um ihr das Wort abzuschneiden. »Ich werde Sie nicht betatschen, Charlotte. Was Sie auch auf diesen Gedanken gebracht haben mag – Sie irren sich.«

»Meine Haltung gegenüber Männern ist nichts, was ich frei erfunden habe«, sagte sie und konnte die Tränen nicht länger zurückhalten, die jetzt aus ihren Lidern quollen und über ihre Wangen rollten.

»Wovon sprechen Sie?«

»Ich weiß, was Männer Frauen antun! Ich habe es mit meinen eigenen Augen gesehen... was passiert, wenn ein Ausdruck der Lüsternheit in die Augen eines Mannes tritt.«

»Sie wissen nicht das geringste darüber, wie es ist, wenn man sich liebt, Charlotte. Wenn Sie wüßten, was es heißt, miteinander zu schlafen, könnten Sie nicht so reagieren, wie Sie es tun. Es ist etwas, das Genuß bereitet, nicht Ekel hervorruft. Sie sind falsch informiert, Mädchen.«

»Ich habe es gesehen. Ich habe es doch selbst gesehen!« schluchzte sie. »Ich habe es mit meinen eigenen Augen gesehen!« schluchzte sie. »Ich habe es mit meinen eigenen Augen mit angesehen.« Sie wälzte sich auf die Seite, fort von ihm, und zog die Knie an die Brust. Sie versuchte, sich in dem Elend abzukapseln, das sie verschlang.

Walker beugte sich über sie, drehte sie zu sich um und zog sie zärtlich an sich. Als sie sich wehrte und versuchte, sich von ihm loszureißen, hielt er sie nur noch fester und flüsterte: »Je mehr Sie sich wehren, desto fester werde ich Sie halten. Ganz ruhig, Charlotte. Ganz locker. Von mir haben Sie nichts zu befürchten. Aber ich lasse nicht zu, daß Sie dieses Leid allein ertragen.«

»Ich habe es viele Jahre lang allein ertragen. Wie kommen Sie auf den Gedanken, daran könnte Ihr plötzliches Auftauchen etwas ändern?«

»Durch mich hat sich bereits etwas verändert«, sagte er sachte und streichelte ihre Wange, um die Tränen wegzuwischen. »Sie haben meine Arme gespürt und nicht darunter gelitten. Und jetzt machen Sie die Augen zu, süße Charlotte. Schließen Sie die Augen, und hören Sie auf zu weinen. Ich lasse Sie nicht eher los.«

Augen, die so blau wie Kornblumen waren, schlossen sich, aber Charlotte sagte sich, sie täte es nur, um seinem unangenehm forschenden Blick zu entkommen, und nicht etwa, um ihm einen Gefallen zu tun. Sie lag da, und ihr Körper war verkrampft, steif und angespannt, weil sie ihre Muskeln gewaltsam zusammenzog, und die eigene ständige Bereitschaft erschöpfte sie – die Bereitschaft, in dem Moment zu fliehen, in dem er sie anrührte. Die Männer waren alle gleich. Er würde warten, bis sie nicht mehr auf der Hut war, und dann würde er sich ihr aufdrängen, aber sie mußte darauf vorbereitet sein. Irgendwann wich die Wachsamkeit ihres Verstandes jedoch der Erschöpfung ihres Körpers, und sie döste und schlief dann ein.

Sie war nicht sicher, wovon sie wach geworden war, doch als sie die Augen aufschlug und sich streckte, kam ihre Hand mit Walkers Rippen in Berührung, und im selben Moment sah sie seinen Körper, der ausgestreckt neben ihr lag. *Lieber Gott, er liegt in meinem Bett.* Sie sah an sich herunter, um sich zu vergewissern, daß sie vollständig bekleidet war. Entrüstung stieg in ihr auf, und sie versuchte, sich von ihm wegzudrehen, doch offensichtlich schlief er nicht, denn er hielt sie mit einem Arm fest und zog sie an seine Seite. Sie wußte, daß sein Gesicht dicht über ihrem war, denn sie konnte seinen Atem spüren, der ihre Wange streifte. Sie ahnte, daß es jetzt, in diesem Moment, soweit war, und sie wappnete sich für die grobe, knetende Berührung seiner Hände.

Momente vergingen, und nichts geschah. In der Ferne bellte ein Hund, und eine Fliege flog surrend an die Fensterscheibe. Ganz langsam schlug Charlotte die Augen auf.

»Männer sind in ihrem Verhalten so verschieden wie in ihrem Aussehen, Charlotte. Du kannst den Fehler, den ein einzelner begangen hat, nicht allen vorwerfen, Kleines.«

»Es war nicht nur ein Mann«, sagte sie. Ihre Worte schienen ihm weh zu tun, und das verwunderte sie.

»Wer waren sie?« fragte er und sprach jedes Wort langsam und deutlich aus.

»Das spielt keine Rolle«, sagte sie und wandte den Kopf ab, um das Blumenmuster anzusehen, das sich auf der Tapete ihres Schlafzimmers immer wiederholte.

»Für mich spielt es aber eine Rolle«, sagte er, und seine Hand kam aus dem Nichts, legte sich mit unendlicher Zärtlichkeit unter ihr Kinn und wandte ihr Gesicht zu ihm um.

Sie würde sich niemals erklären können, warum die Worte aus ihr herausgesprudelt kamen – erst langsam, dann so überstürzt, daß sie selbst nicht mehr genau wahrnahm, was sie sagte. »Die Raiders«, sagte sie leise. »Während des Krieges, in Kansas.«

»Quantrills Raiders?« Seine Worte lagen irgendwo zwischen einer Frage und einer klaren Äußerung – zögernd, und doch ging ein vages Verständnis von ihnen aus.

»Ja«, flüsterte sie atemlos und spürte, wie die Tränen aus ihren

Augen quollen. »Als sie damals Lawrence überfallen haben – dort haben wir gelebt, meine Mutter, Nemi und ich. Mein Vater und meine beiden älteren Brüder haben irgendwo in Georgia gekämpft.«

»Wie alt warst du?«

»Zehn. Nemi war vierzehn.«

»Erzähl mir, was passiert ist – was du an jenem Tag mit angesehen hast.«

»Das kann ich nicht.« Ihre Kehle schien sich mit Tränen anzufüllen, und sie brachte nichts anderes mehr heraus als ein mattes Hauchen. »Ich habe es nie jemandem erzählt, noch nicht einmal Nemi.«

»Aber du kannst es erzählen«, sagte er schlicht und einfach. »Erzähl es mir.«

Sie war derart überrascht über die beruhigende Wirkung, die seine Worte auf sie ausübten, daß sie aufhörte zu weinen.

»Was hast du an jenem Tag gesehen – war es etwas, was sie deiner Mutter angetan haben?«

»Ja.«

»Wo warst du?«

»Nemi hat sie kommen sehen und ist nach Hause gerannt, durchs Kornfeld, um es uns zu sagen. Viel Zeit blieb uns nicht mehr, und deshalb haben sie mich in dem Holzhaufen versteckt, die Holzscheite um mich herum gestapelt, und dann ist Nemi losgeritten, um in der Stadt Hilfe zu holen, aber Mutter war schon tot, als er zurückkam.«

»Hast du mit angesehen, wie sie deine Mutter vergewaltigt haben?«

Sie erstarrte. Sie konnte es ihm nicht sagen. Es ging einfach nicht. Aber irgendwo tief in ihrem Innern war es, als sei etwas dabei, hart und schmerzhaft anzuschwellen, und sie empfand das unbändige Bedürfnis, sich jemandem mitzuteilen, das Geheimnis einem anderen lebenden Menschen preiszugeben, jemandem zu berichten, was sich an jenem gräßlichen Tag abgespielt hatte. Sie hatte das Geheimnis zu lange mit sich herumgetragen, und die Last war zu schwer für sie allein geworden. »Sie haben sie nicht vergewaltigt«, sagte sie mit gepreßter Stimme. »Es war schlimmer. Noch viel schlimmer.«

»Schlimmer? Gütiger Gott! Was kann schlimmer sein als eine Vergewaltigung?« Sein Tonfall war immer noch sachte, doch seine Verwirrung war deutlich herauszuhören. »In welcher Hinsicht?« sagte er. »Inwiefern war es noch schlimmer, Charlotte? Was haben sie deiner Mutter angetan?«

»Sie haben ihren Körper geschändet.« Sie weinte jetzt wieder, hatte die Hände vors Gesicht geschlagen und versuchte, die Bilder, die wie Blut vor ihren Augen herunterliefen, in die finstersten Schatten ihres Hinterkopfs zu drängen. Doch die Worte hatten jetzt einen eigenen Willen. Wie ein Vulkan ergossen sie sich, heiß und qualvoll und absolut unaufhaltsam. »Sie haben ihr die Kleider vom Leib gerissen, und als sie sich gewehrt hat, haben sie sie geschlagen und sie immer wieder geschlagen, bis sie gestürzt ist. Dann haben sie sich ihre Gürtel genommen und sie um ihre Knöchel und um ihre Handgelenke geschnürt und sie am Boden festgebunden, und dann hat einer der Männer gesagt, es würde ihr noch leid tun, daß sie sie nicht zwischen ihren Beinen haben wollte, wenn sie erst mit ihr fertig wären, würde sie wünschen, sie hätte dieses Angebot angenommen.«

Ihr Schluchzen kam jetzt unbeherrscht heraus und schnitt ihr jedes Wort ab. Walker zog sie an sich, drehte sich auf die Seite, zog sie mit sich und legte ihren Kopf in seine Armbeuge.

»Sprich darüber, Charlotte. Trag es nicht noch länger allein mit dir herum. Gib es an mich weiter.« Er streichelte ihren Hinterkopf. »Gib es an mich weiter. Erzähl mir, was passiert ist, Charlotte.«

»Sie haben Stöcke in sie gesteckt – in sie hinein – dahin, wo ein Mann seinen Samen lassen sollte. Sie hat geschrien und geschrien, aber sie haben es immer wieder getan, bis sie nicht mehr geschrien hat. Dann sind sie weitergeritten.«

»Herr im Himmel!« sagte er und wiegte sie in seinen Armen. »Gütiger Gott! Was für ein Greuel für jeden... von einem Kind ganz zu schweigen.« Nach einem Moment sagte er: »Dich haben sie nicht gesehen – nicht berührt?«

»Nein. Nachdem sie fort waren, bin ich aus meinem Versteck gekrochen. Ich wollte nicht, daß jemand sie so sieht, und deshalb habe ich ihr die Kleider wieder angezogen und gewartet. Als Nemi zurückgekommen ist, hat er gesagt, daß Quantrills Männer alle Einwohner von Lawrence umgebracht haben und daß deshalb keine Hilfe käme. Aber wir brauchten ja auch schon keine Hilfe mehr. Wir haben Mutter gemeinsam begraben.«

Walker hielt sie lange fest und streichelte sie sanft. Als er endlich etwas sagte, waren seine Worte so zärtlich wie seine Hände. »Ich will dir etwas zeigen, Charlotte. Ich will dir beibringen, daß du wegen der Handlungen, die ein paar Schlächter begangen haben, nicht alle Männer zu fürchten brauchst. Vertrau mir.« Dann, als sie nichts darauf sagte: »Kannst du mir vertrauen?«

»Ja.«

»Gut. Ich werde dich nicht anfassen, aber ich will, daß du mich anfaßt. Nein, weich nicht zurück. Leg deine Hand auf mein Gesicht – nur auf mein Gesicht. Komm, mach schon.«

Als sie zögerte, nahm Walker ihre Hand in seine und legte sie mit der geöffneten Handfläche auf seine Wange. Dort hielt er sie für einen Sekundenbruchteil fest und ließ sie dann los. »Ich mache jetzt die Augen zu, Charlotte, und ich möchte, daß du deine Augen auch zumachst.« Er schloß die Augen. »Sind deine Augen geschlossen?«

»Ja.«

»Und jetzt tu so, als seist du blind. Benutze deine Hände, und sag mir, wie ich aussehe.«

»Das kann ich nicht machen«, sagte sie. »Das ist ja kindisch.«

»Es ist nicht kindischer, als Hafergrütze über einen erwachsenen Mann zu schütten. Aber das hast du getan, und das hier kannst du jetzt auch tun. Und jetzt beschreibe mich, Charlotte. Hier, ich helfe dir. Such meine Nase, und erzähl mir etwas über sie, aber widersteh der Versuchung, mich in die Nase zu kneifen.«

Sie konnte ein Lächeln nicht unterdrücken. Langsam hob sie die andere Hand, und gemeinsam bewegten sich ihre Hände zu seiner Nase.

»Und?«

»Sie ist nicht zu groß – für einen Mann. Der Rücken ist schmal, aber direkt unter den Augenbrauen ist ein Knoten – als sei sie einmal gebrochen worden.«

Er kicherte vor sich hin. »Stimmt. Mein Bruder Riley ist ziemlich temperamentvoll.«

»Dein Bruder hat dir die Nase gebrochen?«

»Nicht absichtlich, aber wir kommen vom Thema ab. Ich hoffe, daß du die Augen noch geschlossen hast.«

»Ja. Ganz bestimmt.«

»Erzähl mir etwas über meine Augen, Charlotte.«

Er spürte, daß sie zusammenzuckte, doch sein Gesicht blieb ausdruckslos, da er nicht wollte, daß sie ihm seine Reaktionen anmerkte. »Nur meine Augen, Liebling. Erzähl mir etwas über sie.«

Es war eine so schlichte Bitte, wie ein Kind sie gestellt hätte. Sie zögerte nur einen Moment, ehe sie sich vortastete. »Deine Augenbrauen sind dicht und fast zusammengewachsen. Du bist nicht sehr alt, denn ich kann keine Falten auf deiner Stirn fühlen.«

Er lachte wieder. »Weil ich auf dem Rücken liege.«

»Willst du, daß ich dieses Spiel weiterspiele, oder nicht?« sagte sie und war darüber mindestens so überrascht wie er.

Ihre Lippen zuckten belustigt, als sie spürte, daß er erstaunt die Augenbrauen hochzog.

»Mach weiter.«

»Deine Wimpern sind lang und geschwungen – und auch dicht. Deine Augen liegen nicht allzu tief. Deine Stirn ist breit und glatt. Ich glaube, das weist auf Intelligenz hin. Dein Gesicht ist ziemlich kantig, und im Kinn hast du ein kleines Grübchen. Alles in allem würde ich sagen, daß deine Züge sehr edel und gutgeschnitten sind.«

Am liebsten hätte er sie triumphierend in seine Arme gezogen und diesen Mund geküßt, der all diese Sachen sagte. Sie hatte das getan, was er sich erhofft hatte. Sie war so gelöst, daß sie sich freiwillig zu anderen Zügen seines Gesichts vorwagte – alle, bis auf einen.

»Was ist mit meinem Mund? Hast du den vergessen?«

»Nein. Ich habe ihn nicht vergessen. Ich finde nur, für heute reicht es.«

»Nur noch mein Mund, dann hören wir auf. Du läßt doch bestimmt nicht ausgerechnet einen Mund zwischen dir und dem Erfolg stehen?«

Schauer überliefen sie, und sie fragte sich, ob er es spüren konnte, doch er rührte sich nicht und sagte auch kein Wort. Glut schien von seinen warmen Lippen durch ihre Finger aufzusteigen und sich wie eine Feuersbrunst in ihrem Körper auszubreiten. Sie wußte, daß er den Atem anhielt, und das sagte ihr, daß ihm ihre simplen Erkundungen etwas bedeuteten. Irgendwie bereitete ihr das Wissen, daß ihre Berührungen ihm nahegingen, Vergnügen, und es faszinierte sie zugleich. Langsam gestattete sie ihren Fingerspitzen die Bewegungsfreiheit, die sie anstrebten. Seine Lippen faßten sich unter ihren empfindlichen Fingerkuppen fest und trocken an.

Er ließ ihr reichlich Zeit, ehe er etwas sagte. »Erzähl es mir, Charlotte«, bat er sanft. »Was sagt dir mein Mund über mich?«

Sie tastete die Falten neben seinen Mundwinkeln ab und sagte: »Du lächelst oft.«

Er lächelte unter ihren tastenden Fingern. »Was noch?«

»Ich glaube, du hast einen guten Charakter, bist im Grunde genommen ein glücklicher Mann und...«

»Und was noch, Charlotte?«

»...und du bist sensibel«, sagte sie und erinnerte sich daran, wie sich sein warmer Atem auf ihrer Hand angefühlt hatte.

»Das sagt dir mein Mund?«

»Ja.«

»Wie?«

»Dein Mund ist voll und weich, nicht hart und verkniffen. Die Unterlippe ist voller als die Oberlippe, und meines Erachtens drückt das Sensibilität aus.«

Er sagte nichts mehr und erteilte ihr auch keine weiteren Anweisungen, und kurz darauf wagte sie es, ihn flüchtig anzusehen. Er lag vollkommen still da, und sein Gesicht war entspannt und blieb unter ihren Händen ohne jeden Ausdruck und ohne jede Gefühlsregung. Da sie sich seinem Wunsch gebeugt hatte, ihn zu berühren, hatte sie erwartet, daß sich Empfindungen ausdrücken würden – Vergnügen, Selbstsicherheit, Überlegenheit, Arroganz, Stolz –, aber sie sah nichts außer einer tiefen Versonnenheit, als er versuchte, das zu verarbeiten, was gerade zwischen ihnen geschehen war.

Das paßte nicht in das Bild, das sie sich von ihm gemacht hatte, und es paßte schon gar nicht in das Bild von Männern im allgemeinen, das sie seit jenem Augusttag im Jahre 1863 mit sich herumgetragen hatte. Hatte er recht? Bestand vielleicht wirklich nicht die Notwendigkeit, aufgrund der Handlungen einiger weniger alle Männer zu fürchten?

Natürlich wußte Charlotte, daß sich nicht alle Männer derart abscheulicher Verbrechen schuldig machten wie Quantrills Männer. Ihre Angst vor Männern entsprang dem Wissen – ob es nun falsch oder richtig war –, daß alle Männer zu solchen Schandtaten fähig waren. Die Gespräche der Nachbarinnen, die sie im Lauf der Jahre mit angehört hatte, hatten diese Angst nur noch untermauert. Ihres Wissens hatte sie nie auch nur eine einzige Frau davon reden hören, daß sie mit ihrem Ehemann glücklich war und Vergnügen bei ihm fand. Aber sie hatte genug Vorwürfe gegen die Männer gehört – sie seien uneinfühlsam, grausam, brutal, herrschsüchtig und besitzergreifend. Ganz zu schweigen von den Schilderungen des Akts der Paarung. Männer benutzten Frauen, um bei ihnen ihre Lust zu finden, und sie besprangen und deckten sie wie die Tiere. Dessen machten sie sich alle schuldig, und doch...

Ihr paßte die Richtung nicht, die ihre Gedanken eingeschlagen hatten. Sie hatte nicht siebzehn von ihren siebenundzwanzig Jahren umsonst die Überzeugung gehabt, daß Männer Frauen unmenschlich behandelten. Sie wollte sich jetzt auch nichts anderes einreden lassen. Sie wollte nicht, daß man ihr das Gegenteil bewies.

Plötzlich nahm sie seinen Blick wahr, der auf ihr ruhte. Wie lange beobachtete er sie schon? Was hatte er aus den Emotionen entnommen, die sich gewiß auf ihrem Gesicht ausgedrückt hatten? Mit bebenden Lippen und zögernder Stimme sagte sie unsicher und leise: »Und was soll ich jetzt tun?«

»Was du willst«, sagte er, und seine blauen Augen sahen sie gebannt an. »Was tätest du jetzt gern, Charlotte? Für was du dich auch entscheidest – du hast meine volle Zustimmung.«

»Ich möchte aufstehen«, sagte sie und dachte, daß das wohl zu den Dingen gehörte, die er ihr jetzt nicht zugestehen würde.

»Auch das ist mir recht«, sagte er. Er ließ sie los und war im nächsten Augenblick aufgesprungen und hatte ihr Zimmer verlassen.

Augenblicklich und ohne ein Wort hatte er ihren Wunsch erfüllt, doch als sie dalag und den Grillen lauschte, war Charlotte nicht sicher, ob es das war, was sie wirklich gewollt hatte.

Sie konnte noch den Umriß seiner Gesalt auf der Bettdecke sehen, legte eine tlache Hand mitten auf diesen Abdruck, an die Stelle, an der er am tiefsten war. Sie konnte die Wärme noch fühlen, und irgendwie ging von dieser Stelle immer noch etwas Lebendiges aus. Sie drehte sich um und legte sich dahin, wo er gelegen hatte, denn sie wollte wieder spüren, wie er sich an sie preßte. Aber sie fand dort nichts anderes als die zerknitterte Zudecke.

Neugier übermannte sie, und sie fragte sich, warum er so plötzlich gegangen war. Sie stand auf und trat ans Fenster. Sie zog eine Ecke der Rüschengardine zurück. Im letzten Schein des Sonnenuntergangs suchte sie den Garten und die umliegenden Gebäude nach einem Zeichen von ihm ab, und schließlich fand sie ihn am Brunnen.

Er trank aus dem Krug, der an dem Pfosten festgebunden war, der das kleine Dach über dem offenen Brunnen trug. Er war so nah, daß sie das Wasser sehen konnte, das seitlich an dem Krug hinunterlief und über seinen braungebrannten Hals rann, um dann unter seinem Hemd zu verschwinden. Mit einem Ausruf, den sie nicht hören konnte, schüttete er das restliche Wasser aus und stemmte sich mit beiden Armen an die Stützbalken. Den Kopf ließ er zwischen beiden Händen tief nach unten sinken. So blieb er lange Zeit stehen, und dann richtete er sich abrupt wieder auf. Ohne jede Vorwarnung ballten sich seine Hände zu Fäusten, und sie sah ehrfürchtig zu, als er mit den Fäusten wiederholt gegen die rohen Balken trommelte und etwas rief, das ganz so klang wie: »Warum?«

8.

Alles wies auf Regen hin. Niemand redete mehr über etwas anderes.

In Two Trees hieß es, das seltsame Wetter sei die Ursache für die unerklärlichen Vorfälle, zu denen es in der ganzen Stadt kam.

Mrs. Mercers Pfirsichbaum blühte zur falschen Jahreszeit, Flax Johnson wurden die langen Unterhosen von der Wäscheleine gestohlen, die man dann wiederfand, weil Clem Robinsons Ziegenbock sie anhatte, jemand trank Floss Dexters hausgemachten Schnaps und füllte flüssiges Schuhputzmittel in den Krug, Maybelline Scott holte sich in ihrem elektrischen Korsett einen Schlag, ihr Mann dann gleich auch einen, und sogar die sanftmütige Mrs. Selby verlor die Fassung und brachte Mr. Selby zum ersten Mal in sechzig Ehejahren mit dem Teekessel eine Beule von der Größe eines Gänseeis auf seiner Glatze bei. Im ganzen Umkreis wußte man, daß nur das Wetter daran schuld war, wenn Carmine Random ihrem Verlobten Buster Brewster seinen Ring zurückgab.

Ja, das Wetter spielte verrückt, und demzufolge benahmen sich die Leute merkwürdig. Sogar die Tiere verhielten sich äußerst seltsam.

Alles deutete auf einen Wetterumschlag hin. Und doch regnete es immer noch nicht.

Über Charlotte Butterworths Feldern am Stadtrand hing die Sonne wie ein funkelnder Ball aus geschmolzenem Metall an einem wolkenlosen Himmel und versengte alles. Gnadenlos brannte sie herunter, als Walker und Jam sich restlos übernahmen, um das letzte Heu zusammenzurechen. Bei dieser Hitze war Heu schnell trocken, und wenn sich die Vorhersagen bewahrheiteten, blieb ihnen nicht mehr viel Zeit, um ihre Arbeit zu beenden.

»In dem Tempo könnt ihr einfach nicht weitermachen«, hatte Charlotte Walker an jenem Morgen nachgerufen, als er und Jam aufs Feld gegangen waren.

»Wenn wir uns nicht beeilen, geht dir im Winter das Heu aus. Wir haben es schon geschnitten und gewendet. Wenn wir es nicht eingefahren haben, bevor der Regen kommt, wird es faulen. Willst du das wirklich?«

Charlotte sah ihn einen Moment lang an und schüttelte dann den Kopf. Es war zwecklos, sich mit ihm anzulegen. Wenn er sich beim Heumachen umbringen wollte, dann sollte er es doch tun – und genau das würde er auch tun, ob mit ihrer Erlaubnis oder ohne sie. Dieser Kerl war einfach stur. Aber neben seiner ungeheuren Sturheit besaß er auch Entschlossenheit und ein zähes Durchsetzungsvermögen. Er hätte niemals aufgegeben. Nicht, wenn er an etwas glaubte oder wußte, daß er recht hatte. Das konnte sie ihm nicht übelnehmen. Zudem wußte sie, daß dasselbe auch auf sie zutraf.

»Ich helfe euch«, hatte sie daraufhin gesagt.

»Nein, das wirst du nicht tun. Eine Frau hat nichts auf dem Feld zu suchen. Das ist Männerarbeit. Außerdem mußt du dich um Granger kümmern und hast im Haus schon genug zu tun.« Als er die Enttäuschung auf ihrem Gesicht erkannte und merkte, daß er zu grob mit ihr gesprochen hatte, hatte Walker noch hinzugefügt: »Du könntest uns etwas zum Mittagessen bringen, damit wir keine Zeit verlieren, die uns der Weg kosten würde.« Er sah sofort, daß Charlotte immer noch verdrossen war.

Sie hatte nur matt gelächelt. Ein richtiges Lächeln bekam er nicht, weil er nicht zuließ, daß sie ihnen half. Nein, mehr als ein angedeutetes mattes Lächeln war ihm nicht vergönnt, und dabei hatte er sich schon bemüht, ihr das Gefühl zu vermitteln, daß auch sie sich nützlich machte. Und er wußte, wie recht er hatte.

Mehrere Stunden später machte Walker eine Pause, lehnte sich auf den Stiel einer Harke und wischte sich mit einem Taschentuch den Schweiß vom Gesicht. Er schob sich den Hut aus der Stirn und warf einen Blick auf sein Hemd, das auf einem Zaunpfahl hing. Es war noch keine fünf Minuten her, daß er es ausgezogen hatte, weil es klatschnaß war, und jetzt war es knochentrocken – genau wie er. Er warf den Kopf zurück und sah zur Sonne auf – dieser teuflischen Kugel, die sich so langsam von der Stelle bewegte, daß er sich schon fragte, ob sie sich an dieser Stelle, direkt über seinem Kopf, irgendwie verhakt hatte. Sie schien sich überhaupt nicht mehr zu rühren.

Mit geröteten Augen sah er über das Feld. Was er und Jam in ein paar Tagen geleistet hatten, hätte normalerweise zehn Männer eine volle Woche gekostet. Er überlegte sich, was ihn eigentlich dazu veranlaßt hatte, das Heu auf dieser Weide so erbarmungslos in diesem kurzen Zeitraum zu schneiden, zusammenzurechen und zu bündeln. Teils lag es daran, daß der Regen kommen würde, doch das war nicht der einzige Grund. Er sah noch einmal über das Feld. Der Hauptgrund kam gerade durch das Gatter, schwang einen Korb und gab ihm das Gefühl, er hätte zu lange in die Sonne gesehen, daß sich das Licht allzu strahlend in ihrem roten Haar widerspiegelte.

Sie war nicht schöner als mindestens ein Dutzend anderer Frauen, die er auf der Stelle beim Namen hätte nennen können, dieses bedauernswerte Geschöpf, und doch hatte sie etwas an sich, was ihn tief bewegte und Gefühle und Reaktionen in ihm aufkommen ließ, deren Existenz ihm bislang nicht bewußt gewesen war. Charlotte war greifbar, etwas Beständiges und Zuverlässiges, nach dem er die Hand ausstrecken konnte. Etwas, was er anfassen konnte, und er wußte, daß sie da war. Andere Frauen, die er gekannt hatte, hatten immer etwas Flüchtiges gehabt, etwas, was sich ihm entzog und ihn fasziniert hatte. Bis jetzt. Er fing an, es zu verstehen, denn für Charlotte war das Leben kein Spiel, mit dem man sich vergnügte und das man wie eine Schleppe hinter sich herzog, die im Schmutz schleifte. Die Notwendigkeiten des Überlebens, die rasende Entschlossenheit, es zu schaffen, obwohl so viel dagegensprach, daß eine Frau allein lebte, sich selbst ernährte und durchkam – das war für sie entscheidend. Wenige Frauen besaßen diese Kraft. Ihn schockierte die plötzliche Erkenntnis, daß seine Mutter eine solche Frau war. Walker dachte zurück, dachte an die Jahre, in denen die starke Hand und die große Weisheit seiner Mutter ihn geleitet hatten. Sein Vater war für ihn das Vorbild gewesen, an dem man sich selbst orientierte, derjenige, der einen zum Mann erzog und einem die Welt erklärte. Sein Vater hatte ihm viel gegeben, aber seine Mutter war zu seinem Herzen vorgedrungen. Das hatte noch keine andere Frau geschafft. Bis jetzt nicht.

Er blinzelte in die Sonne, um Charlottes verschwimmendes Bild klarer erkennen zu können. Sie war real vorhanden, so real vorhanden wie die Dürre, wie die Trockenheit, die seine Kehle ausdörrte, wie der Staub, der in seinen Augen brannte, und die Beklemmung, die er jedesmal in seiner Brust spürte, wenn er sie ansah.

Walker mußte gegen das rasende Verlangen ankämpfen, laut zu lachen. Es bestürzte und verblüffte ihn, daß es ausgerechnet *das* und nichts anderes sein sollte, womit ihn Amors spitzester Pfeil traf und ihn in die Knie zwang. Er war sich über die Schönheit und die Zerbrechlichkeit dessen bewußt, was er gefunden hatte, und er wußte auch, wie unwahrscheinlich es war, das bei einer anderen Frau zu finden. Aber er besaß auch Ehrgefühl. Ehre. So einfach auszusprechen, so schwer, danach zu leben. Ehre. Das schwerwiegendste aller Worte. Die bindendste aller Verpflichtungen. Ehre. Ein Pfand der Seele. Ein Mann entsprach immer seinen Verpflichtungen, hielt sein Wort, führte sich tadellos, angelehnt an ein Ideal, ungeachtet dessen, was es ihn kosten mochte. Sein Vater hatte ihm das beigebracht.

Wozu brauche ich Ehre, Vater. Das ist doch nur ein Wort.

Wenn du solche Worte von dir weist, Worte wie Ehre, Integrität, Aufrichtigkeit und Prinzipien, Walker... wenn du sie als nutzlos abtust, dann weist du auch die Eigenschaften, die sie ausdrücken, von dir, legst sie ab. Erinnerst du dich noch daran, was deine Mutter dir kürzlich vorgelesen hat?

Ging es um Ehre?

Ja.

Ich glaube nicht, daß ich mich noch erinnern kann.

O doch, du erinnerst dich. Wir haben darüber geredet, wie es sein kann, daß ein Mann lebt und doch tot ist.

O ja, daran erinnere ich mich noch. Wenn man seine Ehre verliert, stirbt man innerlich.

»Wenn der Glaube verloren, die Ehre gestorben ist, ist der Mensch tot.«

Später hatte er dann mit seiner Mutter darüber geredet.

Dein Vater ist ein ehrenwerter Mann, Walker, und das ist viel wert. Aber man muß auch sich selbst treu sein. Weisheit und Tugend sind wie zwei Räder eines Wagens.

Setzte er in seinem Umgang mit Charlotte Weisheit ein? War es falsch, daß er das Mitgefühl, das er empfand, unter der harten Schale verbarg? War er skrupellos, wenn er ihr zeigen wollte, daß das Leben mehr war, als nur weinend geboren zu werden und enttäuscht zu sterben? *Welches sind deine wahren Motive, Walker? Sieh dich vor, Mann. Laß dich nicht zu sehr darauf ein. Mach dich nicht zu einem Unterschlupf, der nicht nur schützend ist, sondern auch die Sonne verbirgt. Denk immer daran, was dir bleibt: bestenfalls wenige Wochen. Laß nicht zu, daß deine Bewunderung und dein Mitleid zu einer zu großen Zuneigung anwachsen, denn Zuneigungen sind schwer auszulöschen. Das hier muß zwangsläufig enden.*

War es etwa Mitleid, was er für sie empfand? Mitleid und nicht Mitgefühl? Da es ihm an einem besseren Wort mangelte, nannte er es Mitgefühl. Wie sonst hätte er sich sein mächtiges Verlangen erklären können, das Leid und die Qualen, die sie in sich trug, zu mildern – eine alte Wunde, die nicht verheilt war und immer noch das Gift ausschüttete, das eine Gruppe von Männern, die eher Tiere als Menschen waren, mit ihren brutalen Handlungen versprüht hatten?

Er sah ihr entgegen, als sie auf ihn zukam, die Röcke gerafft und mit schnellen, anmutigen Schritten bahnte sie sich einen Weg durch das Heu, um ihnen das Mittagessen zu bringen. Selbst auf diese Entfernung konnte er ihr Unbehagen erkennen, ihre Unsicherheit. Miss Lottie konnte unbefangene Freundschaften mit Männern haben, doch seit sie vor mehr als einer Woche allein miteinander in ihrem Schlafzimmer gewesen waren, hatte sie alles getan, um ihm aus dem Weg zu gehen und ihn zu meiden. Es paßte Walker gar nicht, daß er diese Veränderung in ihrer Einstellung ihm gegenüber selbst bewirkt hatte. Er hatte gehofft, mit seinem Vorgehen könnte er sie umgänglicher machen, weniger angespannt, doch im Grunde genommen war das Gegenteil eingetreten. Vielleicht hatte er das ja verdient. Vielleicht war sie zu alt, zu festgefahren, gefühlsmäßig zu sehr vernarbt, um sich je zu ändern, um je einzusehen, daß nicht alle Männer gleich waren, daß man manchen von ihnen sogar trauen konnte. Vertrauen. Genau das war es, was Miss Lottie fehlte. Es war das einzige, was Walker ihr geben wollte.

Doch das war ihm nicht gelungen. Hatte er sie auf unfaire Art ausgenutzt? Schuldgefühle schlichen sich in seine Gedanken. Er versuchte, sie auszulöschen, indem er sich sagte, daß sie ein erbarmungswürdiges Geschöpf war und er ihr nur helfen wollte. Aber er hatte ihr nicht geholfen. Nicht wirklich. *Laß dir das eine Lektion sein,* sagte er sich. *Laß Miss Charlotte Butterworth ihre abwegigen Gefühle und ihre verzerrte Sicht. Verzieh dich wieder nach Kalifornien, und überlaß Miss Lottie ihrer männerlosen Existenz mit einer Zukunft, die genauso trüb wie ihre Vergangenheit ist.* Jetzt konnte er es deutlich erkennen. Ihr Leben erstreckte sich trostlos vor ihr wie eine stillgelegte Landstraße, die sich über Meilen und Meilen zog und doch nirgends hinführte.

Aber er würde nicht nach Kalifornien zurückgehen. Nicht, ehe er beendet hatte, was er in Angriff genommen hatte. Er wußte selbst nicht, warum, aber Walker hatte sich zu sehr darauf eingelassen. Er konnte nicht einfach zurückgehen, nicht umkehren, und doch war er nicht sicher, wie es weitergehen sollte. Auf irgendeine Art mußte er Charlottes Vertrauen gewinnen. Aus unerklärlichen Gründen war ihm das äußerst wichtig. Und nicht nur, weil sie ihm das Leben gerettet hatte.

Als er sie näher kommen sah, mit zögernden Schritten und Unsicherheit in den Augen, ging ihm plötzlich auf, was er tun konnte. Sie hatte ihm das Leben zurückgegeben. Er würde dasselbe für sie tun.

»Ich hoffe, du hast etwas Nasses und Kaltes in deinem Korb«, rief er, als sie ihn erreicht hatte.

Ihr Lächeln war scheu. »Nur kaltes Wasser aus dem Brunnen. Jam trinkt nichts anderes, wenn er auf dem Feld arbeitet, und daher bin ich natürlich davon ausgegangen… das heißt…«

»Und du hast vollkommen recht gehabt. Wasser ist genau das Richtige«, sagte er und wischte sich noch einmal das Gesicht ab.

Er nahm ihr den Korb ab und hob das karierte Tuch, um nachzusehen, was sich darunter verbarg. Währenddessen konnte sie ihn in aller Ruhe betrachten. Walker, der von der Arbeit in der sengenden Sonne schwitzte, hatte seinen Oberkörper entblößt und war braungebrannt. Sie hatte erst zwei Männer mit nacktem Oberkörper gesehen – ihren Bruder und Jamie Granger – doch keiner von beiden war auch nur annähernd so wohlgeformt und muskulös. Sie hatte ein ganz komisches Gefühl im Magen, als sie das Spiel seiner Muskeln beobachtete. *Das muß an der Hitze liegen*, sagte sie sich und setzte sich den Hut auf, der an ihrem Arm baumelte, band ihn aber nicht unter dem Kinn zu.

Sie sah ihn wieder an. Er war zu einem der zusammengerechten Heuhaufen gegangen und stellte den Korb in ein Nest, das er eigens ausgehöhlt hatte. Groß und schmalhüftig stand er mit dem Rücken zu ihr da. Selbst aus dieser Perspektive zeugte sein Körper von Kraft und noch etwas, was sie nur als primitive Roheit bezeichnen konnte, und sie überlegte sich, was für einen prachtvollen Anblick er gänzlich unbekleidet bieten mußte. Wie ein Kunstwerk. Nichts, dessen man sich schämt, sondern etwas, was dazu da ist, bewundert zu werden. Sie wandte eilig den Blick ab und hörte sein tiefes Lachen.

»Fürchtest du nicht, du könntest dich verbrennen, wenn du kein Hemd trägst?« fragte sie, um eilig ein Gespräch anzufangen. Er hatte sie dabei ertappt, daß sie seinen nackten Körper betrachtet hatte, und dazu hätte er sich ganz bestimmt geäußert, wenn sie ihm nicht zuvorgekommen wäre. »Wo ist dein Hemd?« fügte sie hinzu und sah sich danach um.

»Es hängt an dem Zaunpfahl dort drüben«, sagte er und deutete hin. »Nein, ich habe keine Angst, daß ich mir ohne Hemd einen Sonnenbrand hole. Ich bin die Sonne gewöhnt. Aber wäre es dir vielleicht lieber, wenn ich mein Hemd anziehe?« Ehe sie etwas darauf antworten konnte, wandte er sich ab. »Ich bin gleich wieder da.«

Als er zurückkam, hatte er das Hemd schon zugeknöpft.

»Ein Gentleman würde niemals eine Dame bitten, mit ihm zu dinieren, wenn er kein Hemd anhat«, sagte er. »Ich entschuldige mich für den Fall, daß ich dich verletzt habe, Miss Lottie.«

»Du hast mich nicht verletzt.« Dieser Mann war so gewandt. Wie brachte er es nur fertig, daß eine simple Entschuldigung derart sinnlich klang? Ein schneller Blick in seine kristallklaren Augen sagte ihr, daß er sich nicht über sie lustig machte und sie auch nicht in Verlegenheit bringen wollte. Sein Benehmen und seine Ausdrucksweise bewiesen gute Manieren, und doch hätte sie ihn nicht bewußter als Mann wahrnehmen können, wenn er seine Hose auch noch ausgezogen hätte.

Er setzte sich ins Gras. »Hättest du vielleicht Lust, mit mir zu essen?«

»Mein Mittagessen steht schon im Haus bereit«, erklärte sie und wirkte ein wenig abgelenkt.

»Ich würde meins mit dir teilen.«

»Nein. Bitte. Iß doch. Ich brächte im Moment wirklich nichts herunter. Mir ist zu heiß.« *Und du bist viel zu verwirrend,* dachte sie. »Und außerdem muß ich Jam das Mittagessen bringen.« Es war wirklich verwirrend, mit anzusehen, wie der Schweiß aus seinem Haar tropfte, in kleinen Rinnsalen über seinen braungebrannten Hals rann und unter seinem blauen Baumwollhemd verschwand. Sie stand auf und nahm Jams Mittagessen.

»Kommst du zurück, wenn du Jam das Essen gebracht hast? Ich möchte dich etwas fragen.«

Erst glaubte er, sie würde ihm den Wunsch abschlagen, doch als sie sich abgewandt hatte und sich auf den Weg zu Jam machte, sagte sie: »Ich bin gleich wieder da.«

Als sie zurückkam, blieb sie stehen, um sich danach zu erkundigen, was er sie hatte fragen wollen. Er sah sie an. Er saß noch so da, wie sie ihn verlassen hatte. Sie mußte sich wirklich zusammenreißen, um nicht dem Drang nachzugeben, wie ein Kind auf ihn zuzurennen, sich auf ihn zu stürzen und zusammen mit ihm ins Heu zu kugeln. Ihre Kehle war trocken, ihr Ausdruck verunsichert, ihre Zuversicht wankend. *Du bist ein Dummkopf, Charlotte. Der ist nichts für dich. Ein Mann wie er... erfahren... schön... er könnte so viele Frauen haben.*

Walker war überrascht, als er sie zurückkommen sah, und er staunte noch mehr, als sie nicht in einer beträchtlichen Entfernung von ihm stehenblieb, sondern näher kam. Wenn er die Hand ausgestreckt hätte, hätte er die schlanken Fesseln umfassen können, die über schweren, äußerst unkleidsamen Schuhen aufragten. »Ich wollte wissen, ob du dich zu mir setzt und mir Gesellschaft leistest, solange ich esse. Du hast doch nichts zu tun, solange wir nicht fertig mit dem Essen sind, oder?« Er sah zu ihr auf und hielt ein Hühnerbein, von dem er einmal kräftig abgebissen hatte, fest in der rechten Hand. Sein Lächeln war strahlend, seine Augen blinzelten in die erbarmungslose Sonne, und sie bewunderte seine Schönheit. Wie wäre es wohl gewesen, wenn dieser Mann ihr gehört hätte? Wenn er den Rest seines Lebens damit zugebracht hätte, sie so anzusehen? Ihr fiel wieder etwas ein, was sie Jamie kürzlich erst abends vorgelesen hatte, und es war ihr immer noch peinlich, weil Jamie gemerkt haben mußte, wie tief dieser Absatz sie getroffen hatte, doch er hatte irrtümlich geglaubt, ihre Betroffenheit würde ihm gelten. Dabei hatte sie doch nur an Walker Reed gedacht, als sie ihm die Stelle bei Byron vorgelesen hatte, in der es darum geht, daß Augen heller leuchten, wenn man kommt.

Charlotte erinnerte sich nur zu gut daran, wie sich dieses Gesicht unter ihren Fingern angefaßt hatte, und sie fragte sich, ob der Rest von ihm sich auch so gut anfühlte. Schwer wie ein Amboß schien die Erinnerung an den kühnen Schwung seiner Nase und die erstaunliche Weichheit seiner Lippen in ihrem Bewußtsein zu hängen. Sie sah seinen Mund an, der so voll und doch so fest war – und, ach, so sinnlich –, und sie fragte sich, welche Geschichten dieser Mund hätte erzählen können. Geschichten über Frauen, die er geküßt hatte, die Liebkosungen, die er geflüstert hatte, die Anzahl von Frauen, denen er Genuß bereitet hatte. Sie holte besorgt Luft, als sie erkannte, welche Richtung ihre Gedanken eingeschlagen hatten. Sie gewöhnte sich zu sehr an diesen Mann. Er war ihr jetzt schon zu vertraut, und sie fühlte sich zu wohl bei ihm.

»Stimmt etwas nicht?« fragte er.

»Was? O nein. Es ist nichts weiter. Mir fehlt nichts. Eine Ameise, ich hatte eine Ameise auf dem Arm, das ist alles.«

Einen Moment blieb er stumm, und seine Augen waren unergründlich, als er sie musterte. »Es ist wirklich gut, daß du sie bemerkt hast. Ich vermute, daß Insektenbisse bei dir immer so wie die Wespenstiche wirken, und wir wissen ja beide, was passiert, wenn du von Wespen gestochen wirst.«

Sie erinnerte sich wahrhaftig nur zu gut daran, wohin die Wespenstiche sie beide geführt hatten. Sie erinnerte sich noch viel genauer daran, als es ihr lieb war. Dennoch überraschte es sie, daß auch er sich noch so gut daran erinnerte oder sich überhaupt noch daran erinnern wollte.

»Komm«, sagte er sachte und streckte ihr die Hand hin. »Setz dich zu mir.«

Die Verlockung dieses Lächelns, diese Augen – der wirklich freundschaftliche Tonfall seiner Stimme – all das brachte sie dazu, nicht länger zu zögern. Sie legte ihre Hand in seine und setzte sich auf das Gras, das er für sie aufgeschichtet hatte.

Ihre Augen wurden groß, als sein Schatten auf sie fiel, doch dann merkte sie, daß er nur hinter sie griff, um das Heu so hinzuschieben, daß sie sich besser anlehnen konnte. *Ich zucke schon bei jeder Kleinigkeit zusammen... legt er wirklich Wert auf meine Gesellschaft?* Sie faltete die Hände im Schoß und schaute verlegen auf sie herunter.

Ein langer Grashalm kam aus dem Nichts und kitzelte ihre Nase. Um sie herum war alles grell und heiß und unwahrscheinlich still und leise. Sie schien alles, was sie umgab, sehr stark wahrzunehmen, und das mit Sinnen, die geschärft waren. Sie kam sich linkisch und unbeholfen vor, unsicher und gehemmt und so transparent wie Glas. Sie wußte nicht, was sie tun sollte. *Warum probierst du es nicht mit Reden. Sag etwas.* Nein, sag bloß nichts. Wenn sie sprachen, konnte er nicht essen. *Richtig... aber wenn er nicht ißt, hat er Zeit für andere Dinge.* Was für andere Dinge? *Was ihm eben Spaß macht... außer dem Essen und dem Trinken.* Charlottes Herz schlug wie verrückt. Sie hatte einmal gelesen, daß ein Mann drei simple, aber grundlegende Triebe hat: den Bedarf an Wasser, Nahrung und Sex zu decken... in genau der Reihenfolge. Die Feuchtigkeit, die sich ganz hinten in ihrer Kehle gesammelt hatte, machte Lärm beim Schlucken. Sie sah das Essen an. Sie sah das Wasser an. Sie fragte sich, was er wohl nach dem Essen tun würde. *Was soll ich jetzt bloß tun?* Die einzigen Ratschläge, die sie je bekommen hatte, stammten von Nemi: *Gib keine Widerworte. Sorg dafür, daß du immer trockenes Holz vorrätig hast. Pflock die Kuh nicht da an, wo sie*

Kamaswurzeln fressen kann. Keiner dieser Ratschläge schien hier anwendbar zu sein. *Das ist ja lachhaft. Walker wird doch hier draußen nichts tun... am hellichten Tage. So sehr ist kein Mann darauf versessen, einer Dame die Tugend zu rauben.* Sie sah Walker an. Hier hatte sie es mit einem Mann zu tun, der einer Spinne die Fliegen hätte stehlen können. Er konnte jede Frau haben, die er haben wollte. Sich großzügig bedienen. Nehmen, was ihm ins Auge fiel.

Charlotte wußte zwar, daß sie keine umwerfende Schönheit war, aber Buttermilch wäre von ihrem Gesicht auch nicht direkt sauer geworden. Und sie hatte entschieden etwas an sich, was Walker aufgefallen war. Sie fing an, nervös herumzurutschen und sich die Röcke glattzustreichen.

Ein Lächeln breitete sich auf Walkers Zügen aus. Sie war so erschreckend aufrichtig. Sogar in ihrem Mienenspiel. Sein Blick ruhte auf dem V-Ausschnitt ihres Kleides und glitt dann zu ihrem Gesicht hinauf. »Ist das nicht besser als Stehen?«

Die Wärme wich aus ihrem Gesicht wie Regen, der von einem Blechdach läuft. »Es wäre besser, wenn du meine Hand loslassen würdest.«

Er hätte nicht vergessen dürfen, welchen Abscheu sie dagegen hatte, von einem Mann berührt zu werden. Ihr Lächeln, ihr Humor, ihre geistreichen Bemerkungen, all das galt nur einem Menschen, niemals ihm als Mann. Augenblicklich ließ er ihre Hand los. Dann sagte er, um sie abzulenken: »Hast du eigentlich etwas dagegen, daß ich dich Miss Lottie nenne?«

»Nein. So nennen mich alle. Warum sollte ich bei dir etwas dagegen haben?«

»Ich weiß es nicht. Manchmal habe ich das Gefühl, es gibt viele Dinge, die du anderen durchgehen lassen würdest, doch bei mir Anstoß daran nimmst.« Als er das wütende Funkeln in ihren Augen sah, grinste er und tätschelte ihre Hand, achtete aber sorgsam darauf, sie nicht zu lange zu berühren. »Ich ziehe dich doch nur auf, Miss Lottie. Du kannst ganz beruhigt sein.«

Sie wandte eilig den Blick ab und sah, daß Jam schon wieder auf den Beinen war und durch das Heu lief. Er war kaum noch zu sehen.

»Du bist doch fast fertig, oder? Ich habe noch einen Berg Bügelwäsche, der in der Küche auf mich wartet.«

»Ja, ich bin gleich soweit«, sagte er ruhig.

Sie wandte sich wieder zu ihm um. Er schaute ihr mit einem Ausdruck in die Augen, den sie noch nie an ihm gesehen hatte. »Miss Lottie«, sagte er nachdenklich. »Ich finde, das paßt eigentlich gar nicht zu dir…«

»Dann nenn mich doch Charlotte oder Miss Butterworth«, sagte sie in einem eher zynischen Tonfall.

»Nein, das ist auch beides unpassend… das heißt, nicht immer. Etwas an dir ist zeitweise Miss Lottie – warmherzig, freundlich, umsorgend. Manchmal kannst du auch Miss Charlotte sein – anständig, damenhaft, würdevoll.« Er gab einen kehligen Laut von sich, der reichlich amüsiert klang. »Tja, sogar die verklemmte Miss Butterworth durfte ich schon ein-, zweimal für einen Moment erleben.«

Sie lächelte. »Und wie siehst du die verklemmte alte Miss Butterworth?«

Er lachte, ließ sich auf den Heuhaufen zurücksinken und zog einen Arm hinter seinen Kopf. Die andere Hand streckte er ihr hin, mit der Handfläche nach oben. »Nimm meine Hand, Charlotte.«

»Nein.«

»Nimm meine Hand, und ich sage es dir.«

Stirnrunzelnd schüttelte Charlotte den Kopf, doch er lag so entspannt da, daß sie sich wirklich nicht vor ihm fürchten konnte. Ganz im Gegenteil. Er sah so gut aus, wenn er so entspannt war. Er lachte. Er war lebhaft. Er war offen. Und harmlos. Je länger sie die Handfläche betrachtete, die sich vor ihr geöffnet hatte, desto klarer erkannte sie darin das, was gemeint war, ein Symbol der Freundschaft und des gegenseitigen Verständnisses. Er machte sich nicht über sie lustig. Er zwang sie zu nichts. Er bat sie um etwas. Und die Entscheidung überließ er ihr.

Nach langer Zeit legte sie endlich ihre Hand in seine kräftige, braungebrannte Hand. Sie rechnete fest damit, daß seine Hand sich um ihre schließen würde, und in dem Moment, in dem ihre Hände sich berührten, spürte sie schon, wie sich ein Schrei ganz tief in ihrer

Kehle bildete. Doch er packte ihre Hand nicht, hielt sie noch nicht einmal umklammert. Nur seine Fingerspitzen legten sich ganz zart auf ihre Finger und begannen, sie sachte zu streicheln.

»Und jetzt erzähl mir von Miss Butterworth«, forderte sie.

Er schloß die Augen. »Ah, Miss Butterworth, die alte Jungfer – die will, daß das keiner auch nur einen Moment lang vergißt.«

»Sie hat keine Zeit für Blödsinn.«

Er öffnete ein Auge. »Sie ist zu anständig.«

»Sie hat zuviel Arbeit.«

Er öffnete das andere Auge. »Ach ja, das letztmögliche Versteck... die gute alte, angesehene Verantwortung.«

»Ich habe keine Zeit für Dummheiten.«

»Und warum nicht? Das ist doch nur natürlich und verstößt gegen kein Gesetz. Ich habe noch nie gehört, daß sich jemand dabei die Pest geholt hat. Und Dummheiten gehören zu den wenigen Dingen, an denen man umsonst seinen Spaß haben kann. Es gibt keine Gesetze, ob von den Menschen oder von Gott aufgestellt, die das verbieten. Nur dein eigener Verstand hindert dich daran, Charlotte. Nur dein Verstand fürchtet sich davor, das Leben zu genießen.«

»Genuß ist, als ob es einen juckt. Durch Kratzen wird alles nur noch viel schlimmer.«

»Nein, Charlotte. Mit den Genüssen verhält es sich wie mit Wein im Keller. Wenn man zu lange wartet, ehe man ihn kostet, wird man feststellen, daß er umgeschlagen und sauer geworden ist.«

»Ich glaube, bei mir ist es schon zu spät. Ich komme mir vor wie die letzte Flasche im Regal.«

Jetzt grinste er. »›Das Köstlichste zuletzt, damit das Ende besonders süß wird.‹«

Sie lächelte und schüttelte den Kopf. »Man kann unmöglich ernst bleiben, wenn du so bist.«

»Wie denn? Weil ich Shakespeare zitiere? Oder weil ich so charmant bin wie sonst auch immer?«

Sie lachte. »Beides. Und du bist ein Schurke und ein Halunke, dich derart zu brüsten. Ich glaube, deine Mama muß dich schrecklich verwöhnt haben.«

»Das hat sie getan… und tut es immer noch. Das ist das Geheimnis meiner Anziehungskraft.«

Sie warf eine Handvoll Heu nach ihm. »Ach, halt doch den Mund, und erzähl mir von der alten Miss Butterworth, du verdorbener Charmeur.« Sie schlang einen Arm um ihre angezogenen Knie und lachte.

Vielleicht lag es an der Hitze des Nachmittags oder an dem merkwürdigen Wetter überhaupt, aber es war ein verzauberter Moment, als sei eine Fee vorbeigekommen und hätte sie mit verhexten Pollen beworfen und den Augenblick in Magie getaucht. Plötzlich fühlte sie sich jung, albern und ausgelassen, geborgen und in Sicherheit. Es war so schön, daß es ihr leid tat, als sie ihn wieder reden hörte, denn sie fürchtete, seine Worte würden den Zauber vertreiben.

Er sagte ihren Namen, und er sagte ihn so, als sei es ein neues Wort, das er zu erlernen versuchte, eins, das er sich für immer merken wollte. »Charlotte.«

Ihr Lachen verflog. Sie war angreifbar jetzt, aus der Reserve gelockt. Sie nahm ihn und nur noch ihn war: die Sonne in seinem Haar, das Blau seiner Augen, die dichten dunklen Wimpern; doch was ihr das empfindsame Herz wärmte, das waren seine wunderschön geformten Lippen, weich und doch fest, so ganz entschieden vorhanden und doch so schimärenhaft. Aber in ihrem Kopf ertönte ein Warnsignal. *Dieser Mann ist glitschiger als eine gekochte Zwiebel, Charlotte. Und er schleicht sich an dich ran wie eine Katze an die Sahneschüssel.*

»Wo waren wir eigentlich stehengeblieben?« Seine Stimme klang verwundert.

»Du wolltest mir gerade erzählen, wie…«

»Wie ich über Miss Butterworth denke, die, die diese Brille und die weißen Handschuhe trägt, wenn sie in die Stadt fährt, und die ihre Kleider derart stärkt, daß sie von allein stehenbleiben. Und niemand außer Miss Butterworth würde es wagen, ein Pferd Butterbean zu nennen.«

Sie konnte jetzt nicht mehr an sich halten, sondern lachte herzlich. Dann riß ihr Lachen plötzlich ab, und sie sah ihn an. Sein Blick war klar und ruhig. Ein schwacher Windhauch war aufgekommen, hatte den Schweiß auf seinem Gesicht getrocknet und seinen Ausdruck ernster werden lassen. Etwas beunruhigte sie ganz entsetzlich, ein Gefühl von Wißbegierde, das sie verwirrte. Wie zu viele grüne Feigen lag es ihr im Magen.

In ihren blauen Augen schimmerte eindeutig Verlangen. Walker spürte, wie sich seine Muskeln anspannten. »Das«, sagte er unendlich sachte, »habe ich von Anfang an gewußt.«

»Was?«

»Daß du noch eine andere Seite hast, eine Seite, die du verborgen hältst.« Er rollte sich auf die Seite, drehte ihre Hand um, bis die Handfläche nach oben zeigte, und fuhr die Umrisse ihrer Finger nach, ehe er sich den Daumen vornahm und von dort aus zu dem kleinen blauen Adergeflecht auf ihrem Handgelenk weiterzog. Im nächsten Moment schlang er seine Finger leicht um ihre, hob ihre Hand an seinen Mund und küßte ihr Handgelenk.

Charlotte versuchte, ihre Hand zurückzureißen, doch jetzt hielt er sie fest. »Mach die Augen zu, Charlotte. Mach die Augen zu, und fühle, wie meine Hand deine berührt, nimm bewußt wahr, wie mein Mund dein Handgelenk berührt, und dann sag mir noch einmal, daß ich dich loslassen soll.«

Er küßte wieder ihr Handgelenk. Zart. Und noch einmal. Er hielt ihre Hand nur noch so locker umfaßt, daß sie sie jederzeit hätte zurückziehen können, wenn sie das gewollt hätte, aber aus irgendeinem Grund, den sie sich selbst nicht erklären konnte, tat sie es nicht.

»Sag mir, daß ich dich loslassen soll, Charlotte.«

»Ich kann es nicht«, flüsterte sie.

»Willst du, daß ich dich loslasse, oder soll ich dir von der anderen Frau erzählen, die ich entdeckt habe? Beides kannst du nicht haben, Charlotte.«

Er starrte sie an. *Ach, Liebling, wenn du wirklich wüßtest, was ich im Moment für dich empfinde, dann würdest du mich nicht so verflucht unschuldig anschauen.* Er mußte gewaltig gegen seinen Drang ankämpfen, sie in seine Arme zu reißen, ihr die Nadeln aus dem Haar zu ziehen und sie ins Heu zu pressen. *Für mich ist das kein biß-*

chen leichter als für dich, Liebling. Hilf mir, immer daran zu denken, daß ich dir die Ängste nehmen will, die du im Kopf hast. Sie hatte einen schlanken, langen, anmutig geschwungenen Schwanenhals, der auch entsprechend weiß war. *Eine solche Unschuld. Ein kleines Lämmchen für den Wolf. Schaffe ich das? Kann ich dir geben, was du brauchst, indem ich verleugne, was ich will?* Eine Woge von Wärme und Zärtlichkeit durchflutete ihn – auch eine Empfindung, von der er sich nicht erinnern konnte, sie je einer anderen Frau als seiner Mutter entgegengebracht zu haben.

»Wie heißt du sonst noch, Charlotte?«

Sie öffnete verwirrte blaue Augen. »Was?«

»Sag mir deinen vollen Namen.«

»Augusta. Charlotte Augusta Butterworth.«

»Ah«, sagte er und schloß die Augen, als er ihre Hand wieder an seinen Mund führte, um sie zu küssen. »Augusta. Augusta, die Ehrwürdige. Die Vermißte. Augusta, die Unbestimmbare.« Er öffnete ein Auge, musterte sie eindringlich und grinste dann breit. »Nein. Nicht Augusta. Gussie.« Er zog den Kopf zurück und betrachtete sie aus einem größeren Abstand, als entdeckte er gerade die verborgene Persönlichkeit. »Gussie mit der Alabasterhaut und dem Tizianhaar – ein Paradox. Eine Tragikomödie. Sie läuft umher. Sie redet. Sie wirft mit Hafergrütze. Aber sie hat Qualen durchgemacht. Sie leidet immer noch.« Er strich mit seinen Fingern über ihren Handrücken und lächelte, als wolle er damit seiner Ernsthaftigkeit den Stachel nehmen. »Sie möchte gern glauben, daß sie durch und durch aus Manieren und Kleiderstärke besteht, aber das ist nur die äußere Hülle. Darin steckt, vermute ich, eine feurige Frau, gut verborgen und behütet wie eine Goldmünze.«

Es kam ohne jede Warnung. Im einen Moment saß sie noch mit geschlossenen Augen da, hatte das Kinn auf die Hand gestützt und lauschte seinen Worten, die wie das träge Surren einer Biene in ihren Ohren rauschten und sie in eine wohlige Schläfrigkeit versinken ließen. Im nächsten Moment lag sie flach im duftenden, frischgemähten Heu, und Walker Reeds langer kräftiger Körper paßte sich ihrem perfekt an. Für einen Sekundenbruchteil lag sie da, ihre Brüste an seinen Brustkorb gepreßt, ihre Schenkel unter seiner kräftigen Beinmuskulatur eingezwängt, und ihr Verstand registrierte noch nicht voll und ganz, daß sie jetzt Ekel hätte empfinden müssen.

Langsam drängte sich ihr Klarheit auf, doch sie rührte sich immer noch nicht, sondern wartete statt dessen, daß er den nächsten Schritt tun würde, damit sie ihn so einordnen konnte wie alle anderen Männer auch. Lange Sekunden vergingen. Die Hitze machte sich immer unangenehmer bemerkbar, und der Schweiß klebte ihr die Kleidung auf die Haut. Ein erster Schweißtropfen rann langsam von ihrer Schläfe am Haaransatz entlang und plumpste dann in ihr Ohr.

»Ich werde es nicht tun, verstehst du.« Seine Stimme war gesenkt und bebte.

»Ich habe keinen Moment lang gedacht...«

»O doch, das glaube ich schon. Du hast nämlich wieder dein Märtyrergesicht aufgesetzt, Miss Butterworth – und du wartest geduldig, daß ich über dich herfallen werde, daß ich dich ausnutzen und mißbrauchen werde, damit du mir selbstgefällig ins Gesicht schlagen und behaupten kannst, du hättest von Anfang an gewußt, was für eine Sorte Mann ich bin.«

»Du weißt selbst nicht, was du da redest. Ich habe nicht...« Sie unterbrach sich, wand sich unter ihm und suchte mit Blicken den Horizont nach Jam ab, sah ihn aber nicht. »Was muß ich tun, um dich davon zu überzeugen, daß du dich täuschst? Ich habe nicht...«

»Es mag ja sein, daß du dich vor Männern fürchtest, aber das ändert nichts daran, daß du eine Frau bist – mitsamt der weiblichen Intuition und den Listen einer Frau.«

»Das ist alles nicht meine Schuld. Ich habe dich nie aufgefordert, mich mitten in einem Heuhaufen platter als einen Pfannkuchen zu quetschen.«

»Nein, das hast du nicht getan. Die Schuld liegt ganz bei mir. Du hast ganz einfach dagelegen, weder willig noch widerstrebend – eine Verführerin. Du wolltest mich in die Falle locken, und du hast wie eine Spinne darauf gewartet, daß ich mich unentwirrbar in deinem Netz verstricke, und dann, wenn ich auch nur eine angriffslustige Geste gemacht hätte, hättest du sie mir um die Ohren geschlagen.«

»Das ist nicht wahr!«

»Es ist wahr, und das wissen wir beide«, sagte er. »Auf gewisse Weise freut es mich ja, daß du dich bei mir sicher genug fühlst, um es zu versuchen. Führ mich in Versuchung, wenn du willst. Ködere mich, wenn es sein muß, aber ich bin ein Mann. Wenn du als Frau auf mich zukommst, werde ich wie ein Mann reagieren, und dann kannst du das nicht gegen mich verwenden. Spiel keine Spiele mit mir, Charlotte. Jetzt nicht – und auch sonst nie.«

Er beobachtete, wie sich langsam Tränen bildeten, die wie schimmernde Juwelen in ihren bezaubernden Augen hingen. Ihre Lippen bebten, und er hatte noch nie zuvor derart stark den Drang verspürt, einen Mund zu küssen. »Hast du verstanden?«

»Ja«, sagte sie leise. »Ich werde keine Spiele mit dir spielen.«

»Dann gib mir jetzt einen Kuß.« Als sie ihn restlos schockiert ansah, lachte er. »Küß mich, Gussie.« Und dann hauchte er sachte: »Bitte.«

»Das kann ich nicht.«

»Doch, das kannst du«, sagte er. »Vor einer Woche hast du noch geglaubt, du könntest mich nicht berühren, und doch konntest du es. Das jetzt ist nichts anderes.«

»O doch, es ist etwas ganz anderes, und das weißt du selbst.«

Er grinste. »Ah, Gussie, bist du tatsächlich so erfahren?«

»Du weißt, daß ich es nicht bin, aber ich bin auch kein Dummkopf. Ich weiß, daß es beim Küssen um mehr geht als um zwei Lippenpaare, die versehentlich zusammenstoßen.«

Sein Blick war belustigt, wurde dann sanft, und sein Tonfall war heiser, als er sich über sie beugte. »Es wird nur das daraus werden, was du daraus machen willst, Gussie. Mehr nicht. Ich habe dich gebeten, mich zu küssen. Wie und wie lange, das liegt ganz und gar bei dir.«

»Wie ungeheuer rücksichtsvoll von dir.«

»Wenn es um dich geht, bemühe ich mich, rücksichtsvoll zu sein. Aber selbst meine Geduld kann reißen. Ich habe dich gebeten, mich zu küssen. Der Rest liegt jetzt an dir. Du würdest einem Verdurstenden doch Wasser geben, oder nicht?«

Sie musterte ihn argwöhnisch. »Das ist ein erbärmlicher Vergleich.«

Er zuckte mit den Achseln: »Ich weiß, aber etwas Besseres ist mir nicht eingefallen. Was ist jetzt, werden wir uns küssen, oder werden wir den Rest des Nachmittags damit verbringen, darüber zu reden?«

»Du wirst mich zu nichts zwingen?«

Er schien verletzt zu sein, weil sie ihm diese Frage gestellt hatte. »Das solltest du doch inzwischen wirklich wissen... Ach, zum Teufel!... Nein, ich werde dich zu nichts zwingen.«

»Und du läßt mich aufhören, wann ich will?«

»Verdammt noch mal, Gussie! Ich habe dich um einen einzigen verdammten Kuß gebeten, nicht um die Einberufung des Kongresses. Wenn du dir noch lange Zeit läßt, werden wir beide an einem Hitzschlag sterben.«

Sie schaute ihm ins Gesicht und sah die unbeirrbaren blauen Augen. Plötzlich rollte er sich von ihr herunter, nahm seine frühere Rückenlage wieder ein und verschränkte die Hände hinter dem Kopf. »Siehst du, ich mache es dir sogar noch leichter. Ich bin so harmlos wie ein Wickelkind.«

Charlotte hielt Walker zwar für etwa so harmlos wie einen Stier zur Fortpflanzungszeit, doch sie rutschte näher, wenn auch so nervös und flatternd wie ein kleiner brauner Zaunkönig. »Mach die Augen zu«, forderte sie wenige Zentimeter von seinem Gesicht entfernt. »Ich kann das nicht, wenn du zusiehst.«

Sie rechnete fest mit scharfem Spott und war total überrumpelt, als er einmal blinzelte und dann die Augen schloß. Sie beugte sich noch dichter über ihn, schloß selbst für einen Moment die Augen und machte sich mit seinem Geruch vertraut, der sich aufs Köstlichste mit dem Duft von gemähtem Gras und Schweiß vermengte. Als hätte sie es schon tausendmal getan, fanden ihre Lippen seinen Mund, eine schnelle Berührung, nicht mehr als ein Schmetterlingsflügel, der eine Glasscheibe streifte, und dann noch ein zweites Mal, und als er keinerlei Anstalten machte, sie an sich zu reißen, legten sich ihre Lippen etwas fester auf seinen Mund. Wirre Reaktionen zuckten schockartig durch ihren Körper, und ihre Brust schnürte sich entsetzlich zusammen. Sie konnte die Glut seines Körpers spüren, die Liebkosung seines Atems, der flach und schnell ging und auf ihre Haut traf. Seine Lippen fühlten sich weich und warm und trokken unter ihrem Mund an. Ihr Herz schlug zwar schmerzhaft in ihrer Brust und ließ das Blut wie Flutwellen an einen Damm gegen ihre Ohren prallen, und doch fühlte sie sich rasend enttäuscht.

Sie war weder angewidert noch zufrieden, und das fand sie verblüffend. Sie ließ ihre Gedanken abschweifen und griff auf ihr beschränktes Wissen zurück. Sie versuchte sich, da sie nicht auf eigene Erfahrungen zurückgreifen konnte, an die Küsse zwischen Hannah und Nemi zu erinnern, aber das einzige, was ihr einfiel, war, daß die beiden nicht wie zwei steife Fliegenfänger, die versehentlich zusammengeklebt waren, verharrten.

Langsam und etwas zuversichtlicher bewegte Charlotte versuchsweise den Kopf, und er fühlte die Konsistenz seiner Lippen mit ihren, die darüberglitten. Mit ihrem eigenen Mund konnte sie den Spalt fühlen, der zwischen seinen Lippen lag. Er hatte recht. Es war so, als berührte sie sein Gesicht mit ihren Fingern. Nur besser.

Charlotte gab ihr Bestes, doch ihr Bestes war eine recht jämmerliche Nachahmung eines richtigen Kusses. Sie wußte, daß man mit seinem Mund noch etwas anderes tun mußte, ihn nicht einfach Stellung beziehen lassen konnte wie Truppen in Bereitschaft, die auf das Angriffssignal warten. Aber was tat man? Gräßliche Frustrationen nagten an ihr. Warum tat *er* denn nichts? Worauf wartete er bloß? Aber sie kannte die Antwort selbst nur zu gut. Er wollte sie zu nichts zwingen. Sich nichts von sich aus nehmen. Nichts, was sie ihm selbst nicht gab.

Das Wissen, daß Walker etwas von ihr erwartete, brachte Charlotte dazu, sich an seinen Körper zu pressen, und sie wimmerte leise, als seine Hand sich warm, sachte und einschmeichelnd hob und sich auf ihren schmalen Nacken legte. Als sie spürte, daß der Druck auf ihrem Mund ein wenig zunahm, teilte sie bereitwillig die Lippen und erwartete in ehrfürchtiger Scheu, die Hoffnung, die sich in ihr entfaltete, würde sich erfüllen. Sie wollte diesen Kuß. Sie wollte ihn mit jeder Faser ihres Wesens. Nur dieses eine Mal wollte sie wissen, wie es war, wollte endlich hinter das Geheimnis kommen, was geschah, wenn sich der Mund eines Mannes verlangend auf ihren Lippen bewegte. Seine Hand streichelte zart ihr Genick und wühlte sich dann genüßlich in ihr Haar. Überall, wo sie sich berührten, glühte sie vor Leben. Auf seine zarten Verlockungen hin teilte sie die Lippen etwas mehr und ließ zu, daß ihre neugierige Zungenspitze das Mysterium der Lippen, die sich unter ihr teilten, noch gründlicher erforschte. In dem Moment, in dem ihre Zunge zwischen seine Lippen glitt, holte er abrupt Luft. Offensichtlich hatte Walker es auch noch nicht gelernt, seine Atmung zu kontrollieren.

Hitze durchflutete sie, die von ihrem Bauch auszuströmen schien und sich wie die durchdringenden Strahlen einer Sonne, die plötzlich durch die Wolken bricht, ausbreitete. Nie wieder würde sie sagen können, sie sei noch nie geküßt worden, und auch das langsame träge Erwachen des Verlangens konnte sie nicht leugnen. Verlangen. Jetzt spürte sie es, und Walker mußte es auch gespürt haben, denn sein Atem ging jetzt ruckhafter.

Sie wollte ihn.

»Ist dir dabei unbehaglich zumute, Gussie?« flüsterte er, und seine Zunge glitt um ihr Ohrläppchen, während sein Atem eine eigene Nachricht aussandte.

»Ja.«

Walker hörte nicht auf, sondern fuhr fort mit dem, was er so unglaublich gut machte. »Bist du ganz sicher?«

»Ich...« hauchte sie, als seine Zunge sie ermutigte. »Ich glaube schon.« Mit sicheren und entschlossenen Zärtlichkeiten teilte er ihre Lippen, und seine Zunge sagte ihr, was Worte nicht wagten. »Walker, küßt du mich jetzt?«

»Ich strenge mich wirklich an, es zu tun, aber dazu müßtest du deinen hinreißenden Mund halten, Gussie, und mir eine Gelegenheit bieten.«

Sie schloß Mund und Augen und spürte die ungewohnte Härte seines Schenkels an ihrem Bein, den Druck seines Verlangens an ihrem Bauch. Er begrub sein Gesicht an ihrem Nacken und küßte derart zart ihre Kehle, daß sie nur noch staunen konnte, denn diese

Sanftmut schien sich nicht mit dem glühenden Verlangen seines Körpers vereinbaren zu lassen.

Der Zauber kam wieder, ein schwerer goldener Schauer von Pollen, die eine Fee ausstreute. Seine Finger streichelten ihr Gesicht, und seine Lippen glitten über ihre Wange. »So sachte wie der Atem eines Babys. Hast du gewußt, daß ich immer wieder davon geträumt habe, daß dein süßer kleiner Mund mich küßt, aber der Traum bleibt weit hinter der Wirklichkeit zurück«, sagte er und küßte zart ihre Nasenspitze. »Ganz ruhig, Liebling. Auch wenn ich dich küsse, liegt immer noch alles ganz bei dir.« Sein Mund strich über ihre Lippen, hin und her, eine zarte Erkundung, die etwas Unerträgliches an sich hatte. Sie löste sich auf, ging ganz in der Berührung seines Mundes auf. Unter ihrer Hand, die auf seiner Brust lag, konnte sie seine Wärme spüren, das Wunder festen Fleisches über einem Herzen, das im Takt zu seinem Atem schlug, der jetzt viel zu schnell ging. Atem mischte sich mit Atem, und sein Mund bewegte sich jetzt suchender und weitläufiger auf ihren Lippen, seine Zunge berührte sie und machte ihr Mut, während seine Fingerspitzen sich derart erregend auf ihrem Hals wanden, daß sie es bis ins Blut spürte, immer eindringlicher. Sie empfand jetzt jede seiner Berührungen als eine Verbrennung, als sengend. Sie spürte, wie ihre Hände ihn packten, sich in sein Fleisch gruben, als fürchtete sie, sie könnte sonst von ihm losgerissen werden. Und darauf reagierte Walker mit einer Schnelligkeit, die er nicht beabsichtigt hatte. *O du bezauberndes Geschöpf... ich will dich.* Seine Hand kam aus dem Nichts und legte sich auf ihre Brust.

Sie wollte ihn, aber sie hatte Angst.

Plötzlich schlug sie die Augen auf, löste sich von ihm und sah ihn bestürzt an. Er rührte sich nicht und machte keinerlei Anstalten, sie zu überwältigen, und er sagte auch kein Wort, sondern starrte sie lediglich lange und eindringlich an. Dann rollte er sich mit einer so schnellen Bewegung, daß sie regelrecht erschrak, zur Seite und sprang auf. Mit einem einzigen Ruck zog er sie auf die Füße und drückte ihr den Korb in die Hand.

»Danke für das Mittagessen.«

Eine Erwiderung hing in der elektrisch geladenen Luft zwischen ihnen, doch ehe sie sie aussprechen konnte, wandte er sich ab, griff nach seinem Rechen und rechte mit dem Rücken zu ihr das Heu zusammen. Charlotte starrte ihn über einen Zeitraum an, der ihr selbst wie eine Ewigkeit vorkam. Erst als er schon weit weg war, stieß sie einen unwilligen Seufzer aus und wandte sich dem Haus zu. Doch die alte Unruhe und das Unbehagen gingen mit ihr. Sie bemühte sich, die Dinge rational zu betrachten, sich so zu sehen, wie sie wirklich war, und Walker so zu sehen, wie er wirklich war. Wenn sie sich auch noch so zutraulich in seine Arme geschmiegt und sich dort wohl gefühlt hatte, dann doch nur, weil er es so gewollt hatte. Aber schließlich hatte er ihr dann mit einer simplen Geste gezeigt, daß sie nicht Frau genug war, um sein Interesse zu fesseln. Er war es ganz offensichtlich gewohnt, bei Frauen wie ein Blitz einzuschlagen und sie dann entbrannt zurückzulassen, aber sie war gefühlsmäßig nicht mit dem Rüstzeug ausgestattet, eine solche Haltung zu verkraften. Wenn Walker ihr mit seinen kalten, schneidenden Worten etwas gesagt hatte, dann, daß sie sich seinetwegen keine Sorgen mehr zu machen brauchte. Offensichtlich machte es ihm keinen Spaß, Anfängerinnen zu küssen. Aber daß er ihr das auf so herzlose Weise mitteilen mußte, war entrüstend und peinlich. Und sie war wütend auf sich selbst, weil sie so lange gebraucht hatte, um das zu erkennen. Wenn sie nicht ganz so sehr überrascht und verwirrt gewesen wäre, hätte sie es augenblicklich gemerkt. Und dann hätte sie ihm seinen dämlichen Rechen über den Schädel gezogen. Je länger sie lief, desto wütender wurde sie.

Sie hatte keinen Hunger mehr, als sie das Haus erreicht hatte, und daher wusch sie sich das Gesicht und die Hände und machte sich auf den Weg in Jamies Zimmer. Er saß aufrecht da, balancierte sein Tablett auf dem Schoß, hatte den Kopf zur Seite gelegt und atmete tief und gleichmäßig mit geschlossenen Augen. Charlotte schlich auf die Zehenspitzen durch das Zimmer, um das Tablett so sachte hochzuheben, daß er nicht aufwachte. Als sie gerade die Tür erreicht hatte, sprach er sie an.

»Ich schlafe nicht. Das war nur ein kleines Nickerchen.«

Sie drehte sich um. »Wie fühlen Sie sich?«

»Jetzt gleich viel besser, wenn ich etwas so Hübsches wie Sie zu sehen bekomme. Sie scheinen mich schneller zu heilen als diese übelschmeckende Medizin, die der Arzt hiergelassen hat.«

Da sie nicht oft Komplimente bekommen hatte, wußte Charlotte nicht, wie sie das aufnehmen sollte. Ihre Fassung hatte schon einen Knacks bekommen, und sie spürte, wie sich eine gehemmte Röte in ihr Gesicht stahl.

»Ich wollte Sie nicht in Verlegenheit bringen. Es ist nur einfach so, daß ich nie jemanden gehabt habe, der sich so um mich gekümmert hat, wie Sie es tun. Sie haben mich regelrecht verdorben, und ich bin wahrscheinlich nur noch ein Waschlappen, wenn Sie mich vor die Tür setzen.«

Charlotte sah ihn entgeistert an. »Also wirklich, das täte ich nie. Sie können selbstverständlich hierbleiben. Solange es irgend erforderlich ist.«

Jamie grinste breit, und seine Augen glänzten wie die eines Schuljungen, der jeden Moment den Zopf eines Mädchens in ein Tintenfaß stecken wird. »Sie sollten lieber aufpassen, was Sie sagen, Miss Lottie. Sonst könnte es passieren, daß ich es für nötig halte, mich für ewig hier niederzulassen.«

Charlotte wußte natürlich, daß er nur scherzte, und dennoch machten seine Worte sie verlegen – und außerdem brauchte er dringend Ruhe. »Ich wünschte, ich könnte noch dableiben, aber der Berg von Bügelwäsche erledigt sich nicht von allein.«

»Und dabei habe ich mich schon so darauf gefreut, mit Ihnen Karten zu spielen. Sind Sie auch ganz sicher, daß Sie es sich nicht noch einmal überlegen wollen?«

Sie schüttelte lächelnd den Kopf. »Ich habe das Bügelzeug in der ganzen Küche herumliegen. Solange ich es nicht gebügelt und weggeräumt habe, kann ich kein Abendessen zubereiten.«

»Sie sind eine hartnäckige Frau, Miss Lottie. Sie zwingen einen armen, hilflosen Mann, seine Nachmittage ohne einen Menschen zu verbringen, mit dem er ein paar Worte wechseln könnte.«

Ihre Stimme klang äußerst belustigt, als sie sagte: »Hilflos, bei meinem kleinen Finger! Sind Sie ganz sicher, daß Sie kein Politiker sind? Sie könnten einem Tiger seine Streifen abschwatzen. Ich muß meine Bügelwäsche wirklich fertig machen, aber wenn Sie jetzt noch ein kleines Nickerchen machen, werde ich mich beeilen. Dann sehen wir, ob wir noch Zeit zum Kartenspielen finden.«

»Das wäre einfach prima, Miss Lottie. Wirklich ganz prima.«

Sie schwebte wie eine Feder durch die Tür, und Jamies Blicke folgten ihr. Er dachte an all die derben Frauen, die er unten im Tal kennengelernt hatte, und er überlegte sich, wie ganz anders Miss Lottie doch war. Sie war eine echte Dame. Sie konnte sich mit jeder der vornehmen Damen messen, die er in Kansas City gesehen hatte. Er malte sich aus, wie sie aussehen würde, wenn sie die neueste Mode trüge, dazu einen federgeschmückten Hut und einen kessen kleinen Sonnenschirm, den sie hinter der Schulter herumwirbelte. Dieser Gedanke war noch nicht zu Ende gedacht, als er die Augen schloß. Wenige Minuten später war er eingeschlafen.

Es war fast Zeit, sich an das Abendessen zu machen, als Charlotte mit dem Bügeln fertig wurde. Sie hatte doch länger gebraucht, als sie geglaubt hatte. Eigentlich blieb ihr keine Zeit mehr zum Kartenspielen, aber sie hatte es versprochen. Und außerdem konnte es nicht viel schaden, wenn das Abendessen ein Weilchen später als sonst fertig wurde. Es kam allzu selten vor, daß sich ihr eine Gelegenheit bot, Karten zu spielen.

Charlotte eilte in ihr Zimmer, schlüpfte aus ihrem Kleid und goß kühles Wasser in das Becken. Nachdem sie sich schnell mit einem Schwamm von Kopf bis Fuß gewaschen hatte, stäubte sie sich freizügig mit ihrem besten Talkumpuder ein und zog sich ein Gingankleid über, das in Blaßrosa und Weiß gehalten war und am Kragen weiße Stickereien trug, ehe sie ins Wohnzimmer lief und dort die Karten in einer Dose fand, die Nemi ihr vor einigen Jahren geschenkt hatte. Als Nemi sie ihr mitgebracht hatte, war sie mit Süßigkeiten gefüllt gewesen. Die Süßigkeiten waren längst verzehrt, doch die Dose war immer noch nützlich, und Charlotte trennte sich nie von etwas, was nützlich oder ein Geschenk war. Plötzlich fühlte sie sich auffallend jung. Immer nur Arbeit, nie ein Spiel. Jetzt reichte es ihr. Sie hatte genug von ihrem festen Tagesablauf. Sie hatte keine Lust, das Abendessen pünktlich zu servieren. Sie hatte keine Lust mehr, ihr Leben damit zuzubringen, immer nur das zu tun, was von ihr erwartet wurde. Dieses eine Mal in ihrem Leben würde sie etwas nur deshalb tun, weil es ihr Freude machte und weil sie es tun wollte. Charlotte fühlte sich, als sei sie höchstens zweiundzwanzig, als sie leichtfüßig durch den Gang zu Jamie Grangers Zimmer hüpfte.

9.

Jamie Granger überhäufte Charlotte in den nächsten zwei Wochen mit Aufmerksamkeiten, bis sie nur noch schwebte. Walker ging sie nach Möglichkeit aus dem Weg, und das war gar nicht so schwierig, wie sie erwartet hatte, denn die bestellten Ersatzteile für die Windmühle waren endlich eingetroffen, und wenn er abends zum Essen kam, war er so erschöpft von der Arbeit, daß er ihr kaum Ärger machte. Außerdem verbrachte sie abends wenig Zeit in der Küche – das abendliche Kartenspiel mit Jamie war zur Gewohnheit geworden.

Eines Abends erwischte Walker Charlotte noch in der Küche.

Wie üblich machte sie sich an ihrem Monitor-Herd zu schaffen, und der Dampf, der ihr Gesicht gerötet und ihr Haar gelöst hatte, sorgte gleichzeitig auch dafür, daß das Mieder ihres Kleides an ihr klebte und den Umriß ihrer Brüste deutlich zeigte.

Das war der Anblick, der Walker begrüßte, als er in die Küche trat. Er fragte sich, ob ihr je jemand gesagt hatte, daß sie hübsch war und noch hübscher gewesen wäre, wenn sie öfter gelächelt und sich diese Nadeln aus dem Haar gezogen hätte. Als er sie mit den Töpfen hantieren sah, verspürte er einen immensen Drang, sie zu beschützen und Glanz und Leben in ihre trostlose Existenz zu bringen, ein Lächeln auf diese vollendet geformten Lippen zu zaubern. Doch etwas in ihr war in sehr jungen Jahren abgetötet worden, und um dieses schmerzliche Ereignis herum hatte sie ihr Leben gestaltet. In dieser Betäubung war kein Platz für einen Mann. Er verstand das zwar, doch es fiel ihm zusehends schwerer, damit zu leben.

»Ich bin fertig, Miss Lottie.«

Jamies Stimme zehrte an Walkers Nerven, und er trat näher. »Guten Abend, Gussie.«

Charlotte sah ihn verdrossen an. Längst hatte sie den Versuch aufgegeben, Walker seine Vorliebe für diesen Namen auszureden. Jetzt beschränkte sich ihre Kritik nur noch auf erboste Blicke. »Dein Abendessen ist sofort fertig, aber ich muß erst Jamies Tablett holen.«

Walker sah ihr nach, als sie aus der Küche eilte. Miss Charlotte mochte sich vielleicht einreden, sie sei in diesen Trottel verliebt, der im Gästezimmer lag, aber Walker konnte sie nichts vormachen. Er wußte, daß sie sich nur sicher bei ihm fühlte. Sicher und noch dazu geschmeichelt von dem Schwachsinn, der jedesmal über seine Lippen kam, wenn er auch nur den Mund aufmachte. Ihm konnte das nur recht sein. Riley würde bald kommen, und dann mußte er Charlotte ohnehin verlassen. Sie war ein verführerisches Luder, aber sie hatte einfach zuviel Tiefgang, und seine Zeit war begrenzt. In der Zeit, die ihm noch blieb, würde er tun, was er konnte. Er hoffte, es würde genügen. Sie drängte sich immer weiter in seine Phantasien und Träume, und das war gefährlich. Welten trennten sie voneinander. Doch die Vorstellung, daß er Charlotte den Weg zu einem ihr gänzlich neuen Reich der Sinnlichkeit öffnete, damit ein Mann wie Jamie Granger genüßlich die Früchte erntete, paßte ihm etwa so gut in den Kram wie Verdauungsstörungen.

Als sie mit dem Tablett zurückkam, sah Walker eine kleine Kristallvase mit einem Strauß von Miss Lotties geliebten Löwenmäulchen daraufstehen. Er konnte den Zorn nicht ersticken, der in ihm aufkeimte und nur noch größer wurde, als er sich auf dem Küchentisch umsah und feststellte, daß kein einziges Löwenmäulchen in Sicht war.

»Was? Und ich bekomme keine Löwenmäulchen, Gussie?«

Charlotte stellte das Tablett weit schwungvoller als beabsichtigt ab. »Du hast zwei absolut gesunde Beine, die dich mühelos in meinen Garten tragen, und da kannst du dich nach Lust und Laune an meinem Blumenbeet satt sehen. Jamie dagegen ist Tag für Tag ans Bett gefesselt. Heute hat der Doktor ihm erstmals erlaubt, aufzustehen. Mißgönnst du einem Verletzten etwa ein paar armselige Löwenmäulchen?«

Sie sah ihn mit ihrem finstersten Blick an, und das wirkte offensichtlich, denn er sagte kein Wort mehr, sondern wandte sich ab und nahm am Tisch Platz. Charlotte fand, einem erwachsenen Mann stünde ein so schmollendes Gesicht nicht gut, und daher stellte sie ihm eilig einen gefüllten Teller hin. »Ich habe Jamie versprochen, ihm auf die Veranda zu helfen. Brauchst du noch etwas, ehe ich gehe?«

»Nichts, was ich mir nicht selbst holen könnte.«

Charlotte nickte, griff nach einem Krug mit Teepunsch und zwei Gläsern und verließ die Küche. Das Rascheln ihrer Röcke hallte noch in Walkers Ohren nach. Wenige Minuten später kam sie zurück, um den Kuchen zu holen.

Abends, wenn die sengende Sonne nur noch ein harmloser roter Ball am Horizont war, war es äußerst angenehm auf der Veranda. Um diese Tageszeit kam immer eine schwache Brise auf, die die Jasminblätter rascheln ließ, während der Duft von Miss Lotties Blumen aufstieg. Charlotte hatte nie allzuviel Zeit auf der Veranda vor dem Haus zugebracht, auf einem Schaukelstuhl gesessen und Teepunsch getrunken, doch da Jamies Wunden zu verheilen begannen und der Arzt ihm erlaubt hatte aufzustehen, wollte sie es sich jetzt zur Gewohnheit machen.

Charlotte schätzte sich glücklich, einen Mann von Jamie Grangers Format zur Rekonvaleszenz in ihrem Haus zu haben, einen Mann, der ausgiebig über Byron, Shelley und Keats reden konnte, und er konnte nicht nur viel zu ihnen sagen, sondern sie auch über weite Strecken zitieren. Charlotte dachte immer wieder daran, wie sie Walker Reed gefragt hatte, ob er mit Byron, Shelley und Keats vertraut sei, und daraufhin hatte er sarkastisch erwidert: »Stellen die nicht in Wichita Sattel her?«

Als sie Jamies Lob über ihren Bismarck-Kuchen anhörte, nachdem er vier große Stücke davon gegessen hatte, lächelte Charlotte strahlend.

»Ich schreibe Ihnen gern das Rezept auf, damit Sie es mitnehmen können, wenn Sie fortgehen.«

»Der Gedanke, Sie zu verlassen, ist so schmerzhaft wie diese Schußwunde«, sagte Jamie.

»Ob schmerzhaft oder nicht, Sie werden sich zwangsläufig damit abfinden müssen. Ich bin sicher, daß Ihre Ranch nicht über unbegrenzte Zeit allein gelassen werden kann.«

Jamie stellte sein Glas auf den Tisch neben seinem Schaukelstuhl und griff nach seiner Pfeife. »Stört es Sie, wenn ich rauche?«

»Ganz und gar nicht. Mein Vater hat Pfeife geraucht. Ich mochte den Geruch schon immer gern.«

Jamie stopfte die Pfeife und zündete sie an. Charlotte wippte auf ihrem Schaukelstuhl, schloß die Augen und atmete den Rauch, der ein wenig nach Kirschen roch, tief ein. Jamies Stimme riß sie aus ihrer Versunkenheit.

»Sie haben natürlich recht. Ich muß wirklich nach meiner Ranch sehen. Eine Zeitlang wird es brenzlig sein. Ich hatte das Geld von diesem letzten Viehtrieb fest eingeplant, um ein paar Anschaffungen zu machen, aber ich schätze, damit werde ich noch eine Weile warten müssen.«

»Nemi sagt, das große Geschäft mit Rindern wird bald vorüber sein. Meinen Sie, daß er recht hat?«

»Zweifellos. Es wird immer einen Markt für Rinder geben, aber so etwas wie den großen Boom, den wir nach dem Krieg erlebt haben, wird es nicht noch einmal geben. Jedes Jahr denke ich, daß es wohl mein letzter Viehtrieb sein wird. Es wird nicht mehr lange dauern, bis wir unsere Rinder mit der Bahn transportieren. Auf dem Weg liegen zu viele Städte. Zu viele Farmen. Zu viele Zäune.«

»Es wird traurig sein, mit anzusehen, wie all das vergeht«, sagte Charlotte, die ein vereinzeltes Glühwürmchen in der Ferne beobachtete.

»Ja«, sagte Jamie versonnen. »So ähnlich, wie den Süden sterben zu sehen. Es tut weh, aber man kann nicht viel dagegen tun.«

»Kommen Sie aus dem Süden?«

»Ursprünglich aus Georgia. Wir sind vertrieben worden, haben unser Land verloren. Einer meiner Brüder ist dortgeblieben, aber ich und mein jüngerer Bruder, wir sind schleunigst abgehauen. Was ist mit Ihnen? Sind Sie im Süden aufgewachsen?«

Sie antwortete nicht gleich. »Nein. Ich bin in Virginia geboren, aber meine Familie ist nach Kansas gezogen, als ich noch ein Baby war. Ich hatte drei Brüder. Zwei sind im Krieg umgekommen. Meine Mutter ist gestorben, ehe der Krieg zu Ende war. Mein Vater ist verkrüppelt und in einem schlechten Gesundheitszustand aus dem Krieg zurückgekehrt und bald nach seiner Heimkehr gestorben. Nemi hat unsere Farm verkauft und mich nach Texas gebracht.«

»Warum haben Sie nie geheiratet, Miss Lottie?«

»Ich wollte es nie.«

»Ich verstehe.«

Nein, Sie verstehen gar nichts, hätte Charlotte am liebsten geschrien, aber sie tat es nicht. Sie verstummten, und nur noch die beiden Schaukelstühle quietschten, und gelegentlich drang das Geheul eines Kojoten durch die Stille. Charlotte dachte an Walker, der allein in der Küche saß und aß, und sie fühlte sich schuldbewußt.

»Ich höre einen Wagen«, sagte Jamie und hielt plötzlich seinen Schaukelstuhl an.

Auch Charlotte hielt still, und gleich darauf hörte sie es, die Pferdehufe und das unverwechselbare Geräusch der Räder, die sich durch die dicke Staubschicht auf der Straße wühlten. Sie blickte auf und sah den klaren dunklen Umriß eines Einspänners, der sich wie eine Silhouette gegen den blutroten Himmel absetzte. Doc Tyre fuhr vor Charlottes Tor vor, band seine Stute an einen der Zaunpfähle und kam auf das Haus zu.

Seine Tasche hatte er im Wagen gelassen, und daher vermutete Charlotte, daß es sich um einen privaten Anstandsbesuch handelte. Sie bot ihm ein Stück von ihrem Bismarck-Kuchen und ein Glas Teepunsch an.

»Wenn Sie schon dabei sind, dann schneiden Sie mir doch ein ordentliches Stück runter«, sagte der Doc. Charlotte lächelte. Doc Tyre hatte schon immer einen gesunden Appetit gehabt.

Während er den Kuchen aß, fragte der Doktor Jamie nach seiner Wunde und redete mit ihm über die fallenden Rinderpreise und das Wetter. »Es sieht ganz so aus, als sei Ihre Wunde schneller verheilt, als ich erwartet habe. Von mir aus können Sie aufbrechen, sobald Sie sich kräftig genug fühlen. Es bringt nichts, wenn Sie länger als nötig hier festhängen – abgesehen natürlich von Miss Lotties Kochkünsten.«

»Deshalb halte ich ja ständig nach irgendeinem Wehwehchen Ausschau, das mich noch ein Weilchen hier festhalten könnte, aber da sie es jetzt aus dem Mund des Arztes gehört hat, schätze ich, daß ich Pläne für meinen Heimweg schmieden muß.«

Doc Tyre und Jamie unterhielten sich noch länger über Jamies Verletzungen, darüber, wie ernst sie waren, welche Schwierigkeiten sie ihm in Zukunft noch bereiten könnten, und auch darüber, welches Glück Jamie gehabt hatte, zu exakt diesem Zeitpunkt von Nemi gefunden zu werden, und daß es ein noch viel größeres Glück für ihn gewesen war, daß Nemi so vernünftig gewesen war, ihn in Charlottes Haus zubringen.

»Wie kommen Sie mit diesem anderen Kerl zurecht, der hier bei Ihnen untergebracht ist – Reed hieß er doch, oder nicht?«

»Ja. Walker Reed«, antwortete Jamie. »Er scheint nett zu sein, aber ich muß gestehen, daß ich nicht viel von ihm zu sehen kriege. Ein paarmal hat er bei mir reingeschaut, um einfach so zu quatschen, aber ich habe den Verdacht, Miss Lottie läßt ihn mächtig schuften.«

»Eine Frau tut klug daran, kostenlose Arbeitskräfte gut zu nutzen, wenn sie sie kriegen kann. Ich habe heute von Sheriff Bradley gehört, daß er von Reeds Bruder wieder ein Telegramm bekommen hat. Er war letzte Woche in Phoenix. Er schreibt, er schickt das nächste Telegramm, wenn er El Paso erreicht hat.« Der Doc drückte sich die Brille wieder auf die Nase. »Was werden Sie tun, Miss Lottie, wenn alle Ihre Besucher ihre Sachen packen und verschwinden?«

Einsam sein, hätte Charlotte am liebsten gesagt, doch sie tat es nicht. Statt dessen stand sie auf und fing an, das Geschirr und die

Gläser zusammenzuräumen und auf das Tablett zu stellen. »Wahrscheinlich werde ich wesentlich weniger Arbeit mit der Wäsche und dem Kochen haben und mehr Zeit für meine Blumenbeete finden«, sagte sie und trat in den dunklen Gang. Sie wünschte dem Arzt noch eine gute Nacht und machte sich stumm auf den Weg in die Küche, und als sie sah, daß Walker sein Geschirr gespült und sich davongeschlichen hatte, versetzte ihr die Enttäuschung einen Stich.

Tyre und Jamie redeten noch miteinander, doch irgendwie war der Zauber des Abends für Charlotte verflogen. Sie spülte das Geschirr, ging in ihr Zimmer. Sie zog ihre Kleider aus, wusch sich das Gesicht, streifte das Nachthemd über, trat ans Fenster und zog den Vorhang zurück. Ein schwacher Lichtschein drang durch das kleine Fenster des Abstellraumes, in dem Walker untergebracht war. Mit einem matten Seufzer ließ sie den Vorhang wieder fallen und wandte sich ihrem Bett zu.

Irgendwann mitten in der Nacht erwachte sie vom Geräusch eines schnaubenden Pferdes. Charlotte schlug die Augen auf und konnte die gedämpften Laute hören, die ein Pferd nicht weit von ihrem Fenster entfernt verursachte. Lautlos schlüpfte sie aus dem Bett und suchte auf dem Nachttisch ihre Brille, ehe sie ans Fenster trat. Eine dunkle Gestalt näherte sich auf einem Pferd dem Schuppen und ritt hinein. Sie hatte keine Ahnung, wer der Mann war, doch in ihrem Schuppen hatte er nichts zu suchen. Charlotte schnappte sich ihren Morgenmantel vom Haken hinter der Tür und schlüpfte in ihre Hausschuhe, dann eilte sie in die Küche, riß ihre Winchester an sich und schlich auf Zehenspitzen ins Freie.

Das Gras, auf das sich kühler Tau herabgesenkt hatte, streifte ihre nackten Beine. Als sie den Schuppen erreicht hatte, war der Saum ihres Nachthemds schon schwer, weil er sich mit Feuchtigkeit vollgesogen hatte. Charlotte blieb einen Moment lang stehen, nachdem sie den Schuppen betreten hatte, damit ihre Augen sich an das mondlose Dunkel im Innern gewöhnen konnten, und sie lauschte auf den leisesten Laut. Sie tastete sich durch den dunklen Gang, und als sie gerade auf einer Höhe mit der Tür zu Walker Reeds Unterkunft angekommen war, drang aus dem Dunkel blitzschnell eine Hand, die warm und kräftig war und nach Pferden roch, und schloß sich über ihrem Mund. Sie wurde so heftig gegen einen Körper gezerrt, daß es ihr den Atem verschlug, und die Whiskydämpfe raubten ihr fast das Bewußtsein.

Charlotte wehrte sich gegen den Eindringling und versuchte, ihren Mund zu befreien. Wenn sie bloß schreien könnte, würde Walker sie hören, doch der Rohling, der sie festhielt, hatte Arme aus Stahl. Im nächsten Moment hatte er sie gegen Walkers Tür gestoßen und die Tür mit dem Stiefel aufgetreten, und dort warf er sie auf das Bett und hielt sie unter seinen Beinen fest, bis er die Lampe angezündet hatte.

»Was, zum Teufel, hast du um diese nachtschlafende Zeit halbnackt hier draußen zu suchen?« sagte Walker.

»Walker Reed«, keuchte sie, während sie nach Luft schnappte, »du bist sturzbesoffen.«

»Und was wäre, wenn du recht hättest, Gussie?«

»Bist du verrückt? Ich hätte dich erschießen können! Wie kommst du dazu, einen solchen Blödsinn zu machen? In die Stadt zu reiten und dich zu betrinken! Wenn du etwas zu trinken brauchst – in der Küche steht eine Flasche, die Nemi dagelassen hat.«

Walker sah sie seltsam an und ließ sie dann los. Charlotte rollte sich herum, setzte sich auf die Bettkante und zog den Morgenmantel enger um sich. Plötzlich war ihr bewußt – zu bewußt –, daß sie in Walkers Zimmer war, auf Walkers Bett lag, ungehörig gekleidet war und daß Walker sehr, sehr betrunken war.

»Der Whisky war nicht das einzige, was mich in die Stadt gelockt hat, Miss Lottie. Das ist dir doch sicher klar.«

Sie sah ihn voller Unverständnis an, doch die Art, auf die seine Blicke über sie glitten, machte ihr allmählich klar, was er meinte. Als sie begriff, was Walker offensichtlich in der Stadt gefunden hatte, fühlte sie sich, als hätte sie einen Handkantenschlag auf die Kehle bekommen. Sie war sprachlos. Doch dann stellte sie ihn sich zusammen mit einer der hübschen, wenn auch ruchlosen Frauen vor, die im Dust Devil arbeiteten, malte sich aus, wie er sie küßte und sie anfaßte, und sie fand ihre Stimme wieder.

Charlotte sprang auf, als sie sagte: »Ich verstehe ganz genau, warum du in die Stadt geritten bist, und du hast vollkommen recht gehabt. Hier gibt es mit Sicherheit nichts, woran du *dieses* Bedürfnis hättest stillen können.«

Walker bemerkte den Ausdruck des Ekels und der Bestürzung auf ihrem Gesicht und fühlte sich ganz elend. Er sah, wie sie den Kopf einzog und um ihn herumlief. Ohne es zu wollen, streckte er den Arm aus, schlang seine Hand um den weichen, schmalen Oberarm und zog sie an sich. Sie war so nah, daß er das entsetzte Pochen ihres Herzens an seinem Brustkorb spüren konnte. Jetzt sah er sie an. Ihr prachtvolles Haar war wüst zerzaust und fiel duftend um ihr Gesicht, und ihre Augen blitzten erbost hinter den Brillengläsern.

»Also, Gussie, du hast ja wirklich deine Brille auf! Dient das etwa dazu, mich genauer anzuschauen?«

»Du aufgeblasener Pfau, ich hoffe, daß ich dich nie wiedersehe«, sagte sie. Sie riß sich die Brille von der Nase und stopfte sie in ihre Tasche. Die Whiskydämpfe betäubten sie immer noch, und der männliche Geruch, der von seinem glühenden Körper aufstieg, machte alles nur noch schlimmer. Eine Woge von Leichtfertigkeit und Schwindel überflutete sie, und sie stemmte eine Hand gegen seine Brust, um das Gleichgewicht zu halten.

»Gussie, ach Gussie. Was fehlt dir, mein Liebling?« fragte Walker, der sie dichter an sich zog und ihren Kopf an seine Brust drückte.

»Laß das, bitte. Ich fühle mich nicht gut. Ich will ins Haus gehen. Mir wird übel.«

»Meine bezaubernde Gussie, deine Liebesbezeugungen sind umwerfend.«

»Bitte. Ich will gehen.«

»Ich fürchte, das kann ich nicht zulassen, Gussie. Du hast dich nämlich geirrt. Hier gibt es etwas, was mein Bedürfnis stillen kann, und das weißt du verdammt gut. Laß dich von mir lieben, Gussie. Komm mit mir ins Bett. Laß mich dir zeigen, wie es sein kann. Laß mich dir zeigen, wie wunderschön es zwischen einem Mann und einer Frau ist.«

Einen flüchtigen Moment lang fühlte sie sich von seinen whiskygetränkten Worten betört, doch dann malte sie sich aus, wie er diese Worte, dieselben Worte, vor ganz kurzer Zeit zu einer anderen Frau gesagt hatte, und sie spürte, daß sich ihr Magen umdrehte und der Ekel sich regte. »Lieber würde ich bei den Schweinen im Stall liegen als in deinem Bett«, sagte sie. »Laß mich los.«

Charlotte zwang sich, ihm in die Augen zu sehen, denn sie wollte ihn erkennen lassen, daß sie die Wahrheit kannte und wußte, daß er nichts weiter als ein redegewandter Teufel war, der sie verführen und verlassen würde, ohne auch nur mit einer Wimper zu zucken, doch als sie in das tiefe Blau seiner Augen starrte, fühlte sie sich seltsam zu ihm hingezogen. Sie empfand das Bedürfnis, ihm noch näherzukommen.

Walker sah die Verwirrung, die sich in ihren Augen ausdrückte, und er hob einen Finger, um ihn über ihre seidenweiche Wange gleiten zu lassen. »Gussie, Kleines, weißt du denn nicht, welche Gefahren einer jungen Frau drohen, die mitten in der Nacht in ihrem Nachthemd durch die Gegend spaziert?«

Sie wollte etwas sagen, was gerissen und erfahren klang, doch das einzige, was sie zustande brachte, war: »Nein, aber ich bin ganz sicher, daß du es weißt. Ich wäre dir dankbar, wenn du dich zurückhalten und deine Besuche in der Stadt nach Ladenschluß unterlassen könntest – solange du hier wohnst.« Sie war sich überhaupt nicht darüber im klaren, was sie sagte, denn sie war restlos von Walkers Mund fasziniert. Dort drückte sich eine gewisse animalische Verlockung aus, die tief in ihrem Innern eine Reaktion hervorrief. Dieses Wunder brachte ihr wieder in Erinnerung, wie sich sein Mund unter ihren Lippen angefühlt hatte, und sie ertappte sich dabei, daß sie sich wünschte, er würde endlich den Mund halten und sie küssen.

Er trat näher, und Charlotte glaubte schon, ihr Wunsch würde jeden Moment wahr. »Ich arbeite hier, Miss Charlotte. Aber du kannst nicht über mich verfügen. Was ich in meiner Freizeit tue, ist meine Privatangelegenheit. Also, falls du mit mir in dieses Bett gehen und mir das geben willst, was ich mir in der Stadt suche, dann werde ich wie festgewurzelt hierbleiben – wenn nicht, dann betrinke ich mich und statte den Damen meine Besuche genau dann ab, wenn mir danach ist, verdammt noch mal, und dir würde ich raten, dein selbstgefälliges kleines Näschen aus meinen Angelegenheiten rauszuhalten, denn sonst könnte ich doch noch in Versuchung geraten, dir eine Kostprobe von dem zu geben, was du so glühend kritisierst.«

Er starrte sie an, und das leuchtende Blau seines Blickes glitt inbrünstig über die Vollkommenheit ihres schönen Gesichtes, den stolzen Schwung ihres vorgereckten Kinns, die Röte auf ihren hohen Wangenknochen, die er mit seiner Anspielung darauf, wie sie ihn hier festhalten könnte, ausgelöst hatte. Ihr hämischer Ausdruck versetzte ihm einen gewaltigen Stich, doch er ließ sich nichts anmerken.

Charlotte stand aufrecht und stumm da, und der rötliche Schein der Lampe fing sich wie Tropfen geschmolzenen Bernsteins in ihrem Haar, legte sich wie ein kostbarer Überzug auf die Reinheit ihres Gesichts und verlieh dem Blau ihrer Augen eine Tiefe und einen Trotz, die er noch nie dort gesehen hatte. Als sein Blick tiefer glitt, sah er, daß der Lichtschein durch das zarte Gewebe ihres Morgenmantels zu dringen und sie zu vergolden schien und sie begehrenswerter als jeden Engel machte.

Das Blau seiner Augen war intensiv und flehentlich, als Walker sie anstarrte. Er konnte den Schmerz erkennen, den seine Worte ausgelöst hatten, ganz tief in ihren Augen, wenn ihr Gesicht auch ansonsten nur Zuversicht ausdrückte. Die Muskeln seines Kiefers spannten sich schmerzhaft an.

Charlotte spürte, wie sich plötzlich in nächster Nähe ihres Herzens etwas zusammenzog. »Dann geh eben hin, wenn es unbedingt sein muß. Aber denk an eins. Wenn du es das nächste Mal tust, wirst du all deine Sache mitnehmen, denn du wirst nicht hierher zurückkommen. Gerichtliche Verfügung hin oder her, aber ich lasse nicht zu, daß sich ein unzüchtiger Hurenbock bei mir herumtreibt.« Sie bedachte ihn daraufhin mit einem Blick, der so kalt und schneidend war, daß Walker ihn wie ein Messer spürte, während sich ihre Worte wie Feuer in die empfindliche Wunde brannten, die ihr verletzender Blick aufgerissen hatte. »Wie du schon so oft zu mir gesagt hast: Die

Entscheidung liegt ganz bei dir. Ich werde dich zu nichts *zwingen.*« Sie wandte sich ab, um zu gehen, doch die warme Hand, die sie zurückhielt, lag immer noch auf ihrem Arm.

»Gussie – geh nicht«, bat er zärtlich. »Nicht so. So niemals.« Seine Hände schlossen sich mit unendlicher Zärtlichkeit, die doch eine unterschwellige Kraft androhte, auf ihren Schultern und glitten dann tiefer, um ihre schmale Taille zu umfassen. Da sein Atem jetzt schneller ging, drangen die Whiskydämpfe wieder in ihre Nasenflügel, und die Stoppeln auf seinem Kinn kratzten auf ihrer Schläfe, als er den Kopf senkte, um die zarte Haut ihres Halses mit seinen Lippen zu streifen.

»Laß das!« sagte sie. Sie wollte sich ihm entwinden, doch er hielt sie fest.

»Was ist los? Hast du etwa Angst, du könntest diesen Funken genießen, der immer zwischen uns aufsprüht, wenn wir zusammen sind?«

Das sachte Beben seiner Stimme und die warme Verlockung seines Atems auf ihrer Wange drohten sie zu übermannen. Mit der Glut einer erfahrenen Frau warf sie den Kopf zurück, um ihn anzufunkeln, und ihr Haar fiel in leuchtenden Kaskaden über seine Arme. »Bloß weil alle Frauen, die du gekannt hast, dir wie reife Äpfel in den Schoß gefallen sind, heißt das noch lange nicht, daß ich das auch tue. Nichts liegt mir ferner, als auf deine eindeutigen Verführungsversuche reinzufallen, und schon gar nicht mehr jetzt, nachdem ich dich kenne und deine Motive durchschaut habe.«

»Und welche Motive habe ich, Gussie?«

»Hör auf, mich Gussie zu nennen, und hör mit deinen Versuchen, mich abzulenken, auf. Es mag zwar sein, daß ich unerfahren bin, aber ich bin nicht dumm. Ich habe einen Spiegel, und ich schaue täglich hinein. Ich kenne meine Grenzen. Ich bin keine schöne Frau – ich war es nie, und ich werde es auch nie sein. Ich bin weder reich noch jung. Ich bin eine mausgraue alte Jungfer, weit über meine Blütezeit hinaus und entsetzlich festgefahren in meinen Gewohnheiten, und als Krönung kommt noch dazu, daß ich eine Brille trage.« Sie zog ihre Brille aus der Tasche und setzte sie auf die Nase.

Und auf was für eine niedliche kleine Nase, dachte Walker. Konnte es sein, daß sie sich wirklich für mausgrau hielt? Er wollte sie in seine Arme ziehen und den Zweifel von diesem hinreißenden Mund küssen, doch er entschied sich, sie doch genauer auszufragen, und sei es nur, um zu sehen, wohin das führen konnte. »Und was also hältst du für die Motive, aus denen ich mich zu dir hingezogen fühle?«

»Reine Neugier, und sonst gar nichts. Die bloße Neugier. Ich bin offensichtlich aus anderem Holz geschnitzt, nach einem anderen Muster gestrickt als das, was du kennst, und bis zu einem gewissen Maß weckt das dein Interesse, aber es ist die Faszination, die ein Wollknäuel auf ein Kind ausübt. In dem Moment, in dem der Faden bis zum Ende abgerollt ist, legt sich dein Interesse schnell.«

Das Lächeln breitete sich von seinen Augen zu seinem Mund aus. »Ach Gussie, ich könnte den Rest meines Lebens mit dir verbringen und hätte den Faden immer noch nicht abgewickelt, aber die Vorstellung, wenigstens einmal damit anzufangen, übt wirklich einen gewissen Reiz auf mich aus.« Er grinste noch breiter. »Mir fällt absolut nichts ein, was mir größeres Vergnügen bereiten würde, als dir jeden Faden vom Leib zu ziehen. Sollen wir gleich damit anfangen?«

»Du bist widerwärtig...«

»Aber dir gefällt das.«

Sie kniff ihre zitternden Lippen zusammen und stand wie ein wachsames Tier vor ihm, vorsichtig, aber entschlossen. Sie hob den Kopf ein wenig, drückte den Rücken noch mehr durch und sagte mit einer Stimme, die vor Sarkasmus triefte: »Wie kommt es, daß die Gleichmacher auf dieser Welt immer alle anderen auf ihr Niveau *herunter*ziehen wollen, statt sich selbst auf ein höheres Niveau zu erheben?«

»Fang bloß nicht an, mir einen deiner Zehndollarvorträge zu halten, in die du deine Fünfzigdollarideen stopfst«, sagte er. Dann schlang er seine Arme um sie und setzte sanft hinzu: »Nicht jetzt, Gussie. Nicht jetzt, wenn ich an nichts anderes denken kann als daran, wie gut du dich in meinen Armen anfühlst und wie sehr ich dich begehre. Du fühlst dich ganz verflucht gut an, Gussie, mein Kleines. So verdammt gut, genau da, wo du jetzt bist«, sagte er mit einer Stimme, die durch zarte Küsse gedämpft war, die er ihr auf den Hals drückte, und Miss Charlotte Butterworth spürte, wie sich ihre ersten ausgefransten Ränder in einzelne Fäden auflösten.

Er hob den Kopf und starrte sie auf eine Art an, bei der sich ihre Zehen zusammenrollten. Es war völlig unvorstellbar, daß sie halbnackt derart nah bei einem Mann stand und sich nicht entsetzlich ängstigte. Unter den Dingen, die sie alle gleichzeitig empfand, rangierte das Grauen sogar weit unten auf der Liste.

Ohne sie auch nur einen Moment lang aus den Augen zu lassen, senkte er den Kopf, um seinen Mund auf ihre Lippen zu legen. Sein Kuß war fest und warm, und der Whisky, der ihr vorhin noch so abstoßend erschienen war, zeigte sich ihr jetzt in einer Form, die ihr den Wunsch eingab, für alle Zeiten von diesem Quell zu trinken. Der Anstand in ihr, über den Miss Charlotte herrschte, sagte ihr, sie solle ihm widerstehen, die Vernunft in ihr, regiert von Miss Lottie, sagte, sie solle nicht weichen, sondern sich ansehen, was er vorhatte, doch je länger der Kuß andauerte, desto deutlicher wurde sie sich Gussies Stimme bewußt, die sagte: *Gib dich hin.* Es mußte daran liegen, daß Gussies Stimme die letzte war, die sie hörte, aber Charlotte konnte nichts mehr gegen die Benommenheit ausrichten, die sie immer mehr umfing und sie atemlos und matt an seinen Körper sinken ließ. Wieder hob er den Kopf, um sie anzustarren, und sie sah ihn mit Augen an, die riesig und voller Verwunderung waren, und die Lippen, die sie ihm entgegenreckte, waren feucht und bebend.

So blieb sie einen Moment lang stehen, und dann senkte sie die Augen. Sie holte tief Atem und zwang sich, die Worte auszusprechen, die sich in ihrer Kehle eingekeilt hatten. »Sieh dich vor, Walker, daß du keinen größeren Einsatz in dieses Spiel einbringst als das, was du bereit bist zu verlieren. Wenn du deine eigenen Gefühle riskierst, um meine zu gewinnen, könnte dich das an den Bettelstab bringen.«

»Deine Sorge rührt mich, aber falls es dazu kommen sollte, hast du ebensoviel zu verlieren wie ich, meine süße Charlotte.«

»Wie kommst du zu diesem Rückschluß?«

»Wenn du das Herz gewinnst, das ich aufs Spiel setze, dann ist es sehr wahrscheinlich, daß ich in meiner grenzenlosen Anbetung unfähig wäre, mich zur gegebenen Zeit von dir zu lösen, und daher wäre ich gezwungen, als dein Sklave hierzubleiben oder...«

»Oder was?«

»Dich mitzunehmen«, sagte er leise, ehe er sich ihres Mundes wieder bemächtigte. Diesmal war sein Kuß abenteuerlicher und forschender, ganz so, als hätte er sich vorgenommen nachzusehen, ob hinter ihren Worten ein Kern Neugier steckte. Seine Meisterschaft bot alle erdenklichen Streitmächte auf, und dieser Angriff auf ihren erbärmlichen Widerstand zwang sie in die Knie. Vage erkannte sie, daß ihr Mißtrauen gegen ihn sich allmählich legte und sie auf ihn zu reagieren begann.

Als er ihre Reaktion spürte, wurde er kühner, wenn er auch sanft mit ihr umging. Seine Hand, die ihre Taille gestreichelt hatte, schlich sich nach oben und legte sich auf ihre weiche Brust. Sein Daumen strich über den zarten Stoff, der wenig dazu beitrug, ihre Reaktion auf seine Berührung zu verbergen. Sie hörte ihn stöhnen und spürte seinen heißen Atem an ihrem Hals, während die Hand, die ihre Taille noch umfaßt hielt, tiefer glitt, um sie an den glühenden Beweis seines Verlangens zu pressen.

Diese Realität war nicht zu leugnen, und sie spürte den abscheulichen Haß der Verratenen in sich aufsteigen. Ihr eigener Körper hatte sie verraten – sie nicht nur verraten, sondern etwas weit Schlimmeres als einen Verrat an ihr begangen. Einen winzigen Moment lang hatte sie etwas für diesen Mann empfunden, nicht nur ein seichtes Gefühl, sondern etwas Tiefergehendes, etwas Herzlicheres. Sie war natürlich nicht so dumm, es für Liebe zu halten, doch es kam dem nahe genug, um Erstaunen und größten Unwillen bei ihr auszulösen.

Ein Schauer der Abneigung traf sie wie der Schwanz eines nassen Hundes. In diesem Moment fühlte sich Charlotte von allem, was sich zwischen ihnen abgespielt hatte, restlos angewidert, und sie hatte nichts anderes mehr im Kopf, als augenblicklich eine möglichst große Entfernung zwischen sich und Walker zu legen. Für ihn kam es so überraschend, wie sie ihn schon mit ihren Gefühlen überrumpelt hatte, als sie sich wand und sich von ihm losriß.

»Glaub bloß nicht«, sagte sie und wischte sich die Spuren seines Kusses von den Lippen, »Du könntest mit der taufrischen Erinnerung an eine andere Frau zu mir kommen und von mir dasselbe erwarten. Gib deiner unbändigen Lust doch Nahrung, wenn es sein muß, aber laß die Finger von mir.«

»Charlotte«, rief er ihr nach, aber sie rannte schon durch das nasse Gras. Wenige Momente später ging sie durch die Hintertür, eilte durch den dunklen Korridor und strebte der Geborgenheit ihres Zimmers entgegen.

Sie hatte ihren Morgenmantel gerade erst ausgezogen und das feuchte Nachthemd gepackt, um es sich über den Kopf zu ziehen, als sie seine flehentliche Stimme leise und eindringlich in ihrem Zimmer hörte.

»Charlotte, es ist nicht so, wie du glaubst.«

Der Mond stand hoch am Himmel und ließ einen kalten, unpersönlichen Streifen Licht durch ihr Fenster dringen, der auf sein Gesicht fiel, als er auf sie zukam. Sie hätte die Haustür abschließen sollen, dachte sie. *Beim nächsten Mal werde ich es tun.* Charlotte schenkte der Betroffenheit, die sich auf seinen Zügen abzeichnete, keinerlei Beachtung. Sie preßte sich den Morgenmantel an die Brust und flüsterte: »Verschwinde.«

Er kam noch näher, und seine Hände streckten sich aus, um ihre Oberarme zu ergreifen. »Ich werde dich nicht anrühren, Charlotte. Aber hör mir zu. Was zwischen uns gewesen ist – daran ist nichts Böses, und es hatte nichts mit irgendeiner anderen Frau zu tun. Verstehst du das?«

»Da gibt es nichts zu verstehen«, sagte sie und sah ihm trotzig in die Augen.

»Unter Umständen könntest du sogar recht haben, aber ich ziehe es vor, dir zu widersprechen. Es gibt teuflisch viel zu verstehen, und es gibt keinen besseren Moment, die Dinge zu klären, als jetzt«, sagte er. »Charlotte, sieh mich an.«

Sein Tonfall war so eindringlich, daß sie ihn unwillkürlich ansehen mußte. Das war ein Fehler. Eben noch hatte sie ihn angesehen, und im nächsten Moment war sie auch schon in seine Arme gezerrt worden, und sein Mund zeigte ihr alles, was er nicht aussprechen konnte. Im ersten Augenblick vergaß sie ihre Wut, die sich in nichts aufgelöst hatte, als sein Mund über ihre Lippen glitt und sie verlockte, sie freiwillig für ihn zu öffnen. Er hatte die Arme eng um sie geschlungen, und eine Hand glitt an ihrem Rücken herunter, und mit der Handfläche preßte er sie an seine Hüften. Eine Macht, die sie selbst nicht verstehen konnte, zog sie zu der willkommenen Wärme und Geborgenheit seines Körpers hin, als suchte sie ihn geradezu, als wollte sie fühlen, wie es war, ihn überall zu spüren, die Geheimnisse seines Fleischs zu erkunden, jede Kleinigkeit kennenzulernen, sich mit jeder Rundung vertraut zu machen.

Charlotte legte den Kopf zurück, und es fiel ihr so schwer, ihn zu erkennen, als sei sie diejenige gewesen, die den Whisky getrunken hatte und nicht mehr geradeaus schauen konnte. Die Küsse dieses Mannes wirkten wie Opium. Jedes Gespür für Gefahren fiel von ihr ab, sie fühlte sich leichtsinnig und sorglos, und süchtig machte es noch dazu. Außerdem war es gefährlich – erst recht für jemanden wie sie, der nie mit Opium in Berührung gekommen war und jetzt gleich beim ersten Mal eine so große Dosis erwischte…

Plötzlich fürchtete sie sich. Sie fürchtete sich davor, was passieren könnte, wenn sie ihre Ängste verlor, wenn sie erst einmal anfing, so auf ihn zu reagieren wie die meisten Frauen. Das war allerdings, wie sie selbst wußte, etwas albern, denn ganz offenkundig hatten sich diese Reaktionen bei ihr längst eingestellt. Sie fürchtete sich jetzt nur noch davor, sich ihre Reaktionen einzugestehen. Statt dessen zog sie es vor, sich ihm zu entziehen und ihre Reaktionen zu analysieren, bis nichts mehr davon übrig war, weil sie alles zerpflückt hatte. Doch in einem Augenblick, in dem die Leidenschaft sie schwächte, war dieses Gefühl in ihr aufgesprudelt, hatte ihren Verstand überschwemmt und alle negativen Gedanken unterdrückt.

Doch damit war ihre negative Haltung noch nicht ausgeräumt, und sie löste sich von ihm. »Walker, hör auf.«

Er hob den Kopf ein wenig. »Hast du dafür einen stichhaltigen Grund, oder geht es nur darum, daß du Männern nicht traust... oder liegt es daran, daß Männer unersättlich sind und immer nur das eine wollen?«

»Ich möchte nur...« Sie schluckte hörbar, und ihr Herz schlug so rasend, als hätte es sich in ihrer Kehle eingeklemmt. Irgendwo fand sie die Kraft, den Blick zu heben, aber nur bis zu seinem Kinn. Sie traute sich selbst nicht genug, um sich noch höher vorzuwagen. Plötzlich seufzte er und ließ sie los. Seine Hände verließen ihren Rücken, doch er fand ihre Handgelenke und hielt sie fest. Er sagte nichts, sondern stand nur einfach da und sah auf seine Hände. Nahm er bewußt wahr, wie langsam seine Daumen Kreise auf ihrer Haut beschrieben? Etwas in ihr drängte sie, sich loszureißen. Etwas anderes sog die Wärme und die Sachtheit seiner Berührungen in sich auf, seine köstliche Nähe. Irgendwie unterschied sich diese Berührung von all den bisherigen. Benommen sah sie zu, wie er ihre Hand hob und anstarrte, und obwohl sie ganz genau wußte, was er vorhatte, hinderte sie ihn in keiner Form daran.

Unbeschreiblich langsam preßte er einen Kuß auf ihre wartende Handfläche, und seine Augen waren geschlossen, als überwältigte ihn, was er da tat. Dann hob er den Kopf, und seine Arme umfingen sie wieder.

»O nein, lieber Gott, nicht noch einmal.«

»Und warum, zum Teufel, nicht?« murmelte er, während seine Lippen ihre Kehle versengten.

»Weil es einfach lachhaft ist. Jedesmal, wenn du mich küßt, fangen wir an zu streiten und...« Er schnitt ihr mit den Erkundungen seines Mundes das Wort ab, und währenddessen beschäftigten sich seine Hände damit, ihre eigenen Erkundungen anzustellen. »Was tust du da? Halt deine Hände still oder...« Wieder einmal war ihr sein Mund im Weg.

Er küßte sie, flüsterte Dinge in ihren Mund. »Denk nicht darüber nach, Gussie. Laß einmal in deinem Leben diese Gedanken hinter dir, und wehr dich nicht gegen das, was ganz von allein kommt. Mach die Dinge nicht komplizierter, als sie sind. Denk nicht nach.

Empfinde nur. Fühle, Gussie. Laß es kommen, wie es gedacht ist, langsam und ganz natürlich, ganz von selbst. Gib nach, Gussie. Gib nach.« Sie hätte ihm einiges dazu zu sagen gehabt, doch die Formulierungen taumelten wirr in ihrem Kopf umher, als er seinen Kuß vertiefte und sie ihren Puls noch lauter in ihren Ohren rauschen hörte. Mit einem kräftigen Arm preßte er sie an sich und ließ sie deutlich spüren, was sich durch den dünnen Stoff ihres Nachthemds abzeichnete.

Es war lang. Und hart. Und sie fürchtete sich nicht.

Sie nahm nichts anderes mehr wahr, nur noch Walker und das, was er tat. Dinge stießen ihr zu. Veränderungen vollzogen sich, innerlich und äußerlich. Anscheinend war ihr Körper genauso verwirrt wie sie. Stellen, die normalerweise trocken waren, waren plötzlich feucht, und Stellen, die normalerweise naß waren, waren jetzt knochentrocken.

Walker mußte es gemerkt haben. »Himmel, Gussie, laß mich«, murmelte er an ihrer feuchten Haut. »Laß mich.«

»Nein. Bitte, nicht. Nein.«

»Laß mich dich nehmen, Gussie. Laß mich dich in den Armen halten und dich berühren und dich zu meiner Frau machen. Du weißt doch, was das heißt, Gussie? Weißt du, was es heißt, eine Frau zu sein? Meine Frau?«

Sie hatte sich so sehr auf ihn eingelassen, auf ihn eingestimmt und sich selbst aus den Augen verloren, daß sie ihre starre Zurückhaltung vergaß, und da es ihr ein natürliches und aufrichtiges Bedürfnis war, schmiegte sie sich an ihn und küßte ihn unaufgefordert. Die erste Berührung ihrer Lippen war zarter als ein Blütenblatt im Wind. Da er ihre Unsicherheit spürte, vertiefte er den Kontakt, bis er fühlte, daß ihr Mund unter seinem zu reagieren begann.

»Ah, Gussie, was hast du bloß mit mir gemacht?« fragte er, und die Worte rissen sie beide so weit in ihren Sog, daß sie den matten Schein einer Lampe nicht bemerkten, der durch die offene Tür ihres Schlafzimmer auf den Fußboden fiel.

Als er gedämpfte Schritte und flüsternde Stimmen gehört hatte, hatte Jamie die Augen aufgeschlagen und einen Moment lang gelauscht, bis er ganz sicher war, daß sich jemand im Haus aufhielt. Dann hatte er die Lampe neben seinem Bett angezündet, war leise aus seinem Zimmer geschlichen und langsam durch den Gang gehumpelt. Die Geräusche schienen aus Miss Lotties Schlafzimmer zu kommen, und daher schlug er diese Richtung ein.

Was Jamie auch erwartet haben mochte – es war bestimmt nicht der Anblick gewesen, der sich ihm bot, als seine Augen dem Schein der Lampe folgten und er zwei engumschlungene Gestalten deutlich erkennen konnte.

Es war jemand im Haus, das stimmte schon, aber es war nicht der erwartete Landstreicher, sondern ein Mann, der anscheinend eingeladen war – der nur zu gern aufgenommen wurde. Im selben Augenblick sah Jamie das zerknitterte Bettzeug, den Morgenmantel am Boden, den feuchten, schlammverschmierten Saum von Charlottes Nachthemd. Nicht nur, daß sie in ihrem Zimmer mit einem Mann poussierte, nein, offensichtlich war das Flittchen noch dazu so dreist gewesen, ihn zu sich zu holen. Die Vorstellung, daß er sich derart von ihr hatte täuschen lassen, war ihm abscheulich. Man mußte sich einmal vorstellen, daß er sie tatsächlich neben seine geliebte Mutter auf einen Sockel gestellt hatte.

»Miss Butterworth, was hat das alles zu bedeuten?«

Charlotte erstarrte.

»Das geht Sie nichts an, Granger«, brummte Walker.

»Sie hätten wenigstens den Anstand besitzen können, die Tür zu schließen«, zischte Jamie.

Charlotte gelang es, sich aus dem Würgegriff zu befreien, mit dem Walker sie festhielt. »Ich weiß, was das für einen Eindruck machen muß, Jamie, aber es ist nicht so, wie Sie denken.«

Ihre Worte trugen wenig dazu bei, ihn zu beschwichtigen. »Unglaublich«, sagte er. »Wie konnte ich mich von Ihrer sanften Art derart zum Narren halten lassen? Ist Ihnen klar, daß ich ernstlich den Gedanken an eine Eheschließung ins Auge gefaßt hatte?« Er lachte bitter. »Ich hätte Sie mit meinem Namen geehrt, aber wie ich sehe, ist es Ihnen weit lieber, sich im Schmutz zu wälzen wie...«

»Ich würde Ihnen raten, augenblicklich mit Ihren Anschuldigungen aufzuhören und zu verschwinden«, unterbrach Walker ihn. »Es wäre mir zuwider, einen Verwundeten bewußtlos zu schlagen, aber wenn Sie auch nur noch ein Wort sagen, sehe ich mich genau dazu gezwungen.«

Charlotte war außer sich. »Jamie, bitte, hören Sie doch wenigstens zu...«

»Ich habe Ihnen nichts mehr zu sagen, Miss Butterworth. Morgen früh reise ich ab. Gute Nacht.«

10.

Jamie Granger brach am nächsten Morgen auf. Er hatte Two Trees bereits erreicht, als Charlotte den Hahn krähen hörte und die Augen aufschlug. Trotz ihres starken Verlangens, sich einfach umzudrehen und die Decke über den Kopf zu ziehen, zwang sie sich schließlich, aufzustehen und sich anzuziehen. Als sie aus ihrem Zimmer kam und sich auf den Weg zur Küche machte, um das Frühstück zuzubereiten, brachte sie es nicht über sich, auch nur einen Blick auf Jamies Tür zu werfen. Eine Stunde später beschloß sie, sie könne es nicht mehr viel länger hinauszögern, ihm gegenüberzutreten. Sie lud sein Frühstück auf ein Tablett und ging in sein Zimmer.

Es war leer.

Irgendwie sah das Zimmer trostlos aus, und die Erinnerungen, die es wachrief, waren bittersüß. Jetzt würde es keine ausgedehnten Gespräche über Byron, Shelley oder Keats mehr geben; keine Abende mehr, an denen sie dem vollen Klang von Jamies Bariton lauschte, wenn er Elizabeth Barrett Browning vorlas; keine Diskussionen mehr darüber, ob er sie bei einem Kartenspiel absichtlich hatte gewinnen lassen oder nicht. Als sie dastand und sich im Zimmer umsah, konnte Charlotte erkennen, daß es ganz genauso aussah wie vor Jamies Aufenthalt, aber sie wußte tief in ihrem Innern, daß es nie mehr so wie vorher wirken würde. Nicht ganz.

Doch wenn Jamie sich auch noch so sehr bemüht hatte, sich aus

Charlottes Haus zurückzuziehen, dann hatte er doch ohne sein Wissen eine Menge persönlicher Spuren zurückgelassen. Ihr Blick ruhte auf der Vase mit den welken Löwenmäulchen neben seinem Bett, ehe sie das Bett selbst ansah und es ihr einen schmerzhaften Stich ins Herz versetzte, daß Jamie sein Bett selbst gemacht hatte. Die gesteppte Tagesdecke hing am Fußende auf den Boden und ließ am Kopfende die Sprungfedermatratze herausschauen.

»So ein dummer Kerl«, sagte sie und wischte sich über die Augen, bevor sie zum Bett eilte, um es ordentlich zu machen. »Noch nicht mal ein Bett kann er anständig machen.«

Es war vorbei.

Die Wochen voller anstrengender Arbeit, in denen sie für Jamie gekocht, gewaschen, gesorgt und ihn gepflegt hatte, lagen hinter ihr. Es hatte Nächte gegeben, in denen sie völlig erschöpft gewesen war, weil sie an seinem Bett gesessen, ihn gepflegt, ihn verbunden und gefüttert hatte, kalte Tücher auf fiebrige Haut gepreßt oder warme Decken auf ihn gepackt hatte, um den Schüttelfrost zu lindern. Jetzt war Schluß damit, ihn zu pflegen. Es war aus. Der Verwundete war genesen. Aus ihrem Leben verschwunden. Jetzt gab es niemanden mehr, für den sie Löwenmäulchen pflücken konnte, keinen Grund mehr, die Fenster zu öffnen, um die frische Morgenluft einzulassen, niemanden, der lächelte, wenn sie seine Kissen aufschüttelte. Niemanden, der ihre Existenz zur Kenntnis nahm und sich darüber zu freuen schien.

Keine Frau wäre aus einer solchen Belastung, wie Charlotte sie auf sich genommen hatte, unverändert hervorgegangen; und keine Frau, die Charlottes Natur und ihre Einstellungen hatte, hätte das ohne eine gewisse Feindseligkeit gegenüber beiden Männern durchgestanden, Walker und Jamie. Sie hatte alles getan, was sie nur irgend hätte tun können, und sie hatte sich physisch und psychisch restlos verausgabt; und wie eine Fata Morgana einem Reisenden in der Wüste Hoffnung spendet, hatte Jamie Granger Charlottes verkümmerten Gefühlen einen neuen strahlenden Hoffnungsfunken gespendet. Wie flüchtig, wie vergänglich waren sie, diese Träume, einen Partner im Leben zu finden... einen Gefährten... einen Ehemann. Und wie schnell sie versickerten oder untergingen, wie Regentropfen, die in den Ozean einer trostlosen Existenz fielen.

Während Charlotte das Zimmer aufräumte und die Fenster öffnete, um gründlich zu lüften und Jamie Grangers Spuren zu beseitigen, dachte sie über die Bemerkung nach, die er in der letzten Nacht über eine Eheschließung gemacht hatte. Reumütig überlegte sie sich, daß es zum ersten Mal in ihrem Leben einen Mann gegeben hatte, mit dem sie den Rest ihres Lebens hätte verbringen können. Aber es war zwecklos, sich darüber jetzt noch Gedanken zu machen. Sie wollte ihr Leben wie bisher weiterführen und vergessen, daß es je einen Mann, der so sanft und rücksichtsvoll wie Jamie Granger war, gegeben hatte. Charlotte sah sich noch ein letztes Mal im Zimmer um, wandte sich ab, trat in den Gang und schloß nachdrücklich die Tür hinter sich.

Ein paar Tage später fand Walker, als er zum Abendessen in die Küche kam, es sei an der Zeit, Charlotte aus ihrem Mißmut aufzurütteln. »Ich vermute, diese gereizte Atmosphäre hat etwas mit Jamies Aufbruch zu tun.«

Es war das erste Mal, daß einer von ihnen Jamies Namen seit jener schrecklichen Szene in ihrem Schlafzimmer erwähnte.

»*Falls* ich gereizt sein sollte, dann doch wohl weniger über seinen Aufbruch als über die Umstände, die diesen Aufbruch gewaltsam herbeigeführt haben.«

»Wenn er auch nur halbwegs ein Mann wäre, dann hätte er sich nicht mitten in der Nacht wie eine feige Memme aus dem Haus geschlichen. Das wirst du bei mir nicht erleben.«

»Nein, ganz bestimmt nicht, aber schließlich hast du mich auch nicht in einer kompromittierenden Situation mit einem anderen Mann in meinem Schlafzimmer erwischt.«

»Es war keine kompromittierende Situation. Und selbst wenn es eine gewesen wäre, dann wäre das noch lange kein Grund zu vorschnellen Schlußfolgerungen gewesen.«

»Das spielt jetzt wirklich keine Rolle mehr. Lassen wir die Sache auf sich beruhen. Ich habe keine Lust, über Jamie oder den Grund seines Aufbruchs zu reden. Willst du noch mehr Kartoffelpüree?«

»Was ich will, das sind ein paar freundliche Worte. Es ist wahrhaftig nicht meine Schuld, daß Granger sich wie eine Katze, die in Terpentin gefallen ist, davongemacht hat, verdammt noch mal, und wenn wir schon dabei sind, könnte ich auch gleich noch dazu sagen, daß ich es satt habe, auf Knien vor seinem geheiligten Schrein rumkriechen zu sollen, denn genau das erwartest du von mir. Sieh den Tatsachen ins Gesicht. Der Mann hat dich verlassen, Charlotte. Er ist verschwunden, ohne auch nur ein Wort zu sagen. Wie kannst du dich an die Erinnerung an ihn klammern, als hätte er dir etwas Gutes getan?«

»Ich erwarte nicht, daß du das verstehst.«

»Um so besser! Ich verstehe es nämlich beim besten Willen nicht.« Ehe Walker noch mehr sagen konnte, stürmte Charlotte aus der Küche. Kurz darauf wurde ihre Tür zugeschlagen. Walker versuchte, seinen Teller leerzuessen, aber ihm war der Appetit vergangen.

Wie kann ein Mann sich der Nahrungsaufnahme widmen, wenn sich im Nebenzimmer eine Frau das Herz aus dem Leib weint? Jetzt ging ihm auf, daß Jamie sich bei Charlotte irgendwie durch seinen Aufbruch mehr Zuneigung erschlichen hatte, als er es je geschafft hätte, wenn er geblieben wäre. Mit einem Fluch stieß Walker den Stuhl vom Tisch zurück und ging in seine Kammer. Mit dem Einschlafen wurde es lange nichts, sowohl bei Charlotte als auch bei Walker.

Knapp drei Wochen später hatte sich Charlotte mit Jamies Verschwinden abgefunden. Sie öffnete die Tür zu seinem Zimmer und beschloß, es endlich wieder in ihr Haus und ihren Alltag einzubeziehen.

Tage waren vergangen und zu Wochen geworden, und das Leben bot Ablenkungen für sie, und sie erkannte, daß ihre zerschlagenen Hoffnungen nichts anderes waren als frühzeitig verwelkte Knospen. Das Leben ging weiter. Schnell verloren zerstörte Träume ihre Regenbogenfarben und verblaßten wie eine Kerze im Sonnenschein.

Doch in Charlotte war ein neues Bewußtsein erwacht, eine Erkenntnis, die daraus entsprang, den Bedürfnissen eines anderen nachzukommen. Eines Mannes. Die Einsicht ließ ihr Herz einen verräterischen Satz machen, und sie sehnte sich nach der engen Beziehung und der intimen Vertrautheit, die nur entsteht, wenn man jemanden in seiner Nähe hat, jemanden, der einen mag.

Ein Mann, hatte sie gelernt, war nicht durch und durch ein Wolf, sondern er hatte auch etwas von einem Lamm in sich. Jamie hatte sich mit dem Gebrüll eines Löwen verabschiedet, doch Charlotte hatte etwas erlebt, wozu es nur kommt, wenn der Stärkere dem Schwächeren etwas schenkt. Nicht ohne eine gewisse Zufriedenheit stellte sie fest, daß sie nicht in Jamie verliebt war, sondern sich ganz schlicht der Macht der Sanftmut unterworfen hatte. In ihrer Jugend hatten, wenn junge Männer sich zu ihr hingezogen fühlten, ihre Ängste und ihre Befürchtungen hinter dunklen und unheilverkündenden Schwingen die Möglichkeiten verborgen. Dann hatte sie sich zurückgezogen und versucht, sich durch völlige Isolation Schmerz zu ersparen, doch dabei war ihr ein Teil ihrer selbst abhanden gekommen. Sie war wie eine Frucht, die zu spät im Jahr gekeimt war, um ihre volle Reife zu erlangen. Zu lebendig, um ganz zu verkümmern und auf den Boden zu fallen, existierte sie jetzt lediglich.

Charlotte verstand endlich, was es bedeutete, Schutzwälle um sich zu mauern. Ihre Angst vor Männern hatte sie vor den Qualen der Liebe beschützt, aber was sollte sie vor der Qual der Einsamkeit bewahren?

Wie ein Engel, der einen Besuch abstattet, war Jamie in ihr Leben getreten, nicht etwa, um derjenige zu sein, den sie lieben würde, sondern um einem anderen den Weg zu bereiten. Es war ein phantastisches Gefühl, doch zugleich war es auch seltsam. Innerlich fühlte sie sich so gefährdet und verletzlich wie ein Ei, das gerade aufgeschlagen worden ist und jetzt keine Schale mehr hat.

Eines späten Abends, als sie gerade betete, erkannte sie all das ganz plötzlich. Draußen war es dunkel, und sie war allein im Haus; die Geräusche, an die sie sich so sehr gewöhnt hatte – der Atem und das gelegentliche Quietschen der Sprungfedern aus Jamies Zimmer –, waren nicht mehr da, und es war befremdlich still. Und doch konnte sie seine Anwesenheit spüren, den Teil seines Selbst, den er zurückgelassen hatte, etwas, was so süß wie der Frühling duftete, und sie lächelte in ihr Kissen. Jamie hatte ihr etwas zurückgelassen, was ihr lieb und teuer war – Ruhe und Frieden –, und dafür hatte er ihr das hohle Dröhnen der Furcht genommen.

Charlotte erwachte am nächsten Morgen und fühlte sich, als sei ihr Herz gesäubert und gelüftet worden wie das Gästezimmer nach Jamies Aufbruch. Voller Vorfreude machte sie sich an die Arbeit, doch es gab auch Momente, in denen die alten Erinnerungen wiederkamen und ihr ihren neuentdeckten Optimismus raubten. Aber wie eine Blume sich der Sonne entgegenreckt und ihrer Bahn folgt, schöpfte Charlotte Kraft und Zuversicht aus dem Wissen, daß ihre neugewonnene Freiheit eine andere Form von Qualen mit sich bringen würde als die Gefangenschaft. Sie würde sich nicht länger von ihren Ängsten zurückhalten lassen. Die Hoffnung würde sie vorantreiben.

Den späteren Vormittag verbrachte sie mit der Wäsche auf der Veranda hinter dem Haus, ehe sie ein Huhn in den Topf warf und sich fragte, wie lange sie sich nur noch von Hühnern ernähren könnte. Vor zwei Monaten waren ihre Vorräte an gepökeltem Rindfleisch zur Neige gegangen, und seither gab es nur noch Huhn in den verschiedensten Varianten. Vor dem November war das Wetter nicht geeignet, um Schweine zu schlachten. Innerhalb von wenigen Monaten würde ihr das Schweinefleisch dann zum Hals heraushängen wie jetzt das Huhn.

Da sie den Dampf, der aus dem Kochtopf kam, nicht einmal mehr riechen konnte, nahm Charlotte den Wäschekorb, stemmte ihn auf die Hüfte und balancierte ihn dort, als sie sich auf den Weg zu den Wäscheleinen machte. Andere Frauen hängten ihre Wäsche immer noch auf Zäune und Sträucher, und Charlottes Leine war die modernste in der ganzen Gegend. Am besten gefiel ihr an den drei gespannten Drähten, daß sie ihre Unterwäsche in der Mitte aufhängen konnte, für keinen unangekündigten Besucher sichtbar.

Wie immer hängte Charlotte zuerst auf den beiden äußeren Leinen Bettzeug, Tischdecken und Handtücher auf, ehe sie ihre Hemden, Petticoats, Unterkleider und Schlüpfer auf der mittleren Leine anbrachte. Heute war das jedoch schwieriger als sonst, da ein Wind aufgekommen war, der die Wäsche auf den äußeren Leinen heftig flattern ließ. Als Charlotte gerade ihren letzten Schlüpfer aus dem Wäschekorb gezogen hatte und sich aufrichtete, stand Walker Reed mit den Händen in den Hüften da und grinste dämlich. Während die Röte über ihren engen weißen Kragen aufstieg, blies eine kräftige Bö die Hosenbeine auf und ließ sie horizontal flattern. Ein Bein legte sich vor Walkers Gesicht, das andere um seinen Nacken. Mit einem breiten Grinsen sagte Walker: »Gussie, deute ich das auch wirklich richtig?«

»Vielleicht ist das nur meine Art, dich daran zu erinnern, daß du noch nicht aus dem Schneider bist, du Angeber. Es kann dir immer noch passieren, daß du hängen wirst.«

Er lachte. »Stimmt, aber was für ein Abgang... von Charlotte Butterworths Schenkeln erwürgt zu werden.«

»Das sind nicht meine... das sind keine Körperteile, die zu meiner Person gehören, du abscheulicher unzüchtiger Rohling«, sagte sie, und ihre Lippen bebten vor Wut und Verlegenheit. Charlotte konnte die beiden dicken Tränen nicht zurückhalten, die aus ihren Augen quollen und auf ihre Wangen rannen. Als wäre es noch nicht genug der Demütigung, daß er ihre Schlüpfer gesehen hatte und noch dazu so grob war, diesen Vorfall zu erwähnen, brachte sie sich jetzt mit ihren Tränen selbst in noch größere Verlegenheit. Ein Schluchzen blieb in ihrer Kehle stecken. »Du läßt dir aber auch keine Gelegenheit entgehen, oder? Reicht es dir denn noch nicht, daß du mir meine Güte damit lohnst, mich wie ein Flittchen aus einem Saloon zu behandeln und den einzigen Mann in meinem Leben, in dessen Gegenwart ich mich wohl gefühlt habe, zu verscheuchen? Aber nein, jetzt mußt du auch noch Salz in meine Wunden streuen, indem du mich erniedrigst. Womit habe ich das bloß verdient? Ich habe doch nichts anderes getan, als dich freundlich zu behandeln und dir dein räudiges Fell zu retten – was ich übrigens bereue. Gibt es vielleicht noch ein Pfund Fleisch, das du mir gern aus den Rippen reißen würdest, ehe ich wieder ins Haus gehe?«

Jeder Spott war aus seiner Stimme gewichen. »Würde es irgend etwas ändern, wenn ich sage, daß es mir leid tut?«

»Nein, würde es nicht. Du kannst nicht durchs Leben laufen und nach allen Richtungen Elend austeilen und dann hoffen, daß sich die Folgen mit einer Entschuldigung ausräumen lassen.« Sie wollte gehen, blieb dann aber doch noch stehen. »Weißt du, was du bist? Ein Fluch! Ein Fluch, der all meine Hoffnungen zunichte macht. Und jetzt laß mich in Ruhe.«

»He«, sagte er, »wie sind wir denn dahin geraten? Ich wollte dir eigentlich nur sagen, daß du den Himmel im Auge behalten und deine Wäsche schleunigst reinholen sollst, wenn dir irgend etwas Ungewöhnliches auffällt. Diese Wolken, die sich in der Ferne auftürmen, gefallen mir überhaupt nicht.«

Sie sah flüchtig in die Richtung, in der sich die schwere dunkle Wolkenmasse am Himmel abzeichnete. »Es sieht nach Regen aus«, sagte sie. »Selbst *ich* besitze genug Verstand, um die Wäsche von der Leine zu holen, bevor es regnet.« Sie drehte sich um und hob ihren Korb auf.

Seine Hände kamen aus dem Nichts und legten sich auf ihre Schultern. »Trotzdem«, sagte er sachte, »möchte ich, daß du die Augen ganz weit offenhältst. Irgend etwas stimmt heute mit dem Wetter nicht – es ist heißer und stickiger als sonst, und selbst die Tiere nehmen es wahr.« Seine Augen waren eindringlich und forschend. »Du wirst doch aufpassen, ja?«

»Ich werde aufpassen«, sagte sie und wandte sich wieder ab.

»Charlotte«, sagte er leise, als wollte er ihr unbedingt etwas begreiflich machen, doch sie sah sich noch nicht einmal nach ihm um, bückte sich und verschwand durch die Wäsche.

Nach dem Mittagessen kam Nemi, und Charlotte überredete ihn, eine Schale Brotpudding zu essen. Als er sie aufgegessen hatte, nahm er gern noch eine zweite. Während er sich überlegte, ob er nicht noch eine dritte Portion essen sollte, kam Jam an die Hintertür und klopfte laut an.

»Komm rein, Jam«, sagte Charlotte.

»Tag, Miss Charlotte, Mr. Nehemiah.«

Charlotte und Nemi begrüßten ihn, und Nemi fragte Jam, was ihn hergeführt hatte.

»Mr. Vandegriff – der kommt am Feld vorbei, wo ich mit Rebekah am Pflügen bin. Er sagt, ich soll ausrichten, bei den Gilkesons zaubern sie mit der Wünschelrute Wasser, und so was hätte man noch nie gesehen, und Sie sollen ganz schnell rüberkommen.«

Jam bedankte sich bei Charlotte für die beiden Melasseplätzchen, die sie ihm gab, ehe er wieder auf Rebekah stieg. Charlotte wandte sich an Nemi. »Du gehst doch nicht hin, oder? Ich habe noch nie viel Vertrauen in Wünschelruten gesetzt.«

»Ich auch nicht, aber vielleicht würde ich leichter daran glauben, wenn ich Sam Gilkeson wäre und auf meinem Land schon so viele trockene Brunnen ausgehoben hätte wie er. Ich habe gehört, daß er einen Wünschelrutengänger aus Kansas engagiert hat. Warum fährst du nicht mit mir rüber?«

Charlotte war skeptisch, aber es kam nicht allzu oft vor, daß sie die Gelegenheit hatte, etwas mit Nemi gemeinsam zu unternehmen, und daher krempelte sie sich die Ärmel herunter und setzte ihren Hut auf, während Nemi Butterbean vor den Wagen spannte.

Als sie auf die Straße bogen, beobachtete Charlotte, daß sich die Wolken höher und immer höher türmten. Walker hatte recht. Es war außergewöhnlich heiß und schwül, und er hatte auch recht, was die Tiere anging. Selbst die gutmütige alte Butterbean zeigte sich von ihrer schlechtesten Seite. Charlotte fuchtelte mit den Armen, weil eine Hornisse surrend an ihrem Hut vorbeiflog.

»Weißt du, ich kann diesen Walker Reed gut leiden«, sagte Nemi und klatschte mit den Zügeln.

Charlotte sah ihn an, als rechnete sie damit, einen Grund für diese Worte in Druckbuchstaben auf Nemis Stirn lesen zu können. »Nehemiah Butterworth«, rief sie aus, »du versetzt mich wirklich immer wieder in Erstaunen! Wie kommst du denn jetzt darauf? Und wann hast du Walker Reed je lange genug gesehen, um dir ein Urteil darüber zu bilden, ob du ihn leiden kannst oder nicht?«

Nemi versuchte wieder, Butterbean anzutreiben. Diesmal reagierte die Stute. »Ich habe ihn ein paarmal gesehen.«

»Wann? Wo?«

»Er ist ein paarmal bei mir vorbeigekommen. Hannah mag ihn auch. Er hat ihr vorgestern einen wirren Strauß Löwenmäulchen gebracht, und sie hat ihn zum Abendessen eingeladen.«

»*Meine* Löwenmäulchen?« ächzte Charlotte, die fast an den Worten erstickte.

Nemi grinste. »Ich habe ihn nicht danach gefragt, wo er die Löwenmäulchen herhat. Es ist nicht höflich, einen Mann zu fragen, wie er zu einem Geschenk gekommen ist. Weißt du das denn nicht selbst, Charlotte?«

Charlotte entschloß sich, diese Stichelei zu überhören, aber nur, weil ihre Neugier die Oberhand gewonnen hatte, und wenn die Neugier sie packte, konnte sie sich nicht lange zusammenreißen. »Und welchen Vorwand benutzt Walker Reed, um euch diese Besuche abzustatten?«

»Ich glaube nicht, daß er dazu einen Vorwand braucht. Er verhält sich eben nur wie ein guter Nachbar.«

»Pah!« schnaubte Charlotte. »Ein guter Nachbar – eher glaube ich, daß Hunde blaue Augen haben.«

»Habe ich dir je von diesem blauäugigen Hund erzählt, den ich in Oklahoma gesehen habe, als ...«

»Nein, das hast du mir nicht erzählt, und ich will jetzt auch kein Wort davon hören. Erzähl mir lieber, worüber du mit Walker gesprochen hast.«

»Über dich.«

»Über mich?« wiederholte sie. »Über *mich*?«

Nemi sah ihr forschend ins Gesicht. »Wundert dich das?«

Charlotte wandte den Blick ab. »Offen gesagt, ja.«

»Und warum?«

»Warum sollte er den weiten Weg zu dir zurücklegen – und das nur, um mit dir über mich zu reden?«

»Ich vermute, er wollte Antworten auf ein paar Fragen haben.«

Charlotte bedachte ihren Bruder mit einem der Blicke, die deutlich besagten, daß sie eine Nachtigall trapsen hörte. »Was für Fragen?«

»Einfach ganz normale Fragen, Charlotte. Er hat ein paar Ideen gehabt, Dinge, die sich am Haus verbessern ließen, aber er war nicht allzu sicher, wie Vorschläge, die er macht, bei dir ankommen. Dann haben wir noch über den Krieg geredet und solches Zeug...«

»War er im Krieg?«

»Er kommt aus Kalifornien, Charlotte. Kalifornien ist neutral geblieben, oder hast du das vergessen?«

»Nein, die waren noch schlimmer als die Yankees.«

Nemi sah sie rätselnd an. »Also, für diese Äußerung bist du mir wirklich eine Erklärung schuldig. Ich hätte nicht geglaubt, daß es in deinen Augen etwas *Schlimmeres* als einen Yankee gibt.«

Charlotte hielt ihren Rücken steif, wie sie es immer tat, wenn sie spürte, daß ein Anfall von Selbstgerechtigkeit sich ihrer bemächtigte. »Tja, ich bin in der letzten Zeit dahintergekommen, daß es doch noch etwas Schlimmeres gibt. Kalifornier. Schon die Bibel spricht sich gegen opportunistische Neutralität aus.«

»Ich glaube nicht, daß die Bibel das auf den Sezessionskrieg bezogen hat.«

»Jacke wie Hose«, sagte Charlotte. »Das ist alles dasselbe.«

Nemi lachte. »Ich bin sicher, daß sich irgendwo hinter dieser Äußerung tiefgründige weibliche Logik verbirgt, aber ich will verdammt sein, wenn ich sie verstehe.«

»Spar dir die Mühe. Was hast du Walker sonst noch erzählt?«

»Er hat nach unserer Familie gefragt«, sagte Nemi, der sich noch lebhaft an diese Wendung erinnern konnte, die das Gespräch genommen hatte.

Wir hatten zwei ältere Brüder: Jason, der bei Vicksburg umgekommen ist, und Carlton, der bei Bull Run gefallen ist. Unsere Mutter...

Von Ihrer Mutter habe ich schon gehört.

Von Charlotte vermutlich. Hat sie Ihnen auch erzählt, was passiert ist, nachdem Pa nach Hause gekommen ist, als der Krieg vorbei war?

Nur, daß er in einer sehr schlechten Verfassung war. Gibt es noch mehr dazu zu sagen?

Pa war ziemlich schlimm verkrüppelt, aber das war noch nicht das Ärgste. Sein Verstand war wirr. Ich erinnere mich noch an den Tag, an dem er nach Hause gekommen ist. Charlotte und ich waren im Maisfeld und haben versucht, die Ernte trotz Schädlingsbefall zu retten, als sein klappriges Pferd vorbeigekommen ist. Wir haben ihn nicht erkannt, doch als er an dem Zaun angekommen war, den wir um Mas Grab errichtet hatten, hat er sein Pferd angehalten. Lange Zeit hat er einfach nur dagesessen, und dann ist er abgestiegen und hat die Inschrift auf dem Kreuz gelesen, das Charlotte und ich aufgestellt hatten. Dann hat er sich langsam abgewandt, ist wieder zu seinem Pferd gegangen und hat etwas geholt. Wir glaubten, es könnte ein Gewehr sein, und deshalb haben wir uns ins Feld gekauert, damit er uns nicht sehen kann. Nach einer Weile sind wir aufgestanden, um nachzusehen, ob er noch da ist, und das war der Moment, in dem wir gesehen haben, daß er keine Waffe in den Händen hielt, sondern eine Schaufel.

Eine Schaufel?

Er hat sie ausgegraben.

Herr im Himmel! War er übergeschnappt?

Wenn er es nicht schon vorher war, dann hat er den Verstand verloren, als er Mas Grab gesehen hat.

Was ist dann passiert?

Charlotte ist schreiend davongestürzt, und ich bin hinter ihr hergelaufen. Als wir ankamen, hatte Pa den Sarg schon geöffnet, aber ich habe eigentlich nichts gesehen, weil Pa sich umgedreht und mir die Schaufel über den Kopf geschlagen hat. Ich bin bewußtlos gewesen. Die arme Charlotte hat es allerdings gesehen. Sie hat alles gesehen. Mr. Van Husen, unser Nachbar, der gerade auf der Hauptstraße vorbeigekommen ist, hat Charlotte schreien hören. Er hat gesagt, so etwas hätte er noch nie gesehen. Charlotte stand einfach da, neben Mas offenem Sarg, und hat geschrien und geschrien. Mr. Van Husen mußte sie mehrfach ins Gesicht schlagen, damit sie wieder zu sich kommt.

Was ist aus Ihrem Vater geworden?

Von da an war er harmlos. Er hat nie mehr ein Wort gesagt. Er hat nur noch auf dem Schaukelstuhl gesessen und in die Ferne geschaut. Nach einer Weile habe ich es einfach nicht mehr ausgehalten, und ich habe Charlotte angefleht, mit mir fortzugehen, aber sie wollte Pa nicht allein lassen. Dann bin ich eines Nachts abgehauen. Ich bin in Texas gelandet und habe auf der Waggoner-Ranch als Cowboy gearbeitet. Dort habe ich alles gelernt. Ich habe Hannah kennengelernt, und wir haben geheiratet. Hannah war wirklich sehr verständnisvoll, als ich zurückgehen und nach den beiden sehen wollte. Als ich ankam, war Pa tot, und Charlotte hat die Farm geleitet oder besser gesagt das, was noch davon übrig war.

War es schwierig, sie zum Mitkommen zu überreden?

Nein. Dort war ihr nichts mehr geblieben.

Ich nehme an, wenn man so etwas durchmacht, entwickelt sich eine sehr, sehr enge Beziehung.

Ich fühle mich als ihr Beschützer, falls es das ist, was Sie meinen. Ich würde jeden Kerl, der auch nur das geringste täte, um ihr weh zu tun, umbringen. Sie hat schon mehr als nötig durchgemacht. Mein Ziel ist, dafür zu sorgen, daß sie nicht noch mehr durchmacht.

Dann sind wir uns in mindestens einem Punkt einig, denn ich sehe das genauso wie Sie.

»Nemi! Bist du taub?« sagte Charlotte so laut, daß man es in Abilene hätte hören können.

»Was?«

Sie sprach noch lauter. »Ich habe gefragt, *ob du taub bist*? Ich rede seit Minuten auf dich ein, und du sitzt da wie versteinert.«

»Ich habe nachgedacht.«

»Mein Gott, Nemi. Wenn du nachdenkst, bist du bewußtlos. Du bist an der Abbiegung zu den Gilkesons vorbeigefahren.«

»Ja, stimmt«, sagte Nemi und verpaßte ihr mit dem Ellbogen einen Rippenstoß. »Stimmt tatsächlich.«

Zur heißesten Nachmittagszeit machten sie sich auf den Rückweg. Der Himmel wurde immer dunkler, die Wolken rückten näher und brodelten und wogten, und in der Ferne war ein Donnergrollen zu vernehmen.

»Verdammt noch mal, wenn ich es nicht besser wüßte, würde ich glatt behaupten, daß sich ein Hagelsturm zusammenbraut«, sagte Nemi.

»Es wäre die Sache fast wert, wenn er nur Abkühlung mit sich brächte«, sagte Charlotte.

»Wenn wir zurückkommen, Charlotte, muß ich mich sofort auf den Heimweg machen und mich um mein Vieh kümmern. Ich habe kein gutes Gefühl, wenn ich mir diese Wolken anschaue. Ich werde die Türen des Sturmkellers noch bei dir aufmachen, ehe ich weiterfahre. Halte dich nahe am Haus, und wenn du auch nur das kleinste ungewöhnliche Zeichen bemerkst, dann wirst du in diesen Keller flitzen, hast du gehört?«

»Ach, Nemi, das ist doch nichts weiter als ein Gewitter.«

»Du hast gehört, was ich gesagt habe, Charlotte. Sowie dir etwas Ungewöhnliches auffällt.«

»Ja, ich habe gehört, was du gesagt hast, Nemi. Ich habe es gehört«, sagte Charlotte, aber sie war schon tief in Gedanken an den Wünschelrutengänger versunken. Sie hegte immer noch ihre Zweifel an dem, was sie mit angesehen hatte, aber sie mußte zugeben, daß es ein großartiger Auftritt gewesen war.

Als sie vor dem Haus anhielten, wandte sich Nemi an Jam, der Rebekah gerade losband, die er vor den Pflug gespannt hatte. »Ehe du fortgehst, Jam, spannst du noch Butterbean aus und läßt sie auf die Weide. Laß alle Tiere raus, die eingesperrt sind oder im Stall stehen. Mir gefallen diese Wolken nicht.«

Nach einer letzten Warnung machte sich Nemi auf den Heimweg, und Charlotte erzählte Jam von dem Wünschelrutengänger.

»Er hat den gegabelten Ast einer Weide benutzt. Er hat ihn mit beiden Händen genommen und sich ziemlich weit vorgebeugt, und dann ist er damit auf und ab gelaufen. Nach einer Weile hat er einen anderen Stock genommen, einen Ast wie den ersten, und mit jeder Hand hat er einen gehalten. Dann ist er wieder umhergelaufen. Er hat gesagt, wenn eine Wasserader unter dem Grundstück verläuft, dann würden die Äste dort nach unten zeigen. Natürlich haben alle gelacht, aber das schien ihm nicht viel auszumachen.«

»Hat er Wasser gefunden?«

»Ich habe nicht einen Tropfen Wasser zu sehen bekommen. Sie müssen erst einen Brunnen graben, um sicherzugehen, aber ich sage dir eins, Jam, so etwas habe ich noch nie gesehen. Er läuft mit den Weidenzweigen herum, und sie zeigen geradeaus nach vorn, und im nächsten Moment haben sie dann etwas mehr nach unten gezeigt, und nach ein paar Schritten sind sie nach unten gesackt und haben direkt auf den Boden gewiesen. Das war schon ein denkwürdiges Schauspiel.«

Sie redeten noch ein paar Minuten miteinander, bis der Donner lauter wurde und näher kam und Charlotte Jam nach Hause schickte, während sie ins Haus eilte, um ihren Korb zu holen. Als sie die Wäsche von zwei der drei Leinen abgenommen hatte, war der Himmel ganz von brodelnden Wolken bedeckt, und der Wind wehte heftiger, als sie es je erlebt hatte.

Eine halbe Meile entfernt trieb Walker seinen Wallach an, alles herzugeben, was in ihm steckte, um die Entfernung zum Haus zu verringern. Er hatte sich so weit vorgebeugt, daß er auf dem Nacken des Wallachs lag und die Mähne sein Gesicht peitschte, und ihm wurde klar, was ihn wie besessen zu Charlotte trieb. Natürlich war sein Hauptgrund die Angst um ihre Sicherheit, doch mit verblüffender Klarheit erkannte er, daß noch etwas dahintersteckte – die Furcht, ihr trostloses Leben könnte durch die Heftigkeit des nahenden Sturms ausgelöscht werden, ihr könnte etwas zustoßen, ehe sie die Chance gehabt hatte, wirklich zu leben, und ehe sie selbst erfahren hatte, wie schön das war, was sie so sehr fürchtete. Das war es, was die Verzweiflung wie einen hungrigen Wolf nach seinen Fersen schnappen ließ.

Er sprang ab, bevor das Pferd wirklich stillstand, und er rannte gegen die unglaubliche Gewalt des Windes um sein Leben – erst zum Sturmkeller, dessen Tür offenstand, aber dort war sie nicht. Als nächstes sah er im Haus nach und kam gerade noch rechtzeitig durch die Hintertür wieder hinaus, um sie mit dem Wind um ihre letzten Wäschestücke kämpfen zu sehen.

»Charlotte«, rief er, doch der Wind war nicht zu übertönen.

Charlotte blickte auf und sah, wie die gewölbte Unterseite einer nahen Wolke zu brodeln und zu kochen begann und sich in alle Richtungen wand. Vor ihren Augen entstand ein Wirbel, der kreiste und kreiste, bis sich ein Trichter zu bilden begann, der wie eine zusammengerollte Schlange auf den Boden herabsank und in einem wirren Muster über die Weide raste, bis er sich wieder in die Wolken zurückzog. Gebannt beobachtete sie, wie sich der Trichter wieder formte und wie der Rüssel eines durstigen Elefanten alles aufsog, was in seiner Reichweite war. Plötzlich machte der Trichter eine scharfe Kehrtwendung und kam auf sie zu. Es blitzte und fing an zu regnen, und die Tropfen fielen schneller und immer schneller und prasselten so brutal auf sie, daß sie schließlich erkannte, daß das, was der Wind mit solcher Macht gegen sie trieb, Hagel war.

Innerhalb von wenigen Sekunden schien ein seltsames Zischen den Donner zu begleiten, als der Trichter wieder heruntersank, und dann wurde ein lautes Dröhnen daraus, lauter als jede Eisenbahn, die sie gehört hatte. Charlotte ließ ihren Korb fallen. Der Wind wehte ihr den Atem in die Nasenlöcher zurück, und ihr Gehirn sagte ihr, sie solle schreien, doch ihr Körper fand beim besten Willen nicht die Luft, die sie dazu gebraucht hätte. Sie lief auf das Haus zu und dachte dann wieder an den Sturmkeller. Der Wind peitschte ihr die Röcke zwischen die Beine und erschwerte ihr das Laufen. Immer wieder stolperte sie und sackte auf die Knie. Als sie sich durch den Garten vorankämpfte, schürfte sie sich die Knie auf und zerschnitt sich mehrfach die Hände, doch sie lief weiter, bis sie merkte, daß sie nicht einen Schritt vorangekommen war.

Sie würde es nicht schaffen.

Soviel stand jetzt mit tödlicher Gewißheit fest. Sie sah in die Richtung, die zum Keller führte, und sie stellte fest, daß der Wind sie immer weiter davon abtrieb. Sie spürte, daß ihre Kraft schnell nachließ, denn erst fühlte sie die Schwäche in den Beinen, dann in den Armen. Ihre Röcke blähten sich wie Segel, in denen sich der Wind fing und sie mitriß. Wie ein Boot auf einem Fluß wurde sie davongetragen, ein menschliches Boot in einem Meer aus Wind. Sie war allein. Sie würde sterben. Sie wollte nicht allein sterben.

Direkt vor ihr war der Brunnen. Sie fragte sich, ob sie sich an den rohgezimmerten Balken festhalten sollte, die das Dach trugen, und dann überlegte sie, ob die Wucht des Windes sie über den Rand in ein nasses Grab fegen würde. Es konnte Wochen dauern, bis jemand sie fand. Sie kämpfte darum, ihren Kurs zu ändern, doch der Brunnen ragte vor ihr auf wie eine Steinmauer.

Mit unglaublicher Wucht wurde sie dagegengeschmettert. Brennender Schmerz, fast schon betäubend, zuckte durch ihr Gesicht, ihre Brüste und ihre Rippen, doch ihre Arme umklammerten den kräftigen Eichenbalken. Splitter drangen aus dem Holz in ihre Hände und Arme, und ihre Nägel brachen ab und brannten. Sie versuchte zu erkennen, wie nah der Trichter war, doch das ohrenbetäubende Brausen rauschte zu wüst in ihrem Kopf, und umherfliegende Splitter blendeten sie, sie konnte nichts mehr hören oder sehen.

Sie verbarg ihr Gesicht zwischen den Armen und umklammerte den Balken mit aller Kraft. Das Brüllen des Tornados ging mit dem stechenden Schmerz in ihrem Kopf einher, und sie versuchte, alles von sich abzublocken. Sie war nicht sicher, wie lange sie sich dort festklammerte, bis etwas so heftig gegen sie prallte, daß es ihr den Atem verschlug. Etwas schlang sich um ihre Taille, und sie schauderte, glaubte, es sei eine Schlange, und schrie.

»Schling deine Arme um mich«, schrie ihr Walker ins Ohr, und der Wind peitschte ihr die Worte ums Gesicht.

»Es ist zwecklos. Wir werden sterben.«

»Hör mir gut zu, Charlotte. Wir haben nicht viel Zeit. Es besteht noch eine Chance, daß wir es schaffen, wenn wir nicht hier stehen und streiten. Wenn wir schon sterben, dann können wir genauso gut bei dem Versuch sterben, uns doch noch zu retten. Sterben ist nicht direkt das, was ich mir für heute vorgenommen hatte, und ich habe auch nicht die Absicht, dich zu verlieren, ehe ich eine Chance gehabt habe, das zu beenden, was wir begonnen haben.«

Seine Arme spannten sich noch fester um sie, und er zog sie an sich. Sie ließ sich von seinem Körper mitreißen, löste sich von dem Balken, schlang ihre Arme um seine Taille und fand Trost und Wärme in dem sicheren Hafen zwischen seinem Arm und seiner

Brust. Sie schloß sich seiner Führung an und setzte sich in Bewegung. Ihre Körper waren vorgebeugt und stemmten sich gegen den Wind. Sie wollte ihm gerade sagen, daß es zwecklos war, als sie über etwas stolperte und spürte, wie sie die Stufen zum Keller hinuntergestoßen wurde. Walker folgte dicht hinter ihr, hielt sie immer noch fest in seinen Armen und führte sie. Sowie sie unten angekommen waren, ließ er sie los.

»Ich muß die Tür zumachen. Sieh zu, ob du die Lampe finden und sie anzünden kannst.«

Der Lärm war ohrenbetäubend, als Walker sich wieder die Stufen hinaufkämpfte und in der Öffnung verschwand. Bei dem Sturm würde er es niemals schaffen, die Tür zuzuziehen. Wenig später legte sich der dunkle Schatten der Tür über die Öffnung und schlug dann zu, als Walker den Riegel gewaltsam vorschob. Er stolperte die Stufen hinunter, prallte gegen sie und riß sie mit sich auf den Lehmboden, und dort blieben sie liegen, zu erschöpft, um sich noch von der Stelle zu rühren. Draußen wütete der Tornado, verwüstete alles und füllte die Welt über ihnen mit den seltsamsten Geräuschen, doch in der Sicherheit des kleinen Erdlochs blieben Walker und Charlotte so liegen, wie sie hingefallen waren, und schliefen im Dunkeln.

11.

Allmählich legte sich das Tosen, und der Donner grollte nur noch in der Ferne. Die Erde bebte nicht länger, sondern verharrte still und stumm und verödet, und die Welt über ihnen war merkwürdig ruhig geworden. Die mangelnde Luft und der fehlende Lärm ließen Charlotte zu vollem Bewußtsein kommen, und sie schlug die Augen auf.

Der matte Schein einer winzigen Laterne fiel gerade noch auf die Vorräte, die in dem Keller eingelagert waren. Als Charlotte sich aufrichten wollte, spürte sie einen stechenden Schmerz in ihrem Kopf, und ihr ganzer Körper tat unglaublich weh. Mit einem matten Seufzer ließ sie den Kopf wieder sinken und schloß die Augen.

Sie versuchte, sich in Erinnerung zu rufen, wo sie war und warum sie hier war, doch es war ihr entfallen. Walker, der neben ihr lag, war auch wach und hob den Kopf, um sie anzusehen. Er hatte sich auf einen Ellbogen gestützt und beobachtete sie, nahm das gelegentliche Flattern ihrer Lider wahr, die Schauer, die ihren Körper in Abständen durchzuckten, und sah ihr Haar an. Es war hoffnungslos verfilzt und zerzaust und voller Laub und Spreu. Er lächelte, als er sah, daß die zerquetschte Blüte eines Löwenmäulchens darin steckte.

Sie spürte die Eindringlichkeit seines Blickes und schlug die Augen auf, und als sie erkannte, daß sie mit dem Rücken zu ihm lag, drehte sie sich um und sah in das Gesicht des Mannes auf, der ihr das Leben gerettet hatte und dabei beinah selbst ums Leben gekommen wäre. Sie zog die Stirn in Falten. Seine Mißachtung der eigenen Sicherheit und die absolute Hingabe, mit der er sie gerettet hatte, gaben ihr Rätsel auf. Sie biß sich versonnen auf die Lippe.

Er starrte sie lange Zeit an, und sie fragte sich, woran er wohl dachte. Der Schmerz, den sie empfand, schien ihr dauerhaft in den Knochen zu stecken, und sie fragte sich, ob sie überhaupt laufen konnte. Ihre Muskeln verkrampften sich und wurden dann vollständig taub. Als er schließlich etwas sagte, klang seine Stimme gepreßt. »Dann bist du also doch nicht gestorben.«

Sie schluckte, und das war schwierig, weil sie den Drang verspürte zu weinen. Sie versuchte sich an einem Lächeln, das Walker ins Herz schnitt. Er berührte ihr Gesicht mit dem Handrücken und zog die Hand eilig wieder weg.

»Nein«, sagte sie ruhig. »Ich bin rundum lebendig, und das habe ich dir zu verdanken.«

»Es ist mir ein Vergnügen, das kann ich dir versichern.«

Ihre Augen schlossen sich wieder, als sie den groben Tonfall hörte. Als sie die Augen wieder aufschlug, sagte sie: »Ich habe dir mein Leben zu verdanken. Ich werde eine Möglichkeit finden, mich dafür erkenntlich zu erweisen.«

»Diese Schuld war schon beglichen, bevor die erste Wolke am Himmel aufgezogen ist. Vorher habe ich in deiner Schuld gestanden – mein Leben gegen deins. Jetzt fangen wir noch einmal von vorn an.«

Sie war immer noch so durcheinander, daß sie seiner verschlungenen Ausdrucksweise nicht gewachsen war. Sie war in einer schwierigen Lage, das wußte er doch sicher. Ein Schluchzen stieg in ihrer Kehle auf.

»Nicht«, sagte er und zog sie in seine Arme, denn er verstand ihre Ängste und ging in der einzigen Form darauf ein, die er kannte – er bot ihr die tröstliche Nähe seines Körpers.

In seiner Wärme, die sich an sie schmiegte, lag eine Verheißung, und in der unendlichen Mühe, die er darauf verwendete, unpersönlich zu bleiben, fand sie Trost, obwohl sie die Glut seines Körpers spürte, der sich an sie preßte. Sie konnte Schweiß riechen – weder besonders angenehm noch besonders unangenehm, sondern einfach nur menschlich, und gerade diese menschlichen Züge, die sie an ihm wahrnahm, führten in Verbindung mit seiner Nähe dazu, daß sie sich auf eine Art benommen fühlte wie seit ihrer Kindheit nicht mehr, als ihr beim Spielen einmal schwindlig geworden war.

Walker verlagerte sein Gewicht und zog ihren Kopf dichter an seine Schulter. Während sie seinem gleichmäßigen Herzschlag lauschte, versuchte Charlotte, diesen komplizierten Mann zu verstehen, der so viel dafür tat, ihr Vertrauen zu gewinnen. Die Frage war nur, warum.

Sie glaubte jetzt nicht mehr wie am Anfang, er sei einzig und allein darauf aus, ihr die Jungfräulichkeit zu rauben – eine jämmerlich kleine Belohnung für die Mühen, die er auf sich genommen hatte. Und doch erschien es nicht allzu wahrscheinlich, daß seine Handlungen einer wahren Liebe und Sorge um seine Mitmenschen entsprangen.

Sie folgte seinem Beispiel und veränderte ihre Lage, um sich bequemer an ihn zu schmiegen, bis sie spürte, wie sich ein ganz bestimmter Teil seiner Anatomie hart an ihre Hüfte preßte. Sie erstarrte vor Schreck und hörte ihn leise in sich hineinlachen.

War es möglich, daß sie sich in ihm getäuscht hatte? So viele Jahre lang hatte sie mit der Vorstellung gelebt, daß Männer mit ganz, ganz wenigen Ausnahmen unsensibel und grausam sind, voller Lüsternheit und nur auf ihr eigenes Wohl bedacht, ungeachtet des Schadens, den sie bei anderen anrichteten. Jamie hatte ihr seine Freundschaft und seine Zuneigung angeboten, doch den Körper eines Mannes zu spüren, war ihr fremd, etwas, wovor sie sich immer noch fürchtete. Warum also war ihr die Nähe dieses Mannes so angenehm, und warum bereiteten seine Berührungen ihr solches Vergnügen? Weshalb kam kein Ekel bei der Vorstellung in ihr auf, daß dieser männlichste Teil von ihm steif wurde, weil er sie begehrte?

Fälschlicherweise tat sie es als nichts weiter als eine Reaktion darauf ab, in der Gesellschaft eines Menschen zu sein, nachdem sie vor wenigen Minuten beide dem Tod so nah gewesen waren. Es war gewiß eine Nachwirkung der Angst zu sterben, die ihr seine Nähe jetzt derart tröstlich erscheinen ließ. Ein Gefühl, das ihr bisher unbekannt gewesen war, übermannte sie, und sie verbarg ihr Gesicht an seinem Hals, sog tief seinen männlichen Geruch ein und spürte die Feuchtigkeit seiner warmen Haut an ihrer Wange. Jetzt konnte sie die Tränen nicht mehr zurückhalten, die über ihre Wangen rannen und auf seine nackte Brust flossen.

»Warum weinst du?«

»Ich weine nicht.«

»Entschuldige bitte«, sagte er lachend. »Warum transpirierst du so heftig?«

»Mach dich nicht lustig über mich.«

»Das täte ich nie.«

Da sie nicht sicher war, wie er das meinte, versuchte sie, sich von ihm zu lösen, doch diesmal hielt er sie fest.

»Wohin willst du?« fragte er, und seine Worte wehten durch ihr Haar und neckten die empfindliche Haut ihres Halses.

»Da, wo ich nicht erwünscht bin, bleibe ich nicht länger als nötig.«

Sie sah das Erstaunen in seinen blauen Augen. »Was bringt dich denn auf den Gedanken? Nicht erwünscht? Frau, wenn du nur wüßtest...« Dann lachte er. »Du kleiner Schelm. Du weißt, daß ich dich begehre. So unwissend bist du nicht.«

»Das habe ich auch nie behauptet.«

Ein Lächeln spielte um seinen Mund, als er ihre zusammengekniffenen Lippen sah, deren Farbe nichts mit der Röte gemein hatte, die in ihre Wangen aufstieg. »Laß uns mit diesem albernen Geplänkel aufhören. Küß mich, Gussie.«

»Siehst du? Ich wußte doch gleich, daß du körperliche Annäherungsversuche...«

»Halt den Mund, und küß mich.«

»Das kann ich nicht.«

»O doch, das kannst du. Ich helfe dir.«

»Daran hätte ich niemals gezweifelt.«

Er lachte, doch ehe der Laut aus seiner Kehle drang, spürte sie, wie er sie noch enger an sich zog. Sein Gesicht war so dicht an ihrem, daß ihre Worte, die sie auszusprechen versuchte, gedämpft auf seine Lippen trafen. Als sie fühlte, wie ihre Lippen seinen weichen Mund streiften, vergaß sie, daß sie vorgehabt hatte, sich zu weigern. Ein zufriedener Laut stieg aus ihrer Kehle auf, als sie ihm die Arme um den Hals schlang und ihren Mund auf seinen preßte.

Seine Lippen teilten sich bereitwillig, als wollte er sie auffordern, noch näher zu kommen, und diese Geste beantwortete sie blind mit einer Gegeneinladung. Seine Zunge kam zart und wohlschmeckend weiter heraus und schlang sich sachte um ihre, neckte und verlockte sie, und dann legte sich eine Hand auf ihre Brust. Er hörte, wie sie Atem holte, und da er nicht wußte, daß es ein Keuchen reinster Lust war, faßte er es gegenteilig auf.

Plötzlich ließ er von ihr ab, weil er wußte, daß er die Führung an sich gerissen hatte und sein Verlangen, sie zu berühren, ihm Vorwürfe von ihrer Seite eintragen würde. »Es tut mir leid. Ich wollte dich nicht erschrecken.«

In ihrer Enttäuschung fiel ihr nichts ein, was sie hätte sagen können. Sie wußte nur, daß sie etwas tun mußte, damit er jetzt nicht von ihr abrückte. »Bitte«, flüsterte sie. »Bitte, halt mich fest. Halt mich noch ein Weilchen im Arm.«

Sein Atem ging ruckhaft, und die Glut des Verlangens stand klar und deutlich in seinen Augen, als er sie betrachtete. Tief in seinem Innern empfand er dieselbe qualvolle Sehnsucht, die auch sie verspürte, aber neben seinem Verlangen regte sich das starke Bedürfnis, sie der Angst, die sie gefangenhielt, für immer zu entreißen. Mehr als alles andere wünschte er sich, ihr Freude zu bereiten, ihrem bedrückten Geist vollkommenen Frieden zu geben, ihren unberührten Körper zu seiner vollkommenen Erfüllung zu führen und dabei selbst in seiner Ekstase aufzugehen. Riley würde bald hiersein. Viel Zeit blieb ihm nicht mehr. »Was du von mir verlangst, Charlotte, läßt sich nicht gerade leicht erfüllen. Nicht etwa, weil ich unwillig wäre, und der Beweis dafür ist felsenfest zwischen uns eingeklemmt, sondern weil das Verlangen eines Mannes nach einer Frau nichts ist, was sich wie der Docht einer Lampe rauf- und runterdrehen läßt. Verstehst du, was ich sage?«

»Du sagst nein?«

Er seufzte frustriert. »Ich sage, meine süße Charlotte, daß ich es versuchen werde, aber darüber hinaus kann ich dir für nichts garantieren.«

Er kam ihr auf halber Strecke entgegen, und ihre Lippen berührten sich, erst leicht, dann mit einem Druck, der sich ganz sachte steigerte, bis sie sich vorbehaltlos küßten. Seine Arme waren fest um sie geschlungen, und sein Körper rutschte immer mehr auf sie. Diese köstliche Last preßte sie noch fester gegen den Kellerboden, doch Charlotte nahm ihre Umgebung nicht im entferntesten wahr. Sie wußte nur noch, mit wem sie hier war. Seine Hände liebkosten ihre Arme und Schultern, ehe sie höher glitten, um sich in ihre wirre Mähne zu verflechten.

»Hast du die Kontrolle schon verloren?« flüsterte sie, als sie plötzliche Angst durchzuckte.

Er lächelte, und die Belustigung war deutlich in seiner Stimme zu hören. »Du kleines Biest. Ist das etwa dein Ziel? Willst du sehen, wie schnell du mich an die Grenzen meiner Selbstbeherrschung bringen kannst?«

»Nein, nein«, versicherte sie und hoffte, er könnte den Schauer weiblichen Stolzes nicht hören, der in ihr aufwogte, wenn sie sich überlegte, was er gerade gesagt hatte.

»Hab keine Angst vor mir, Charlotte. Wenn ich merke, daß ich die Kontrolle verliere, höre ich auf.« Er spreizte die Finger, um ihr das Haar ums ganze Gesicht zu ziehen. Der matte Lampenschein schluckte jede Farbe aus ihrem Haar, nur das flammendrote Pigment nicht, und diese Farbenpracht war blendend.

»Jetzt siehst du so aus, wie ich mir dich vorgestellt habe«, murmelte er, als sein Mund wieder Besitz von ihren Lippen ergriff und seine Zunge ihre geschwind und zielsicher streichelte, bis sie ihn willkommen hieß. Sie fühlte sich in einen solchen Luxus getaucht, daß sie in Sahne hätte schwimmen können. Wenn schon ein bloßer Kuß ihr derartige Wonne verschaffen konnte, dann würde sie wahrscheinlich sterben, wenn er noch mehr mit ihr tat.

Sie spürte den Schauer auf ihrer Haut, als seine Finger über ihre Kehle glitten und dann auf ihren Ausschnitt sanken. Dort hielten sie behutsam am Rand der Wölbung ihrer Brust inne. Sie konnte ihren eigenen Atem deutlich hören, der immer schneller und ruckhafter ging, als er die Reihe von Knöpfen auf ihrem Kleid abtastete und sich jeder einzelne wie durch Zauber öffnete. Sein Mund war warm und anbetungswürdig, als er den Pfad zwischen den Knöpfen mit einer Spur von Küssen bedeckte. Mit einem leisen Stöhnen preßte er sein Gesicht dichter an sie, sog ihren einzigartigen Duft tief in seine Lunge ein und schmeckte mit seiner forschenden Zunge ihre samtweiche Haut.

Ihr Herz würde bestimmt zerspringen, dachte sie, als sie das heftige Hämmern in ihrer Brust schier nicht mehr ertragen konnte. Es war ein seltsames Gefühl festzustellen, daß Teile ihres Körpers abgestumpft waren bis zur Unbeweglichkeit, knochenlos und schwerelos, während gleichzeitig andere Teile zu einer akuten Überempfindlichkeit der Wahrnehmung angespornt waren, und das fast bis an den Punkt, als könnte man die eigenen Haare auf dem Kopf wachsen spüren. Walkers Atem wehte warm und gleichbleibend auf ihre Kehle, als er das Mieder ihres Kleides auseinanderzog, es langsam von ihren Schultern streifte und eine Brust entblößte, auf die sein Mund sich sogleich legte.

Charlotte war ein Bündel überreizter Nerven. Sie nahm keinen Moment lang wahr, daß seine Hand den Saum ihres Kleides hochzog, bis sie den schwachen Luftzug spürte, der sich von der warmen

Handfläche abhob, die über ihren Strumpf glitt und vor ihrem Strumpfhalter Halt machte.

In ihrem übermächtigen Verlangen lag Charlotte vor ihm wie ein aufgeschlagenes Buch, das man schon zur Hälfte gelesen hat – und das nächste Kapitel verspricht soviel mehr als das vorangegangene. Er war ein Meister der Verführung, dieser Mann, der ihre Ängste mit sanften, aufmunternden Worten erstickte und ihre Verlegenheit mit den sicheren Bewegungen seiner liebkosenden Hände ausräumte. Er erschien ihr wundersam und fast wie ein Zauberer, weil er es fertigbrachte, an so vielen Orten gleichzeitig zu sein; er küßte ihren Mund, ihre Brüste, streichelte ihre Beine und strich über das zarte Fleisch ihrer Oberschenkel.

Er war ein Mann, der wußte, wie man sich bei einer Frau einschmeichelt, und er hatte sich bei ihr eingeschmeichelt. Gütiger Himmel, und in wie vieler Hinsicht er ihr gefiel! Doch eins gefiel ihr noch besser an ihm als alles andere. Sein Auftreten, seine Haltung, sein Selbstvertrauen, seine Erfahrung und, ja, sogar seine Worte – in alledem drückte sich Selbstbeherrschung aus. Eins stand für sie so fest wie die Tatsache, daß Enten Schwimmhäute hatten, und das sagte ihr weiblicher Instinkt, eine primitive Intuition: Walker Reed hatte sich weit weniger unter Kontrolle, als es ihm lieb gewesen wäre. Dieses Wissen durchzuckte sie wie ein Stromschlag, und sie berauschte sich an dem Gedanken, eine gewisse Macht über diesen wunderbaren Mann zu haben. Diese genüßliche Feststellung erregte sie mehr, als es jedes zarte Wort und jede zärtliche Berührung gekonnt hätten. Genau das war es auch, dieses grundlegende Wissen, was sie dazu brachte, ihm das Gesicht zuzuwenden wie eine Sonnenblume, die der Bahn der Sonne am Himmel folgt. Sie nahm sein Gesicht zwischen ihre Hände und sah ihn mit einer Zärtlichkeit und einer uneingeschränkten Aufrichtigkeit an, die wie eine Bombe bei ihm einschlug, als sie sagte: »Lieb mich, Walker.«

Walker hatte sich schon von vielen Frauen erregen lassen, die in der Kunst der erotischen Stimulation äußerst versiert waren, doch nie und nimmer hatten so schlichte Worte ihn so rasend erregt. *Lieb mich, Walker.*

Würde er je den Blick vergessen, der in ihren Augen stand, leuchtend und schmelzend in ihrem Verlangen, den rosigen Schimmer dieses ungewöhnlichen Gesichts, das so zart wie ein Blütenblatt war? Er konnte es sich nicht vorstellen. Diese Erinnerung würde ihn für den Rest seines Lebens begleiten. Die Erinnerung und das Verlangen.

Er kniff die Augen fest zusammen, um Herr über die Empfindungen zu werden, die in ihm tobten und wüteten. Walker bot alle Willenskraft auf, um sein rasendes Herz zur Ruhe zu bringen. Dann hob er den Kopf und zwang dem Chaos, das sich in seinem Verstand abspielte, Ordnung auf.

»Weißt du wirklich, was du sagst?«

Ihre Worte kamen nicht leichter heraus als seine, und aus diesem Grund dauerte es einen Moment, bis sie die Dinge, die sie empfand, in Worte fassen konnte. »Es gibt so vieles, was ich nie wissen werde, wenn du es mir nicht zeigst, wenn du mir das Wunder all dessen nicht näherbringst.«

»Das mag zwar wahr sein, aber meine Frage ist damit noch nicht beantwortet. Bist du ganz sicher, daß du mit mir schlafen möchtest? Laß deinen Verstand sprechen, Charlotte, nicht deinen Körper, denn wenn du jetzt ja sagst, dann führt kein Weg mehr zurück. Ich weiß, daß du mich jetzt begehrst. Die Frage ist nur, wie du dazu stehst, wenn die Tat erst getan ist.«

»Es gibt keinen anderen, dem ich die Aufgabe anvertrauen würde...«

»Das ist keine Aufgabe«, flüsterte er, als sein Mund ihre Lippen streifte, »sondern ein unendliches Vergnügen.«

Seine Worte ließen jede Erwiderung, die auf ihren Lippen lag, dahinschmelzen, und sie spürte, wie sich ihr Körper ganz von selbst an ihn preßte, während seine Hände begannen, ihre Geheimnisse zu erkunden. Seine langsamen, ausdauernden Liebkosungen trieben sie zielsicher in den Wahnsinn. Sie gab den Verstand auf, bis ihr kein Funke von Intelligenz mehr geblieben war, und sie spürte, wie sich ihre Bauchmuskulatur unter der zarten, angedeuteten Berührung seiner Finger zusammenzog, als seine Hände tiefer glitten.

Seine Hand schloß sich auf ihrer geheimsten Stelle, und sein Finger suchte und fand Einlaß, drang sachte und behutsam in sie und hielt dann still. Er grub sich weder tiefer in sie, noch zog er sich zurück, sondern er blieb genau da, wo er war, um ihr Zeit zu lassen. Er hatte erwartet, sie jungfräulich vorzufinden, und sein glühender männlicher Stolz hatte diesen Umstand sogar begrüßt, doch, lieber Gott, diese Enge. Sie war ja so klein. Er zwang sich zu einer Geduld, die bis an seine Grenzen ging, als er allmählich begann, sich behutsam vorzutasten, bis ihm das straff gespannte Häutchen im Weg war. Sein Finger bewegte sich langsam und kreisend, und er beruhigte sie mit sanften Worten, als sie bei dem ersten Brennen zusammenzuckte, zu dem es kam, als er den Beweis ihrer Jungfräulichkeit sachte verletzte und einen Teil der Hürde nahm, um sie auf den Schmerz vorzubereiten, der bald folgen würde.

Mit einem Arm hielt er sie umfaßt, während er seine Hose auszog, und dann preßte er sich wieder an sie, und sein fester, muskulöser Schenkel drängte sich zwischen ihre Beine.

Plötzlich klapperte die Tür über ihnen heftig gegen ihre Angeln, und der Staub, der sich dort angesammelt hatte, drang durch die Ritzen wie Nebelbänder und fiel auf sie herab.

»Charlotte!« ertönte Nemis Stimme. »Charlotte, bist du da drin?«

»Nehemiah«, flüsterte sie.

»Nehemiah«, wiederholte Walker langsam. »Er sucht sich die dramatischsten Momente aus, um unerwartet aufzutauchen. Wie kann er urplötzlich aus dem Nichts erscheinen? Es ist verdammt frustrierend, eine Frau mit einem Bruder zu umwerben, der die Gabe besitzt, aus Wolkentrichtern zu fallen.«

Charlotte wußte, was er empfand, denn es erging ihr ähnlich. Es gab Zeiten, in denen Nemi sich zu sehr als ihr Beschützer aufspielte, und das war einer dieser Momente. Manchmal hätte sie ihm den dämlichen Schädel einschlagen können. »Ist es das, was du getan hast, Walker? Hast du um mich geworben?«

»Ja, oder zumindest habe ich getan, was ich konnte, bis dein Bruder aus einer Wolke herniedergefahren ist, um die Mauern von Jerusalem wieder zu erbauen.« Ein grimmiges Lächeln trat auf die zusammengepreßten Lippen. »Es sieht so aus, als sei er etwas zu früh gekommen. Ich hatte noch keine Zeit, sie einzureißen.«

»Nein«, sagte sie mit einem Lächeln, als sie ihm einen zarten Kuß gab, »aber den Keller hast du wahrhaft gestürmt.«

Nehemiahs Stimme ertönte wieder, und Charlotte antwortete ihm, als Walker sich zur Seite drehte und aufstand, um seine Kleidung in Ordnung zu bringen. Dann reichte er ihr die Hand, zog sie auf die Füße und küßte sie zart.

»Ich werde mir ein paar Minuten am Riegel zu schaffen machen, damit du Zeit hast, deine Kleider anständig herzurichten.« Er drehte sich um und stieg die ersten Stufen hinauf. Dann blieb er stehen und wandte sich zu ihr um. Als er sie so dastehen sah, das Kleid bis zur Taille aufgeknöpft, das Haar gelöst, die Lippen naß von seinen Küssen, war er überwältigt.

»Was ist?«

»Nichts. Ich wollte dich nur genau so in Erinnerung behalten.«

Sie lächelte scheu, senkte den Kopf und nestelte mit den Knöpfen herum. Walker sprang die Stufen hinunter, kam wieder zu ihr und riß sie in seine Arme. »Es ist noch nicht ausgestanden, Charlotte. Wie du einmal zu mir gesagt hast: ›Dir ist eine Gnadenfrist eingeräumt worden, aber du bist noch lange nicht begnadigt.‹«

Sie nickte und lächelte dann. Während Walker an dem Riegel herumhantierte, zog sie ihre Kleidung zurecht, und Walker versicherte Nemi wiederholt, daß Charlotte noch im Besitz all ihrer Gliedmaßen war. Er unterließ es allerdings auszusprechen, was sie mit diesen Gliedmaßen gerade eben getan hatte, bevor Nemi an die Kellertür gehämmert hatte.

Nach einem flüchtigen Blick auf Charlotte zog er den Riegel zurück und wartete. Als Nemi die Tür aufzog, war Charlotte so gefaßt und ordentlich, wie man es nur von einer Frau erwarten kann, die gerade einen Tornado miterlebt hat.

Der grelle Sonnenschein, der in das dunkle Innere des Kellers drang, blendete sie im ersten Moment. Während Walker und Charlotte sich die Hände schützend über die Augen hielten und die schmalen Stufen hinaufkletterten, konnte Nemi sich nicht verkneifen zu sagen: »Meine Güte, ich habe wohl zwei Maulwürfe ausgebuddelt.«

Als sie oben angekommen war, stemmte Charlotte die Hände in die Hüften und funkelte Nemi erbittert an. »Nehemiah Butterworth, bei aller Liebe muß ich dir ganz offen sagen, daß du dir machmal den saublödesten Zeitpunkt aussuchst, um deine verdammten Mauern wieder zu errichten!«

Walker warf den Kopf in den Nacken und lachte schallend, als sich ein verwirrter Nehemiah den Hut wieder aufsetzte und einen verstohlenen Blick auf Walker warf. »Was habe ich denn getan?«

Charlotte wollte gerade etwas darauf antworten, als ihr Blick über seine Schulter dorthin fiel, wo ihr Schuppen stand.

Doch dort stand kein Schuppen mehr.

12.

Charlotte war am Boden zerstört. Die Schäden, die der Tornado angerichtet hatte, waren verheerend – fast unbegreiflich. Wohin sie auch sah, alles war verwüstet, und doch war wie durch ein Wunder ihr Haus verschont geblieben, ebenso wie ihr Löwenmaulbeet.

Der Schuppen stand nicht mehr. Nichts war mehr übrig von ihm, kein Splitter. Die Hühnerställe waren beschädigt, aber sie standen noch, und als Charlotte sich dort umsah, entdeckte sie etwas äußerst Seltsames. Sie wandte Nemi und Walker ihr erstauntes Gesicht zu, doch sie hatten es ganz offensichtlich selbst schon gesehen, denn beide Männer bogen sich vor Lachen.

Charlotte konnte sich auf den zweiten Blick auch nicht mehr zusammenreißen, als sie ihre Hennen herumstolzieren sah. Sie waren so nackt wie die Eier, aus denen sie ausgeschlüpft waren. Keine von ihnen hatte auch nur noch eine Feder, doch den komischsten Anblick bot der alte Hahn, als er auf der obersten Stange des Zaunes mit den nackten Flügeln flatterte und krähte.

»Wie ist das passiert?« fragte sie und drehte sich zu Walker und Nemi um.

»Soll mich der Teufel holen, wenn ich das weiß«, murmelte Nemi. »Ich vermute, der Wind hat sie gerupft. So etwas habe ich noch nie gesehen.«

»Ich habe schon öfter gehört, daß Tornados die seltsamsten Dinge anrichten«, meinte Walker. »In St. Louis habe ich einmal von einem Tornado gehört, der Stroh durch Eichentüren geweht hat.«

»Es ist wohl wirklich albern«, sagte Charlotte, als sie sich die Schäden ansah, »wenn ich glaube, ich könnte meinen Korb und meine Wäsche je wiederfinden.«

»Ach, ich weiß nicht, da wäre ich mir gar nicht so sicher«, sagte Nemi und zwinkerte Walker zu. »Ich habe gehört, ein Damenschlüpfer würde am Fahnenmast vor dem Postamt flattern.«

»Wirklich komisch, Nehemiah«, schnaubte Charlotte, als sie sich durch die Trümmer vorantastete. Sie trat eilig ins Haus, da ihr nichts Besseres einfiel, um eine Zeitlang ihre Ruhe vor Walker und Nemi zu haben, die offensichtlich zu Späßen aufgelegt waren. Nehemiah Butterworth durfte unter keinen Umständen Wind davon bekommen, was sich im Sturmkeller beinah abgespielt hätte. Ohne ihren Bruder oder Walker Reed auch nur noch einmal anzusehen, schloß sie die Tür hinter sich, doch dadurch entging ihr die Glut in Walkers Augen, als er sie beobachtete.

Nehemiah dagegen entging sie nicht.

Am nächsten Morgen war Charlotte früh auf. Es war Sonntag, und sie wollte früh in der Kirche sein, wie es in Two Trees alle halten würden. Wenn sich gerade erst ein größeres Ereignis zugetragen hatte, kam alle Welt früher zur Kirche, und ein Tornado konnte wahrhaft als ein größeres Ereignis eingestuft werden.

Nach dem Bad zerrte Charlotte ein blaues Köperkleid aus ihrem Schrank, strich mit der Hand über den rauhen Stoff und dachte an Walker Reeds Kinn, das sich ähnlich anfühlte. Als sie in ihrem Unterhemd und ihrem Petticoat vor dem Spiegel stand, betrachtete sie sich. Sie sah kein bißchen anders aus als gestern, aber sie fühlte sich weiß Gott völlig anders.

»Ich muß verliebt sein«, sagte sie. Sie hielt sich das blaue Köperkleid an und tanzte damit im Zimmer herum, bis sie atemlos war. Dann blieb sie stehen, und eine Woge von Selbstbezichtigung brach über sie herein. »Charlotte Augusta Butterworth, du bist wirklich eine Närrin!«

Charlotte griff zur Bürste, zerrte sich die Nadeln aus dem Haar, warf den Kopf zurück und kostete das Gefühl aus, ihr Haar, das noch feucht vom Waschen war, auf ihrem Rücken zu spüren. Sie trat ans Fenster, öffnete die Gardinen, streckte den Kopf hinaus und bürstete sich das Haaar nach oben, bis es aus dem Fenster hing und ihr Gesicht verbarg.

Walker war ebenfalls früh auf, und er entschloß sich, Butterbean vor den Wagen zu spannen, den Nehemiah von zwei Feldarbeitern hatte bringen lassen, damit Charlotte zur Kirche fahren konnte, denn ihr Einspänner war da, wo der Tornado ihn zufällig hingeweht hatte. Butterbean trabte an die Stelle, an der der Schuppen gestanden hätte, wenn er nicht fortgerissen worden wäre. Walker wunderte sich nicht, die Stute zu sehen, da sie jeden Morgen und jeden Abend einen Eimer von ihrem geliebten Hafer im Schuppen vorgefunden hatte. Walker fand, es sei ausgesprochen umsichtig von Nemi gewesen, Jam zu sagen, er solle das Vieh freilassen, bevor der Tornado ausbrach. In diesem Schuppen hätten die Tiere keine Chance gehabt.

Als der Wagen bereitstand, sah Walker zum Haus und fragte sich, ob Charlotte bemerkt hatte, daß er die Nacht in ihrem Gästezimmer zugebracht hatte, da seine Unterkunft weggeweht worden war. Es war die reinste Hölle gewesen, in diesem kleinen Schlafzimmer zu liegen und zu wissen, daß nur eine dünne Wand ihn von Charlotte trennte. Seinem Gesicht war deutlich anzusehen, um wieviel Schlaf ihn diese Vorstellung gebracht hatte.

Während er noch daran dachte und das Haus anstarrte, fiel ihm plötzlich auf, daß Charlottes leuchtend rotes Haar aus ihrem Schlafzimmerfenster hing, und er blieb regungslos stehen und sah zu, wie sie ihr unglaublich langes Haar bürstete. Er hatte nie Haar von dieser lebhaften Färbung gesehen, und irgendwie war es unglaublich sinnlich, einer Frau zuzusehen, die sich das Haar bürstete, selbst dann, wenn sie sich derart absurd aus dem Fenster beugte. Er lachte leise vor sich hin. Jede andere Frau hätte sich provozierend auf der Fensterbank in Pose gesetzt, sich das lange Haar über eine Schulter wallen lassen und sich angesehen, wieviel Unheil sie damit anrichten konnte. Nicht so die süße Charlotte. Blitzsauber hing sie aus dem Fenster wie eine Beutelratte an einem Baum, und noch nie hatte sie so bezaubernd ausgesehen.

Doch dann hob Charlotte den Kopf und sah, daß er am Wagen lehnte und sie beobachtete. Sie war derart verblüfft, daß sie vergaß, wo sie war, den Kopf hochriß, ihn sich am Fenster anschlug und einen Schrei ausstieß, der so laut war, daß Walker ihn hörte und zusammenzuckte.

»Brauchst du Hilfe?« rief er.

»Nein, du perverser Voyeur«, schrie sie zurück, »ich brauche keine Hilfe.«

Ehe Walker spöttisch darauf antworten konnte, knallte Charlotte das Fenster zu, und Walker machte sich auf den Weg zum Brunnen, um sich vor dem Frühstück noch zu waschen. Auf seinem Gesicht stand ein Lächeln, und er summte eine Melodie vor sich hin.

Charlotte war inzwischen ein Teil ihrer Überschwenglichkeit vergangen, und nachdem sie ihr Haar zu einem Knoten geschlungen hatte, rammte sie die Haarnadeln hinein, wie sie die Gurken aufspießte, wenn sie sie aus ihrem Gurkenfaß holte. Achtlos zog sie sich an und überschüttete sich mit einer ungewohnten Vanillemenge.

Walker saß am Küchentisch und trank eine Tasse Kaffee, als sie durch den Flur kam. Er blickte auf, sah ihre steife Haltung und wußte, was los war. Wenn sie sich in eine Wolke hüllen wollte, dann war das ihre Sache. Und wenn sie sich besser fühlte, wenn sie ihn ein paar Tage mit steifem Anstand behandelte, um nicht an das zu denken, was zwischen ihnen passiert war, dann sollte ihm das recht sein – solange es nicht länger als ein paar Tage dabei blieb.

Als sie den Raum betrat, war die Luft zwischen ihnen elektrisch geladen, aber es hing noch etwas anderes in der Luft. Was es auch sein mochte, er konnte den Mund nicht halten.

Er grinste. »Hast du heute morgen dein Parfüm verschüttet, Gussie?«

Sie warf ihm einen ihrer Blicke zu, aber das war auch schon alles. Dann band sie sich die Schürze um und bereitete das Frühstück zu.

Innerlich verfluchte Walker sich. Mit seiner dummen, vorlauten Art und seiner Unempfänglichkeit für ihre Stimmung hatte er sie offensichtlich verletzt, und sie kam sich jetzt dumm vor. Er musterte sie. Das Kleid hatte er vorher noch nie an ihr gesehen, und dabei fiel ihm auf, daß es bisher auch nie ihre Gewohnheit gewesen war, sich sonntagmorgens das Haar zu waschen. Ihm schoß der Gedanke durch den Kopf, daß sie sich ganz besonders bemüht hatte, bis hin zu der übermäßigen Vanillemenge, und zwar um seinetwillen, und er hatte ihre Bemühungen unsensibel zertrampelt wie ein zartes Blütenblatt unter seinem Stiefel. Er fragte sich, was er tun konnte, um das wiedergutzumachen, und dann kam ihm ein spontaner Einfall.

»Ich nehme an, du hast nicht zufällig irgendwelche Kleidungsstücke von Nehemiah hier, oder?«

Sie hörte auf, den Speck zu schneiden, und sah ihn an. »Doch, aber weshalb sollte dich das interessieren?«

»Ich dachte nur, ich könnte mich vielleicht rasieren und mit dir in die Kirche gehen, aber dazu bräuchte ich etwas Sauberes zum Anziehen. Meine sauberen Kleider hängen wahrscheinlich gemeinsam mit deinen an dem Fahnenmast vor dem Postamt.«

»Ach du meine Güte«, rief sie und schlug sich die Hände vor den Mund. »Der Schuppen! Das hatte ich vollständig vergessen. Deine Kleider – dein Bett – alles.« Sie unterbrach sich. »Wo hast du letzte Nacht geschlafen? Ich schäme mich gräßlich, weil ich mich einfach ins Bett gelegt und keinen Moment an dich gedacht habe.«

Er erzählte ihr, wo er geschlafen hatte, und es überraschte ihn, als sie ihm die Benutzung des Zimmers anbot – entweder bis sein Bruder kam oder bis der Schuppen wiederaufgebaut war, je nachdem, was von beidem eher geschah. Ehe er sich bei ihr bedanken konnte, fiel ihm auf, daß ihr Gesicht sich rötete, als sei sie plötzlich verlegen. Sie schlug die Augen nieder und fing an, die Speckscheiben in die Pfanne zu legen.

»Es sollte jetzt nicht mehr allzu lange dauern, bis du mich vom Hals hast. Ich denke, Riley hat das Telegramm aus El Paso inzwischen schon geschickt. Vielleicht kann ich nach der Kirche in Archers Büro gehen und nachfragen, ob er etwas gehört hat.«

Etwas von dem, was er gesagt hatte, mußte bei ihr angekommen sein, denn sie zuckte plötzlich heftig zusammen und zog eilig die Hand von der Pfanne zurück.

»Was ist?«

»Nichts. Ich habe mir nur die Hand verbrannt«, sagte sie und wandte sich ab. Sie griff nach dem Buttergefäß, um sich etwas auf die Hand zu schmieren.

Walker sprang auf und eilte augenblicklich an ihre Seite. »Zeig her«, sagte er. »Laß mich mal schauen.«

Sie hätte es ablehnen sollen, aber aus irgendwelchen seltsamen Gründen tat sie es nicht. Er trat vor sie hin und streckte die Hand aus, in die sie ihre verbrannte Hand legte. Beide standen einen Moment da und sahen auf ihre kleine weiße Hand herunter, die wie eine verwundete Taube auf seiner dunkleren Hand ruhte. Er streckte die andere Hand aus, um ihre Finger zu öffnen, und dann sah er die größere Verbrennung auf ihrer Handfläche, auf der sich jetzt schon eine Blase bildete.

Er hob die Hand zu seinem Mund und drückte sachte Küsse auf ihre verletzte Haut. »Hast du nicht eine Salbe?«

»Butter wird schon helfen.«

Sie ließ ihre Hand entspannt in seiner Hand liegen, als er ein Stück Butter aus dem Tongefäß fischte, es auf ihre Handfläche legte und in die Haut massierte.

»Charlotte«, sagte er leise. »Wo sind Nemis Kleider?«

»Im hinteren Schlafzimmer«, sagte sie ebenso leise, ohne ihren Blick auch nur einen Moment von den Bartstoppeln auf seiner Wange zu lösen. »Aber warum gehst du heute zur Kirche? Das hast du doch bisher nie getan.«

Er schlang die Arme um sie, zog sie an sich und küßte ihre rosige Stirn. »Weil, meine süße Charlotte, du bisher nicht mein Mädchen warst.«

Charlotte hatte schon oft gehört, die Aussicht darauf, etwas zu bekommen, sei oft besser, als es dann zu haben, doch darin konnte sie kein Körnchen Wahrheit entdecken. Die Aussicht, daß Walker sie zur Kirche begleitete, erfüllte sie mit ehrfürchtiger Scheu, doch als es wirklich dazu kam, war das ein Ereignis, das sie ein Leben lang wie einen Schatz in der Erinnerung hüten würde.

Sie trug ihr unpraktischstes Kleid aus blauem Musselin und steckte sich das Haar zwar hoch, aber nicht zu dem gewohnten schlichten Knoten, sondern sie flocht es und steckte es majestätisch hoch oben auf dem Kopf und nicht im Nacken zusammen. Als sie ins Freie trat, sprang Walker behende vom Kutschbock und half ihr beim Einsteigen. Dabei musterte er sie mit einem glühenden Blick, der ihre Sehnsüchte wachrief. »Es bekommt dir, mein Mädchen zu sein, Gussie.«

Charlotte lächelte und reichte ihm die Hand, um sich beim Einsteigen von ihm helfen zu lassen, doch ehe sie wußte, was passiert war, hatte Walker ihre Taille umfaßt, und nachdem er sie zwei- oder dreimal herumgewirbelt hatte, hob er sie auf seine Arme, trug sie zum Wagen und setzte sie auf den Sitz, bevor er selbst aufstieg. Er griff nach ihrer Hand, drehte sie um und preßte einen Kuß direkt über dem Handschuh auf ihr Handgelenk. »Charlotte, mein Mädchen, du siehst wunderschön aus.«

Und sie fühlte sich wunderschön.

Als sie eintrafen, drängten sich die Leute schon auf dem Kirchplatz, und Charlotte stellte fest, daß sich die meisten Gemeindemitglieder eigentümlicherweise darüber zu freuen schienen, sie mit einem Mann zu sehen, doch es ging keineswegs allen so. Ein Flüstern ging ihnen voraus, und Freunde und Nachbarn blieben stehen, um sie zu begrüßen. Sie redeten über das Wetter, erkundigten sich nach Charlottes Wohlergehen und fragten sie, wie es ihr während des Tornados ergangen war. Für Charlotte war es so selbstverständlich, mit Walker gemeinsam aufzutreten, daß sie sich gar keine Gedanken darüber machte. Dann verstand sie plötzlich, wie nah sich Nemi Hannah fühlte, und sie gewann einen kurzen Einblick, wie es gewesen wäre, einen Lebensgefährten zu haben. Sie sah Walker in den

Feldern, in ihrer beider Feldern, wie er sich zur Arbeit aufmachte und jeden Abend zu ihr zurückkehrte, und bei ihrem Anblick schwand der Ausdruck der Ermattung von seinem Gesicht. Sie sah ihn lachen und sich mit ihren Kindern auf dem Boden herumwälzen, und sie sah, wie er konzentriert die Stirn bei dem Versuch in Falten legte, eine Windel anzulegen.

Sie malte sich aus, seinen kräftigen warmen Körper allnächtlich neben sich im Bett zu spüren, das Aufflackern der vertrauten Leidenschaft und den Trost, den sie aus dem Wissen schöpfte, daß es immer so zwischen ihnen sein würde.

Sie konnte seine Kraft und seine Güte und die liebevolle Unterstützung, die er ihr angedeihen ließ, wie etwas spüren, das lebendig war und in ihr wuchs. Und wenn er fortging, wäre all das vorüber, und er würde all diese Wärme und Kraft mitnehmen. Aber daran wollte sie nicht denken. Nicht jetzt. Bis dahin wollte sie jeden kostbaren Augenblick genießen, denn sie wußte, daß ihr noch Zeit genug zum Trauern blieb, wenn er erst fort war.

Als sie die Kirche betraten, drehten sich ein paar Leute, die sie draußen nicht gesehen hatten, nach ihnen um. Prissy, Mary Alice und May starrten sie regelrecht an. Während des gesamten Gottesdienstes bemerkte Charlotte jedesmal, wenn sie in die Richtung sah, daß eine der drei verstohlene Seitenblicke auf sie warf. Sie hatte die Mädchen mit einem Lächeln und einem Nicken begrüßt, doch sie hatten nur mit einem haßerfüllten Blick darauf reagiert und sich eilig wieder abgewandt. Aber weshalb hätte sie sich daran stören sollen?

Nach der Kirche unterhielten sie sich noch eine Zeitlang mit Bekannten, doch dann ließ Charlotte Walker mit Archer stehen, weil sie sah, daß Nemi und Hannah aufbrechen wollten.

Nachdem sie mit Nemi und Hannah geredet und sie zu ihrem Wagen begleitet hatte, bahnte sich Charlotte einen Weg zu Walker und Archer, die immer noch dastanden und miteinander redeten. Als sie hinter einem offenen Einspänner vorbeikam, dessen Verdeck hochgeklappt war und die drei Damen, die darin saßen, vor Blicken schützte, hörte sie vertraute Stimmen.

»Dieses Flittchen hat wirklich Nerven«, sagte Mary Alice gerade.

»Ihren Liebhaber derart in der Kirche vorzuzeigen. Sich vor Gott und aller Welt mit ihm zu brüsten.«

»Glaubst du, daß er wirklich ihr Liebhaber ist?« fragte Prissy.

»Fliegen Vögel? Natürlich ist er das. Hast du denn nicht gesehen, daß sie ganz anders ausgesehen hat als sonst? Heute hat sie sich für einen Mann zurechtgemacht. Und dann hat sie diesen zufriedenen Gesichtsausdruck – wie eine Katze mit einem vollen Bäuchlein.«

»Wenn es wirklich so um die beiden steht, dann ist es ja nur gut, daß sie zur Kirche gegangen sind«, sagte May.

»Manchmal«, sagte Mary Alice, »kannst du schon außerordentlich dumm sein, May. Wenn du dir einbildest, sie hätten wie zwei reumütige Sünder ausgesehen, dann habe ich eine Goldmine in meinem Hinterhof, die ich dir gern verkaufen würde.«

»Aber warum sollte er sich denn ausgerechnet für *sie* entscheiden?« sagte Prissy.

»Wahrscheinlich war es nicht seine Entscheidung. Das ist doch der erste echte Mann, den Charlotte Butterworth je aus der Nähe gesehen hat. Sie konnte ihm ganz einfach nicht widerstehen«, sagte Mary Alice.

»Könntest du das denn?« fragte May.

»Ich würde ihm nicht widerstehen wollen«, erwiderte Mary Alice.

»Ach, das ist doch alles völlig uninteressant«, fauchte Prissy. »Was glaubt ihr, wie er ist? Ich meine, wenn man danach geht, wie sehr sich Charlotte verändert hat, dann muß er ganz schön gut im Bett sein.«

»Das kann man ihm doch schon ansehen«, sagte Mary Alice.

Charlotte, die kurz vor den Tränen stand, begriff plötzlich, was hier geschah. Sie machten sie nicht aus Haß schlecht, noch nicht einmal aus einer Abneigung heraus. Sie waren schlicht und einfach neidisch. Sie hatte etwas, oder zumindest glaubten die drei, sie hätte etwas, was sie alle selbst gern gehabt hätten. Walker Reed. Er hatte eine sinnliche und erregende Ausstrahlung, die ihre weibliche Neugier angestachelt hatte. Abgesehen davon, daß er atemberaubend gut aussah, stammte Walker aus Kalifornien, und das lag weit genug ab von den verdörrten Steppen des westlichen Texas, um ihn zu etwas ganz Besonderem zu machen, und dazu kam, daß er sich wirklich irgendwie von den Männern hier unterschied. Es war nichts Aufdringliches, was sofort ins Auge sprang, und doch unterschied er sich auf subtile Art in seiner Sprache, seinem Auftreten, in der Art, wie er sich kleidete, wie er sich das Haar kämmte und wie er seinen Hut aufsetzte. Diese Dinge reichten gerade eben aus, um ihn ein wenig exotisch wirken zu lassen, unnahbar, verboten und ach, so begehrenswert. Um ihn drehten sich all ihre geflüsterten Phantasien, und er war der Inbegriff dessen, was sie sich wünschten, in der Realität aber niemals haben konnten. Daher keiften und höhnten sie hinter ihrem Rücken, denn sie waren wütend und neidisch und glaubten, sie wüßte all das aus Erfahrung, wozu sie nur Vermutungen anstellen konnten.

Plötzlich wurde ihr das Herz leicht, und sie wandte sich ab und ging.

Archer hatte Walker allein gelassen und redete jetzt mit dem alten Mr. Gillingwater. Walker stand genau dort, wo Charlotte ihn zurückgelassen hatte, und er sah ihr entgegen, als sie auf ihn zukam. »Wie geht es Hannah und Nemi?«

»Gut. Sie werden vorbeikommen, sowie Nemi mit dem Zaun fertig ist und Hannah ihre Rote Bete eingelegt hat.«

Einen Moment lang sah es so aus, als würde Walker etwas zu Hannahs Roten Beten bemerken, doch dann überlegte er es sich anders. Charlotte spielte mit dem Gedanken, ihm von den sauertöpfischen Bemerkungen zu erzählen, die ihr zu Ohren gekommen waren, doch dann entschied sie sich, den Vorfall nicht zu erwähnen. Schließlich war es ein sonniger Sonntag, und sie hatte den bestaussehenden Mann der umliegenden sechs Landkreise an ihrer Seite.

Heiteren Herzens machte sich Charlotte mit Walker auf den Weg zu ihrem Wagen.

Direkt auf die Nacht des Sonntags folgte der Montagmorgen, wie sonst auch immer, und wie sonst auch immer stand Charlotte mit den Hühnern auf – oder in dem Fall eher mit dem Hahn.

Nemi kam am späten Nachmittag vorbei und unterhielt sich mit Walker, während Hannah und Charlotte Teepunsch zubereiteten und ihn mit Anisplätzchen auf die Veranda vor dem Haus trugen.

Trotz der fortgeschrittenen Stunde war es noch heiß, und Hannah wedelte sich rhythmisch mit ihrem Fächer Luft zu. Synchron dazu war das Quietschen ihres Schaukelstuhls zu vernehmen. In einer Stunde würde es angenehm abkühlen, wie immer nach dem Sonnenuntergang.

Hannah beobachtete einen Scherenschwanz in Charlottes Ulme. »Ist dir eigentlich klar, was für ein Glück du gehabt hast, daß deine Bäume von dem Tornado nicht entwurzelt worden sind? Einen Schuppen kann man ersetzen, aber Bäume – du hast wirklich gewaltiges Glück gehabt.«

»Ist das das Thema, über das Nemi und Walker diskutieren – der Wiederaufbau des Schuppens?«

»Ich glaube, ja. Nemi hat gesagt, wir könnten dir vor dem Kalben im Herbst ein paar Arbeiter überlassen, und da bei uns keine Schäden entstanden sind, fand er, jetzt sei der beste Zeitpunkt, sich hier an die Arbeit zu machen. Es ist wirklich gut, daß du Walker hier hast, der sich darum kümmern kann. Ich glaube, Jam käme allein nicht mal aus einem Schlafanzug raus, und diese Cowboys sind nur dann zu gebrauchen, wenn jemand sie beaufsichtigt und ihnen sagt, was sie zu tun haben. Allein haben die keinen Schimmer von Tuten und Blasen«, sagte Hannah.

»Ich hoffe nur, daß Walker noch lange genug hier ist, um sie bis zum Schluß zu beaufsichtigen«, erwiderte Charlotte.

Der laute Schrei einer Katze drang zu ihnen, und direkt darauf ertönte männliches Gelächter. Im nächsten Moment bogen Walker und Nemi um die Hausecke. Charlotte stellte ihr Teeglas auf das Tablett, und als sie aufblickte, sah sie, wie ihre gelbgetigerte Katze Staubwolken aufwirbelte, um den Männern schleunigst zu entwischen. Als sie begriffen, was passiert war, lachten Charlotte und Hannah.

»Wer von euch Grobianen ist Mildred auf den Schwanz getreten?«

Nemi verpaßte Walker einen Rippenstoß. »Das war Walker. Das müßtest du eigentlich ahnen, wenn du dir seine Füße ansiehst. Die sind doch breiter als Eisenbahnschienen.«

»Es war ein Versehen, Gussie. Du brauchst die Teekanne also nicht unbedingt über mir auszuschütten«, sagte Walker lachend.

Charlotte war derart in die Betrachtung seiner prachtvollen Erscheinung vertieft, daß sie nicht mitbekam, was er gesagt hatte, doch als alle in schallendes Gelächter ausbrachen, wußte sie, daß sie sie ertappt hatten. Sie spürte, wie eine schuldbewußte Röte in ihr Gesicht aufstieg, um es wie eine rote Fahne zu verhüllen.

Als er ihr Unbehagen bemerkte, kam Walker mit schnellen Schritten auf sie zu und ließ sich neben sie auf die Schaukel sinken, deren Ketten bedenklich quietschten, als er Schwung holte.

Er blickte auf. Sie folgte seiner Blickrichtung. »Ich hoffe, das Ding kann uns beide tragen«, sagte Walker und steckte die Hand in die Tasche. Er holte eine Mundharmonika heraus, setzte sie an die Lippen und fing an zu spielen. Nach drei Liedern war Nemi in der richtigen Stimmung. Er sprang auf.

»Charlotte, hast du noch diese alte Maultrommel, die Pa gehört hat?«

»Während du die Maultrommel suchst, hole ich frischen Tee«, sagte Hannah.

Meine Güte, dachte Charlotte. Seit zehn Jahren hatten sie nicht mehr an das alte Ding gedacht, doch sie wußte ganz genau, wo es war. »Sie steckt in einem Lederbeutel hinter den Patronen für die Winchester«, antwortete sie. Ihr Kopf lehnte an der Rückenlehne der Schaukel, ihre Augen waren geschlossen, und sie lauschte der eingängigen Melodie, die Walker spielte.

»Wo sind die Patronen für die Winchester?« rief Nemi.

Charlotte schlug die Augen auf und sah Walkers dunkle Augen, die sie betrachteten. Als sie gerade aufstehen und die Maultrommel selbst holen wollte, hielt Walker sie mit einer Hand zurück. »Sag ihm einfach, wo. Er findet sie schon allein.«

»Ich brauche keine Minute, um sie zu holen«, versicherte sie und wollte aufstehen.

Doch Walker stieß sie zurück. »In einer Minute bin ich nicht mehr in Stimmung«, sagte er.

Sie sah ihn verwundert an. »In Stimmung für was?«

»In der Stimmung, dich zu küssen.«

»Charlotte! Wo sind die Patronen?« dröhnte Nemis Stimme.

»Hinter den Keksen in der Speisekammer«, rief Charlotte fast genauso laut zurück, bevor Walker sie auf köstlichste Weise zum Verstummen brachte.

Hannah und Nemi kamen gemeinsam zurück, und während Hannah alle Teetassen nachfüllte, fing Nemi an, auf der Maultrommel zu spielen. Bei den beiden ersten Versuchen klemmte er sich die Lippen ein. Beim zweiten Glas Tee wurde er dann schon besser, und Walker begleitete ihn auf der Mundharmonika. Beim vierten Lied steckte Walker die Mundharmonika in die Tasche, sprang abrupt von der Schaukel und riß Charlotte mit sich.

»Was auf Erden soll das heißen!« rief sie aus, als er sie herumwirbelte.

»Tanz mit mir. Ich fühle mich wieder wie ein großer Junge.«

»Ich würde eher sagen, du hast etwas von einem alten Narren an dir«, sagte Charlotte, und Hannah lachte, bis Nemi ihr sagte, sie solle augenblicklich aufhören, denn sonst müßte er auch lachen, und dann sei es aus mit der Tanzmusik.

»Ich kann nicht tanzen«, rief Charlotte, doch Walker schenkte dem nicht die geringste Beachtung, oder zumindest glaubte sie das, aber als Walker sie auf der Veranda herumwirbelte, dachte er an ein einsames kleines Mädchen, das in einer Steppe in Kansas festsaß und niemanden hatte, der es liebte, niemanden hatte, der ihm sagte, wie schön es war oder daß es etwas ganz Besonderes war, niemanden hatte, der es das Tanzen lehrte. Es gab so viele Dinge, die ihr versagt geblieben waren oder die sie sich selbst versagt hatte, so viele Dinge, die er ihr gern gezeigt hätte – hätte er bloß mehr Zeit gehabt.

Wie alles Schöne mußte auch der Tanz mit Walker zu Ende gehen. Es wurde schon spät. Hannah und Nemi mußten sich auf den Heimweg machen. Walker erbot sich, Nemi beim Anspannen zu helfen, während Hannah mit Charlotte aufräumte.

Charlotte fand es erstaunlich, wie schnell Nemi Walker akzeptiert hatte. Nemi war ein typischer Rancher aus Texas: Er sagte so schnell nichts, er bildete sich so schnell keine Meinung, und er schloß so schnell keine Freundschaft, ließ aber auch eine bestehende Freundschaft nicht so schnell abreißen. Seine Familie und Charlotte hatten bei ihm immer an erster Stelle gestanden. Nicht ein einziges Mal hatte Charlotte je erlebt, daß er einem anderen Mann gegenüber so offen und herzlich war, wie er sich Walker gegenüber verhielt. Hannah hatte es auch bemerkt.

»Es ist ein Jammer, daß Walker wieder fortgeht«, sagte sie. »Ich habe Nemi noch nie so wie heute gesehen – so putzmunter wie ein junger Hund.«

Charlotte sah Hannah an, brachte es aber nicht über sich, etwas zu sagen. Hannah war größer als sie, außerordentlich sanftmütig und liebenwürdig. Sie war drei Jahre älter als Nemi, und ihr braunes Haar bekam schon graue Strähnen, doch in ihren goldenen Augen tanzte noch das Licht der Jugend.

»Bei dem Mann fällt es einem schwer, die Blicke von ihm loszureißen, nicht wahr?« sagte sie nach einem langen Schweigen, das sich noch länger hinzuziehen drohte, da Charlotte tief in Gedanken versunken war.

»Bei wem?« sagte Charlotte geistesabwesend.

»Walker Reed. Er ist wirklich ein bildschöner Mann. Ich würde wetten, wenn er durch die Stadt läuft, wird er aufgenommen wie der Zirkus, von allen Seiten wird ihm zugejubelt, und alle Blicke sind auf ihn gerichtet…«

»Und zwischen den Schaubuden kommt es zu ein paar Jongleurnummern«, fügte Charlotte hinzu.

»Glaubst du, daß er schuldig ist?«

»Nein, natürlich nicht. Ich habe ihn nie für schuldig gehalten.«

»Würde es für dich etwas ändern, wenn er doch schuldig ist?«

»Er wird so oder so von hier weggehen. Was also sollte sich ändern?«

»Gefühle, Charlotte. Ich rede von Gefühlen.«

»Glaubst du, Nemi würde Walker gegenüber anders empfinden,

wenn er erführe, daß er nicht ist, wer er zu sein behauptet?« entgegnete Charlotte.

»Nein.«

»Ich auch nicht.«

Charlotte spülte die Krumen von der Platte und reichte sie Hannah zum Abtrocknen.

»Weißt du viel über seine Familie?« fragte Hannah, während sie die Platte entgegennahm.

»Nicht wirklich. Er hat einen Bruder, Riley. Er hatte eine jüngere Schwester, aber sie ist vor vier Jahren gestorben, als ein Pferd sie abgeworfen hat. Seine Eltern sind beide noch am Leben, und sie sind recht wohlhabend, wenn der Bericht, den Archer von dem Sheriff in Santa Barbara bekommen hat, zutreffend ist.«

»Wie reich?«

Charlotte lachte. »Ich habe nicht nachgefragt, aber in dem Telegramm stand, Walkers Großvater hätte während des Goldrauschs großes Glück gehabt. Ihre Ranch ist nach Archers Angaben eine der größten im ganzen Staat.«

»Hm.«

Charlotte warf einen prüfenden Blick auf Hannah. »Was heißt hier hm?«

Hannah lachte. »Hm heißt, er sieht gut aus, er ist so männlich wie ein Stier, er ist reich. Er ist ein äußerst lohnender Fang.«

»Ich angle nicht.«

»Warum wirfst du nicht einfach ein- oder zweimal die Angel aus und schaust, was passiert?«

»Hannah, ich weiß noch nicht einmal, wie man den Köder am Haken befestigt, vom Auswerfen der Angelschnur ganz zu schweigen.«

Charlotte stand vor der Speisekammer und räumte die Teedose weg, während Hannah den Küchentisch abwischte, als Nemi und Walker die Küche betraten. Das laute Auftreten ihrer Stiefel hatte sie schon angekündigt. Charlotte drehte sich mit einem Lächeln und einer Begrüßung auf den Lippen um, als sie sah, daß Archer Bradley den beiden folgte.

»Mein Gott«, sagte Hannah, »hier geht es ja zu wie in einem Taubenschlag. Hallo, Archer.«

»Hannah, Miss Lottie«, grüßte Archer und sah sich im Raum um.

»Die Plätzchen sind in der Plätzchendose, Archer«, sagte Charlotte.

»Danke.«

Während Archer sich eine Handvoll Plätzchen aus der Dose fischte, stellte Hannah ihm einen Teller hin, und Charlotte schenkte ihm ein Glas Tee ein.

»Was führt Sie um eine nachtschlafende Zeit in diese abgelegene Gegend?« sagte Charlotte.

Archer sprach mit vollem Mund. »Ich habe Walker und Nemi gerade schon erzählt, daß dieser verdammte – äh, dieser verflixte Dummkopf Jethro Cubbs, den die Stadt als meinen Deputy eingestellt hat, nicht das Pulver wert ist, das man bräuchte, um ihn zu erschießen.«

Charlotte sah Walker an. Er hatte die Schulter an den Schrank gelehnt und die Daumen in seinen Gürtel gehakt. Sie lächelte ihn an. Er erwiderte ihr Lächeln, und ein schalkhaftes Funkeln war in seinen Augen. Schelmisch zwinkerte er ihr zu, und sie war fassungslos. »Tja, Archer«, sagte sie eilig, »letzte Woche haben Sie Jethro noch über den grünen Klee gelobt. Was ist passiert?«

»Na ja, das Telegramm, darum dreht es sich doch.«

Charlottes Blick wandte sich schnell wieder Walker zu, und das Lächeln schwand von ihrem Gesicht, als sie bemerkte, daß das Funkeln seiner Augen erlosch.

»Was für ein Telegramm?« sagte Walker.

»Das von Ihrem Bruder Riley. Es ist vor mehr als einer Woche gekommen, und ich habe es diesem Schwachkopf gegeben, damit er es zu Ihnen rausbringt«, sagte Archer.

»Wir haben nie ein Telegramm bekommen«, sagte Walker. Dann sah er Charlotte an und fügte hinzu: »Oder doch, Charlotte?«

Bevor Charlotte etwas darauf antworten konnte, antwortete Archer an ihrer Stelle. »Natürlich nicht«, sagte er. »Genau das versuche ich Ihnen doch gerade zu sagen. *Ich* habe das Telegramm hier in meiner Hemdtasche. Ich habe es heute abend gefunden, als ich meinen Schreibtisch aufgeräumt habe – und es hat noch genau an der Stelle gelegen, wo ich es hingelegt habe, als ich Jethro gesagt habe, daß er es herbringen soll.« Er steckte sich das letzte Plätzchen in den Mund und fischte das Telegramm aus seiner Tasche. Walker stieß sich von dem Schrank ab, und seine Hände lösten sich von den Gürtelschlaufen, als er die Hand nach dem Telegramm ausstreckte.

Verlasse morgen El Paso. Stop. Komme gut voran. Stop. Ankunft in zwei Wochen. Stop. Mach dir nicht noch mehr Scherereien. Stop.

Riley

Nemi sah Hannah an. Hanna sah Walker an. Walker sah Charlotte an, und Charlotte, die ihm unmöglich in die Augen schauen konnte, wandte den Blick ab.

»Warum sagt denn niemand was?« fragte Archer und stieß sich vom Tisch ab.

»Was soll man dazu sagen, Archer?« sagte Hannah und räumte sein Glas und seinen Teller ab.

»Tja, ich ziehe jetzt am besten wieder ab. Tut mir wirklich leid wegen der Verzögerung, Leute. Gute Nacht.«

»Ich schätze, wir sollten uns jetzt auch besser auf den Heimweg machen«, meinte Nemi. Er drückte Charlotte an sich und schüttelte dann Walker die Hand. »Wir sehen euch beide dann morgen. Komm schon, Schatz. Wir haben noch einen langen Weg vor uns.«

Hannah schlang ihre rundlichen Arme um Charlotte und flüsterte ihr ins Ohr: »Du kannst dastehen und leichenblaß mit ansehen, wie dieser Mann aus deinem Leben verschwindet, aber du kannst auch etwas tun, um ihn zu halten.« Sie wandte sich ab und ging zur Hintertür. »Kommst du, Nemi?«

Als sie gegangen waren, blieb Charlotte, wo sie war, und versuchte, sich die Tatsache zu verinnerlichen, daß Walkers Bruder jeden Tag hier auftauchen konnte. Sie wußte ganz genau, was es hieß, wenn er kam. Es war der falsche Moment. Sie hatte noch keine Zeit gehabt, sich an die neuen zärtlichen Gefühle zu gewöhnen, die wie winzige Grünpflanzen aufkeimten und den widrigsten Umständen trotzten. Wie wirkte sich diese Neuigkeit auf Walker aus? Sie hatte Angst, ihm ins Gesicht zu sehen, Angst vor der Begeisterung, die sie dort vorfinden könnte, Begeisterung über die Tatsache, daß er bald von hier fortgehen – von ihr fortgehen durfte.

Als sie die Spannung einfach nicht länger ertrug, hob Charlotte den Blick, um Walker anzusehen. Er stand immer noch neben dem Tisch, und er hielt das Telegramm in der Hand. Doch das war es nicht, was sie mit unerwarteter Wucht traf und zutiefst erstaunte. Nein. Was ihr so mächtig zusetzte, daß ihr die Knie weich wurden, war der Ausdruck des Bedauerns, der in dieses geliebte Gesicht gemeißelt war, die reumütige Entschuldigung, die seine Augen zu ihr aussandten.

Wenn meine Liebe dich halten kann, dachte sie, *dann kannst du dich nicht von mir abkehren*, doch schon während ihr dieser Gedanke durch den Kopf ging, hatte er einen hohlen Klang, der in ihrem Herzen widerhallte. Sie war in Herzensangelegenheiten unerfahren. Sie besaß weder die Kenntnisse, noch war sie raffiniert oder listig genug, um einen Mann wie Walker zu fesseln. Sie hatte recht gehabt, als sie Hannah gesagt hatte, sie hätte keinen Köder zur Verfügung. Sie war sich noch nicht einmal sicher, ob sie einen Angelhaken hatte.

»Tja«, sagte sie händeringend, »ich denke, es ist jetzt an der Zeit, schlafen zu gehen, und deshalb wünsche ich dir eine gute Nacht.«

Walker sah ihre Verletzbarkeit und ihre Zweifel, und ihm ging schnell auf, daß er eine Rolle übernommen hatte, die er weder hinwerfen noch zu Ende spielen konnte. Wenn er nicht Schritte unternommen hätte, um ihr Vertrauen zu gewinnen, dann wäre er nicht Gefahr gelaufen, auch ihr Herz zu gewinnen, und er wußte, daß Charlottes Herz auch im Spiel war. Keine Frau sah einen Mann an, wie sie ihn ansah, wenn nicht ihr Herz an ihm hing – und zwar sehr.

Er hatte ihr vieles angetan, was er bereute, aber wenigstens hatte er sie im Sturmkeller nicht genommen. Er hatte sich getäuscht, als er geglaubt hatte, er könnte mit ihr schlafen und sie als einen ausgefüllteren Menschen zurücklassen. Nein. Er würde nicht mit ihr schlafen. Aber er würde sie verlassen.

»Gute Nacht«, antwortete er in einem Tonfall, der zarte Traurigkeit ausdrückte, und er sah ihr nach, als sie zu ihrem Zimmer ging wie eine Frau, die zur Guillotine schreitet, und leise die Tür hinter sich schloß.

»Verdammt noch mal«, fluchte er und schmetterte seine Faust gegen die Wand. »Verdammt noch mal. Verdammt noch mal.«

13.

Früh am nächsten Morgen ritt Walker nach Two Trees, um einen Brief aufzugeben, an dem er einen großen Teil der Nacht geschrieben hatte. Er glaubte, ihm wäre wohler zumute, nachdem er ihn abgeschickt hatte, doch es kam nicht so.

Nachdem er aus dem Postamt gekommen war, ging er in Sheriff Bradleys Büro, und anschließend ritt er schnell zu Charlotte zurück, weil er sie unbedingt sehen wollte, obwohl er nicht wußte, was er sagen würde, wenn er sie sah.

Er ritt an Eltern mit einer Wagenladung von Kindern vorbei, die alle blond waren. Nur eins von ihnen hatte Charlottes Haarfarbe.

Gussie. Himmel! Was habe ich getan!

Rechts von der Straße weideten Rinder.

Mr. Jamie Granger, Uvalde, Texas.

Walker stellte sich in die Steigbügel, um einen Krampf in seinem linken Bein zu bekämpfen. Er konnte das Dach von Charlottes Haus schon in der Ferne sehen. Charlotte.

Lieb mich, Walker.

Er fragte sich, was Charlotte wohl gerade tat.

Charlottes Haar, die kleinen vogelartigen Hände und die blauen Augen. Ihr Körper unter seinem. Sein Mund auf ihrer Brust. Warum habe ich diesen Brief an Granger geschickt, wenn ich sie doch für mich selbst haben will?

Die Sonne stand hoch am Himmel und nahm die letzte morgendliche Kühle. Walker war jetzt so nah am Haus, daß er schon die Spatzen in den Ulmen zwitschern hören konnte.

Ich habe das getan, was ich für richtig gehalten habe.

Ein entsetzliches Verlangen überkam ihn. Sein Gesicht war schweißbedeckt. Seine Kehle war trocken und ausgedörrt. Walker konnte Charlotte auf der Veranda vor dem Haus herumlaufen sehen.

Ich gebe ihr zurück, was ich ihr genommen habe. Sie wird mir nicht verzeihen, wenn sie dahinterkommt. Und sie wird dahinterkommen. Sobald der alte Jamie Granger auf ihrer Schwelle auftaucht.

Walker ritt zum Tor und schwang sich vom Sattel. Er sah Charlotte an. Sie hatte ihre Blumen gegossen, doch als sie ihn entdeckte, hörte sie damit auf. Das entsetzliche Verlangen, das er gerade noch verspürt hatte, verwandelte sich in Schuldgefühl und Kummer.

So weich zwischen den Beinen. Ihre Laute, wie ein Kätzchen. Ihren Atem auf meinem Hals. Das gelöste Haar, das sich auf ihren nackten Brüsten lockt. Himmel! Ich könnte hier glücklich werden. Mit dieser Frau. Was habe ich bloß getan? Das wird sie mir nicht verzeihen. Ich werde es mir selbst nicht verzeihen.

Sie stand still da und hielt die Gießkanne in der Hand. Sie sah ihn an. Der Funke sprang über, die Luft knisterte, und zurück blieb eine Brandspur, die sie miteinander zu verbinden schien. Und doch konnte sie es spüren, etwas, was von ihm ausging, wie Dampf aus einem Kessel aufstieg, etwas, was Abstand zwischen sie legte.

»Charlotte?«

Nicht Gussie. Nicht Lottie. Charlotte. Charlotte fühlte sich benommen, ihr war schwindlig. Der Strom zwischen ihnen war abgeschnitten, die beiden Enden waren voneinander gelöst, und wie zwei Hälften einer sterbenden Schlange zuckten sie noch. Das Licht und die Glut dieses Bildes blendeten sie so sehr, daß sie die Augen davor verschloß.

»Charlotte? Stimmt etwas nicht?«

Das würde ich dich gern fragen, Walker. Sie machte die Augen auf. Er war jetzt näher gekommen. So nah, daß sie ihn hätte berühren können. Er sah sie an. Sie spürte ein Brennen, als hätte eines der Enden dieser Schlange plötzlich noch einmal um sich geschlagen und sie wie eine Peitsche getroffen. Die Berührung durchzuckte sie wie ein Blitz. Sie konnte es in seinen Augen sehen. *Lieber Gott! Er verläßt mich. Es ist zu spät. Er will es mir sagen. Er weiß nur noch nicht, wie.*

Eine gewaltige Last drückte sie nieder.

Wie kann ich dich lieben, wenn ich dich so sehr hasse? Sie blieb noch ein Weilchen stehen und musterte ihn. Die Stille zwischen ihnen vibrierte wie eine gezupfte Saite. Ein kalter Schauer kroch ihr über das Rückgrat. Sie stand vor ihm, zögernd und unentschlossen, denn ein Teil von ihr wollte ihn trösten, und der andere Teil wollte nicht hören, was sie bereits wußte. Sie starrte ihm in die Augen und wartete auf ein Zeichen, doch dort war eine Fremdheit, eine Zurückgezogenheit, die sie noch nie an ihm gesehen hatte. Er war wie ein Schlafwandler. Er erschien ihr jetzt wie ein Fremder; die lodernde Flamme, die noch vor Momenten zwischen ihnen getobt hatte, war erloschen. Jetzt trennte sie etwas voneinander, was sowohl kalt als auch finster war. Als sie spürte, wie die Kühle seines starren Blickes ihr bis in die Knochen sickerte, wandte sie sich ab und eilte ins Haus. Das Fliegengitter knallte hinter ihr zu.

Sie sah ihn am Nachmittag, als sie einen Eimer Abfälle zu den Schweinen trug. Er arbeitete am Schuppen. Walker sah auf, als sie an ihm vorbeikam. Charlotte hätte gern sein Gesicht gesehen, diese Augen, die sie früher so liebevoll betrachtet hatten, diesen Mund, der ihr vollständig neue Ausdrucksmittel beigebracht hatte. Doch sie war stur. Sie hielt die Lider gesenkt und wandte sich kein einziges Mal in seine Richtung.

Charlotte spürte, daß sich seine Blicke in ihren Rücken bohrten. Sie beschleunigte ihre Schritte, und der trockene Staub unter ihren Stiefeln wirbelte auf und legte sich auf den Saum ihres Kleides. Die Schweine waren schnell erreicht, und die Sau begrüßte sie mit einem Grunzen. Charlotte reagierte mit ein paar freundlichen Worten.

Noch mehr Grunzen. Ein Quieken. Die Sau steckte ihre Schnauze in die feuchte Erde und zog sich dann hoch; die Ferkel, denen die Wärme und die Milchquelle genommen wurden, fingen an zu quieken. Ein entschlossenes kleines Ferkel hielt sich anscheinend besser als die anderen fest. Es blieb einfach hängen, und das Mutterschwein trug es mit sich weiter, bis es auch herunterfiel. Charlotte kippte die Abfälle über den Zaun und wandte sich ab.

In der Zwischenzeit hatte Walker sich auf den Daumen gehauen und den Hammer fallen lassen. Als er von der Leiter stieg, um den Hammer aufzuheben, schimpfte er sich einen blöden Idioten. Sie wich ihm aus, und er litt darunter wie ein schmachtender Schuljunge. Als er wieder auf der Leiter stand, schlug er mit wütenden Schlägen den nächsten Nagel ins Holz.

Charlotte kam auf dem Rückweg wieder vorbei. Walker hieb wie ein Irrer mit dem Hammer auf den Nagel. Sein Hemd war klatschnaß. Auf seinen Armen, die unter den hochgekrempelten Ärmeln rausschauten, glitzerte der Schweiß. Als Charlotte ihn betrachtete, zog ein Schauer über ihren Rücken. Walker biß beim Hämmern die Zähne fest aufeinander.

»Was tust du da? Versuchst du, den Nagel durch das Brett zu treiben?«

Walker hörte auf zu hämmern, aber er drehte sich nicht zu ihr um.

»Das ist doch zwecklos, meinst du nicht auch? So ähnlich, als würde man ein totes Pferd schlagen.«

Er legte den Hammer auf einen Querbalken und drehte sich zu ihr um. Mit einem Finger stieß er seinen Hut zurück und wischte sich mit dem Ärmel den Schweiß von der Stirn. »So, wie ich das sehe, ist das auch nicht schlimmer, als einen Mann aufzufordern, einen zu lieben, und ihn dann zurückzuweisen, wenn er es versucht«, sagte er. »Oder meidest du mich, weil ich nicht dazu gekommen bin, das zu Ende zu bringen, was ich begonnen habe?«

»Ich meide dich nicht.«

»Quatsch!«

Das würde sie ihm nicht antun. Sie würde ihn nicht mit Gewissensbissen wegen der Dinge gehen lassen, die sich im Sturmkeller abgespielt hatten. Daran trug sie mehr Schuld als er. Sie hatte ihn von Anfang an dazu aufgefordert. Er hatte es an der Art gemerkt, wie sie ihn angeschaut hatte, ihre blauen Augen voller heimlicher Gedanken, an ihrem Gang, daß ihr Körper wie eine gutgeölte Maschine, bei der alle Rädchen ineinander griffen, die für die Liebe bestimmt ist, gearbeitet hatte; die Bestätigung dafür lag in den Dingen, in die sie ihn eingeweiht hatte, Dinge, die sie nie einer anderen Seele erzählt hatte. Nicht einmal Nemi, den sie liebte.

Heißt das, daß sie mich auch liebt?

Aber die Schuld lag trotzdem bei ihr. Ihr Vergehen war, daß sie eine Frau war – eine seltsame Frau –, herablassend und reserviert, die den Eindruck vermittelte, sie wollte lieber allein sein als einen Mann um sich haben. Ihre Verfehlungen waren, daß sie ihm Dinge gesagt hatte, die sie ihm von Rechts wegen nicht hätte erzählen dürfen, wenn sie nicht wollte, daß er sich etwas aus ihr machte. Und sie hatte ihm das Leben gerettet. Doch in all der Zeit, in der er sich einredete, daß sie sich alles selbst zuzuschreiben hatte, wußte er tief in seinem Innern, daß er ebensoviel Schuld wie sie trug. Das war etwas, was sie gemeinsam hatten.

Ihm fiel auf, daß sie noch immer dastand und ihn anstarrte, als hätte sie ihn vorher noch nie gesehen. Er kramte in seinem Verstand nach etwas, was er sagen konnte, aber ihm fielen keine Worte ein.

»Du gehst fort, stimmt's?«

»Was?«

»Ich habe gesagt: Du wirst fortgehen. Das ist doch der Grund für all das, oder nicht?«

»Ich weiß nicht, wovon du redest. Zum Teufel! Ich glaube, du weißt selbst nicht, wovon du redest.«

»Ich rede davon, wie du dich mir gegenüber schon seit dem Tornado verhältst. Seit du heute morgen in der Stadt warst, ist es noch schlimmer geworden. Ich weiß, daß du fortgehst.«

»Daß ich fortgehe, weißt du schon seit dem Tag, an dem ich hergekommen bin. Ich habe nie behauptet, daß ich ewig hierbleibe.«

Sie schien verletzt zu sein. »Mist!« Er stieg von der Leiter. Als er unten angekommen war, wirkte sie immer noch verletzt, aber sie wartete – wartete darauf, daß er die Worte sagen würde, die alles zwischen ihnen in Ordnung bringen konnten. Er ging einen Schritt auf sie zu.

Plötzlich fing sie an zu lachen. »Nein, du hast nie gesagt, du würdest ewig bleiben. Ich wußte, daß du eines Tages fortgehst. Das kann ich akzeptieren.«

»Weshalb, zum Teufel, bist du dann so verärgert?«

»Ich hätte nie gedacht, daß du so gehst.«

»Wie denn? Allmächtiger! Ich bin noch gar nicht weg, und du hältst mir vor, *wie* ich gehe!«

Charlotte fühlte sich so ausgelaugt, als hätte ihr jemand beide Handgelenke aufgeschlitzt, aus denen ihr Blut quoll. »Wann wolltest du es mir sagen? Wie hätte ich dahinterkommen sollen? Wenn ich dein Bett leer vorfinde und dein Pferd und deine Sachen fort sind? Hattest du es so geplant? Dich mitten in der Nacht davonzuschleichen, wie Jamie es getan hat?«

Walker sagte kein Wort. Er wirkte verlegen. Er trat von einem Fuß auf den anderen. »Das hatte ich nicht vor«, behauptete er. »Du müßtest eigentlich wissen, daß ich dir das niemals antun könnte.«

Sie hatte ihren Kopf von ihm abgewandt und starrte die Windmühle an. Von der Seite konnte er den feuchten Schimmer in ihren Augen sehen, aber sie weinte nicht. Er fand, daß Worte im Moment nicht angemessen waren, und daher sah er sie nur an und versuchte, sie mit aller Willenskraft dazu zu bewegen, daß sie sich ihm zuwandte.

Doch Charlotte konnte ihn nicht ansehen. Nicht jetzt. Denn wenn sie sich umdrehte und ihn anschaute, wenn sie ihm in die Augen sah, würde er ihre Gefühle erkennen. Etwas, was sie ihm gestern nicht hatte zeigen können. Etwas, was sie selbst bis zu diesem Augenblick nicht gewußt hatte. Etwas, was sie ihm für alle Zeiten vorenthalten würde. Er sollte es nicht erfahren.

Sie liebte ihn.

Gussie. Wenn er mich Gussie nennt, dann weiß ich es.

»Charlotte«, sagte er mit ruhiger Stimme.

Der Eimer fiel ihr aus der Hand. Walker starrte ihn noch lange

Zeit an, nachdem sie gegangen war. Dann hob er ihn unter einer Serie von Flüchen auf und warf ihn durch die Luft, so weit er konnte. Der Eimer flog über den Zaun und schlug mit einem lauten Aufprall auf den Boden. Dann rollte er weiter, bis er aus seiner Sichtweite verschwunden war.

Er arbeitete bis zur Abendessenszeit. Dann gingen alle anderen Arbeiter, und er machte weiter, bis das Licht zu schwach wurde, und selbst dann hörte er nur lange genug mit der Arbeit auf, um eine Lampe anzuzünden. Es war dunkel, als er Charlotte aus dem Haus kommen und durch den Garten gehen sah. Sie blieb am hinteren Tor stehen und rief ihn ins Haus.

Als er die Küche betrat, sah er als erstes den kupfernen Badezuber mitten auf dem Küchenboden stehen. Er war randvoll mit dampfend heißem Wasser gefüllt. Er sah sie fragend an.

»Ich dachte mir, ein Bad vor dem Abendessen wäre dir vielleicht angenehm.«

»Warum, Charlotte?«

»Aus keinem bestimmten Grund. Ich weiß nur, wie hart du gearbeitet hast, weil du versuchen wolltest, den Schuppen fertig zu bauen, bevor du fortgehst. Das ist meine Art, dir zu sagen, daß ich es sehr wohl bemerkt habe und es sehr zu schätzen weiß.«

Sie verließ die Küche, während er das Bad nahm, und sie kam erst zurück, als er sie rief, damit sie ihm einen Eimer heißes Wasser über den Kopf schüttete, um die Seife aus seinem Haar zu spülen. Nachdem sie wieder gegangen war, zog er sich an. Sie kam in die Küche und brachte ihn dazu, sich an den Tisch zu setzen und sich von ihr rasieren zu lassen. Als sie fertig war, räumte sie auf und nahm ihm das Versprechen ab, daß er an Ort und Stelle sitzenblieb. Ein paar Minuten später war sie wieder in der Küche, und als sie durch die Tür schlüpfte, hielt sie etwas hinter sich. Sie hatte nie so viel von einem kleinen Mädchen gehabt wie in diesem Augenblick, und sie hatte nie hinreißender ausgesehen.

Er lächelte sie an. »Was versteckst du, Charlotte?«

»Ich habe eine Überraschung für dich«, sagte sie und reichte ihm zwei große Päckchen, die in braunes Papier gewickelt waren.

Sprachlos starrte er eine Weile abwechselnd sie und die Pakete an, und dann sagte er schließlich: »Was ist da drin?«

Sie lachte. »Um das herauszufinden, wirst du die Päckchen auspacken müssen. Wenn ich es dir vorher sage, ist es ja keine Überraschung mehr.«

Er streifte das Papier ab. Bestürzt sah er eine vollständige Ausstattung von Kleidungsstücken an. »Wo hast du das her?« fragte er heiser.

»Die Hemden habe ich selbst genäht«, erklärte sie stolz. »Die Hose und die Socken habe ich in der Stadt gekauft.«

»Aber warum? Wie kommst du dazu, so etwas für mich zu tun?«

»Ich kann dich doch nicht in den zerlumpten Fetzen, die du im Moment anhast, nach Kalifornien zurückkehren lassen, und da all deine Kleidungsstücke zusammen mit meinem Schuppen fortgeweht worden sind, fand ich es nur fair...«

»Das war doch wirklich nicht nötig, Charlotte.«

Sie war am Boden zerstört. »Gefallen dir die Sachen nicht?«

Er fühlte sich gehemmt. »Doch, natürlich gefallen sie mir. Es ist nur – also, ich bin eben einfach überwältigt. Es ist noch nie vorgekommen, daß jemand, der nicht zur Familie gehört, so etwas für mich getan hat. Ich weiß einfach nicht, was ich sagen soll.«

»Danke würde ohne weiteres genügen«, sagte sie.

Er streckte die Arme nach ihr aus. »Meine süße, süße Charlotte, ich danke dir aus tiefstem Herzen, aber wenn ich ganz offen sein soll, muß ich sagen, daß ich daran gedacht hatte, mich in einer anderen Form bei dir zu bedanken.«

Sie dachte stumm über die mögliche Bedeutung dieser Worte nach. »Und zwar wie?«

»Komm her«, sagte er, »und ich zeige es dir.«

»Nein, das wirst du nicht tun«, wehrte sie ab und schlug seine Hände von sich, als er auf sie zukam. Dann gab sie ihm einen Stoß in Richtung Tür. »Du wirst jetzt in dein Zimmer gehen und deine neuen Kleider anprobieren, während ich das Abendessen auf den Tisch stelle. Heute abend habe ich deine Lieblingsspeise zubereitet. Es ist sozusagen – ich dachte einfach, wir machen einen ganz besonderen Abend daraus, eine Art Feier, bevor dein Bruder hier ankommt – eine Art Abschiedsgeschenk von mir an dich.«

Charlotte wäre begeistert gewesen, wenn sie gesehen hätte, wie Walker vor dem Spiegel stand und die Kleider in der Hand hielt. Er hielt sie sich nicht an, um zu sehen, wie sie ihm standen, und er versuchte auch gar nicht erst, sie anzuziehen. Nein, er stand nur einfach da, hielt die beiden Hemden, die sie für ihn genäht hatte, in den Händen, strich immer wieder mit dem Daumen über die feine englische Baumwolle und konnte einfach nicht glauben, daß sie sich all diese Mühe für ihn gemacht hatte. Er hätte den ganzen Abend dortgestanden, wenn er nicht Charlottes Warnung gehört hätte, als sie ihm zurief, daß die Steaks langsam kalt wurden.

Er zog sich eilig um und stürmte in die Küche.

Charlottes Gesicht war so rein wie ihr Gewissen – ihre Gefühle zu verbergen gehörte nicht zu den Dingen, die sie mühelos beherrschte. Sie war zu gutherzig, zu unverfälscht und zu offen, um auf Ausflüchte und Listen zurückzugreifen. Wenn Charlotte glücklich war, sah man es ihrem Gesicht an. Wenn sie unglücklich war, war ihr das ebenso leicht anzusehen. Daher war es kein Wunder, daß sich die Last des Kummers über die Tatsache, daß Walker bald fortgehen würde, auf ihrem Gesicht zeigte. O ja, sie unternahm den Versuch, ihre Gefühle hinter einem Lächeln und einer gewissen nervösen Lebhaftigkeit zu verbergen, als sie ihn sah. Sie ahnte nicht, daß er schon seit einer Weile dagestanden und sie beobachtet hatte.

Charlotte war so vollständig in ihre Gedanken vertieft, daß sie Walker nicht gehört hatte, als er die Küche mit einer erfreuten Bemerkung über seine schönen neuen Kleidungsstücke auf den Lippen betreten hatte. Die Bemerkung zu seinen schönen Sachen, mit denen sie ihn ausstaffiert hatte, wurde nie ausgesprochen. Statt dessen stemmte er die Arme in den Türrahmen und betrachtete ihr Spiegelbild in der fleckenlosen Glasscheibe ihr gegenüber.

Die Niedergeschlagenheit hatte ihr den Glanz und die Lebhaftigkeit geraubt, die so viel zu ihrer Schönheit beitrugen, und er erinnerte sich wieder an das erste Mal, als er sie gesehen hatte. Man hatte ihn aufhängen wollen, und als er aufgeblickt hatte, hatte er eine Frau vor sich gesehen, die unauffällig wirkte, einen verkniffenen Ausdruck hatte und eine Winchester auf seine Henker richtete. Erinnerungen an die letzten Monate mit ihr trieben durch sein Bewußtsein, Erinnerungen daran, wie sie ganz allmählich begonnen hatte, sich ihm in vieler Hinsicht zu offenbaren, sich so behutsam zu öffnen wie der langsam knospende Christusdorn, der nur zum Freudenfest blüht. Er fragte sich, ob er die traurige Stimmung ausgelöst hatte – mit einer hartherzigen Äußerung, einer Gedankenlosigkeit, einem kleinen Versehen, einer unbewußten schroffen Abfuhr. Seine Gespräche mit Nemi und mit Charlotte selbst hatten ihm vollständig bewußt gemacht, was sie durchgemacht hatte. Da er das jetzt wußte, verstand er inzwischen auch, wie sehr ihr davor gegraut haben mußte, einzuschreiten und seinen Tod zu vereiteln, wie sie es getan hatte, und ihm war auch klar, was für eine Überwindung es sie gekostet hatte, einer Horde von Männern gegenüberzutreten, in deren Augen Mordlust stand. Heute abend ging etwas Schmerzliches von ihr aus, ähnlich der Melodie eines traurigen Liedes, das man nur einmal gehört hat und doch nie vergessen konnte. Dieser Zug an ihr, diese verborgene Traurigkeit, die sie unnahbar erscheinen ließ, hatte ihn schon immer angerührt, doch im Moment bewirkte sie noch weit mehr in ihm. Es war, als hätte jemand den Samen einer seltsamen exotischen Pflanze in ihm ausgesät, und jetzt war sie plötzlich aufgekeimt und wand ihre verschlungenen Blätter und Ranken bis in die entlegensten Winkel seines Körpers. Ihr Anblick wirkte auf ihn, als sähe er einen geweihten Ort vor sich, und ihn übermannte der Drang, sich ihr zu Füßen zu werfen.

Sie war gerade dabei, einen Teller zu spülen, doch plötzlich unterbrach sie sich in ihren Bewegungen, drehte den Kopf ein wenig zur Seite und starrte in die Ferne. Der schwache Schein der Lampe auf dem Geschirrschrank warf einen goldenen Glanz auf ihr Gesicht. Er konnte ihre Augen nicht sehen, doch er wußte nur zu gut, wie sich das tiefe Kornblumenblau gegen den strahlenden Glanz ihres rostroten Haars absetzte. Keine Diamanten waren auf ihrem Busen drapiert, keine kostbaren Juwelen funkelten in ihren Ohren. Nichts an ihrer äußeren Erscheinung wies auf eine vornehme Dame hin, und doch war sie genau das und noch mehr. Ihr schmuckloses Kleid, das sie selbst genäht hatte, wies im Grunde genommen große Ähnlichkeit mit ihr selbst auf: solide, handfest, ein einfacher Schnitt mit klaren Linien, die durch die leuchtende Farbe unterstrichen und zugleich aufgehoben wurden. Die Bänder ihrer schlichten weißen Schürze waren zu einer so perfekten Schleife gebunden, daß er nur noch den einen Gedanken hatte – eilig die Küche zu durchqueren und an den Bändern zu ziehen.

Sie stieß einen tiefen Seufzer aus, und ein Ausdruck, der dem Schmerz verwandt war, glitt über ihr Gesicht, ohne dort zu verweilen. Dann hob sie die Hand, um sich eine Haarsträhne aus dem Gesicht zu streichen, die sich aus ihrem Knoten gelöst hatte, und dabei sah sie ihn. Sie lächelte bezaubernd, ein verführerisches Lächeln, das ihrer reinen Unschuld entsprang, und doch stimmte etwas nicht. Es war zu perfekt, zu gut ausgeführt, zu hastig an die Oberfläche gelangt, zu sehr bemüht, etwas zu überdecken, und gerade deshalb spürte er, wie sich die glühende Flamme des Verlangens in seinen Lenden zu regen begann.

Walker hatte in jungen Jahren gelernt, sowohl seine Gefühle als auch seine Gesichtszüge unter Kontrolle zu haben. Gefühle ließ er sich nur dann in einem gewissen Maß anmerken, wenn er sie entweder freiwillig preisgab oder sie ihn, was selten vorkam, übermannten. Charlotte sah, als sie ihn jetzt anschaute, einen Mann vor sich, der sie tief in Gedanken versunken musterte. Als sie seinen brütenden, grüblerischen Blick bemerkte, erwachten die Erinnerungen an ihr altes Grauen vor den Männern wieder, und dabei wurde ihr erneut bewußt, daß Walker selbst dann, wenn er sich von seiner schlechtesten Seite zeigte, immer mehr Sorge um sie als um sich selbst an den Tag gelegt hatte. Ihr Lächeln verflüchtigte sich; Speichel sammelte sich in ihrer Kehle; ihr Puls, den sie bis jetzt nicht gespürt hatte, überschlug sich. Es brach ihr das Herz, ihn so vor sich stehen zu sehen – in dem Hemd, das sie genäht hatte, wobei in jeden einzelnen Stich alle Liebe eingeflossen war, die sie in ihrem Herzen finden konnte. Der Lampenschein spielte schmeichelhaft um die Konturen seines Körpers und betonte die schmalen Hüften und die langen, muskulösen Schenkel. Irgendwo auf dem Weg zwischen dem Ein- und Ausatmen stockte ihr Atem. Als sie den Klang seiner Stimme hörte, hätte sie am liebsten geweint.

»Meine süße Charlotte, was bedrückt dich?«

Sie sahen sich über den Tisch hinweg in die Augen, der sich unter der Last all der Speisen bog. Sie antwortete nicht auf seine Frage und schüttelte nur leicht den Kopf.

Er löste sich aus dem Türrahmen, kam mit geschmeidigen Schritten und ohne jede Eile durch die Küche und um den Tisch herum und blieb vor ihr stehen, ohne seinen Blick von ihren Augen loszureißen. Seine Hand hob sich wie aus eigenem Antrieb langsam zu ihrer Wange, deren Konturen er mit den Knöcheln nachzeichnete.

»He«, sagte er liebevoll, »ich dachte, wir wollten feiern.« Ihr Verstand schüttete hundert Erwiderungen aus, doch ihre Lippen blieben stumm. Die Besorgnis, die er in ihren weitaufgerissenen Augen entdeckte, sagte ihm, daß etwas sie bedrückte, und der Gedanke, sie könnte oder wollte ihm den Grund nicht preisgeben, war ihm schmerzlich. Doch sogar die Tatsache, daß sie sich abmühte, um etwas vor ihm zu verbergen, war in einem gewissen Maß wohltuend. Grundlos hätte sie sich diese Umstände nicht gemacht. Die Vorstellung, er könnte sich während seines kurzen Aufenthalts irgendwie in ihr Herz eingeschlichen haben, war so erhebend, daß er es sich selbst kaum noch erklären konnte. Als er am vergangenen Abend mit Nemi darüber geredet hatte, hatte Nemi ihn erstaunt angesehen und gesagt: »Diese Worte klingen in meinen Ohren reichlich pervers. Im Moment überfordert mich sogar die Entscheidung, ob ich alles tun sollte, was ich kann, damit Sie hierbleiben, oder ob ich etwas unternehmen sollte, um Ihr Verschwinden zu beschleunigen.«

Jetzt legte er die Hand unter ihr Kinn und zog es hoch. »Wenn es in meiner Macht stünde, dich mit irgend etwas glücklich zu machen, ehe ich fortgehe, Charlotte, was könnte ich tun?«

Sie sah ihm forschend ins Gesicht, als suchte sie nach dem Wahrheitsgehalt seiner Worte. Anscheinend war sie mit dem Ergebnis zufrieden, denn sie trat einen Schritt näher, senkte den Kopf, legte ihn auf seine Brust und schlang die Arme um seine Taille. »Schenk mir eine Nacht in deinem Bett, und bring mir etwas bei...« Tränen traten in ihre Augen und fielen auf ihre Wangen. »Ich bitte dich nur um eine einzige Nacht, Walker. Eine Nacht, an die ich mich erinnern kann. Eine Nacht, in der ich im Arm gehalten und geliebt werde, um besser über all die Nächte hinwegzukommen, in denen es nicht so sein wird.«

»Charlotte, tu dir das nicht an. Du weißt nicht, was du sagst. Wir wollen uns jetzt hinsetzen und das Abendessen genießen. Wir sollten vergessen, daß es je zu diesem Moment gekommen ist, so tun, als hättest du diese Worte niemals ausgesprochen «

»Ich will es aber nicht vergessen. Mein ganzes Leben war nichts anderes als ein einziges Vergessen und so zu tun, als sei nichts geschehen.« Sie weinte jetzt. »Bitte, Walker. Gib mir etwas Schönes, was ich nicht vergessen kann.«

»Das kann ich nicht tun, Charlotte. Ich kann dir das nicht antun. Ich habe kein Recht darauf.«

»O doch, du hast ein Recht darauf«, rief sie verzweifelt aus. »Du bist doch derjenige, der sich die Zeit genommen hat, mir zu zeigen, wie sehr ich mich getäuscht habe, wie falsch es war, allen Männern die Schuld an den Schandtaten einiger weniger zu geben. Du bist doch derjenige, der mein abgestorbenes Herz gerührt und ihm neues Leben eingeflößt hat. Dein Mund und deine Lippen haben mich das Verlangen gelehrt. Es war dein Verständnis, deine Geduld, deine liebevolle Art, Walker – es war nicht Jamie, nicht Nemi, niemand sonst –, nur du. Du hast mir den Wissensdurst eingeflößt, Walker. Ich habe das Lesen gelernt, und jetzt willst du mir das Buch wegnehmen. Verstehst du das denn nicht? Wenn du es nicht tust, wird es niemand tun. Du bist meine einzige Hoffnung, der einzige, dem ich vertraue.«

Er wußte genau, was sie meinte. Es war genau das, was er sich schon seit dem Tag dachte, an dem sie ihre Winchester abgefeuert und ihm das Leben gerettet hatte. Und jetzt, da sie genau das wollte, worauf er hingearbeitet hatte – warum kam er sich jetzt plötzlich wie ein Mistkerl vor? Er hatte sich getäuscht. Er hatte einen Fehler begangen. Er hätte es nicht soweit kommen lassen dürfen, denn er konnte nicht noch weiter gehen, und er hätte es selbst dann nicht gekonnt, wenn sein Leben auf dem Spiel gestanden hätte. Er dachte an Nemi und an das Gespräch, das sie am vergangenen Abend miteinander geführt hatten.

Ich will nicht, daß ihr jemand weh tut, Walker. Sie hat weiß Gott schon genug durchgemacht. Falls Ihre Absichten nicht ehrenwert sind, dann verschwinden Sie, verdammt noch mal, aus Two Trees. Ich kann Sie gut leiden – vielleicht sogar besser, als ich andere Männer leiden kann –, aber wenn Sie ihr weh tun, dann steh mir Gott bei, aber Sie können sich darauf verlassen, daß ich Sie finde und Sie wie einen räudigen Kojoten erschieße.

Ich habe nicht die Absicht, ihr weh zu tun, Nemi. Ich mache mir etwas aus ihr – auf meine Art habe ich sie so gern wie Sie.

Warum bleiben Sie dann nicht hier? Bauen Sie sich hier ein Leben auf. Ich bin kein Dummkopf, Reed. Ich weiß, daß Sie sich etwas aus ihr machen – und keineswegs in einem brüderlichen Sinne. Ich habe doch Augen im Kopf, Mann. Ich sehe doch, daß Sie mit gierigen Blikken jede ihrer Bewegungen verfolgen, und ich weiß auch, daß Sie die Zeit im Sturmkeller nicht damit verbracht haben, eingelegte Pfirsiche zu zählen. Als sie aus dem Sturmkeller gekommen ist, hat Charlotte ausgesehen wie eine Frau mit einem klein wenig Erfahrung und einem gewaltigen Wissensdurst auf mehr. Wenn Sie sich ihrer Neugier beugen, dann werden Sie dafür einstehen. Dafür werde ich sorgen. Wenn Sie keine Heirat im Sinn haben, dann lassen Sie die Finger von ihr.

Ich kann sie nicht heiraten.

Dann lassen Sie sie, verdammt noch mal, in Ruhe.

Ich bin nicht ganz sicher, ob ich das kann.

»Lieb mich, Walker. Nur einmal. Nur eine einzige Nacht.«

Er wandte sich eilig von ihr ab und schlug so heftig mit den Fäusten auf den Tisch, daß das Geschirr klapperte und ein Löffel auf den Boden fiel. »Herrgott noch mal! Wag es nicht, mir das anzutun! Ich bewundere dich, Charlotte. Du bist eine feine Dame. Was glaubst du denn, wie ich mich fühlen würde, wenn ich meine Lust an dir befriedige und dann in den Sonnenuntergang reite? Du bist schließlich nicht irgendeine billige Hure, die ich nehmen und vergessen kann! Das kann ich dir nicht antun. Ich denke gar nicht daran!«

»Walker...«

»Nein, zum Teufel! Werd mir jetzt bloß nicht zum anschmiegsamen miauenden kleinen Kätzchen. Du mißbrauchst mich, Charlotte, und das ist schmerzhaft. Ich bin nicht so gefühllos und abgehärtet, wie du glaubst.«

Er hatte recht. Er wußte, daß er recht hatte. Sie wußte es auch. Aber das nutzte nichts. Sie hatte einen hohen Einsatz riskiert und verloren. Sie war verzweifelt. Aber Verzweiflung, das lernte sie jetzt, kann erniedrigend sein. Das Anerkennen einer Niederlage ebenfalls. »Ich verstehe«, sagte sie und wandte sich ab.

»Verdammt und zum Teufel!« schrie er und packte ihren Arm. »Du verstehst überhaupt nichts. Du hast nicht das geringste verstanden.«

»Doch. Ich verstehe es. Wirklich.«

»Und was hast du verstanden, Charlotte? Sag es mir.«

»Daß du mich nicht haben willst.«

Himmel, dachte er. *Herrgott noch mal, Gussie. Siehst du es denn nicht? Verstehst du es denn nicht? Ich tue das doch nur für dich. Ich will dir nicht weh tun. Ich mache mir etwas aus dir. Ich mache mir viel mehr aus dir, als du weißt.* Er seufzte. Er hätte die Stadt sofort verlassen sollen, nachdem er diesen verdammten Brief an Jamie aufgegeben hatte. Warum hatte er noch gezögert? Wie war er bloß auf den Gedanken gekommen, er könnte sie ganz unverbindlich lieben und dann fortgehen? Es war in der Realität nicht halb so leicht, wie es in den finstersten Winkeln seines Kopfes ausgesehen hatte. »Du täuschst dich, wenn du glaubst, ich wollte dich nicht, Gussie. Ich will dich...«

»Aber warum weigerst du dich dann...«

»Ich will es, aber ich werde es nicht tun. Das kann ich nicht tun. Ich kann nicht morgen mit dem Wissen fortreiten, daß ich das getan habe, und mich dabei fragen, ob heute schon der Tag ist, an dem du wach wirst und mich für das haßt, was geschehen ist.«

»Aber wenn du es nicht tust, werde ich dich noch mehr hassen.«

Er sah, wie ihr Körper bebte, als sie sich bemühte, die Tränen zurückzuhalten, und er hätte sie zu gern an sich gezogen, aber er wußte, was es bei ihm anrichten würde, wenn er sie jetzt berührte. »Nicht«, sagte er. Es war ein ersticktes Flüstern. »Bitte, nicht.«

Sie hob die Hände zu ihrem Gesicht und wischte sich die Tränen fort. »Schon gut«, sagte sie. Dann holte sie tief Atem. »Schon gut.«

In dem Moment war sie so schön, daß es schon weh tat, und es schmerzte ihn so sehr, daß er sich nicht mehr zurückhalten konnte. Er ging einen Schritt auf sie zu, dann noch einen und noch einen, bis er wieder vor ihr stand.

Er bemerkte ihre Anspannung, die Scham, die ihr ins Gesicht geschrieben stand, die Unsicherheit in ihrer Haltung. Eine Brise ließ die Gardinen vor den Fenstern flattern; die Spatzen zwitscherten lauthals in der Ulme. Doch in dem kleinen Haus, in dem sie beide so dicht voreinanderstanden und doch so weit voneinander entfernt waren, herrschte nur Stille. Walker sah zu, wie der Glanz langsam aus ihren Augen schwand, und er verfluchte sich dafür, daß er den Brief an Jamie Granger nicht schon früher geschrieben hatte, verfluchte sich dafür, daß er seine Abreise um einen weiteren Tag hinausgezögert hatte. Er spielte mit dem Gedanken, ihr von dem Brief an Jamie zu erzählen, ihr zu berichten, daß er ihm alles erklärt hatte. Aber er wußte, daß es ihr weh getan hätte und daß sie ihn dafür noch mehr gehaßt hätte, als sie es ohnehin schon tat.

Wenn sie ihn abgewehrt, ihn beschimpft oder sogar Gegenstände nach ihm geworfen hätte, hätte er ihr widerstehen können, doch sie tat nichts von alledem. Sie stand lediglich da und hatte niedergeschlagen den Kopf gesenkt. Wie konnte er ihr das antun? Gussie. Miss Lottie. Miss Charlotte. Der alten Miss Butterworth. So zart wie Eiderdaunen, so lieblich wie der Duft einer Rose, so hübsch und so widerstandsfähig wie ihre geliebten Löwenmäulchen. Sie hatte alles über den Haufen geworfen, woran sie glaubte, um an jenem Spätnachmittag auf ihre Veranda zu treten und den Schuß abzugeben, der ihm das Leben gerettet hatte. Und wie hatte er ihr das gelohnt? Indem er ihr den weiblichen Stolz geraubt und ihn mit Füßen getreten hatte, und jetzt benutzte er ihn als den Pfad, auf dem er aus ihrem

Leben verschwand. Sie verlangte wahrhaft nicht viel, nicht mehr, als er hundert anderen Frauen Tausende von Malen gegeben hatte, und doch war es in dem Fall mehr, und das wußte er.

Sie zog die Nase hoch, wischte sich ein letztes Mal über die Augen und wandte sich ab. Sie ging zum Schrank und öffnete die Tür, um einen Kuchen herauszuholen, aber er rührte sich nicht von der Stelle. Als sie einen Rhabarberkuchen aus dem Schrank nahm, war er mehr als gerührt. Er hatte einmal beiläufig erzählt, daß noch nie jemand einen Rhabarberkuchen ganz für ihn allein gebacken hatte. Daß sie sich an diese nebensächliche Äußerung erinnerte – das war sein Untergang.

Jahre später noch sollte er sich, wenn er an diese Zeit zurückdachte, darüber wundern, wie seltsam der menschliche Geist doch arbeitete. Er würde sich fragen, wie er ihrem Flehen hatte widerstehen können, dem Vanillegeruch, den sie ausströmte, selbst dem pochenden Schmerz, der sich in seinen Lenden ausbreitete, dann aber jeden Geist aufgab und wie ein scheuendes Pferd durchdrehte, als sie mit diesem gottverdammten Kuchen in den Händen vor ihm stand.

Es sollte einen Ort geben, an dem man einen Mann einsperrt, der seinen Verstand wegen eines gottverdammten Rhabarberkuchens verliert.

14.

Im einen Moment stand er noch da und sah sie an, und im nächsten sprach er ihren Namen aus... »Gussie«, ein Laut wie der Lebenshauch selbst, der tief aus seiner Kehle drang. Er nahm ihr den Kuchen aus den Händen, stellte ihn auf den Tisch und riß sie in seine Arme. »Meine süße kleine Charlotte, hasse mich nicht dafür. Sieh nicht reumütig auf diesen Moment zurück. Bring mich nicht dazu, daß ich mich für das, was ich dir jetzt antun werde, noch mehr hasse, als ich es im Moment schon tue.«

Er hätte noch mehr gesagt, aber sie stellte sich auf die Zehenspitzen, schlang die Arme um seinen Hals, verschränkte die Hände in seinem Nacken und bemerkte den verschleierten Ausdruck seiner Augen, ehe sie sein Gesicht dicht an ihres zog. »Nein, ganz bestimmt nicht«, flüsterte sie leise und küßte ihn.

In dem Moment, in dem ihre Lippen seinen Mund berührten, machte ihr Puls einen Satz, und ihr Körper geriet in einen akuten Aufruhr der Gefühle. Das quälende Verlangen nach ihm, das sie in ihrem Herzen getragen hatte, griff auf den Rest ihres Körpers über, und sie schluckte schwer, als seine geschickten Finger höher glitten und mit unglaublicher Leichtigkeit über ihre Kehle strichen.

»Küß mich, Gussie«, hauchte er atemlos an ihre Lippen.

Sie verzehrte sich nach seiner Nähe, aber plötzlich wurde ihr bewußt, daß sie sich erst vor einem Moment ohne jeden Stolz an ihn geworfen und ihn angefleht hatte, er solle sie lieben. Als Walker ihre scheue Zurückhaltung spürte, sah er sie verwundert und fragend an, doch gleich darauf wurde dieser Blick von einem ungläubigen Ausdruck abgelöst, der wiederum der glühenden Begierde wich, als sie die Hände hob, um die Schleife ihrer Schürze aufzuziehen. Sie ließ die Schürze auf den Boden fallen und fing dann an, die Knöpfe an ihrem Kleid zu öffnen.

Er wartete gar nicht erst ab, was sie als nächstes tun würde, sondern riß sie in seine Arme, trug sie eilig durch den Gang zu ihrem Zimmer und stieß die Tür mit seiner Schulter auf. Es dauerte nicht lange, bis sie nur noch im Hemd und im Schlüpfer neben dem Bett stand. Er sah ihr fest in die Augen und zog langsam an dem hellroten Satinband ihres Hemdes.

Der sanfte Mondschein, der ins Zimmer drang, umspülte ihre bleiche weiße Haut und ließ einen zarten Silberstaub auf ihre Brüste fallen. Seine Worte kamen fast tonlos gehaucht heraus.

»Deine Brüste, sie sind einfach wunderschön«, flüsterte er, während der Mondschein wie Tau auf ihrem Haar funkelte und ihren Wangenknochen den Schimmer von Perlen verlieh. Ihre Brüste glänzten silbern im Licht. Er hätte gern noch viel mehr gesagt, ihr zu gern gesagt, daß sie etwas ganz Besonderes war und daß nichts unter ihren biederen Kleidern auf eine alte Jungfer hinwies. Sie war eine

Frau, die die Sinnlichkeit und Glut eines schwülen Augustabends ausstrahlte. Er sah zu, wie ihr Hemd sachte an ihrem Körper herunterglitt, und der letzte Funke gesunden Menschenverstandes wich aus ihm.

»Mein Gott, Gussie.«

Als er sie küßte, schlang sie ihre zarten Arme um seinen Hals. Er lockte sie mit seiner Zunge und seinen Händen, und sie reagierte erst furchtsam und legte dann ihre Scheu ab und ahmte nach, was er tat, bis sie schließlich kühner wurde und sich selbst Dinge einfallen ließ, die ihm zu gefallen schienen.

Ihre Hände, die vor Verlangen und Unsicherheit zitterten, öffneten die Knöpfe seines Hemdes und entblößten seine braungebrannte Brust. Schüchterne Finger erkundeten die Oberfläche mit ihren Gegensätzen von zarter Haut und kräftigen Muskeln. In ihrem Gefühlsüberschwang und ihrer reinen Freude, ihn zu berühren, schmiegte sie ihre Wange an ihn und ließ die Finger über seine behaarte Brust gleiten. Es war alles wie ein Wunder, und sie war tief beeindruckt, als sie ihm voller ehrfürchtiger Scheu kleine Küsse auf die Brust drückte.

»Gussie«, flüsterte er mit belegter Stimme. Seine Hände gruben sich in ihre üppige Mähne und glitten dann auf ihren Nacken. Seine Daumen streichelten mit langsamen Bewegungen, die sie rasend machten, ihre Ohren. Der Atem blieb ihr in der Kehle stecken.

»Zeig mir, was ich tun soll«, flüsterte sie.

»Du machst das schon recht gut«, stöhnte er heiser.

Sie warf mit einem kleinen triumphierenden Lächeln den Kopf zurück und fühlte sich doch ein wenig unsicher. »Ich verlasse mich eben einfach auf meine Instinkte und...« Ihre Worte rissen abrupt ab, und sie schloß die Augen, als versuchte sie, die Worte zurückzuhalten, die bei jedem Herzschlag in ihrer Kehle pochten.

»Und auf was noch?« forschte er, und seine Finger richteten Verheerungen in ihrem gesamten Nervensystem an, als sie weiterhin ihr Ohr massierten.

Unglaublich blaue Augen öffneten sich und sahen durch einen dichten Schleier der Anbetung zu ihm auf. Absolut fasziniert beobachtete er, wie die Lippen, die ihn so unerfahren geküßt hatten, sich teilten und ein Ausdruck auf ihr Gesicht trat, ein Ausdruck, den er nur als – gütiger Himmel! Sie sprach die Worte in genau dem Moment aus, in dem er ihre volle Bedeutung auf ihrem hinreißenden bewundernden Gesicht ablesen konnte.

»Und auf die Liebe... ich liebe dich, Walker.«

Und ich dich. Aber es kann nicht sein, mein geliebtes Kleines. Gott steh uns beiden bei. Es kann niemals etwas daraus werden. Er schloß die Augen gegen den messerscharfen Schmerz, den ihre Worte bei ihm auslösten. Er zog sie an sich, preßte ihren Kopf an seine Brust und versuchte die Nachwirkungen des Schocks zu verarbeiten, den ihre Worte bei ihm ausgelöst hatten. »Mein süßer kleiner Liebling... was du empfindest, sind Verlangen und Dankbarkeit, weil deine Sinne erwacht sind. Du darfst das nicht mit Liebe verwechseln. Wie ein frisch aus dem Ei geschlüpftes Gänseküken willst du dich an das erste Lebewesen hängen, das du siehst, aber das ist falsch. Es würde nichts daraus. Ich bin kein Mensch von deiner Sorte, Charlotte. Meine Welt ist so weit weg von der deinen. Mich erwartet in Kalifornien ein anderes Leben... Verantwortung... Verpflichtungen.« Seine Arme schlangen sich fest um sie. »Möge Gott mir beistehen«, seufzte er. »Ich möchte mit dir hierbleiben, aber das geht nicht. Mir kann man nicht vertrauen. Ich werde dir nur weh tun. Siehst du das denn nicht selbst?«

»Ich weiß all das, und es macht mir nichts aus.«

»Aber morgen wird es dir etwas ausmachen. Denk nach, Charlotte. Denk darüber nach, was du tust. Was wir vorhaben, kannst du in deinem Leben doch gar nicht gebrauchen.« *Du Lügner, du Heuchler. Sie ist dafür geschaffen, und du weißt es selbst.*

»Das nennst du Leben?« Ihre Worte kamen erstickt und voller Gefühl heraus. Es versetzte ihm einen Stich, daß er derjenige gewesen war, der ihr gezeigt hatte, wie seicht und hohl ihr Leben wirklich war. Doch Charlotte war so sehr von der Begeisterung für ihn gefangen, von den Wundern, die sein Körper ihr zu bieten hatte, von den verblüffenden ersten Regungen ihrer eigenen Sinnlichkeit, daß seine Worte an sie so vergeudet waren wie ein Wort der Warnung an eine Welle, die an eine Felsenküste brandete. Für Charlotte war es das Wunder der ersten Liebe, und ihr gesamtes Erstaunen war eine geballte Wucht, die tausendfach vergrößert vor ihren Augen stand. Was sie empfand, war Liebe, nicht irgendein oberflächliches Gefühl, und der Schmerz, den es mit sich brachte, machte sie verletzbar und wehrlos. Sie konnte nicht lieben und gleichzeitig weise sein, und sie wollte es auch gar nicht. Sie wußte nur, daß sich etwas Unbändiges und Wunderbares jedesmal in ihr regte und anschwoll, wenn sie ihn ansah. O ja, das war Liebe, das hatte ihr ihr Herz auf vielerlei Arten gesagt, und die Wunden, die ihr diese Liebe zufügte, ließen sie hoffnungslos und kläglich verzagen.

Sie war eine Wachsfigur in einem Schaufenster, und der Mondschein spielte in ihrem Haar. Am liebsten hätte er seine Hände grob in ihr Haar gewühlt und sie zum Bett gezerrt, um dort ihren Mund mit der Macht seiner Gefühle zu verzehren. In dem Moment erkannte er, daß er seinen Seelenfrieden nicht finden würde, solange er sein Verlangen nicht stillte und mit ihr schlief. Doch er wußte auch, daß der Genuß, mit ihr zu schlafen, nur einen Moment währen würde, der Trennungsschmerz dagegen ein Leben lang. Er liebte sie. Es gab keine Sprache, um ihr das zu sagen, denn das Geheimnis dessen ging über die Grenzen der Ausdrucksmöglichkeiten hinaus.

Er hob die Hand und legte sie auf ihre Unterlippe, die er sachte rieb, und er spürte ihre und auch seine eigene Erregung. Sie preßte sich an ihn, und er seufzte resigniert.

»Bist du auch ganz sicher, daß du das willst?«

Charlotte blickte auf und sah sein geliebtes Gesicht in Licht und Schatten getaucht. Sie hob die Hand, ließ die Finger über seine Brust nach oben gleiten und strich über seinen Hals, sein Kinn und die Spur von Bartstoppeln – die so deutlich sagten, daß er ein Mann war. Durch und durch Mann. Der einzige Mann, den sie je begehren würde. Sie seufzte und schloß die Augen, als wolle sie den Moment in die Länge ziehen und das Gefühl auskosten, ihm so nah zu sein.

Sie hob den Kopf und sah forschend in die Tiefen seiner Augen, und das einzige, was sie herausbrachte, war: »Ja – lieb mich. Zeig mir, wie es mit dir ist...«

»Möge Gott uns beiden beistehen«, stöhnte er. »Ich kann es dir nicht abschlagen. Zum Teufel mit der Ehre. Morgen werde ich teuer dafür zahlen.« Plötzlich hatte er sie an sich gerissen, und sein Mund ließ sie schmelzen, und doch war sein Kuß köstlich zart und ließ einen Schauer durch die intimsten Stellen ihres Körpers zucken. Etwas in ihrem Innern, was ihr bisher unbekannt gewesen war, schien sich ihrer zu bemächtigen, sie zu führen, zu leiten und zu beherrschen, als ihre Arme sich um ihn schlangen und eine Hand sich auf seinen Rücken preßte.

Er hob sie hoch und trug sie zum Bett. Seine Finger, die so geschickt und flink waren, fanden die restlichen Knöpfe, Haken und Ösen. Einen Moment lang verspürte sie Panik, die sie jedoch weit von sich wies. Das hier war Walker, den sie liebte und dem sie sich anvertraute. Es war ihr Wunsch, diese Aufgabe keinem anderen zu überlassen. Schließlich hatte er sie vollständig entkleidet, die kühlen Finger des Mondes streiften ihren Körper, und das Verlangen und die Angst raubten ihr fast die Sinne. Sie wußte nur, daß sie ihn unbedingt haben wollte, das tiefe, unerklärliche Bedürfnis verspürte, seine nackte Haut auf ihrem Körper zu fühlen und in Wonne zu versinken.

»Lieber Gott, ich muß wohl träumen ... oder tot sein. Du bist einfach wunderschön ... der Traum eines Sterbenden vom Leben nach dem Tod, und ich fasse es kaum.« Heißes Verlangen glühte in seinen Augen, als er ihren Körper langsam betrachtete. »Du *bist* schön, Gussie. Dein Körper ist wunderschön. Was du bei mir anrichtest, ist schön.«

Sie lachte. »Schön ist auch das, was ich mir von dir wünsche.«

»Ja«, sagte er. »Es wird schön, das verspreche ich dir.«

Sie lag vollkommen entspannt da, als er anfing, sich vor ihren Augen auszuziehen. Das Hemd, der Gürtel, die Stiefel und die Hose, all das fiel von ihm.

Im Mondschein war seine Haut wie phosphoreszierende Bronze und leuchtete wie die Metalle aus der Erde, aus der er gemacht war. Er war Adam, Gottes erste menschliche Schöpfung, vollkommen gestaltet. Sein Anblick überstieg all ihre Erwartungen.

Einen Moment lang stand er nackt und stumm vor ihr und atmete kaum, als sei er in Trance. Dann wandte er sich ihr zu, und plötzlich ging sein Atem schnell und heftig. Seine Blicke streichelten sie wie eine warme Handfläche, und er ließ ihr Zeit, ihn ebenfalls kennenzulernen. Innerlich empfand er dasselbe qualvolle, verzweifelte Verlangen, das er in ihren Augen sah. Und in dem Moment wußte er, daß sie die Seine war, daß sie ihm gehörte, ja sogar eigens für ihn erschaffen war. Jetzt kam er zu ihr.

Glut. Überall Glut. Die Glut seines Mundes erfüllte sie, und die Glut seines Körpers nahm der Nacht die Kühle. Die Berührung seiner Hände war sachte, die Muskeln seines Körpers angespannt, als er sich Zurückhaltung auferlegte. Dann verlagerte er sein Gewicht und stützte sich auf einen Ellbogen, als er seine andere Hand, die leicht von einer Hüfte bis zur anderen fassen konnte, spreizte und auf ihren Unterkörper legte. Seine Finger waren lang und liefen schmal zu, die Finger eines Künstlers oder eines Musikers, doch die rauhen Schwielen sagten, daß es die Hand eines Mannes war, der harte körperliche Arbeit leistete. Er sagte kein Wort, während er ihren Körper betrachtete und sein Blick schließlich auf ihrem Gesicht haftenblieb. Ihre Fassung überraschte ihn und bestätigte ihm noch einmal, wie richtig all das war. Ohne sie aus den Augen zu lassen, senkte er den Kopf, nahm ihre Brustwarze in den Mund und ließ seine warme Zunge darum kreisen, ehe er daran sog. Als sie fest und steif war, erwies er der zweiten dieselbe Aufmerksamkeit.

Ihr Haar lag feurig strahlend ausgebreitet auf dem Kissen, und Walker sagte ihr, wie schön es war. »So schön wie gesponnenes Kupfer«, murmelte er, als er es über ihre Schultern zog und die langen schimmernden Strähnen ihre Brüste bedeckten. Dann teilte er die seidigen Locken unendlich langsam nur mit seinem Mund.

Er küßte ihre Kehle, in der ihr Puls wie ein wilder Vogel in einer Falle flatterte. Während sein Mund sich zu ihrem Gesicht tastete, streichelte seine Hand mit gespreizten Fingern ihren Bauch und bewegte sich tiefer nach unten. Zauber erfüllte sie, und als sich rasendes Verlangen in ihr regte, suchten ihre Lippen die Wärme seines Mundes. Stöhnend küßte er sie, und sie verlor sich in der unglaublichen Süße seines Mundes. So hatte er sie bisher noch nie geküßt, noch hatte sie je diese Glut der Erwartung verspürt oder auch nur im Traum geglaubt, es könne möglich sein, so zu empfinden. Nie hätte sie sich träumen lassen, daß ein Mann so viel mit seinem Mund und seinen Händen tun konnte. Nie hätte sie geglaubt, sie könne vollständig nackt mit einem Mann daliegen, der ebenfalls nackt war, und dabei keine Scham und keine Peinlichkeit empfinden. Und nie hätte sie geahnt, daß ein Mann wie Walker, ein derart sinnlicher und männlicher Typ, so sachte mit ihr umgehen und sich solche Mühe geben konnte, ihr Genuß zu verschaffen. Ein übermächtiges Verlangen tobte in ihren Adern. Sie kam sich vor, als hätte sie zuviel getrunken und läge jetzt betäubt vom Alkohol da, geistig funktionsunfähig und körperlich reaktionsuntauglich. Für den Moment war ihr Körper etwas Losgelöstes, was nichts mit ihr zu tun hatte und einen eigenen Willen besaß.

Er bedeckte sie mit Küssen, und sie lag mit halbgeschlossenen Augen da und fragte sich, was er wohl als nächstes tun würde. Sie war äußerst erstaunt, als er in seinen Bewegungen innehielt, sich von ihr rollte und sie an sich zog, als sei er bemüht, seine Selbstbeherrschung wiederzufinden. »Was ist los?« fragte sie.

»Ich möchte dir nicht weh tun, Charlotte. Wenn es für eine Frau das erste Mal ist, muß es langsam geschehen. Aber das ist schwer. Ich will dich, und wenn ein Mann eine Frau allzu sehr begehrt – dann fällt es ihm manchmal schwer, seinen Körper dazu zu bringen, ruhig zu bleiben.«

Das konnte sie nur zu gut verstehen. Es bereitete ihr genügend Schwierigkeiten, ihren eigenen Körper unter Kontrolle zu halten. »Ich will nicht, daß…«

»Pst«, sagte er und streichelte zart ihre festen Brüste. »Wir haben die ganze Nacht Zeit, Charlotte.«

Walker hörte ihre Enttäuschung aus dem unzufriedenen kleinen Seufzer heraus, der sich ihr entrang, und er lachte in die Locken, die wirr über ihre Schulter fielen. Dennoch erinnerte er sich an dieses andere Mal, als er sie fast genommen hätte, damals im Sturmkeller, und er erinnerte sich auch daran, wie klein und eng sie war, wie fest sich ihre weiche Wärme um seinen tastenden Finger geschlossen hatte. Er konnte sich nicht erinnern, je zuvor mit einer Jungfrau zu tun gehabt zu haben, und er konnte sich schon gar nicht daran erinnern, je mit einer Frau zu tun gehabt zu haben, die so klein und zart gebaut war. Da er wußte, daß es sich bei ihm größenmäßig ganz anders verhielt, war Walker besorgt, er könne ihr wirklich Schmerzen bereiten – nicht nur beim Zerreißen des Jungfernhäutchens. Das hier würde sein einziges Mal mit ihr sein. Auf ihm lastete der Druck, es für sie so vollkommen wie möglich zu machen. Sollte Gott ihm beistehn, wenn es nicht gutging und er sie mit mehr Narben und noch größerer Angst vor Männern zurückließ. Doch trotz allem konnte er sich nicht dazu durchringen, ihr zu sagen, daß das ihre einzige Nacht mit ihm war. Er konnte ihr nicht sagen, daß er am kommenden Morgen aufbrechen würde.

Er drehte sich auf die Seite, und seine festen feuchten Lippen preßten Küsse auf ihren langen schmalen Hals. »Ich werde dich lieben. Ich werde dich berühren, wo dich nie jemand berührt hat, und ich werde Dinge mit deinem Körper tun, von denen du im Traum nicht geglaubt hättest, daß sie geschehen könnten. Falls ich dich erschrecken sollte, falls dir unbehaglich dabei sein sollte oder falls du willst, daß ich aufhöre, dann sag es mir bitte.«

»Und wenn nichts von alldem passiert? Was soll ich dann sagen? Was soll ich sagen, Walker, wenn es mir gefällt?«

»O Liebling«, hauchte er, »das wirst du mir mit deinem Körper sagen und mit den zarten kleinen Lauten der Lust, die du von dir gibst.« Er küßte sie wieder. »Ich bin genauso nervös wie du.«

Das bezweifle ich, dachte sie, als er den Kopf auf ihre Brüste senkte und mit den Händen und der Zunge die üppigen Rundungen erkundete, die nach Rosenblättern schmeckten. Seine Hand glitt tiefer. Jahre der Zurückhaltung ließen sie die Beine zusammenpressen, doch er streichelte ihre zarten Hüften und Oberschenkel. »Nein, Liebling. Tu das nicht.« Er knabberte zart an ihrem Hals und sagte: »Sei ganz locker.«

Der Spitzenbesatz, der ihr Kissen einfaßte, umrahmte ihr Gesicht und betonte die seidenweichen rostroten Locken, die sich um ihren

Kopf fächerten. Der schwache Duft von Frühlingsblumen, gestärktem Bettzeug und Weiblichkeit legte sich wie eine warme Decke über ihn. Er hörte auf, mit sicheren Bewegungen ihre Hüfte zu streicheln. Mit unendlicher Langsamkeit spreizten sich seine Finger auf ihrem flachen Bauch und spannten sich zwischen ihren Beckenknochen. So winzig, dachte er. Die Marter seiner Fingerspitzen, die grenzenlos zart über ihre empfindliche Haut glitten, war, als würde sie zu einem Festmahl geladen, an den Tisch gesetzt und bekäme gesagt, sie dürfe nichts essen. Sie wand sich frustriert und spürte sein hartes, steifes Glied heiß an ihrer Hüfte. Plötzlich erfüllten dickflüssige warme Säfte sie mit einem stumpfen, pochenden Schmerz. Sie stöhnte und wollte etwas, war aber nicht sicher, was es war.

Doch Walker wußte es.

Seine Finger ließen das weiche Kissen ihres Bauchs im Stich und glitten tiefer auf den kleinen Hügel zwischen ihren Beinen. Dort blieb seine Hand liegen, während ihr der Atem in der Kehle stockte.

Als er die Hand regungslos dort liegenließ, fragte sie sich, warum er nichts tat. Hatte er es sich anders überlegt? Walker, der ihre Panik wahrnahm, flüsterte ihr ins Ohr: »Ganz ruhig, Liebling. Ich will dir nur Zeit lassen…«

»Zeit ist nicht das, was ich brauche, Walker. Zeit habe ich mein Leben lang gehabt.«

Er lächelte in ihre schimmernden Locken. »Und was willst du, Charlotte? Sag es mir.«

»Ich will, daß du dich beeilst.«

Er lächelte, biß sie zart, flüsterte ihr dann Worte des Verlangens zu und drehte sie um. Seine Hände legten sich auf ihr Hinterteil und zogen sie noch dichter an ihn. Das Verlangen nach ihr loderte auf wie Kerosin, das in eine offene Flamme gegossen wird. Mit glühender Zärtlichkeit suchte er ihre duftende Nähe. Ihr kühles, seidenweiches Haar wirkte berauschend auf seine ausgedörrten Lippen, und der blumig süße Duft des Badeöls mischte sich wie Wildrosen mit ihrem weiblichen Geruch. Er küßte sie nur lange genug, um ihrer beider fieberhafte Erregung nicht abkühlen zu lassen, und dann griff er quälend langsam nach ihrer Hand und zog sie dorthin, wo sie sein eigenes Verlangen groß und fest spüren konnte. Dann schloß sich sein Mund nahezu brutal über ihren Lippen, und seine Zunge bewegte sich exakt im Rhythmus seiner Hüften, während seine Hand über ihren Bauch glitt und eine Stelle suchte und fand, an der er ihr unendliche Lust bereitete.

Er rieb sich weiterhin an ihr und brachte sie mit der leicht knetenden Bewegung seiner Hand an den Rand der Raserei. Ihre Verfassung ließ sich nur als eifrige Ungeduld beschreiben, als sie die Hüften hob, während sein Finger in sie glitt, in die Liebessäfte getaucht, die seine begabten Hände ihr entlockt hatten.

Blind vor Verlangen schlug sie die Augen in genau dem Moment auf, in dem er sich auf sie legte und sie die tastende Spitze seiner Männlichkeit spürte. Seine Augen, vor die sich ein träumerischer Schleier gelegt hatte, sahen auf sie herunter, als er begann, sich einen Weg zu bahnen. Ein brennender, stechender Schmerz durchzuckte sie. »Nein!« schrie sie und hämmerte mit den Fäusten auf ihn ein. »Nein! Hör auf. Das tut weh!«

Sie versuchte, sich unter ihm herauszuwinden, doch seine Arme schlangen sich um sie, und er keilte sie unter sich ein. »O nein, das wirst du jetzt nicht tun«, sagte er durch zusammengebissene Zähne. »Das kommt überhaupt nicht in Frage. Du wirst jetzt nicht vor mir zurückweichen und mit all deinen falschen Vorstellungen von der Sexualität alt werden.«

»Ich habe es mir anders überlegt«, sagte sie atemlos.

»Vergiß es«, gab er ebenso atemlos zurück. »Was ich beginne, das bringe ich auch zu Ende, und... mit dir habe ich schon begonnen... und für den Anfang war es köstlich, auch für dich.« Dann wurde seine Stimme sanfter, die Härte in seinen Augen schmolz, und sein Mund senkte sich auf ihren.

Walker war entschlossen, sie die ganze Nacht zu küssen, wenn es nötig sein sollte, doch Charlotte reagierte auf das zarte Locken seines Mundes mit einem tiefen, erstickten Laut und preßte sich an ihn. Mehr war nicht erforderlich. »Ich kann nicht noch länger warten, Gussie. Es muß jetzt sein. Ich habe zu lange gewartet... dich zu sehr begehrt...«

Heiß und kräftig und mit Nachdruck drang er in sie ein, und sie war verloren. Ihr wurde unterbewußt klar, daß zwischen dem brennenden Schmerz bei seinem Eindringen und ihrem Jungfernhäutchen irgendein Zusammenhang bestand, doch das war eine Bürde, von der sie jetzt erlöst war. Nie mehr würde sie nichts über diese Dinge wissen. Sie war erstaunt und überrascht über die Reaktionen ihres eigenen Körpers. Nie hatte sie Empfindungen gekannt, die so heftig und intensiv wie jene waren, die sie jetzt durchzuckten. Alles, was er mit ihr tat, begeisterte sie, alles an ihm selbst begeisterte sie, von dem Whisky, den sie in seinem Mund schmeckte, bis hin zu dem salzigen Geruch seiner Haut. Das Verlangen, ihm so nah zu sein und ihm, wenn möglich, noch näher zu kommen, grenzte schon an Verzweiflung.

Als er ihre Reaktion wahrnahm, tastete sich Walker allmählich tiefer und immer tiefer vor und bewegte sich mit einem reizvollen und beständigen Rhythmus in ihr. Sein ganzer Körper zitterte vor Beherrschtheit, als er ihren Mund küßte, ihr Gesicht, ihren Hals, sie überall berührte und sie atemlos machte. Seine Leidenschaft war jetzt unbeherrscht, seine Hände bewegten sich eindringlich, fast grob, seine geflüsterten Worte kamen abgehackt und stoßweise heraus, als er ihr sagte, was sie bei ihm bewirkte, wieviel Lust sie ihm bereitete, wie vollkommen sie war. Doch bald schon wurden seine Worte unzusammenhängend, und kurz darauf war auch ihr Verstand nicht mehr klar. Dann schien plötzlich die ganze Welt in schönen, leuchtenden Farben über ihr zu schweben, ehe sie mit bebenden Vibrationen auf sie herabsank, sich wie Rosenöl über sie ergoß, warm und duftend, und in Flammen aufging.

Eine Gänsehaut überzog sie; ein erstickter Schrei löste sich in ihrem atemlosen Staunen aus ihrer Kehle. »Ich liebe dich, Walker, ich liebe dich.«

»Ich weiß es, mein Liebling, ich weiß«, murmelte Walker an den Locken, die der Schweiß an ihre Schläfen klebte, und sein Mund berührte ihre Lippen, um sich für die Worte zu entschuldigen, die er nicht sagen konnte.

Es war nicht ihre Absicht gewesen, es ihm noch einmal zu sagen, da sie keine Liebeserklärung von ihm bekommen hatte, doch die Worte wollten sich einfach nicht zurückhalten lassen. Sie quoll über vor Glück und Liebe, und sie wäre am liebsten auf das höchste Dach gestiegen und hätte es in die Welt hinausgeschrien. Was hatte er bloß an sich? Was war das, was ihre gesamte Entschlossenheit zu Wackelpudding machte und sie mit derart intensiven Gefühlen erfüllte? Sie hatte keine Antwort darauf. Sie wußte nur, daß seine Küsse sie verrückt machten und daß die Berührung seiner Hände ein verzweifeltes Verlangen in ihr aufkommen ließ. Sie sah ihn an und spürte, wie die altvertraute Beklommenheit wieder ihr Herz ergriff. Bald würde er fortgehen. Er hatte mit keinem Wort erwähnt, daß er bleiben wollte. Dieses Leid war mehr, als sie ertragen konnte. Ihn so nah bei sich gehabt zu haben und sich dann all das wieder nehmen zu lassen. Es war eine grausame Fügung des Schicksals, und das Schicksal hatte ihr in der Vergangenheit schon übel genug mitgespielt.

Walker drückte sie an sich, streichelte ihre feuchte Haut und sagte ihr, wie schön sie war. Die Intensität ihrer körperlichen Erfahrungen und ihre neuerwachten Gefühle für ihn setzten ihr so heftig zu, daß sie ihr Gesicht an seinem Hals begrub und weinte, denn das war die einzige Möglichkeit für sie, all ihren Gefühlen freien Lauf zu lassen. Und während sie weinte, strömte jeder Zorn über den Gedanken, daß er sie verließ, aus ihr hinaus. Davon würde sie sich diese Nacht nicht verderben lassen. Ihr blieben hundert andere Nächte, in denen er nicht da war, und dann konnte sie um sein Verschwinden trauern. Aber heute... heute nacht gehörte er ganz und gar ihr. Und sie hatte die Absicht, jede Minute zu nutzen.

Walker hielt sie in seinen Armen und streichelte ihren Rücken, und seine Sinne waren geschärft für ihre Nacktheit, die er an sich spürte. Als sie verstummte, streichelte er sie unablässig weiter und erkundete jeden Zentimeter ihres reizvollen Körpers, der sich so lockend an ihn schmiegte und so genüßlich ausgestreckt dalag. Als er spürte, wie sein Verlangen nach ihr langsam wieder entbrannte, rückte Walker ein wenig von ihr ab, weil er fürchtete, er könne sie erschrecken, wenn er sie noch einmal liebte. Als er sich bewegte, schlug Charlotte die Augen auf und sah ihn an, und das, was er entdeckte, überraschte ihn. Lieber Gott, das konnte doch nicht Verlangen sein – nicht nach der Intensität der Erfahrung, die sie gerade gemeinsam gemacht hatten. Er rieb sich die Augen und sah sie noch einmal an.

»Gehst du?« fragte sie leise.

»Nein. Ich dachte nur, es kann nicht allzu bequem für dich sein, so wirr verschlungen mit mir dazuliegen.«

»Ich bin gern so wirr mit dir verschlungen«, sagte Charlotte, und in ihrer Stimme lag eine Spur von Schalkhaftigkeit.

»Bist du nicht müde?«

»Nein. Du?«

»Nein.« Er sagte nichts mehr, sondern sah sie an und sog die Schönheit des gefallenen Engels in sich auf, den Schimmer, den die Liebe ihrer Haut verliehen hatte, ihren rosigen Mund, dem man ansah, wie gründlich er geküßt worden war. Ein Schauer überlief ihn. »Wenn das so ist, gehört die Nacht dir. Was tätest du jetzt gern?«

Sie machte den Mund auf, um es ihm zu sagen, doch als sie ihm in die Augen sah und merkte, wie gebannt er sie betrachtete, wurde sie ein wenig verlegen und wandte den Kopf ab, den sie, um ihn zu verbergen, zwischen das Kissen und Walkers Schulter steckte.

Walker starrte nur noch ihren Hinterkopf mit den zerzausten Locken an und war außerstande zu fassen, was soeben vorgefallen war. Meinte sie wirklich das, was er glaubte? Was er entgegen jeder Wahrscheinlichkeit inbrünstig hoffte? Lieber Gott, wollte sie ihn noch einmal haben? Ein Schauer der Begeisterung strömte durch seine Adern, und ein tiefes, polterndes Lachen, das hellster Freude entsprang, schüttelte ihn. Dann wurde ihm erst wirklich klar, was sich soeben zugetragen hatte, und er zog sie an sein heißes, hartes Pochen und küßte sie bewußtlos. »Auch das kannst du haben«, sagte er mit einem kräftigen Lachen.

15.

Als die ersten rosigen Finger der Dämmerung sich durch die Gardinen tasteten, die vor ihrem Fenster flatterten, schlug Charlotte die Augen auf und streckte sich. Dann stöhnte sie. Letzte Nacht hatte sie sich ausgetobt wie ein junger Hund. Heute morgen knirschten ihre Knochen wie ein alter Schaukelstuhl. Zwar mochte es sein, daß die Liebe ihren Körper zum Klingen gebracht hatte, doch heute morgen fühlte sie sich zu alt für ein so jugendliches Gebaren. Dafür bin ich zu alt, dachte sie und drehte sich auf die Seite, und dabei fragte sie sich, ob sie wohl die Kraft fände, sich aufzusetzen.

»Guten Morgen«, sagte eine heitere Stimme irgendwo hinter ihr. Ehe sie feststellen konnte, ob ihre Stimme besser funktionierte als ihr Körper, legte sich eine warme Hand auf ihre Hüfte, zog sie zurück und preßte sie flach auf den Rücken.

Charlotte blickte auf und sah Walker, der sich mit zerzaustem Haar und einem breiten, zufriedenen Grinsen über sie beugte. »Du hattest doch nicht etwa vor aufzustehen?« fragte er und ließ seine Lippen über ihren Bauch gleiten.

»Laß das«, sagte sie und hielt den Atem an, als eine Woge der Lust über sie hinwegspülte. »Das kitzelt...«

»Das Beste gegen einen Muskelkater ist, die Muskeln gleich wieder zu strapazieren«, erklärte Walker, der ihren Bauch küßte und mit seinen braungebrannten Händen sachte ihre Taille massierte. »Dann geht der Schmerz schnell wieder weg.«

Wie auch du weggehen wirst, dachte Charlotte und spürte, daß sie wieder traurig wurde. Walker merkte, daß ihr Körper nicht mehr reagierte, sondern unbeteiligt dalag, und er sah sie an. Das Lachen in ihren Augen wich einer tiefen Traurigkeit. Er kannte sie so gut wie seinen eigenen Handrücken, und er kannte die Gebote, die in wirrem Durcheinander durch ihren Kopf schwirrten: *Du sollst nicht...*

Er streckte sich neben ihr aus, zog die Decke über beide, nahm sie in die Arme und grübelte, was er hätte sagen können. Ihr ernster Gesichtsausdruck besagte deutlich, daß sie nicht zu Scherzen aufgelegt war, und jeder Versuch, sie aufzumuntern, wäre schiefgegangen. Er zog eine Augenbraue hoch und musterte sie ausgiebig. Es schien nicht so, als würde sie einen Versuch, sie noch einmal zu lieben, besonders günstig aufnehmen, doch sein glühender männlicher Stolz sagte ihm, daß er sie schnell eines Besseren belehren könnte. Aber schon der Gedanke daran löste Selbstbezichtigungen in ihm aus. Er fragte sich, ob ihr schlechtes Gewissen so groß wie seines war. Vielleicht sollte er ihr sagen, wie unwürdig und schuldbewußt er sich fühlte, und es ihr damit erleichtern, die Schuld auf ihn zu schieben, doch irgendwie konnte er sich nicht vorstellen, daß Charlotte sich in diese Ausrede flüchten würde. Nein. Eher würde sie sich selbst opfern. Zum Teufel! Wahrscheinlich brachte sie sich jetzt, in diesem Moment, schon als Opferlamm dar. Vielleicht sollte er sich anziehen und teuflisch schnell von hier verschwinden, aber er wußte schon, als sich die Worte in seinem Verstand formten, daß er sie nicht ihrer eigenen Hetzjagd, ihren Vorwürfen gegen sich selbst, überlassen konnte.

Da er wußte, daß Charlotte nicht die Frau war, die sich überlisten, täuschen, verhätscheln oder umschmeicheln ließ, entschied er sich, aufrichtig zu ihr zu sein. Um sie beide in die richtige Verfassung zu bringen, beugte er sich vor und küßte sie. Es war kein Kuß der Dankbarkeit, auch kein leidenschaftlicher Kuß, sondern ganz einfach ein sachter, liebevoller Ausdruck seiner Zuneigung. Das überraschte Charlotte. Sie war auf einen Frontalangriff gefaßt oder zumindest darauf, mit einer leidenschaftlichen Umarmung und glühenden, fordernden Küssen in einen Hinterhalt gelockt zu werden. Dieser Kuß, den sie jetzt bekommen hatte, war der bedrohlichste von allen, weil er so sanft und so verständnisvoll war. Dieses Einfühlungsvermögen, dieses unglaubliche Verständnis, die Einsicht und die Zuneigung – all das machte es nur um so schwerer, sich mit der Tatsache abzufinden, mit der sie erbarmungslos konfrontiert war.

Er würde bald gehen.

»Gussie«, flüsterte er, und sein Atem strich warm und wohltuend über ihre Brust, »du hast diese Erfahrung nicht allein gemacht. Es war ein gemeinsames Erlebnis, etwas, was wir beide wollten. Der Umstand, daß ich ein Mann oder auch erfahrener bin als du, flößt mir keine größere Zuversicht ein. An mir nagt dasselbe Schuldbewußtsein wie an dir, und ich habe dieselben Ängste wie du, es könnte dir mit mir nicht gefallen haben, und auch mir graut davor, du könntest jetzt irgendwie schlechter über mich denken. Das Nahen des Morgens scheint immer ein neues Licht auf etwas zu werfen, was einem im Dunkeln so absolut richtig erschienen ist.«

Er küßte sie auf die Stirn.

Seine freundliche und sanfte Art. Sein wohlmeinendes Verständnis. All das machte es ihr nur noch schwerer, und es tat zu weh, die brutale Realität zu akzeptieren, daß sich nichts zwischen ihnen geändert hatte. Was sich in der vergangenen Nacht zwischen zwei schweißgetränkten Laken abgespielt hatte, hatte keinem Zweck als dem gedient, sie beide mit noch mehr Schuld zu überhäufen.

Mehr als eine Stunde hatte sie im ersten Morgengrauen neben ihm gelegen und sich auf diesen Augenblick vorbereitet. Sie hatte sich gefragt, wie er reagieren würde, und sie hatte sich gegen Humor, Reue, eine ausweichende Haltung und ein lässiges Wegstecken gewappnet. Doch nichts von alldem war auf sie zugekommen, und seine gutherzige Rücksicht diente nur dazu, die klaffende Wunde, die sein drohender Aufbruch gerissen hatte, noch mehr zu vertiefen. Das Verlangen, ihn noch ein kleines Weilchen zu halten, war so übermächtig, daß sie ihren Kopf an seinen warmen Hals preßte.

»O Walker...«

Schwere Stiefel traten fest auf, es wurde heftig an die Tür gepocht, ehe sie aufgerissen wurde, und Charlotte, die sich ein Laken über die nackten Brüste zog, sprang auf und starrte in das finstere Gesicht eines Fremden, der auffallend gut aussah.

»Riley, was, zum Teufel, soll das?« protestierte Walker, der aus dem Bett sprang und sich eilig die Hose über seine langen Beine zog. »Was hast du um diese Zeit hier zu suchen?« Unterdrückter Zorn war aus seiner tiefen Stimme zu hören.

»Du solltest lieber deinem Glücksstern dafür danken, daß ich jetzt hierbin. Noch ein paar Minuten, und du wärst eine Beute für die Geier gewesen.« Er warf einen Blick auf Charlotte. »Falls es sich bei dieser reizenden Dame um Charlotte Butterworth handeln sollte, dann solltest du dich so rar machen wie ein Euter an einem Eber, weil sie nämlich einen Bruder hat, der übler tobt als ein Waschbär, der in die Enge getrieben worden ist. Er ist kaum zehn Minuten später dran als ich.«

Walker knöpfte sich das Hemd zu. »Wovon redest du?«

»Ich rede davon, daß ich mit dem Sheriff gefrühstückt habe, als Nehemiah Butterworth dazugekommen ist und sich uns angeschlossen hat. Ich rede davon, daß er dahintergekommen ist, wer ich bin und daß ich dich gestern schon gesehen habe... Tja, daraufhin ist er wie angestochen aufgesprungen. Ich mußte reiten wie der Teufel, um vor ihm hierzusein.«

Charlotte starrte erst Walker an, dann Riley, von dem sie annahm, daß er Walkers Bruder sein mußte. Ihr bestürzter Blick blieb auf Walkers vor Wut verkniffenem Mund liegen, auf seinen geballten Fäusten. Sie erkannte deutlich seine Entrüstung, wußte aber nicht, was ihn derart aufbrachte. Nemi war kein Hitzkopf, und er konnte unter keinen Umständen ahnen, was sich in der letzten Nacht abgespielt hatte. Was also ließ ihn derart außer sich geraten?

Auf eine Antwort brauchte sie nicht lange zu warten.

Sie fand kaum die Zeit, sich kaltes Wasser ins Gesicht zu spritzen, ihr Haar zu einem Knoten aufzustecken, sich eilig ein sauberes Kleid überzuziehen und in die Küche zu laufen, als Nemi auch schon durch die Hintertür stürmte wie eine Kanonenkugel.

Charlotte kochte gerade Kaffeewasser. Riley und Walker saßen am Tisch. Nemi blieb gleich neben der Tür stehen, ließ seinen Blick von einem zum anderen gleiten und wandte sich dann an Walker.

»Sie Mistkerl! Ich habe Sie gewarnt.«

»Nemi! Was, auf Erden, ist mit dir los?«

Es würde wieder einmal ein glühendheißer Tag werden. Jetzt schon wärmte die Sonne die Küche, und draußen regte sich kein Halm. Charlotte rang unwillkürlich die Hände, als sie wartete, bis Nemis kalter, harter Blick sich von Walker Reed löste und sich auf sie heftete.

»Er hat dich mißbraucht, Charlotte. Nein, verschone mich, bitte. Versuch nicht abzustreiten, was sich in der letzten Nacht hier draußen abgespielt hat. Ich bin nicht von gestern, und blöd bin ich auch nicht.«

Walker stieß seinen Stuhl vom Tisch zurück und stand auf. »Ich halte es für überflüssig, all das vor Charlotte auszutragen. Wir können rausgehen und die Dinge dort regeln.«

»Darüber hätten Sie sich gestern Gedanken machen sollen.«

»Nemi«, mischte sich Charlotte ein. »Es ist nichts geschehen, was ich nicht selbst gewollt habe. Du kannst Walker nicht die Schuld daran geben. Es war einzig und allein mein Fehler.«

Nemi lachte ein tiefes, zynisches Lachen, das Charlotte noch nie von ihm gehört hatte. »O nein, mein liebes Schwesterchen. Dich trifft überhaupt keine Schuld – es sei denn, er hätte es dir gesagt.«

Charlottes bestürztes Gesicht wandte sich Walker zu. Ohne ihn aus den Augen zu lassen, sagte sie bedächtig: »Mir was gesagt?«

»Daß sein Bruder gestern morgen schon in der Stadt war. Daß Archer Bradley ihn daraufhin sofort freigelassen und ihm die Genehmigung zur Abreise gegeben hat. Aber nein, Walker Reed hatte hier noch etwas zu erledigen, noch eine letzte Tat zu vollbringen.«

Die Tür ging auf, und Archer Bradley trat in die Küche. Er sah belämmert von Charlotte zu Walker, dann musterte er Riley, eine Sekunde später Nemi und schließlich wieder Walker. »Es tut mir leid, Walker. Mir war nicht klar, daß mein loses Mundwerk zu einem solchen Tohuwabohu führt.«

»Sie sind gestern zu einem einzigen Zweck noch einmal hierhergekommen, Reed. Sie wollten vor Ihrer Abreise meine Schwester für Ihre Zwecke mißbrauchen, sie ausnutzen. Warum ausgerechnet sie? Warum nicht irgendeine andere Frau? Sie verdammter Mistkerl! Warum mußte es gerade sie sein?«

Nehemiahs Worte hallten in Charlottes Kopf wider. Sie warf einen Blick auf Archer, dessen Gesicht flammendrot angelaufen war. Er wandte sich ab. *O Gott! Was habe ich getan? Ich habe mir vor meinem Bruder und meinen Freunden Schande gemacht.*

»Es ist nicht so, wie Sie denken«, sagte Walker.

»Nein? Dann klären Sie mich auf«, sagte Nemi grob. »Sagen Sie mir, inwiefern sich diese Verführung von allen anderen unterschieden hat. Sagen Sie mir, wie Sie das vor Ihrer Verlobten rechtfertigen wollen, wenn Sie nach Kalifornien zurückkommen.«

Charlotte starrte Walker mit einem Ausdruck des Unglaubens im Gesicht an. *Seine Verlobte?* Das konnte doch nicht wahr sein. Nicht nachdem... Aber andererseits, warum hatte er ihr nicht gesagt, daß Riley schon in der Stadt war und ihn erwartete? Hatte sie ihn derart falsch eingeschätzt? War er wirklich nur noch einmal hergekommen, weil er beabsichtigte, ihr die Tugend zu rauben? War es sein einziges Motiv gewesen, sie verführen zu wollen? Sie sah ihn flehentlich an und hoffte, daß er diese vorwurfsvollen Worte entkräften konnte.

Walker stand stumm da.

Im Kaffeekessel kochte das Wasser, und der Dampf entwich zischend durch den kleinen Pfeifer. Walker steckte beide Daumen in die Gürtelschnallen, drehte sich um und sah Charlotte direkt an. »Ich hatte nie vor, dir weh zu tun. Das weißt du.«

Sein schuldbewußter Tonfall bestürzte sie. Nemi fluchte und schlug mit der Faust auf den Tisch, und das rüttelte Charlotte aus ihrer Benommenheit auf.

Rileys Blick schweifte von Walker zu Charlotte, und seine Augen waren groß und voller Bedauern, als sie auf ihrem bleichen Gesicht und den Schultern ruhten, die niedergeschlagen herunterhingen. Doch er erinnerte sich auch an die Pracht, die er noch vor kurzem gesehen hatte; die weißen sanft gerundeten Schultern, die üppigen Brüste unter dem Laken, das sie so fest an sich geklammert hatte, die fließende Haarpracht ihrer goldroten Mähne, die unglaublichen Augen. Riley schaute seinen Bruder an, und ein Schimmer von Verständnis trat in seine Augen, denn er wußte nur zu genau, was Walker dazu gebracht hatte zu tun, was er getan hatte. Doch Walker konnte der Situation keine Komik abgewinnen, und sein Gesicht verfinsterte sich noch mehr.

»Warum bist du noch einmal hergekommen, Walker?« fragte Charlotte, als sie ihre Stimme endlich wiedergefunden hatte. »Du hättest in dem Moment fortgehen können, in dem Archer dich freigelassen hat. Es bestand keine Notwendigkeit dafür, noch einmal herzukommen und eine... Nacht hier zu verbringen.« Bei den letzten Worten war ihre Stimme gepreßt.

Sie konnte die Qual und die Reue in Walkers Augen lesen, und doch sprach er die Worte nicht aus, die ihn gerettet hätten. »Ich bin zurückgekommen, um dich noch ein letztes Mal zu sehen, Charlotte.«

»Zu dem Zweck, den mein Bruder dir unterstellt?«

Walker starrte sie an. Eine Grille zirpte. Eine Fliege surrte. Die Uhr im Gang schlug halb, doch er blieb stumm.

Er hätte alles dafür gegeben, ihr das zu ersparen. Ihre Worte schnitten sich wie ein Messer in ihn. »Dann hast du dein Ziel erreicht. Nichts hält dich mehr hier. Ich will, daß du gehst.«

Walker sah nur noch sie an. Er hat es von Anfang an gewußt, dachte sie. Sie nahm seinen eindringlichen Blick zur Kenntnis, ohne sich dafür zu interessieren. Sie blickte ihm in die Augen, und er zuckte sichtlich zusammen, als er ihr kaltes, hartes Gesicht wahrnahm, ihre Augen, aus denen jedes Gefühl gewichen war. Sie fühlte sich so leer wie eine getrocknete Erbsenschote und ebenso nutzlos. Er konnte sie nicht allzu sehr begehrt haben, nicht, wenn er von vornherein geglaubt hatte, eine einzige Nacht würde sein Verlangen stillen. Dieser Gedanke war nicht allzu schmeichelhaft, aber so war es. Wer mit Schlangen spielt, sollte sich nicht wundern, wenn er gebissen wird. Das Wissen lindert den Schmerz nicht.

»Sie haben gehört, was sie gesagt hat, Reed«, herrschte Nemi ihn an. »Verschwinden Sie. Sie sind hier nicht länger willkommen.«

»Ich gehe nicht, solange ich keine Gelegenheit hatte, mit Charlotte zu reden.«

»Nein...« Weiter kam Nemi nicht, ehe Archer ihm ins Wort fiel.

»Laß ihnen ein paar Minuten, Nemi. Was kann das schaden?«

Charlotte starrte Archer an. Selbst ihr alter Freund setzte sich für Walker ein und verteidigte ihn. Anscheinend war sie nicht nur in Ungnade gefallen, sondern auch ihre Freunde wandten sich von ihr ab.

»Was kann er schon sagen, was nicht bereits gesagt worden ist? Noch mehr Lügen?« erwiderte Nemi.

»Ich habe sie nie belogen«, beteuerte Walker hitzig.

Charlotte sah ihn fest an. »Die Wahrheit hast du mir auch nie gesagt.«

Walker betrachtete Charlotte. Er war von seinen eigenen Empfindungen zerrissen – Bedauern, ihr weh getan zu haben, und dem Wunsch, es ihr zu erklären, Verletztheit, weil sie nichts verstanden hatte und ihm nicht traute, so daß jede Erklärung überflüssig war. Selbst jetzt, als er zwischen dem inbrünstigen Wunsch, sie in die Arme zu nehmen, und dem Zorn über ihr mangelndes Verständnis hin- und hergerissen war, lenkte ihr Anblick ihn ab – das blasse Gesicht, aus dem jede Farbe gewichen war, die schmollend vorgeschobenen rosigen Lippen, die er so gründlich geküßt hatte, der Widerstreit zwischen ihrem eigenen Stolz und der Demütigung, die ihr angetan worden war. Seine Hände spürten jetzt noch, wie sich ihr Körper anfühlte, wenn sie sich unter ihm bewegte, wie ihre Haut sich anfaßte, ihre vollen Brüste, und gleichzeitig hatte er noch ihren Geschmack im Mund, und die Erinnerung an das, was sie gemeinsam erlebt hatten, war unauslöschlich eingebrannt.

Er sah sie immer noch an und fühlte, wie sich die Bewunderung für ihren Stolz in ihm regte, während er überdeutlich wahrnahm, wie sich die Kluft zwischen ihnen weitete. Seine Brust schnürte sich ganz ungewohnt zusammen. Es war, als sei er ganz aus Garn gewebt und ein winziger Faden sei mit ihr verknüpft; jedesmal, wenn sie einen Schritt zurückwich, lösten sich Teile aus seinem Gewebe. Konnte sie es denn nicht sehen? Gewiß glaubte sie nicht, er könnte ganz lässig abtun, was zwischen ihnen gewesen war, und doch wußte er, daß sein Fortgehen eben diesen Eindruck entstehen ließ. Sie konnte kaum Trost aus dem Umstand schöpfen, daß er sich sehr bemüht hatte, ihr zu verdeutlichen, daß auch er am Verlust ihrer Unschuld Verantwortung trug.

Nemis barsche Stimme schnitt durch die warme Luft. »Es läßt sich nichts rückgängig machen. Ich sehe keinen Grund dafür, dieses Gespräch in die Länge zu ziehen und Charlotte damit noch mehr

Schmerz zuzufügen.« Er wandte sich an Walker und sagte: »Ich glaube, es war Ihre Absicht, heute morgen noch mit Ihrem Bruder die Rückreise nach Kalifornien anzutreten.«

Charlottes Blicke suchten Walker, und als sie auf ihm ruhten, bemächtigte sich ihrer eine seltsame Verzweiflung. Sie starrte ihn mit weitaufgerissenen Augen an, die schmerzliches Verstehen ausdrückten. Er sah so gut aus und redete so wortgewandt, seine Gesten waren selbstbewußt, und seine Unbändigkeit, aber auch seine Zartheit waren ihr schmerzlich vertraut. Wie sollte sie es ertragen, ihn gehen zu lassen?

Aber es blieb ihr nichts anderes übrig. *Er gehört einer anderen Frau.* Bei diesem Gedanken wich der letzte Rest von Farbe aus ihrem Gesicht. Wie der Tornado war er in ihr Leben gerauscht, eine wilde, unbändige Gewalt, die alles um sie herum verzehrte. Er hatte gewußt, daß das alles nie von Dauer sein konnte. *Er hat eine andere Frau...* Er hatte Teile von ihr herausgerissen, andere Teile hingegen intakt zurückgelassen. Wenn es auch noch so oft ein rasender, vergänglicher Wahnsinn gewesen war, dann hatte er ihr doch mehr gegeben, als er ihr genommen hatte. Kein anderer Mann hatte sich je genug aus ihr gemacht, um das auch nur zu versuchen. Nur Walker. *Und er hat eine andere Frau.*

Es stimmte schon, er war ein Wegelagerer, ein nächtlicher Dieb, und er hatte gegeben und genommen. Mit seiner Beharrlichkeit, mit der er sie sachte und unerbittlich verfolgt hatte, hatte er sie gelehrt, ihm zu vertrauen, ihr gezeigt, daß er, aber auch andere Männer, nur Menschen waren, genauso wie sie selbst – manche gut, andere böse, aber nicht alle nur das eine oder das andere. Und doch fiel es ihr schwer zu vergessen, daß er bei allem, was er für sie getan hatte, eine Frau in Kalifornien gehabt hatte, die ihn dort erwartete. *Er wird heiraten.* Dieses Wissen würde sie für den Rest ihres Lebens in sich tragen, und mit der Zeit würde sie vielleicht lernen, einem anderen Mann so weit zu vertrauen, daß er ihr näherkommen konnte. *Kein Wunder, daß er mir keine Liebeserklärungen machen konnte, wenn er eine andere liebt.* Und doch löschten selbst diese Gedanken das Gefühl der Liebe nicht ganz in ihrem Herzen aus. Aber das Gefühl des Verrats und der Schmerz, den sie empfand, ließen sie wütend genug werden, um die zärtlicheren Gefühle von sich zu weisen. Zumindest für den Moment.

Walker sah Nemi aus schmalen Augen an und ballte die Hände an seinen Seiten zu Fäusten. Charlotte spürte, daß sich ihre Bauchmuskeln zusammenzogen, und sie betete, die beiden Männer, die sie so sehr liebte, würden nicht auf körperliche Gewalt zurückgreifen.

Offensichtlich hatte Archer Bradley dieselben Befürchtungen, denn er trat eilig zwischen die beiden Männer und richtete seine Worte an Riley, der mit einem hilflosen Gesichtsausdruck neben Walker stand. »Ich werde mit Ihnen in die Stadt reiten. In der Bank liegt noch eine recht hohe Geldsumme, und ich bin sicher, daß Walker das Geld gern haben möchte, ehe er von hier aufbricht. Wenn wir jetzt losreiten, können wir die Abhebung noch tätigen, bevor Martin Weisner die Bank über Mittag schließt.«

Riley schien erleichtert zu sein. »Ich bin aufbruchsbereit…«

»Aber ich nicht«, verkündete Walker mit scharfer Stimme. »Ich habe darum gebeten, einen Moment allein mit Charlotte reden zu dürfen. Solange ich die Gelegenheit nicht hatte, gehe ich nicht.«

Alle Blicke hefteten sich auf Nemi – alle Augen außer Walkers, die Charlotte fixierten.

»Fünf Minuten«, sagte Nemi barsch. »Ich warte draußen.«

So schnell sie sich gefüllt hatte, leerte sich die Küche wieder, und Charlotte stand da, spielte nervös mit einem Zipfel ihrer Schürze und starrte den Fußboden an.

»Sieh mich an«, sagte Walker.

Sie wußte, daß zuviel auf ihrem Gesicht geschrieben stand und in ihren Augen zu lesen war, und daher widerstrebte es ihr, ihm zu gehorchen. Es kostete sie eine unangemessene Selbstbeherrschung, den Kopf auch nur zu heben, eine unglaubliche Zurückhaltung, sich nicht in seine Arme zu werfen, als sie ihm in die Augen sah.

Er stand vor ihr, wie sie ihn schon hundertmal vor sich hatte stehen sehen, und doch war heute etwas anders. Wenn Charlotte ihn mit einem einzigen Wort hätte beschreiben müssen, dann hätte sie sich für *zerschmettert* entschieden. Am Boden zerschmettert.

»Ich wollte dir niemals weh tun.«

»Das weiß ich.«

Ihre Worte kamen ausdruckslos und ohne Gefühl heraus, und das löste einen größeren Schmerz in seiner Brust aus als alles, was er je erlebt hatte. Ihm blieb nicht viel Zeit. Er wußte, daß die Barriere, die sie um sich errichtet hatte, von keinem Wortschwall zu durchdringen war, und daher war es zwecklos, es auch nur zu versuchen. Es gab nur eine Möglichkeit, eine Bresche in diese Mauer zu schlagen, und zwar mit viel Zeit, und gerade an Zeit mangelte es ihm.

Er sah sie mit festem Blick an. »Ich habe nicht viel Zeit, aber ich möchte, daß du weißt, wie du mich erreichen kannst. Ich werde bei Archer Informationen hinterlassen, wie man mit mir Kontakt aufnehmen kann. Solltest du...«

»Ich werde keinen Grund zu einer Kontaktaufnahme haben.«

»Verdammt noch mal! Wirst du mir zuhören? Es gibt gewisse Dinge... Komplikationen, die sich aus dem ergeben könnten, was letzte Nacht geschehen ist.«

Charlotte wußte genau, wovon er redete. Sie war keinen Moment auf den Gedanken gekommen, sie könnte schwanger werden. Bis zu diesem Augenblick hatte sie irgendwo in ihrem Hinterkopf den Gedanken nicht aufgegeben, er könnte, wenn es ganz real darum ging, von hier fortzugehen, von einem Moment zum nächsten doch noch beschließen, hierzubleiben. Doch als er jetzt ganz nebenbei die Möglichkeit ansprach, sie könnte schwanger werden, raubte er ihr jegliche Hoffnung. In ihrer Vorstellung hatte er ihr damit die größte aller Demütigungen angetan, ihr den letzten Schlag versetzt, der sie für alle Ewigkeiten voneinander trennte. Er hätte sie nicht mehr verletzen können, wenn er versucht hätte, ihr für die vergangene Nacht Geld anzubieten. Mit einem Kloß in der Kehle und brennenden Augen erkannte sie, daß er nicht nur fortgehen, sondern aller Wahrscheinlichkeit nach nie mehr auch nur einen Gedanken an sie vergeuden würde.

Er redete weiter, doch in ihrem Kopf hatte nur noch der eine Gedanke Platz, daß Walker ihrer Vergangenheit angehörte und sie nicht wußte, was sie tun sollte, wenn sie wirklich ein Kind bekam.

Sie wußte nur eins. Niemals, selbst dann nicht, wenn der Hungertod ihr drohte, würde sie es ihn je wissen lassen. Sie wollte sich lieber von den Leuten in Two Trees scharlachrote Buchstaben über die ganze Stirn brennen lassen, als auch nur einen roten Heller von ihm anzunehmen.

Charlottes Überlegungen waren für Walker glasklar. »Ich wußte, daß das passiert«, sagte er. »Ich wußte, daß du dir die Schuld geben und mich hassen würdest. Ich habe versucht, dir genau das gestern abend zu sagen. Aber was geschehen ist, ist geschehen. Daran läßt sich jetzt nichts mehr ändern. Ich muß gehen. Das hast du von Anfang an gewußt.«

»Natürlich habe ich es gewußt«, erwiderte sie. »Ich wußte nur nicht, warum.«

»Wie meinst du das?«

»Selbst vertrocknete alte Jungfern haben Skrupel. Hätte ich gewußt, daß du mit einer anderen verlobt bist, dann hätte ich niemals...« Sie wandte sich von ihm ab und konnte plötzlich nicht weiterreden.

»Charlotte«, sagte er und stellte sich hinter sie.

»Bitte«, flehte sie leise, »sprich nicht in diesem mitleidigen Tonfall mit mir. Laß mir noch einen letzten Rest an Stolz. Ich danke dir für deine Sorge, aber falls ich ein Kind bekomme, werde ich mich an meine eigene Familie wenden und mir helfen lassen. Du brauchst dir deshalb keine Sorgen zu machen. Und wenn du mich jetzt entschuldigen würdest – ich bin mit meinen Hausarbeiten jetzt schon im Rückstand.«

»Verdammt noch mal! Ich mache mir keine Sorgen. Was, zum Teufel, erwartest du? Was willst du von mir?« schrie er. »Du wirst mir nicht die Angst aufbürden, daß du möglicherweise schwanger werden könntest und die gesamte Last allein tragen müßtest. Wenn du keinen Funken Verstand besitzt, dann kann ich froh sein, daß wenigstens Nemi und Archer vernünftig sind. Du bist eine schöne und sehr sinnliche Frau. Du hast einem Mann eine ganze Menge zu bieten. Mach bloß nicht den Fehler, dich von der Welt zurückzuziehen. Das, was wir gemeinsam erlebt haben, ist nicht dein *Ruin*. Du bist keine gefallene Frau. Du benimmst dich wie ein Kind. Werde erwachsen. Ich bin ein Mann. Du bist eine Frau. Zwischen uns ist etwas gewesen, was keiner von uns beiden leugnen konnte. Das, was letzte Nacht passiert ist, wollten wir beide. Wir haben es beide genossen. Sieh der Tatsache ins Gesicht, daß das etwas war, was wir gemeinsam getan haben. Ich lasse mich von dir nicht schlechtmachen. Ich bin nicht der Bösewicht, der das allein angerichtet hat.«

»Wie schön für dich«, entgegnete sie. »Dann erzähl dir das doch immer wieder auf dem ganzen Weg durch die Stadt.«

»Schon gut. Tu, was du nicht lassen kannst. Mach dich zur Märtyrerin. Fühl dich elend. Ich kann nichts dagegen...«

Er sollte diesen Satz nie beenden, denn in dem Moment ertönte eine dröhnende Stimme von der Veranda hinter dem Haus. »Ihre fünf Minuten sind vorbei, Reed.«

Nemi ließ die Tür hinter sich zuknallen, als er in die Küche stapfte und die Arme vor der Brust verschränkte. Mit einem Nicken zur Tür sagte er: »Ihr Bruder hat Ihr Pferd schon gesattelt, und Archer erwartet uns.« Dann wandte er sich an Charlotte und sagte: »Du hast da draußen drei Kühe stehen, die sich reichlich unbehaglich fühlen. Wenn du nicht die Absicht haben solltest, sie zu melken, werde ich Jam ausfindig machen.«

»Ich mache es schon selbst«, sagte Charlotte.

Walker schnappte sich wütend den Hut vom Haken neben der Hintertür und drückte ihn sich auf den Kopf. »Also dann, Charlotte. Nehemiah.«

Der grobe Ton, in dem er sich verabschiedet hatte, vibrierte tief in ihrem Innern wie ein Pfeil, der in hartem Holz steckt und dessen Schaft noch bebt. Alle Worte waren gesagt. Es blieb nichts mehr zu tun. Walker wandte sich abrupt von ihnen ab, trat aus der Tür und verschwand aus ihrem Leben. Nemi nickte ihr zu und folgte ihm durch die offene Tür.

Charlotte blieb in der Tür stehen und sah Walker hinterher, als er auf Riley zuging und noch etwas zu ihm sagte, bevor er auf sein Pferd stieg. Als er sich umdrehte, sah er sie und legte die Hand an den Hut, denn drehte er den Wallach um und drückte ihm die Sporen in die Flanken. Das Pferd machte einen Satz, und die anderen drei Männer fielen zurück. Eine Staubwolke erhob sich.

Charlotte trat ins Freie und sah nach den drei Milchkühen, die am Zaun neben dem teilweise aufgebauten Schuppen standen. Der Schuppen war nicht das einzige, was Walker vorzeitig verlassen hatte. Sie nahm einen Melkeimer, überquerte den Platz und überlegte sich, daß es nichts gab, worauf sie im Moment weniger Lust hatte, als drei Kühe zu melken.

Der Tag verlief weitgehend wie jeder andere Tag auch. Die Sonne stieg höher am Himmel, und alles ließ in der Hitze den Kopf hängen. Routinemäßig erledigte Charlotte all ihre Aufgaben, eine nach der anderen, bis sie mit allem fertig war. Dann ging, wie immer, die Sonne unter, die Sterne kamen heraus, und eine Brise, die Kühlung brachte, regte sich.

Nach einem kalten Abendessen zog Charlotte ihren kupfernen Badezuber heraus und versuchte sich einzuweichen, bis die Traurigkeit aus ihren Knochen sickerte, doch als sie das Bad beendet und das Badewasser in den Garten geschüttet hatte, fühlte sie sich lediglich sauber und sonst gar nichts.

Sie stand in ihrem Morgenmantel in der Küche und sah sich um. Es gab wirklich nichts mehr zu tun. Sie hatte es so lange wie möglich vor sich hergeschoben. Jetzt nahm sie die Lampe und lief damit durch den Gang zu ihrem Schlafzimmer. Als sie vor ihrem ordentlich gemachten Bett stand, war sie dankbar, daß sie das Bettzeug schon tagsüber gewechselt hatte, doch als sie die Decke zurückzog und sich ins Bett legte, merkte sie, daß mehr als nur frische Bettwäsche nötig war, um die Erinnerung an Walker aus ihrem Bett zu tilgen.

Charlotte lag in dem dunklen Zimmer, hatte die Hände hinter dem Kopf gefaltet und beobachtete die Gardinen, die in der Brise flatterten, dann wieder regungslos dahingen und auf den nächsten Windhauch warteten. Die Laute der Nacht drangen in ihr Bewußtsein; die Grillen, ein grasendes Pferd, die Kojoten in der Ferne. Langsam ließ sich Charlotte von der Vertrautheit der Umgebung beschwichtigen und entspannte sich. Wieder flatterten die Vorhänge; eine Prise Herbst lag schon in der Luft, und der schwere Duft der Geißblattsträucher vor ihrem Fenster verwob sich damit. Von ihrem Bett aus konnte sie den Großen Bären und die bleiche Mondsichel gleich über dem Gras sehen. Der Mond ging auf. Bald würde er ihr Zimmer in Licht und Schatten tauchen. Sie dachte an Walker und fragte sich, ob er irgendwo in einem warmen Bett schlief oder ob er im Freien lag und zu denselben Sternen aufblickte. Die Erinnerung an ihn ließ Charlotte erstmals in ihrem Leben ihre Einsamkeit und ihre Leere spüren, den stechenden Schmerz einer Frau, die allein schläft.

Sie dachte an ihre Nacht mit ihm und schätzte sich glücklich. Das Schicksal hätte ihr ebensogut einen ungeschickten Grobian in ihren Garten senden können. In Walker hatte sie den perfekten Liebhaber gefunden. In ihren kühnsten Träumen hätte sie sich den Zauber nicht ausgemalt, den die Vereinigung von Mann und Frau mit sich bringen konnte. Es tat ihr schon ein wenig leid, daß sie ihn so hatte gehen lassen und ihm das Gefühl gegeben hatte, daß sie ihn haßte und bereute, was geschehen war. Keines von beidem entsprach der Wahrheit, doch sie hatte es dem Schmerz über sein Fortgehen gestattet, sie des Vergnügens zu berauben, noch einmal in seine starken Arme gezogen und ein letztes Mal von diesem wunderschönen Mund geküßt zu werden, der für den Rest ihres Lebens durch ihre Erinnerung spuken würde. Sie hatte ihre Gefühle und ihre Einsicht von ihrem eigenen Stolz verfälschen lassen.

Vielleicht hatte er recht gehabt. Vielleicht hatte sie sich wie ein Kind benommen. Hätte er das doch nur gewußt! Hätte sie es ihm doch noch erklären können! Aber dazu war es jetzt zu spät. Sie wünschte, sie könnte ihm sagen, daß sie ihn verstand, daß sie sich ganz und gar wie eine Frau und überhaupt nicht mehr wie ein Kind fühlte. Eine Träne lief über ihre Wange, als der Geruch des Geißblatts wieder in ihre Nase geweht wurde und sie sich auf die Seite drehte und die Augen schloß. Hier, in dem Bett, in dem sie mit ihm gelegen hatte, spürte Charlotte Walkers Anwesenheit jetzt noch. Sie konnte dieses Gefühl selbst nicht verstehen, und sie hätte es auch nicht erklären können, aber es tröstete sie, und sie schlief ein.

Sie kam halbwegs zu sich, als etwas an ihrem Fenster scharrte. Charlotte schlug die Augen auf und sah atemlos vor Sorge in die Richtung, aus der das Geräusch gekommen war. Der Schatten eines Mannes kauerte auf dem Fenstersims, und ein großer schwarzer Umriß wurde vom silbernen Mondschein angestrahlt. Mit einem Ruck und einem Ächzen schwang der Schatten ein Bein in das Zimmer, tastete nach festem Boden und zog dann das andere Bein nach.

Ein Schrei bildete sich in ihrer Kehle. Als hätte er es gespürt, kam der Mann eilig auf ihr Bett zu und preßte ihr eine Hand auf den Mund. Ehe sie reagieren konnte, hatte er sie in seine Arme gezogen, drehte sich mit ihr um, und beide fielen über das Bett. Sie spürte, wie der Kolben seiner Schußwaffe ihren Beckenknochen streifte, und genauso deutlich spürte sie seine Männlichkeit, die sich fest an sie preßte. Sie zuckte zusammen und versuchte, ihn von sich zu stoßen.

»Schon gut«, flüsterte Walker. »Schon gut, Schätzchen.«

Charlotte war durcheinander. Verlangen und Zorn kämpften in ihrem Innern miteinander und befahlen ihr einerseits, die Arme auszubreiten, und andererseits, sie dazu zu benutzen, ihn von sich zu stoßen – und ein hitziger Gedanke ging sogar soweit, ihr vorzuschlagen, ihm die Pistole aus dem Gürtel zu ziehen und sie ihm über den Schädel zu schlagen. Sie tat jedoch nichts von alledem.

Walker lag regungslos neben ihr und drückte ihren Kopf an seine Schulter. »Laß mich los... und verschwinde... und zwar *jetzt*!« sagte sie und war bemüht, mit ihrer Stimme ihre Wut zu übermitteln, doch gleichzeitig sprudelte die Freude in ihr auf.

»Charlotte, bitte...«

»Du glaubst doch nicht etwa, du kannst dich wie eine Klapperschlange durch mein Fenster schleichen und dich dann in meinem Bett zusammenrollen. In den Genuß sollte deine *andere* Frau kommen. Diejenige, die du liebst.«

»Charlotte, laß es dir erklären.«

»Gern. Aber es gibt nichts zu erklären. Selbst mein kindlicher Verstand kann so simple Dinge begreifen – jemand verliebt sich und möchte heiraten. Ich war nichts weiter als eine Zerstreuung, etwas Flüchtiges, was man nebenbei mitnehmen kann. Du hättest wenigstens offen zu mir sein können. Warum wolltest du mich um das Vergnügen bringen, mich wie eine Dirne zu fühlen, wenn ich doch genau diese Rolle spielen sollte? Wer weiß? Es könnte mir sogar Spaß machen, mich der Rolle entsprechend anzuziehen. Sag es mir, Walker. Was zieht eine Dirne an? Ich könnte mir vorstellen, daß sie schwarzen Satin trägt. Und vielleicht rot... rote Lippen natürlich... und Federn, da bin ich ganz sicher... in meinem Haar... vielleicht noch ein kleines Schönheitspflästerchen auf der Wange und eins auf meinem...«

Er schüttelte sie so heftig, daß sie glaubte, ihr würden die Zähne ausfallen. »Du dumme Gans! Halt den Mund! Du bist keine Dirne, und ich habe dich auch nie so behandelt. Krieg das endlich in deinen dicken Schädel.«

»Nein, so hast du mich nicht behandelt. Du hast mich nur in genau der Form *benutzt*. Und vielleicht hat das jemand, der so leichtgläubig und dumm ist wie ich, ja sogar verdient«, sagte sie, und die Mischung aus Wut, Entrüstung und Liebe machte ihre Worte schneidend wie Rasierklingen.

»Charlotte... bitte. Wir haben nicht viel Zeit.«

»Ach? Und warum nicht? Weil in ein paar Stunden alle Welt auf den Beinen ist und man dich hier sehen könnte?«

»So habe ich das nicht gemeint.«

»Oh, ich glaube aber doch, daß es sich darum dreht. Deshalb hast du dich durch mein Fenster ins Haus geschlichen. Weil du nicht wolltest, daß jemand etwas davon erfährt.« Die Demütigung und der Zorn gaben Charlotte die Kraft, Walker einen festen Stoß zu versetzen, und da dieser Angriff ihn überrumpelte, fiel er auf den Boden. Während er noch atemlos fluchte, rollte sie sich auf die andere Seite und sprang aus dem Bett. Sie machte auf dem Absatz kehrt und marschierte zur Tür.

»Charlotte! Komm sofort zurück!« befahl Walker. »Dieses Thema ist noch nicht abgeschlossen. Noch lange nicht.«

»O doch, das ist es«, widersprach sie. »Und du kannst dich von mir aus zum Teufel scheren.« Sie ballte die Hände zu Fäusten. »Du glaubst es mir noch nicht einmal schuldig zu sein, durch meine

Haustür ins Haus zu kommen!« schrie sie ihn an. »Selbst die Mädchen in Belle's Place werden mit mehr Respekt behandelt als ich.«

Inzwischen hatte Walker längst begriffen, daß es keine allzu gute Idee gewesen war, mitten in der Nacht wie ein Dieb durch Charlottes Schlafzimmerfenster ins Haus einzusteigen.

»Verdammt noch mal, hör auf, solche Dinge zu sagen. Deshalb bin ich nicht zurückgekommen.«

»Weshalb bist du denn zurückgekommen?«

Mit ruhiger Stimme sagte er: »Das weißt du selbst.«

Charlotte fühlte sich elend. Er meinte doch nicht etwa das, was sie glaubte? Selbst Walker konnte nicht so grausam sein. Ihr Herz schnürte sich schmerzhaft zusammen. Jedes Gefühl schien aus ihr zu weichen, und sie blieb frei von Liebe oder Haß zurück. Es spielte einfach keine Rolle mehr. Sie fühlte sich innerlich leer. Sie hob das Kinn und sah ihn an wie einen Fremden, den sie kaum kannte, als sie sagte: »Es liegt wohl auf der Hand, nicht wahr? Du bist zurückgekommen, um noch einmal mit deiner Hure herumzutollen... eine letzte Chance, mir einen Stich zu versetzen und mich zu demütigen.«

»Verdammt noch mal, hör endlich auf, mir Worte in den Mund zu legen. Das ist nicht der Grund, aus dem ich zurückgekommen bin, und das weißt du ganz genau.«

»Nein? Dann sag es mir, Walker. Ich wüßte es wirklich gern. Warum bist du zurückgekommen?«

»Weil ich dich liebe, verdammt noch mal!«

Als er sah, daß jede Farbe aus ihrem Gesicht wich, während sie ihn schockiert ansah, wurde Walker klar, daß er die Wahrheit gesagt hatte. Die Worte hatten ihn ebenso sehr schockiert wie sie. Er hatte nicht vorgehabt, ihr das zu sagen. Er wollte nicht, daß sie es wußte, weil ihm das Gefühl selbst noch zu neu war. Das konnte nur dazu dienen, die Dinge noch komplizierter zu machen, als sie es ohnehin schon waren. Doch es war die Wahrheit. Sollte Gott ihnen beiden beistehen, aber er liebte sie. Er nutzte ihre Benommenheit und ging auf sie zu, starrte in ihre wunderschönen blauen Augen und in ihr bleiches Gesicht und fragte sich, warum es gerade dieses ganz bestimmte Gesicht war, das sein Herz zum Schmelzen brachte, und er fragte sich auch, warum er den rasenden Drang empfand, sie um jeden Preis zu halten – nur eines hätte er nicht ertragen: ihren Mut zu brechen, der ihm so sehr imponierte. Sie hatte sich selbst als eine alte Jungfer bezeichnet, und sie glaubte, daß sie nicht begehrenswert war, aber sie hatte ihn mehr an sich gefesselt und ihm mehr schlaflose Nächte bereitet als die gerühmtesten Schönheiten von drei Kontinenten. Und nach dem Lauf zu urteilen, den die Dinge im Moment nahmen, waren seine Sorgen noch lange nicht vorbei.

Charlotte sah ihn an und fühlte sich, als hätte sie der Schlag getroffen. Er liebte sie. Er hatte sie nicht verlassen. Walker. Hier. In ihrem Zimmer. Doch dann fragte sie sich: *Was hätte er sonst sagen können? Warum hat er dir das nicht schon eher gestanden?* Und die größte aller Fragen: *Was bringt es ihm ein, wenn er es dir jetzt sagt? Eine weitere Nacht in deinem Bett?* Sie geriet in Weißglut.

Da er glaubte, Charlotte sei zufriedengestellt, wenn auch überrascht, packte Walker sie an den Armen und zog sie fest an sich, doch dann mußte er feststellen, daß sie alles andere als zufrieden war. Wenn überhaupt möglich, dann hatte seine Liebeserklärung nur dazu gedient, sie noch mehr zu verärgern.

»Es wird dich sicher überraschen, das zu erfahren, aber es gibt eine Frau auf Erden, die dich nicht unwiderstehlich findet.« Sie riß sich von ihm los, aber er ließ sie nur auf Armeslänge entkommen.

»Charlotte, bitte. Was soll ich tun?«

»Von mir aus kannst du tot umfallen.«

Er lachte leise. »Und was sonst noch?«

»Probier es mal damit, einfach fortzugehen.«

»Komm schon, Gussie...«

»Nenn mich nicht so. Ich will nicht, daß du mich je wieder mit diesem Namen ansprichst!«

»Es tut mir ungeheuer leid, daß du das willst, und noch mehr bedaure ich, daß ich dich enttäuschen muß, meine Süße, aber das ist ein Wunsch, den ich dir nie erfüllen werde. Und jetzt komm her, Gussie, und küß mich.« Diesmal riß Walker sie so fest an sich, daß sich ihre Körper perfekt aneinanderschmiegten.

»Was ist bloß los mit dir?« schrie sie, und Panik schwang in ihrer Stimme mit. »Hast du deinen dämlichen Verstand verloren? Du bist mit einer anderen Frau verlobt, um Himmels willen. Hast du denn gar keine Skrupel?«

»Nicht, wenn es um dich geht.« Sein Kopf senkte sich langsam.

»Hör auf der Stelle mit diesem Unsinn auf, oder ich schreie.«

Diesmal lachte er laut und herzhaft. »Da wäre allerdings ein gewaltiges Geschrei nötig, wenn du jemanden wecken willst. Du vergißt, meine Süße, daß ich *weiß*, wie weit es bis zu den Nachbarn ist. Mach schon, Gus, schrei dir die Seele aus dem Leib. Du weißt ja, wie gern ich es mag, wenn du Laute von dir gibst, während ich dich liebe.« Seine Arme schlangen sich um ihren Rücken.

»Ich will dich nicht küssen... niemals mehr!«

»Das tut mir wirklich teuflisch leid, dich enttäuschen zu müssen, aber ich habe den ganzen Tag an nichts anderes gedacht«, eröffnete er ihr mit belegter Stimme, »und ich habe voll und ganz die Absicht, dich zu küssen und zu küssen, bis du schmilzt wie ein Gummibonbon, der zu lange in der Sonne gelegen hat.«

»Dazu reicht dir die Zeit nicht!« rief Charlotte und versuchte, den Kopf abzuwenden. Sie wollte vor Scham sterben, weil er sie gehässig daran erinnerte, wie sie in seinen Armen schon geschmolzen war, wenn er sie geküßt hatte. *Wahrscheinlich hat er in seinem Leben schon genug Frauen geküßt und genug Glut wachgerufen, um einen ganzen Gletscher zu schmelzen.* »Damit ist Schluß... das ging nur, als ich noch so naiv war, dir zu vertrauen. Jetzt bin ich klüger.«

»Wieviel klüger, Charlotte?« Er lächelte und senkte den Kopf so weit, daß er die Worte gegen ihre Lippen hauchen konnte. »Bist du klug genug, um dir selbst in meinen Armen zu trauen?«

Walker beschloß, das einzige Mittel, um Charlotte zum Schweigen zu bringen und gleichzeitig das zu bekommen, was er haben wollte, war, sie zu küssen. Und wie er sie küßte! Ehe sie etwas auf seine Frage antworten konnte, nahm sein Mund ihre Lippen mit einem Kuß gefangen, der erbost und brutal, aber auch verheißungsvoll war. Hinter der Wut und der Feindseligkeit lauerte eine Zärtlichkeit, die sie in Versuchung führte, sich erweichen zu lassen, denn der Kuß versprach, sich zu ändern, wenn sie bloß nachgab und auf ihn einging.

Aber Charlotte war hartnäckig. Sie kniff die Lippen noch fester zusammen. »Ich bin kein Gummibonbon«, zischte sie.

Er grinste. »Du bist nur eine dieser Hybridenarten, mit denen ich noch nicht experimentiert habe. Ein wenig widerstandsfähiger.« Er hob eine Hand, um die zarte Haut unter ihrem Ohr zu streicheln. »Alles hat seinen Schmelzpunkt, Gussie. Sogar du.«

»Du bellst unter dem falschen Baum. Ich schmelze nicht, ich siede nicht, und ich löse mich nicht in Dampf auf.«

»Aber ich, Gus... jedesmal, wenn du mich küßt.«

Dieses Eingeständnis trug mehr dazu bei, sie aus der Form zu bringen, als alle Gewalt, die er aufzubieten hatte. Das offene Geständnis verblüffte sie so sehr, daß sie in seine blauen Augen starrte, die sie so flehentlich ansahen. Der schnelle Wechsel seiner Taktik hatte sie verwirrt, und jetzt war sie unsicher, wie sie vorgehen sollte. Bevor sie umdenken konnte, zog er sie wieder an seinen langen, festen Körper.

»Warte. Ich...«

Er brachte ihre Einwände mit einem Kuß zum Verstummen, der unbändig und gierig war. Er hatte sie überrumpelt und sie bewußtlos geküßt, ehe sie ihre Wut wieder aufbieten konnte, und ihr Körper wurde zum Verräter an ihr, denn er ließ von seiner starren Haltung ab und schmiegte sich ganz und gar an ihn. Alle weiteren Einwände, die ihr Verstand noch in Betracht zog, standen in einem solchen Widerspruch zu dem wüsten und unbändigen Pochen ihres Herzens, daß die Warnungen keine Chance hatten. Es war schon immer bekannt, daß in Liebesangelegenheiten das Herz großen Einfluß hat, und Charlottes Herz verlangte bei jedem Schlag, mit dem es das überhitzte Blut durch ihren Körper pumpte, nach diesem Kuß. Sie protestierte nicht gegen die Hand, die ihre Kehle streichelte und dann tiefer glitt, um sich auf ihre Brust zu legen. Sie wußte, daß sie seine Hand hätte fortstoßen sollen, doch sie brachte es nicht über sich, und dann fühlte sie, wie seine andere Hand sich auf ihr Kreuz legte, wie er die Finger spreizte, um sie noch enger an sich zu pressen, und ganz so, als seien sie blendend aufeinander eingestimmt, glitten Charlottes Hände über sein Hemd nach oben und auf seine Schultern, um sich von dort aus in das zarte Haar in seinem Nacken zu schlingen. Walker stöhnte und hielt sie fester, und sein Daumen bewegte sich über ihre Brustwarze, und all das sagte ihr, was er wollte. Und es war das, was auch sie wollte. Er war ein Mann mit straffer Haut und kräftigen Muskeln, und er war unglaublich erregt. Sie ließ jetzt alles, was sie für ihn empfand, in diesen Kuß einfließen, und das unterschwellige Wissen, daß es das letzte Mal sein konnte, verstärkte ihre Gefühle nur noch mehr. Für die Zeit, die ihnen noch blieb, würde sie, auch wenn es nur ein kleines Weilchen war, so tun, als gehörte er ganz und gar ihr.

Er zog ihr das Nachthemd über den Kopf, und ehe sie bewußt wahrgenommen hatte, daß er sich nicht mehr an sie preßte, war er schon wieder da. Nackt. Er führte sie zum Bett und nahm sie in seine Arme. Charlotte spürte die zarte Liebkosung der Nachtluft und sein glühendes Pochen, das sich an ihren Bauch preßte. Er beugte sich über sie, schlang seine Hände in ihr Haar und senkte seinen Mund auf ihre Kehle und koste sie mit zarten Worten und noch zarteren Küssen.

»So ist es schon viel besser«, murmelte er und zog sie an sich. Sie erwies sich als äußerst kooperativ. »Ach, kleine Gussie«, sagte er matt, »was hast du bloß mit mir angestellt?«

Eine seltsame Schwäche übermannte sie, und ihr Körper wurde träge, ihre Muskeln wurden schlaff. Ihr Zorn war gewichen. Verletzt war sie noch, aber nicht so sehr, weil er sie verlassen hatte oder sie wieder verlassen würde, sondern weil ihr weiblicher Stolz Schaden genommen hatte. Stolz, der dem Wissen entsprang, daß ihr das fehlte, was erforderlich war, um ihn zu halten. Das, was sie gemeinsam erlebt hatten, und wenn es noch so schön gewesen war, hatte nicht ausgereicht, um ihn zum Bleiben zu bewegen, und dieser Umstand stach wie Brennesseln.

Das einzige, was sie ein wenig entschädigte, war, daß er – aus welchen Gründen auch immer – zurückgekommen war und daß es ihm doch nicht so leicht gefallen war, sie zu verlassen, wie sie es sich vorgestellt hatte. Seine ursprüngliche Absicht mochte es gewesen sein, ihr zu zeigen, daß sie einem Mann trauen konnte, daß nicht alle Männer ihr Böses antun würden, doch bei der Umsetzung dieses Vorhabens war auch er verletzbar geworden. Als er ihre Widerstände eingerissen hatte, hatte er seine eigenen Schutzwälle mißachtet. Was er auch für sie empfinden mochte – es war mehr als bloße Lust. Kein Mann, der so aussah und sich so bewegte wie Walker Reed, hatte es nötig, bei altjüngferlichen Damen durch das Schlafzimmerfenster einzusteigen. Seine Rückkehr besagte, daß er sich etwas aus ihr machte.

Sie war nicht so dumm zu glauben, es könne von Dauer sein. Was ihn auch nach Kalifornien zog – es war noch da. Aber vielleicht… wenn das, was sie füreinander empfanden, stark genug war, dann würde das Band, das sich zwischen ihnen gebildet hatte, bestehen bleiben. Sie wollte an nichts denken… nicht an gestern… nicht an morgen. Es gab nur diesen Augenblick. Nur diesen Mann, dessen Hand warm auf ihrer Hüfte lag.

Walkers Hand streichelte immer noch ihre Hüfte, als sein Mund wieder zu ihren Lippen fand. Sein Kuß hatte jetzt nicht mehr die glühende Heftigkeit seiner früheren Küsse, und doch drückte sich gerade jetzt sein Verlangen noch deutlicher darin aus. Als er ihre Reaktion spürte, rieb er seinen Körper an ihr, zeigte ihr die Heftigkeit seines Verlangens und entlockte ihr Reaktionen.

So selbstverständlich, wie sie atmete, antwortete Charlotte ihm mit ihrem Körper. Ihre Hände, die jetzt einen eigenen Willen hatten, begannen, die Kanten und Rundungen seines Körpers zu erkunden: den geschmeidigen Rücken, die kräftigen Muskeln seiner Oberarme, die Umrisse seiner Brust mit dem dunklen Haar. Nie wieder würde sie die Wärme seines Körpers spüren, den wunderbaren Geruch seiner Haut einatmen, das sachte Drängen seines Verlangens ahnen. Einen Mann wie diesen würde es in ihrem ganzen Leben nicht mehr geben, einen, der sie mit unendlicher Geduld aus dem Dickicht alter Ängste geführt, sich bei ihr eingeschmeichelt und ihr vieles beigebracht hatte, der ihr ebenso wie sie ihm das Leben gerettet hatte.

Er war zu ihr zurückgekommen. Der Grund war ganz unwesentlich. Sie konnte jetzt keifen und nörgeln und erbittert sein und ihn vertreiben, und die Erinnerung an sie würde so bitter wie ein Wermutstropfen in seinem Mund schmecken. Sie konnte ihm aber auch offen und liebevoll und warmherzig entgegenkommen und ihn so lieben, wie ihn mit Sicherheit keine andere Frau lieben konnte, und sie konnte seinem Herzen ihr Bild einprägen, ein Bild, das er in der Erinnerung liebevoll hegen würde, wenn es ihm auch noch so selten ins Gedächtnis kommen sollte. Lieber sollte er ihr Lächeln vergessen, als ihren Haß in Erinnerung behalten. Sie würde dafür sorgen, daß die zärtliche Erinnerung an sie nicht verlorenging. Es mochte zwar sein, daß er vieles nicht in ihr sah, aber eins würde er feststellen müssen: Es würde nicht leicht sein, sie zu vergessen.

Als der Kuß endete, hob Walker den Kopf, sah ihr ins Gesicht und freute sich über das Lächeln, das er dort fand. »Warum bist du hier?« fragte sie.

»Ich wollte sehen, ob ich eine Erinnerung noch vollkommener gestalten kann.«

Ihr Herz hämmerte heftig in ihrer Brust. So viele liebevolle Gedanken und Koseworte drängten sich in ihrer Kehle und wollten ausgesprochen werden. »Und hast du eine Lösung gefunden?«

Er lächelte. »Nein, aber ich arbeite daran.« Er wirkte plötzlich versonnen. »Wie, frage ich mich, kann man etwas noch vollkommener gestalten, was in Musik umgesetzt ist. Du bist wie eine Melodie, die sich in meinem Hinterkopf ständig wiederholt, Charlotte. Ich habe den Text vergessen, aber die Noten sind nicht auszulöschen.«

»Walker, bist du betrunken?«

Er lachte und warf den Kopf zurück. »Nur du berauschst mich in deiner Süße.«

»Was hast du dir davon erhofft, noch einmal zurückzukommen?«

»Eine weiche Brust, auf die ich meinen Kopf betten kann, ein verständnisvolles Herz und einen Beweis dafür, daß mein Verstand mir nicht einen diabolischen Streich gespielt hat.«

»Einen Streich?«

Seine Arme schlossen sich fester um sie, und er begrub sein Gesicht in der duftigen Haarwolke, die über ihre Schulter fiel. »Eine Erinnerung, meine süße Charlotte. Einen Moment lang hielt ich ein Glühwürmchen in der Hand, doch als ich es wieder ansah, war das Licht erloschen. Glühe für mich, Charlotte. Schenk mir eine Erinnerung, die nicht so strahlend wie die Hoffnung und doch genauso schön ist.«

»Ich verstehe dich nicht.«

»Ich mich auch nicht«, sagte er zärtlich. »Ich mich auch nicht.«

Er küßte sie so sehnsuchtsvoll, daß sie spüren konnte, wie sich die Tränen in ihrer Kehle sammelten. Ihre Arme schlangen sich um ihn, und sie zog ihn mit einer Eindringlichkeit an sich, die äußerst heftig in ihr anschwoll. Sie verspürte das Verlangen, zu einem Teil von ihm zu werden, in seinen Kopf hineinzukriechen und seine Gedanken zu lesen, in seinem Herzen zu wohnen und dem Rhythmus zu lauschen, der sein Leben bestimmte, sich von den raschen Strömungen seines Bluts in die entferntesten Winkel seines Körpers treiben zu lassen. Sie konnte ihm gar nicht nah genug kommen, ihn gar nicht fest genug an sich pressen, ihn gar nicht oft genug überall berühren. Ihr Verlangen war so groß, daß sie sich nur noch hingeben wollte, ohne jede Einschränkung, ohne jedes nachträgliche Bedauern. Sie wollte ihm Leben einhauchen und ihm unendliche Lust bereiten, der Quell seiner Freude sein.

Ihre Hand machte sich auf die Suche und fand ihn, und sie beantwortete sein leises Stöhnen mit einem gehauchten Laut. Sie preßte sich noch heftiger an ihn und spürte, wie die rasende Leidenschaft in ihm anschwoll, als sein Körper sofort reagierte. Wie ein von Dunstschleiern verhangener Traum glitt sie über ihn. »O Gussie«, stöhnte er.

Und dann drang er in sie ein.

Ihr Geist schwand, als ihr Körper ihn umhüllte, und sie hatte das Gefühl, sich aufzulösen. *Gütiger Herrgott*, dachte sie. *Das also ist Liebe. Willkommen.*

Sie konnte die Freudentränen feucht auf ihrer Wange spüren, als die Lust schnell und heftig in schneller Abfolge wie Wellen in ihr anrollte, die sich brachen. Als sie es einfach nicht mehr ertrug, kam noch mehr. Und immer noch mehr. Und noch mehr. Bis sie glaubte, daran sterben zu müssen, und immer noch wurden seine Bewegungen immer heftiger, immer eindringlicher.

Sie schrie auf. Er flüsterte ihren Namen auf eine Weise, die sie die Augen aufschlagen ließ. Er schaute sie gebannt an, als er sie mit sich in den Abgrund riß. Die Verzückung auf seinem Gesicht, die Begeisterung in seinen Augen – das hatte etwas ganz und gar Intimes an sich, als könnte sie ihm in die Seele schauen.

Zum letzten Mal klammerte sie sich an ihn und spürte das Pochen seines Herzens an ihren Brüsten, das gehetzte Flattern seines Atems auf ihrem Hals. Für den Augenblick gehörte er ihr. So ganz und gar. Und es war so schön. Und weit mehr als die dünne Feuchtigkeitsschicht, die sie aneinanderklebte, verband sie jetzt.

Er küßte sie zart. »Ich bin gekommen, weil ich eine Erinnerung haben wollte«, sagte er und küßte sie wieder, »aber ich gehe mit einem Traum. Du hast mir seltsame Vorstellungen eingegeben. Soll ich diese Gedanken ignorieren, oder soll ich zulassen, daß ich ziellos umherziehe und einem rastlosen, ätherischen Traum nachjagen werde?«

»Was sind das für Gedanken?«

Wenn du bloß wüßtest, wie sehr du mein Herz im Griff hast, mein kleines Liebchen. Wenn ich fortgehe, wird sich das Garn, aus dem ich gestrickt bin, aufdröseln und einen Faden von hier bis Kalifornien als Spur hinterlassen, aber mein Herz, Gussie, wird hierbleiben, bei dir; ein Herz an einem aufgeribbelten Faden bleibt dir als Erinnerung an mich. Er sah sie verwirrt an. »Es ist nicht von Bedeutung. Küß mich noch einmal, Gussie, ehe die Sonne aufgeht und die Erinnerung an dich verblaßt.«

Traurigkeit wogte in ihrem Herzen auf. »Ich fürchte, ich werde nicht fort sein... aber du«, sagte sie.

»›Wie Schnee auf der Wüste staubigem Angesicht, der dort leuchtet ein Stündchen oder zwei – und vergeht.‹« Als sie etwas erwidern wollte, legte er seine Finger auf ihre Lippen. »Schließ jetzt die Augen, meine süße Charlotte, und laß dich von mir im Arm halten, während du schläfst.«

16.

Er war fort.

Sie wußte es schon, bevor sie die Augen aufschlug und den leeren Platz neben sich sah. Sie schaute sich im Zimmer um. Alles war noch genauso, aber ihr Verstand war benebelt, und sie fragte sich, ob sie von Walkers Besuch nur geträumt hatte. Vielleicht war es wirklich nur ein Traum. Es gab keinen Grund für ihn, noch einmal zurückzukehren.

Charlotte stand mit Mühe auf, wusch sich das Gesicht und wollte sich gerade anziehen, als ihr auffiel, daß ein Strahl der frühen Morgensonne sich in einem Gegenstand auf ihrem Frisiertisch brach. Sie trat näher und sah ein winziges goldenes Herz an einem Stück Schnur. Als sie es in die Hand nahm, drehte sich das Herz erst in die eine, dann in die andere Richtung und blinkte in der Sonne. Es war wunderhübsch anzusehen. Aber warum hing das Herz an einem gewöhnlichen Stück Schnur? Bei näherer Betrachtung sah sie, daß es nicht wirklich eine Schnur war, sondern ein Faden Garn, Wolle, die offensichtlich aufgetrennt worden war. *Wie seltsam*, dachte sie, und sie wußte, daß Walker das winzige Herz zurückgelassen haben mußte. Bei der Vorstellung lächelte sie, preßte das goldene Herz an ihr eigenes Herz und schloß die Augen. Als sie die Augen wieder öffnete, um das Herz noch einmal anzusehen, fiel ihr Blick auf den Faden. Warum ein Wollfaden? Da sie dieses Rätsel beim besten Willen nicht lösen konnte, trat sie vor den kleinen Spiegel über ihrer Waschschüssel und band sich das winzige Herz um den Hals. Wenn Walker ihr ein Herz an einem Wollfaden schenken wollte, dann mußte es dafür einen Grund geben. Sie band sich das Herz um den Hals und steckte es unter ihren Kragen, damit es niemand sehen konnte.

Während sie sich an jenem Morgen an ihre Hausarbeiten machte, rief sich Charlotte immer wieder ins Gedächtnis zurück, daß Walker ihr beigebracht hatte, ihm zu vertrauen, und der Umstand, daß er aus ihrem Leben verschwunden war, war noch lange kein Grund, ihm Mißtrauen entgegenzubringen. Sie würde die Erinnerung an ihn hochhalten und sie auf ihrem Bücherregal verstauen, zwischen Byron und Keats, wie ein geliebtes Buch, an das man sich aber doch so gut erinnert, daß man es nie mehr zu lesen braucht. Er war jetzt fort, und sie mußte den Rest ihres Lebens in die Hand nehmen. Irgendwie erschien ihr diese Aussicht weniger verheißungsvoll als früher.

Nemi und Hannah kamen zum Abendessen, und sie setzte ihnen Brathuhn, Brötchen, Erbsen und ihren Robert-E.-Kuchen vor. Nemi aß von allem drei Portionen, aber Hannah und Charlotte schoben ihren mangelnden Appetit auf die Hitze.

Schon bald nach Walkers Abreise begannen Nemi und Hannah Charlotte regelmäßiger zu besuchen, und es wurde ihnen zur Gewohnheit, sich jeden Sonntag einzustellen, und als die kühlere Jahreszeit anbrach, lachten und scherzten die drei miteinander, als hätte Walker Reed nie auch nur einen Fuß in dieses Haus gesetzt. Charlotte hielt sich viel darauf zugute, wie sie die Sache wegsteckte, doch niemand wußte von den langen Nächten, in denen schmerzliche Erinnerungen erbarmungslos durch ihren Kopf spukten.

Als das Wetter kühler wurde, war es an der Zeit, Schweine zu schlachten, und mit Hilfe von Hannah, Nemi und Jam schlachtete Charlotte die Sau, die sie den ganzen Sommer über gemästet hatte. Es war ihr eine große Erleichterung, wieder einmal etwas anderes als Huhn im Haus zu haben. Gelegentlich brachte Nemi ihr auch ein Stück Rindfleisch mit. Die Zeit des herbstlichen Kalbens und Pflügens war vorbei, und der neue Schuppen war fertig und bis zu den Dachsparren mit Heu gefüllt, und die Körnertruhen waren randvoll mit Mais und Hafer. In der vergangenen Woche hatten Charlotte und Jam die Herbstkürbisse geerntet. Jam hatte sie von den Feldern gebracht, und Charlottes Töpfe hatten mit den Früchten ihrer Arbeit auf dem Herd gekocht. Wohin sie auch sah, überall standen Einmachgläser. Als sie alles eingekocht hatte, brauchten sie drei Tage, um die Gläser in den Sturmkeller zu bringen.

Nachdem alles eingemacht war, ging es nur noch im Schneckentempo weiter, und Charlotte hatte mehr Zeit, die Steppdecke für das Gästezimmer fertigzustellen, an der sie arbeitete. Alles in allem war es sehr ruhig geworden.

Eines Sonntags im November, als Nemi und Hannah gerade zum Abendessen bei ihr waren und alle um den Tisch herumsaßen, reichte Charlotte Nemi gerade ein erstklassiges Stück Schweinefleisch, und Hannah redete mit vollem Mund, als es an der Haustür klopfte. Charlottes erster Gedanke war der, es könne Archer sein, doch andererseits kam Archer immer an die Hintertür.

»Was glaubst du wohl, wer das sein könnte?« fragte sie Hannah.

»Ich habe keinen Schimmer«, sagte Hannah und sah Nemi an.

»Warum gehst du nicht an die Tür und siehst nach?« schlug Nemi vor.

Charlotte ging an die Tür, doch auf das, was sie vorfand, war sie nicht vorbereitet.

»Guten Tag, Miss Lottie.«

»Jamie Granger«, sagte sie in einem Tonfall atemlosen Staunens, und das war kein Wunder, denn sie war sowohl atemlos als auch erstaunt. Sie hätte nicht erstaunter sein können, wenn er ihr plötzlich aus einer Wolke genau auf den Schoß gefallen wäre.

Ihr fiel nichts ein, was sie hätte sagen können, und so stand sie einfach da, hatte eine Hand auf dem Türgriff liegen und die andere auf den erstaunten Mund gepreßt, als sie den riesigen Mann anstarrte, der auf der Veranda vor ihrem Haus stand. Wenn sie genauer hingeschaut hätte, wäre Charlotte aufgefallen, daß Jamie frischgebadet, rasiert, parfümiert und fein herausgeputzt war und weitaus steifer dastand als der Strauß nahezu verwelkter Blumen, den er in der Hand hielt.

»Herbstchrysanthemen«, stammelte er. »Für Sie.« Er streckte ihr die Blumen hin, und Charlotte nahm sie entgegen.

»Jamie Granger«, sagte sie noch einmal, als würde er ihr realer erscheinen, wenn sie seinen Namen nur oft genug wiederholte. »Was, um Himmels willen, haben Sie in Two Trees zu suchen?«

»Ich bin Ihretwegen hergekommen. Darf ich eintreten, oder habe ich einen ungünstigen Zeitpunkt gewählt?« Als ihm seine Direktheit bewußt wurde, errötete Jamie plötzlich, und Charlotte fand, bei einem Riesen wie Jamie Granger sei ein schüchternes Erröten äußerst charmant.

»Ja, natürlich können Sie reinkommen. Ich weiß offen gesagt selbst nicht, wo ich meine Manieren gelassen habe.« Sie hielt die Tür auf. »Kommen Sie in die Küche«, sagte sie und ging voraus. »Nehemiah und Hannah sind hier. Wir essen gerade zu Abend. Haben Sie schon etwas gegessen?«

»Ich habe in der Stadt gegessen, ehe ich hergekommen bin. Aber eine Tasse Kaffee trinke ich gern mit.«

Das Gespräch wurde wiederaufgenommen, und Nemi löcherte Jamie mit Fragen, die Jamie gutgelaunt beantwortete. Als sie gegessen hatten, räumten Hannah und Charlotte den Tisch ab, während die Männer zum Schuppen gingen.

»Mir kann er nichts vormachen«, sagte Hannah. »Ich weiß, was Nemi tut, wenn er in den Schuppen geht. Ich wette mit dir um einen Meter meiner neuen Klöppelspitze, daß er jetzt schon ein Versteck für eine Whiskyflasche gefunden hat. Du kannst es mir glauben – wenn die beiden zurückkommen, kannst du im Umkreis von eineinhalb Metern keine Kerze aufstellen, weil sie sofort Funken sprühen würde.«

Charlotte lachte. »Zumindest haben wir sie eine Zeitlang vom Hals.« Sie hörte auf, den Teller zu scheuern, den sie in der Hand hielt. Geistesabwesend starrte sie in den Kompostkübel. »Was glaubst du wohl, warum Jamie Granger nach Two Trees gekommen ist?«

»Deinetwegen, könnte ich mir vorstellen«, antwortete Hannah. Sie nahm Charlotte den Teller aus der Hand und tauchte ihn in die Spülschüssel.

»O nein, das bezweifle ich. An dem Tag seiner Abreise war er so entrüstet, daß er Gift und Galle gespuckt hat. Nein. Irgend etwas anderes muß ihn hierhergeführt haben.« Sie unterbrach sich, als sie sah, daß Hannahs Aufmerksamkeit sich auf das Geschehen vor dem Küchenfenster gerichtet hatte. Als sie näher trat und Hannah über die Schulter spähte, sah sie Jamie und Nemi aus dem Schuppen kommen. Nemi drehte sich eine Zigarette und bot Jamie seinen Tabak an.

»Ich frage mich, worüber die beiden wohl reden«, sagte Hannah. »Was es auch sein mag, ich habe Nemi noch nie so ernst gesehen.«

Charlotte stellte sich auf die Zehenspitzen, um über Hannahs breite Gestalt zu schauen und das ernsthafte Gesicht ihres Bruders zu mustern. »Ich auch noch nicht«, sagte sie. »Irgend etwas paßt ihm nicht, und ich glaube nicht, daß er an meinem Essen etwas auszusetzen hatte.«

Charlotte hatte recht. Nemi paßte etwas nicht, und es hatte nichts mit ihrem Essen zu tun. Es waren die nüchternen Antworten auf die Fragen, die er Jamie gerade gestellt hatte. »Und was führt Sie nach Two Trees?«

»Charlotte.«

Nemi zog die Augenbrauen hoch. »Charlotte?« Er sah Jamie lange an, ehe er ein Streichholz aus der Tasche zog und es an der Seite des Wagens anstrich.

Als beide ihre Zigaretten angezündet hatten, sagte Nemi immer noch nichts. Er hatte sich mit beiden Unterarmen auf den Wagenrand gestützt und zog gelegentlich schweigend an seiner Zigarette. Jamie, der keinen halben Meter von ihm entfernt stand, tat dasselbe. Charlotte und Hannah waren vor Neugier außer sich und fragten sich, was bloß in dem offenen Wagen liegen mochte, wenn die beiden Männer derart gebannt auf die Ladefläche starrten.

»Die hecken etwas aus«, versicherte Hannah Charlotte.

»Nein, das glaube ich nicht.« Charlotte warf wieder einen Blick auf die beiden Männer, als Nemi gerade etwas sagte – und nur zu gern hätte sie gewußt, was es war.

»Nach allem, was ich von Charlotte gehört habe, hatten Sie es reichlich eilig, von hier zu verschwinden. Ich kann mir nicht vorstellen, warum Sie jetzt freiwillig zurückkommen könnten.«

»Ich bin zurückgekommen, weil ich sie bitten wollte, mich zu heiraten.«

»Und warum das?«

Jamie schien überrascht zu sein. »Wie soll ich das verstehen?«

Nemi sah ihm direkt ins Gesicht. »Warum wollen Sie Charlotte heiraten? Warum jetzt? Und wie kommen Sie darauf, Sie könnten eine Chance bei ihr haben – nach Ihrem Aufbruch damals?«

Jamie dachte einen Moment darüber nach. »Ich möchte sie heiraten, weil sie eine Frau von der Sorte ist, die ich auf meiner Ranch gebrauchen kann. Beständig. Zuverlässig. Eine Frau, die hart arbeiten kann. Sie hat keine Allüren und macht sich kein falsches Bild von ihrem Wert oder ihrer Schönheit. Sie ist eine ehrliche Frau. Sie würde jedem Mann eine gute Frau sein.«

»Sie haben den einzigen naheliegenden Grund nicht genannt«, sagte Nemi. »Was ist mit Liebe, oder ist davon überhaupt nicht die Rede?«

»Doch, natürlich. Die wird sich mit der Zeit schon einstellen. Charlotte und ich haben eine Menge gemeinsame Interessen. Daraus wird sich mit der Zeit gewiß Liebe entwickeln.«

»Und wenn es nicht so kommt?«

»Dann werden wir trotzdem eine gute Ehe führen. Ich werde ihr ein guter Mann sein, und ich bin sicher, daß sie mir so oder so eine gute Frau wäre.«

»Wie kommt es, daß Sie Charlottes Wert erst nach Ihrer Abreise erkannt haben? Warum haben Sie diese Dinge nicht ihr gegenüber angesprochen, solange Sie noch hier waren?«

Jamie wirkte schuldbewußt. »Weil... verdammt noch mal, Mann! Ich dachte nicht, daß ich Chancen bei ihr haben könnte. Nicht, solange Walker Reed hier rumgelungert ist. Ich habe selbst gesehen, wie er sie angeschaut hat, gehört, wie sie miteinander gestritten haben. Die beiden waren wie zwei Magnete, die im einen Moment voneinander angezogen und im nächsten voneinander abgestoßen wurden. Dann ist es zu gewissen Vorfällen gekommen, die ich falsch verstanden habe. Ich dachte, Charlotte hätte sich Walker hingegeben, und wenn das ihre Entscheidung war, dann mußte ich mich eben damit abfinden. Daher bin ich gegangen.«

»Und wieso haben Sie Ihre Meinung geändert? Was hat Sie dazu gebracht zurückzukommen?«

Jamie zog ein letztes Mal an seiner Zigarette und seufzte. Dann ließ er den Stummel auf den Boden fallen und trat ihn mit dem Fuß aus. »Es wäre mir lieb, wenn Sie Charlotte nicht sagen würden, was ich Ihnen jetzt erzähle.« Er sah Nemi an und erwartete seine Zustimmung.

»Ich kann Ihnen nichts versprechen, solange ich nicht gehört habe, was Sie mir zu berichten haben, aber eins kann ich Ihnen gleich sagen. Ich werde Charlotte nichts erzählen, was ihr Kummer bereiten könnte, und auch nichts, wovon ich glaube, man sollte sie besser davor bewahren.«

»Das soll mir recht sein«, stimmte Jamie zu. Dann zog er einen zusammengefalteten Zettel aus der Jackentasche und reichte ihn Nemi. »Diesen Brief, in dem er mir mitteilt, daß er von hier fortgeht, habe ich von Walker Reed bekommen...«

»Und dabei ist Ihnen wieder eingefallen, was Sie meiner Schwester schuldig sind«, beendete Nemi den Satz an seiner Stelle.

»Gewissermaßen, aber das ist nicht der Grund, aus dem ich gekommen bin. Ich bin aus den Gründen hier, die ich Ihnen bereits genannt habe. Als ich Zeit hatte, darüber nachzudenken, ist mir klargeworden, daß Charlotte keine Frau von der Sorte ist, die sich einem Mann ohne eine Heirat hingibt...«

»Das ist jetzt nicht mehr zutreffend«, sagte Nemi, und Jamie starrte ihn entgeistert an. »Ich sage Ihnen das nur, weil ich finde, Sie sollten es wissen, bevor Sie mit Charlotte reden. Wenn das etwas ist, womit Sie nicht leben können, können Sie auf der Stelle wieder verschwinden. Ich will nicht, daß Sie ihr Hoffnungen machen und Sie dann ein zweites Mal sitzenlassen.«

»Ich habe sie nicht sitzenlassen. Aber Ihre Eröffnung ändert nichts für mich.«

»Sind Sie ganz sicher? Noch vor einer Minute haben Sie die Tugend gepriesen und Charlottes Vorzüge als eine aufrichtige und zuverlässige Frau herausgestrichen. Jetzt wissen Sie, daß Sie nicht der erste sein werden, daß sogar die Möglichkeit besteht – die zwar unwahrscheinlich, aber nicht ausgeschlossen ist –, daß sie das Kind eines anderen Mannes erwarten könnte, und Sie sagen, daß das nichts ändert.« Nemi unterbrach sich. »Ich habe zwar eine schwere Zunge,

Mr. Granger, aber ich bin nicht schwer von Begriff. Sie scheinen mir nicht gerade die Sorte Mann zu sein, die es allzu freundlich hinnimmt, das Kind eines anderen großzuziehen und als sein eigenes Kind aufwachsen zu lassen.«

»Mir würde das nichts ausmachen.«

»Und was, wenn es ein Junge wäre? Ihr rechtmäßiger Erbe?«

»Es würde mir trotzdem nichts ausmachen«, sagte Jamie. »Es scheint ganz so, als sei Charlotte nicht die einzige, die eine Leiche im Keller hat. Wenn wir heiraten, dann schließt sie die Ehe nicht als Jungfrau und ist möglicherweise sogar von einem anderen Mann schwanger. Auch ich ginge diese Ehe nicht so ein, wie es normalerweise sein sollte.« Er sah Nemi direkt ins Gesicht. »Ich kann keine Kinder zeugen, und ich kann auch keine Beziehungen zu einer Frau unterhalten – nicht im normalen Sinn. Ich bin im Krieg verwundet worden, und das an der allerschlimmsten Stelle, die man sich denken kann. Eigentlich hätte ich an dieser Verletzung sterben müssen, aber ich bin wieder genesen, wenn auch nicht vollständig. Meine Zeugungsorgane sind zerstört worden.«

»Allmächtiger! Und Sie sind wirklich so dreist, einer Frau die Ehe vorzuschlagen? Was wäre das für ein Leben?«

»Ich glaube nicht, daß es Charlotte etwas ausmachen würde. Sie hat bereits ihre Vorliebe bekundet, eine alte Jungfer zu bleiben. Wenn es so etwas bei einer verheirateten Frau geben kann, dann wäre das wohl genau das, was wir erreichen. Es würde ihr nie an etwas fehlen. Ich würde sie gut behandeln, ihr ein guter Kamerad sein. Ich glaube wirklich nicht, daß sie das… das andere vermissen würde.«

»Vielleicht hätte sie es nicht vermißt… vorher nicht. Aber jetzt stehen die Dinge anders. Sie hat sich verliebt, die Hände eines Mannes auf ihrem Körper gespürt, die fleischlichen Genüsse kennengelernt. Ihr das jetzt zu versagen, wäre, als wolle man einen Wasserfall hinaufschwimmen.«

»An meinen Händen ist nichts auszusetzen.«

»Das ist ein recht kärglicher Ersatz. Sie hat mehr als nur das verdient. Ich möchte, daß Sie sich von ihr verabschieden, sich auf Ihr

Pferd schwingen und wieder fortreiten, wie Sie gekommen sind. Sie braucht nie zu erfahren, warum Sie gekommen sind oder worüber wir geredet haben. Ihr Geheimnis ist bei mir sicher.«

»Das kann ich nicht machen. Ich bin hergekommen, um Charlotte zu bitten, meine Frau zu werden, und wenn es nötig sein sollte, wollte ich um sie werben, und genau das werde ich auch tun.«

»Wenn Sie sie verletzen, bringe ich Sie um«, kündigte Nemi tonlos an.

»Hören Sie, ich will mich nicht mit Ihnen streiten. Zum Teufel, Mann, es könnte sein, daß Sie bald mein Schwager sind. Ich sage Ihnen jetzt, was mir fair erscheint. Ich will hierbleiben, um Charlotte werben und sie bitten, mich zu heiraten, aber ich verspreche Ihnen, daß ich ihr die Wahrheit über mich erzählen werde, bevor die Hochzeit zustande kommt. Dann liegt die Entscheidung bei ihr. Wenn sie damit leben kann, warum sollten Sie es dann nicht können?«

»Dann ist es also ihre Entscheidung«, sagte Nemi. Er wandte sich vom Wagen ab und ging auf das Haus zu. Als Jamie ihm folgte, sagte Nemi lediglich: »Merken Sie sich nur, was ich gesagt habe. Wenn Sie sie verletzen, bringe ich Sie um.«

17.

Charlotte klemmte sich die Bibel unter den Arm und zog ihre Wollhandschuhe an, als sie ins Wohnzimmer eilte, denn Jamie erwartete sie schon, um sie zur Kirche zu begleiten, wie er es schon an den drei vergangenen Sonntagen getan hatte.

»Ich hoffe, wir kommen nicht zu spät«, sagte sie und lächelte ihn an. »Ich habe meinen zweiten Handschuh einfach nicht finden können.«

Der Wind war eisig, es herrschte nasse Kälte, und die Sonne verbarg sich hinter perlgrauen Wolken.

Charlotte machte sich möglichst schmal, um Jamie Platz zu lassen, und dann sah sie ihn verstohlen von der Seite an. Er war so kräftig wie ein großer Braunbär, und in der Kälte rötete sich sein braungebranntes Gesicht, vor allem die Nase.

Charlotte war gut gelaunt, und Jamie schien es zu merken. Er nahm die Zügel in die rechte Hand und drückte sie mit dem linken Arm an sich. Charlotte kostete die Wärme seiner Nähe ein paar Minuten aus, bis der Anstand über das Behagen siegte und sie sich von Jamie löste. Jamie redete auf sie ein, wie er es schon seit einem Monat tat. Er erzählte ihr von seinem Leben im Süden von Texas und schilderte ihr seine Pläne für die Ranch.

Charlotte war gut gelaunt, weil sie sich von seiner guten Laune anstecken ließ. Sie liebte Walker Reed zwar immer noch, doch es fiel ihr leicht, sich in Gegenwart dieses sanften Riesen wohl zu fühlen, der sein Bestes tat, um sie aufzuheitern, sie zu unterhalten und, ja, um sie zu werben, denn sie erkannte deutlich, daß er genau das tat.

Er war wirklich ein Schatz, und er überhäufte sie derart mit Komplimenten, daß sie sich plötzlich schuldbewußt fühlte. Seinen Reden war deutlich zu entnehmen, daß sie für ihn der Inbegriff einer Dame war. Charlotte wußte, daß dazu Tugend und Jungfräulichkeit gehörten – Dinge, die sie nicht mehr für sich in Anspruch nehmen konnte. In Momenten wie diesen befiel sie eine absolute Hoffnungslosigkeit. Sie konnte die Zeit nicht zurückstellen und wiedererlangen, was sie verloren hatte. Das, was sie Walker Reed gegeben hatte, war ihr so endgültig genommen wie ihr alter Schuppen. Wenn sie sich jetzt wünschen würde, es wäre nicht dazu gekommen, dann änderte das nichts an der Lage, in der sie war – doch ihre Wünsche gingen nie auch nur in diese Richtung. Nein, das, was zwischen ihr und Walker gewesen war, konnte ihr niemals leid tun. Es war nur so, daß sie ihr Herz siebenundzwanzig Jahre lang dazu benutzt hatte, Blut durch ihre Adern zu pumpen, und jetzt hatte sie plötzlich einen ganz neuen Verwendungszweck dafür gefunden.

Charlotte legte die Hand auf das winzige Herz, das Walker ihr geschenkt hatte. Vielleicht hatte Walker sie verstanden.

Als er den versonnenen Blick in ihren Augen bemerkte, tätschelte Jamie ihre Hand. »Es erfüllt mich mit Stolz, eine Dame wie Sie zur Kirche zu begleiten. Ist Ihnen eigentlich klar, was ich täte, wenn ich nicht ein echter Gentleman wäre? Ich würde an der Kreuzung falsch abbiegen und mit Ihnen nach Süden weiterfahren.«

»Nach Süden? Wozu denn das?«

»Um mit Ihnen durchzubrennen.« Seine Augen leuchteten. »Sie wissen doch sicher, wie einfach es wäre, immer nur weiterzufahren und Sie einfach zu mir nach Hause mitzunehmen.«

Sie wußte zwar, daß er nur Spaß machte, aber seine Stimme klang seltsam eindringlich, und in seinen Augen stand ein hingebungsvoller Blick. Sie lachte nervös. »Wir kämen keine zwanzig Meilen weit und wären zu Eisklötzen erstarrt.«

»Frieren Sie?« fragte er. »Ich will nicht, daß Sie sich unterkühlen und krank werden.« Sein Tonfall war geistesabwesend, sein Blick versonnen.

Sie lächelte über seine freundliche Sorge. Ohne sich etwas dabei zu denken, hängte sie sich bei ihm ein und lehnte den Kopf an seine Schulter. In gewisser Weise fühlte sie sich für seine Gefühle ihr gegenüber verantwortlich, doch viel drastischer spürte sie die Scham, die auf ihr lastete, weil sie seine Gefühle nicht erwidern konnte. Sie hatte ihn gern und sah in ihm einen Freund. Mehr konnte nie daraus werden.

Jamie ließ die Zügel fallen, und Charlotte lag plötzlich in seinen starken Armen. Ihr schwirrte der Kopf vor Hilflosigkeit. »Jamie«, sagte sie sachte, »ich kann Ihnen nicht mehr als eine Freundschaft anbieten.« Seine Arme schlossen sich fester um sie, und er sah aus gequälten Augen auf sie herab. Sein Leid schmerzte sie, als sei es ihr eigenes. »Es tut mir so leid«, flüsterte sie. »Es tut mir wirklich leid.«

»Ich will dein Mitleid nicht haben!« erwiderte er barsch. Dann senkte sich sein Mund auf ihren, und er küßte sie nahezu brutal. Und doch fehlte irgend etwas.

Es war ein betörender und meisterlicher Kuß. Und doch steckte kein Drängen dahinter, und sein Atem ging nicht schneller. Nichts dergleichen. Es war, als seien sie zwei Schauspieler auf einer Bühne, die alles taten, was zu einem flammenden Kuß gehörte und dabei innerlich nichts empfanden. Mit ihrem Körper konnte sie den Unterschied spüren; mit dem Verstand analysierte sie ihn. Es lag nicht daran, daß sein Kuß keine Leidenschaft in ihr wachrief, wie Walkers Kuß es getan hatte, sondern daran, daß der Kuß ihn nicht erregte.

Er küßte sie immer noch, und ihr Verstand tastete sich unbeholfen vor, um zwischen dem zu differenzieren, was sie über die Leidenschaft eines Mannes wußte, und dem, was Jamie hier darbot. Sein Mund auf ihren Lippen wies keine Ähnlichkeit mit dem Ansturm männlicher Leidenschaft auf, die sie von einem Verliebten erwartet hätte. Dieser Kuß, dieser Mund, der sich auf ihren Lippen bewegte – daran stimmte einfach etwas nicht.

Und so plötzlich, wie er sie in seine Arme gerissen hatte, ließ er sie wieder los. Er sah sie nicht an, sondern griff nach den Zügeln und klatschte sie der Stute auf den Rücken. Der Einspänner machte einen Satz, und Charlotte klammerte sich mit einer Hand an den Sitz und hielt mit der anderen ihren Hut fest. Als sie das Gleichgewicht wiedergefunden und ihren Hut geradegerückt hatte, musterte sie ihn stumm und versuchte, ihre wirren Gedanken zu ordnen. Sie war soeben von einem Mann geküßt worden, und doch fühlte sie sich nicht anders, als hätte Pansy, die Ziege, ihr unerwartet das Gesicht abgeleckt. Seltsamerweise hatte sie das Gefühl, sich schuldig gemacht zu haben, weniger, weil sie geküßt worden war, sondern mehr, weil sie sich vorkam, als hätte sie sich durch ihre Duldung einer unverzeihlichen Sünde mitschuldig gemacht. Immer wieder versuchte sie, sich einzureden, daß die Gefühllosigkeit nur von ihr ausgegangen war, daß sie die Leidenschaftslose gewesen war, weil sie Walker immer noch liebte. Aber nein, so war es nicht. Es kam noch etwas hinzu. Sie konnte die Schuld nicht allein auf sich nehmen.

Charlotte war derart in ihre Überlegungen vertieft, daß sie Jamie erst wieder wahrnahm, als er sie mit seiner zitternden Stimme aus den Gedanken aufriß. »Es tut mir leid. Ich weiß, daß ich dich verletzt habe.«

»Nein«, sagte sie kopfschüttelnd. »Du hast mich nicht verletzt, es ist nur…«

»Nein«, beharrte er, »sag jetzt nichts. Es war meine Schuld. Ich hätte warten müssen, dir mehr Zeit lassen sollen. Ich möchte nichts zwischen uns kaputtmachen.«

»Jamie, bitte. Du hast mich nicht verletzt. Du bist mein Freund. Es braucht mehr als einen Kuß, um eine Freundschaft zu zerstören.«

»Freund?« wiederholte er verwirrt. Als er verstand, was sie meinte, schien er gekränkt zu sein. »Ich will nicht dein Freund sein. Du weißt doch sicher, daß ich nicht nur deshalb diese weite Reise unternommen habe, um dich zu sehen... mein Werben um dich... du mußt dir doch über meine Absichten im klaren sein!« Er sah sie scharf an. »Charlotte, ich möchte, daß du meine...«

»Bitte«, unterbrach sie ihn. »Sag im Moment nichts. Es gibt zu viele Dinge, über die ich nachdenken muß, zu viele Dinge, die du nicht über mich weißt, Dinge...« Sie blickte auf und sah den Kirchturm in der Ferne aufragen. »Wir sind schon fast da. Laß uns dieses Gespräch später fortsetzen.«

Sie kamen vor der Kirche an, und Charlotte hängte sich wieder bei Jamie ein, als sie eintraten. Niemand starrte sie mehr an. Alle waren es gewöhnt, die beiden jetzt zusammen zu sehen; von Hannah, die am Donnerstag die Damen des Nähkreises betreute, hatte Charlotte tatsächlich gehört, das Gerücht ginge um, sie wären verheiratet, ehe im Frühjahr der Schnee taute. Hätte Walker Reed sie anstelle von Jamie begleitet, dann wäre sie schon längst verheiratet, war das einzige, was Charlotte dazu einfiel. Aber es war zwecklos, an Walker Reed zu denken. Verschüttete Milch war ein für allemal verschüttet.

Der Dezember kam, und es war kalt und windig. Charlotte hatte mit Weihnachtsvorbereitungen zu tun und stellte ihre Geschenke fertig. Bald hatte sie die Tagesdecke mit den Eheringen als Muster darauf für Hannah genäht, und die geschnitzte Pfeife aus Kirschbaum und der Tabak, den sie für Nemi bestellt hatte, trafen ein. Jetzt fehlte nur noch die Wolldecke, die sie Jamie für ruhige Winterabende stricken wollte, wenn er vor einem Feuer saß und las, wie er es am vergangenen Samstagabend in ihrem Wohnzimmer getan hatte, als er sie zu dem Weihnachtsball eingeladen hatte.

Seit dem Morgen, an dem Jamie sie auf dem Weg zur Kirche geküßt hatte, hatte es keine Zwischenfälle mehr gegeben. Ihre Beziehung war sogar wieder genau da angelangt, wo sie vor dem Kuß gewesen war, und Jamie kam nie mehr mit einem einzigen Wort auf diesen Vorfall zu sprechen. Er versuchte auch nicht, es zu einer Wiederholung kommen zu lassen. Er äußerte sich nicht zu dem Grund seines Bleibens in Two Trees, und daher nahm Charlotte an, daß er immer noch um sie warb. Und wenn er um sie warb, dann mußte er eine Heirat im Sinn haben. Aber Jamie hatte keinerlei Schritte unternommen, um seine Absichten klarzustellen.

All ihre Gespräche drehten sich um ihrer beider Liebe und Bewunderung für die Literatur und die Musik, und manchmal erinnerte sie das an etwas Komisches, und sie schweiften zu irgendwelchen Erzählungen aus ihrer Kindheit ab. Manchmal redete Jamie über seine schottischen Vorfahren, und bei anderen Gelegenheiten unterhielt er Charlotte mit Berichten über seine zwei Jahre in West Point – bevor der Krieg ausgebrochen war und er sich den Konföderierten angeschlossen hatte. Er erzählte Charlotte von seinem Leben als junger Leutnant, und manche seiner Schilderungen waren so komisch, daß sie lachte und sich von seinen Worten ergriffen fühlte. Sie begann, seine Tiefe und seine Dimension zu verstehen, seine Sanftmut und seine Güte, doch je besser sie ihn verstand, desto klarer wurde ihr, daß sie ihn eigentlich überhaupt nicht kannte. Ungeachtet der Dinge, die er ihr berichtete, und ungeachtet dessen, wieviel er ihr enthüllte – er behielt immer noch etwas für sich, ein Geheimnis, das er ihr nicht anvertraute.

Nur einmal erwähnte er, gegen Ende des Krieges sei er schwer verwundet worden.

»Welches Glück du doch gehabt hast, etwas so Gräßliches zu überleben«, rief sie und hoffte, er würde ihr mehr darüber erzählen.

»Ich bin mir nicht so sicher«, sagte er leise, »ob die Umstände meines Überlebens realistischerweise noch als ein Leben bezeichnet werden könnten.«

Ehe sie ihm weitere Fragen stellen konnte, wechselte er das Thema, wie er es später auch immer tat, wenn sie versuchte, wieder darauf zu sprechen zu kommen.

Doch der Ball nahte, und Charlotte blieb keine Zeit mehr, solchen Gedanken nachzuhängen. Sie stand früh auf, um Plätzchen für das größte gesellschaftliche Ereignis des Jahres zu backen, und gleich zu Anfang mußte sie feststellen, daß der Deckel ihres Melasseglases sich irgendwie geöffnet hatte, als ein widerliches Nagetier sich in ihre Speisekammer eingeschlichen und das Glas umgeworfen hatte. Überall war Melasse, nur nicht in dem Glas, in das sie gehörte. Daher unternahm Charlotte einen Ausflug in den Kolonialwarenladen von Two Trees, den sie keineswegs eingeplant hatte.

Es war eine kalte Fahrt durch einen eisigen, trüben Morgen von der Sorte, die Jam »zu kalt für Schnee« nannte. Sie beobachtete, daß die dunkelgrauen Wolken über ihrem Kopf zu kochen und zu brodeln schienen, als seien sie zornig. Bald darauf sah sie die Dächer von Two Trees vor sich.

Anscheinend war sie nicht die einzige, die früh aufgestanden war, um dem eiskalten Wetter zu trotzen, denn als sie in die Hauptstraße einbog, bemerkte Charlotte, daß sich die verschiedensten Wagen und Pferde in der Straße drängten. Jeder einzelne Cowboy im Umkreis von vierzig Meilen mußte zum Ball in die Stadt geritten sein, und als sie am Wayfarers' Hotel vorbeikam, entging ihr das Schild nicht, das an die Tür gehängt worden war; es war alles belegt. Sogar die Pension der alten Miss Epperson war voll bis unters Dach, und niemand stieg je bei der alten Miss Epperson ab, wenn er nicht schon verzweifelt alles andere probiert hatte.

Charlotte zog sich den Schal enger um die Schultern und sprang behende ab. Als sie Butterbean festband und einen Blick auf das Gefängnis auf der anderen Straßenseite warf, sah sie gerade noch, wie Archer mit einem Fremden ins Haus trat. Dieser Mann an Archers Seite hatte etwas an sich, was sie die geschlossene Tür anstarren ließ. Sie stand da, und der Wind peitschte die Enden ihres Schals über ihre Schultern. Sie konnte ihn gerade noch festhalten, um ihn am Fortfliegen zu hindern, aber der enggeschlungene Knoten in ihrem Nakken löste sich, und ihr rostrotes Haar wirbelte in alle Richtungen, ebenso wie ihre Haarnadeln.

Nachdem sie ihre Haarnadeln wieder eingesammelt und ihr Haar und den Schal gerichtet hatte, richtete Charlotte ihren Blick wieder auf das Gefängnis. Der Fremde stand am Fenster und sah auf die

Straße. Sie fragte sich, wie es sein konnte, daß ein Fremder, der am Fenster stand und starrte, ein solches Unbehagen in ihr auslöste. Vielleicht lag es daran, daß sie das Gefühl hatte, er beobachte sie. Sie konnte sehen, daß er seinen Hut abgesetzt hatte, doch durch die Glasscheiben mit den Schlieren war das Gesicht des Mannes kaum zu erkennen. Archer trat neben ihn, und sie merkte, daß der Fremde im Vergleich zu ihm groß und schlank war. Er fuhr sich mit den Fingern durch das Haar, und einen Moment lang erinnerte diese Geste sie an Walker. Dann schnaubte Butterbean, und Charlotte wandte sich zu ihr um. Als sie wieder zum Fenster sah, war der Mann verschwunden. Ohne noch einen weiteren Gedanken an ihn zu vergeuden, drehte sich Charlotte um und eilte über den hölzernen Gehsteig ins warme Innere von Lesters Laden.

Lester kam hinter der Theke hervor, als er aufblickte und sie eintreten sah, während das Glöckchen an der Tür bimmelte und sie ankündigte. »Miss Lottie! Was führt Sie denn heute morgen in die Stadt? Und ich dachte, Sie seien zu Hause und steckten bis über den Hals in den Vorbereitungen für das große Fest heute abend.«

»Das habe ich vor, Lester, sobald ich ein Glas Melasse habe und meine Ingwerplätzchen backen kann. Geben Sie mir auch gleich noch zwei Fallen dazu. Ich glaube, letzte Nacht war Besuch in meiner Speisekammer. Überall klebt die Melasse.«

»Mäuse?«

»Eher Ratten«, sagte sie. »Mäuse könnten ein so schweres Glas kaum umwerfen.«

Ein paar Minuten später war Charlotte wieder aufgestiegen und ließ Butterbean in einem weiten Bogen kehrtmachen, um nach Hause zu fahren. Dabei warf sie einen letzten verstohlenen Blick auf das Büro des Sheriffs.

Der Mann stand jetzt wieder am Fenster.

Wenn die Feststellung, daß er in ihre Richtung schaute, beunruhigend war, dann war die große Ähnlichkeit, die er mit Walker Reed aufwies, noch weit beunruhigender.

»Ich muß geistesgestört sein«, murmelte sie. »In der letzten Zeit sieht jeder Mann, der mir begegnet, wie Walker Reed aus.«

Die beiden emsigen Kundinnen, die gerade das Geschäft betraten, mußten sie ebenfalls für geistesgestört befunden haben, denn sie blieben stehen, um sie einen Moment anzustarren und sich zu fragen, wieso Miss Charlotte Butterworth bei eiskaltem Wetter vor Lesters Laden saß und mit sich selbst redete.

Walker stand am Fenster und wartete, bis Archer seinem Deputy die letzten Anweisungen erteilt hatte, damit sie zum Mittagessen gehen konnten. Er sah Charlotte aus dem Geschäft auf der anderen Straßenseite kommen und aus der Stadt fahren. Er fragte sich, ob sie ihn erkannt hatte, als sie in seine Richtung geschaut hatte, aber ihr Gesicht war so verflucht schwer zu deuten, wenn sie diesen verkniffenen Ausdruck aufgesetzt hatte, den sie ganz besonders gern zu haben schien.

Das Gefängnis war voll bis unters Dach, und Archer brauchte länger als gewöhnlich für seine Runde. Walker befielen allmählich die ersten Zweifel an seinem Entschluß. Riley hatte wahrscheinlich doch recht gehabt. Er hätte sich auf den Weg nach Kalifornien machen sollen, statt nach St. Louis zu reiten. Oder zumindest hätte er direkt nach Santa Barbara zurückkehren sollen, nachdem er St. Louis verlassen hatte.

Das hatte er ja auch von Anfang an vorgehabt, aber irgend etwas war schiefgegangen, und als er sich vom Fahrkartenschalter abgewandt und sich die Fahrkarte in seiner Hand angeschaut hatte, stand anstelle von Santa Barbara, Kalifornien, darauf: Abilene, Texas.

Walker war alles andere als erfreut gewesen, als er gehört hatte, daß Jamie Granger wieder da war und Miss Lottie unter seine Fittiche genommen hatte, obwohl er den Brief schließlich selbst abgeschickt hatte, um Jamie zurückzuholen. Diese Entscheidung hatte er schon in dem Moment bereut, in dem die Postkutsche abgefahren war. Es paßte ihm überhaupt nicht, daß sich Jamie in der Stadt aufhielt, da er den Grund für seine Anwesenheit kannte, und es setzte ihm zu, wenn sein Name in einem Atemzug mit Charlotte genannt wurde, denn schließlich wußte er, daß er sie an einen anderen weitergereicht hatte und aus ihrem Leben verschwunden war. Das Wissen, daß er von da an keinen Moment mehr Ruhe und Frieden gefunden hatte, half ihm auch nicht weiter. Nur eins wußte er mit Sicherheit: Trotz Archers Drängen konnte er die Tanzveranstaltung heute abend nicht besuchen.

Er konnte es nicht ertragen, Charlotte in den Armen eines anderen Mannes zu sehen.

Walker wußte nicht, was er tun sollte. Er steckte in einem Dilemma, das sich mit keiner Schwierigkeit vergleichen ließ, in die er sich je gebracht hatte, und zum ersten Mal, soweit er zurückdenken konnte, hatte er niemanden, mit dem er darüber reden konnte. Er hatte immer alles mit Riley besprechen können, doch Riley war fort, und er konnte sich beim besten Willen nicht vorstellen, Archer zu erzählen, wie übel ihm die Erinnerung an Charlotte mitspielte.

Er hatte sein Bestes getan, um sie aus seinem Gedächtnis zu löschen, doch das ließ sich nicht mit Schnaps und nicht mit leichten Mädchen erreichen. Er konnte ihr selbst dann nicht entkommen, wenn er schlief oder sich bewußtlos trank. Sie verfolgte ihn, spukte durch seinen Kopf. Sie war die eine Frau in seinem Leben, die er bewußt zu vergessen versucht hatte, und dafür hatte er keine Mühe gescheut. Sie war die eine Frau, an die er sich mehr als an alle anderen erinnerte.

Sie war gewiß nicht eine Frau von der Sorte, zu der er sich normalerweise hingezogen fühlte, und doch hatte er nie solches Verlangen verspürt. Noch nicht einmal seine Verlobte, die er über alles zu lieben geglaubt hatte, war ihm so nahgegangen. Er hatte keinen Appetit, seine Liebe zum Schnaps hatte zugenommen, und er hatte Gewicht verloren – und gleichzeitig einen beträchtlichen Teil seines Verstandes. Er hatte geglaubt, es würde ihm helfen, hierher zurückzukommen. Er war sicher gewesen, wenn er sie auch nur noch einmal wiedersah, dann würde er deutlich erkennen, wie schlicht und gewöhnlich sie war, und dann konnte er sich einreden, daß die Erinnerung allem einen strahlenderen Glanz gibt als den, den etwas in der Realität besitzt. Aber daraus war nichts geworden. Das Herz war ihm in die Kehle gesprungen, als sie in die Stadt gekommen war. Stumm hatte er dagestanden und zugesehen, wie sie vom Wagen stieg und die Stute anband, und der Atem war ihm keuchend entwichen, als er sah, wie der Wind ihr den Schal vom Kopf wehte, ihre Haarnadeln lockerte und die wunderschöne Haarmähne löste. Er erinnerte sich daran, wie kühl und seidig dieses Haar sich anfühlte, an seinen Duft und daran, wie sinnlich es sich um seine Hand lockte, wenn er es in den Fingern hielt.

Nein. Es war ein Fehler gewesen, zurückzukommen. Es hatte ihm nicht weitergeholfen. Wenn überhaupt, dann war dadurch alles nur noch schlimmer geworden. Er sollte nach Abilene reiten. Jetzt sofort. Heute noch. Er sollte den ersten Zug nehmen, der von dort abfuhr, doch dazu war er jetzt außerstande – jetzt, nachdem er sie wiedergesehen hatte.

Er mußte sie noch einmal sehen, noch ein einziges Mal. Er mußte sie berühren, sie in seinen Armen halten – ein letztes Mal.

Und dann konnte er sich vielleicht für immer von ihr lösen.

18.

Unter einem trostlosen Himmel wehte ein Wind über die baumlose Ebene, dessen Geräusche seltsam hohl und leer klangen. Nach Einsamkeit und Verlassenheit. Wohin Charlotte auch sah – die ganze Welt schien winterlich kahl und trübsinnig zu sein.

Der Schmerz in ihrer Brust wurde heftiger, die Erinnerung an Walker wurde schmerzlicher, und sie dachte an glücklichere Zeiten, bis sich die quälende Sehnsucht nach Liebe und Geborgenheit in ihr Herz schlich. Sie fragte sich, ob sie je über Walker Reed hinwegkommen würde. Es war wohl kaum damit zu rechnen, denn ihre Liebe zu ihm war wie Malaria; eine Krankheit, die nie wirklich verging, sondern ab und zu wieder heftiger ausbrach.

Da sie es eilig hatte, nach Hause zu kommen, spornte Charlotte Butterbean an und ermahnte sich, sich von dem gräßlichen Winterwetter nicht zu sehr beeinflussen zu lassen. Wenn es ihr gelang, einfach weiterzumachen, als sei nichts, dann würde ihre gedämpfte

Stimmung vorübergehen wie die Unfruchtbarkeit des Winters, und sie würde bald wieder aufblühen. Sie kam an einem überfrorenen Feld und einem kaputten Zaun vorbei, ehe sie das Dach ihres Hauses in der Ferne sah.

Dann hörte sie schwache Geräusche, die lauter wurden, als sie näher kamen, und schließlich die klagende Melodie des Windes übertönten. Es waren Pferdehufe, die schnell hinter ihr nahten. Es schien, als seien sie schon direkt hinter ihr, und sie konnte nicht schnell genug reagieren. Der Reiter ritt links an ihr vorbei und hielt sein Pferd so abrupt vor Butterbean an, daß die Stute wieherte und sich aufbäumte, bevor ein starker Arm ihr ins Zaumzeug griff und eine Stimme beruhigend auf sie einredete.

»Aber, aber! Ganz ruhig, Mädchen, ganz ruhig.«

Walker.

Das Wort wurde gehaucht, ein atemloses Flüstern, und Charlotte war nicht ganz sicher, ob sie seinen Namen überhaupt laut ausgesprochen hatte.

»Guten Tag, Charlotte.«

Das Herz sank ihr auf die Füße. Der Klang seiner Stimme schien sie zu umfangen wie die Windstöße, die sich immer wiederholen. *Guten Tag, Charlotte... Guten Tag, Charlotte... Guten Tag, Charlotte...*

Er ritt neben dem Einspänner her und stieg ab, steckte die Zügel hinten in den Bund seiner Hose, und seine Hand zog an der Hutkrempe, damit sein Hut nicht vom Wind fortgeweht wurde.

»Du warst es also wirklich, vorhin in der Stadt«, brachte sie mühsam heraus. Sie kam sich äußerst dämlich vor, weil sie ihn so anstarrte.

»Hast du mich bemerkt?«

O Walker. Wie hätte es anders sein können? Er war so schön – er sah noch besser aus, als sie ihn in Erinnerung hatte. Sie hob die Hand ein wenig, denn sie verspürte den Drang, den Arm auszustrecken und sein kräftiges Kinn zu berühren, über seine markanten Wangenknochen zu streicheln, doch dann fand sie rechtzeitig den Verstand wieder, und ihre Hand fiel auf ihren Rock zurück.

»Warum bist du hier? Ich dachte, daß du in Kalifornien bist. Warum bist du zurückgekommen?« Ihre Stimme kam ruckhaft durch klappernde Zähne heraus, aber sie hätte nicht sagen können, ob die Kälte daran schuld war oder Walker.

»Ich bin nie nach Kalifornien geritten. Riley ist in Kalifornien. Ich war in St. Louis.«

»Wieso das?«

Er grinste. »Geschäfte. Ich war auf dem Rückweg, als ich beschlossen habe, noch mal herzukommen. Ich wollte dich sehen. Freust du dich denn gar nicht?«

Das war die letzte Antwort, die Charlotte erwartet hatte. Eine alte Gewohnheit brachte sie dazu, ihre Gefühle unter Verschluß zu halten und ihre Worte behutsam zu wählen. Natürlich freute sie sich, ihn zu sehen – es war sogar der reinste Freudentaumel –, aber das konnte sie ihm nicht sagen. Sie wiederholte ihre Frage.

»Warum bist du hier, Walker?«

Er antwortete nicht, sondern sprang neben sie auf den Kutschbock. »Dir ist ja eiskalt«, stellte er fest. Er riß sich die Handschuhe mit den Zähnen von den Händen, legte seine bloßen Hände beidseits auf ihre Wangen und hielt ihr Gesicht fest, und die Wärme sickerte in ihre eiskalten Wangen.

Augenblicklich hob sie die Hände, legte sie auf seine und riß sie von sich. »Rühr mich nicht an, Walker. Laß deine Finger von mir.«

Walker hielt jetzt ihre Hände, und seine Daumen rieben mit den sicheren, kräftigen Bewegungen, die sie so aus der Fassung brachten, ihre Handrücken. »Ich glaube, das wird mir nicht gelingen«, sagte er sanft.

»Du hast hier nichts zu suchen. Ich setze die Trümmer meines Lebens gerade wieder zusammen. Jamie … Jamie wirbt seit einer Weile um mich. Deine Anwesenheit wird nur Ärger bringen.«

Er schien verletzt zu sein. Dann wurde sein Gesicht finster, und er zog die buschigen Augenbrauen beim Sprechen hoch. »Ich bin nicht zurückgekommen, um dir Ärger zu machen.«

»Warum bist du denn sonst hier?«

»Ich bin gekommen, weil ich sehen wollte, wie es dir geht.«

»Mir geht es gut.«

»Du bist doch nicht schwanger, oder doch?«

Ihr Herz schlug heftig, und auf ihr Gesicht trat ein Ausdruck reinsten Erstaunens. Dann gab sie ihm eine Ohrfeige. Und zwar fest. Sie holte zu einem zweiten Schlag in sein Gesicht aus, aber er hielt ihr Handgelenk fest umklammert. Da sie sich nicht mehr rühren konnte, saß sie einfach da und starrte ihn an.

»Charlotte! Verdammt noch mal, ich habe dich gefragt, ob du schwanger bist!« wiederholte er, diesmal wesentlich lauter.

»Laß mich in Ruhe.« Sie griff mit der anderen Hand nach der Peitsche, doch er fing auch dieses Handgelenk in der Luft und hielt jetzt ihre beiden Hände in seinen warmen Handflächen.

»Ich gehe nicht, bis du mir meine Frage beantwortet hast.«

»Meine Lebensumstände gehen dich nicht das geringste an. Und jetzt steig ab.«

»Ich denke im Traum nicht daran... und deine Lebensumstände gehen mich einiges an. Wenn du schwanger bist, dann ist das Kind von mir.«

»Bist du ganz sicher?«

Sein Blick bohrte sich in sie. »Ja, du verdammtes Miststück, ich bin ganz sicher.« Er schüttelte sie heftig. »Antworte mir, verflucht noch mal.« Er schüttelte sie wieder, bis ihre Zähne aufeinanderklapperten. »Was ist jetzt, bist du schwanger?«

»Nein!« schrie sie. »Nein. Nein. Nein.« Tränen froren auf ihren Wangen, und sie versuchte wütend, sie wegzuwischen.

»Entschuldige bitte«, murmelte er und versuchte, seinen Arm um ihre Schultern zu legen und sie an sich zu ziehen, doch davon wollte sie nichts wissen, und sie schlug seine Hände zur Seite. »Du mußt sehen, daß du nicht noch länger in diesem eiskalten Wind sitzt«, sagte er. »Wir können hier draußen nicht miteinander reden. Warum...«

»Wir können weder hier noch sonst irgendwo miteinander reden!« schrie sie. »Ich will dich nie mehr wiedersehen. Kannst du das denn nicht verstehen?«

»Ich glaube, du lügst, Gussie. Ich glaube...«

»Nenn mich nicht Gussie, du verfluchter Kerl! Ich will nicht mehr daran denken. Ich habe zu lange gebraucht, um über dich hinwegzukommen. Ich will nicht noch einmal zurück. Ich kann nicht. Tu mir das nicht noch einmal an.«

Sie überrumpelte ihn, als sie ihn mit aller Kraft von sich stieß, und er kippte nach vorn, wankte bedrohlich, verlor im nächsten Moment vollständig das Gleichgewicht und fiel vom Wagen. Als er sich wieder aufgerichtet hatte, hatte sie nach der Peitsche gegriffen und ließ sie auf Butterbeans Rücken sausen. Die entgeisterte Stute machte einen Satz nach vorn, als Walker seine Zügel von der Deichsel riß. Er blieb lange mitten auf der Straße stehen und starrte dem Einspänner nach.

Charlotte machte sich sofort ans Plätzchenbacken. Sie wollte nicht zulassen, daß ihre Gedanken sich um Walker drehten. Als sie das Blech in den Ofen geschoben hatte, fing sie an, ihr Badewasser zu erhitzen. Dann holte sie die Plätzchen aus dem Ofen und stellte sie zum Abkühlen auf den Tisch, während sie die große Kupferwanne in die Küche zog.

Sie stieg in die dampfende Wanne, lehnte sich zurück und schloß die Augen. Sie war erst seit ein paar Minuten im Wasser, als die Hintertür aufgerissen wurde. Charlotte zuckte zusammen und schlug die Augen auf. Walker stand in der offenen Tür, und ein Ausdruck des Erstaunens stand auf seinem Gesicht.

»Verschwinde!« schrie sie. »Siehst du denn nicht, daß ich ein Bad nehme?« Ehe sie es sich gründlich überlegt hatte, packte sie ihr einziges Stück Geißblattseife und warf es nach ihm. Sie entdeckte schon wieder etwas Neues an Walker.

Er konnte gut fangen.

Ein breites Grinsen trat auf sein Gesicht, und er drehte sich um, um die Tür hinter sich zu schließen. Dann trat er vor ihren Herd, öffnete die Klappe und warf zwei Holzscheite hinein. »Für unser Bad müssen wir die Küche gründlich einheizen. Hier ist es viel zu kalt. Du könntest dir den Tod holen.«

»Unser ... *unser* Bad?« sprudelte sie heraus. »Hör mir mal gut zu, du eingebildeter, aufgeblasener Affe. In dieser Küche war es richtig schön warm, bis du dagestanden und wie ein Waschbär geglotzt hast, der auf einem Baum festsitzt.«

Er machte sich nichts aus ihrem Wortschwall, sondern lief in der Küche umher. Dann entdeckte er die Plätzchen. »Ingwerplätzchen«, sagte er und nahm sich eine Handvoll.

»Hör auf, dich an meinen Ingwerplätzchen zu vergreifen«, kreischte sie. »Die sind für heute abend. Verschwinde aus meinem Haus!«

Sein Lächeln war so betörend wie der ganze Kerl. »Verscheuch mich doch.«

Fast wäre sie darauf reingefallen. Sie wollte gerade aufstehen und aus der Wanne steigen, als ihr im letzten Moment auffiel, daß er ihr Handtuch aus ihrer Reichweite gezogen hatte. Sie ließ sich entrüstet ins Wasser fallen, und es spritzte nach allen Seiten über den Rand des Zubers.

»Na, was ist?« neckte er sie und betrachtete die Pfützen, die sich um die Wanne herum gebildet hatten. »Und ich dachte schon, du bist eine ordentliche Person.«

»Hör zu, wenn du glaubst, ich würde dich hier, mitten in meiner Küche, mit mir Unzucht treiben lassen, dann steht dir eine Überraschung bevor!«

Er war so dreist, sie entgeistert anzuschauen, und dann lachte er tief und polternd. »Also hör mal, Gussie! Wie kommst du bloß auf so was? An Unzucht habe ich keinen Moment gedacht«, sagte er. Dann fügte er einschmeichelnd hinzu: »Zumindest nicht in der Küche.«

Sie funkelte ihn erbost an und verschränkte die Arme über den Brüsten, die dicht unter der Wasseroberfläche bezaubernd wippten. »Und was sonst hast du hier zu suchen?«

Als er ihre nackte Haut im Wasser schimmern sah, bereitete es Walker größte Schwierigkeiten, sich auf den Grund zu konzentrieren, aus dem er zu Charlotte gekommen war. Falls er in der Zeit, in der er fortgewesen war, etwas dazugelernt hatte, dann war es, daß er einen großen Fehler gemacht hatte, als er Jamie geschrieben hatte. Er war zwar nicht sicher, wie er die Dinge handhaben sollte, doch eines stand für ihn fest: Er konnte Charlotte nicht aufgeben. Er würde mit ihr den Ball besuchen. Und heute abend wollte er es ihr sagen und Jamie Granger ein für allemal fortschicken.

Walker sah Charlotte an und zuckte zusammen, als er ihr wütendes Gesicht bemerkte. Seine Stirn legte sich in Sorgenfalten. Er hatte nicht damit gerechnet, daß sie so heftig auf seine Rückkehr reagieren würde. Um ganz ehrlich zu sein: Er hatte sich eigentlich nicht wirklich Gedanken über ihre Reaktion gemacht. Er hatte ganz selbstverständlich vorausgesetzt, daß sie genauso froh darüber sein würde, ihn zu sehen, wie er sich freute, sie zu sehen. Als er jetzt ihren feindseligen Gesichtsausdruck wahrnahm und ihre zynischen Worte hörte, konnte er deutlich erkennen, daß das nicht der Fall war.

»Nur für den Fall, daß du es vergessen haben solltest – ich habe dir eine Frage gestellt. Was hast du hier zu suchen?«

»Ich bin gekommen, weil ich dir bei den Vorbereitungen für den Ball helfen wollte.«

»*Mir bei den Vorbereitungen helfen*... Hast du den Verstand verloren? Ich will deine Hilfe nicht... ich brauche überhaupt keine Hilfe. Ich bade mich seit zwanzig Jahren allein und ziehe mich allein an.«

Sie wollte noch etwas anderes sagen, doch Walker sagte: »Pst, Charlotte. Du redest zuviel. Hat dir das schon mal jemand gesagt?«

»Ja«, erwiderte sie, »schon öfter.« Sein Lächeln war so ansteckend, daß sie unwillkürlich auch die Lippen verzog.

Er betrachtete sie. »Du bist wunderschön, wenn du lächelst.«

Das Lächeln schwand. »Walker...«

»Wir sollten uns lieber beeilen. Sonst wird dein Wasser noch kalt. Wo warst du, als ich reingekommen bin?«

Sie sah ihn verwirrt an. »Hier, in der Wanne, du Schwachkopf.« Sie fragte sich, ob er vielleicht getrunken hatte.

Er lächelte. »Nein, ich meine, wie weit du mit deinem Bad gekommen warst.« Sie sah ihn immer noch verwirrt an. »Gussie, ich will wissen, wo du dich schon gewaschen hattest und wo noch nicht, als ich reingekommen bin.«

»Ich hatte mir gerade das Gesicht und die Arme gewaschen

und... *was soll das heißen? Was geht dich an, wo ich mich schon gewaschen habe?*«

»Aber, aber. Nur keine Panik.« Er nahm das Stück Seife, das sie nach ihm geworfen hatte. Dann kam er auf sie zu.

»Was hast du mit meiner Seife vor?«

»Eigentlich sollte ich dich dazu bringen, sie zu essen.« Er kicherte in sich hinein, und dann fiel ihm etwas wieder ein, was sie vorhin gesagt hatte. »Seit wann gibt es in deinem Wortschatz ein Wort wie Unzucht? Aber um deine Frage zu beantworten: Ich werde dich damit waschen.«

Sie war so fassungslos über all das, was sich hier abspielte, daß sie einfach in dem rasch abkühlenden Wasser sitzenblieb und dumm vor sich hinschaute, als er auf sie zukam und sich neben die Wanne kniete. Sie machte sich keine bewußten Gedanken, sondern wußte nur, daß das hier Walker war und daß alles, was sich zwischen ihnen abspielte, richtig sein mußte. Sie sah zu, wie er sich die Ärmel hochkrempelte und dann seine Arme in das Wasser tauchte, um ihren Waschlappen herauszufischen. Als er ihn gefunden hatte, seifte er ihn gründlich ein. »Dreh dich um«, befahl er.

»Scher dich zum Teufel«, erwiderte sie und stieß seine Hände so kräftig von sich, daß sich der eingeseifte Waschlappen, den er in der Hand hielt, gegen sein Gesicht preßte.

»Du kleines Biest!« schrie Walker und wischte sich mit dem Ärmel die Seifenlauge vom Gesicht. Charlotte ließ ihm keine Chance, auch nur noch ein Wort zu sagen. Sie sprang aus der Wanne, und da sie wußte, daß sie nicht genug Zeit hatte, um sich das Handtuch zu schnappen, ergriff sie die Tischdecke, die sie heute morgen erst gebügelt und über die Lehne eines Küchenstuhls gehängt hatte. Dann lief sie durch den Flur, als ginge es um ihr Leben, schlang währenddessen das Tischtuch um sich, stürmte in ihr Schlafzimmer und knallte die Tür gegen Walkers Fuß, als er die Tür gerade erreicht hatte.

»Verschwinde aus meinem Haus und aus meinem Leben, oder es wird dir bei Gott noch mehr leid tun als jetzt schon!« Sie packte eine Vase mit Pfauenfedern und zog den Arm zurück, um sie nach ihm zu werfen, wenn er auch nur einen Schritt näher kam. Aber Walker blieb in der Tür stehen, die Hemdbrust mit Seifenlauge getränkt, die Daumen in den Gürtelschlaufen, und sah sich nach Herzenslust an ihr satt.

Ein Ausdruck tiefer Versonnenheit trat auf sein Gesicht, als ihm mehrere außergewöhnliche Umstände gleichzeitig auffielen. Die reizende, umgängliche Frau, die ihm vor vielen Wochen das Leben gerettet hatte, hatte sich verändert. Die altjüngferliche Frau mit dem Knoten und der behutsamen Ausdrucksweise gab es nicht mehr, und an ihre Stelle war ein halbnacktes Geschöpf von exotischer Schönheit mit einer wüsten leuchtendroten Mähne und heißblütiger Auflehnung getreten. Und Flüche warf sie ihm schneller an den Kopf, als er zählen konnte. Sie war köstlich, sie war prachtvoll, und er begehrte sie jetzt noch mehr als jemals zuvor. Hier, das wurde ihm klar, hatte er es mit einer Frau zu tun, die es wert war, um sie zu kämpfen, selbst wenn sie diejenige war, gegen die er kämpfen mußte.

Mit ruhiger Stimme forderte er: »Stell die Vase hin, Charlotte.«

»Du meinst wohl, ich soll sie dir über den Schädel ziehen!«

»Wenn du die Vase nach mir wirfst, hast du das Problem noch lange nicht gelöst, und morgen bist du wütend auf dich, weil du sie zerbrochen hast.«

»Womit läßt sich das Problem denn lösen, Walker? Sag es mir.«

»Ich glaube, die Frage kannst du dir selbst beantworten.«

»Wie könnte ich das? Ich weiß noch nicht einmal, wo das Problem liegt.«

»Das ist ganz einfach. Ich bin zurückgekommen, um dich zu sehen, und du willst mich nicht hierhaben.«

»Dann geh.«

Er kam einen Schritt auf sie zu, und Charlotte zog den Arm weiter zurück. »Ich warne dich. Noch einen Schritt, und ich zerschlage die Vase auf deinem dummen Kopf.«

Sie konnte es einfach nicht glauben, als sie seine Augen belustigt funkeln sah und seine Mundwinkel sich hochzogen. Allein das schon hätte sie dazu gebracht, die Vase nach ihm zu werfen, auch wenn er nicht noch einen Schritt näher gekommen wäre. Sie zog den Arm wie eine Schleuder noch etwas weiter zurück, und die Vase segelte durch die Luft. Walker duckte sich, und die Vase zerschmetterte an der Wand hinter ihm, ein paar Pfauenfedern fielen auf seine Schultern, ein paar Porzellanscherben in sein Haar.

»Jetzt haben wir endlich etwas zum Lachen«, sagte sie und drehte sich um, um nach einem weiteren Gegenstand Ausschau zu halten, den sie nach ihm werfen konnte, nur für den Fall, daß er sich entschloß, noch näher zu kommen.

Walker starrte gebannt in ihr hübsches Gesicht und mußte einen Anflug von Bewunderung für ihren Mut unterdrücken – törichten Mut, der dennoch bewundernswert war. »Ich vermute, es sollte mich schon freuen, daß ich dich zum Lachen bringen kann«, sagte er.

»Du kannst mich zu überhaupt nichts bringen.«

Die Belustigung schwand aus seinem Gesicht. »Da irrst du dich, Charlotte. Ich *kann* es, und ich werde es auch tun.«

Als sie den entschlossenen Ausdruck seiner Augen und seinen verkniffenen Mund sah, griff Charlotte nach dem nächstbesten Gegenstand, einer kleinen Spieldose. Als Walker auf sie zukam, schleuderte sie sie ihm entgegen und hatte fürchterliche Angst, sie könnte ihn verletzt haben, als das Ding von seinem Schädel abprallte und er einen knurrenden Laut von sich gab. Doch er ließ sich nicht zurückhalten. Sie entwich ihm mit einem Satz und warf mit einer Hutschachtel, die er mit einem Arm abwehrte. Als nächstes folgten eine Haarbürste, dann ein Kästchen mit Haarschleifen, ein Schildpattkamm, eine kleine Vogelfigur und ein Gedichtband. Als ihr die Munition ausgegangen war, begann sie zurückzuweichen. »Bleib mir vom Leib.«

»Charlotte, ich sollte dir den Hintern versohlen. Du hast alles in diesem Zimmer zu Kleinholz geschlagen, mich inbegriffen.«

»Dann war es die Sache ja wert«, versetzte sie atemlos und trat noch einen Schritt weiter zurück, um sich an die Wand zu lehnen.

»Weißt du, was ich tun werde, wenn ich dich geschnappt habe? Und ich werde dich schnappen.«

Natürlich hatte sie Angst, genauer nachzufragen. Außerdem fürchtete sie, daß er recht hatte. Er würde sie schnappen. Charlotte schluckte schwer und schüttelte den Kopf. Sie wußte, daß sie ihn begehren würde, sowie er sie berührte. Sie keuchte, und die Tischdecke war erfreulich weit auf ihren Brüsten heruntergerutscht, das Haar umflutete ihr Gesicht, und sie sah aus wie eine Frau, die gerade geliebt worden ist – und zwar gründlich.

Walker spürte, wie sein Körper auf den Anblick reagierte, der sich ihm bot. Er begehrte sie. Und er würde sie erwischen. Er war nur noch nicht allzu sicher, was er mit ihr anstellen wollte, wenn er sie erst geschnappt hatte. Ihre inneren Kämpfe entgingen ihm nicht, und er beobachtete sie mit verstohlener Belustigung. Er rannte ihre Widerstände einen nach dem anderen ein, und er wußte, daß es nicht mehr lange dauern würde, bis sie in seinen Armen lag. Doch um das zu erreichen, mußte er es gegen ihr hitziges Temperament und ihre Auflehnung aufnehmen. Charlotte war nicht mehr dieselbe Frau, mit der er vor Monaten geschlafen hatte. Sie würde heute nicht mehr auf den Gentleman eingehen, der um sie warb. Diese heißblütige Frau, die vor ihm stand, ließ sich nur durch einen kühlen Kopf und herrische Behandlung zähmen.

Sie starrten sich wortlos an, und Walker wußte, daß er sich schnell etwas einfallen lassen mußte, was er sagen konnte, wenn er nicht eine weitere großzügige Kostprobe von Charlottes Temperament abkriegen wollte. »Komm in die Küche. Ich habe dir etwas mitgebracht.«

»Ich will es nicht haben.«

»Verdammt noch mal, Charlotte. Wirst du jetzt endlich deine Sturheit ablegen? Du kannst entweder selbst in die Küche laufen, oder ich trage dich hin. Wenn ich zurückkomme, und du bist immer noch nicht in der Küche, dann hole ich dich.« Er drehte sich um und ging zur Tür.

Wenige Minuten später betrat er mit einem Päckchen unter dem Arm die Küche. Charlotte hatte sich jetzt in ihren Morgenmantel gehüllt, stand in der Küche vor dem Herd und hatte die Arme verschränkt und einen verdrossenen Gesichtsausdruck aufgesetzt.

Walker hielt ihr das Päckchen hin, doch sie rührte sich nicht vom Fleck. Er riß das Einwickelpapier auf und faltete ein Kleid aus schimmernd grüner Seide auseinander. Dann schüttelte er das Kleid und drapierte es über eine Stuhllehne. »Das habe ich dir in St. Louis gekauft.«

»Vielen Dank, aber ich finde, du solltest es deiner Verlobten schenken.«

»Wenn ich es ihr schenken wollte, dann würde ich es ihr schenken. Ich habe das Kleid für dich gekauft.« Walker erkannte, daß Charlotte ihren Standpunkt unerbittlich beibehalten würde, und daher forderte er: »Zieh das Kleid an. Ich werde mein Pferd in den Stall stellen, und dann komme ich wieder und sehe mir an, wie es dir steht.« Er ging aus der Küche.

Als er die Küchentür wieder öffnete, stand sie immer noch, wo sie war. Und das Kleid lag noch da, wo er es hingelegt hatte. Als sie ihm mit wachsamen weitaufgerissenen Augen entgegensah, konnte Charlotte die rasende Wut in seinem Gesicht erkennen. Sie fürchtete, zu weit gegangen zu sein. Dicht vor ihr blieb er stehen, riß das Kleid von der Stuhllehne und warf es ihr ins Gesicht. »Ich habe gesagt, du sollst das Kleid anziehen.«

»Und ich habe nein gesagt.« Mit diesen Worten drehte sie sich um und ließ das Kleid in ihr kaltes Badewasser fallen. Sie sah zu, wie sich der edle schimmernde Stoff mit Wasser vollsog.

»Hol es raus, und zieh es an.«

»Fahr zur Hölle.«

»Charlotte, ich warne dich.«

Ihre Augen sprühten leuchtendblaue Funken, als sie hitzig sagte: »Und ich warne dich. Verschwinde aus meinem Haus, du verfluchter Kerl. Verschwinde!« Sie riß das durchnäßte Kleid aus dem Wasser und schleuderte es ihm entgegen. »Und nimm dein Kleid mit!«

Walker war außer sich vor Wut. Er packte sie am Arm und zerrte sie zum Badezuber. »Da du nasse Sachen magst, wollen wir doch mal sehen, wie dir das gefällt.« Er stieß sie in die Wanne, packte sie im Nacken und drückte ihren Kopf unter Wasser. Als er ihren Kopf wieder herauszog, sagte er: »Hast du es dir jetzt anders überlegt?«

Mit hysterischer Stimme schrie sie: »Niemals!«

Er tauchte sie wieder mit dem Kopf unter Wasser. Sie hielt den Atem an, bis es einfach nicht mehr ging. Als sie ausatmete und ihre Lunge nach frischer Luft verlangte, war nur Wasser da. Jetzt bekam sie Angst und versuchte, sich vom Wannenboden abzustoßen, doch kräftemäßig konnte sie es nicht gegen ihn aufnehmen, und daher sank sie matt in sich zusammen. Sie spürte, daß er sie hochzog, und als ihr Kopf über Wasser war, schnappte sie nach Luft. Das Wasser rann in Strömen aus ihrem Haar, und ihr Morgenmantel war aufgesprungen und durchnäßt und klebte an ihrer nackten Haut. Erschöpft und ermattet schloß Charlotte die Augen. Panik stieg in ihm auf, als er sie packte und sie auf den Fußboden legte. »Wehr dich, du Miststück. Gib jetzt nicht auf. Ich liebe dich, verdammt noch mal. Siehst du das denn nicht, du dummer kleiner Trotzkopf?«

Er streckte sich neben ihr aus, legte seinen Mund über ihren und hauchte ihr seinen Atem ein. Charlotte, die lediglich erschöpft und keineswegs einer Ohnmacht nahe war, brauchte nicht lange, um zu begreifen, was er tat, und daher entschloß sie sich, das Spielchen mitzuspielen und ihm eine Lektion zu erteilen. Sie hielt die Luft an.

Als er keine Reaktion spürte, probierte Walker es wieder und immer wieder. Schließlich würgte sie schwach. Er versuchte es noch einmal, und ihr Kopf bewegte sich ein wenig. »Komm schon, Liebling. Atme tief ein. Wehr dich nicht dagegen. So ist es schon besser.« Ihr Atem ging immer noch flach, und er legte seinen Mund noch einmal auf ihren und atmete für sie.

Ihm war nicht genau klar, wann aus der Mund-zu-Mund-Beatmung ein langer, inbrünstiger Kuß wurde. Sein Mund lag gierig auf ihrem, und ihr spärlich bekleideter Körper unter ihm war sein Untergang. Er teilte ihre Lippen und verlangte eine Reaktion von ihr, die so wild und heftig wie seine eigene war, die ihn wirklich erschütterte. Einen verrückten wunderbaren Augenblick lang ließ Charlotte ihn gewähren und lechzte nach der genüßlichen Qual, in diese starken Arme gezerrt und von diesem wunderbaren Mund geküßt zu werden. Sie spürte, wie sehr er sie begehrte; hart und lang und immer heißer preßte sich sein Verlangen an ihren Bauch.

Walker beendete den Kuß, da er wußte, daß er sie andernfalls genommen hätte, gleich hier, in der Küche. Als er in ihr Gesicht sah, stockte ihm der Atem in der Kehle, als er erkannte, daß das, was unter ihren langen nassen Wimpern herauslief, nicht Wasser war, sondern Tränen.

»Charlotte?« flüsterte er, und sein Körper bebte vor Gefühl. Er rollte sich von ihr und stützte sich auf einen Ellbogen, streichelte sanft ihre Wange und wischte mit dem Daumen die Tränen weg. Als gleich eine neue Träne nachkam, versetzte ihm das einen schmerzhaften Stich.

»Charlotte, Liebling. Sieh mich an. Sag mir, was dir fehlt.« Als sie die Augen aufschlug, waren sie hinter einem Tränenschleier verborgen, und ihre Wimpern klebten naß zusammen.

»Habe ich dir weh getan?«

»Wenn du so zu mir bist, tust du mir immer weh«, schluchzte sie und löste sich in Tränen auf, die plötzlich nicht mehr zurückzuhalten waren. Jede Wut war aus ihm gewichen, als Walker sie betrachtete. Er ertrug es einfach nicht, sie weinen zu sehen. Er zog sie in seine Arme und drückte ihren zitternden Körper dicht an sich.

Sie weinte ausgiebig und ließ all den Schmerz aus sich herausrinnen, den sie ein Leben lang in sich verschlossen hatte. Sie weinte um ihre Mutter und ihren Vater und um ihre zwei umgekommenen Brüder. Sie weinte um sich selbst und um Nemi und um die Kindheit und die Familie, die man ihr versagt hatte. Sie weinte, weil sie einsam war und weil Walker ihr dieses wunderschöne Geschenk mitgebracht hatte, und sie haßte ihn dafür, daß er es ihr wegnehmen würde. Und in all der Zeit hielt Walker sie fest, streichelte sie, strich ihr das nasse Haar aus dem Gesicht und küßte sie sachte, tröstete sie mit seinem Körper und seinen sanften Worten, die er sagte, ohne wirklich zu begreifen, was er von sich gab.

Als keine Tränen mehr kamen, war Charlotte matt und vollkommen erschöpft. Ein Schauer durchlief sie, als sie tief einatmete und wußte, daß vor ihr nichts anderes als Leere und eine lange einsame Zukunft lagen. Sie konnte Jamie nicht heiraten, selbst dann nicht, wenn er sie dazu aufforderte, seine Frau zu werden. Das ging nicht, wenn sie so viel für Walker empfand. Doch als sie ihre Lage einigermaßen sachlich beurteilte, nahm sie gleichzeitig auch bewußt wahr, wie sie und Walker hier zusammen auf dem Fußboden lagen und seine Hand ihre nackte Hüfte streichelte. Ihr Morgenmantel war aufgesprungen, nur ihr Rücken war bedeckt, und ihre nackte Vorderseite war an ihn gepreßt. Seine Hand auf ihrer Hüfte hatte sie ganz unpersönlich gestreichelt, doch von dem Moment an, in dem sie sie bewußt spürte, schien sie glühend heiß wie ein Brandeisen über ihre Haut zu gleiten. Sie blieb still liegen und fragte sich, wie sie es fertigbringen sollte, seine Hand fortzustoßen, wenn er so sanft und liebevoll war.

Er hätte ihre Hüfte bis in alle Ewigkeit unpersönlich streicheln können, wenn Charlotte ihn nie angesehen hätte. Doch sie tat es. Und als sie ihm ins Gesicht schaute und ihm gern so viel gesagt hätte, ihm so gern beschrieben hätte, was sie empfand, konnte sie spüren, wie ihr Atem stockte, weil er sie so gebannt anstarrte.

Wie schön sie war – die leicht gerötete Haut, die schimmernden großen Augen, die wie die eines Kindes schauten, das sich verirrt hat, die verklebten Wimpern, der rosige Mund, dem man die Küsse ansah. Sein Blick glitt tiefer auf die vollkommenen Brüste, die gänzlich freigelegt waren, und er wußte, daß er sie wohl trotz allem noch auf dem Küchenboden lieben würde.

Er zog sie an sich, und sie war ganz weich und warm, schläfrig und erschöpft – eine Frau, die keinen Kampfgeist mehr in sich hatte. Seine Hände zogen den Morgenmantel jetzt auch noch von ihrer Hüfte, und dann musterte er ihr Gesicht. Ihre Augen waren offen, und sie beobachtete ihn. Mit einem leisen Stöhnen zog er sie an sich, und sein Mund legte sich heißhungrig auf ihre Lippen. Er preßte ein Bein zwischen ihre Schenkel, und seine Lippen glitten auf ihre Brust, während seine Hand an ihrer Hüfte hinunterglitt und sie dort berührte, wo sie warm und feucht war.

Jetzt küßte er die zarte Haut auf ihrem Bauch, und sie zitterte, als sein Kuß wie geschmolzene Lava tiefer glitt und seine Hände ihre Beine auseinanderzogen. Er kniete jetzt zwischen ihren Beinen, und sie war gänzlich vor ihm entblößt. Als ihr das klar wurde, versuchte sie, die Schenkel zusammenzupressen, doch er hielt sie fest und sagte sanft: »Nein, Liebling. Tu das nicht. Laß dich ansehen. Laß mich dein Gesicht sehen, während ich dich hier berühre.«

Er berührte sie dort, wieder und wieder, zart und sachte, und er ging so langsam vor, daß es sie um den Verstand brachte. Sie wand sich unter seinen Händen, verrenkte sich, bog ihm die Hüften entgegen, und doch streichelte er sie immer noch so langsam, daß es zum Verrücktwerden war. Als sie glaubte, es einfach nicht mehr auszuhalten, tasteten sich seine Finger behutsam in sie vor und berührten sie langsam und dann immer schneller, bis sie sich im Rhythmus ihrer Hüften bewegten. Sie schrie einmal auf, dann noch einmal, und dann öffnete Walker seine Gürtelschnalle und zog seine Hose aus. Seine schmalen Hüften preßten sich zwischen ihre Beine, und mit einem einzigen schnellen Stoß kam er in sie. Sein Körper verharrte regungslos über ihr, als er die Hände in ihr Haar grub und ihr Gesicht festhielt, während sich sein Kopf senkte und er sie küßte.

Dann begann er, sich in ihr zu bewegen, schnell und zielstrebig, und er nahm sie mit sanfter Gewalt. »Du gehörst zu mir, Gussie.« *Du gehörst zu mir, wie keine andere Frau je zu mir gehören könnte, wie keine andere Frau je zu mir gehören wird. Ich werde zurückkommen. Warte auf mich. Ich weiß nicht, was ich tun oder wie ich es anstellen werde, und ich weiß nicht einmal, wann. Aber ich werde zurückkommen. Ich komme wieder, um dich zu holen, und wenn meine Liebe ausreicht, um dich zu halten, dann wirst du hiersein und auf mich warten.*

Du gehörst zu mir, Gussie. Charlotte lauschte Walkers arroganter Äußerung. *Du gehörst zu mir, Gussie.* O ja, sie wußte, daß Walker zurückgekommen war, um sie zu sehen und um mit ihr zu schlafen, und das hieß, daß es ihm nicht gelungen war, sie so leicht zu vergessen, wie er geglaubt hatte. Aber für sie bestand immer noch kein Zweifel daran, daß er nach Kalifornien aufbrechen und sie hier zurücklassen würde. In ihrer Vorstellung bestand die einzige Möglichkeit, ihren Stolz zu retten und ihr Gesicht zu wahren, darin, Walker einen Korb zu geben, ehe er sie sitzenließ. Seine Absicht, sie heute abend beim Ball für sich zu beanspruchen, war so leicht zu erkennen wie die Nase in seinem Gesicht. Doch jetzt würde sie die Rollen mit ihm tauschen. Sie gelobte sich, ihm zu zeigen, wie man sich fühlte, wenn man jemanden liebte, auf den schon ein anderer in den Kulissen wartete. Er hatte ihr bereits gestanden, daß er sie liebte und daß er sie für sich beanspruchte. Er war sich seiner selbst jetzt sicher, zu sicher, daß er sie in der Hand hatte. *Sollte er sich ruhig in diesem Glauben wiegen.* Und dann, wenn er es am wenigsten erwartete, wenn er glaubte, sie ganz und gar eingewickelt zu haben, dann würde sie ihn zurückweisen. Dasselbe hatte er schließlich auch mit ihr getan. Genau dann, wenn Walker Reed glaubte, sie würde ihm aus der Hand fressen, wollte sie ihn fallenlassen und ihm deutlich zeigen, wen sie bevorzugte. Noch ehe der Abend vorüber war, würde es keine einzige Seele in Two Trees mehr geben, die nicht erlebt hatte, wie sie ihn in seine Schranken verwiesen hatte.

Walker stand auf und zog Charlotte auf die Füße. Sie sah sich in der Küche um und stöhnte, als sie das ganze Durcheinander sah. In weniger als drei Stunden würde Jamie kommen, um sie abzuholen. Bis dahin mußte sie Walker loswerden, ihr Badewasser aufwärmen und dann versuchen, ihr Haus wieder halbwegs in Ordnung zu bringen, ehe Jamie eintraf.

Walker ging, und Charlotte setzte einen Kessel Wasser auf. Dann legte sie Holz nach und putzte die Küche, ehe sie in ihrem Schlafzimmer wieder eine gewisse Ordnung herstellte. Als sie sah, welchen Schaden sie dort angerichtet hatte, schnitt sie eine Grimasse. Sie war über sich selbst erstaunt. In all ihren siebenundzwanzig Jahren hatte sie nicht geahnt, zu welchen Ausbrüchen sie in der Lage war. Ein Mann wie Walker Reed war nötig gewesen, um diese Eigenschaft ans Tageslicht zu fördern. Schmerzlich erinnerte sie sich daran, daß Walker eine ganze Menge neuer Seiten an ihr bloßgelegt hatte.

Zum zweiten Mal an diesem Tag saß Charlotte entspannt in der Kupferwanne in ihrer warmen Küche, als die Hintertür aufgerissen wurde.

»Nicht schon wieder!« stöhnte sie.

Walker fiel auf, daß sie die Küche geputzt hatte. Das Haar hatte sie sich auf den Kopf gebunden. Aber alles andere war genauso wie vorher. Er grinste und schloß die Tür hinter sich. »Ich habe dir gesagt, daß ich dir bei den Vorbereitungen helfe, und das werde ich auch tun.« Er lief durch die Küche, stellte sich neben die Wanne wie schon einmal, krempelte sich die Ärmel hoch und ließ sich auf ein Knie sinken. Dann hob er die Seife und den Waschlappen auf.

Als sei sie das seit langem gewöhnt, blieb sie einfach sitzen, wandte ihm den Rücken zu und kostete genüßlich aus, wie der Waschlappen in kräftigen kreisenden Bewegungen über ihre Haut glitt. Seufzend ließ sie den Kopf nach vorn fallen und das Kinn auf ihre Brust sinken, als Walker mit dem eingeseiften Lappen sachte ihren Hals massierte.

»Entspann dich«, sagte er sanft. »Du verkrampfst dich zu sehr. Ja, so ist es viel besser.«

Seine Hand war warm, und seine Haut fühlte sich nicht nur gut auf ihrer Haut an, sondern gab ihr auch ein seltsames Gefühl der Geborgenheit. Sie trieb irgendwo außerhalb ihres eigenen Körpers, als er sagte: »Und jetzt gib mir dein Bein.«

Als er merkte, daß sie ihm keine Hilfe sein würde, tauchte Walker seine Hand ins Wasser und hob eines ihrer schlanken weißen Beine hoch. In dem Moment, in dem seine Handfläche ihre Wade berührte, schoß eine elektrische Ladung durch ihren Körper, und der Atem stockte in ihrer Kehle. Sie sah in die leuchtendblauen Augen.

»Und jetzt gib mir dein anderes Bein.«

Sie tat es und wußte, daß er sie im Wasser nur zu gut sehen konnte. Als sie unschuldig zu ihm aufblickte, verschlangen seine Augen sie vor Gier.

Sie beobachtete die rhythmischen Bewegungen seines muskulösen Armes und fand, es sähe Walker gar nicht ähnlich, die Rolle einer Kammerzofe zu spielen. Als er endlich mit ihr sprach, war seine Stimme belegt und anzüglich. »Wenn ich mit Ihnen fertig bin, Miss Lottie, dann gibt es im Umkreis von hundert Meilen keinen Mann mehr, der nicht eine Jahresration Whisky dafür geben würde, einmal mit Ihnen tanzen zu dürfen.«

Er ließ ihr Bein sinken, und ehe sie etwas sagen konnte, hob er die

Hände und zog ihr die Nadeln aus dem Haar. Die roten Locken rollten sich wie Schlangen auseinander und glitten ins Wasser, und schon im nächsten Moment schüttete er ihr einen Krug Wasser über den Kopf.

Sie spuckte und keifte wie verrückt, doch er redete schon wieder, und da sie nicht verpassen wollte, was er zu ihr sagte, hielt sie den Mund und hörte zu, als er anfing, ihr Haar zu waschen. Als seine Finger ihre Kopfhaut massierten, schloß sie die Augen und ließ sich zurücksinken. Sie vergaß alle Wut, die sie an ihm hatte auslassen wollen. Langsam sank sie ins Wasser, so schlapp und geistlos wie ein Spüllappen.

»He! Nicht zu weit, oder du spülst die ganze Seife raus. So ist es schon besser. Bleib genauso sitzen, während ich frisches Wasser zum Nachspülen hole.« Er war gleich wieder mit einem Krug zurück, in den er frisches warmes Wasser gefüllt hatte. »Und jetzt beug dich vor. Brav so. Mach die Augen zu. Siehst du! Das war es schon.«

Sie hörte seine Schritte und schlug die Augen auf. Er stand mit einem Handtuch vor ihr, das er weit ausgebreitet in den Händen hielt. »Steh auf.«

Sie wollte schon aufstehen, doch dann war sie schnell wieder bei Sinnen und glitt in das Wasser zurück.

»Was ist denn jetzt schon wieder los?«

»Ich bin nackt!«

Er warf den Kopf in den Nacken und brüllte vor Lachen. »Das ist beim Baden wohl im allgemeinen üblich. Vor ein paar Minuten hast du noch splitternackt mit mir auf dem Küchenfußboden gelegen, woher also jetzt diese plötzliche Scheu?« Als er merkte, daß seine Worte sie keineswegs beschwichtigten, sagte er: »Du kannst aufstehen. Ich habe die Augen geschlossen.«

Sie stand auf und sah ihn an. »Du hast gelogen«, protestierte sie, als er das Handtuch um sie wickelte. »Deine Augen waren offen.«

Er grinste und schlang ihr ein zweites Handtuch um den Kopf. »Ich habe nicht gelogen, Gussie. Ich habe die Augen nur früher wieder aufgemacht, als es dir recht war.«

Walker hob sie auf seine Arme und trug sie zu einem Stuhl, den er vor das Feuer gestellt hatte. Er setzte sich und zog sie auf seinen Schoß. Dort hielt er sie fest und rieb ihr vor dem warmen Ofen mit dem Handtuch das Haar trocken. Als es fast trocken war, trug er sie in ihr Schlafzimmer und legte sie auf ihr Bett. Sie sah ihm zu, als er vor ihre Frisierkommode trat, ihre Haarbürste nahm, zum Bett zurückkam und sich neben sie setzte.

»Dreh dich um.«

Sie schloß die Augen und ließ sich verwöhnen. Es war einfach köstlich zu spüren, wie Walker die Bürste mit langen ausholenden Bewegungen durch ihr Haar zog. »Ist das das Kleid, das du anziehen willst?« fragte er und wies mit einer Kopfbewegung auf das bernsteinfarbene Wollkleid, das über der Truhe ausgebreitet war.

»Ja.«

»Eine Farbe, die dir gut steht. Zwar nicht so hübsch wie grüne Seide, aber ganz nett«, urteilte er und bemerkte ihr Stirnrunzeln, als er von grüner Seide sprach. Dann zog er sie auf die Füße. »Und jetzt wollen wir dich frisieren.«

»Mich frisieren? Du?« fragte sie mit hochgezogenen Augenbrauen.

Er lachte. »Darin bin ich nicht allzu sehr geübt. Du wirst es frisieren, und ich werde zusehen.«

Sie zuckte mit den Achseln und trat vor den Spiegel und überlegte sich, daß er nicht mehr halb so gut aufgelegt sein würde, wenn er feststellen mußte, daß er sie für Jamie Granger schöngemacht hatte. Sie zuckte innerlich zusammen und malte sich seine Reaktion aus, wenn sie fertig herausgeputzt war und ganz beiläufig erwähnte, daß sie den Ball nicht mit ihm besuchen konnte, weil Jamie sie abholen würde. Sie fing an, sich das Haar zu bürsten.

Als sie fertig war, war ihr Haar geflochten und um den Kopf geschlungen, und diese Frisur war weit schmeichelhafter als der strenge Knoten, den sie gewöhnlich trug.

Er beobachtete, wie sie sich im Spiegel betrachtete. Das Licht der Lampe schmeichelte ihrer Haut und fiel auf das winzige goldene Herz. Er erinnerte sich noch allzu gut an die Nacht, in der er es ihr geschenkt hatte.

Wenn du bloß wüßtest, wie sehr du mein Herz im Griff hast, mein kleines Liebchen. Wenn ich fortgehe, wird sich das Garn, aus dem ich gestrickt bin, aufdröseln und einen Faden von hier bis Kalifornien als Spur hinterlassen, aber mein Herz, Gussie, wird hierbleiben, bei dir; ein Herz an einem aufgeribbelten Faden bleibt dir als Erinnerung an mich.

Er hob langsam die Hand, bis sie ihren Kopf dicht über dem Ohr berührte, und dann begann er, die dünneren seidigen Haare herauszuziehen. Sein Blick war starr auf ihr Gesicht geheftet, und seine Hand glitt über ihren Nacken zum anderen Ohr. Als er fertig war, war ihr Gesicht von zarten Locken umspielt.

»Das«, sagte er leise, »ist das, was ein Mann gern sieht. Keine strenge Frisur, sondern Haar, das so aussieht, als hätte sich eine Frau gerade von ihrem Geliebten durchs Haar streichen lassen.« Er sah auf ihr schönes Gesicht herunter und sagte: »Du bist zu blaß, Charlotte. Du brauchst Farbe auf den Wangen, Farbe, die in deine Wangen aufsteigen könnte, wenn der Mann deines Lebens dich in die Arme ziehen und dir sagen würde, daß er dich will, wie du bist.«

Er zog sie an sich, bog mit den Händen ihren Kopf zurück, ließ sie dann auf ihre Taille sinken und sagte: »Ich will dich, Charlotte.«

Sie spürte, wie die Röte in ihr Gesicht stieg. Walker machte es ihr entsetzlich schwer, daran zu denken, daß sie all das nur tat, um ihm zu beweisen, daß er ihre Gefühle nicht mit Füßen treten konnte. Sein Gesicht kam näher, so nah, daß die Worte über ihre Haut glitten, als er sprach. »So ist es besser. Noch ein wenig mehr Farbe, Charlotte.« Seine Lippen streiften ihre. »Probieren wir es noch einmal. Ich will dich, Charlotte.«

Sein Mund legte sich auf ihren, und Charlotte sank matt in seine Arme. Ein Stöhnen, das fast gequält klang, stieg aus seiner Kehle auf. Ihre Hände, die flach gegen seine Brust gepreßt waren, hoben sich aus eigenem Antrieb und schlangen sich um seinen Nacken, als Charlotte Augusta Butterworth Walker Reed nach Kräften küßte.

Walker hob sie hoch, bis ihre Füße den Boden nicht mehr berührten, und dann trug er sie zum Bett, ließ sie sinken und legte sich zu ihr. Doch Charlotte, der wieder einfiel, was gespielt wurde, rollte sich über das Bett, sprang auf und preßte kurzatmig ihr Handtuch an sich. »Ich muß mich jetzt anziehen, Walker. Für so was habe ich im Moment wirklich keine Zeit.«

Walker zog die Augenbrauen zusammen, als Wut das Verlangen ablöste, das noch vor wenigen Sekunden auf seinem Gesicht gestanden hatte.

»Wann wirst du heiraten?« fragte sie.

Ihr ruhiger sachlicher Tonfall bereitete ihm Unbehagen, und er bemühte sich, sein Erstaunen über diese Frage nicht zu zeigen. »Wie kommst du in einem solchen Moment ausgerechnet darauf?«

»Gibt es einen besseren Moment?«

»Der Meinung bin ich allerdings. Normalerweise fragt eine Frau einen Mann, der gerade aus ihrem Bett gekrochen ist, nicht nach einer anderen Frau.«

Ihre Augen sprühten wütende blaue Blitze. »Normalerweise *kriecht* ein Mann, der verlobt ist, nicht zu einer anderen Frau ins Bett.«

»Ich glaube nicht, daß du das Thema angesprochen hast, weil du dich für meine Pläne interessierst. Ich glaube, du versuchst nur, diesen Punkt gegen mich zu verwenden, Charlotte.«

»Inwiefern?«

»Um meinen Verstand zu umnebeln. Um mich mit Schuldgefühlen zu überhäufen.«

»Liebst du sie?«

»Ich habe sie geliebt.«

»Du hast sie geliebt? Heißt das, daß du sie nicht mehr liebst?« Ihr fiel auf, wie ruhig Walker äußerlich wirkte, doch sie kannte ihn gut genug, um zu sehen, welche Wut in ihm siedete und brodelte.

»Verdammt noch mal! Es heißt genau das, was ich gesagt habe. Ich habe sie geliebt, als ich um sie geworben habe. Ich habe sie geliebt, als ich sie gebeten habe, mich zu heiraten. Ich habe sie geliebt, als ich sie verlassen habe und hierhergekommen bin.«

»Und jetzt?«

»Treib die Dinge nicht auf die Spitze, Charlotte!«

»Ich verstehe nur nicht, warum du zurückgekommen bist!«

»Wirklich nicht?«

»Nein, du verfluchter Kerl, ich verstehe es nicht.« Sie hüllte sich enger in das Handtuch und zog ihr Kleid zu sich. Dann hob sie ihre Unterwäsche und ihre Schuhe auf und stolzierte aus dem Zimmer, blieb aber vor der Tür noch einmal stehen. »Ich hätte gern ein paar Minuten meine Ruhe, um mich anzuziehen – *allein*, wenn du nichts dagegen hast.«

Als sie zurückkam, stand Walker am Fenster und hatte ihr den Rücken zugewandt. Als er sie eintreten hörte, drehte er sich um. »Ich weiß, daß dir vieles im Moment nicht verständlich sein kann...«

»Nein, wahrhaftig nicht. Und auf dich kann ich mir auch keinen Reim machen.«

»Ich bitte dich, mir zu vertrauen, Charlotte.«

»Ich habe dir schon einmal vertraut, oder hast du das vergessen?«

»Dann trau mir jetzt auch.«

Seine Worte trafen sie mit der Wucht einer Kanonenkugel, und Tränen traten schimmernd in ihre Augen. Es lief nicht so, wie sie es geplant hatte. Sie brauchte einen Moment, um sich wieder zu fassen und sich zu sagen, daß sie nichts weiter tat als das, was er ihr angetan hatte. »Nur unter einer Bedingung.«

Er musterte sie finster. »Und die wäre?«

Sie hob die Arme hinter den Hals und löste den Faden, an dem das goldene Herz hing. »Nimm dein Herz zurück«, sagte sie und hielt es ihm auf der offenen Handfläche hin.

Er schien am Boden zerstört zu sein. »Ich wünschte, das könnte ich, meine süße Charlotte. Ich wünschte wirklich, ich könnte es.«

Vor dem Haus war ein Wagen zu hören, der in ihre Einfahrt einbog. »Jamie«, flüsterte sie und schlug sich die Hände vors Gesicht. So hatte sie es Walker wirklich nicht beibringen wollen. Sie hatte vorgehabt, es ihm zu sagen, bevor Jamie auftauchte. Als sie den Mut aufbrachte, ihn anzusehen, war es, als starrte sie in den Lauf einer Flinte. Walker sah sie mit seinen blauen Augen so erbittert an, daß sie an seiner Wut nicht im entferntesten zweifeln konnte.

»Es scheint fast, als sei ich nicht der einzige hier, der Überraschungen parat hält. Sag mir eins, meine süße Charlotte, *wann* wolltest du mir eigentlich sagen, daß Jamie dich abholt?«

»Ich... ich wollte es dir vorhin schon sagen, aber...«

»Ich verstehe«, zischte er grob. »Und *was* wolltest du mir sagen? Daß du auf die Annäherungsversuche eines Mannes eingegangen bist, während du einen anderen erwartest? Daß zwei Spatzen in der Hand...«

»Stell dich bloß nicht hin und halte mir eine Strafpredigt, du Meister der Täuschung«, schrie sie ihn an. »Wenn ich von dir etwas gelernt habe, dann, wie man anderen etwas vormacht!«

»Es scheint, als hättest du deine Lektion perfekt gelernt. Du erstaunst mich, Charlotte. Ich hatte von dir eine gewisse Loyalität und ein gewisses Vertrauen erwartet. Wie ich sehe, habe ich mich geirrt. Ich weiß nicht, wie ich dich so falsch einschätzen konnte.«

»Das klingt ganz nach den Dingen, die ich über dich gedacht habe. Du hast zumindest von Jamie *gewußt*. Du wußtest, daß er in der Stadt ist. Ich habe dir gesagt, daß er um mich wirbt. Es sollte dich nicht allzusehr überraschen, daß er mich zum Ball abholt. Was hast du denn geglaubt, was ich tun werde? Hier kläglich rumsitzen und mich nach dir verzehren?«

»Ich hätte ein damenhafteres Verhalten von dir erwartet.«

»Damenhaft!« explodierte Charlotte. »Nur zu deiner Information – wenn ich mich irgendwo nicht damenhaft verhalte, dann in deiner Gegenwart. Jamie behandelt mich wie eine Dame. Du bist der einzige, der das nicht tut.«

»Du wirst nicht mit ihm tanzen gehen.«

»O doch, das werde ich tun«, widersprach sie hitzig, »und du kannst mich nicht davon abhalten. Zufällig bist du mit einer anderen Frau verlobt. Du hast keinerlei Rechte auf mich anzumelden. Wenn du eine Frau rumkommandieren willst, dann mach dich besser schnurstracks auf den Weg nach Kalifornien. Mir hast du keinen Ring durch die Nase gezogen... und auch keinen an meinen Finger gesteckt.«

»Nein, aber ich hätte es getan.«

»Du hättest es getan!« schrie sie. »Wie kommst du dazu? Bist du

Mormone? Gegen Männer wie dich werden Gesetze wirksam. Du hättest es getan«, schnaubte sie. »Darauf möchte ich wetten. Mit wie vielen Frauen bist du eigentlich verlobt?« Sie sah ihn so mißtrauisch an, als hätte sie einen Haufen Erfahrung mit Männern und wüßte genau, daß man ihnen nicht trauen konnte.

Walker starrte die hitzköpfige Frau in dem bernsteinfarbenen Wollkleid an, deren gewitterblaue Augen Pfeile auf ihn abschossen, und er erinnerte sich an Zeiten, in denen sie vertrauensselig und unerfahren gewesen war.

Jeder Zorn wich aus ihm, und seine Eingeweide zogen sich schmerzhaft bei dem Gedanken zusammen, sie in den Armen eines anderen Mannes zu wissen. Doch das konnte er ihr nicht vorwerfen. Er selbst hatte sie an Jamie weitergereicht, mit allem, was dazugehört. Wenn jemandem in den Hintern getreten werden mußte, dann sollte er am besten bei sich selbst anfangen.

Charlotte sah, daß seine Züge freundlicher wurden, und daraufhin mißtraute sie ihm noch mehr. Was mochte er jetzt bloß im Schilde führen? Doch inzwischen legte sich auch ihre eigene Feindseligkeit, und ihr Gewissen rief ihr ins Gedächtnis, daß sie selbst sich nicht gerade allzu offen und aufrichtig verhalten hatte. Vielleicht hatte er verdient, was er gerade abgekriegt hatte, doch sie mußte feststellen, daß es ihr nicht gerade viel Vergnügen bereitet hatte, dafür zu sorgen.

Sie wollte vorschlagen, die Friedenspfeife miteinander zu rauchen, als die Haustür klapperte, weil jemand kräftig anklopfte. In panischer Sorge warf Charlotte einen Blick auf Walker.

»Mach dir keine Sorgen, Süße. Er wird mich nicht hier vorfinden. So ungehobelt bin ich nicht.« Dann bedachte er sie mit einem lässigen Lächeln, das ihr das Herz aus dem Leib zu reißen drohte, und hob eine Hand zu ihrem Haar. »Laß dein Haar genauso, wie es ist. So mögen es die Männer.« Er strich sacht über die Lockenmähne, die ihr Gesicht umgab.

Und dann war er fort.

19.

Selbst die puritanischsten Einwohner von Two Trees liebten eine Tanzveranstaltung, und der Weihnachtsball war das größte Ereignis des Jahres. Natürlich gab es keinen prunkvollen Ballsaal mit Gaslichtkronleuchtern oder einen Parkettboden als Tanzfläche. Es gab keinen Goldschmuck und keine bunten Seidengirlanden. Es gab nichts weiter als ein kleines Schulhaus auf dem Lande. Die Pulte und die Bänke waren aus dem Klassenzimmer entfernt und die Tafel gelöscht worden, und der Holzboden war frisch gefegt. Der schlichte Schmuck bestand aus einem Weihnachtsbaum mit brennenden Kerzen, bunten Schnüren, die die Schulkinder gebastelt und quer über den Raum gespannt hatten, und einem Mistelzweig, der mit einem roten Taftband über die Tür genagelt war. Die Gäste, die ihren besten Sonntagsstaat trugen, kamen früh mit den Kindern im Schlepptau, und sie brachten auch ein paar unverheiratete alte Tanten, schrullige Großmütter und muntere Großväter mit Gicht mit, Ehepaare, Freunde und einen Haufen Junggesellen – die gegenüber den Frauen eine Überzahl von zehn zu eins bildeten.

Sobald alle eingetroffen waren, wurde ein Sammelteller herumgereicht, um den Geiger zu bezahlen, der von Fort Worth hergekommen war. Während die Frauen ihre hausgemachten Speisen auf einem langen Tisch aufstellten, versammelten sich sämtliche Männer um die Punschschale, um dort die mitgebrachten Flaschen in den Topf zu schütten und umzurühren. Wenn der Geiger den Bogen anstrich, um den Männern zu signalisieren, sie sollten sich jetzt ihre Partnerinnen suchen, waren die Männer, mit ein paar Gläsern Punsch gestärkt, so weit, die finstersten und verhutzeltsten Matronen anzusprechen und aufzumuntern.

Bald stieg der Staub aus den Ritzen der Bodendielen, als aufgespielt und getanzt wurde.

Charlotte, der es von etlichen Tänzen schon zu warm geworden war, stand neben Jamie und nippte an einem Becher Punsch. Sie spürte, daß sie Kopfschmerzen bekam.

Nach der Quadrille wurde es noch schlimmer. Sie fragte sich, ob Walker zum Tanz erscheinen würde. Nein. Er kam bestimmt nicht. Er hatte sich verabschiedet. Er war fort. Auf dem Weg nach Kalifornien und zu seiner Verlobten. Bald würde er heiraten und sich als Rancher niederlassen und eine Familie gründen, und er würde so viel zu tun haben und ein so ausgefülltes Leben führen, daß er nie mehr auch nur an sie denken würde.

Charlotte war in einer erbärmlichen Lage. Wie konnte sie überhaupt mit dem Gedanken spielen, einen anderen Mann zu heiraten, wenn sie alle fünf Minuten an Walker dachte? Wie hätte sie für den Rest ihres Lebens Nacht für Nacht neben einem anderen Mann liegen und seinen Atem hören können, wenn sie währenddessen wünschte, bei Walker zu sein? Wie konnte sie es ertragen, sich von einem anderen Mann intim berühren zu lassen, wenn sich Walkers Bild in ihre Netzhaut eingebrannt, seine Berührungen sich ihrem Körper auf alle Zeiten eingeprägt hatten? Sie mochte Jamie, soviel stand fest. Und sie war gern mit ihm zusammen. Aber reichte das für eine Ehe aus?

Albernes Gekicher riß sie aus ihren Gedanken, und sie sah Prissy, Mary Alice und May, die mit Emma Harper und einer Horde Cowboys vom Triple K redeten und sich mit ihren Bewunderern umgaben, als hielten sie hof. All das langweilte Charlotte, und sie wollte nichts damit zu tun haben. Daher stöhnte sie, als die Mädchen wie bunte Schmetterlinge auf sie zuflatterten.

»Also wirklich, Charlotte, ich muß schon sagen, ich glaube, das ist die erste Tanzveranstaltung, bei der ich dich sehe. Macht es dir Spaß?« sagte Mary Alice in einem Tonfall, der so tragisch klang, wie sie es nur irgend bewerkstelligen konnte.

»Ich finde es einfach wunderbar.«

»Und ich hätte gedacht, daß du mit Walker tanzt«, sagte Prissy.

»Mr. Reed ist nicht hier«, erwiderte Charlotte, der auffiel, daß Prissy Walker bei seinem Vornamen genannt hatte.

Prissy besaß die Frechheit, sie schockiert anzusehen. Dann nahm ihr Gesicht einen Ausdruck an, den Charlotte nur als albern bezeichnen konnte. »Wußtest du denn nicht, daß er wieder in der Stadt ist? Also, das ist ja unmöglich von ihm, sich nicht bei dir zu melden. Nach *allem*, was du für ihn getan hast.« Um ihre Worte noch mehr zu unterstreichen, ließ Prissy ihr Armband, an dem sie gezogen hatte, los, und es schnappte gegen ihren Arm zurück.

Inzwischen hatte Charlotte ausgewachsene Kopfschmerzen und wünschte nur, die Inquisition nähme bald ein Ende. »Ich weiß, daß er in der Stadt ist, aber Mr. Granger hat mich zum Tanz begleitet.«

»Tja, dann heißt das wohl…« Was sie auch sagen wollte, die Worte erstarben auf ihren Lippen. »Wer ist denn *das?*«

Ein gutgekleideter junger Mann betrat mit Mrs. Pruitt und ihrem Enkel George Glass den Saal.

»Keine Ahnung«, sagten May und Mary Alice gleichzeitig.

»Das ist Georges Cousin aus Wisconsin oder so. Er verbringt Weihnachten bei seiner Großmutter«, erklärte Emma.

Prissy strich ihre Röcke glatt und zupfte an ihrer Schleife. »Ich frage mich, warum er bisher nie hiergewesen ist.«

»Er war früher schon hier. Mrs. Pruitts jüngster Sohn Hershel ist sein Papa. Ich glaube, seine letzte Frau ist gerade erst vor ein paar Monaten gestorben. Soweit ich gehört habe, heiratet er demnächst zum vierten Mal.«

»Wirklich? Zum vierten Mal?« rief Prissy aus.

»Meine Mama sagt, er wäre noch öfter verheiratet gewesen, wenn seine Frauen liebenswürdiger gewesen und schneller gestorben wären«, sagte Emma, die sich plötzlich enorm wichtig vorkam, weil Prissy ihr so viel Aufmerksamkeit schenkte.

»Was hat deine Mama sonst noch erzählt, Emma?« fragte Prissy.

»Daß sie gehört hat, Mr. Pruitt sei schon mit der nächsten Mrs. Pruitt zusammen gesehen worden, ehe die letzte Pruitt gestorben ist. Sie sagt, es gäbe solche Männer… sie könnten sich anscheinend nicht mit einer einzigen Frau begnügen.«

»Hm«, sagte Prissy und ließ ihr Armband wieder zurückschnappen.

Dieses ganze Gerede über untreue Männer ließ Charlotte an einen solchen Menschen denken, den sie selbst kannte und an den sie lieber nicht gedacht hätte. Sie lächelte tapfer und entschuldigte sich, als

Prissy verkündete, sie sollten Georgies Cousin doch herzlich willkommen heißen.

Als sie die Mädchen abziehen sah, dachte Charlotte, es sei doch irgendwie gut, daß Walker heute nicht hier war. Sie hätte es nicht ertragen, ein Mädchen wie Prissy oder Mary Alice in seinen Armen zu sehen, während er sie über die Tanzfläche wirbelte. Es war ihr lieber, daß sie sich vorhin schon voneinander verabschiedet hatten und es nicht hier unter den Augen der gesamten Einwohnerschaft tun mußten. Ihr war immer noch unklar, warum er nun eigentlich zurückgekommen war, aber sie war froh darüber, denn jetzt konnte sie an eine Kette der Erinnerungen noch einen goldglänzenden Moment hängen, einen Moment leidenschaftlicher Küsse und geflüsterter Liebkosungen, die sie für alle Zeiten an ihn binden würden. Ja, sie war froh, daß er nicht hier aufgetaucht war.

Aber ihr stand eine Überraschung bevor.

Als Charlotte gerade wieder allein dastand, kam Pearlene Carter an ihr vorbei und sagte: »Da soll mich doch gleich...! Ist das nicht der Kerl, der fast in deinem Baum aufgeknüpft worden wäre, Charlotte?«

Charlotte folgte Pearlenes Blickrichtung und bekam einen Schock, als Walker den Raum betrat und stehenblieb, um mit einer Gruppe von Männern zu sprechen und sich einen Becher Punsch in die Hand drücken zu lassen. Er stach aus der Menge heraus und war weit auffälliger als jeder andere Mann – beherrschter, selbstbewußter, prächtiger, und er war makellos gekleidet. Er trug einen Anzug, den sie noch nie an ihm gesehen hatte. Es lag nicht daran, daß er größer war oder besser aussah als die Männer, die neben ihm standen, nein, er strahlte einfach etwas Kraftvolles und verheerend Romantisches aus, fast schon etwas Gefährliches – und das ließ alle Frauenherzen schneller schlagen. Charlottes eigenes Herz begann zu rasen, als sie bemerkte, wie höflich er lächelte, wenn jemand etwas sagte, während sein Blick über die Menge glitt, als hielte er nach jemandem Ausschau. Er suchte, soviel stand für Charlotte ohne jeden Zweifel fest, sie, niemand anderen als sie.

In ihrer Panik war sie unsicher, wie sie sich verhalten sollte, doch dann kam Archer, nahm ihr das Punschglas aus der Hand und tauschte es gegen ein anderes aus. »Hier«, sagte er leichthin. »Probieren Sie mal meinen. Der ist ein wenig stärker... und das können Sie jetzt gebrauchen.«

Charlotte trank den Becher auf einen Zug leer, als Hannah auf sie zukam. »Nemi sagt, du brauchst dir nicht die geringsten Sorgen zu machen. Walker ist ein Gentleman. Er wird hier keine Schwierigkeiten machen. Er sagt, du sollst nur weiterhin die Dame bleiben, die du bist, und dann geht alles gut.«

»Ist das *alles*, was er gesagt hat?« fragte Charlotte in einem flehentlichen Tonfall, denn sie hoffte auf etwas Aufschlußreicheres.

»Ja«, erwiderte Hannah kläglich. »Er hat gesagt, zur Sicherheit könntest du vielleicht am besten auch noch ein Gebet sprechen.«

Charlotte schluckte schwer und suchte nach einem Ausweg oder einem Versteck. Beides schien es nicht zu geben. Walkers Blick fiel so starr auf sie wie eine Kompaßnadel und blieb eine volle Minute auf ihr ruhen. Ihr blieb nicht der geringste Zweifel daran, daß er in naher Zukunft zielstrebig auf sie zukommen würde.

»Ich kann dir nur zu einem möglichst kurzen Stoßgebet raten«, flüsterte Hannah. »Ist es dir lieber, wenn ich jetzt gehe?«

»Nein!« protestierte Charlotte und streckte die Hand aus, um Hannahs Unterarm zu umklammern. »Bleib bei mir.«

Hannah tätschelte ihre Hand. »Vielleicht machst du dir unnötige Sorgen. Vielleicht versucht er gar nicht, auf dich zuzukommen und dich anzusprechen.«

Das konnte Charlotte erst glauben, wenn den Hühnern Zähne wuchsen. Eilig fiel ihr Blick wieder auf Walker, oder besser gesagt dahin, wo Walker gerade eben noch gestanden hatte, doch da stand er nicht mehr. Ihr Herz machte einen Satz in ihrer Brust. »Schau dich um, Hannah. Sag mir, ob du ihn irgendwo siehst.«

Hannah überflog den Raum. »Nein, nirgends...« Ihr Ausdruck erstarrte. »Ach du meine Güte!«

»Was ist?«

»Er kommt her. Ich glaube, ich sollte jetzt gehen, Charlotte. Nemi hat mich angewiesen, mich bloß nicht einzumischen.«

»Hannah…« Doch Hannah wandte sich schon ab und bahnte sich einen Weg durch die Menschenmenge. Der kleine Howie Porter schnitt eine Grimasse und streckte ihr die Zunge raus. Ohne erst länger nachzudenken, streckte Charlotte ihm auch die Zunge raus, und Howie fing an, an den Röcken seiner Mutter zu zerren.

Charlotte konnte ihren Puls deutlich spüren, und durch ihre Nerven zog ein Prickeln, das sich steigerte, bis ihr ganzer Körper zu summen schien. Sie sah Jamie, der anscheinend in ein ernstes Gespräch mit Nemi vertieft war.

Der nächste Tanz begann, und Charlotte wurden die Knie vor Erleichterung weich, als Mary Alice Walker auf die Tanzfläche zog. Da sie wußte, daß Schweiß auf ihrem Gesicht stand und daß ihr Kopf schwirrte, trat Charlotte ans Fenster. Sie öffnete es einen Spalt weit, um frische Luft zu schnappen und der drohenden Übelkeit vorzubeugen. Sie stützte sich mit einem Arm auf das Fensterbrett und sog tief Luft ein. Dabei versuchte sie, mit Vernunft gegen ihr Unbehagen einzuschreiten. Sie hatte nichts zu befürchten. Ihre Zuneigung zu Walker war so gut wie gestorben, sowie er aus ihrem Leben verschwand. Heute abend würde sie ihm zeigen, wie wenig sie sich aus ihm machte. Doch das Unbehagen ließ nicht nach.

»Ein kleiner brauner Spatz, der plötzlich sein Gefieder plustert und scheu verschwinden will. Hast du mit dem Gedanken gespielt, aus dem Fenster zu steigen, Charlotte?«

Als sie sich umdrehte, stand Walker neben ihr. »Warum bist du hergekommen?« flüsterte sie und biß vor Wut die Zähne aufeinander. »Laß mich in Ruhe. Willst du mich gewaltsam in Verlegenheit bringen?«

»Ganz und gar nicht. In weihnachtlicher Stimmung bringe ich Geschenke.« Er beugte sich zu ihr, und sie konnte ein Funkeln in seinen Augen erkennen. »Komm mit mir nach draußen.«

Sie war versucht, es zu tun. O Gott, und wie groß diese Versuchung doch war! Schon allein seine Nähe reichte aus, um ihr jeden gesunden Menschenverstand zu rauben. Charlotte erinnerte sich, daß der Pfarrer gerade erst am letzten Sonntag eine Predigt über die Versuchung gehalten hatte. Er hatte gesagt, jeder sei in Versuchung zu führen, und kein Mensch sei dagegen gefeit. Und das war nur zu wahr. Es brauchte nur *der* Richtige an *die* Richtige zu geraten, damit beide ins Wanken kamen. Und als sie Walker ansah, wußte sie, daß er für sie der Richtige war. Wenn das nicht der Mann war, der sie ins Wanken brachte, dann wollte sie einen Besen fressen. Da stand er jetzt mit einem Gesicht vor ihr, das ihr den Atem verschlug, und mit einem Körper, den zu bewundern sie nie müde wurde, diese klaren Linien, die schmalen Hüften, die schlanke Taille und die langen geschmeidigen Beine. Ja, sie war mehr als versucht, mit ihm zu gehen. Aber ein Weiser macht den Bock nicht zum Gärtner. Sie konnte sich gut vorstellen, was für ein Geschenk er brachte – dasselbe, was er ihr heute nachmittag schon gegeben hatte. Daß er sie so weit erniedrigte, sich öffentlich zu zeigen und von ihr zu erwarten, daß sie sich mit ihm zu einem Stelldichein ins Freie schlich, war schon demütigend. »Ich weiß, was du willst, und deine Geschenke kenne ich schon.«

Sein Gesicht drückte seinen Unwillen aus, doch dann bemerkte er den Schmerz in ihren abgewandten Augen. »Wirklich? Da wäre ich mir nicht so sicher.« Er beugte sich vor, um ihr das goldene Herz um den Hals zu binden.

»Laß das«, wehrte sie ab und schlug seine Hand zur Seite. Entsetzt stellte sie fest, daß sich um sie herum Hälse vor Neugier verrenkten.

Noch größer wurde ihr Entsetzen, als er seine Hand unter ihr Kinn legte und ihr Gesicht zu sich bog. »Du kannst mich nicht davon abhalten, dieses Herz wieder dahin zu tun, wo es hingehört. Ich werde dir jedoch drei Möglichkeiten zur Auswahl stellen, wie wir dabei vorgehen werden. Du kannst mich anlächeln, als täte ich etwas mit deinem vollen Einverständnis, oder ich errege ein Aufsehen, wie du noch kein schlimmeres erlebt hast, und binde dich notfalls an einen Stuhl, um dir das hier um den Hals zu hängen.«

Ihr Gesicht war bleich, und Furcht machte sich auf ihren Zügen breit. »Du hast gesagt, ich hätte drei Möglichkeiten.«

»Du kannst auf der Stelle mit mir rausgehen, und dann besprechen wir alles in Ruhe.«

Ihre Augen funkelten erbost, doch sie ließ sich das Herz wieder von ihm umhängen, aber nur, weil sie wußte, daß eine Weigerung eine Szene nach sich gezogen hätte, es sei denn, sie wäre mit ihm rausgegangen, und das war schlimmer als jede Szene.

»Bist du fertig?« fragte sie.

»Nicht mit dir.«

»Was könntest du denn jetzt noch von mir wollen?«

Er besaß die Dreistigkeit, mit einem belustigten Lächeln auf ihre Frage zu reagieren. Er war aber klug genug, sie nicht zu beantworten.

Ihre Stimme bebte vor Zorn. »Ich weiß, daß du zurückgekommen bist, um mich wie einen Pfingstochsen herauszuputzen und mich vor der gesamten Stadt zu demütigen wie ein Monarch, der seine Mätresse freigibt. Ich hätte nie geglaubt, daß du dazu imstande bist...«

»Das bin ich auch nicht. Ich bin zwar selbst nicht sicher, was mich nach Two Trees gelockt hat, aber du kannst versichert sein, meine süße Charlotte, daß ich einen bestimmten Zweck verfolgt habe, als ich heute abend zu diesem Ball erschienen bin. Ich habe keineswegs die Absicht, etwas freizugeben. Mein einziges Ziel ist es, mir das zu sichern und zu bewahren, was mir lieb und teuer ist.«

Sie wandte den Kopf ab, weil sie fürchtete, sie könnte weinen. Sie wußte, was ihm lieb und teuer war. Warum mußte er sich ausgerechnet vor ihr damit brüsten?

»Charlotte«, sagte er leise und legte die Hand unter ihr Kinn, um ihr Gesicht zu sich zu drehen, »ich fürchte, du hast die Absicht, dich gegen mich zu sperren. Komm jetzt mit mir ins Freie.« Einen Moment lang war sie von den tiefen blauen Augen hypnotisiert. »Liebling, wir können all das klären, wenn ich dich bloß unter vier Augen sprechen könnte...«

Noch mehr Hälse verrenkten sich in ihre Richtung.

»Versuch nicht, dich bei mir einzuschmeicheln, du Verführer. Es mag zwar sein, daß ich zu unvorsichtig war, aber nur, weil ich zugelassen habe, daß mir ein Vogel über den Kopf fliegt, heißt das noch lange nicht, daß er sich auch gleich in meinem Haar einnisten kann.«

Walker, dieser charmante Teufelskerl, war so unverfroren, laut zu lachen. »Charlotte, mit deinen Analysen versetzt du mich immer wieder in Erstaunen. Wie ist es dir bloß gelungen, uns so weit vom Thema abzubringen? *Vögel*, die in deinem Haar nisten?« Wieder lachte er. *Mein Liebling, wenn du nur wüßtest, welche Zurückhaltung ich mir auferlege! Du bist so bezaubernd verwirrt... und verwirrend.*

»Ich meine das sinnbildlich.«

»Ich verstehe. Sinnbildlich ausgedrückt, meine liebe Charlotte, muß der Mann, der die Rose will, den Dorn in Kauf nehmen.«

»Und manchmal ist es besser zu sagen, was man meint, als eine wissenschaftliche Abhandlung zu schreiben«, sagte sie. »Warum sagst du mir nicht einfach in *klaren* Worten, worauf du hinauswillst?«

Walker warf den Kopf zurück und lachte schallend. Dann beugte er sich so weit vor, daß er sie hätte küssen können, und sagte mit gesenkter heiserer Stimme: »Ach, Charlotte, deiner werde ich nie überdrüssig.«

»Nein, wohl kaum«, sagte sie leise, und ein gequälter Ausdruck huschte über ihr Gesicht. »Dazu wirst du wohl keine Gelegenheit haben.«

Er hatte nicht die Möglichkeit, etwas darauf zu erwidern.

»Walker«, flüsterte Archer Bradley, »ich bin froh, daß Sie hier sind. Ich dachte schon, Sie seien heute nachmittag wieder abgezogen. Ich muß Sie dringend sprechen.«

»Mir ist etwas dazwischengekommen.« Walker schien enttäuscht zu sein. »Hören Sie, hat das nicht Zeit bis später? Ich bin gerade dabei...«

»Nein, es kann nicht warten. Heute nachmittag ist ein Telegramm für Sie gekommen. Es kommt aus Kalifornien. Im Telegrafenamt wollte man mir nicht sagen, was drinsteht, aber ich habe gehört, es seien schlechte Nachrichten. Sie sollten lieber gleich mitkommen.«

»Schon gut.« Der Zorn war aus seiner Stimme herauszuhören. »Charlotte, warte... geh nicht... ich komme so schnell wie möglich wieder. Versprich mir, daß du auf mich wartest. Dieses Gespräch ist noch nicht beendet.«

»Ich gehe nicht weg«, antwortete Charlotte. Doch für sie war dieses Gespräch schon beendet, ehe es überhaupt begonnen hatte.

Walker nickte ihr zu, wandte sich ab und folgte Archer durch die Menschenmenge, und Charlotte blieb am offenen Fenster stehen.

Jamie kam mit einem Becher Punsch auf sie zu. »Trink nicht zu schnell«, sagte er. »Ich möchte nicht, daß du zu beschwipst bist, um mir die Frage zu beantworten, die ich dir stellen werde.«

Sie lächelte zögernd, und ihr Gesicht war angespannt und müde. »Du hast mich äußerst rücksichtsvoll behandelt, Jamie, aber mir ist im Moment wirklich nicht danach zumute, Fragen zu beantworten.«

Er sah, daß sie die Tür anstarrte, durch die Walker gerade verschwunden war. »Es ist besser so. Irgendwann mußte er sich auf den Rückweg machen. Das wußtest du selbst. Jetzt ist nicht der rechte Zeitpunkt, um sich Gedanken über das zu machen, was geschehen ist. Jetzt bin ich da. Ich möchte mich deiner annehmen, Charlotte.«

»Es hat Zeiten gegeben...« Ihre Stimme riß ab, und mit Tränen in den Augen sah sie ihn an. »Ich bin nicht das, wofür du mich hältst, Jamie. Ich habe deine Güte nicht verdient.«

»Überlaß es mir, das zu beurteilen.«

»Du verstehst mich nicht, ich...«

Er legte ihr einen Finger auf die Lippen, um sie zum Schweigen zu bringen. »Ich weiß, was du mir zu sagen versuchst. Das ändert nichts, Charlotte. Hast du gehört? Es ändert nichts. Ich möchte dich heiraten. Ich denke, es wäre das beste, wenn wir alles vorbereiten, um schon bald zu heiraten – für alle Fälle. Ich habe schon mit Nehemiah gesprochen. Falls du ein Kind bekommen solltest, werde ich es als mein Kind aufziehen.« Er legte seinen Arm um ihre zierliche Taille, zog sie an sich und küßte zart ihr Haar. »Laß es mich jetzt offiziell bekanntgeben, Charlotte. Heute noch.«

Sie sah ihm in die Augen und entdeckte in deren braunen Tiefen die Sanftmut eines Rehs. Er war ein einfacher Mann, ruhig und umgänglich. Von ihm hatte sie keine Glut und keine Leidenschaft zu erwarten, aber auch kein gebrochenes Herz. Sie hätte schlechter dran sein können. Viel, viel schlechter. Und wie hätte sie Walker ihren

Standpunkt deutlicher klarmachen können, daß er nicht der einzige war, der eine Heirat in Aussicht hatte? *Kommt ihr aber ein Schade daraus, so soll er lassen Seele um Seele, Auge um Auge, Zahn um Zahn, Hand um Hand, Fuß um Fuß, Brand um Brand, Wunde um Wunde, Beule um Beule.*

Doch irgendwie bereitete ihr dieser Entschluß nicht die Freude, die sie sich davon erwartet hatte. Sie brachte kein Wort heraus, weil sie fürchtete, in Tränen auszubrechen, und daher nickte sie nur. Jetzt kam sie zu ihrer Vergeltung. Doch als Jamie sie an sich drückte, konnte sie die Verzweiflung nicht aus ihrem Herzen verbannen, und sie kam auch nicht gegen die bekümmerten Worte an, die durch ihr Bewußtsein hallten. *Was der Mensch sät, das wird er ernten.*

»Du hast mich mit deiner Antwort sehr glücklich gemacht, Charlotte. Du wirst es nicht bereuen. Das verspreche ich dir.« Er nahm ihre Hand und hängte sich bei ihr ein, als er sie durch die Menschenmenge auf das Lehrerpodest führte, auf dem der Geiger stand, der gerade zu einer neuen Melodie ansetzen wollte.

»Liebe Freunde, wenn ich die Feier einen Moment lang unterbrechen dürfte, möchte ich euch allen den Grund für ein weiteres Fest nennen, das in wenigen Wochen veranstaltet wird. Miss Lottie hat eingewilligt, meine Frau zu werden.«

Charlotte sah, daß jede Farbe aus Hannahs Gesicht wich, und sie sah auch Nemis erstarrten Ausdruck, doch ihr Blick verweilte nicht lange auf den beiden, denn ein anderes Gesicht zog ihre Aufmerksamkeit auf sich, und der Ausdruck brach ihr das Herz.

Es war das Gesicht des blauäugigen Mannes, der gerade wieder den Saal betreten hatte.

Die Neuigkeit, daß Charlotte sich verlobt hatte, traf ihn wie ein Schlag ins Gesicht, und Walker blieb abrupt stehen. Einen Moment lang wirkte er vollkommen hilflos, ganz so, als sei ihm das Herz aus der Brust gerissen worden und als wüßte er noch nicht, daß es fort war. Schnell fand er seine Selbstbeherrschung wieder und ging erst auf Nemi und Hannah zu, dann auf Jamie und Charlotte. Er drückte Jamie die Hand und gratulierte ihm äußerst herzlich.

Draußen hatte es zu schneien begonnen. Es würde weiße Weihnachten geben, eine große Seltenheit in dieser Gegend. Die Leute drängten sich in Scharen an den Fenstern, und die Kinder jauchzten und wollten ins Freie laufen, um den Schnee aus der Nähe zu sehen. Doch Charlotte nahm nichts von alldem wahr. Es gab nur einen Menschen im ganzen Saal, der ihr am Herzen lag. Und als er den Mund aufmachte, waren seine Worte höflich, während er Jamie beglückwünschte, doch die eisige Spitze seines flammend blauen Blikkes war auf sie gerichtet. Für den Bruchteil einer Sekunde hatte sie das Gefühl, einen ganz entsetzlichen Fehler gemacht zu haben.

20.

Nehemiah Butterworth sprang schon vom Sattel, ehe sein Wallach stillstand, und mit ein paar zornigen Schritten gelangte er an Charlottes Hintertür und trat ein, ohne anzuklopfen.

Die Brille saß auf ihrer Nasenspitze, und Charlotte schob gerade Maismehlbrot in den Ofen, als die Tür hinter Nemi zuknallte. Sie ließ die Ofentür los, und sie schlug mit einem lauten metallischen Scheppern zu. Dann wirbelte sie mit der Hand auf der Brust und einem Ausdruck des Entsetzens auf dem Gesicht herum.

»Nehemiah P. Butterworth, hast du noch nie gehört, daß man anklopft? Du hast mich so erschreckt, daß es mich zehn Jahre meines Lebens kosten wird, ganz zu schweigen davon, was ich meiner Ofentür wahrscheinlich angetan habe!«

Nemi schnaubte und warf seinen Hut auf den Küchentisch. »Versuch bloß nicht, das Thema zu wechseln, Charlotte.«

»Welches Thema? Du bist gerade erst reingekommen, Nemi. Wir haben uns noch nicht einmal begrüßt. Wie könnten wir da ein Thema haben?« Sie stemmte die Hände in die Hüften und trommelte gereizt mit dem Fuß auf den Boden. »Also gut. Komm schon zur Sache, damit ich das Thema wechseln kann.«

»Du hast einen großen Fehler gemacht. Das weißt du doch selbst, oder nicht?«

Sie wurde blaß. »Was für einen Fehler?«

Nemi, der sich gerade setzen wollte, sprang sofort wieder auf. »Verdammt noch mal!« brüllte er und kam auf sie zu. »Fang jetzt bloß nicht an, dich dumm zu stellen. Du weißt ganz genau, wovon ich rede – von dir und Walker Reed.«

»Du hast vollkommen recht gehabt. Ich werde das Thema wechseln. Wußtest du schon, daß Petunia in drei Wochen kalben wird?«

»Petunia interessiert mich einen feuchten Dreck.« Er unterbrach sich. »Wer, zum Teufel, ist Petunia?«

»Meine Jerseykuh.«

»Petunia?« sagte er vor sich hin. »Charlotte, wie kommst du bloß auf diese Namen, mit denen du deine Tiere strafst? Petunia die Kuh. Butterbohne das Pferd. Der Esel Narzisse. Stiefmütterchen die Ziege. Mein Gott! Das klingt nach einer Zirkusnummer... oder nach einem verdammten Blumenbeet.«

Er setzte sich. »Nein, schon gut. Ich habe mir nicht auf dem langen Ritt den Hintern abgefroren, um mit dir über diese dämlichen Namen zu diskutieren, die du dir immer wieder einfallen läßt.«

»Warum denn sonst?«

»Ich will wissen, warum du deine Zustimmung gegeben hast, Granger zu heiraten, ohne mich vorher um Rat zu fragen.« Er sah sich um. »Wo steckt er übrigens?«

»Er ist weg.«

»Weg? Wohin?«

»Er ist in den Süden von Texas zurückgefahren.«

»Wieso das?«

»Er hat gesagt, er müsse noch eine ganze Menge erledigen. Er kommt in der ersten Februarhälfte zurück.«

»Ist das der Zeitpunkt, für den ihr die Hochzeit geplant habt?«

»Ja.«

Nemi schüttelte den Kopf. »Hast du Kaffee da?«

»Auf dem Herd.«

Er grinste. »Schenkst du mir keinen ein?«

»Einen Gentleman bediene ich. Ein Scheusal kann sich selbst bedienen.«

Er lachte laut heraus und trat vor den Geschirrschrank, an dem sie lehnte. Dann umarmte er sie. »Schon gut, schon gut. Geliebte Schwester, dürfte ich dich wegen einer Tasse Kaffee bemühen?«

Jetzt lachte Charlotte. »Du hast schon immer gewußt, wie du mich rumkriegst, Nemi.«

Er sah sie ernst an. »Ich mag dich sehr, Charlotte. Außer Hannah und den Kindern bist du alles, was ich an Familie habe. Ich weiß, daß du glaubst, du hättest das Richtige getan, als du eingewilligt hast, Jamie zu heiraten, aber es gibt ein paar Dinge, die du über ihn wissen mußt, Dinge, von denen ich nicht glaube, daß er sie dir gesagt hat.«

»Ich bin sicher, daß er mir alles selbst sagen wird, wenn es an der Zeit ist.«

»Einige Dinge müssen ausgesprochen werden, *bevor* die Verlobung offiziell angekündigt wird, nicht hinterher.«

Nemi ging zum Tisch zurück. Charlotte folgte ihm mit zwei Tassen Kaffee und setzte sich auf den Stuhl ihm gegenüber. »Was für Dinge, Nemi?«

»Liebst du Walker?«

Sie seufzte. »Ich dachte, wir reden über meine Hochzeit mit Jamie. Soviel zu Themenwechseln. Du bist schlimmer als ich.«

»Beantworte mir nur meine Frage, Charlotte. Liebst du ihn?«

»Was ändert das jetzt noch?«

»Charlotte!«

»Ja. Aber dadurch wird sich nichts ändern. Ich werde Jamie trotzdem heiraten.«

»Warum?«

»Weil... weil er einen guten Ehemann abgeben wird. Er macht sich viel aus mir. Er wird gut für mich sorgen, er wird mich gut behandeln, und er wird unseren Kindern ein guter Vater sein.«

»Kinder«, sagte er leise. »Sind dir Kinder wichtig?«

Sie sah ihn ungläubig an. »Nemi, du weißt doch, daß die Fortpflanzung eines der obersten...«

»Komm mir jetzt bloß nicht mit der baptistischen Theologie. Beantworte mir nur meine Frage. Ist es für dich einer der Hauptgründe für eine Heirat, Kinder zu haben?«

Sie antwortete nicht gleich. »Ja, ich denke schon. Aber es ist nicht der einzige Grund.«

»Welche anderen Gründe hast du? Kannst du dir eine intime Beziehung zu einem Mann vorstellen, die dir Liebe und Wärme gibt?«

Ihr Gesicht lief knallrot an, und dann lachte sie. »Ich dachte, das sei eine notwendige Voraussetzung für das andere.«

»Welches andere?«

»Kinder.«

Nemi lachte. »Der Punkt geht an dich.« Dann sah er sie wieder ernst an. »Charlotte, würdest du einen Mann heiraten, wenn du keine Kinder von ihm bekommen könntest, wenn du wüßtest, daß er dich niemals wie ein Mann eine Frau in sein Bett holen wird, daß er nicht so mit dir schlafen könnte, wie Walker es getan hat?«

Charlotte sprang auf und warf dabei die Kaffeetasse um, die über die Tischkante flog und auf dem Boden zersprang. »Wie kannst du es wagen, dir solche Freiheiten herauszunehmen, die schon…«

»Ich nehme mir keine Freiheiten heraus, verdammt noch mal! Ich versuche nur, dich dickköpfiges Wesen zur Vernunft zu bringen. Ich versuche, dir klarzumachen, daß du dich durch eine Ehe mit Jamie Granger für den Rest deines Lebens zu einem Los verdammst, das unendlich viel schlimmer ist, als eine…«

»Eine alte Jungfer zu bleiben?«

»Wenn du unbedingt dieses Wort wählen willst, meinetwegen.« Sein Blick, der bis jetzt grimmig gewesen war, wurde freundlicher. »Charlotte, Jamie Granger kann keine Kinder haben.«

»Mir ist noch nie ein Mann begegnet, der das gekonnt hätte. Ich dachte, das sei Frauensache.« Ihre Augen strahlten belustigt, doch Nemi wollte sich in einem solchen Moment nicht aufheitern lassen.

»Hör mir zu, verdammt noch mal! Mit so etwas spaßt man nicht. Jamie ist im Krieg verwundet worden. Er kann den Akt, der notwendig ist, um Kinder zu zeugen, nicht ausführen. Verstehst du, was ich sage? Er könnte niemals mit dir schlafen… nie. Ist es das, was du willst? Ein Leben an der Seite eines Mannes, der seine Abende damit zubringen wird, Browning zu lesen, statt dich zu lieben?«

Sie schlug sich die Hände auf die Ohren. »Hör auf! Ich will nichts mehr hören. Du lügst. Ich weiß, daß du lügst. Du willst nicht, daß ich Jamie heirate, aber ich weiß nicht, weshalb du so sehr dagegen bist.«

Er schien verletzt zu sein. Er stand auf und folgte ihr zur Anrichte, an der sie stand und aus dem Fenster sah, ohne etwas wahrzunehmen. »Du hast natürlich recht. Ich will nicht, daß du ihn heiratest. Aber du täuschst dich, wenn du sagst, du wüßtest nicht, warum. Der Mann kann keine Kinder zeugen. Ich wünsche dir mehr als das.« Er wandte sich ab, hob seinen Hut auf und ging zur Tür.

»Ich könnte mir vorstellen«, sagte er, als er die Tür öffnete, »daß du dir auch mehr für dich selbst wünschst.«

Charlotte stand da und klammerte sich am Geschirrschrank fest, bis ihre Knöchel schneeweiß waren. Er hatte recht. Sie wünschte sich mehr als das. Das Problem war nur, daß das, was sie wirklich wollte, Walker Reed war. Und jetzt war er für alle Zeiten für sie verloren – ebenso wie Jamie.

Als das Maisbrot fertig war, zog Charlotte es aus dem Ofen und verstaute es im Brotkasten. Sie hatte keinen Hunger mehr. Sie schenkte sich eine Tasse Kaffee ein und wischte den verschütteten Kaffee auf, nachdem sie die Scherben eingesammelt hatte. Seufzend ließ sie sich auf den Stuhl sinken. Sie hatte gerade eine Verlobung in Rekordzeit hinter sich gebracht. Kürzer ging es wohl kaum. Sie würde Jamie morgen gleich ein Telegramm schicken. Denn trotz allem, was sie zu Nemi gesagt hatte, wußte sie, daß er nicht log – und schon gar nicht sie belog.

Ja. Ein Telegramm, das war die einzige Möglichkeit. Es wäre für beide zu schrecklich gewesen, Jamie persönlich gegenüberzutreten. Vielleicht konnte sie ihm die Peinlichkeit ersparen und so tun, als wüßte sie nichts von seiner Verwundung. Vielleicht war es besser, einfach nur zu behaupten, sie hätte es sich anders überlegt. Genauso verhielt es sich doch im Grunde genommen.

Sie dachte an Walker und fragte sich, wo er wohl sein mochte. Nach Archers Angaben war das Telegramm, das er bekommen hatte, von seinem Bruder Riley aufgegeben worden. In einem Hotel, in dem Walkers Eltern einer politischen Tagung beigewohnt hatten, war es zu einer Sprengstoffexplosion gekommen, und sein Vater war augenblicklich tot gewesen. Walkers Mutter wurden keine Überlebenschancen eingeräumt.

Charlotte wurde von ihren zärtlichen Gefühlen für Walker übermannt und wünschte in ihrem Unglück, sie hätte es eher gewußt. Wie schwer es ihm gefallen sein mußte, ihr und Jamie zu gratulieren, während ihm das Herz gebrochen sein mußte. Kein Wunder, daß er bei seiner Rückkehr so schockiert gewirkt hatte. Und in dem Moment, in dem er das Schulhaus betreten hatte, hatte er von ihrer Verlobung erfahren. Es mußte ihm schwergefallen sein, so zu tun, als sei nichts geschehen. Sie bedauerte so sehr, daß sie nichts davon gewußt hatte und ihn nicht hatte trösten können. Die Vorstellung, wie sehr Walker gelitten haben mußte, tat ihr weh. Besonders schmerzlich war es ihr, daß sie nicht mit ihm darüber hatte reden können, ehe er aufgebrochen war. Es tat ihr leid für ihn und machte sie traurig, denn sie wußte, wie gut er sich mit seiner Familie verstand und wie teuer Walker seine Mutter war. Sie ertappte sich dabei, daß sie betete, Walkers Mutter möge verschont bleiben, und wenn das nicht der Wille des Herrn war, dann möge sie wenigstens so lange leben, bis Walker an ihrer Seite war.

Walker, das wußte sie, war augenblicklich aufgebrochen und die ganze Nacht über geritten, um Abilene zu erreichen, damit er den ersten Zug nach Westen nehmen konnte. Sie bemühte sich, die Lethargie abzuschütteln, die sie befallen hatte. Wenn sie an Walker dachte, schien jegliche Lebenskraft aus ihr zu weichen. Seufzend zog sie sich vom Stuhl hoch und schloß die Tür ab. Wenn sie über ihren Kummer hinwegkommen wollte, dann war es das Beste, sich ordentlich auszuweinen und dann nicht mehr daran zu denken.

Aber sie mußte feststellen, daß man nicht so leicht über ein gebrochenes Herz hinwegkam und daß das Leid fast läuternd war. Wie sehr sich der Schmerz doch an sie klammerte! Er ließ sich beim besten Willen nicht abschütteln. Er ließ sich noch nicht einmal überdecken. Tränen konnten ihn nicht schmelzen. Das Weinen half nichts.

Charlotte hatte das Gefühl, noch nie in ihrem Leben so viel nachgedacht zu haben. Und sie konnte sich auch nicht erinnern, sich je so einsam gefühlt zu haben. Warum konnte sie nicht einfach weinen, und dann war Schluß damit? Gerade erst hatte sie in Jamie einen guten Freund verloren, der zumindest fürs Leben ein Gefährte hätte sein können. Und Walker... ihn zu verlieren, hatte sie ungleich viel mehr gekostet. Zeitweilig war der Schmerz so groß, daß sie das Gefühl hatte, daran zugrunde zu gehen. Das Schlimmste von allem war jedoch die Erinnerung an glücklichere Zeiten.

Um sie herum herrschte nur Stille. Im Haus war es jetzt dunkel geworden, und doch machte sie sich nicht die Mühe, eine Lampe anzuzünden. Was gab es denn schon zu sehen? Dieselben alten, abgenutzten Einrichtungsgegenstände. Die leeren Zimmer. Und überall die Erinnerungen. Sie blieb lange im Dunkeln am Küchentisch sitzen und war sich nicht wirklich darüber klar, daß sie auf Laute im Haus lauschte, die von Walker kamen. Sie erinnerte sich daran, wie seine Schritte klangen, wenn er mit einem Armvoll Feuerholz über die Veranda hinter dem Haus kam, an den hellen Klang seines Lachens und an seinen heiseren Tonfall, wenn seine Stimme von glühender Leidenschaft gefärbt war. Wie äußerst seltsam, daß seine Abwesenheit sie dazu veranlaßte, sich so lebhaft an all die Dinge zu erinnern, die sie kaum wahrgenommen hatte, solange er hiergewesen war. Wie traurig, wie tieftraurig, daß etwas so Vollkommenes und Schönes jetzt nur noch eine kostbare Erinnerung war. Ihre Zeit mit Walker war wie der Text eines Liedes, zu dem eine Melodie komponiert worden war. Doch die Erinnerung an ihn war nur ein schwacher Abglanz der Realität, eine Blume, die nur einmal aufblüht und dann welkt. Charlotte legte den Kopf auf den Tisch und konnte endlich weinen.

21.

Elizabeth Claiborne Reed starb zwei Monate, nachdem ihr Sohn an ihrem Krankenbett angelangt war. Walker fand die Gelegenheit, ihr von Charlotte zu erzählen.

»Heirate sie«, sagte Elizabeth und streckte die kleine Hand aus, um Walkers Wange zu streicheln. »Du bist deinem Vater so ähnlich, Walker... ewig hörst du auf dein Gewissen und nicht auf dein Herz. Du hast Clarissa nie geliebt. Das habe ich dir früher schon gesagt. Du warst in alles verliebt, was sie verkörpert hat. Sie ist wie ein edles Vollblut, sie ist schön anzusehen, ihr familiärer Hintergrund ist beeindruckend, aber sonst hat sie nicht viel zu bieten. Vollblüter laufen, Walker. Sonst tun sie nicht viel. Sie ziehen keinen Wagen und keinen Pflug, und selbst für Kutschen haben sie nicht viel übrig. Und wenn man zum Vergnügen ausreiten will, machen sie einem keine Freude, denn sie sind entweder zu nervös oder zu wertvoll, als daß man sie gefährden würde. Was also fängt man mit ihnen an? Man stellt sie auf eine schöne Koppel und betrachtet sie. Clarissa ist eine Frau von der Sorte, und ich glaube nicht, daß du so etwas willst. Sie ist eine bezaubernde Frau, aber sie ist nichts für dich. Denk daran, eine gelöste Verlobung, darüber kommt man leichter hinweg als über ein gebrochenes Herz.«

»Aber was ist mit meinem Wort, das ich gegeben habe? Mit meiner Ehre?«

»Mit der Ehre verhält es sich wie mit einer geraden Linie, die oft die kürzeste Verbindung zwischen zwei Punkten ist. Aber auf einem gewundenen Weg kann man nicht geradeaus fahren, Walker. Und der Verstand ist nicht in der Lage, über einen längeren Zeitraum die Rolle des Herzens zu spielen... Laß dich in Liebesangelegenheiten von deinem Herzen leiten, denn das Herz ist nahezu prophetisch. Die Ehre ist eine Tugend und als solche erstrebenswert. Aber wichtiger als die Ehre ist es, sich selbst treu zu sein. Darin liegt Weisheit.«

Tugend und Weisheit. Walker erinnerte sich an ein ähnliches Gespräch, das er mit seiner Mutter geführt hatte, als er noch ein kleiner Junge gewesen war – damals, als sie ihm gesagt hatte: *Weisheit und Tugend sind wie die zwei Räder eines Wagens.*

Am Tag des Begräbnisses stand Walker neben Riley und Gwen, Rileys Frau. Sein Blick ruhte auf den beiden Grabsteinen, doch in Gedanken war er bei der schönen Frau, die zu seiner Linken stand, ihren schlanken Arm bei ihm eingehängt hatte und sich ein Taschentuch mit Spitzensaum an die Nase preßte. Seine Mutter hatte recht.

Clarissa war nicht das, was er wollte.

Er wandte sich zu ihr um, um sie anzusehen. Keine Frau konnte sich an ihrer klassischen Schönheit messen. Sie war ein makelloser blauweißer Diamant, der in Platin gefaßt war. Wenn er sie jetzt so ansah, schien sie ihm unnahbar, unerreichbar, unberührbar, als sei das ihr naturgegebenes Recht. Gegen den schwarzen Biberbesatz ihres Huts und ihres Mantels nahm sich ihre Haut glatt und kühl aus, und es erschien ihm seltsam, daß er sich je eingebildet hatte, er sei in sie verliebt. Wie hatte er je glauben können, daß sie die Richtige für ihn war? Aber er wollte sie nicht verletzen.

Die Sonne kam hinter einer Wolke hervor und ließ einen grellen Strahl auf Walkers Gesicht fallen. Er war geblendet, aber vielleicht stieß ihm auch etwas Seltsames zu, denn aus dem Kern des blendenden Lichts tauchte eine strahlendhelle Schmetterlingspuppe auf, die sich langsam öffnete und ein *Champlevé* erkennen ließ – einen Schmetterling mit wunderschöner Zeichnung. Langsam breiteten sich die Flügel aus, und Walker traute seinen Augen nicht.

»Charlotte?« flüsterte er, denn sie war es mit Sicherheit. Seine Ohren schwirrten, alles verschwamm ihm vor den Augen, und der Schmetterling breitete die prächtigen Flügel ganz auseinander, warf den Kopf zurück, ließ die schwarze Puppe von sich fallen wie einen Umhang und zeigte sich als eine heidnische Göttin, die in eine Wolke rubinroten Haars gehüllt war.

Walker sah sich um, weil er wissen wollte, ob alle anderen auch so schockiert waren wie er, doch anscheinend konnte niemand sonst sie sehen. Sein Blick fiel auf Clarissa, die sich mit einem Ausdruck höflicher Sorge zu ihm umwandte, als sie sich beobachtet fühlte.

Doch schnell trat auf ihr Gesicht Polarkälte. Walker kniff die Lippen zusammen, und sein Blick löste sich von der eisigen Schönheit, die neben ihm stand, und suchte die Wärme, die Charlotte ausstrahlte.

»Warum bist du hier?« fragte er. Oder bildete er sich nur ein, daß er gefragt hatte? Ehe er sich entscheiden konnte, warf Charlotte den Kopf mit einem tiefen, kehligen Lachen zurück, das ihn innerlich wärmte.

»Ich bin natürlich deinetwegen hergekommen«, sagte sie und breitete die Arme weit aus, aber sie entwich ihm. Er sah sie, als hätte er sie noch nie gesehen. Wie kam es nur, daß er ihre außerordentliche Schönheit vorher nie bemerkt hatte? Wie kam es, daß er nie die Haut bemerkt hatte, die so golden wie ein sonnengereifter Pfirsich schimmerte, nie die Üppigkeit ihres rostroten Haares oder die faszinierend blauen Augen? Ihren Mund hatte er schon immer hübsch gefunden, doch wie hatten ihm ihre vollen Lippen entgehen können, die spöttisch hochgezogenen Mundwinkel, die Gelächter verhießen? Sie war strahlend frisch und voller Leben, voller Zauber und Verlockung. Sie versprach ihm Dinge, die er verloren gewähnt hatte, Dinge, die er nie gehofft hätte wiederzufinden – das Gefühl von warmem Sand zwischen den Zehen, die Berührung eines Schmetterlings, der sich auf seinen Finger setzte, die kühle Haut eines Froschs, den dicke, kurze Kinderfinger umklammern. Sie war die Verkörperung all der Dinge, die schön in seinem Leben gewesen waren, der Dinge, die ihm im Lauf der Zeit irgendwie abhanden gekommen waren.

Und dann war sie fort.

»Walker?« Es war Clarissas Stimme. »Fehlt dir etwas?«

»Was?« fragte er benommen. Charlotte war verschwunden, doch er war immer noch benommen von dem, was er gesehen hatte.

Jemand schüttelte ihn. »Walker, um Himmels willen! Was ist los mit dir?«

Er wandte sich in die Richtung um, aus der die Stimme kam, und dann sah er in ein Gesicht, in dem kein Lächeln stand, in Augen, in denen Wut aufloderte.

Plötzlich wandte sich Clarissa abrupt ab und ging. In dem Moment bemerkte er, daß die Beerdigung vorbei war und er am Grab seiner Mutter stand. Allein.

Als er die Kutsche erreichte, war Clarissa bereits eingestiegen und hatte sich die Pelzstola auf den Schoß gelegt. »Du hast dich abscheulich benommen«, fauchte sie. »Und das beim Begräbnis deiner Mutter. Wie konntest du mich derart zum Narren machen? Alle haben dich angestarrt.«

Seine Lippen zogen sich zu einem schmalen weißen Strich zusammen. »Ich habe gerade meine Mutter zu Grabe getragen, Clarissa. Mich interessiert nicht besonders, was andere denken. Mein Kummer gehört mir und wird nicht öffentlich zur Diskussion gestellt.«

»Wovon redest du? Bist du krank?« Clarissa warf ihren bezaubernden Kopf zurück und sah sich eilig um, weil sie wissen wollte, ob sie beobachtet wurden. Dann wandten sich ihre Augen wieder Walker zu. »Ich kenne dich überhaupt nicht mehr. Seit deiner Rückkehr bist du ein anderer Mensch. Erst dachte ich, es läge am Tod deines Vaters und an der Krankheit deiner Mutter, aber wie ich sehe, ist das nicht der Fall.«

Walker brachte sie schweigend nach Hause. Als sie vor ihrem Haus anhielten, drehte sie sich zu ihm um. »Ich glaube, unter den gegebenen Umständen wäre es das beste, unsere Verlobungszeit zu verlängern. So, wie du dich in der letzten Zeit benimmst, bin ich mir nicht allzu sicher, ob ich dich überhaupt heiraten will.« Clarissa rechnete hundertprozentig damit, daß Walker ihr in die Hand spielte, wie er es schon tausendfach getan hatte, wenn sie ihm in ähnlicher Form gedroht hatte.

Walker fühlte sich matt, und er wirkte müde. Er wußte nicht, wo er beginnen sollte, sein Leben wieder an sich zu reißen, das ihm plötzlich entglitten war. Er sah Clarissa an. Früher einmal hatte er sie geliebt, oder zumindest hatte er das geglaubt. Es war nicht ihre Schuld, daß ihm sein Leben durch die Finger glitt.

»Du hast natürlich recht. In den letzten Tagen habe ich mich keineswegs so verhalten, wie du es dir wünschen könntest. Ich bin dir gegenüber nicht gerecht gewesen, Clarissa. Ich war nicht aufrichtig zu dir. Ich bin genau wie du der Meinung, daß die Verlobung gelöst werden sollte.«

Clarissa blinzelte schockiert und spürte trügerische Tränen in ihre Augen steigen. »Es tut mir leid, daß ich so barsch gewesen bin. Ich weiß, daß du unter einem entsetzlichen Druck gestanden hast. Ich habe mich wie ein selbstsüchtiges, verzogenes Kind benommen.« Sie hängte sich bei ihm ein, und ihre Stimme wandelte sich zu einem sanften Schnurren. »Wir sollten die Hochzeit nicht hinausschieben. Sei mir nicht böse, Liebling. Ich werde alles wiedergutmachen, das verspreche ich dir.«

»Es gibt nichts wiedergutzumachen. Es ist nicht deine Schuld. Schuld bin nur ich.« Er wandte sich zu ihr um und nahm ihre Hände in seine. »Es tut mir weh, dir das zu sagen, aber ich kann dir nicht noch länger etwas vormachen. Ich liebe dich nicht... oder zumindest nicht so, wie ich dich lieben sollte. Wir kennen uns schon so lange, von Kindheit an. Alle haben von uns erwartet, daß wir heiraten. Ich vermute, wir sind einfach davon ausgegangen, daß es so bestimmt war. Natürlich mag ich dich. Deshalb will ich dir ja auch nicht weh tun. Aber die Vorstellung, dich zu heiraten, wenn ich nichts empfinde... ich liebe dich eben einfach nicht so, wie ich dich lieben müßte. Ich weiß nicht, wie ich es dir anders sagen könnte, damit es nicht so grausam klingt. Ich hatte nie die Absicht, dich zu verletzen, aber ich kann nicht gewaltsam über mein Herz bestimmen.«

Ein Frösteln überlief sie. Ihre Zähne fingen an zu klappern. Die Angst packte sie. »Du liebst mich nicht? Du hast eine andere kennengelernt? Walker, was sagst du da?«

»Ich sage, daß unsere Verlobung gelöst ist. Dauerhaft. Für alle Zeiten. Ich befreie dich von dieser Bindung, wie auch ich frei sein will.«

»Aber warum nur?«

»Aus all den Gründen, die ich dir bereits genannt habe.«

»Sag es mir noch einmal, Walker. Ich bin derart schockiert, daß ich nicht sicher bin, ob ich überhaupt weiß, was du gesagt hast. Warum kannst du mich nicht heiraten, und wenn wir jetzt nicht heiraten können, warum dann nicht wenigstens später?«

»Weil ich für dich nicht das empfinde, was ein Mann für die Frau, die er heiratet, empfinden sollte. Daran wird auch die Zeit nichts ändern. Wenn überhaupt, dann würden wir mit der Zeit nur lernen, uns zu hassen. Ich will nicht dein Feind sein. Ich mag dich, Clarissa. Wir sind schon lange Freunde. Unsere Familien sind noch länger miteinander befreundet. Aber ich kann dich nicht aufgrund von bloßer Freundschaft heiraten.«

»Willst du mir damit sagen, daß du eine andere Frau kennengelernt hast?«

»Ja.«

Tränen stiegen in ihre schönen Augen, und Walker spürte, welchen Stich es ihm versetzte. Es tat ihm leid, ihr so etwas anzutun. Aber er wußte, daß es noch grausamer gewesen wäre, sie zu heiraten, wenn er so für eine andere Frau empfand. »Es tut mir leid, Clarissa. Ich kann dir gar nicht sagen, wie sehr es mir leid tut.«

»Tja«, sagte sie und knetete ihr Taschentuch. »Ich weiß auch nicht, was ich sagen soll. Wir hatten es schon so lange geplant. Seit ich zwölf oder dreizehn war, wußte ich, daß ich dich eines Tages heiraten werde. Es kommt so furchtbar plötzlich.« Sie lachte leise. »Aber andererseits – wozu sollte es gut sein, so etwas länger hinzuziehen? Dann täte es hinterher nur noch mehr weh.« Sie drehte sich zu ihm um und legte die Hand, die in einem Handschuh steckte, auf seinen Ärmel. »Es tut mir auch leid. Ich mache mir viel aus dir, Walker. Ich mochte dich schon immer. Und ich fürchte, ich werde dich immer mögen. Aber ich gebe dich frei. Und soweit ich dazu in der Lage bin, wünsche ich dir Glück.« Sie legte ihre Hand auf seine Wange. »Wirst du mich noch ein letztes Mal küssen… nur um der alten Zeiten willen?«

Walker küßte sie zart und ohne Leidenschaft. Und als es vorbei war, wußte Clarissa ohne jeden Zweifel, daß sie ihn bereits verloren hatte und daß sie das einzig Richtige getan hatte, ihn von seinem Gelübde zu entbinden.

Am nächsten Tag brach Walker früh auf und ritt nach Santa Barbara. Dort galt sein erster Besuch dem Telegrafenamt.

»Ich möchte ein Telegramm aufgeben.«

»Natürlich, Mr. Reed. Wohin soll es gehen?«

»Nach Two Trees, Texas.«

Charlie Fletcher zog ein dickes Buch aus dem Regal hinter sich. »Das muß ich erst nachschlagen. Ist das der Ort, an dem Sie waren, als Sie all diese Telegramme an Ihren Bruder geschickt haben?«

»Ja, und folglich muß es dort ein Telegrafenamt geben.«

»Schon gut. Schreiben Sie den Text einfach auf. Und vergessen Sie nicht dazuzuschreiben, an wen das Telegramm gehen soll.«

»An Nehemiah Butterworth«, sagte Walker. Er nahm den Stift und schrieb hastig hin: *Brauche Ihre Hilfe. Meine Abreise war ein Fehler. Verhindern Sie die Hochzeit. Kehre sobald wie möglich zurück. Werde Ihnen dann alles erklären.*

Er schob Charlie die Nachricht hin. »Hier sind fünf Dollar, damit das Telegramm auch bestimmt gleich abgeschickt wird, und hier sind noch mal fünf Dollar, damit die Antwort zur Ranch gebracht wird, sowie sie eintrifft. Verstanden?«

»Selbstverständlich, Mr. Reed.«

Zwei Tage später, als sich Walker gerade mit Riley und Gwen zum Abendessen setzte, öffnete das Dienstmädchen die Haustür. Einen Moment später kam sie mit einem Umschlag ins Eßzimmer. Sie reichte ihn Walker.

»Den hat ein junger Mann abgegeben. Er sagt, es sei dringend.«

»Das kann man wohl sagen.« Walkers Worte kamen abgehackt heraus, doch Riley sah, wie nervös seine Finger zitterten, als er den Umschlag entgegennahm. Riley warf einen Blick auf Gwen, die den Kopf schüttelte, um ihn zum Schweigen zu bringen.

Walker warf seine Serviette auf seinen Teller, nahm das Telegramm und lief in sein Arbeitszimmer. Dort riß er den Umschlag auf und zog den kleinen gelben Zettel mit der Antwort heraus, auf die er gespannt gewartet hatte. *Ihre Gegenwart ist hier weder erwünscht noch willkommen. Bleiben Sie, wo Sie sind. Charlotte lebt nicht mehr hier. Nehemiah Butterworth.*

Walker stieß einen Fluch aus, knüllte den Zettel zu einer Kugel zusammen und warf sie quer durch das Zimmer. Riley klopfte an und trat ein. Er sah gerade noch die Gewittermiene seines Bruders.

»Ich schätze, du hast nicht die Antwort bekommen, die du erwartet hast«, sagte er.

Walker drehte sich zu ihm um. »Diese Antwort kommt nicht nur unerwartet, sondern sie ist noch dazu unklar.«

»Was steht darin?«

Walker wies mit einer Kopfbewegung auf die Papierkugel, die auf dem Fußboden lag. »Lies selbst. Vielleicht kannst du dir eher einen Reim darauf machen als ich.«

Riley las das Telegramm. »Mir scheint, die Dame hat beschlossen, daß sie keinen von euch beiden haben will, und den Formulierungen würde ich entnehmen, daß ihr Bruder beabsichtigt, dafür zu sorgen, daß es dabei bleibt.«

»Dann siehst du den Fall genauso wie ich.« Walker fühlte sich so leer und hohl, wie seine Stimme klang. Sein Tonfall drückte einen merkwürdigen Anflug passiver Resignation aus, als er sagte: »Sag Carmelita, sie soll meinen Teller abräumen. Ich habe keinen Hunger.« Er verließ das Zimmer und schloß die Tür leise hinter sich.

22.

Ende Juli war Walker gezwungen, sich einzugestehen, daß er einen Fehler begangen hatte. Er konnte Charlotte nicht vergessen, wie er geglaubt hatte; statt dessen fraß sich die Erinnerung wie Säure unter seine Haut, wurde immer stärker und ließ sich nicht aus seinem Hinterkopf verbannen. Die Zeit, so mußte er entdecken, heilt nicht alle Wunden. Sie streut nur noch mehr Salz hinein.

Walker fühlte sich elend, wenn er daran dachte, wie er Charlotte behandelt hatte. Vielleicht war es nur gerecht, wenn er sich so quälte. Er mußte sie unbedingt vergessen, denn die Sehnsucht, die er immer noch nach ihr empfand, fing an, ihn zu verzehren. Er konnte nicht mehr schlafen. Er konnte nichts mehr essen. Er hatte abgenommen. Seine Stimmung war so, daß jetzt nur noch Riley versuchte, mit ihm zu reden.

Offensichtlich hatte Miß Charlotte Butterworth nicht die geringsten Schwierigkeiten, über ihn wegzukommen. Und es stand fest, daß sie ihn nie mehr zu sehen bekommen wollte. Weshalb sonst hätte sie aus Two Trees fortgehen sollen? In dem Punkt hatte sie seine Absichten durchschaut und war ihm zuvorgekommen, denn nur mit diesem Schritt konnte sie ihn davon abhalten, sie wiederzusehen. Wieder und immer wieder sagte er sich, daß er es lernen mußte, ohne sie zu leben – früher oder später. Und das paßte ihm überhaupt nicht in den Kram. Er wollte sie sehen, wollte aus ihrem eigenen Mund hören, daß sie ihn abwies. Und genau das ging nicht.

»Dann geh sie suchen«, schlug Riley schließlich resigniert vor, denn Walker brachte ihn um den Verstand. So hatte er seinen Bruder noch nie gesehen. Er hätte auch niemals damit gerechnet, das zu erleben. Walker war immer so unabhängig gewesen. Riley hätte nie für möglich gehalten, daß eine Frau, wenn sie auch noch so gut aussah und dieses kupferrote Haar hatte, seinen Bruder dazu bringen könnte, sich wie ein liebeskranker Narr zu benehmen. Riley schnitt ein finsteres Gesicht und zog die Stirn in grimmige Falten, als er Walker ansah und sich fragte, was, in Teufels Namen, er tun könnte, um ihn aus dieser Lethargie aufzurütteln.

»Ich wüßte gar nicht, wo ich anfangen sollte zu suchen.«

»Ich kann nicht glauben, daß ausgerechnet du dir von einer solchen Kleinigkeit den Weg verstellen läßt. Sonst warst du doch auch eher tatkräftig und nicht auf den Kopf gefallen. Was, zum Teufel, ist aus dir geworden? Wenn ich es nicht besser wüßte, würde ich schwören, daß ich mit einem Mädchen rede.«

»Hüte dich, Bruder. Deine Immunität ist nicht uneingeschränkt. Du könntest dich flach auf dem Rücken wiederfinden.«

»Das wäre wenigstens so etwas wie eine Reaktion von deiner Seite. Die erste seit Monaten.« Riley merkte, daß er nicht weiterkam. Wenn ihm überhaupt etwas gelang, dann nur, Walker wütend zu machen. »Hör mal, ich versuche nicht, dir zuzusetzen. Aber dein Wohlbefinden ist mir wichtig. Wenn du diese Frau liebst, dann such sie, bis du sie gefunden hast, um Gottes willen. Ehe du uns alle in den Wahnsinn treibst!«

»Sie will nicht von mir gefunden werden.«

»Blödsinn!«

Eine Erinnerung nagte an Walker. Charlotte war eine stolze Frau, und er hatte sie verletzt, indem er fortgegangen war, und daß er Jamie als Ersatz geschickt hatte, hatte seine Beliebtheit bei ihr offensichtlich auch nicht gerade gesteigert. Aber wie sollte er sie finden?

»Du kennst doch Dan Oldham, der für Wells Fargo arbeitet?« fragte Riley.

»Was ist mit dem?«

»Früher hat er für Pinkerton gearbeitet.«

»Na und?«

»Warum redest du nicht mal mit ihm? Vielleicht könntest du ihn engagieren, damit er sie für dich findet.«

»Das ist ziemlich abwegig.«

»Besser abwegig als aussichtslos. Und vielleicht ist es deine einzige Chance.«

Am nächsten Morgen ritt Walker in die Stadt. Er hielt vor der Wells-Fargo-Bank an.

Eine Woche später hatte Dan Charlotte gefunden.

»Es ist mir fast peinlich, Geld dafür anzunehmen. Das ist etwas, was Sie auch selbst hätten tun können«, sagte Dan.

»Was soll das heißen?« erwiderte Walker.

»Ich habe nichts weiter getan, nur ein Telegramm an den Sheriff von Two Trees geschickt und mich nach dem Verbleib einer Charlotte Augusta Butterworth erkundigt.«

»Und?«

»Die Antwort steht hier in diesem Telegramm.« Dan schob den gelben Zettel über den Schreibtisch zu Walker, der langsam den Text las. *Miss Butterworth hat ihren Wohnsitz in Two Trees, etwa zwei Meilen außerhalb der Stadt.*

Dann war also alles nur eine Lüge gewesen, die erfunden worden war, um ihn fernzuhalten. Er las das Telegramm noch einmal, bevor er es auf den Schreibtisch schleuderte. Charlotte war noch genau da, wo er sie zurückgelassen hatte, und offensichtlich war sie wütend über sein Verschwinden und weigerte sich, ihn wiederzusehen.

Ihn verwunderte nur Nehemiahs Haltung. Er konnte Nemis Feindseligkeit verstehen, als er entdeckt hatte, was zwischen ihm und Charlotte gewesen war, und sogar seinen Zorn, als Walker sie einem anderen Mann überlassen hatte. Aber warum log Nemi ihm etwas vor? Er hatte Nemi doch in seinem Telegramm zu verstehen gegeben, daß er seinen Fehler eingesehen hatte und nach Texas zurückkommen wollte! Da stimmte doch etwas nicht. Er zählte immer wieder zwei und zwei zusammen und kam auf die seltsamsten Zahlen.

Walker war wütend, als er die Wells-Fargo-Bank verließ. Er war außer sich vor Wut, als er die Ranch erreichte. Riley kam gerade aus dem Stall, als Walker angeritten kam.

»Aus deiner sauren Miene schließe ich, daß du etwas herausgefunden hast, was dir gar nicht paßt. Warst du bei Dan?«

»Ja«, sagte Walker hitzig, als er sich aus dem Sattel schwang.

»Und?«

»Und sie lebt in Two Trees, genau da, wo sie schon immer gelebt hat.«

Riley grinste. »Mir scheint, in dem Punkt hat sie dich ganz schön reingelegt. Der Teufel soll mich holen, wenn mir diese Kleine mit dem roten Haar nicht von Tag zu Tag besser gefällt. Weißt du, sie ist genau das, was du brauchst.« Als er den wutentbrannten Blick seines Bruders bemerkte, lachte Riley, doch dann schlug er einen ernsteren Ton an. »Und was wirst du jetzt tun?«

»Nicht das geringste. Wenn Miss Butterworth ihre Ruhe so dringend haben will, dann soll sie sie ruhig haben.«

Riley konnte sich jetzt nicht mehr zusammenreißen. Er grinste breit, und das erboste Walker offensichtlich, denn er sagte: »Was, zum Teufel, findest du so komisch?«

»Dich. Ich kann nicht glauben, daß mein hitzköpfiger, wilder Bruder vor einer Frau zurückschreckt, die keinen Zentner wiegt.«

»Vergiß nicht, daß sie rothaarig ist.«

»Ändert das etwas?«

»Das kannst du laut sagen. Ich glaube, das Blut dieser Frau besteht zur Hälfte aus scharfem Paprika.«

»Warum sollte das etwas ändern? Ich habe dich bisher immer für eine Kämpfernatur gehalten.«

»Das bin ich auch.«

»Warum kämpfst du dann nicht?«

»Charlotte trägt eine Brille.«

Riley sah seinen Bruder an und war fasziniert von seiner Argumentation. In der letzten Zeit konnte er Walker überhaupt nicht mehr verstehen. Ihm schien, daß Walker nicht mehr alle Tassen im Schrank hatte, seit er aus Texas aufgebrochen war. Er war gespannter als ein Flitzbogen. Und all das wegen eines kleinen Füllens, das sich nicht leicht zureiten ließ. Wenn es nicht so verflucht ernst gewesen wäre, wäre es komisch gewesen. »Charlotte trägt eine Brille?« wiederholte Riley leise, und dann sagte er noch einmal lauter und in einem fragenden Tonfall: »Charlotte trägt eine Brille?«

»Ja, das tut sie.«

»Was, zum Teufel, hat das mit deinem Kampfgeist zu tun?«

»Ich kämpfe nicht mit jemandem, der eine Brille trägt.«

Riley warf den Kopf in den Nacken und lachte. Er lachte immer noch, als er das Haus erreichte und eintrat. Walker blieb einfach stehen, wo er stand, hielt die Zügel seines Pferdes in der Hand und lauschte dem Gelächter seines Bruders. Ein paar Minuten später konnte er hören, wie Gwen mit einem melodischen Lachen in das Gelächter ihres Mannes einfiel. Plötzlich ging ihm auf, wie absurd das alles war, und Walker fing auch an zu lachen. Ihn mit seinen eigenen Waffen schlagen, genau das tat sie doch! War das noch zu fassen? Er lächelte und zog den Sattel vom Rücken seines Wallachs. Sie hätte sich auf etwas verlegen sollen, wovon sie mehr verstand.

Einer Herausforderung konnte er niemals widerstehen.

Es war Mitte August, als Walker das Nötigste erledigt hatte und den Zug nach Texas nahm. Er fragte sich, wie sie sich dazu stellen würde, nach Kalifornien zu ziehen. Was war, wenn sie sich weigerte? Er lächelte. Dann würde er sich eben in Texas einleben müssen. Gott behüte, aber das würde er tun, wenn es wirklich nötig war.

Als der Zug rasselnd und klappernd durch Arizona, New Mexiko und schließlich Texas fuhr, ertappte Walker sich dabei, daß er sich sein Zusammentreffen mit Charlotte ausmalte. Wie würde ihre Reaktion aussehen? Er war nicht so dumm zu glauben, daß sie sich wie ein Wurfspeer in seine Arme schmiß. Nein, es war weitaus wahrscheinlicher, daß sie sich scheu und zurückhaltend benahm, bis er ihr den Grund für seine Rückkehr glaubwürdig erklären konnte. Selbst wenn sie sich als widerstrebend oder scheu erweisen sollte, war Walker der festen Überzeugung, daß weit mehr als nur Charlottes Entschlossenheit schmelzen würde, wenn er sie erst in seinen Armen hielt.

23.

Charlotte war erschöpft, aber jetzt konnte sie nicht einfach aufhören. Die letzten Töpfe mit Kürbissen kochten auf dem Herd, und das Obst mußte noch eingemacht werden. Fünfunddreißig Gläser standen schon in der Küche. Sie fragte sich, ob das genügen würde.

Noch fünf Minuten, dann war alles fertig, entschied sie, als sie den Deckel hob und ihre Brille dabei beschlug. Kein Blatt regte sich. Es war wirklich kein Wunder, daß es in der Küche so heiß war, und dabei war es erst zehn Uhr. Ihr Rücken schmerzte, und die sommerliche Hitze forderte ihren Tribut. Ihre Füße und ihre Hände waren geschwollen, und Appetit hatte sie schon seit Wochen nicht mehr. In der letzten Zeit konnte sie kaum noch schlafen. Die Anstrengung begann sich auf ihrem Gesicht zu zeigen.

Sie öffnete das Fliegengitter und trat auf die Veranda. Es war so heiß, daß selbst die Zikaden verstummt waren. Drei Tage hatte ein Sandsturm geweht, bis er sich über Nacht endlich erschöpft hatte. Nur die Kinder hatten noch im Freien gespielt und ihren Spaß gehabt. Kinder konnten selbst aus der trostlosesten Lage noch das Beste machen.

Kinder. Charlotte drehte sich um, ging wieder in die Küche und knallte das Fliegengitter hinter sich zu.

Sie griff nach dem Holzlöffel und fing an zu rühren, und dabei überhäufte sie sich selbst mit Vorwürfen. Wäre sie auf Walkers nette Art doch bloß nicht hereingefallen. Hätte sie doch nur Jamie geheiratet, als er sie zum ersten Mal gebeten hatte, seine Frau zu werden. Wenigstens bei ihrer letzten Begegnung hätte sie nicht mit Walker schlafen sollen. Hätte sie ihn doch nur vergessen können! Sie umklammerte den Löffel fester und spürte, wie die Wut bis in ihre Fingerspitzen wogte. »Walker Reed, du verdammter Mistkerl«, fluchte sie und sah sich in der Küche um. Ihr Blick fiel auf so vieles, was sie nur immer wieder an ihn erinnerte. Er war jetzt schon fast acht Monate fort. Warum spürte sie seine Gegenwart immer noch so stark?

Die Erinnerung an ihn war überall, wohin sie auch sah. Sie brauchte nur den Tisch anzusehen, unter dem er seine langen Beine ausgestreckt hatte, während er sie in der Küche beobachtete. Selbst seine Tasse, die an einem Haken neben der Tür hing, schien sein Bild noch zu enthalten, denn sie konnte fast sehen, wie seine schönen Hände sich um das wärmende Steingut schlangen.

Sie nahm die glühendheiße Stille im Haus plötzlich fast genauso akut wahr wie die Leere in ihrem Innern. War das alles, was es je für sie geben würde? Leid und Einsamkeit? Leere und Niedergeschlagenheit? Würde die Erinnerung an ihn niemals verblassen und weniger schmerzhaft sein? In einem Wutanfall riß sie das goldene Herz aus seinem Versteck unter ihrem Kragen und warf es quer durch die Küche. »Du verfluchter Kerl! Du verfluchter Kerl! Ich wünschte, ich hätte dich nie auch nur zu sehen bekommen!«

Dann lief sie durch die Küche und ließ sich unbeholfen auf die Knie sinken, um nach dem winzigen Herzen zu tasten. Als sie es fand, preßte sie es an ihre Brust und weinte.

In ihrem Elend und ihrem Schmerz zog sie sich auf die Füße und spürte, wie sie sich innerlich verhärtete wie nie zuvor. Jetzt hatte sie nur noch ein Ziel, und das war, an den Punkt zu gelangen, an dem sie ihn so leicht aus ihrem Herzen verbannen konnte, wie er sie aus seinem Herzen gestoßen hatte.

Die leise Hoffnung, die sie all diese Monate über noch gehegt hatte, wich aus ihr, und sie fühlte sich trostlos.

Ihr innerer Aufruhr war so heftig, daß Charlotte niemanden kommen hörte, bis Hannahs Stimme ertönte.

»Ich bin froh, daß du bei den letzten Einmachgläsern angelangt bist, weil ich deine Zeit ein wenig in Anspruch nehmen muß.«

Charlotte drehte sich zu Hannah um, die erbost in ihre Küche gestapft kam. »Du siehst schon so aus, als schlepptest du einen Wortschwall mit dir rum, den du dringend loswerden willst.«

»Ich habe mehr als nur ein paar Worte zu sagen.«

»Bist du böse auf mich, oder was ist passiert?« fragte Charlotte.

»Hast du je erlebt, daß ich mir den heißesten Tag seit Menschengedenken aussuche, um in einem klapprigen Karren zwanzig Meilen durch die Gegend zu holpern, damit ich dir dann sagen kann, daß ich auf jemand anderen böse bin?«

»Nein.«

»Tja, dann muß ich wohl auf dich böse sein – was meinst du?«

»Vermutlich schon, aber ich wüßte nicht, warum.«

»Da soll mich doch gleich... dieser Quatsch ist doch nicht dein Ernst?«

Charlotte musterte Hannah, die sie selten so aufgebracht erlebt hatte. Irgend etwas war faul, und es mußte mit ihr zu tun haben, aber Charlotte war einfach zu müde, um sich etwas daraus zu machen. Sie fühlte sich so mies, daß ihr kaum noch etwas zustoßen konnte. »In der letzten Zeit scheine ich die Gabe errungen zu haben, diejenigen, die ich liebe, grob vor den Kopf zu stoßen, ohne selbst zu merken, was ich getan habe.«

Hannahs Stimme wurde freundlicher. »Es tut mir leid. Ich wollte mich nicht derart auf dich stürzen. Ich fühle mich nur nach dieser Fahrt, als käme ich frisch aus dem Backofen. Manchmal kann ich so grob sein... mein vorlautes Mundwerk einfach nicht halten. Du hast in der letzten Zeit weiß Gott genug durchgemacht, und jetzt muß ich auch noch meinen Beitrag dazu leisten. Nein, nein, jetzt schau mich nicht gleich erleichtert an. Ich bin immer noch wütend genug, um einen Schneeball zu braten.« Hannah unterbrach sich, sah Charlotte direkt ins Gesicht und stemmte die Hände in die Hüften. »Charlotte... wie konntest du nur?«

Charlotte sah sie verwirrt an. »Wie konnte ich was? Hannah, würdest du versuchen, dich verständlich auszudrücken? Wovon sprichst du?«

Hannah rammte die Hand in die Tasche und zog einen gelben Zettel heraus. »Davon!« sagte sie und hielt Charlotte einen Zettel vors Gesicht.

Charlotte hatte die Brille auf, doch Hannah hielt den Zettel zu dicht vor ihre Nase, und sie konnte überhaupt nichts lesen. Sie zog den Zettel aus Hannahs starren Fingern, hielt ihn auf Armeslänge von sich und erkannte ihn sofort. Es war das Telegramm, das Walker vor etlichen Monaten an Nehemiah geschickt hatte, um Nemi zu drängen, er solle die Heirat verhindern. »Ach so, das«, murmelte sie linkisch.

»Ach so, das«, äffte Hannah sie nach. »Was ich wissen will, ist, warum du immer noch hier in diesem Haus hockst und dich mit der Erinnerung an den bestaussehenden Mann verrückt machst, der je auf diesem Erdboden herumgelaufen ist, wenn du statt dessen das Original hättest haben können? Charlotte, dieser Mann ist vom Besten!«

»Er mag vom Besten sein, aber ein Leben mit ihm ist so schwierig wie mit jedem anderen Mann. Du kannst mir glauben, daß Walker nervenaufreibend sein kann. Er hat auch seine Fehler.«

»Meinetwegen. Dann macht ihn das nicht ganz zum Gott, sondern ein wenig sterblicher. Was ist daran auszusetzen?«

»Du hast bisher nichts von dem Telegramm gewußt?«

Hannah sah sie lange schweigend an und schüttelte dann den Kopf. »Glaubst du im Ernst, ich hätte so lange gewartet, bis ich dir die Leviten lese, wenn ich etwas davon gewußt hätte?«

Charlotte schraubte den Deckel auf das letzte Glas und schleppte sich matt ins Wohnzimmer. Dort setzte sie sich hin. Hannah folgte ihr direkt auf den Fersen. »Ich will weder über Walker noch über das Telegramm reden«, sagte Charlotte tonlos.

»Nein, das würde ich auch nicht wollen, wenn ich mich derart lächerlich gemacht hätte.« Hannah seufzte. »Charlotte, wie kannst du erwarten, daß ich eine derart bodenlose Lüge glaube? Ich habe doch selbst mit angesehen, daß du um ihn wie um einen Toten getrauert hast. Du redest hier mit Hannah, nicht mit meinem Mann, der genauso dämlich zu sein scheint wie du. Ich schwöre dir, das muß bei euch in der Familie liegen.«

»Er hätte dieses Telegramm fortwerfen sollen«, sagte Charlotte.

»Er hätte sich den Kopf untersuchen lassen sollen, weil er eine so dämliche Antwort abgeschickt hat. Er soll wegbleiben – ach ja, wirklich? Der Mann hat jedes Recht darauf, jetzt hier zu sein, und das weißt du ganz genau.«

»Nemi hat nur getan, was ich selbst wollte.«

»Ach ja? Dann sag mir eins. Bist du glücklich mit dem, was du jetzt hast? Ein sinkendes Wrack aus Stolz, wenn du einen Mann hättest haben können, der dich liebt und dir jede Nacht das Bett gewärmt hätte.«

»Er liebt mich nicht.«

»Du hast ihm keine Zeit gelassen. Er muß dich lieben... warum sonst hätte er zurückkommen wollen?«

»Wenn er sich wirklich etwas aus mir gemacht hätte, wäre er gekommen, ungeachtet dessen, was Nemi in dem Telegramm geschrieben hat.«

»Du hast zu viele Piratengeschichten gelesen. Walker ist ein vernünftiger Mann, nicht Attila der Hunnenkönig. Du hältst ihm doch nicht etwa vor, daß er nicht kommt, wenn Nemi ihm schreibt, daß er nicht kommen soll? Und nicht nur das, er hat auch noch behauptet, du seist von hier fortgegangen und wolltest ihn nicht sehen.«

Charlotte starrte Hannah an. »Wie kannst du das nur sagen? Hannah, er hat mich zweimal verlassen. Das einzige, was er wollte, war eine Nacht im Bett. Und dann hat er die Unverfrorenheit besessen, mich an jemanden weiterzureichen wie eine abgelegte Mätresse. Kein einziges Mal hat er auch nur die Tatsache erwähnt, daß er selbst schon verlobt war. Und du glaubst, ich sollte ihn mit Freuden aufnehmen, und das nur, weil er ein mickriges Telegramm schickt, in dem steht, daß die Hochzeit nicht stattfinden darf? Ich kann nicht für den Rest meines Lebens auf Sparflamme bleiben. Ich habe andere Verpflichtungen. Das weißt du selbst.« Ein wirbelnder Schauer der Verwirrung senkte sich über sie herab wie eine Fata Morgana. Ungläubigkeit. Schande. Elend. Verzweiflung. Aber mehr als alles andere Einsamkeit. Es war einfach zuviel. Sie ließ den Kopf hängen und weinte schon zum zweiten Mal an diesem Tag.

»Ach du meine Güte! Habe ich es schon wieder hingekriegt! Immer muß ich mich von meinem vorlauten Mundwerk in Schwierigkeiten bringen lassen. Weine nicht, Schätzchen. Ich wollte dich doch nicht jetzt auch noch aus der Fassung bringen. Warum sagst du mir nicht, daß ich meinen dummen Mund halten soll? Was zwischen dir und Walker geschieht, geht mich nichts an.«

Doch daraufhin weinte Charlotte nur um so heftiger. »Aber siehst du es denn nicht? Darin liegt doch das Problem. Deshalb fühle ich mich doch so elend.«

»Weshalb denn?«

»Weil eben überhaupt nichts zwischen mir und Walker geschieht und ich nicht weiß, wie ich daran etwas ändern könnte.«

Hannah lächelte und tätschelte Charlottes Kopf. »Es ist doch nicht hoffnungslos.«

»O doch, das ist es«, jammerte Charlotte.

»Nein, ist es eben nicht. Und jetzt wirst du dir das Gesicht waschen und dich hinlegen. Und morgen früh kannst du dann aufstehen und den ersten notwendigen Schritt unternehmen.«

»Aber ich weiß nicht, was ich tun soll.«

»Du weißt doch, wie man ein Telegramm abschickt, oder nicht?«

Charlotte hob ruckartig den Kopf. Hannah hatte gerade ein Wunder bewirkt, das in Charlottes Augen ganz oben, gleich nach der Teilung des Roten Meeres rangierte. Ein Telegramm! Ein Lächeln reinster strahlender Erleichterung trat auf ihr Gesicht. »Glaubst du, daß er kommen wird?«

»Er wird kommen. Die Frage ist, was du tust, wenn du ihn plötzlich vor deiner Haustür stehen siehst.«

»Ich werde mich in seine Arme werfen und ihn nie mehr loslassen. Ich werde sein Gesicht mit so vielen Küssen bedecken, daß er mühsam um Luft ringen muß. Ich werde ihm sagen, daß ich ihn liebe, bis ihm der Kopf schwirrt.«

Hannah stand auf. »Denk bloß daran, was du zu tun hast, wenn er herkommt. Laß dein Urteil nicht von den Mißverständnissen trüben, die es zwischen euch gegeben hat.«

»Nein, ganz bestimmt nicht. Ich verspreche es dir. Wenn Walker kommt, dann wird er sich sehr wundern.«

Hannah lachte. »O ja, daß er sich wundern wird, das glaube ich allerdings.«

24.

Charlotte ging früh ins Bett. Sie war nicht mehr sie selbst, seit sie vor zwei Wochen das Telegramm an Walker geschickt und die Antwort erhalten hatte, er habe die Ranch für einen längeren Zeitraum verlassen. Sie ahnte, daß er sich entschlossen hatte, seine Ehe jetzt endlich einzugehen. Sie warf sich ihre eigene Dummheit vor. Sie hätte nicht so lange warten dürfen, bis sie den Kontakt zu ihm aufgenommen hatte. Aber all das spielte jetzt keine Rolle mehr. Es war zu spät. Er war für einen längeren Zeitraum unterwegs. Hochzeitsreisen beanspruchten einen längeren Zeitraum. Charlotte weinte sich in den Schlaf.

Eine Kaltluftfront, die um diese Jahreszeit sehr ungewöhnlich war, hatte die Hitze vertrieben, und ein heulender Wind ließ die Schindeln klappern und fegte die Äste der Ulme gegen die vorderen Fenster. In der Ferne heulte eine Horde hungriger Kojoten. Näher am Haus knallte ein Tor zu. Draußen herrschte ein solcher Lärm, daß Charlotte nicht allzu tief schlief. Sie war gerade wieder eingedöst, als ein lautes Geräusch sie zusammenschrecken ließ. Sie schlug die Augen auf und lauschte. Da war es wieder. Ein Klopfen? Klopfte jemand an ihre Tür? An ihre Hintertür?

Das mußte Nemi sein. Niemand sonst kam zu dieser Nachtzeit zu ihr. Sie fragte sich, ob Hannah oder eins der Kinder krank war. Nachdem sie den Morgenmantel von der Truhe am Fußende ihres Betts gezogen hatte, zündete Charlotte die Nachttischlampe an und trottete erschöpft in die Küche. Das Klopfen ertönte wieder. Sie öffnete die Tür.

»Guten Tag, Charlotte.«

Walker. Seine wohltuende Stimme drang durch die Nacht, bevor sie ihn sehen konnte. Er stand im Schutz der Dunkelheit auf der Veranda. Nur der schwache Lichtschein der Lampe hinter ihr erlaubte ihr, eine menschliche Gestalt vage zu erkennen. Walker. Da stand er, dreist und unverfroren, die Beine gespreizt, die Daumen in den Gürtelschnallen, genauso, wie sie ihn schon Hunderte von Malen gesehen hatte. Doch diesmal war es etwas anderes.

»Was hast du hier zu suchen?« zischte sie, und ihre Zähne klapperten von dem kühlen Wind, der der Jahreszeit nicht angemessen war.

»Ich wollte dich sehen«, erklärte er so selbstverständlich, als hätte er sie gestern zum letzten Mal getroffen.

»Warum?« fragte sie und zog den Morgenmantel enger um sich.

»Ich muß dir eine ganze Menge erklären, Charlotte, aber das hier ist nicht der rechte Ort dafür. Darf ich reinkommen? Du frierst, und ich bin auch schon halb erfroren.« Er trat näher.

Walker. Sie konnte ihn jetzt besser sehen, und sie gönnte ihren Augen den Luxus, sein Gesicht so genau zu betrachten, wie eine Mutter ihr Neugeborenes angesehen und sich vergewissert hätte, daß jeder der geliebten Gesichtszüge perfekt war. Sein Gesicht war blaß unter der Sonnenbräune, und seine Wangen waren seltsam eingefallen. Seine Augen konnte sie nicht sehen, doch an die langen, dichten Wimpern erinnerte sie sich noch allzu gut. Ihre Finger hätten gern die Konturen seiner Lippen nachgezeichnet, diese festen, sinnlich geschwungenen Lippen, die sie so genau kannte, die zarte Haut, die so straff werden konnte, wenn sie von der Glut der Leidenschaft angefeuert wurde.

»Charlotte, darf ich jetzt reinkommen?«

Sie sah ihn seltsam an. Sie wußte immer noch nicht, warum er gekommen war. Aber wahrscheinlich würde sie es nicht erfahren, solange sie ihn nicht eintreten ließ. Ihre Vernunft sagte ihr, daß sie ihn besser nicht ins Haus lassen sollte – schon gar nicht, wenn sie selbst nur spärlich bekleidet war. Und sie wußte, daß sie keine liebevollen Gefühle zeigen sollte, solange sie den Grund seines Kommens nicht verstanden hatte. Als sie ihn die letzten Male gesehen hatte, war er lediglich auf der Durchreise gewesen. Verhielt es sich diesmal anders?

»Du solltest mich ruhig reinlassen. Bevor du mich nicht anhörst, gehe ich nicht. Wenn es sein muß, schlage ich eine Woche lang mein Lager vor deiner Türschwelle auf.«

Sie wollte die Tür schon schließen, doch Walker stellte seinen Fuß in den Türspalt, stieß die Tür auf und packte Charlotte am Arm, um sie vor sich ins Haus zu stoßen. Charlotte wirbelte herum und sagte gereizt: »Glaub bloß nicht, du könntest herkommen und so mit mir umspringen, Walker Reed. Was du mir auch zu sagen hast, es kann bis morgen warten.«

Doch Walker hörte ihr nicht zu. Er stand immer noch im Türrahmen, und ein eiskalter Wind drang in die Küche. Charlotte fröstelte, und der Wind preßte ihren Morgenmantel flach an ihren Körper und zwischen ihre Beine. In ihrem Zorn hatte sie vergessen, ihn besser festzuhalten; der weichfließende Stoff verbarg ihren Körper jetzt nicht mehr.

Plötzlich entwich jegliche Luft aus Walkers Lunge. Seine Bauchmuskeln spannten sich an, als es ihm dämmerte. »Jesus Christus!« stöhnte er. Er brachte es nicht fertig, seinen Blick von ihrem dicken Bauch zu lösen. Fassungslos und zu keinem vernünftigen Gedanken fähig, wiederholte er noch einmal, was er gerade schon gesagt hatte. »Jesus Christus!«

Ihre Lippen zogen sich zu einem dünnen weißen Strich zusammen. Sie verschränkte die Arme vor dem Bauch, als versuchte sie, ihn zu verstecken. »Das sagtest du bereits. Wenn du den Namen des Herrn häufig genug mißbraucht hast, kannst du ja wieder gehen.«

»Was soll das heißen – ich kann gehen? Du bist schwanger!«

»Also, da muß ich mich wirklich bedanken. Ich habe doch tatsächlich die ganze Zeit geglaubt, ich hätte etwas Falsches gegessen. Da du diesen Irrtum jetzt korrigiert hast, kannst du ebensogut gleich aus meinem Haus verschwinden.«

Er schloß die Tür und glaubte, noch nie einen so zynischen Klang in ihrer Stimme gehört zu haben, aber er wußte, daß er mit nichts anderem rechnen konnte. Er hatte sie verletzt, noch mehr, als ihm bewußt gewesen war. Die Vorstellung, daß sie all diese Monate hier verbracht hatte, in dem furchtbaren Wissen, daß sie schwanger war… und all das allein – es brachte ihn fast um. Er dachte an das, was er sich hatte entgehen lassen. Die Freude, diese Entdeckung gemeinsam mit ihr zu machen. Das Vergnügen, bei ihr zu sein und von Tag zu Tag die Veränderungen ihres Körpers mitzuerleben. Und wenn er daran dachte, wie stur er gewesen war… Wie dicht er davor gestanden hatte, sie ganz aufzugeben… Allmächtiger! Wenn Riley nicht gewesen wäre… Er erschrak zu Tode. Dann sah er Charlotte an. Nie hatte er sie mehr geliebt als jetzt. Sollte sie doch so wütend sein, wie sie wollte. Es war ihr Recht. Doch er wollte alles wiedergutmachen… und wenn er den Rest seines Lebens dafür brauchte. Und er würde sich abrackern, um dafür zu sorgen, daß sie es niemals bereute. Er trat näher, stellte sich vor sie und schnitt ihr den Weg ab. Seine Hände legten sich auf ihre Schultern. In seinen Augen funkelte Entschlossenheit. »Du bist ein sturer kleiner Dummkopf. Das Kind, das du bekommst, ist von mir.«

»Ach, wirklich?«

Damit überrumpelte sie ihn. Er hatte sie mit seiner Rückkehr überraschen wollen, doch so, wie die Dinge sich jetzt entwickelten, war er derjenige, der staunte. Er war tagelang ohne Schlaf ausgekommen, weil er es nicht mehr erwarten konnte, sie zu sehen. Er war erschöpft. Aber nicht zu sehr erschöpft, um zu erkennen, was hinter dem Zorn in diesen schönen blauen Augen zu lesen war. Sie war verletzt. Sie war wütend. Sie würde ihm in den nächsten Tagen höchstwahrscheinlich das Leben zur Hölle machen. Doch wenn das ausgestanden war… dann würde Charlotte ihm gehören.

Angestrengt starrte Walker in diese fragenden blauen Augen – dieselben blauen Augen, die durch seine Träume gespukt waren und sein Leben so viele Monate lang zur Qual gemacht hatten.

Sein Blick war offen und ehrlich, und es fiel ihr leicht, seine Reue und seinen Schmerz zu erkennen.

Er war so glücklich, sie zu sehen, daß er gar nicht hörte, was sie sagte. Er ließ seine Blicke über ihr wunderschönes Gesicht gleiten; nachdem er sich vergewissert hatte, daß jeder der geliebten Gesichtszüge noch genauso war, wie er ihn in Erinnerung hatte, ließ er den Blick tiefer sinken, von ihrem Gesicht auf ihren Hals und von dort auf die vollen Brüste, die seine Hand schon berührt hatte, und dann noch tiefer, auf ihren Bauch, in dem sein Baby lag. Die Wirkung, die das auf ihn hatte, ließ ihn fast auf die Knie sinken.

Er stöhnte, schloß einen Moment die Augen, öffnete sie dann wieder und rüttelte Charlotte sachte. »Du weißt verdammt gut, daß es mein Kind ist. Gib es zu«, forderte er.

»Also gut. Es ist dein Kind«, sagte sie matt. »Wenn ich dich auf die Art loswürde, würde ich jederzeit behaupten, daß es von Jamie ist.« Bei jedem Wort, das sie von sich gab, verfluchte Charlotte ihr loses Mundwerk. Warum konnte sie bloß nicht den Mund halten? Nemi sagte immer wieder zu ihr: *Wenn du gesehen werden willst, dann steh auf. Wenn du gehört werden willst, dann mach den Mund auf. Wenn du gefallen willst, dann sei still. Sei still, Charlotte*, beschwor sie sich. Aber es war zwecklos. Etwas in ihr weigerte sich, klein beizugeben. Sie begriff selbst nicht, was sie dazu antrieb, so kämpferisch aufzutreten. Wahrscheinlich würde sie nie etwas dazulernen. Aber sie hatte sich eine Blöße gegeben. Jetzt war es zu spät für einen Rückzieher. Doch es tat weh. Walker zu lieben war, als juckte ihr Herz und sie könnte es nicht kratzen. Sie reckte das Kinn hochnäsig in die Luft und stemmte die Hände in die Hüften, damit er genau sehen konnte, wie rund sie war. Es schien, als hoffte sie, daß ihn der Anblick abschrecken würde.

Doch Walker war alles andere als angewidert. Er sah sie an und versuchte, den Schock zu überwinden. Eine Woge der Freude spülte über ihn hinweg. Er kam allmählich wieder zu Sinnen und sah sie an – sah sie wirklich an, als sie in ihrem prachtvollen Trotz vor ihm stand. Nein, nie hatte er sie mehr geliebt als jetzt, aber er hatte sie auch nie zuvor mehr gefürchtet. Er mußte jedes Wort abwägen, das er sagte. Er lief nicht nur Gefahr, Charlotte zu verlieren, sondern auch sein Kind. Sie hatte ihn gleich zweifach in der Hand.

»Warum hast du es mich nicht wissen lassen, Charlotte?« Seine Stimme war unglaublich zart, seine Augen flehentlich.

»Warum hätte ich das tun sollen? Damit du hergekommen wärst und mir mein Kind weggenommen hättest?«

»Ich würde dir dein Kind nicht wegnehmen und dich verlassen. Das weiß du selbst.«

»Ach, wirklich? Ich glaube mich zu erinnern, daß du mich schon einmal verlassen hast. Zweimal, um genau zu sein. Woher hätte ich wissen sollen, daß es diesmal anders kommt?«

»Ich hätte dich geheiratet. Das habe ich dir doch gesagt.«

»Das ist nicht gerade ein schmeichelhafter Grund. Mein Wert steigt anscheinend mit meiner Fähigkeit, Nachkommen zu produzieren. Was bin ich denn – eine preisgekrönte Kuh?«

»Ich rede von dem Abend, an dem der Ball stattgefunden hat, damals, als du deine Verlobung mit Jamie offiziell bekanntgegeben hast. Erinnerst du dich denn nicht mehr, Charlotte? Was hast du denn geglaubt, warum ich dir dieses Kleid geschenkt habe? Und dir gezeigt habe, wie ein Mann, der dich liebt, dein Haar gern sehen würde? Hast du etwa geglaubt, ich hätte von Jamie gesprochen?« Ihr entsetzter Gesichtsausdruck sagte ihm deutlich, daß sie genau das geglaubt hatte. »Mein Gott, Charlotte! Für was für einen Mann hältst du mich eigentlich? Glaubst du im Ernst, so tief könnte ich sinken? Mich mit dir zu vergnügen und dich dann einem anderen in die Arme zu treiben? Ich habe all diese Dinge nur für mich getan. Siehst du das denn nicht ein?«

Sie begann zu verstehen. Sie erinnerte sich daran, was sie zu Walker gesagt hatte, als er sie gebeten hatte, ihm zu vertrauen.

Ich habe dir schon einmal vertraut.

Dann vertrau mir jetzt auch.

Verzweifelt hörte sie sich sagen: *Du hast mir keinen Ring durch die Nase gezogen… und mir auch keinen Ring an den Finger gesteckt.*

Nein, aber ich hätte es getan.

Und dann später, auf dem Ball: *Ich habe keineswegs die Absicht, etwas freizugeben. Mein einziges Ziel ist es, mir zu sichern und zu bewahren, was mir lieb und teuer ist.* Doch schmerzlicher als alles andere war die Erinnerung an sein Gesicht, als er das Schulhaus wieder betreten hatte. Ein Schmerz, der stechend war und wohl niemals enden sollte, setzte in ihrem Herzen ein und griff auf ihr Bewußtsein über. »Aber warum hast du mir all das nicht einfach gesagt?«

»Weil ich weiß, wie dein anständiger kleiner Verstand arbeitet, Charlotte. Du hättest in einer Million Jahren nicht in Erwägung gezogen, mich zu heiraten, solange ich nicht von dem Versprechen entbunden war, das ich einer anderen Frau gegeben hatte.«

Walker merkte, daß die Wirkung seiner Worte auf sie nicht ausblieb. Er wollte es aber auch nicht gleich übertreiben. Im Moment wollte er nur erreichen, was er sich schon seit langer Zeit wünschte. Aber dafür war es noch zu früh. Jetzt, in diesem Augenblick, brauchte Charlotte seine Liebe und sein Verständnis. Sie war eine Frau, die lange genug von dem geliebten Mann mißachtet worden war. Sie brauchte jetzt eine ganze Menge Zuwendung.

»Mich quält die Vorstellung, daß du all das allein durchmachen mußtest – daß ich nicht hier war, nicht bei dir war.« Ein Ausdruck gemarterten Unglaubens huschte über sein Gesicht. »Ich hätte die Geburt meines Kindes verpassen können«, sagte er mehr zu sich selbst als zu ihr. »Das hätte ich mir niemals verziehen.«

»Das kann immer noch passieren. Noch ist nichts geregelt. Das hier ist mein Haus, und rechtlich gesehen ist das mein Baby. Du hast kein Recht darauf, hier zu sein.«

»Ich war so dumm, dich zu verlassen. So dumm bin ich nicht noch einmal. Nie mehr. Ich will dich, Charlotte. Ich will unser Kind.«

»Tja, das ist wirklich ein Jammer.«

»Was du auch sagst«, knurrte er, »ich gehe nicht.« Er zog sie sachte, aber entschieden an sich. Es war ein Schock und eine Überraschung, ihren harten Bauch an seinem zu spüren, doch der Anblick des erstaunten Gesichtes war zuviel für ihn. Gierig und fordernd legte sich sein Mund auf ihre Lippen und unterbrach ihren zornigen Wortschwall. Als er sie geküßt hatte, bis sie zauberhaft benommen war, zog er seinen Mund von ihrem, und seine Worte klangen eindringlich und glühend an ihr Ohr.

»Liebling, ich kann dir gar nicht sagen, wie leid es mir tut, was alles zwischen uns geschehen ist, aber verbau uns die Zukunft nicht. Gib mir eine Chance. Laß mich alles wiedergutmachen. Heirate mich.« Er grinste und schaute auf ihren Bauch. »Wenn ich mir das so ansehe, sollten wir uns beeilen.«

Mit der Kraft von zehn Frauen stieß sie sich von ihm los. »Wir brauchen nichts zu tun, weder schnell noch langsam. Ich habe nicht die geringste Absicht, dich zu heiraten.«

Walker war so wütend, daß er sie am liebsten mit dem Satinband ihres eigenen Morgenmantels erdrosselt hätte. Sie war die sturste Schönheit, die er je gesehen hatte. Hartnäckig und unvernünftig. Doch dann rief er sich wieder ins Gedächtnis zurück, daß sie schwanger war. Und das war seine Schuld. Die Gewissensbisse verzehrten ihn.

»Liebling, ich weiß, daß du wütend bist, und das ist dein Recht, aber es ändert nichts an der Tatsache, daß wir bald ein Kind haben, und schon jetzt steht es bedrohlich dicht davor, unehelich geboren zu werden. Ist es das, was du willst?«

»Lieber möchte ich ein uneheliches Kind haben, als mit einem Mistkerl wie dir verheiratet sein.«

Sie merkte, wie sehr ihre Worte ihn verletzten, aber jetzt war nicht der Moment, um weich zu werden. Sie fragte sich, warum sie beide dastanden und sich anstarrten, wenn sie sich doch in Wirklichkeit beide viel lieber in den Armen gelegen hätten. Sie warf sich jedoch nicht in seine Arme – natürlich nicht, aber sie starrte ihn weiterhin an und betrachtete ihn von Kopf bis Fuß – jeden Zentimeter seines geliebten Körpers. Sein blaues Hemd saß eng auf seinen breiten zurückgezogenen Schultern. Alles darunter wirkte so unwahrscheinlich entspannt, daß sie am liebsten laut geschrien hätte. Sie ließ den Blick über die enge Hose gleiten, dann über die Cowboystiefel. Wenn sein Körper auch noch so prachtvoll war, dann war es doch sein Gesicht, das ihre Aufmerksamkeit für sich beanspruchte. Wie war sie je auf den Gedanken gekommen, er sähe gut aus? Das war eine krasse Untertreibung. Er war wirklich schön. Schön auf eine extrem männliche Art, schön im Sinne des Erzengels Gabriel oder

der Statue des David. Ihr Atem stockte, als ihr Blick auf diesen sinnlichen Mund fiel und Erinnerungen daran wachrief, wie oft eben dieser Mund die glühenden Kohlen des Verlangens zum Lodern gebracht hatte. Doch seine Augen waren es, so leuchtend blau und voller Sehnsucht, die sie einen Anflug von Verlegenheit spüren ließen. Hinter diesem engelsgleichen Gesicht lauerten teuflische Gedanken. Sie riß den Blick los.

Dieser Mann hatte sich bei ihr eingeschmeichelt, sich in ihr Herz geschlichen, sie geschwängert und sie verlassen. Er hatte ihr unsägliches Leid und Elend gebracht. Dieser Mann war der Vater ihres ungeborenen Kindes, und sie liebte diesen Mann mehr als ihr Leben.

Charlotte stand stumm vor ihm und lauschte dem Geräusch ihres flatternden Herzens und den wirren Gedanken, die ihr durch den Kopf schossen. Ihr entging, daß Walkers Mundwinkel sich etwas höher zogen und seine Augen nahezu durchsichtig wurden, als er seine Lippen sanft auf ihre preßte und ihr all die Sinnlichkeit noch einmal zeigte, die sie so sehr vermißt hatte. Als sie etwas sagen wollte, legte er einen Finger auf ihre Lippen und strich mit quälender Langsamkeit über ihren Mund, bevor er sie wieder küßte. Da seine Nähe sie um den Verstand brachte, merkte sie nicht, daß seine schmalen Finger mit den Locken spielten, die ihr Gesicht umrahmten, und dann die Windungen ihres empfindsamen Ohrläppchens nachfuhren. Während sie sich noch ganz diesem Genuß hingab, drehte er ihren Kopf sachte von einer Seite zur anderen und bewegte seine Lippen auf ihren, bis sie am liebsten in ihn hineingekrochen wäre.

Überall, wo er sie berührte, glühte sie fiebrig. Ihre Haut war heiß unter seinen erfahrenen Fingerspitzen. Sie erschauerte vor Lust und ließ sich von seinen Berührungen derart gefangennehmen, daß sie das leise Wimmern nicht als ihr eigenes erkannte. Sie ließ sich wieder einmal in seinen Bann ziehen und rief sich die gewaltigen Gefühle in Erinnerung, die er in ihr wecken konnte. Seine Arme schlangen sich um sie, seine Hände legten sich flach auf ihren Rücken, und wieder suchte und fand sein Mund ihre Lippen. Seine Hände glitten tiefer, legten sich auf ihren Po und kamen dann nach vorn, um sich auf ihren festen Bauch zu legen.

Verlegenheit loderte in ihr auf, und sie stieß sich von ihm. »Nein«, flüsterte er heiser. »Laß dich berühren, laß mich mein Kind anfassen. Bitte.«

Selbst wenn sie ihm diesen Wunsch hätte abschlagen wollen, hätte sie die Kraft nicht gefunden. Ihre Wange war an seinen glühenden Hals gepreßt, als seine Hände sie mit einer Zartheit berührten, die sie bei einem Mann für ausgeschlossen gehalten hätte. Durch den dünnen Stoff, der ihren Körper bedeckte, konnte sie sein Herz schlagen spüren, als sein Kopf sich senkte und seine Knie sich beugten. Er preßte seine Wange an ihren Bauch. Wie aus eigenem Antrieb flochten sich ihre Hände in sein seidiges Haar, und im selben Moment rollten Tränen lautlos über ihre Wangen.

»Charlotte, ich liebe dich.«

Feuchte Stellen zeigten sich auf ihrem Nachthemd, als eine Träne nach der anderen herunterfiel. *Ich liebe dich auch*, hörte sie sich innerlich sagen, *aber es scheint, als könnte ich mich nicht durchringen, es einzugestehen.* Vielleicht hatte er recht. Sie mußten wirklich miteinander reden.

»Nein, Liebling, sag jetzt nichts«, flüsterte er und stand wieder auf. Seine Hand wischte ihre Tränen weg. »Es war ein Fehler von mir, dich zu drängen. Du brauchst Zeit.« Er grinste. »Solange du dir bloß nicht zuviel Zeit läßt.« Immer wieder dachte er daran, wie er sie verlassen hatte, und er fragte sich, ob er lange genug leben würde, um die Erinnerung an diesen dümmsten aller Schnitzer auszulöschen. Als er weitersprach, waren seine Worte in dem Maß sanft, in dem ihre Worte grob gewesen waren. »Ich kann dir nur versprechen, dich so ganz und gar zu lieben, daß du es mit der Zeit über dich bringen wirst zu vergessen, wenn schon nicht zu vergeben.«

»Worte!« fauchte sie. »Und Lügen. Darin bist du wirklich gut.«

»Liebling, lieber würde ich mir die Zunge aus dem Mund schneiden, als dich zu belügen. Falls ich es je tun sollte, hast du hiermit meine Erlaubnis, mir an meiner Stelle die Zunge herauszuschneiden.«

Bevor sie eine gehässige Bemerkung von sich geben konnte, die sie ihm ins Gesicht schleudern wollte, fingen seine Augen an zu glänzen, und seine Mundwinkel zogen sich zu einer Andeutung von einem Lächeln hoch. »Liebling, erkennst du eine Entschuldigung denn nicht, wenn du sie hörst?«

Sie fragte sich, ob er sich auch nur die leiseste Vorstellung davon machte, was diese Augen und dieses Lächeln bei ihr anrichteten.

»Entschuldigungen bringen wenig.« Es war eine ziemlich hohle und unreife Bemerkung, doch ehe sie zuließ, daß Scham in ihr aufkam, redete sie sich ein, daß er genau das verdient hatte. Da sie fürchtete, er könne sehen, welche Wirkung seine Worte auf sie hatten, sagte sie das erste, was ihr in den Sinn kam. »Was hoffst du eigentlich mit all dieser... blumigen Beredsamkeit zu erreichen?«

»Was ich zu erreichen hoffe? Nichts weiter als die Ewigkeit mit dir. Ich will deine Hand halten und dir sagen, wie sehr ich dich liebe, wenn du die Mühen durchmachst, unsere Kinder auszutragen – nicht nur dieses eine Kind, sondern alle anderen, die nachkommen werden. Ich möchte dich trösten, wenn du weinst, und das wirst du gewiß tun, wenn das letzte unserer Kinder von zu Hause fortgeht. Ich möchte jeden Morgen zur Arbeit gehen und den Ausdruck der Zufriedenheit auf deinem Gesicht sehen und mich an die kleinen Laute der Lust erinnern, die du von dir gegeben hast, während ich diesen zufriedenen Ausdruck auf dein Gesicht gezaubert habe. Ich möchte abends mit dir dasitzen und so tun, als würde ich lesen, damit ich dich beobachten kann, wenn du dich über dein Nähzeug beugst.«

Er sah ihr forschend ins Gesicht und wollte seine Finger in ihre roten Locken graben. Seine Stimme war ein kaum hörbares Murmeln. »Komm her, und küß mich.« Dann noch leiser: »Bitte.«

Plötzlich lag sie in seinen Armen, und sein Kuß raubte ihr den Willen. Walker küßte sie, bis sie glaubte, sie müßte sterben, und dann, als die Welt wie ein Blatt durch das Fallrohr einer Dachrinne zu sausen begann, hörte er auf. Sein Atem ging leicht und unregelmäßig, als seine Stirn sich sanft an ihre preßte.

»Du spielst nicht fair«, flüsterte sie.

»O Liebling, wenn du nur wüßtest, welche Zurückhaltung ich mir selbst jetzt noch auferlege, dann würdest du mir nicht solche ungerechtfertigten Vorwürfe machen.«

Sie riß sich los. »Zurückhaltung? Du?«

Der Blick aus seinen schillernden Augen heftete sich auf ihren Mund und glitt dann tiefer, über ihren weißen Hals auf ihre vollen Brüste. Sein Gesicht sah müde und angespannt aus, und seine Augen flehten sie mit unverhohlener Eindringlichkeit an. »Seit mehr als einer Woche habe ich kaum noch Rast gemacht, um schneller hierzusein, weil ich dachte, ich würde den Verstand verlieren, wenn ich dich nicht bald in den Armen halten und dich lieben kann.«

»Wirklich? Wie lange ist es denn her?«

»Was?«

»Seit du das letzte Mal mit einer Frau geschlafen hast.«

»Die Antwort kennst du genauso gut wie ich.«

»Und woher soll ich das wissen? Als ich dich das letzte Mal gesehen habe, warst du auf dem Weg, dich deiner Verlobten in die Arme zu werfen.«

»Ich habe die Verlobung gelöst«, sagte er mit belegter Stimme, die ihr einen Schauer über den Rücken laufen ließ.

»Und?«

Er besaß die Unverfrorenheit zu lächeln. »Und ich habe nicht mit ihr geschlafen. Nicht ein einziges Mal. Seit dir hat es niemanden mehr gegeben. Und es wird auch nie mehr eine andere Frau geben.«

»Wer hat die Verlobung gelöst?«

»Es war meine Entscheidung.« Er unterbrach sich, als dächte er über etwas nach. »Nein, eigentlich gab es da gar nichts zu entscheiden. Nicht seit dem Nachmittag vor dem Ball.« Die nackte Qual in seinen Augen machte ihr wieder bewußt, wie sehr sie ihn liebte.

Sie schüttelte den Kopf. »Versuch nicht, mich zu verwirren.« Ein Paar dunkelblauer Augen hielt sie gefangen und erschwerte es ihr, Wahrheit und Dichtung auseinanderzuhalten. Er war so verflucht gut in diesen Dingen – seine Blicke machten ihre Entschlossenheit zunichte.

Eine Tatsache funkelte heller als alle anderen. Walker war hier – und er war nicht mehr verlobt.

Als sie dastand und darüber nachdachte, bog Walker ihren Kopf zurück und küßte zart ihren rosigen Mund. Dann lächelte er.

»Schlaf darüber. Wir sehen uns dann morgen.«

Sie stand mit zerzaustem Gefieder da. Wie konnte er sie so leichtfertig stehenlassen und dabei noch grinsen wie ein Pavian? Mit finsterem Gesicht verschränkte sie die Arme über ihrem dicken Bauch und sah ihm nach, als er ging.

Er schaute sich nicht ein einziges Mal um. Er wirkte nicht gerade so, als litte er in dem Maß, in dem er zu leiden behauptete. Er hatte sie gebeten, ihn zu heiraten, und sie hatte es ihm abgeschlagen. Allzuviel konnte er sich nicht aus ihr machen – nicht, wenn er so leicht aufgab. Als er sie gerade fast soweit gehabt hatte, seinen Antrag anzunehmen, zog er sich zurück.

Aber am nächsten Morgen war er wieder da, schon vor dem Frühstück, und Charlotte, die eine unruhige Nacht verbracht hatte, weil sie wußte, daß Walker in der Nähe war, dachte, daß sie ihn lange genug hingehalten hatte. Sturheit in diesem Ausmaß würde ihr niemals das einbringen, was sie wollte, und das war Walker. Als er an die Tür klopfte, überraschte sie ihn – sie zeigte sich erfreut, ihn zu sehen.

»Hast du schon gefrühstückt?«

»Ich hatte gehofft, du würdest mir ein Frühstück anbieten.«

»Das kannst du haben.«

Walker setzte sich an den Tisch, während Charlotte das Frühstück zubereitete, wie sie es früher so oft getan hatte, und es war wie damals, bevor Walker fortgegangen war, und da beide sich dieses heiklen Friedens, der zwischen ihnen herrschte, bewußt waren, fürchteten sie sich davor, das Thema anzusprechen, das am dringlichsten anstand: eine Heirat.

Dieser heikle Frieden wurde durch das Trappeln von Hufen gestört, die sich eilig näherten. Wenige Minuten später platzte Nemi zur Hintertür herein und sah sich um, als sei ein Hornissenschwarm hinter ihm her.

»Nemi, was hast du zu dieser frühen Stunde hier zu suchen? Und warum siehst du aus wie ein ausgelutschter Zwirnsfaden?«

Nemi würdigte Charlotte keines Blickes. »Wollen Sie einen Moment mit herauskommen, Reed? Es gibt etwas, was schon seit einer Weile geklärt werden sollte.«

Walker nickte und stand auf. Er ging mit Nemi ins Freie. Als Charlotte den beiden folgen wollte, sagte Nemi: »Das ist eine Angelegenheit zwischen Walker und mir. Dich betrifft das nicht, Charlotte. Du solltest lieber im Haus bleiben.«

Charlotte blieb einen Moment stehen. Aber sowie die Hintertür zugeschlagen wurde, beschloß sie, daß alles, was mit Walker zu tun hatte, auch sie etwas anging. Als sie die Tür öffnete, waren Walker und Nemi nicht mehr zu sehen. Nachdem sie sich im Garten umgesehen hatte, ging sie auf den Stall zu. Dann hörte sie es. *Gütiger Himmel! Sie schlagen sich!* Jetzt konnte sie Walker nie mehr dazu bringen, ihr einen Heiratsantrag zu machen. Sie lief los, aber als sie die beiden erreicht hatte, waren sie schon mitten in einer Prügelei, und all ihr Schreien und Flehen war umsonst. Sie droschen einfach weiter aufeinander ein, bis beide verschrammt und blutüberströmt dastanden.

Als sie erkannte, daß die beiden kämpfen würden, bis einer von ihnen gewonnen hatte, und da sie zudem wußte, daß sie gleichwertige Gegner waren, fürchtete sie, daß sie sich gegenseitig umbrachten. Charlotte machte auf dem Absatz kehrt und rannte zum Haus zurück.

Wenige Minuten später hallte ein Schuß durch die Luft. Als der zweite Schuß ertönte, hielten Walker und Nemi inne. Nemi brach atemlos zusammen und sackte gegen das Brennholz, und Walker, der entsprechend erschöpft war, lehnte sich an den Zaun. Charlotte stand vor ihnen und hielt die Winchester in den Händen. »Ich glaube nicht, daß ich je in meinem Leben ein Paar Dummköpfe gesehen habe, die besser zueinander gepaßt haben«, verkündete sie mit bebender Stimme, während ihr die Tränen über das Gesicht liefen. »Was hattet ihr eigentlich vor? Wolltet ihr euch umbringen?«

Walker war von ihren Tränen und ihrem Elend gerührt, und ihre Verfassung machte ihm Sorgen. »Charlotte, hör auf zu weinen.«

Sie sah Walker an. »Du dickköpfiger Flegel, ich soll also nicht weinen... Was erwartest du denn von mir, wenn ich dazukomme und feststelle, daß du meinen Bruder umbringen willst? Du weißt doch, wieviel mir Nemi bedeutet. Wie konntest du mir das nur antun?«

Nemi wurde mit einemmal zuversichtlich, als er Walker ansah. »Sie holen sich jetzt am besten Ihr Pferd und verschwinden.«

»Und du, Nehemiah Butterworth, fühlst dich wohl berufen, den Vater meines Kindes totzuschlagen!«

»Ich bin sofort gekommen, als ich es gehört habe, Charlotte. Ich habe vor, dich diesmal vor ihm zu beschützen. Und zwar besser, als es mir beim letzten Mal gelungen ist.«

»Ach, das hast du also vor, ist das wahr? Und was ist, wenn ich nicht vor ihm beschützt werden will? Bist du je auf den Gedanken gekommen, daß ich mir vielleicht *wünschen* könnte, Walker hier bei mir zu haben?«

Nemi sah sie verwirrt an. »Warum solltest du das denn wollen?«

»Weil ich ihn liebe, du Schwachkopf!«

In dem Moment kam Hannah um den Stall herumgelaufen und hielt eine zweiläufige Schrotflinte in den Händen.

»Du kommst zu spät, um die Schlägerei zu verhindern, Hannah, aber du kannst meinen dämlichen Bruder nach Hause bringen und seinen Kopf in einen Eimer Wasser stecken. Und wenn du schon dabei bist, versuch doch gleich, ob du ihn zur Vernunft bringen kannst.«

»Charlotte«, protestierte Nemi, doch Hannah schlug ihm mit seinem Hut, den sie gerade vom Boden aufgehoben hatte, auf den Schädel. »Halt den Mund, Nehemiah. Du hast hier ohnehin schon genug Schaden angerichtet. Immer mußt du deine Nase in Dinge stecken, wenn du nicht gebraucht wirst, und um deine eigenen Angelegenheiten kümmerst du dich dann, wenn du es nicht tun solltest.«

Nemi sah sie so verblüfft an, als wüßte er überhaupt nicht mehr, was er denken sollte. »Hannah, warum hast du mir den Hut um die Ohren geschlagen?«

»Weil das die einzige Stelle war, an der du noch nicht blutest – schließlich ist es dein guter Hut. Und jetzt sieh zu, daß du dich zu deinem Pferd scherst, du alter Narr. Wir wollen nach Hause.«

Nemi versuchte aufzustehen. Beim dritten Anlauf schaffte er es. Hannah stapfte vor ihm aus dem Stall. »Hilfst du mir denn nicht ein wenig?« jammerte er hinter ihr her.

»Von mir hast du nicht das geringste zu erwarten«, erwiderte Hannah über die Schulter.

Nemi humpelte hinter ihr her und sagte matt: »Hannah, ich glaube nicht, daß ich im Moment einen Ritt überstehe.«

»Das hättest du dir überlegen sollen, bevor du angefangen hast, wie ein alter Elchbulle zu kämpfen.«

»Aber, Hannah...«

Hannah blieb stehen und drehte sich zu ihm um. »Wenn es um Frauen geht, hast du noch nie einen Funken Verstand gehabt.«

»Zum Teufel, Frau! Was soll denn das heißen?«

Charlotte wandte sich an Walker, der immer noch am Zaun lehnte und aussah, als sei er unter die Räder des Milchwagens gekommen. »Komm mit ins Haus, damit ich dich wieder herrichten kann.«

Zwei Tage später gelang es Walker, langsam und vorsichtig aus dem Bett aufzustehen, obwohl er noch immer höllische Schmerzen hatte. In seinem ganzen Leben hatte er noch nicht so viele Verletzungen auf einmal gehabt. Bis auf die Fußsohlen gab es nichts, was ihm nicht weh tat. Sogar das Atmen war schmerzhaft, und das hatte er drei gebrochenen Rippen zu verdanken. Das einzige, was all das erträglich machte, waren Doc Tyres Beschreibungen von Nemis Zustand, der sich ebenfalls einige Rippen gebrochen hatte.

Walker hatte reichlich Zeit, um sich die Ereignisse der letzten Tage durch den Kopf gehen zu lassen. Charlotte hatte Nemi gegenüber eingestanden, daß sie ihn liebte. Und von diesem Geständnis war er jetzt noch ganz benebelt. Sie liebte ihn wirklich. Davon war er überzeugt, wenn er sah, wie liebevoll sie ihn pflegte.

Als er gerade diesen Gedanken nachhing, kam Charlotte ins Zimmer, und Walker stöhnte, als hätte er entsetzliche Schmerzen, weil er es auskostete, sich von Charlotte verhätscheln zu lassen. Aber sie hatte ihn durchschaut, und er konnte ihr ansehen, daß sie sich anstrengen mußte, um keine Miene zu verziehen.

Sie schaffte es beim besten Willen nicht. Erst lächelte sie, und dann, als sie neben seinem Bett stand, fing sie an, laut zu lachen. Sie setzte sich neben ihn und beugte sich vor, um ihm einen flüchtigen Kuß zu geben. Dann schlang sie die Arme um seinen Hals. »Jam hat mir gerade eine Nachricht von Nemi gebracht.«

Walker stöhnte. »Ich hoffe, er kommt nicht allzu bald zu Besuch.«

»Ich glaube, das schafft er in der nächsten Zeit noch nicht.« Sie legte ihm die Hand an die Wange, und in ihren Augen stand ein freches Funkeln. »Er schreibt allerdings, daß er hofft, du hättest deine Lektion gelernt.«

Walker schlang die Arme um sie, zog sie auf sich und versuchte, sie mit seinen aufgeplatzten Lippen zu küssen, bis sie lachte. »Was für ein übles Los, dich nach all den Monaten in meinen Armen zu halten und dich nicht küssen zu können. Für das, was er mir verdorben hat, wünsche ich Nemi große Schmerzen.«

Er mußte das Küssen aufgeben, und daher zog er Charlotte neben sich und legte seinen Kopf auf ihre Brust. »Was hat Nemi noch geschrieben?«

»Er hat geschrieben, bis er wieder auf den Beinen ist, müßtest du mich zu einer ehrbaren Frau machen, oder er würde dich noch mal verdreschen.«

Walker stöhnte und küßte sie dann zart auf die Wange. »Und ich hätte geglaubt, daß dein Bruder *seine* Lektion gelernt hat. Ich werde dich heiraten, Charlotte, weil ich dich mehr liebe, als ich es je für möglich gehalten hätte. Und ganz bestimmt nicht wegen irgendwelcher Drohungen deines Bruders.« Er hob die Hand, um ihre Wange zu streicheln. »Wirst du mich heiraten, Charlotte?« Er grinste. »Und zwar bald.«

»Ja, du verrückter Mann, und es kann mir gar nicht schnell genug gehen.« Ihre Hand legte sich auf seine und preßte sie fester auf ihre Wange. »Habe ich dir eigentlich schon gesagt, wie sehr es mich freut, daß du dich nicht vor meinem allzu fürsorglichen Bruder fürchtest?«

»Niemals. Nehemiah hätte wissen müssen, daß er gegen mich nicht gewinnen kann.«

»Wieso?«

»Er hat einen wesentlichen Faktor übersehen, als er sich mit mir angelegt hat. Er hätte mich niemals kleinkriegen können.«

»Woher willst du das wissen?«

»Weil ich ohne dich, Charlotte, ein Mann war, der nichts zu verlieren hatte... aber auch gar nichts.«

Einen Moment schwieg sie, und dann küßte sie ihn sanft und zart. »Ich liebe dich, Walker Reed.« Sie hauchte ihm noch einen Kuß auf die Wange und flüsterte: »Und jetzt, mein Liebling, hast du alles, wofür es sich zu leben lohnt.«

»Ich weiß.«

Sie lächelte und schmiegte sich enger an ihn. Ihre Hand glitt gedankenverloren durch das Haar auf seiner Brust. Walker legte seine Hand zart auf ihren vorgewölbten Bauch. »Ich wette, an dem Tag, an dem ich Spooner Kennedy den Hut vom Kopf geschossen habe, hättest du nie geglaubt, daß du einmal so mit mir im Bett liegst«, sagte sie.

Walker lachte. »Ich möchte dir nicht widersprechen, Liebling, aber das war wahrscheinlich der erste Gedanke, der mir durch den Kopf geschossen ist.«

»Und was war der zweite?«

»Wie ich das anstellen könnte.«

Sie lachte. »Jedenfalls bin ich froh, daß es dir gelungen ist, trotz all der Stolpersteine, die ich dir in den Weg geworfen habe.«

Walker grinste. »Das gehört zu den Dingen, die ich mir schon immer zugute gehalten habe.«

»Was?«

»Daß es mir immer gelungen ist, jeder Lage gewachsen zu sein.«

Hatten lachende blaue Augen je ungezogener gefunkelt?

Walker glaubte es nicht.

Hinter dem schmucken kleinen Haus mit dem Schindeldach war ein kärglicher kleiner Garten, in dem alles ordentlich und gepflegt war, wild entschlossen, der glühenden Hitze des Tages zu trotzen, während im Innern des Hauses Charlotte Butterworth die Essigpastete vergaß, die sie in ihrem Herd buk. Die Sonne, die über den Horizont stieg, um durch die einzigen Spitzengardinen im ganzen Bezirk zu lugen, fiel schimmernd auf eine Masse zerzauster roter Locken, die über die breite Brust eines Mannes flossen. Ein alter Schwarzer ritt auf seinem Maultier Rebekah auf das Haus zu. Vor dem Hühnerstall plusterte sich der Hahn auf und schlug mit den Flügeln, während er lauthals krähte.

EPILOG

Walker stand in der Küche und rührte einen Topf Haferbrei um, und dabei wiegte er seinen zwei Tage alten Sohn an seiner Brust. Drüben am Küchentisch brachte die sechsjährige Samantha dem vierjährigen Philip und der zweijährigen Margaret den Text von »Stille Nacht« bei.

»Wieso singt ihr überhaupt Weihnachtslieder?« fragte Walker. »Wir haben bald den 4. Juli. Warum singt ihr nicht den Yankee-Doodle?« Das Baby fing an zu weinen. »Jetzt haben wir den kleinen Jonathan zum Weinen gebracht. Wenn wir nicht leise sind, wecken wir noch eure Mutter.«

»Die ist schon wach«, stellte Samantha klar.

»Woher willst du das denn wissen?« fragte Walker und drehte sich um, um seine Älteste streng anzusehen.

»Weil *ich* sie geweckt habe.«

Walker seufzte matt und streckte die Hüfte heraus, um das Baby besser balancieren zu können. »Sam, ich dachte, ich hätte dir erklärt, wie dringend eure Mutter Ruhe braucht. Sie hat gerade ein Baby bekommen.«

»Du hast gesagt, daß sie *Essen und Ruhe* braucht, Papa.«

»Ja, das habe ich gesagt. Aber das erklärt noch lange nicht, *warum* du sie geweckt hast.«

»Ich mußte sie doch wecken, um zu fragen, ob sie schon etwas zu essen mag.«

Walker starrte Samantha an. Sie hatte es schon wieder geschafft, ihm das Wort derart im Mund umzudrehen, daß er erst mal Pause machen und nachdenken mußte, um zu durchschauen, wo er den Faden verloren und einen Fehler gemacht hatte. Unwillkürlich lächelte er über die rebellischen blauen Augen, die ihn prüfend musterten. »Und was hat deine Mutter gesagt?«

»Sie hat gesagt, sie will keine Hafergrütze.«

»Hafergrütze!« schrie Philip. Er kletterte von seinem Stuhl und hopste zur Hintertür. »Ich *hasse* Hafergrütze«, verkündete er, ehe er die Tür öffnete, die Stufen hinuntersprang und die Tür hinter sich zuschlagen ließ.

Walker bedachte Samantha mit einem vorwurfsvollen Blick. »Siehst du, was du angerichtet hast? Jetzt wirst du Philip suchen und ihn überreden müssen, daß er wieder zurückkommt.«

Walker sah Samantha nach, die ihrem Bruder hinterherlief. Sobald sie durch die Tür verschwunden war, fing Margaret, die auf dem hohen Kinderstuhl saß, an zu weinen. Als er Margaret weinen hörte, fing Jonathan, der sich gerade beruhigt hatte, auch wieder zu weinen an. Walker fragte sich, wie Charlotte all das schaffte, als Samantha und Philip wieder in die Küche kamen. Philip setzte sich auf seinen Platz, und Walker sagte: »Sam, du wirst diese drei Schalen auf den Tisch stellen, nachdem ich sie gefüllt habe. Und gib Margaret die erste Schale. Vielleicht hört sie dann auf zu weinen.«

»Bekommt Baby John auch etwas davon? Er weint doch auch«, wollte Philip wissen.

»Nein, John ist noch zu klein. Wenn Margaret aufhört, wird John wahrscheinlich auch nicht mehr weinen«, erwiderte Walker und glaubte, Stille würde sich über die Küche herabsenken, sowie die Kinder ihr Frühstück hatten. Doch als Samantha die Schale mit der Hafergrütze vor Philip hinstellte, schob er sie weg. »Ich habe dir doch schon gesagt, daß ich Hafergrütze *hasse*!«

»Du wirst sie aber trotzdem essen müssen«, meinte Samantha.

»Aber du hast doch gesagt, ich könnte Schinken und Eier haben«, jammerte Philip.

»Sam, hast du das wirklich zu Philip gesagt?«

»Ja.«

»Aber warum denn?«

»Weil er nicht mit mir reingekommen wäre, wenn ich ihm gesagt hätte, daß er *Hafergrütze* essen muß!«

»Ich *hasse* Hafergrütze!« beschwerte sich Philip wieder und stieß die Schale von sich.

»Ach, sei doch still, Philip!« sagte Samantha und schob ihm die Schale wieder hin, doch schon im nächsten Augenblick hatte Philip sie wieder weggeschoben. »Wie du willst, du Heulsuse«, schimpfte sie, und mit diesen Worten schüttete Samantha Philip die Hafergrütze in den Schoß. Philip fing jetzt ernstlich an zu brüllen. Walker starrte seine Tochter sprachlos und entgeistert an.

»Was hast du dir dabei gedacht?« fragte er und kam mit wütenden Schritten auf sie zu.

Samantha stand auf. Sie wirkte versteinert, aber doch nicht so versteinert, daß sie nicht mehr hätte antworten können. »Ich habe ihn dazu gebracht, sich besser zu benehmen.«

»Wie, in Himmels Namen, kommst du auf die Idee, das könntest du erreichen, indem du jemandem Hafergrütze in den Schoß schüttest?«

»Weil Mama gesagt hat, daß das wirkt«, stammelte Samantha.

»Hat deine Mutter etwa Hafergrütze über dir ausgekippt?« Walker Reed starrte den kleinen Kobold mit dem feuerroten Haar an, der vor ihm stand, und er fragte sich, wie irgendein Mensch derart nervenaufreibend sein konnte. »Was ist? Hat sie es getan?«

»Nein, aber sie hat Tante Hannah erzählt, daß sie dich mit Hafergrütze beworfen hat und daß du dich daraufhin besser benommen hast. Sie hat noch mehr gesagt, aber den Rest habe ich vergessen.«

»Ach«, stöhnte Walker Reed.

Samantha fing an zu weinen. »Es tut mir leid, daß ich böse war, Papa.«

Walker räusperte sich und nahm Jonathan auf den anderen Arm, um seine Tochter besser an sich drücken zu können. Er tätschelte ihre Schulter. »Jetzt weine nicht, mein kleiner Hitzkopf.« Aber Samantha weinte nur noch heftiger. »Sammie, Mädchen, ein bißchen Hafergrütze hat noch niemandem geschadet.«

»Doch, mir! Ich *hasse* Hafergrütze!« schluchzte Philip und

versuchte mit erbosten Bewegungen, die klebrige Masse zu entfernen.

Ein sprudelndes Lachen ertönte hinter ihnen, und eins nach dem anderen begannen die vier weinenden Kinder sich zu beruhigen. Drei von ihnen wandten sich gemeinsam mit ihrem Vater Charlotte zu, die in der Tür stand.

Der erste Sonnenstrahl fiel schräg durch das Fenster und auf die leuchtenden Locken seiner Frau, und als er hörte, wie ihr Lachen verstummte und ein versonnener Ausdruck auf ihr Gesicht trat, sagte Walker leise: »Ich wollte mich um alles kümmern und habe das meiste verpatzt, stimmt's? Ist es das, was du dir gerade überlegst, mein Liebling?«

Mit Tränen in den Augen sah sie Walker an und sagte: »Nein, ich habe mir nur gerade überlegt, wie schön ihr alle seid.«

Jahre später, lange nachdem ihre Enkel schon erwachsen waren und geheiratet hatten und Walker nicht mehr am Leben war, erinnerte sich Charlotte bei dem Geruch von Hafergrütze immer noch an einen sonnigen Sommermorgen, an dem ihre Kinder klein gewesen waren und Walker, in den rosigen Schimmer des Sonnenaufgangs getaucht, sie mit soviel Liebe und Hingabe angesehen hatte, daß sie eins gewußt hatte. Sie würde nie mehr flüstern: *Wenn meine Liebe dich doch halten könnte* – denn sie hatte ihn tatsächlich gehalten, für den Rest aller Zeiten.

GOLDMANN

Das Gesamtverzeichnis aller lieferbaren Titel erhalten Sie im Buchhandel oder direkt beim Verlag.
Nähere Informationen über unser Programm erhalten Sie auch im Internet unter:
www.goldmann-verlag.de

★

Taschenbuch-Bestseller zu Taschenbuchpreisen
– Monat für Monat interessante und fesselnde Titel –

★

Literatur deutschsprachiger und internationaler Autoren

★

Unterhaltung, Kriminalromane, Thriller
und Historische Romane

★

Aktuelle Sachbücher, Ratgeber, Handbücher und Nachschlagewerke

★

Bücher zu Politik, Gesellschaft, Naturwissenschaft und Umwelt

★

Das Neueste aus den Bereichen
Esoterik, Persönliches Wachstum und Ganzheitliches Heilen

★

Klassiker mit Anmerkungen, Anthologien und Lesebücher

★

Kalender und Popbiographien

★

Die ganze Welt des Taschenbuchs

★

Goldmann Verlag • Neumarkter Str. 18 • 81673 München

Bitte senden Sie mir das neue kostenlose Gesamtverzeichnis

Name: ________________________________

Straße: ________________________________

PLZ / Ort: ________________________________